LES SINGULIERS

BOUQUINS

« Les Singuliers » ont pour ambition d'isoler, au sein du vaste catalogue « Bouquins », des textes qui s'y distinguent par leur rareté, leur originalité de ton et d'approche, la précision de leur appareil critique, leur beauté. Nés de la rencontre entre le talent de Philippe Apeloig, qui a imaginé la ligne graphique de leurs couvertures, et la qualité de fabrication et d'édition d'une collection emblématique, ces volumes souples et fins invitent à la redécouverte d'un fonds dont l'ouverture et la richesse demeurent inégalées.

Déjà parus
dans

LES SINGULIERS

Pierre Louÿs, Poésie érotique
François Rabelais, *Pantagruel*
Olivier Saillard, *Une histoire de la mode*

La Table Ronde et le roi Arthur

Récits du Moyen Âge

Édition établie et présentée
par
Danielle Régnier-Bohler

LES SINGULIERS

Danielle Régnier-Bohler, médiéviste, agrégée de lettres, a enseigné dans les universités de Paris III-Sorbonne nouvelle, de Bordeaux III et de Tel-Aviv. Elle a créé l'association Au pied du Sycomore, centre de recherches pluridisciplinaires. Elle a participé à l'*Histoire de la vie privée* (tome 2), sous la direction de Georges Duby et Philippe Ariès. Dans la collection « Bouquins », elle est maître d'œuvre de cinq volumes consacrés aux écrits du Moyen Âge : *La Légende arthurienne, Splendeurs de la cour de Bourgogne, Croisades et pèlerinages, Récits d'amour et de chevalerie, Voix de femmes au Moyen Âge*.

Le texte publié ici est issu du volume *La Légende arthurienne*, paru dans la collection « Bouquins » en 1989 et régulièrement réimprimé. Il bénéficie pour sa publication dans « Les Singuliers » d'une préface revue de Danielle Régnier-Bohler.

ISBN : 978-2-38292-668-0
Dépôt légal : octobre 2025
N° d'éditeur : 68951/01

Bouquins éditions
92, avenue de France
75013 Paris

info@lisez.com

PRÉFACE

par Danielle Régnier-Bohler

Il était une fois… vers l'an 1200 un monastère de Rhénanie où une assemblée de moines et de frères convers écoutait les exhortations de leur abbé, mais ils sommeillaient, certains allaient jusqu'à ronfler ! Soudain l'abbé leva la voix : « Écoutez-moi, mes frères, écoutez bien ! Je vais vous raconter un fait nouveau et extraordinaire : il était une fois un roi qui s'appelait Arthur ! » Sur ces mots, il s'arrêta et dit : « Voyez, mes frères, combien grande est votre misère ! Lorsque je parlais de Dieu, vous dormiez, mais quand j'ai introduit des paroles divertissantes, vous vous êtes réveillés, vous vous êtes mis à m'écouter, en ouvrant tout grand vos oreilles ! » Peu nous importe la leçon sévère qu'en tirait l'abbé pour ses frères. Qu'il suffise de savoir que même dans l'espace clos d'un monastère une légende avait pénétré, dont les mots d'inauguration suffisaient à sortir de la torpeur des esprits dont l'imaginaire était affamé[1]. Tel était en effet le prestige du roi Arthur !

Cette faim de légendes a dû se faire connaître bien souvent pour que puisse, durant des siècles et presque jusqu'à l'aube de la Renaissance, se constituer et se développer la légende du roi Arthur. Cet ensemble de récits en vers et de récits en prose est si vaste que le lecteur d'aujourd'hui peut encore rêver de la Table Ronde, des aventureux exploits de ses chevaliers, du roi Arthur et d'une Guenièvre dont on ne sait pas trop si elle a été l'amante de Lancelot ou une fée…

---

1. Césaire d'Heisterbach, *Dialogus miraculorum*, Joseph Strange (éd.), « De l'abbé Gevard qui réveilla des moines en train de dormir pendant le sermon en leur parlant de la légende d'Arthur », Cologne, J. M. Heberle, 1851, p. 205.

Arturus Rex : le berceau de la légende

L'extraordinaire phénomène de la genèse, du développement et de la durée de la littérature arthurienne hante depuis longtemps les érudits, l'univers utopique dont le roi Arthur est le centre, entouré de chevaliers d'élite qu'il rassemble autour de la Table Ronde, et qui ne cessent de vouloir accomplir des quêtes et de partir pour l'*aventure.*

À l'époque médiévale déjà, cet ensemble narratif a été perçu comme un fonds tout à fait spécifique. On cite volontiers les vers de Jean Bodel, composés à la même époque que l'anecdote de la vie monastique chez Césaire d'Heisterbach : le poète affirmait qu'il existait trois « matières », trois grands fonds de récits, « celles de France, de Bretagne et de Rome la Grande », et il ajoutait : « Ces trois matières ne se ressemblent pas. Les contes de Bretagne sont tellement irréels et séduisants ! Tandis que ceux de Rome sont savants et chargés de signification, et que ceux de France voient chaque jour leur authenticité confirmée ! »

C'est dans le domaine celtique, dans un espace géographique entouré de mers – l'Irlande, le pays de Galles, la Cornouaille, l'Armorique –, qu'il faut chercher la naissance de la célèbre légende et qu'on devine les premières traces de la figure mythique. À Geoffroy de Monmouth le mérite d'avoir introduit dans la tradition littéraire européenne ce qui devait être le noyau de la légende. Vers 1135, il écrit l'*Historia Regum Britanniae*, que ses contemporains considérèrent comme une invention, et les érudits modernes comme une mystification étonnante.

Arturus Rex : il a été débattu de l'historicité du personnage. Avant Geoffroy en effet, les traces en sont peu nombreuses, mais on a quelques raisons de croire à l'existence d'un personnage portant ce nom, dont on trouve mention dès le début du IXe siècle dans l'œuvre de Nennius, l'*Historia Brittonum*. Lors de l'invasion des Saxons appelés par le roi Vortiger, un certain Arthur aurait combattu contre eux aux côtés du roi des Bretons, un chef de guerre. Son nom pourrait provenir du latin *Artorius*, que portait un officier romain dont l'existence en Angleterre est bien attestée vers le milieu du IIe siècle. Deux prodiges relatés par Nennius concernent Arthur, à la fois l'allié et le chef des Bretons. Une tradition locale existait donc au début du IXe siècle. Au cours de la seconde moitié du Xe, les *Annales Cambriae* relatent une bataille de l'an 516 ou 518, au cours de laquelle Arthur aurait porté durant trois jours et trois nuits la croix du Christ sur ses épaules. La victoire serait ainsi revenue aux Bretons.

Quelques poèmes gallois seront aussi des témoignages : Arthur, pour pouvoir pénétrer dans une forteresse, doit célébrer devant le portier les exploits de ses hommes. « Les hommes les meilleurs du monde ! Je répondrai d'eux », affirme-t-il.

C'est à Geoffroy qu'il appartient d'avoir développé avec maîtrise la figure du souverain que lui livrait la légende celtique. L'apparition de la matière dite « de Bretagne » prend une remarquable ampleur dans notre littérature, et c'est à partir de Geoffroy que la séduction des motifs de la légende celtique est venue nourrir l'imaginaire de l'Europe occidentale : Arthur allait désormais alimenter un idéal chevaleresque, non plus comme chef de guerre luttant contre les Saxons, mais comme roi prestigieux qui ose entreprendre une guerre contre les Romains. Arthur pouvait alors véritablement flatter les rêves bretons.

L'*Historia Regum Britanniae* veut relater l'histoire bretonne du déclin de l'ancien royaume breton : afin de rehausser la grandeur de ce royaume, le chroniqueur ne craint pas d'inventer des événements fabuleux. La cour anglo-normande pouvait tirer quelque fierté de ce beau modèle de souverain qui lui était proposé, pourvu de toutes les vertus chevaleresques. La dynastie Plantagenêt héritait ainsi de l'un des plus grands rois de l'Histoire. Grâce à son savoir et à sa parole prophétique, Merlin préside à la naissance légendaire d'Arthur et à son couronnement. Contre les païens saxons, le jeune roi use de son épée Excalibur forgée en Avalon, et il tient une cour solennelle à Caerleon avec son épouse Gwenhwyfar. Pourtant, la guerre contre les Romains lui fait quitter son royaume, il doit confier son épouse à son neveu Mordret. Il combat un géant qui répand l'épouvante autour du mont Saint-Michel et il obtient de belles victoires sur l'armée romaine. Mais lui parvient, au moment où il se dirige vers Rome, la nouvelle que Mordret lui a pris sa femme et son royaume. Arthur rebrousse chemin, traverse la mer, affronte et tue Mordret. Il est lui-même mortellement blessé et amené sur l'île d'Avalon. Ce lieu mythique sera parfois identifié avec Glastonbury dans le Somerset.

Voici réunis les éléments essentiels de la légende, qui se diffuse très vite par les versions en vers de Wace en anglo-normand et de Layamon en anglais. Wace dédie une œuvre à Aliénor qui vient d'épouser Henri II : Arthur est présenté comme un grand seigneur féodal, auréolé de toutes les qualités utopiques susceptibles de plaire à des vassaux. Voici la description de la Table : « Pour ses nobles seigneurs dont chacun s'estimait le meilleur, dont nul ne savait qui était le moins bon, Arthur fit faire la Table Ronde dont les Bretons racontent bien des récits. Les seigneurs y prennent place, tous chevaliers, tous égaux. Ils avaient à la table une place égale et étaient servis de la même manière. Aucun d'eux ne pouvait se vanter d'être assis plus haut que son égal. » S'il n'y a pas d'ordre de préséance, chacun peut être conscient de sa valeur et de son mérite propre.

L'œuvre de Wace rejoint les intentions d'Henri II et d'Aliénor, lorsqu'il écrit dans le même milieu de cour, vers les années 1160, l'histoire des ducs de Normandie, que suivra, vers 1170, l'œuvre de Benoît de Sainte-Maure, la *Chronique des ducs de Normandie*. La cour d'Henri II sera source d'un rayonnement culturel remarquable. Des deux filles d'Aliénor, Marie épouse le comte de Champagne et Alix le comte de Blois. Leurs cours ont favorisé la circulation de l'information culturelle et des modes littéraires. La cour anglo-normande sera également liée à des cours d'Allemagne. Il se crée ainsi un milieu de mécènes qui aura beaucoup compté pour la diffusion de la légende arthurienne.

La volonté de la dynastie de se constituer en centre de prestige doit se prévaloir d'un passé qui fonde le prestige du présent. Ainsi, l'abbaye de Glastonbury dans le Somerset fut conçue comme le pendant de Saint-Denis en France. Glastonbury devint le haut lieu de la légende arthurienne. En 1191 furent « inventées » les tombes de Guenièvre et d'Arthur. Alors se dessine très fermement l'intention de donner au récit une véritable mission. Robert de Boron, au début du XIIIe siècle, relate le périple du Graal parti de Jérusalem pour aller précisément vers le royaume de Logres, c'est-à-dire l'Angleterre. La légende se christianise. L'insertion dans un projet divin qui fait que désormais le temps de la passion du Christ est lié au temps légendaire d'Arthur se précise, puisque Joseph d'Arimathie se voit confier la mission d'évangéliser la Grande Bretagne.

Aux côtés d'Arthur émerge la figure de Merlin, personnage essentiel dans la constitution du monde arthurien, par l'histoire de l'enfant merveilleux qui a le pouvoir de prédire l'avenir au roi Vortiger. Mais l'origine de la figure de l'enchanteur sera cherchée sous les traits du héros brittonique Myrddin, poète. « Quant à moi, je prédis et ce sera vérifié », affirmera-t-il, leitmotiv des textes médiévaux ! À partir de cette tradition, Myrddin pouvait devenir un personnage de récit chez Geoffroy, auteur d'une *Vita Merlini* où le don de prophète est clairement affirmé. Dans ce texte apparaît l'île d'Avalon, l'île des Pommes, l'Île fortunée où vit la fée Morgain avec ses sœurs. L'aînée et la plus belle est Morgain, qui connaît l'art de guérir, l'art de la métamorphose et celui de la divination.

Deux traditions, on le voit, se conjoignent. L'une concerne Myrddin et l'autre, d'origine écossaise, aurait gardé le souvenir de Lailoken, prophète devenu fou à la suite d'une vision, qui se réfugie dans la forêt, revenant de temps à autre pour prophétiser. Merlin prendra la dimension d'un personnage chargé d'une importante mission. Le monde du Graal sera alors rattaché aux légendes d'Arthur et de Myrddin, dans une conjonction qui assure à la légende sa pérennité.

« Matière de Bretagne », « roman breton », « roman arthurien » : la première expression jouit d'une grande extension, elle embrasse tous les récits issus du domaine celtique. La désignation « roman arthurien » centre le type de récit sur le personnage d'Arthur. Mais « matière de Bretagne » – ou « roman breton » – désigne tout l'ensemble des récits, d'où émerge avec éclat le nom de Chrétien de Troyes.

Le lecteur d'aujourd'hui ne devra pas oublier d'imaginer pour ces époques médiévales une intense circulation par voie orale, des contacts entre le pays de Galles, les seigneurs anglo-normands et le continent. Durant les années 1160, on assiste à une fermentation étonnante de la matière arthurienne, dont témoigne la diffusion iconographique. Entre 1170 et 1210, notre littérature européenne s'enrichit d'une extraordinaire floraison de textes.

Chrétien de Troyes : le développement de la légende

Imaginons un monde où, grâce à la transmission orale, la légende fut spontanément confiée à une forme de colportage par les harpeurs et les jongleurs. Sans oublier le rôle croissant du manuscrit et la fonction valorisée de l'écrit qui font connaître les récits. Désormais la légende sera le sujet de genres narratifs précis. N'oublions pas que le terme « roman » ne désigne pas un genre de récit : il concerne la langue que parle tout le monde, la langue romane, et peu à peu, un texte narratif rédigé en langue romane, puis un genre très éloigné de l'univers épique.

Sources orales, sources écrites : Chrétien, le créateur de notre « roman », a dû travailler à partir de sources orales tout comme de manuscrits dont il aurait eu connaissance. À l'époque, le *lai*, récit court d'origine celtique, se développe parallèlement au roman, dans le dernier tiers du XIIe siècle. Il nous intéresse par l'acte fréquent d'écouter. Marie de France, vers 1170, dans son prologue, parle de mettre par écrit des lais bretons : « J'ai entendu le récit d'un certain nombre et je ne veux pas les laisser perdre dans l'oubli. J'en ai donc fait des contes en vers, ce qui m'a coûté bien des veilles. »

Chrétien, dans le prologue du roman *Érec et Énide*, semble user d'un « conte d'aventure » dont il va tirer un « roman, une histoire bien ordonnée », dit-il. Forme versifiée en octosyllabes. La prose romanesque ne naîtra qu'au début du XIIIe siècle.

L'arrière-plan celtique est évident chez Chrétien de Troyes, par les noms de ses héros et surtout par les motifs des fictions, tirés de la « matière de Bretagne ». Thèmes facilement localisés : amours de mortels et de fées, quête d'objets magiques, interdictions et transgressions, métamorphoses, et surtout voyages vers les séjours merveilleux où s'abolit le temps, vers un « Autre Monde » qui rappelle celui des Celtes, bien souvent évoqué par des îles, des domaines sous la mer ou des tertres que l'on croyait être le pays des morts. Les deux mondes communiquent par des frontières que l'on reconnaît aisément chez Chrétien de Troyes, comme aspects familiers de l'époque féodale : un pont, un gué, le parcours d'une forêt au cours d'une chasse. Les aventures de nos récits arthuriens sont largement organisées sur ces motifs, sous un revêtement féodal et courtois. La tradition celtique faisait une large part à des séquences de navigation, souvent intégrées dans des récits chrétiens, l'accès à un monde merveilleux où règne l'abondance rejoint alors la quête symbolique de Dieu.

Clerc cultivé de la cour de Marie de Champagne, Chrétien de Troyes met en scène des héros déjà attestés par des récits celtiques. Même si l'on en est souvent réduit à des hypothèses, Chrétien a su tirer parti d'une croisée de traditions. Guenièvre possédait des traits féeriques, nombre de traditions soulignent qu'elle est bien venue d'un Autre Monde. Chez Chrétien, la figure féerique devient le modèle d'une souveraine pourvue de qualités courtoises remarquables, de sagesse et de générosité, le digne pôle d'Arthur. La figure royale prend une belle dimension chez le romancier français : Arthur cautionne la « chevalerie » et les exigences d'un code idéal de comportement. Le roi sait témoigner d'une libéralité sans fin, selon le mérite de chacun, en toute justice. Il est la clef de voûte d'un rêve. Il se constitue alors un cycle de personnages, matrice dans laquelle puiseront les continuateurs. L'affirmation par Chrétien de son rôle de créateur est ferme dans le prologue du *Chevalier à la charrette* : fierté d'avoir trouvé l'idée, l'organisation, l'architecture d'ensemble : « Chrétien commence à rimer son livre sur *Le Chevalier à la charrette*. Il tient de la comtesse, en présent généreux, la *matière* avec l'*idée maîtresse*, et lui veille à la *façon* » (*matiere*, *sen* et *conjointure*).

Chez Chrétien, le roi Arthur est véritablement installé en littérature, sa cour est le centre de ralliement des meilleurs chevaliers du monde. C'est la première fois dans la littérature européenne qu'on évoque la légende du Graal : à Chrétien revient, semble-t-il, l'initiative de lier Arthur à cette légende, l'idée d'y rattacher l'histoire de Perceval. Il offrait matière à des créations nouvelles. Le mythe, nourri d'éléments chrétiens, fait place au héros élu, prédestiné, dont l'initiation restera ouverte aux récits qui suivront.

Autour de l'œuvre de Chrétien s'organisent tous les récits des temps à venir, telles les *Continuations de Perceval* (dont le roman est resté inachevé). La légende se répand à un niveau largement international. De grands personnages de l'époque se mettent à commander des œuvres, suscitent la création d'épisodes nouveaux, qui développent les aventures de personnages connus.

Un bon témoignage de cette expansion est la pénétration précoce de la légende en Italie et en Allemagne au début du XIIIe siècle, en Scandinavie vers les années 1220-1230, aux Pays-Bas un peu plus tard.

Qu'en est-il de la diffusion orale ? C'est par le colportage de cour en cour que l'on prenait connaissance des textes. Le public de l'époque écoutait plus qu'il ne lisait. La lecture silencieuse se répand avec lenteur. Chaque œuvre, enfin, se sent la partie émergée, ou l'excroissance, d'une vaste histoire.

Après Chrétien de Troyes

Nombreux sont les textes qui ont voulu prendre la suite de Chrétien de Troyes, et que l'on appelle les *Continuations de Perceval*.

La *Première Continuation* suit le personnage de Gauvain, en une version longue et une version courte. La *Seconde Continuation* concerne Perceval. La *Troisième Continuation* termine l'histoire de Perceval qui succède au Roi Pêcheur. La *Quatrième Continuation*, au deuxième quart du XIIIe siècle, n'a pas mené à son terme l'aventure du Graal : les deux derniers textes orientent le motif du Graal dans un sens nettement religieux et témoignent de la christianisation progressive de l'aventure singulière.

Le Graal sera clairement christianisé : chez Robert de Boron, la cour du roi Arthur a été voulue par Merlin, maître du temps et agent de Dieu ; le Graal devient une relique, le plat de la dernière Cène et le récipient dans lequel Joseph d'Arimathie a recueilli le sang du Christ.

Le roman en vers au XIIIe siècle fait une large place à Gauvain. Dans *La Quête du Saint Graal*, Gauvain souffre d'un jugement de valeur : il est exclu de la quête, étant trop attaché aux valeurs « terriennes ». « Tu es un vieil arbre qui ne porte plus ni fleur ni fruit, dit l'ermite à Gauvain. Fais donc en sorte que Notre-Seigneur ait au moins de toi l'écorce et la moelle puisque le diable a eu la fleur et le fruit. » La prose est un choix significatif : désormais, les personnages principaux sont Perceval, Lancelot et son fils Galaad.

Pourtant, les récits en vers resteront nombreux. Les romans alors privilégient Gauvain, tantôt à travers l'exaltation des vertus courtoises, tantôt comme personnage décidément bien futile. Dans le présent volume, c'est *L'Âtre périlleux* qui en rend compte.

Dans le domaine de la prose, entre 1215 et 1235, un grand ensemble est élaboré en cinq parties : le *Lancelot*, *La Quête du Saint Graal*, *La Mort le roi Artu*, prolongés par d'autres œuvres. Le *Lancelot*, dit *Lancelot-propre*[1], relate l'histoire de Lancelot, son origine, sa jeunesse, son arrivée à la cour d'Arthur, l'inclination

1. Le *Lancelot-propre* est souvent divisé en trois parties : 1) *Galehaut* (jusqu'à la mort de celui-ci) ; 2) *La Charrette* (proche du roman de Chrétien de Troyes) ; 3) *L'Agravain*.

naissante pour Guenièvre, les quêtes entreprises par divers chevaliers, dont Gauvain, pour retrouver Lancelot, la conception de Galaad à l'insu de Lancelot même, et, vers la fin de cet ensemble, le jeune Perceval se joint aux personnages principaux. *La Quête du Saint Graal* est spécifiquement consacrée à l'objet mythique, qui apparaît au cours de la Pentecôte. Les chevaliers décident alors d'entreprendre leur quête. Lancelot, pour sa part, ne fait qu'entrevoir le Graal, mais Bohort, Perceval et Galaad partent sur la nef de Salomon et arrivent au pays de Sarras où Galaad voit les secrets ultimes du Graal. Seul Bohort reviendra à Camaalot pour relater les événements prodigieux. Le récit est d'une grande modernité par l'abondance des songes qui cherchent une élucidation. Le dernier récit est *La Mort le roi Artu*, qui se consacre au crépuscule de l'univers de la Table Ronde. Les amours de Guenièvre et de Lancelot sont désormais connues et condamnées. Par la perfidie de Morgain, Arthur en reçoit la funeste révélation. Lancelot et Gauvain s'affrontent. Depuis la mort du Christ jusqu'à l'effondrement arthurien, la belle architecture se conclut par la bataille de Salesbières où Mordret, le fils bâtard, porte à Arthur son père le coup dont il mourra.

Ce grand cycle en prose sera un réservoir de récits pour les écrivains postérieurs. La fortune de l'histoire de Tristan est parallèle à ces créations. Il naît à cette époque un *Tristan* en prose, dont il existe une version courte et une version longue qui intégrera Tristan au monde arthurien. Mais le parallèle se poursuit avec la création de récits en vers, dont beaucoup prennent Gauvain pour personnage central, ou l'un de ses proches. Dans le présent volume, c'est *Gliglois*, un proche de Gauvain, qui l'illustre.

Durant le Moyen Âge dit « finissant », période féconde, la survivance de la matière de Bretagne est tout à fait intéressante, ainsi chez Froissart, auteur de *Chroniques* et de *Dits*.

Des questions sur la transmission de la légende resteront sans réponses : il existe une belle floraison de textes légués par de nombreux manuscrits, mais le Moyen Âge reste encore pour nous une longue période aux témoignages lacunaires.

Le monde de l'imprimé rendra justice à la mémoire de ces textes. Il peut à juste titre fasciner le lecteur d'aujourd'hui. Cette transmission prospère pour les récits à partir de 1480 et concerne un large pan de la culture européenne. Les romans de la Table Ronde ont été lus et aimés au temps de l'humanisme. Si Montaigne en parlait avec condescendance, l'accueil a été très bienveillant auprès des grands lettrés de l'époque.

La légende arthurienne. Le mystère du Graal

Le Graal occupe une place privilégiée dans l'imaginaire du Moyen Âge : il signifie la recherche de l'impossible. Il est toujours lié à la symbolique du repas, par la séquence énigmatique qui se propose de texte en texte, tantôt christianisée, tantôt proche encore de la tradition celtique. Diverses explications ont été proposées : les défenseurs d'une thèse chrétienne voient dans le Graal un ciboire ou un calice, dans le tailloir d'argent une patène, et dans la lance qui saigne la sainte Lance. Le cortège serait alors le processus liturgique d'une communion de malades qui reçoivent le saint Viatique.

D'autres suivront une thèse païenne et rituelle qui rattacherait le cortège à un culte de la fécondité et de la végétation. Il est vrai que la stérilité des terres redit la blessure du roi Mehaignié, et Perceval aurait manqué son initiation à un mystère puisque la Lance et le Graal seraient deux symboles de la sexualité.

Nombreux sont ceux qui défendent la thèse celtique, par l'abondance des motifs dans les récits d'Irlande et du pays de Galles. Un récipient magique, une écuelle ou un chaudron d'abondance possèdent la vertu magique de dispenser boisson et nourriture à volonté. Talismans de l'Autre Monde : la lance, elle aussi, apparaît fréquemment dans le domaine celtique, celle du dieu Lug, celle du dieu Œngus, la lance rouge et noir de Mac Cecht, la lance de Celtchar, enfin la lance du roi Arthur, capable de faire saigner le vent[1].

Reste ouverte la question non résolue de la christianisation d'un conte. Christianisation progressive et discontinue du mystère du Graal : des significations religieuses sont venues surdéterminer des motifs, des lieux et des noms celtiques.

Le Graal reste aujourd'hui attaché à son mystère. Chrétien emploie le mot pour désigner un récipient, un objet précis, écuelle ou plat. Un passage de la chronique d'Hélinand au début du

---

1. Jean Frappier, *Chrétien de Troyes et le mythe du Graal. Étude sur Perceval ou le conte du Graal*, Sedes, 1972 et 1979, en particulier le chapitre VIII, « Les origines du mythe et le symbolisme des objets merveilleux dans le *Conte du Graal* », p. 163-212.

XIIIe siècle rapporte une histoire avec une définition de l'objet, l'image d'un plat creux, probablement large[1].

Chez Chrétien, Perceval voit passer une lance blanche d'où tombe une goutte de sang. Un Graal porté par une demoiselle répand une étrange clarté, il est d'or, serti de pierres précieuses. « Aucun mot n'est sorti de ma bouche » : Perceval le Gallois au nom enfin retrouvé est en même temps Perceval l'Infortuné ! La Terre ainsi restera Gaste. Dans la *Première Continuation*, Gauvain reste aussi silencieux que Perceval : il s'agit pourtant de la lance de Longin qui a percé le côté du Christ mort sur la Croix. La vision du Graal est ici sanglante.

Dans la *Seconde Continuation* et dans la *Troisième*, Perceval tente d'éclaircir le mystère, il finit par visiter le château du Graal : la lance qui saigne est bien celle de Longin, le Graal est le récipient qui a recueilli le sang du Christ et le tailloir recouvrait le Graal. Perceval peut être couronné roi du Graal après la mort du Roi Pêcheur : il règne sept années durant, puis se retire dans un ermitage avec les trois objets sacrés, le Graal, la Lance et le Tailloir. Un autre texte en prose, *Perlesvaus*, décrit l'extase et l'hébétude de Gauvain devant le spectacle de la lance d'où tombe le sang vermeil, devant le Graal dans lequel il croit apercevoir un enfant. En proie à une intense joie, Gauvain oublie tout et ne pense qu'à Dieu, mais il ne dit mot et tous sont consternés. Car la Terre est Gaste là aussi, que traversent Gauvain et la demoiselle, entrant dans la plus effroyable des forêts, sans la moindre verdure, la terre comme parcourue de profondes crevasses.

Le Graal indique la souffrance du royaume stérile et la blessure du roi. Pour citer Daniel Poirion, « le Graal ne dit pas, il fait signe[2] ». L'obsession de l'énigme dans les scénarios des récits médiévaux (qu'il s'agisse d'un vestige de mythe archaïque ou d'un objet religieux lié à l'ère du Christ) – l'Occident médiéval a subi une grande fascination pour le réseau des sens que l'objet porte avec lui et qui ne seront sans doute jamais épuisés.

---

1. Jean Frappier, *Chrétien de Troyes*, Hatier-Boivin, 1957 et 1976, p. 188.
2. Daniel Poirion, préface à *Scènes du Graal*, textes traduits et présentés par Danielle Buschinger, Anne Labia et Daniel Poirion, Stock, 1987. L'ouvrage est consacré aux différentes apparitions du cortège énigmatique dans la littérature médiévale française et allemande.

La Table Ronde : l'aventure

Le lecteur sera frappé par les notations de chevauchées et l'abondance des trajets : les héros arthuriens voyagent beaucoup, ils sillonnent de nombreux pays. Parfois, la linéarité d'une recherche d'aventure peut s'interrompre pour le temps particulier d'une aventure plus *merveilleuse* que les autres, celle qui condamne le héros au temps cyclique de l'ensorcellement.

Mais les errances ont souvent une issue guerrière, avec les comportements que l'on attend d'un chevalier. Les aventures permettent toutes les victoires du courage et du défi. Souvent elles font appel au code de la chevalerie : sauver les faibles et les opprimés, les dames en détresse, les demoiselles assiégées.

Guerrières ou mystérieuses, les aventures tiennent le chevalier en haleine, et la cour en vie ! L'axe des quêtes et la dynamique des aventures fournissent un répertoire infini de combinaisons narratives. Ainsi les récits font-ils place à des quêtes multipliées. Avec toujours, à la fin, le retour à la cour, qui se fait au moment des grands rassemblements fastueux pour que le héros puisse déposer dans la mémoire orale tous les hauts faits qu'il a accomplis. Et Merlin confie à Blaise la tâche de consigner tous les événements jusqu'à la fin des temps.

On comprend que cette littérature qui fournit de si beaux modèles d'identification inspire les pratiques sociales. À partir du XIVe siècle, de nombreuses Tables Rondes seront instituées par de grands seigneurs, tables profanes où l'on joue et l'on danse, où des signes sont distribués, noms et armoiries, qui font de l'individu un personnage de récit.

La cour est en effet source de toutes vertus. Chacun peut s'adresser à Arthur, enfant orphelin, dame veuve, petits et grands, victimes d'une guerre injuste. Cette utopie de la disponibilité de la cour idéale, autour de la Table, inclut les actes de libéralité et les témoignages de largesse. La cour d'Arthur vit d'un beau circuit de dons et de contre-dons. « Largesse est un élixir qui stimule la prouesse » (*Méraugis de Portlesguez*).

À la recherche de l'aventure, la femme aimée n'est pas étrangère. Chrétien de Troyes a construit le roman d'*Érec et Énide* autour de la problématique de l'amour et de l'aventure. Dans le roman arthurien, l'amour dit « courtois », la *fin'amor*, fait partie de l'idéal chevaleresque. La qualité aristocratique du lien amoureux apparaît dans tous les récits. C'est dans la légende arthurienne que le lecteur peut trouver les vraies histoires d'amour du Moyen Âge. Le monde d'Arthur est riche d'amours qui conjoignent quelque élément qui resterait des amours avec les fées et cette représentation de l'amour, née au XIIe siècle, qui fait de la dame un seigneur dont l'amant est le vassal. Ainsi, Merlin sera prisonnier de Viviane qui lui a dérobé son art d'enchanteur. Lancelot est le parangon de toutes les vertus amoureuses : son obéissance à Guenièvre, la disponibilité au moindre de ses désirs sont évidentes dans *Le Chevalier à la charrette*. Or l'amour courtois est réservé à l'élite de ceux qui savent progresser, étape par étape, sur le parcours initiatique du désir.

Personnages et structures de parenté

Dans ce monde fourmillant de la Table Ronde, on pourra interroger les relations entre les personnages. Dans les récits en vers et les récits en prose, les personnages comme Gauvain sont acteurs d'exploits chevaleresques et amoureux. Les récits en prose organisent volontiers des couples de personnages, liés au Graal par le motif de la quête ou de l'annonce prophétique ou par une relation de parenté[1].

Les récits s'élaborent en une sorte de *Comédie humaine* dont les acteurs réapparaissent d'un récit à l'autre. Cycles, bourgeons, excroissances : dans l'univers de la Table Ronde, la stabilité d'Arthur en fait l'acteur indispensable, le centre du récit. Le lecteur découvre un foisonnement de personnages d'un univers romanesque complexe. Ne risque-t-on pas d'en être déconcerté ? Assurément non, car certains personnages témoignent d'une permanence de comportement, d'une véritable logique humaine. Ce sont des êtres que l'on a rencontrés et que l'on connaît déjà ! Lancelot reste toujours l'amant parfait, alors que Gauvain est toujours disponible aux dames et demoiselles, le chevalier courtois par excellence, très attachant, même s'il souffre de sa réputation de jouisseur ; Keu, le sénéchal, frère de lait d'Arthur, mais de moindre valeur car il n'a pas été nourri par sa propre mère dont le lait devait aller à l'enfant

1. Voir les constats pertinents effectués par Emmanuèle Baumgartner et Charles Méla dans le chapitre « La mise en roman », dans Daniel Poirion (dir.), *Précis de littérature française au Moyen Âge*, Puf, 1983.

confié par Merlin, demeure un peu mesquin, aigre, jaloux et persifleur ; quant à Guenièvre, restée belle et jeune (elle surpasse en beauté toutes les femmes de l'île, et peut-être bénéficie-t-elle des traits de son ancienne nature de fée ?), venue de l'Autre Monde, elle est souvent enlevée de la cour. Tentant l'aventure du Graal, Gauvain ne peut ressouder l'épée brisée et il se couvre de honte. Au matin, il se réveille dans un marais et il ne peut accomplir l'aventure du château du Roi Pêcheur, assistant, bouleversé, au service du Graal, mais gardant le silence.

Dans d'autres récits, Gauvain est pourtant un héros « parangon de sagesse et de courtoisie », même s'il subit un traitement parodique dans *L'Âtre périlleux* dont le lecteur trouvera ici le texte qui retient peut-être quelque trace d'une origine archaïque : sa force suit le cours du soleil. L'auteur du *Chevalier à l'épée* peut annoncer dès le début du récit : « Le héros en est le bon chevalier qui sut garder loyauté, prouesse et honneur et qui jamais n'aima les êtres lâches, perfides et dépourvus de courtoisie. Je veux en effet vous conter de monseigneur Gauvain. Ses manières étaient si raffinées, il avait une telle réputation de prouesse que personne ne saurait en parler. »

Michel Pastoureau se montre frappé par la fermeté des structures de parenté. Même les variantes de noms, d'un récit à l'autre, ne les estompent pas. Ainsi, le lien du neveu à son oncle maternel est un écho des réalités sociales de l'époque qui a connu la légende arthurienne. Nombreuses sont les histoires d'inceste et d'adultère, où les femmes restent souvent innommées.

La bâtardise est obsédante : Merlin est un enfant bâtard, Arthur aussi, qui passe pour être le fils du duc de Tintagel, mais est en réalité le fils d'Uterpendragon, et qui se croit le fils d'Antor jusqu'à l'épreuve de l'enclume. Mordret, lui aussi, est né de l'union aveuglée d'Arthur et de sa sœur, épouse du roi Lot d'Orcanie. Galaad est engendré au cours d'une nuit des dupes par Lancelot qui croit passer la nuit avec Guenièvre, alors que gît à ses côtés la fille du roi Pellés. La génération des pères porte souvent le poids d'une faute. Le diable engendre Merlin, Lancelot est coupable d'adultère mais son fils sera le chevalier chaste élu pour le Graal.

Certaines fratries font l'objet d'une élaboration particulière. Dans le lignage de Gauvain, parmi les quatre fils du roi Lot d'Orcanie, Gauvain est la figure de premier plan, galant, courtois, parfois proche de la luxure, capable d'orgueil farouche et de démesure. Son frère Agravain reste mauvais et envieux, largement responsable de la dégradation du monde arthurien. Mordret sera, parmi les neveux d'Arthur, le rebelle jaloux de son oncle. L'affrontement final de *La Mort Artu* est un règlement de compte entre père et fils.

Pour le public médiéval qui avait accès aux manuscrits, les repères étaient facilités par le fait que tel personnage reçoit des marques d'identification qui concernent aussi celles qu'ont connues les lignages de l'époque, dans la grande, la petite et la moyenne noblesse. Dans le domaine de l'héraldique, les armoiries séduisent les yeux du lecteur moderne et proposent des couleurs, des formes et des figures. Le système héraldique arthurien est en mimétisme par rapport au système héraldique de la noblesse médiévale. Les armes de Lancelot, d'argent à trois bandes de gueules, sont les plus stables de toutes celles des chevaliers de la Table Ronde : elles proviennent d'un épisode littéraire du *Lancelot* en prose où la demoiselle de la Douloureuse Garde lui remet trois écus d'argent.

Parfois, assurément, les généalogies sont compliquées. Les travaux de nos historiens médiévistes éclaireront le lecteur. Et dans la légende arthurienne, le Moyen Âge parle fortement de son obsession du nom propre et de l'identité. Gauvain, dans *L'Âtre périlleux*, est dit « cil sans nom », celui qui n'a pas de nom. Il est en effet obligé de taire son nom : « J'ai perdu mon nom : je suis le chevalier sans nom ! » Ce nom, il le recouvre lorsque, interrogé par l'Orgueilleux Faé, il répond fièrement : « Je suis Gauvain. Au prix de longues errances, j'ai recouvré le nom que j'avais depuis longtemps perdu ! »

La diffusion de la légende arthurienne

Le vaste ensemble des récits arthuriens se diffuse largement en Europe, dans un champ géographique très large : les récits s'expatrient, ils essaiment et s'enrichissent. Il ne faudra jamais oublier cette dimension européenne. Déjà, vers les années 1200 et 1250, deux textes en vieux norrois apparaissent en Scandinavie. Au pays de Galles, de nombreuses traductions de récits français témoignent d'un bel échange entre les régions celtiques et la France. L'Allemagne et l'Angleterre sont les lieux où la légende se diffuse avec le plus de vitalité. Notre horizon aujourd'hui connaît bien les noms de Wolfram von Eschenbach et Thomas Malory.

La renommée de Chrétien de Troyes a sans doute contribué à stimuler le rôle culturel du roi Hakon Hakonarson dans la première moitié du XIIIe siècle, soucieux de faire pénétrer la culture courtoise dans son entourage. Aux Pays-Bas, la matière arthurienne a joui très tôt d'un grand succès. Mais ce sont les pratiques sociales qui témoignent tout particulièrement de l'intérêt suscité dans cette partie de l'Europe.

Il en est de même pour la pénétration en Allemagne. Des nobles allemands séjournaient, on le sait, auprès des cours françaises, ou étaient entrés, lors des croisades, en contact avec la littérature nouvelle. Ces seigneurs se procuraient des manuscrits, les faisaient traduire ou adapter par des clercs de leur cour. L'œuvre la plus importante est certainement celle de Wolfram von Eschenbach, qui retravaille en profondeur ses modèles : il dépasse le royaume de Logres, veut aller jusqu'en Orient, évoque une chrétienté dont il relate le déroulement temporel depuis les origines jusqu'au temps des croisades. Tout amateur de musique sera guidé par les compositions de Richard Wagner vers Wolfram von Eschenbach.

En Angleterre, la popularité de la légende est attestée par les chroniques et romans du XIIe au XVIe siècle, et encore jusqu'à l'époque moderne. Il est vrai que le héros de la légende, Arthur, est roi d'Angleterre, et des raisons dynastiques ont conforté cette stature. Il s'agit de récits en vers tout comme de proses. Au XVe siècle, en effet, s'épanouit la matière arthurienne. Thomas Malory, homme de grande culture, se sert aussi bien de récits en prose (pour le rôle de Merlin dans la naissance d'Arthur, jusqu'à la destruction du royaume) que de poèmes anglais pour composer son œuvre, dont deux récits marquent notre mémoire littéraire : *The Tale of the Death of King Arthur*, magnifiquement illustré par le travail de l'imprimeur Caxton, et le *Morte Arthur*.

Quant à l'Italie, des témoignages iconographiques indiquent que la légende a circulé très tôt dans la Péninsule, par l'évocation de la résidence d'Arthur à Mongibel près de l'Etna, et le rôle de Frédéric II en Sicile a été souligné. Dès le XIIIe siècle, la Vénétie et la Toscane s'imprègnent de cette vogue littéraire. Même des textes épiques témoignent, à partir du début du XIVe siècle, d'une influence arthurienne. Roland est représenté comme un chevalier de la Table Ronde.

En Espagne, la mode littéraire s'épanouit, surtout par les romans en prose. Le *Tristan* et le *Lancelot-Graal* en furent les agents. L'imprimerie fournit alors d'excellents modes de diffusion, en permettant un élargissement du public.

Le mythe et le conte

On reste impressionné par la passion d'interprétation qu'éprouvent les chercheurs pour l'analyse interne des œuvres et leurs structures narratives. Ainsi Georges Dumézil met en rapport la conception indo-européenne des trois fonctions et la théorie médiévale des trois ordres[1]. La métamorphose du père et l'épée arrachée à l'enclume sont réintégrées par Dumézil dans un groupe de motifs qui leur donnent sens[2]. L'usage des trois fonctions permet de comprendre la suite des trois épreuves d'Arthur : celui-ci témoigne d'abord de sagesse et d'intelligence, il teste sa force guerrière, il prouve enfin qu'il sait faire un usage heureux des biens et de l'abondance féconde. Ainsi, le Graal a été mis en rapport avec les talismans royaux des Indo-Européens. Les ensembles d'objets, dans cette approche de recherche, prennent sens. Le Graal de Wolfram von Eschenbach serait à rapprocher de ces talismans royaux. Le Graal est un récipient lié au culte pour symboliser la fonction magico-religieuse ; l'épée et la lance, symboles de la fonction guerrière, le tailloir pour la fonction nourricière, en partie assumée également par le Graal.

En marge de ces recherches, nous devons beaucoup à l'initiative de Jacques Le Goff sur les *exempla*, recherches menées par le Groupe d'anthropologie historique de l'Occident médiéval. Le conte merveilleux médiéval éclaire l'agencement savant des motifs[3]. Le rapport nouveau au monde des contes, favorisé par les ethnologues et les historiens des mentalités, invite à réexaminer cette tradition narrative.

1. Georges Dumézil, *Apollon sonore*, Gallimard, 1982, p. 207. Voir aussi les analyses de Georges Duby dans *Les Trois Ordres ou l'Imaginaire du féodalisme*, Gallimard, 1978.
2. J. H. Grisward, « Des Scythes aux Celtes : le Graal et les talismans royaux des Indo-Européens », *Artus*, n° 14, été 1983.
3. Jacques Berlioz, Claude Bremond et Catherine Velay-Vallantin (dir.), *Formes médiévales du conte merveilleux*, Stock, 1989.

Ce qui nous amène au domaine des contes, dont les schémas jaillissent avec bonheur des structures de récits. Des études récentes, très fertiles, ont analysé les rapports du roman médiéval et du conte populaire. Ainsi, pour les thèmes du château désert, du château piège, des métamorphoses, des bêtes étranges, tel le monstre dont Merlin expliquera la signification. Il s'agit d'un animal blanc, portant une croix vermeille et répandant une odeur délicieuse. Il signifiera le Christ sacrifié, mais deviendra peu à peu une créature diabolique. *Le Chevalier au Papegau*, récit tardif présent dans ce volume, illustre le motif très aimé.

D'autres recherches nouvelles suggèrent combien l'imaginaire arthurien a agi sur la petite noblesse jusqu'au début du XIVe siècle, avec des témoignages fournis par l'anthroponymie : ainsi, les couples de frères qui interviennent fréquemment dans la nomination. Les bourgeois s'attachent aux valeurs de la noblesse, par la traversée de l'imaginaire littéraire, en marquant une passion pour un patrimoine de personnages mythiques. Les travaux de Michel Pastoureau, déjà évoqués pour les structures de parenté et l'héraldique imaginaire, sont particulièrement novateurs. Le modèle du « chevalier errant » imprègne les initiatives individuelles : on se met à rêver de vivre en arthurien. On formule un vœu, celui de défendre un « pas », passage ou gué, pendant un temps déterminé, en espérant que vont entrer dans la vie réelle les aventures chevaleresques. Comme le dit vigoureusement Arthur dans le roman *Jaufré* : « Si les aventures ne viennent pas à nous, nous irons les chercher ! »

Ainsi, vers le milieu du XIIIe siècle, un petit seigneur d'Autriche du Sud, Ulrich von Lichtenstein, se croit Arthur en personne ; il envoie des messagers pour provoquer au combat tous les chevaliers, et parcourt plus de quatre mille kilomètres. Ceux qui réussiront à briser contre lui trois lances sans être désarçonnés seront admis à sa Table Ronde et recevront de lui un nom arthurien.

La liste des rituels, de joutes, tournois et Tables Rondes passionnera les amateurs d'histoire médiévale. La liste en est impressionnante, aussi bien en Flandre qu'en Angleterre, en Espagne qu'en Allemagne. On retrouvera avec profit la vie de cour de René d'Anjou, qui fait construire, pour une Table Ronde, un château arthurien. La vie devient un spectacle !

L'anthroponymie est le champ particulièrement riche pour cerner ce symptôme arthurien, et toutes les classes sociales sont touchées par le phénomène. On constate une prééminence très nette du nom de Tristan, puis viennent Lancelot et Arthur à titre égal, puis Gauvain et Perceval. Et même les animaux bénéficient du phénomène arthurien !

Vient le moment des découvertes, ces « reliques » arthuriennes, les tombes prétendues d'Arthur et de Guenièvre à Glastonbury. Quant au domaine iconographique, il est désormais bien connu : il ne faudrait jamais manquer une exposition de manuscrits du Moyen Âge, quand désirer, commander puis posséder un bel ouvrage illustré était un signe de grand pouvoir. Michel Pastoureau a fait bénéficier de ses recherches d'historien l'iconographie arthurienne.

À partir des illustrations de manuscrits et des *Armoriaux*, on constate que les armoiries des personnages de légende sont étonnamment stables. Aussi, les armoiries familiales ont souvent puisé avec enthousiasme dans les armoiries littéraires, remplaçant parfois les véritables armoiries de la famille par des armoiries fictives : fait majeur dans la culture occidentale ! On a pu parler d'une attention neuve à l'individu, grâce à l'héritage séculaire des récits.

D. R.-B.

NOTE AU LECTEUR

Dans ce volume nous souhaitons faire connaître la richesse et la diversité des récits qui composent la légende arthurienne. A partir d'un grand classique bien connu du public, *Perceval le Gallois ou le Conte du Graal* de Chrétien de Troyes, la thématique du Graal, de son énigme et de la quête, s'est développée en des sens surprenants, qui méritent d'être découverts. Après Chrétien de Troyes, des récits en prose ont voulu exposer le projet divin qui intègre Arthur, le souverain légendaire du royaume de Bretagne, dans un temps qui va de la Passion du Christ au crépuscule de la Table Ronde. D'autres récits, versifiés, se sont attachés à des aventures plus terrestres, mais qui, toujours, mettent en œuvre ce qu'on a appelé une éthique chevaleresque. Dans tous les cas, les origines celtiques de la légende ont apporté des motifs merveilleux et souvent fantastiques à la matière arthurienne. Les amateurs de contes trouveront là une littérature qui fait rêver. Graal, aventures et fantasmagories : la Table Ronde est encore à découvrir !

Toutes les traductions de ce volume, à l'exception du roman de Chrétien de Troyes traduit par Lucien Foulet, sont inédites. Les traducteurs sont tous des spécialistes de la littérature du Moyen Age. Leur traduction est précédée d'une présentation dans laquelle ils situent les textes qu'ils ont traduits ; ils indiquent leur transmission par les manuscrits et analysent leur place dans la tradition littéraire. Chaque traducteur a orienté sa présentation selon son approche personnelle.

La préface qui inaugure le volume décrit dans ses grandes lignes la genèse de la légende arthurienne, propose des clefs pour sa lecture, évoque la diffusion dont elle a joui dans l'Europe du

Moyen Age, rappelle enfin la vitalité des recherches qu'elle suscite à l'heure actuelle, qui sont d'une grande modernité.

Dans la mesure du possible, les récits ont été traduits intégralement. Dans les cas où de larges extraits sont présentés, des passages de transition, en italique et entre parenthèses, permettent d'embrasser la cohérence du texte. Les récits ont été découpés en séquences pourvues de titres : cette intervention sur le texte que nous a transmis le manuscrit médiéval a pour but d'en rendre la lecture plus aisée.

Nous avons voulu proposer à la lecture des traductions exemptes d'archaïsmes et éviter les termes disparus de notre vocabulaire ou ceux dont le sens a changé. Seuls les termes de civilisation ont été gardés pour lesquels aucun équivalent ne pouvait se trouver. L'exactitude a été un souci constant, mais il fallait aussi offrir des traductions dont le mouvement et le rythme puissent convenir au lecteur contemporain. Ainsi les temps du récit ont dû souvent être homogénéisés : le lecteur constatera parfois que la langue du Moyen Age ne se range pas facilement à l'usage actuel !

En fin de volume, un lexique propose une courte définition des termes de civilisation. La table des noms propres fournit les repères essentiels de l'univers arthurien. Des tableaux généalogiques faciliteront la compréhension des liens de parenté entre les personnages. Une bibliographie orientera vers des horizons larges et détaillés le lecteur qui voudrait aller plus avant dans la littérature du Moyen Age.

En abordant la légende arthurienne, le lecteur peut être surpris par l'abondance des lieux qui sont nommés sans porter de noms ! Château des Griffons, Château des Barbes, Château de la Joie, Ile de Pénurie ou d'Abondance, Royaume des Pucelles, Pont Périlleux, Amoureuse Cité, d'autres encore : le héros qui y passe est comblé ou désenchanté, déçu et menacé, parfois soumis à une étrange coutume. Ainsi le Château des Caroles est un château où se danse, par enchantement, une ronde éternelle.

Parfois ces désignations sont précises : le Château au Cercle d'Or devant lequel passe Lancelot conserve, coulée dans l'or, la couronne d'épines portée par le Christ sur la Croix. Le Château des Ames est le château du Graal, le but de la quête : l'âme de ceux qui y parviennent accède, après leur mort, au paradis.

Lorsqu'un lieu est privé de nom – telle l'Ile sans Nom d'où l'on ne peut revenir, ou la Cité sans Nom – la privation du Nom que dit le nom même peut signifier un inachèvement particulier ou un mauvais présage. Inachèvement ou mauvais présage que dit également l'être privé de nom, un Géant sans Nom par exemple.

Certains noms de personnages sembleront au lecteur moderne de pures désignations génériques : Chevalier au Bouclier Blanc, Chevalier Vermeil, etc. Ces désignations pourtant sont loin d'être neutres : elles actualisent la portée de telle ou telle couleur dans la sensibilité symbolique médiévale, elles orientent vers la perception d'un système des couleurs suggérant qualités ou vices, vigueur, loyauté, justice, ou désordre, désespoir, trahison. Ce système est d'ailleurs souvent ambivalent, et il ne saurait être question de vouloir y trouver des archétypes. En tout cas les personnages monochromes, nommés uniquement par la couleur de leurs armes, sont désignés et classés dans une fonction spécifique. La monochromie permet par ailleurs d'évaluer l'importance de l'incognito et des signes de « conoissance » que sont les armoiries.

Dans les cas d'un Chevalier Couard, de Lion sans Merci ou de Belle sans Vilenie, il apparaît d'emblée que le personnage fournit, par son nom même, l'essence de son être et les modalités d'un comportement relativement stable. Mais des personnages peuvent assumer des fonctions importantes dans la légende arthurienne, sans pour autant porter de nom : il en est ainsi des demoiselles-messagères, des nains ou des vavasseurs, toujours dévolus à une chaleureuse hospitalité. Ces « anonymes » sont nombreux et importants pour la dynamique du récit.

Enfin, dans les situations amoureuses surtout, on verra souvent intervenir des allégories, Joie, Courtoisie, Prouesse, Beauté, Noblesse, et surtout Amour. Il s'agit là de personnifications : une notion abstraite, un sentiment, une force de l'affectivité prend parole, et se glisse dans le rôle d'un personnage. Amour, surtout, intervient dans les monologues/dialogues intérieurs, comme interlocuteur de celui qui est en proie au sentiment amoureux. Il parle en maître. Suivant la tradition très élaborée déjà par Chrétien de Troyes dans *Cligés*, cette casuistique un peu précieuse, très vivante et souvent malicieuse, apparaît dans un certain nombre de nos récits, ainsi dans *Méraugis de Portlesguez, Le Roman de Jaufré* et *Le Chevalier au Papegau.*

D. R.-B.

CARTES DE LA DIFFUSION DES TEXTES ET DE L'IMAGINAIRE ARTHURIEN

La géographie arthurienne montre à quel point le *réel* et le *rêve* peuvent s'imbriquer : si un certain nombre de toponymes correspondent à des lieux connus de Grande et de Petite Bretagne (avec des écarts de texte à texte : ainsi le roi Marc est, selon les récits, roi de Cornouailles en Petite ou en Grande Bretagne...), d'autres lieux ne relèvent que d'une topographie tout à fait imaginaire, ainsi le château du Graal à Corbenic, ou l'Ile d'Avalon où le roi Arthur fut transporté blessé après la bataille de Salesbières, lieu mythique qui fut cependant assimilé avec l'abbaye, réelle, de Glastonbury.

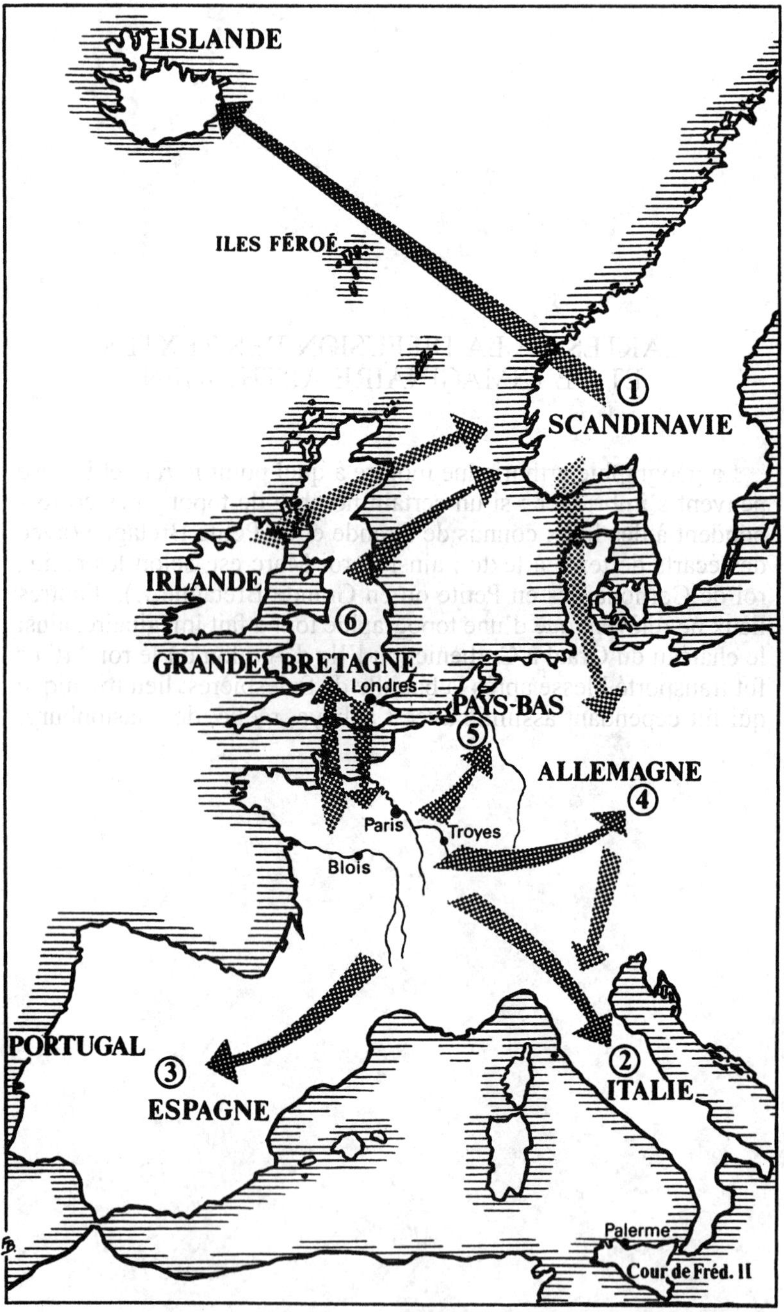

ISLANDE
ILES FÉROÉ
① SCANDINAVIE
IRLANDE
⑥
GRANDE BRETAGNE
Londres
PAYS-BAS
⑤
ALLEMAGNE
④
Paris
Troyes
Blois
PORTUGAL
③
ESPAGNE
②
ITALIE
Palerme
Cour de Fréd. II

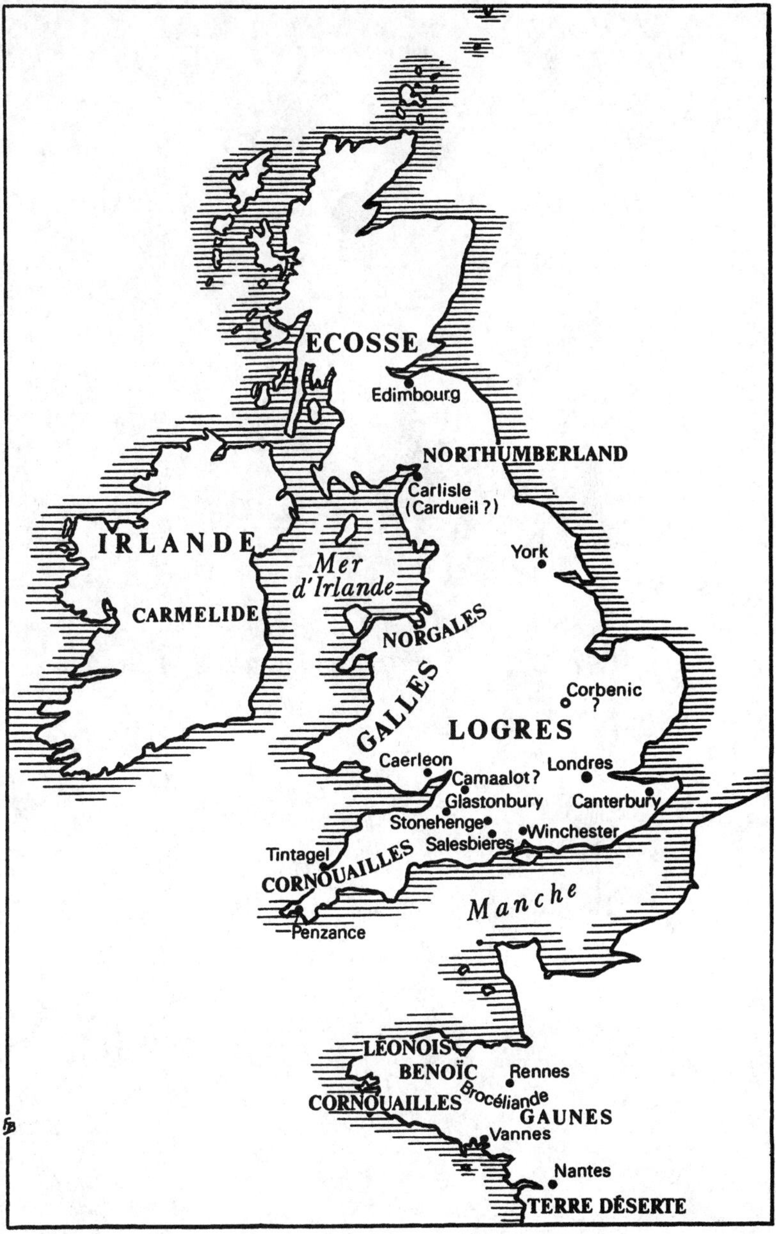
ECOSSE
Edimbourg
NORTHUMBERLAND
Carlisle
(Cardueil ?)
IRLANDE
Mer
d'Irlande
York
CARMELIDE
NORGALES
GALLES
Corbenic
?
LOGRES
Caerleon
Londres
Camaalot ?
Glastonbury
Canterbury
Stonehenge
Winchester
Salesbieres
Tintagel
CORNOUAILLES
Manche
Penzance
LÉONOIS
BENOÏC
Rennes
Brocéliande
CORNOUAILLES
GAUNES
Vannes
Nantes
TERRE DÉSERTE
FB

MERLIN ET ARTHUR :
LE GRAAL ET LE ROYAUME

Récit en prose, attribué à Robert de Boron,
traduit et présenté par Emmanuèle Baumgartner.

Écrit dans le premier quart du XIIIe siècle.

INTRODUCTION

Le *Merlin* et le *Perceval* en prose, ces deux récits que nous réunissons ici[1] sous le titre de *Merlin et Arthur : le Graal et le royaume*, font partie d'une « trilogie » attribuée, par certains manuscrits, à Robert de Boron. Nous avons par ailleurs conservé de cet écrivain un texte en vers, le *Roman de l'Estoire du Graal*, que l'on date de la fin du XIIe siècle, et un fragment, en vers également, d'un *Merlin*. Il est possible que le *Merlin* en prose ait été également composé par Robert de Boron dans les toutes premières années du XIIIe siècle. Mais le *Perceval* en prose, même s'il s'inscrit dans le projet développé par Robert de Boron dès le *Roman de l'Estoire du Graal*, est sans doute plus tardif, et l'attribution à Robert de Boron nous semble relever de la pratique, très courante dans les romans en prose du Graal, de la pseudo-graphie.

Le *Conte du Graal* de Chrétien de Troyes laisse en suspens, comme le lecteur peut aisément le constater, un certain nombre de questions qui concernent tout à la fois l'achèvement de la double quête – du Graal par Perceval, de la Lance qui saigne par Gauvain –, l'origine, tout aussi indécise, du Graal et de la Lance, et leur statut. S'agit-il encore de talismans merveilleux, venus du légendaire celte, ou de reliques christianisées ou en passe de le devenir ? Le Graal, chez Chrétien, contient en effet une hostie, comme le révèle l'ermite à son neveu Perceval, et cette nourriture essentielle suffit depuis quinze ans à maintenir

1. La présente édition ne reproduit que le *Perceval* en prose, mais nous avons conservé l'intégralité de l'Introduction qu'Emmanuèle Baumgartner a donnée dans l'édition « Bouquins » d'origine.

en vie le père du Roi Pêcheur, celui « à qui l'on fait le service du Graal ».

Or c'est sur la voie de la christianisation du motif, ou plus exactement d'une explication des origines du Graal qui recourt largement à la grille chrétienne, que s'est engagé Robert de Boron. Composé peu après le *Conte du Graal* (mais nous ne savons pas si l'écrivain a connu ou non le récit de Chrétien), son *Roman de l'Estoire du Graal* est une étape décisive dans le devenir littéraire du motif. Dans ce récit, le Graal devient en effet l'écuelle dans laquelle le Christ a célébré la première Cène, institué le sacrement de l'eucharistie, *et* le vase dans lequel Joseph d'Arimathie a recueilli, au soir de la Passion, le sang du Crucifié. Après sa résurrection, le Christ lègue à Joseph la précieuse relique pour le récompenser de l'« amour » qu'il lui a témoigné en lui donnant son tombeau et en l'ensevelissant. Plus avant dans le texte, le vase acquiert enfin son « vrai » nom et son sens : essentiel : le *Graal*, comme l'énonce la voix divine dans un jeu de mots fondateur, c'est ce qui *agrée*. Le Graal n'est rien d'autre que la projection inquiète et toujours renouvelée du désir humain.

La relique est ensuite confiée par Joseph à son beau-frère Bron, le riche Roi Pêcheur, qui doit l'emporter en Grande Bretagne (le texte dit « dans les vaux d'Avalon ») et la léguer enfin au « fils de son fils ». Alors s'achèveront, à travers l'espace et le temps, et selon un rythme ternaire que le texte lui-même assimile au mystère de la Trinité, la trajectoire et l'histoire « mondaine » du Graal que relatent en partie la fin du récit de Robert de Boron et sa mise en prose, le *Joseph* en prose, première partie de la trilogie.

Le *Merlin* en prose[1], pièce centrale de cet ensemble, ne reprend pas exactement la suite du *Joseph* puisqu'il s'ouvre sur le conseil des démons qui, au lendemain de la Passion, s'efforcent de « créer » un antéchrist et d'annihiler ainsi l'œuvre de rédemption. Plus que sur l'histoire du Graal – dont le récit semble perdre la trace – et le devenir de Bron et de son lignage, il est d'abord centré sur la figure du fils du diable racheté par Dieu, connaissant, de par sa naissance diabolique, les « choses allées », mais recevant de Dieu le pouvoir

1. Ne sont ici donnés que deux fragments du texte : le récit de la naissance de Merlin, de ses premiers actes, jusqu'au départ pour l'Occident, de la genèse du *Livre du Graal*, et les pages qui relatent l'avènement d'Arthur. Pour une traduction de l'ensemble du texte, voir *Merlin le prophète ou le Livre du Graal* (Stock + Moyen Age, 1980).

de prédire et d'orienter efficacement le futur. Dans ce récit au statut incertain, où les fils de la chronique historique croisent et recoupent le discours didactique et moralisant, les merveilles et les sortilèges de la matière de Bretagne, la geste épique des fils de Constant ou la passion d'amour d'Uterpendragon, Merlin multiplie en effet les fonctions narratives.

Une fois passé, comme le Graal, d'Orient en Occident (dans la Grande Bretagne pré-arthurienne), il inspire, soutient et organise les efforts de la dynastie légitime des fils de Constant, Uter et Pendragon, pour reprendre leur royaume à l'usurpateur Vertigier et en assurer définitivement, lors de la bataille de Salesbieres, l'indépendance face aux Saxons. Persuadant ensuite le nouveau roi d'établir à sa cour la Table Ronde, il met en concordance le temps (intermédiaire) d'Uterpendragon avec le temps originel de toutes les proses du Graal : le temps de la passion du Christ, de Joseph d'Arimathie et de l'« invention » de la relique. Brisant simultanément le cercle parfait de la Table par la vacance du « siège périlleux », qui représente ici le siège laissé vide par Judas à la Table de la Cène, il invente et préserve la faille essentielle à la relance du récit. Faille que Perceval – mais le *Merlin* ignore encore son nom – tentera en vain de combler, et qui ne s'abolira que lorsqu'il aura lui-même accompli son parcours et mené à bien sa quête.

Par ses dons d'enchanteur et de magicien, Merlin le prophète est aussi celui qui, se jouant des passions et des faiblesses humaines, assure la naissance d'Arthur. Il n'hésite pas à reprendre tout aussitôt l'enfant à ses parents légitimes et à en faire, à son image, un « fils sans père », qui devra faire ses preuves, s'imposer comme l'élu de Dieu pour retrouver son royaume, puis obtenir, ou presque, la maîtrise du monde.

Enfin et surtout, Merlin dicte à Blaise dans la solitude préservée du Northumberland le « Livre du Graal », ce livre qui tout à la fois résume l'« histoire ancienne » du Graal (le temps du *Joseph* en prose), relate le présent, le temps pré-arthurien (le temps du *Merlin* en prose), et en projette l'avenir, le temps de la quête de Perceval et du règne d'Arthur (le temps du *Perceval* en prose), tout en ménageant là encore, à l'orée du récit, un vide fondateur : les paroles d'amour échangées entre le Christ et Joseph, les secrets indicibles qui dérobent à tout jamais le mystère du Graal. Mise en scène de l'écriture, ou plus exactement de la métamorphose, tout aussi impossible à saisir que les « muances » de Merlin, de la parole vive en texte écrit et désormais ouvert à toutes les réécritures, que reprend à son compte le *Perceval* en prose, récit dans lequel Merlin reste jusqu'au bout celui qui oriente une quête dont il est aussi, associé à Blaise, le premier scripteur.

Pour toute la partie historique dû texte, la chronique des rois bretons et de leur lutte contre les Saxons, le *Merlin* s'inspire très largement du *Roman de Brut* de Wace. Achevée en 1155, cette « geste des Bretons » relate en effet l'histoire de la Grande Bretagne et de ses rois, depuis le règne fondateur de Brutus le Troyen, le descendant d'Énée, jusqu'au règne d'Arthur, très longuement évoqué, et à la fin de l'indépendance bretonne. Le *Perceval* en prose (la deuxième partie de notre traduction) fait également de larges emprunts au *Brut* et lui reprend notamment tout le finale du récit : les conquêtes d'Arthur en France, l'expédition contre Rome, la trahison de Mordret, la tragique bataille où s'affrontent mortellement l'oncle et le neveu ainsi que le motif du départ d'Arthur pour l'Ile d'Avalon et de sa possible survie.

Mais le récit très complexe de la quête du Graal par Perceval se ressource en priorité, comme le lecteur aura maintes occasions de le constater, au *Conte du Graal* de Chrétien de Troyes. Cette source (trop) évidente, l'auteur lui-même ne la nomme pourtant que pour aussitôt s'en démarquer, rejeter les fictions mensongères des trouvères captifs de leur quête des « rimes plaisantes », et énoncer la « vraie » source de son récit : la parole autorisée de Merlin telle que l'a jadis transcrite Blaise et que lui-même la retrace ou la « retrait », pour reprendre le terme médiéval.

Ce n'est pas le lieu de faire l'inventaire des sources multiples d'un récit qui tisse en effet très habilement des données empruntées au *Conte du Graal* avec la tradition représentée par les œuvres attribuées à Robert de Boron et qui réemploie bon nombre de motifs narratifs également présents dans les romans arthuriens en vers, ceux de Chrétien de Troyes et de ses successeurs, comme les auteurs des *Continuations du Conte du Graal* et tout particulièrement de la *Seconde Continuation* ou *Continuation Perceval*. Mais, plus que les sources exhibées ou soigneusement masquées, importent ici les déplacements pratiqués. Texte hanté par la quête de la clôture, de l'(impossible) achèvement, le *Perceval* en prose déploie sur le modèle ternaire/trinitaire, défini par Robert de Boron dans le *Roman de l'Estoire du Graal*, la généalogie de son héros. Disparaît du récit le vieux roi, père du Roi Pêcheur, que nourrissait l'hostie. Fils d'Alain, petit-fils de Bron, Perceval est le « troisième homme » d'une lignée sans faille et sans mystère. Il est l'ultime destinataire et possesseur d'un Graal dont il a appris l'origine, le devenir et le sens au moment même où se dissipaient définitivement les enchantements de Bretagne, où la pierre faillée se ressoudait à la Table Ronde, où tout désir s'abolissait dans le royaume d'Arthur. Et c'est à lui qu'est enfin révélé non pas « à qui on fait le service du Graal » – depuis le récit de Chrétien et l'élucidation donnée par l'ermite, cette question n'a plus grand sens – mais « à quoi il sert », pourquoi il advient dans l'univers des hommes.

Longtemps partagé, comme le texte lui-même, entre la poursuite aventureuse de l'amour de la femme ou de la fée et de la gloire mondaine et la quête du Graal, abandonnant enfin la chasse du cerf blanc, les séductions de la féerie et les mirages de la vie chevaleresque pour la contemplation fervente du saint Vase, Perceval trouve ici la réponse. A quoi sert en effet le Graal, sa quête, sa possession, sinon à en finir, à essayer du moins, avec les méandres, les errances, l'inépuisable traque de l'écriture, pour s'abîmer dans la vision ineffable, dans le silence, ou se retirer, comme Arthur dans l'Ile d'Avalon, comme Merlin dans son mystérieux « esplumoir », dans l'au-delà de tout récit ?

Notre traduction suit, pour les fragments du *Merlin*, l'édition établie par Gaston Paris et Jacob Ulrich sous le titre : *Merlin, roman en prose du XIIIe siècle, publié avec la mise en prose du poème de Robert de Boron* (2 vol., S.A.T.F., Paris, 1886). Pour la deuxième partie, nous avons traduit le texte du manuscrit de Modène édité par William Roach sous le titre *The Didot* Perceval, *According to the Manuscripts of Modena and Paris* (Philadelphie, 1941 et Slatkine Reprints, Genève, 1977).

Emmanuèle BAUMGARTNER

NOTE AU LECTEUR

La fin du *Merlin* en prose, la manière dont ce texte s'articule avec les récits auxquels il a été ensuite lié – le *Perceval* en prose dans la trilogie attribuée à Robert de Boron, le cycle du *Lancelot-Graal*, en prologue au *Lancelot* en prose, ou, plus tardivement, le récit intitulé traditionnellement la *Suite du Merlin* – diffèrent selon les manuscrits et les familles de manuscrits.

Dans le manuscrit de Modène que nous suivons pour le *Perceval* en prose – notre deuxième partie, *De la quête du Graal par Perceval à la mort du roi Arthur* – se lit une sorte de raccord qui résume dans ses grandes lignes le *Joseph* et le *Merlin* en prose et qui s'efforce de saturer le temps entre l'avènement d'Arthur et le récit de la fête de la Pentecôte au cours de laquelle se décide la quête du Graal. En voici le contenu : Merlin révèle aux barons de Logres l'origine légitime d'Arthur. Entrevue entre Merlin et Arthur à qui le prophète explique la « senefiance » de la Table Ronde, lui laisse pressentir qu'il sera le troisième roi de Grande Bretagne à conquérir Rome, lui rappelle l'invention du Graal, l'histoire de Moyse, le « faux disciple », et lui apprend la présence « en ces illes vers Occident » de Bron, le Roi Pêcheur, et d'Alain son fils. Toujours selon Merlin, Bron, malade, attend la venue du meilleur chevalier du monde, seul capable de le guérir, et à qui il transmettra, avant de mourir, les secrets du Graal. Merlin se retire alors en Northumberland auprès de Blaise.

DEUXIÈME PARTIE

I

LA FÊTE DE LA PENTECÔTE

Jamais roi, sachez-le, ne réunit une cour ni ne donna une fête qui puissent se comparer à ce que fit Arthur en cette occasion. Et jamais roi ne se fit autant aimer que lui de ses barons. C'était au reste le plus bel homme et le meilleur chevalier que l'on connût. Et comme c'était un roi d'une très grande valeur, comme il distribuait de très beaux dons, sa renommée était telle que, dans le monde entier on ne parlait que de lui. Aussi tous les chevaliers se rendaient-ils, à sa cour pour le voir et pour obtenir son amitié. Et personne n'aurait pu acquérir quelque réputation de chevalerie s'il n'avait fait partie pendant un an de la maison d'Arthur et s'il n'avait manche ou pennon aux armes du roi. Ainsi parlait-on d'Arthur dans le monde entier.

Le bruit de sa renommée parvint jusque dans les régions où vivait Alain le Gros[1]. Il se dit en lui-même qu'il enverrait Perceval son fils à cette cour quand il serait en âge d'être adoubé.

— Mon cher fils, lui dit-il à plusieurs reprises, quand vous serez grand, je vous conduirai en riche équipage à la cour du roi Arthur.

Et il répéta plusieurs fois ces mots jusqu'au jour où il plut à Notre-Seigneur de l'enlever à ce monde. Lorsque son père fut mort, Perceval décida donc qu'il irait à la cour d'Arthur. Un jour, il prit une armure, s'équipa somptueusement et, monté sur un

1. Fils de Bron, le Roi Pêcheur, et père de Perceval, Alain est un personnage repris au *Roman de l'Estoire du Graal* de Robert de Boron (éd. Nitze, *CFMA*, Champion, 1927) où il représente, comme ici, la génération intermédiaire, et plus ou moins sacrifiée par le récit, entre le temps de Joseph (d'Arimathie), de Bron et de l'« invention » du Graal et le temps d'Arthur et de Perceval, temps de l'achèvement de la quête du Graal.

cheval de chasse, il s'en alla si discrètement que sa mère ne s'en aperçut pas. Lorsqu'elle apprit que Perceval était parti, sa douleur fut très vive car elle était persuadée que les bêtes sauvages, dans la forêt, le mangeraient. Et cette pensée la plongea dans une telle affliction qu'elle en mourut.

Perceval cependant chevaucha tant qu'il arriva à la cour du puissant roi Arthur. Une fois en présence du roi, le jeune homme le salua avec beaucoup de respect, devant tous les barons, et lui dit que, s'il y consentait, il demeurerait très volontiers à sa cour et ferait partie de sa maison. Le roi le retint et le fit chevalier. A sa cour, Perceval apprit beaucoup et paracheva son éducation car, lorsqu'il quitta sa mère, il était, sachez-le, tout à fait ignorant. Il fit si bien ses preuves, en la compagnie des autres chevaliers, qu'il fut ensuite admis à la Table Ronde. A la cour, il était très aimé de tous.

Vinrent ensuite à la cour d'Arthur, Sagremor, Yvain, le fils du roi Urien, un autre Yvain, appelé Yvain aux Blanches Mains, Dodinel, le fils de la dame de Malehaut, Mordret, le neveu d'Arthur, qui commit par la suite l'horrible trahison dont vous pourrez entendre le récit, Guerrehet, son frère, Gaheriet et Gauvain. Ces quatre-là étaient les fils du roi Lot d'Orcanie et le roi Arthur était leur oncle. Vint encore Lancelot du Lac, qui était un chevalier de très grande valeur. Bien d'autres chevaliers les suivirent, et en si grand nombre que je ne peux tous les citer ; mais je peux bien vous affirmer qu'il y avait alors à la cour du puissant roi Arthur tant de chevaliers de mérite que, dans le monde entier, on ne parlait que de cette chevalerie et de la Table Ronde d'Arthur. Tant et si bien que le roi se souvint des paroles de Merlin et s'adressa en ces termes à ses barons et à ses chevaliers :

— Seigneurs, sachez-le, vous devrez tous revenir à ma cour à la Pentecôte car je veux, ce jour-là, y donner la plus grande fête qu'un roi ait jamais donnée en quelque royaume que ce soit. Et j'ordonne à chacun de vous de venir avec sa femme car j'entends donner tout son éclat à la Table Ronde, celle que Merlin institua sous le règne d'Uterpendragon mon père, et installer alors les douze pairs de ma cour dans les douze sièges. D'autre part, tous ceux qui assisteront à la fête et qui voudront demeurer avec moi feront à tout jamais partie de cette Table et seront accueillis avec honneur partout où ils iront car chacun recevra un pennon ou les armoiries de la Table Ronde.

Ces mots furent salués par de grandes acclamations. Tous les barons de la cour étaient très contents, eux qui désiraient ardemment avoir la réputation d'appartenir à la Table Ronde. Puis ils se séparèrent et chacun retourna dans son pays. Arthur resta à Logres, cherchant comment il pourrait donner un plus grand lustre à la Table Ronde.

A la Pentecôte, tous les chevaliers de tous les royaumes se rassemblèrent pour venir à la fête qu'organisait le roi. Et la réputation d'Arthur, sachez-le, était si grande que même ceux qui n'étaient pas ses vassaux se seraient considérés comme déshonorés, ils n'auraient jamais osé se rendre dans une cour de quelque renom ou dans un lieu où des hommes de bien auraient pu les voir, s'ils n'étaient venus à cette cour d'Arthur à la Pentecôte. Ils vinrent si nombreux, et de toutes les terres, que personne n'aurait pu les compter. A la Pentecôte donc, le roi Arthur vint à la Table Ronde. Il fit célébrer la messe en présence de tout le peuple qui s'était réuni en ce lieu puis, après le service, il invita les douze pairs à prendre place sur les douze sièges. Le treizième demeura vide pour signifier la place d'où se leva Judas. Merlin l'avait également laissé vide à la table d'Uterpendragon et c'est pourquoi Arthur n'osa l'attribuer.

La fête qu'Arthur donna en ce jour de la Pentecôte fut magnifique. Les compagnons de la Table Ronde le revêtirent en effet de l'habit royal, placèrent la couronne sur sa tête et lui décernèrent toutes les marques d'honneur qui lui étaient dues. Partout où il allait, il était encensé par plus de sept cents encensoirs d'or fin, l'on jetait sous ses pas des glaïeuls et des feuilles de menthe et on lui manifestait toutes les marques de respect imaginables. Le roi ordonna alors que tous ceux qui avaient participé à la fête reçussent les mêmes vêtements et des armoiries identiques. Ses ordres, sachez-le, furent aussitôt exécutés et le nombre des chevaliers et des jeunes nobles était tel que le roi distribua les habits et les armoiries de la Table Ronde à cinq mille quatre cents personnes.

Arthur fit alors sonner l'eau par cent trompettes et tous les chevaliers prirent place pour le repas. En ce jour, sachez-le, le roi Arthur servit à table couronné et vêtu d'une robe entièrement brodée d'or. Tous ceux qui ne l'avaient jamais vu le regardaient avec beaucoup d'attention et tous ceux qui le virent alors éprouvèrent pour lui une très vive estime. Après le repas, il fit ôter les tables et tous les chevaliers se rendirent dans la prairie pour briser des lances. Ah ! si vous aviez pu voir dames et demoiselles monter dans les tours et s'appuyer aux créneaux des murailles pour regarder les joutes des chevaliers et les festivités qui se déroulaient ! Ce jour-là, en effet, les compagnons de la Table Ronde joutèrent contre les chevaliers venus d'autres pays et ils étaient attentivement suivis du regard par les dames et les demoiselles. Aussi se donnaient-ils beaucoup de mal car il n'y en avait aucun parmi eux dont la sœur, la femme ou l'amie ne fussent présentes.

Ce jour-là, sachez-le, la victoire resta aux compagnons de la Table Ronde car messire Gauvain, le fils du roi Lot, jouta avec beaucoup de force et de vigueur. Keu le sénéchal, le fils d'Entor, Urgan, un chevalier plein de hardiesse, Sagremor, Lancelot du Lac et Erec, un chevalier accompli, en firent tout autant. Ils joutèrent si vaillamment qu'ils l'emportèrent sur les chevaliers étrangers et, en fin de journée, on les déclara vainqueurs. Le roi Arthur, dont la valeur était très grande, chevaucha toute la journée sur un palefroi : un bâton à la main, il parcourait les rangs des jouteurs pour maintenir l'ordre et veiller à ce que les combats ne dégénèrent pas. Perceval, le fils d'Alain le Gros, chevauchait à ses côtés. Il était très ennuyé de ne pouvoir jouter mais il s'était blessé à la main droite. Il ne participa donc pas au tournoi mais suivit toute la journée le roi Arthur. Guerrehet et Gaheriet, qui étaient les frères de messire Gauvain et les fils du roi Lot, en firent autant. Ces trois chevaliers restèrent donc tout le temps avec Arthur puis ils rendirent visite aux dames et aux demoiselles et regardèrent le déroulement des joutes.

La fille du roi Lot d'Orcanie, la sœur de messire Gauvain, qui s'appelait Hélène et qui était la plus belle jeune fille de son temps, vit alors Perceval le Gallois et en tomba profondément amoureuse. Comment aurait-elle pu s'en défendre ? C'était le plus beau chevalier de toute la maison du roi Arthur ! A l'heure de vêpres, les joutes furent interrompues et les chevaliers et les demoiselles formèrent des rondes et dansèrent joyeusement. Mais Hélène, la sœur de messire Gauvain, ne pensait qu'à Perceval dont elle était profondément éprise. Quand la nuit arriva, les chevaliers se retirèrent dans les demeures où ils logeaient et dans leurs tentes, mais Hélène ne trouva pas le sommeil. Elle appela un serviteur et l'envoya à Perceval le Gallois. Il était chargé de lui dire qu'Hélène, la sœur de messire Gauvain, le saluait avec beaucoup de respect et désirait ardemment le voir jouter contre les compagnons de la Table Ronde. Elle lui demandait, au nom de ce qu'il lui devait, de jouter le lendemain matin devant elle et de porter les armes vermeilles qu'elle lui enverrait.

Quand Perceval entendit les paroles du messager, il fut très étonné et en même temps très heureux d'apprendre qu'une aussi noble jeune fille, la propre fille du roi Lot, lui demandait de s'armer pour l'amour d'elle et de jouter contre les compagnons de la Table Ronde. Il déclara au messager que, pour l'amour de la jeune fille, il ferait tout ce qu'elle lui demanderait et, ajouta-t-il, « je jouterai avec le plus grand plaisir ».

Ces paroles réjouirent le messager qui, à son retour, répéta à la jeune fille tout ce que Perceval lui avait dit. Très heureuse, celle-ci lui fit porter des armes qu'il reçut avec un vif plaisir. Cette nuit-là, sachez-le, il ne dormit guère ! Le lendemain matin, le roi se leva et alla entendre la messe accompagné de ses barons. Après le service, les douze pairs prirent place à la Table Ronde pour le repas. Ils furent très bien servis et Arthur ne leur ménagea pas les marques d'honneur. Le roi fit sonner l'eau : les chevaliers prirent alors place dans la salle et ils furent eux aussi très bien servis. Le conte ne dit pas quels mets leur furent apportés et ce qu'ils mangèrent mais je peux bien vous affirmer qu'ils eurent tout ce qu'ils demandèrent. Après le repas, le roi fit enlever les tables et les dames et les demoiselles allèrent dans la prairie pour voir les joutes et assister à la fête de la Table Ronde.

Hélène, la sœur de messire Gauvain, était venue elle aussi car elle avait très envie de voir Perceval porter les armes qu'elle lui avait envoyées. Sortirent alors les chevaliers de Cardueil qui voulaient jouter et remporter le tournoi. Ils se portèrent contre les compagnons de la Table Ronde et engagèrent les joutes. Et la fête recommença, plus belle encore et plus grande qu'auparavant. Lancelot du Lac triomphait, sachez-le, de tous les chevaliers étrangers. Gauvain et messire Yvain, le fils du roi Urien, faisaient de même.

C'est alors qu'arriva Perceval le Gallois, portant les armes que lui avait envoyées la jeune fille. Il vint heurter de plein fouet l'écu de Sagremor. Lorsque ce dernier le vit venir, il se porta contre lui. Les deux hommes lancèrent leurs chevaux aussi vite qu'ils le purent et se donnèrent de tels coups sur leurs écus que leurs lances volèrent en éclats. Perceval le Gallois, en chevalier très expérimenté, heurta très violemment Sagremor et son cheval et celui-ci, tout abasourdi, ne sut ce qui lui arrivait mais alla tomber si lourdement au milieu de la prairie que tous ceux qui virent ce qui se passait crurent qu'il était mort. Perceval s'empara de son cheval et vint l'offrir à Hélène qui l'accepta avec beaucoup de joie. Le jeune homme, sachez-le, fit tant d'exploits ce jour-là qu'il triompha de tous les compagnons de la Table Ronde et abattit Keu le sénéchal, Yvain, le fils d'Urien, et Lancelot du Lac. Et l'on disait qu'il serait juste qu'il occupât le siège vide à la Table Ronde.

Le roi, qui était plein de valeur et de sagesse, s'approcha de lui et lui dit :

— Seigneur chevalier, je veux que vous fassiez désormais partie de ma maison et de la Table Ronde et que vous restiez avec moi. Et, sachez-le, j'entends désormais vous montrer toute l'estime que j'ai pour vous.

— Sire, je vous en remercie, répondit Perceval.

Le jeune homme ôta alors son heaume et le roi le reconnut. Tout étonné, il lui demanda pourquoi il n'avait pas auparavant participé aux joutes et pourquoi il s'était ainsi dissimulé.

— Sire, dit Perceval, que cela reste secret mais je peux cependant vous confier que j'ai agi ainsi par amour et, si j'avais pu me conduire autrement, je l'aurais fait, sachez-le.

Cette réponse fit rire le roi qui lui pardonna de bon cœur, disant que l'on devait être indulgent pour des gestes inspirés par l'amour. Messire Gauvain, Yvain, Lancelot et les compagnons de la Table Ronde en firent autant. Perceval dit alors au roi qu'il voulait aller voir la Table Ronde et ceux qui y siégeaient.

— Mon ami, lui dit le roi, ce sera possible demain.

— Sire, reprit Perceval, je serais très heureux de voir les compagnons y siéger.

On en resta là. La nuit, la fête fut grande et, le lendemain matin, les barons se réunirent pour entendre la messe. Après le service, ils se rendirent là où se trouvait la Table Ronde. Le roi invita les compagnons à s'asseoir et, lorsque ce fut fait, le treizième siège resta vide. Perceval demanda au roi ce que signifiait ce siège vide.

— Mon ami, répondit le roi, la signification de ce siège vide est très importante : c'est là que doit prendre place le meilleur chevalier du monde.

Perceval pensa alors en lui-même qu'il s'y assiérait.

— Sire, dit-il au roi, accordez-moi en don de m'y asseoir.

Le roi lui répondit qu'il n'en était pas question : cela pourrait lui être fatal car, jadis, un faux disciple s'était assis sur ce siège et tout aussitôt il avait été englouti par la terre.

— Et même si je vous en donnais la permission, ajouta-t-il, vous ne devez pas vous y asseoir.

Ces paroles irritèrent Perceval qui lui répondit :

— Sire, au nom de Dieu, si vous ne m'autorisez pas à m'y asseoir, je vous assure que je ne ferai plus partie de votre maison.

Cette réplique peina beaucoup Gauvain qui aimait profondément Perceval.

— Sire, dit-il au roi, donnez-lui votre permission.

Lancelot à son tour en pria le roi, suivi par les douze pairs, et leur demande fut si insistante que le roi, non sans réticence, céda et dit à Perceval :

— Je vous accorde ce don.

Quand Perceval l'entendit, il en fut très heureux. Il s'avança, se signa au nom du Saint-Esprit et s'assit sur le siège. Or, dès qu'il eut pris place, la terre sous lui se fendit et cria si douloureusement que tous ceux qui se trouvaient là eurent l'impression que le monde s'engouffrait dans l'abîme. Au cri de la terre jaillirent des ténèbres si épaisses qu'on ne pouvait plus se voir sur plus d'une lieue. Ils entendirent ensuite une voix qui dit :

— Roi Arthur, tu as commis la plus grave faute qu'ait jamais commise roi de Bretagne car tu as transgressé les ordres de Merlin. Quant à Perceval, sache-le, il a accompli l'acte le plus audacieux qui ait jamais été fait mais qui le précipitera, lui et les compagnons de la Table Ronde, dans les plus grands tourments du monde. Et n'eût été le mérite d'Alain le Gros son père et de Bron son aïeul, celui que l'on appelle le Roi Pêcheur, il aurait été englouti par l'abîme et il serait mort de la mort atroce que subit Moyse[1] quand, sans en avoir le droit, il prit place sur le siège que lui avait interdit Joseph.

— Roi Arthur, Notre-Seigneur vous révèle, sache-le, que ce vase que Jésus-Christ donna à Joseph dans sa prison, ce vase qu'on nomme le Graal, est dans ce pays. Le Roi Pêcheur, lui, est

---

1. Épisode rapporté par le *Joseph* en prose (voir *Robert de Boron, Le Roman du Graal*, éd. B. Cerquiglini, 10/18, 1981, p. 57-61). A la fin de l'épisode il est précisé que le « troisième homme » issu du lignage de Bron (donc ici Perceval) remplira ce « lieu » ou un autre, fondé en souvenir de ce premier « siège périlleux ».

atteint d'un mal très grave, d'une douloureuse infirmité et ce mal ne guérira pas, sache-le, et la pierre au siège de la Table Ronde, là où Perceval a pris place, ne sera pas ressoudée tant qu'un chevalier n'aura pas accompli plus d'exploits, de hauts faits et de prouesses que ceux qui siègent à cette Table. Mais quand ce chevalier se sera ainsi élevé sur tous les autres, quand il aura été reconnu comme le meilleur chevalier du monde, alors Dieu le conduira à la demeure du riche Roi Pêcheur. Et lorsqu'il aura demandé ce que l'on fait du Graal, à qui on en fait le service[1], lorsqu'il aura posé cette question, alors le Roi Pêcheur guérira, la pierre, au siège de la Table Ronde, sera ressoudée et les enchantements qui se produisent actuellement dans le royaume de Bretagne disparaîtront.

Ces paroles remplirent de stupeur le roi et tous ceux qui siégeaient à la Table Ronde : ils s'écrièrent qu'ils n'auraient désormais de cesse de trouver la demeure du riche Roi Pêcheur et de demander ce qu'est le service du Graal. Perceval le Gallois fit le serment de ne jamais coucher deux nuits de suite au même endroit jusqu'à ce qu'il ait trouvé cette demeure. Messire Gauvain, Erec, Sagremor et tous ceux qui siégeaient à la Table Ronde prêtèrent le même serment. La peine d'Arthur, à les entendre, fut très vive. Toutefois, il leur permit de partir comme ils le lui demandaient.

Arthur mit alors fin à la cour. Parmi ses vassaux, les uns s'en retournèrent dans leur pays, les autres restèrent dans les demeures où ils logeaient, auprès du roi. Perceval et les compagnons de la Table Ronde se préparèrent à chevaucher et s'armèrent chez eux. Lorsqu'ils furent équipés, ils vinrent à cheval devant le roi, en présence des seigneurs de la cour. Devant cette assemblée, Gauvain déclara ceci :

— Seigneurs, il nous faudra chevaucher comme nous l'a indiqué la voix de Notre-Seigneur, mais nous ne savons quelle direction nous devons prendre et c'est Lui qui nous mènera là où nous devons aller.

Le roi et les barons, en entendant ces paroles, se mirent à pleurer car ils étaient persuadés qu'ils ne reverraient pas un seul des compagnons. Puis le roi et les chevaliers se séparèrent. Toute

1. Le texte hésite ici entre la question traditionnelle (reprise au *Conte du Graal*) : « à qui fait-on le service du Graal ? » (mais il n'y a plus ici, à la différence du *Conte du Graal*, de personnage qui occupe structurellement la place du vieux roi, père du Roi Pêcheur), et la nouvelle question : « que fait-on du Graal, à quoi sert-il ? » Voir également chapitre VII.

cette journée et celle du lendemain jusqu'à l'heure de none, les compagnons chevauchèrent ensemble sans rencontrer d'aventure. Finalement ils trouvèrent une croix et firent halte pour l'adorer et implorer la miséricorde de Dieu.

— Seigneurs, dit alors Perceval à ses compagnons, si nous restons ensemble, nous n'aboutirons à rien. Je vous demande donc de nous séparer. Que chacun chevauche de son côté !

— Si nous poursuivons ainsi, reprit Gauvain, nous nous acquitterons mal de notre tâche. Suivons donc le conseil de Perceval.

Tous les compagnons répondirent qu'ils étaient d'accord. Ils se séparèrent donc. Chacun choisit la voie qui lui parut la meilleure et ils se mirent ainsi en quête du Graal. Mais les aventures qu'ils rencontrèrent, les peines qu'ils affrontèrent, je ne peux vous les raconter qu'autant qu'elles concernent ce récit et je ne peux vous parler ni de Gauvain ni de ses compagnons.

II

PERCEVAL ET L'ORGUEILLEUX DE LA LANDE[1]

Après avoir quitté ses compagnons, Perceval, sachez-le, chevaucha toute la journée sans trouver d'aventure ni d'endroit où recevoir l'hospitalité. Il lui fallut donc passer la nuit dans la forêt. Il ôta le mors de son cheval et le laissa paître l'herbe. Lui-même ne dormit pas mais le guetta toute la nuit par peur des bêtes sauvages qui hantaient la forêt. Le lendemain, quand l'aube apparut, il resella sa monture, lui passa le mors puis monta aussitôt en selle et chevaucha par la forêt jusqu'à prime. Regardant alors sur sa gauche, il vit un chevalier dont le corps était transpercé d'une lance – on ne la lui avait pas encore enlevée – tandis qu'une épée était enfoncée dans son heaume, jusqu'aux dents. A côté de lui il y avait un cheval à l'attache et un écu et, tout près du cadavre, la plus belle jeune fille qu'ait jamais créée Notre-Seigneur. Elle manifestait la plus violente douleur qu'ait jamais montrée femme, pleurant et regrettant le chevalier qui gisait là, se frappant les

1. Personnage repris au *Conte du Graal*.

mains, s'arrachant les cheveux, s'égratignant le visage avec un tel désespoir que personne n'aurait pu la voir sans être rempli de compassion.

Perceval, lorsqu'il l'aperçut, fut saisi d'une très grande pitié et éperonna son cheval dans sa direction. Lorsqu'elle le vit approcher, la jeune fille modéra un peu sa plainte et se leva.

— Seigneur, lui dit-elle, soyez le bienvenu.

— Ma demoiselle, lui répondit Perceval, que Dieu vous donne plus de joie que vous n'en montrez en ce moment !

— Seigneur, je ne pourrai plus connaître la joie puisqu'on a tué sous mes yeux celui à qui je vouais un si grand amour, celui qui m'estimait et me chérissait plus que tout au monde.

— Ma demoiselle, reprit Perceval, depuis quand étiez-vous son amie ?

— Cher seigneur, je vais vous le dire. J'habitais dans la maison de mon père, dans cette forêt ; un géant qui demeurait à une demi-journée de là lui avait depuis longtemps demandé de me donner à lui. Mais comme mon père avait refusé, le géant, pendant longtemps, lui fit la guerre. Jusqu'au jour où il apprit que mon père était allé à la cour du puissant roi Arthur, à la Pentecôte, au moment où il devait réunir la Table Ronde à Cardueil. Quand le géant l'apprit, il vint à notre demeure, en arracha la porte, entra dans la salle sans que personne lui opposât de résistance et, pénétrant dans la chambre de ma mère, il se saisit de moi et m'emmena avec lui. Il me fit monter sur son cheval, celui que vous pouvez voir là, me mena ici-même et voulut alors coucher avec moi. Mais moi, qui avais très peur de lui, je me mis à pleurer et à pousser de grands cris. Ce chevalier que vous voyez là les entendit et s'approcha de nous à vive allure. Le géant ne s'aperçut de sa présence qu'au dernier moment. Dans sa fureur, il l'attaqua de plein fouet. Le chevalier, qui était très vaillant et très hardi, repoussa fermement l'assaut dans la mesure de ses forces. Mais le géant, sachez-le, se battait avec acharnement et le malmena fort. Cependant le chevalier l'attaqua à l'épée et lui coupa la tête qu'il pendit à la branche de cet arbre là-bas. Puis il vint vers moi, me mit en selle et me dit qu'il me prendrait comme amie. J'en fus très heureuse, j'acceptai bien volontiers et lui dis que désormais je le considérerais à tout jamais comme mon seigneur et mon ami, lui qui m'avait délivrée de ce monstre qui allait me déshonorer et me tuer.

« Hier, nous avons chevauché tous les deux toute la journée et ce matin encore jusqu'à tierce. Nous avons alors aperçu une tente de grandes dimensions et nous nous en sommes approchés pour voir la fête qui s'y tenait, car jamais on ne vit fête pareille à celle que faisaient ses occupants. Mais, lorsque nous fûmes entrés dans la tente dont les pans de devant étaient relevés, ils montrèrent autant de douleur qu'ils avaient montré auparavant de joie. Mon ami était très étonné de cette attitude. S'approcha alors une jeune fille qui nous demanda de quitter la tente au plus vite et de prendre la fuite. Si nous restions là, mon ami serait bientôt tué. Lui, qui ne savait ce qu'il en était, refusa de s'en aller.

« — Mes demoiselles, leur dit-il, oubliez, je vous en prie, votre douleur et recommencez, comme avant, à vous réjouir.

« — Cher seigneur, lui répondirent-elles, comment nous montrer joyeuses alors qu'il vous faudra mourir devant nous ? Car l'Orgueilleux de la Lande, qui a fait ici même dresser sa tente, va vous tuer. Soyez sûr qu'il n'aura aucune pitié de vous. Si vous nous en croyez, vous partirez donc avant qu'il ne vous arrive pis.

« — Douces demoiselles, répondit-il, je ne crois pas qu'un chevalier puisse, à lui tout seul, me faire du mal !

« Cependant, lorsqu'elles entendirent sa réponse, elles se mirent à pleurer. Arriva alors un nain plein de cruauté et de perfidie, monté sur un mauvais cheval, un fouet à la main. Les seules paroles de salut qu'il nous adressa furent pour nous dire que nous n'étions pas les bienvenus. Et son attitude nous le confirma bien puisqu'il me frappa si violemment au visage de son fouet que des marques apparurent, puis il saisit le mât de la tente et l'abattit sur nous. Mon ami, sachez-le, en fut très irrité mais il ne condescendit pas à se battre avec le nain. Sur ce, le nain s'en alla, frappant son cheval de son fouet.

« Nous, nous partîmes et poursuivîmes notre chemin car nous ne pouvions rien faire d'autre. Mais nous n'avions pas parcouru une demi-lieue que nous vîmes arriver un chevalier très bien armé. Il portait une armure vermeille et s'avançait à si vive allure que tout le bois résonnait sur son passage, et le fracas était tel qu'on aurait cru qu'ils étaient dix. Quand il nous eut rejoints, il cria à haute voix :

« — Par Dieu, chevalier, il vous en coûtera cher d'avoir ainsi abattu ma tente et interrompu la fête qu'on y faisait !

« Quand mon ami l'entendit, il tourna sa monture vers lui et les têtes des chevaux se firent face. Le chevalier, qui était très fort, transperça le corps de mon ami puis, tirant son épée, il la lui enfonça dans son heaume, comme vous pouvez voir. Après l'avoir mis à mort, il s'en alla, sans jeter le moindre coup d'œil sur moi ni sur mon cheval. Et je restai ainsi toute seule dans cette forêt. Si ma peine est grande, personne ne peut me le reprocher, moi qui ai perdu l'être qui m'avait délivrée de ce monstre. Ainsi je vous ai raconté ce qui s'est passé comme vous me l'aviez demandé. »

Sur ce, elle se remit à pleurer et à manifester une vive douleur. Perceval, tout ému de la voir ainsi se désoler, lui dit alors :

— Ma demoiselle, vous lamenter ainsi ne peut rien arranger. Montez plutôt sur cette mule et conduisez-moi jusqu'à la tente du chevalier, car je ne retrouverai la joie que lorsque j'aurai vengé votre ami.

— Seigneur, si vous m'en croyez, vous n'irez pas là-bas. Ce chevalier est très fort, très puissant. S'il triomphait de vous, il vous tuerait. Et pourtant je dois bien reconnaître que c'est l'homme que je hais le plus au monde.

Mais Perceval lui répondit qu'il n'aurait de cesse d'avoir vu ce chevalier.

Il mit alors en selle la jeune fille et tous deux chevauchèrent jusqu'à la tente où ils entendirent les manifestations de joie des demoiselles. Dès qu'elles aperçurent Perceval, elles s'arrêtèrent net et commencèrent à se lamenter, à pleurer et à lui conseiller à grands cris de repartir. Si leur seigneur revenait, c'en était fait de lui. Perceval, qui faisait peu de cas de leurs paroles, chevaucha jusqu'à la tente. Une fois à l'intérieur, et alors qu'il parlait à ses occupantes, il vit l'affreux, l'épouvantable nain sur sa monture qu'il frappait avec un fouet qu'il tenait à la main[1].

— Partez au plus vite de la tente de mon maître, dit-il à Perceval, puis, s'approchant de la jeune fille, il la frappa au cou et sur les mains, saisit son palefroi et tenta de le pousser à reculons hors de la tente. Perceval, très irrité, prit sa lance par le fer et en donna au nain un tel coup sur le dos qu'il le désarçonna et l'aplatit au sol. Mais le nain se releva et remonta sur sa bête en disant à Perceval :

1. Selon le manuscrit D, c'est Perceval que le nain frappe de son fouet, et non sa propre monture.

— Par Dieu, chevalier, d'ici à la fin du jour vous verrez quelle honte vous aurez subie !

Et Perceval demeura dans la tente, très affligé de l'injure que le nain avait faite à la jeune fille.

Sur ces entrefaites, ils virent revenir le chevalier aux armes vermeilles, escorté de son nain. En l'apercevant, la jeune fille s'écria avec frayeur :

— Cher seigneur, voici celui qui a tué mon ami !

Perceval fit alors faire demi-tour à sa monture et sortit de la tente. Quand le chevalier le vit, il lui cria :

— Par Dieu, chevalier, vous avez eu tort de frapper mon nain !

Perceval, qui faisait peu de cas de ses paroles et de son arrogance, tourna vers lui son cheval, et les deux hommes se coururent sus à vive allure, montrant bien qu'ils ne s'aimaient guère ! Le chevalier, qui était plein de force et d'audace, heurta l'écu de Perceval avec une telle violence qu'il le brisa et le mit en pièces et que le fer de sa lance vint frôler l'aisselle gauche de son adversaire. S'il l'avait atteint au corps, il l'aurait tué, sachez-le. Mais Perceval, qui était un très bon chevalier, perça à son tour l'écu de son ennemi d'un coup de lance et avec une violence telle que ni le haubert ni l'écu ni quelque protection que ce fût ne purent empêcher le fer de pénétrer dans la chair. Corps, têtes, écus s'entrechoquèrent avec une telle force qu'ils en furent tout étourdis et qu'ils ne savaient plus ce qui leur arrivait. Les rênes de leurs chevaux et les courroies de leurs écus leur échappèrent des mains et ils tombèrent l'un et l'autre avec tant de violence qu'on aurait pu parcourir une lieue avant qu'ils aient repris connaissance. Mais dès qu'ils le purent, ils se remirent debout, ressaisirent les courroies de leurs écus et, dégainant leurs épées, ils s'affrontèrent.

Le chevalier, qui était d'une force redoutable, tenait son épée nue et se protégeait fermement de son écu. Il attaqua Perceval avec impétuosité. Perceval se couvrit de son écu sur lequel le chevalier frappa avec une force telle qu'il le trancha jusqu'à la boucle. Le coup était si puissant qu'il fit voler à terre les fleurs et les pierres précieuses qui l'ornaient. Il aurait pu blesser gravement Perceval mais l'épée tourna dans la main du chevalier et le coup dévia.

Perceval alors sentit croître sa force et son audace et il s'approcha de son adversaire, pensant le frapper en plein sur son heaume. Mais l'autre se protégea de son écu sur lequel Perceval frappa avec un tel déchaînement de fureur qu'il le lui fendit jusqu'aux mains, le blessa profondément à l'épaule gauche et le heurta si violemment qu'il faillit le jeter à terre. Alors, il l'attaqua de nouveau avec force. Le chevalier se défendit de son mieux, persuadé qu'aucun homme ne pouvait triompher de lui. Mais Perceval le pressa si vivement qu'il dut s'enfuir dans la prairie sans même pouvoir se remettre en garde. Finalement, Perceval parvint à lui arracher son heaume et il allait lui couper la tête lorsque le chevalier le supplia, au nom de Dieu, de l'épargner : il se rendait à lui et irait là où il le lui ordonnerait.

Quand Perceval entendit qu'il criait grâce, il le laissa tout aussitôt et abandonna le combat. Puis il lui demanda de jurer sur les reliques qu'il se constituerait prisonnier ainsi que les jeunes filles de sa suite auprès du roi Arthur, qu'il emmènerait à cette cour la jeune fille dont il avait tué l'ami et qu'il l'y confierait à Gauvain, le neveu du roi.

— Je pense bien, ajouta-t-il, qu'il fera d'elle ce qu'il voudra ou, du moins, qu'il la ramènera chez son père !

— Seigneur, lui répondit le chevalier, je ferai cela bien volontiers, mais dites-moi au nom de qui je me constituerai prisonnier lorsque je serai à la cour du puissant roi Arthur.

— Au nom de Perceval le Gallois, celui qui a entrepris la quête du Graal. Mais j'ai oublié de vous dire que, si vous ne trouvez pas messire Gauvain, vous devrez confier la jeune fille à la reine, car je ne pense pas que Gauvain se trouve à la cour en ce moment.

— Seigneur, je ferai tout ce que vous voudrez mais, avant de nous séparer, je vous demande de venir manger avec moi. J'irai ensuite avec plus de plaisir là où vous m'envoyez.

Perceval, qui en avait bien besoin, accepta volontiers son offre. Ils se dirigèrent donc vers la tente. Une fois à l'intérieur, le chevalier ordonna aux jeunes filles de réserver le meilleur accueil à Perceval ; ce qu'elles firent. Elles revêtirent Perceval d'un somptueux manteau. Les tables furent disposées, ils y prirent place et mangèrent un abondant repas. Quand ils eurent mangé et quitté la table, Perceval demanda qu'on lui apportât ses armes et il s'équipa. Une fois armé, il se mit en selle. L'autre chevalier fit de même et fit monter les jeunes filles ainsi que celle que Perceval avait amenée. Quand elle le quitta, elle montra, sachez-le, une grande douleur. Il semblait bien, à la voir, qu'elle eût préféré le suivre lui plutôt que le chevalier… mais il ne pouvait en être ainsi car Perceval pensait à tout autre chose.

Ils se séparèrent donc et le chevalier chevaucha jusqu'à la cour du puissant roi Arthur. Le roi était dans sa grand-salle et il y avait avec lui la reine, qui était très belle, et nombre de bons chevaliers qui étaient venus à la cour. Le chevalier envoyé par Perceval pénétra dans la salle, salua le roi, la reine puis tous les barons et dit :

— Sire, je viens me rendre à vous et me constituer prisonnier, moi et ces jeunes filles ici présentes, sur l'ordre de Perceval le Gallois. Faites de moi ce que vous voudrez. Cette jeune fille qui est là, il l'envoie à messire Gauvain et, s'il n'est pas ici, il demande à la reine de la prendre avec elle car elle est de très noble famille. Lui-même vous salue tous.

Le roi Arthur fut très heureux de ces paroles. Il retint le chevalier dans sa suite et lui rendit sa liberté. La reine prit avec elle la jeune fille et lui fit beaucoup d'amabilité et d'honneur pour l'amour de messire Gauvain dont elle était cousine. C'est ainsi que le chevalier resta à la cour du roi Arthur où il fut par la suite très aimé de tous les barons.

III

PERCEVAL AU CHÂTEAU DE L'ÉCHIQUIER (I)

Après avoir quitté le chevalier, Perceval chevaucha toute la journée sans trouver d'aventure. A l'approche du soir, il pria Notre-Seigneur de lui faire trouver quelque demeure où il serait bien accueilli, ce qui n'avait pas été le cas la nuit précédente ! Regardant devant lui, il aperçut alors dans l'épaisseur de la forêt le faîte d'une tour qui se dressait, beau et imposant. Tout content, il chevaucha à vive allure dans cette direction et, une fois arrivé, il se trouva devant le plus beau château du monde. Le pont-levis était abaissé, la porte d'enceinte ouverte. Il entra donc, toujours à cheval, alla jusqu'aux marches qui conduisaient à la grand-salle et mit pied à terre ; puis, après avoir attaché son cheval à un anneau, tout armé, l'épée au côté, il pénétra dans la salle. Une fois à l'intérieur, il regarda de tous côtés sans voir âme qui vive. Il passa ensuite dans une chambre et en fit le tour mais, là non plus, il ne vit personne. Tout étonné, il revint donc sur ses pas.

— Par Dieu, dit-il, tout cela est fort surprenant ! Il y a dans cette salle, je le vois bien, des traces de pas. Il est évident qu'il y a eu du monde là, il n'y a pas longtemps, et pourtant, je ne vois personne !

Revenant alors au milieu de la salle, il aperçut devant une fenêtre un échiquier d'argent pur. Les pièces d'ivoire, noires et blanches, étaient disposées dessus, en position de jeu. Attiré par leur beauté, Perceval s'approcha et les contempla longuement. Au bout d'un moment, il se mit à manipuler les pièces et en avança une. Le jeu aussitôt joua contre lui. Très étonné par cette riposte, Perceval avança une autre pièce : la même chose se reproduisit. Il prit alors place et se mit à jouer. Il fit trois parties et, par trois fois, le jeu le fit mat. Rendu furieux par sa défaite, Perceval s'écria :

— Sur la foi que je dois à Notre-Seigneur, voici une bien grande merveille ! Je croyais que j'étais passé maître à ce jeu, et par trois fois ces pièces m'ont maté ! Mais que je sois maudit si cet échiquier me fait encore mat et me couvre de honte, moi ou quelque autre chevalier !

Il recueillit alors les pièces de l'échiquier dans le pan de son haubert et s'approcha de la fenêtre. Il s'apprêtait à les jeter dans la rivière qui coulait en contrebas lorsqu'une jeune fille qui se trouvait au-dessus de lui, à une fenêtre, l'interpella vivement.

— Chevalier, lui cria-t-elle, votre cœur vous fait faire un geste bien peu courtois, vous qui voulez ainsi jeter à l'eau ces pièces ! Si vous les jetez, vous ferez, sachez-le, une bien mauvaise action.

— Ma demoiselle, répliqua Perceval, si vous descendez, je vous assure que je n'en jetterai aucune.

— Je n'en ferai rien, répondit-elle, mais replacez-les sur l'échiquier et vous ferez ainsi preuve de courtoisie.

— Qu'est-ce que cela signifie, ma demoiselle ? Vous ne voulez rien faire de ce que je vous demande et vous exigez que je fasse quelque chose pour vous ! Par saint Nicolas, si vous ne descendez pas, je les jetterai !

— Seigneur chevalier, reprit la jeune fille en entendant cette réponse, replacez les pièces. Je vais descendre plutôt que de vous les voir jeter.

Perceval, tout heureux de ce qu'elle lui disait, revint vers l'échiquier et replaça les pièces. Mais elles s'y disposaient d'elles-mêmes mieux que personne n'aurait su le faire.

La demoiselle cependant se présenta dans la salle, suivie d'une dizaine d'autres jeunes filles. Quatre serviteurs la précédaient, qui savaient bien ce qu'ils avaient à faire : dès qu'ils virent Perceval, ils s'empressèrent de le désarmer. Ils lui ôtèrent son heaume, lui retirèrent ses chausses et lui enlevèrent son haubert. C'était, une fois désarmé, le plus beau jeune homme du monde ! Deux serviteurs cependant coururent s'occuper de son cheval et le conduisirent à l'écurie. Puis une jeune fille le revêtit d'un manteau court taillé dans un très beau drap et l'emmena dans la chambre où se trouvait la maîtresse du château, qui semblait très heureuse de sa venue. C'était, sachez-le, la plus belle demoiselle du monde.

Perceval, dès qu'il la vit, en tomba éperdument amoureux et se dit en lui-même qu'il serait bien fou de ne pas la prier d'amour : il était là, avec elle, et avait tout loisir de l'en prier... Ainsi fit-il, multipliant requêtes et avances. Si bien que la demoiselle finit par lui dire :

— Seigneur, au nom de Dieu, j'accéderais volontiers à votre prière, sachez-le, si j'étais sûre que votre désir se manifeste autant par vos actes que par vos paroles. Pourtant, je ne mets pas en doute la sincérité de vos propos et, si vous acceptiez de faire ce que je vous demanderais, je vous donnerais mon amour, je vous l'assure, et vous ferais maître de ce château.

Tout heureux, Perceval lui répondit :

— Ma demoiselle, il n'est rien au monde que je ne fasse, si vous me le demandez. Mais dites-moi ce que vous désirez.

— Si vous pouvez capturer le cerf blanc qui vit dans cette forêt et m'en rapporter la tête, je serai à tout jamais votre amie. Je vais vous confier, sachez-le, un braque qui est un très bon chasseur et très sûr : dès que vous le laisserez aller, il ira droit où se trouve le cerf. Poursuivez alors la bête à vive allure, coupez-lui la tête et rapportez-la-moi.

— Ma demoiselle, bien volontiers, répondit Perceval. Si Dieu me garde en vie, je pense bien accomplir tout ce que vous m'avez demandé.

Les serviteurs vinrent alors pour disposer les tables. Perceval et la demoiselle s'assirent pour prendre un repas où était servi tout ce qu'ils pouvaient désirer. Après manger, ils se rendirent dans la cour où ils s'attardèrent jusqu'au moment de se coucher. Les serviteurs aidèrent Perceval à enlever ses chausses et le couchèrent dans le beau lit qu'ils lui avaient préparé. Perceval se coucha mais il ne dormit guère tant il pensait à la jeune femme et à ce qu'il voulait faire.

Le lendemain dès l'aube Perceval se leva et s'arma. Deux jeunes gens lui amenèrent son cheval et il se mit en selle. La jeune fille lui donna alors le braque en lui recommandant de le garder précieusement pour l'amour d'elle.

— Ma demoiselle, répondit Perceval, j'aimerais mieux tout perdre au monde plutôt que ce chien !

Il mit le chien devant lui, sur l'encolure du cheval, puis, après avoir dit au revoir à la demoiselle, il chevaucha à très vive allure jusqu'à la forêt. Une fois arrivé, il posa le braque à terre et le laissa aller. Le chien trouva la trace du cerf, la suivit jusqu'à un fourré d'où il le débusqua. Le cerf s'enfuit. Il était blanc comme neige, grand, et ses bois étaient très développés. Tout content, Perceval éperonna son cheval qui l'emporta si rapidement que toute la forêt en résonna. Mais pourquoi m'attarder ? Le braque poursuivit le cerf avec tant d'ardeur qu'il finit par le lasser et qu'il le bloqua en le mordant aux cuisses. Perceval, dans sa joie, sauta de cheval et coupa immédiatement la tête de la bête, pensant qu'il allait la pendre à sa selle. Mais, alors qu'il était en train de l'attacher, une vieille femme arriva à vive allure sur un palefroi, saisit le braque et partit avec lui.

Furieux, Perceval remonta aussitôt en selle et, piquant des deux, rejoignit la vieille qu'il arrêta en la saisissant par les épaules.

— Ma dame, lui dit-il, rendez-moi, s'il vous plaît, mon braque. C'est bien mal à vous de vous enfuir ainsi !

La vieille, qui était pleine de perfidie, lui répondit :

— Mon beau chevalier, soyez maudit, vous qui m'avez ainsi arrêtée et prétendez que ce chien vous appartient ! Je pense plutôt que vous l'avez volé et je vais le rendre, sachez-le, à celle à qui il appartient, car vous n'avez aucun droit sur lui.

— Ma dame, reprit Perceval, si vous ne me le rendez pas de bonne grâce, je vais me fâcher. Vous ne l'emporterez pas avec vous et les choses risqueront de se gâter !

— Mon beau seigneur, force n'est pas droit ! La force, vous pouvez sans doute en faire usage, mais si vous voulez faire ce que je vais vous dire, je vous rendrai ce chien sans faire d'histoires.

— Dites donc et je verrai si je peux le faire, car je ne me soucie pas, sachez-le, de me battre avec vous.

— Là devant, sur ce chemin, vous trouverez une tombe sur laquelle est représenté un chevalier. Vous vous approcherez et vous lui direz qu'il fut bien perfide celui qui l'a représenté ici. Ensuite vous reviendrez vers moi et je vous rendrai votre braque.

— Certes, répondit Perceval, je ne vais pas le perdre pour si peu !

Il se dirigea donc vers la tombe et dit dans sa direction :

— Chevalier, il fut bien perfide celui qui vous a représenté ici !

Or, comme il revenait sur ses pas après avoir dit ces mots, il entendit un grand fracas derrière lui et, regardant en arrière, il vit s'approcher à très vive allure un chevalier monté sur un grand cheval noir, d'un noir qui le remplit de stupeur. Son armure était elle aussi plus noire que l'encre.

En voyant le chevalier, Perceval fut saisi de peur et se signa aussitôt : sa taille immense en faisait en effet un redoutable adversaire. Mais, dès que le jeune homme se fut placé sous la protection de la vraie croix, il retrouva force et audace. Il fit faire volte-face à sa monture et les deux chevaliers s'élancèrent l'un vers l'autre à vive allure. Ils s'assaillirent avec une force telle que lances et écus se brisèrent et le choc des corps, des poitrines, des heaumes fut si violent qu'il leur sembla que leurs cœurs éclataient ; ils avaient la vue si brouillée qu'ils ne savaient plus où ils en étaient. Ils lâchèrent les rênes de leurs chevaux et les courroies de leurs écus et tombèrent à terre si brutalement que pour un peu leurs cœurs se brisaient. On aurait bien pu parcourir deux arpents avant qu'ils ne reprennent conscience et qu'ils sachent où l'autre avait passé ! Lorsqu'ils revinrent à eux et retrouvèrent leurs esprits, ils se relevèrent, dégainèrent leurs épées, saisirent leurs écus et s'affrontèrent de nouveau.

Le chevalier de la tombe attaqua Perceval avec beaucoup d'acharnement. Il lui assena un coup d'épée sur son heaume mais celui-ci était si résistant qu'il ne put l'entamer. Perceval, de son côté, l'attaqua avec âpreté, le tenant si court qu'il le força à fuir. Il lui donna alors un tel coup d'épée sur son heaume qu'il le fendit ainsi que la coiffe. Il le blessa à la tête, au côté gauche, et le heurta si violemment qu'il le fit chanceler. Il aurait pu le tuer si l'épée ne lui avait alors tourné dans la main. Mais le chevalier ressaisit son écu par les courroies et l'attaqua de nouveau très violemment. Perceval se défendit. Or, pendant qu'ils se battaient, survint un chevalier tout armé qui saisit la tête du cerf et le braque que tenait la vieille et qui s'en alla sans leur dire un seul mot.

Quand Perceval s'en aperçut, il en fut très affecté : il ne pouvait en effet poursuivre le chevalier car l'autre le serrait de près. Sa force et son audace s'en accrurent. Il s'élança sur son adversaire avec tant d'impétuosité que l'autre ne put supporter l'attaque et, pris de peur, s'enfuit à vive allure vers sa tombe. La dalle se souleva et le chevalier se précipita à l'intérieur. Perceval tenta de le suivre mais il ne le put : la dalle retomba si lourdement après le passage du chevalier qu'elle ébranla la terre autour du jeune homme, tout abasourdi par ce qu'il venait de voir. S'approchant de la tombe, il appela à trois reprises le chevalier, mais en pure perte. Quand Perceval comprit qu'il ne lui répondrait pas, il retourna vers son cheval, monta en selle et partit à vive allure à la poursuite du chevalier qui avait enlevé la tête du cerf et le braque, décidé à le retrouver coûte que coûte.

Tandis qu'il chevauchait, il vit devant lui la vieille qui lui avait indiqué la tombe. Perceval piqua des deux en sa direction et lui demanda qui était le chevalier de la tombe et si elle connaissait celui qui lui avait ravi le braque.

— Chevalier, répondit-elle, maudit soit qui me demandera ce que j'ignore ! Si vous l'avez perdu, cherchez-le, jusqu'à ce que vous le retrouviez ! Pour moi, tout ceci ne me concerne pas.

Quand Perceval comprit qu'il n'en tirerait rien d'autre, il la voua à tous les diables et suivit le chevalier qui emportait la tête du cerf et le braque.

A partir de ce moment, il chevaucha longtemps sans pouvoir retrouver la trace du chevalier. Au cours de sa chevauchée, il rencontra de nombreuses aventures par les forêts et par les bois. Puis, un jour, il arriva par hasard dans la *Forêt Gaste*[1], là où sa mère avait vécu ainsi que son père. Le château appartenait depuis à une jeune fille qui était la sœur de Perceval.

1. Dans le *Conte du Graal*, Perceval est initialement présenté comme « le fils de la veuve, dame de la Gaste Forêt solitaire ».

IV

PERCEVAL DANS LA FORÊT GASTE

Perceval ne reconnut rien dans la forêt – cela faisait bien longtemps qu'il n'y était pas revenu – mais, au hasard de sa chevauchée, il se retrouva devant le château. Lorsque la jeune fille (qui était sa sœur) le vit approcher, elle courut vers lui :

— Seigneur chevalier, lui dit-elle, mettez pied à terre : si vous désirez rester ici jusqu'à demain matin, vous serez très bien reçu.

— Ma demoiselle, telle était bien mon intention, répliqua Perceval.

Il mit pied à terre, la demoiselle lui tenant l'étrier et l'aidant avec beaucoup de bonne grâce ainsi que ses deux suivantes qui étaient ses nièces. Elles s'occupèrent ensuite de le désarmer et, lorsque ce fut fait, sa sœur lui apporta un très beau surcot de soie, le fit asseoir à ses côtés puis, après l'avoir longuement regardé, elle fondit en larmes. Très affligé de la voir ainsi pleurer, Perceval lui demanda ce qu'elle avait.

— Seigneur, lui répondit-elle, j'avais un frère – nous étions de la même mère et du même père – qui était encore un tout jeune homme. Notre père mourut – telle fut la volonté de Dieu – et sachez qu'à l'heure de sa mort, Jésus-Christ lui envoya la voix du Saint-Esprit. Après la mort de son père, mon frère s'en alla à la cour du puissant roi Arthur. Il était très jeune, très inexpérimenté. Ma mère fut très peinée de le voir partir et sa douleur fut telle qu'elle tomba malade et mourut. Je suis bien persuadée que le péché dont il s'est alors chargé lui a été funeste.

— Chère sœur, lui répondit Perceval après avoir entendu ses paroles, apprenez que je suis Perceval votre frère, celui qui partit à la cour du puissant roi Arthur.

Tout heureuse de ce qu'elle entendait, la jeune fille se leva, pleurant encore, et vint se jeter à son cou et l'embrasser plus de cent fois. Perceval lui rendit ses baisers et tous deux montraient bien la joie qu'ils avaient à se retrouver. Puis la jeune fille lui demanda s'il avait été à la cour de son grand-père, le riche Roi Pêcheur.

— Chère sœur, lui répondit Perceval, non, pas encore, et pourtant je l'ai longuement cherché. Voilà plus de trois ans que je poursuis cette quête et je n'y renoncerai pas, sachez-le, avant de l'avoir trouvée.

— Cher frère, que Dieu te permette d'accomplir ses ordres et de Lui être agréable !

Tandis qu'ils parlaient ainsi et se réjouissaient, les hommes de la jeune fille arrivèrent dans le château. Quand ils virent leur demoiselle ainsi embrasser Perceval, ils en furent très affligés, disant que leur demoiselle avait perdu le sens pour embrasser ainsi un chevalier inconnu. Mais elle les fit venir et leur dit :

— Mes fidèles serviteurs, apprenez que vous avez devant vous mon frère Perceval qui était si jeune lorsqu'il partit d'ici.

Cette nouvelle remplit de joie ses hommes qui s'empressèrent autour de Perceval. Après le repas, la jeune fille lui dit :

— Cher frère, je me fais beaucoup de souci de vous voir ainsi chevaucher. Vous êtes très jeune. Les chevaliers qui hantent ce pays sont très cruels et pleins de perfidie. S'ils le peuvent, ils vous tueront pour s'emparer de votre cheval. Si donc, cher frère, vous m'en croyez, vous abandonnerez cette tâche que vous avez entreprise et vous resterez avec moi. C'est un grand péché que de tuer des chevaliers et vous êtes chaque jour en grand danger d'être mis à mort.

— Chère sœur, répondit Perceval, sachez que je resterais bien volontiers si j'avais mené à bien la quête que j'ai commencée. Dès que ce sera chose faite, je reviendrai auprès de vous et je vous aiderai et protégerai dans la mesure de mes forces. Mais ce ne sera que lorsque j'aurai achevé ma quête.

En entendant sa réponse, la jeune fille fondit en larmes.

— Perceval mon doux frère, je vous demande donc instamment de faire ce dont je vous prierai.

— Chère sœur, dites-moi ce que vous voulez que je fasse, et je le ferai.

— Je veux que vous veniez avec moi à la maison d'un oncle à vous. C'est un ermite et un saint homme[1]. Il vit dans cette forêt à une demi-lieue d'ici. Vous vous confesserez à lui et ferez pénitence pour votre mère qui est morte à cause de vous. Il saura bien sur ce point vous guider de ses conseils. Prenez soin de suivre ses ordres car c'est un très saint homme. Il est venu de la terre de Judée, de

---

1. Dans le *Conte du Graal*, Perceval rencontre également un ermite mais qui est, comme le Roi Pêcheur, le frère de sa mère et non, comme ici, le frère de son père, Alain le Gros.

la région de Jérusalem, en ce pays, et c'est l'un des frères de votre père, Alain le Gros. S'il demande à Jésus-Christ dans ses prières que Dieu vous guide et vous fasse trouver ce que vous cherchez, vous pourrez bien y arriver, sachez-le. C'est chose profitable que de l'entendre dire tout ce qu'il m'a conté sur votre ancêtre, sur Joseph[1], sur Enigeus (la sœur de Joseph) qui était sa mère et sur Bron son père, celui que l'on appelle le Roi Pêcheur. Il m'a dit que Bron, votre aïeul, garde le vase où fut recueilli le sang de Notre-Seigneur, ce vase qui est appelé le Graal. Il m'a également appris que Notre-Seigneur a dit que ce vase devait être vôtre et que vous deviez le chercher jusqu'à ce que vous l'ayez trouvé.

Perceval, tout heureux de ce que lui apprenait sa sœur, lui dit qu'il irait bien volontiers voir son oncle. Aussitôt il s'arma, se mit en selle, fit monter sa sœur sur un cheval de chasse qui se trouvait dans la demeure et tous deux chevauchèrent jusqu'à la maison de l'ermite. Arrivés à la porte, ils frappèrent avec le heurtoir et l'ermite, le saint homme, qui était très âgé, vint leur ouvrir en s'appuyant sur sa béquille. Perceval mit pied à terre ainsi que la jeune fille et tous deux pénétrèrent dans la maison. Mais ils durent laisser leurs chevaux dehors : ils ne pouvaient entrer dans la cour car le linteau de la porte était placé si bas que Perceval dut se baisser pour entrer.

Quand le saint homme vit sa nièce arriver avec le chevalier, il en fut très étonné et lui demanda pourquoi elle était venue avec ce chevalier et s'il l'avait prise ou enlevée de force.

— Cher oncle, lui dit-elle, voici Perceval mon frère, le fils de votre frère, Alain le Gros. Il était parti à la cour du puissant roi Arthur pour devenir chevalier et, grâce à Dieu, c'est chose faite.

Ces paroles réjouirent le saint homme qui, s'adressant à Perceval, lui dit :

— Cher neveu, dites-moi, êtes-vous déjà allé chez le riche Roi Pêcheur, mon père, qui est votre grand-père ?

Perceval lui répondit qu'il avait longuement cherché sa demeure, mais en vain.

— Cher neveu, reprit l'ermite, sachez que lors de ce repas que nous avons pris jadis, nous avons entendu la voix du Saint-Esprit qui nous ordonna d'aller vers l'Occident, en des terres inconnues. Elle ordonna à Bron mon père de gagner cette région, là où le

1. Il s'agit bien entendu, ici et par la suite, de Joseph d'Arimathie, beau-frère de Bron selon le *Roman de l'Estoire du Graal* de Robert de Boron.

soleil disparaît à l'horizon[1], et ajouta que naîtrait d'Alain le Gros un héritier qui serait le gardien du Graal. Elle dit encore que le Roi Pêcheur ne pourrait mourir tant que vous n'auriez pas visité sa demeure. Alors seulement il guérirait, vous transmettrait le Graal, et la grâce qu'il a reçue, et c'est vous qui auriez en votre possession le sang de Notre-Seigneur Jésus-Christ.

« Veillez donc à vous conduire en homme de bien. Prenez garde, je vous en conjure, à ne pas tuer de chevalier mais épargnez-les et acceptez toutes les épreuves que vous rencontrerez en songeant à l'âme de votre mère. Priez Notre-Seigneur d'avoir pitié de vous car votre mère, sachez-le, est morte de la douleur que vous lui avez causée. Souvenez-vous-en, je vous en prie, et prenez grand soin de ne pas tomber dans le péché et de ne pas commettre de mauvaises actions : vous appartenez à un lignage qui a beaucoup aimé Notre-Seigneur et Notre-Seigneur l'a élevé à un tel degré d'honneur qu'il lui a donné à garder son corps et son sang.

— Seigneur, répondit Perceval, que Dieu m'accorde de Le servir à sa volonté !

Le saint homme adressa alors une prière à Notre-Seigneur puis dit à Perceval bien des paroles profitables. Je ne peux vous les répéter ici mais je peux bien vous dire que Perceval resta avec lui toute la nuit, jusqu'au lendemain matin, où il entendit la messe que l'ermite célébra dans la chapelle. Après le service, lorsque le saint homme eut enlevé les armes de Notre-Seigneur[2], Perceval s'approcha de lui, le salua très humblement et lui demanda la permission de partir. Il voulait en effet poursuivre la quête qu'il avait entreprise. Le saint homme pria Notre-Seigneur de lui permettre de retrouver bientôt la demeure de son aïeul. Perceval sortit alors de la maison de l'ermite, vint à son cheval, aida sa sœur à se mettre en selle et monta lui-même puis il partit, laissant l'ermite tout en pleurs. Il chevaucha à vive allure avec sa sœur qui se réjouissait de la présence de son frère.

Alors qu'ils étaient déjà arrivés tout près de leur château, Perceval s'arrêta au pied d'une croix, un endroit où il allait souvent s'amuser lorsqu'il vivait dans la maison de sa mère. Il vit alors

1. Le texte dit : *la u li solaus avaloit* avec un jeu de mots, qui apparaît déjà chez Robert de Boron, entre « avaler », aller vers le val, descendre à l'horizon, en parlant du soleil, et l'Ile d'Avalon, l'Ile des fées, parfois identifiée avec Glastonbury et son abbaye, haut lieu de la légende arthurienne.

2. Expression usuelle pour désigner les ornements sacerdotaux.

chevaucher vers lui un chevalier tout équipé de ses armes qui, tout en s'approchant, lui criait :

— Par Dieu, chevalier, vous n'avez pas le droit d'emmener cette jeune fille ! Il vous faut la disputer contre moi.

Perceval l'entendit bien mais ne lui répondit rien. Il était si plongé dans ses pensées qu'il ne se souciait pas de ce que l'autre lui criait. Le chevalier, très irrité, s'approcha de lui à vive allure, brandissant sa lance. Il aurait frappé Perceval, sachez-le, si sa sœur ne lui avait crié :

— Perceval, mon cher frère, mettez-vous en garde, sinon ce chevalier va vous tuer !

Quand Perceval l'entendit, il en fut tout étonné : il pensait tant à ce qu'il voulait faire et à la demoiselle qui lui avait confié son braque, qu'il ne prêtait aucune attention au chevalier. Mais, quand il l'aperçut, il fit faire volte-face à son cheval et le lança contre son adversaire. L'autre fit de même. Tous deux avaient bien l'air de ne pas vouloir s'épargner !

Le chevalier frappa Perceval de sa lance, lui brisant et lui perçant son écu. Mais le haubert résista – il ne put l'endommager – et sa propre lance vola en éclats. Perceval à son tour lui enfonça vigoureusement la sienne dans l'écu, y mettant toute sa force. Ni l'écu ni le haubert n'offrirent une résistance suffisante. La lance pénétra dans la poitrine du chevalier et le choc fut si rude qu'il tomba à terre de tout son long. Dans sa chute, son cœur creva et il mourut là, sur-le-champ, sans avoir pu bouger main ou pied.

— Par Dieu, chevalier, dit Perceval, vous avez vous-même cherché votre mal ! Vous auriez bien dû vous taire plutôt que de m'avoir ainsi attaqué ! Mais je regrette de vous avoir tué. J'aurais préféré vous vaincre car c'est un grand péché que de tuer un chevalier.

Il prit alors le cheval et le donna à sa sœur puis ils chevauchèrent à vive allure jusqu'à leur demeure et mirent pied à terre tout aussitôt. Les hommes de la demoiselle vinrent à leur rencontre et conduisirent les chevaux à l'écurie où ils furent bien soignés. Ils étaient au reste très étonnés de voir le cheval qu'avait amené Perceval. Puis ils vinrent vers lui et le désarmèrent avec courtoisie. Ils disposèrent ensuite les tables. Perceval mangea avec sa sœur. Après le repas, il alla dormir un peu : il avait en effet veillé la nuit précédente. Après avoir dormi un moment, il se leva, demanda ses armes et s'équipa rapidement.

En le voyant faire, sa sœur fut très affligée.

— Perceval, mon cher frère, qu'est-ce que cela veut dire ? Allez-vous me laisser seule dans cette forêt ?

— Chère sœur, lui répondit Perceval, si je peux revenir auprès de vous, d'une manière ou d'une autre, je le ferai et je vous aiderai comme je dois le faire. Mais, pour le moment, je ne veux pas demeurer davantage.

Sa réponse causa une vive émotion à la jeune fille qui se mit à pleurer pitoyablement. Perceval cependant la réconforta de son mieux, lui disant qu'il reviendrait auprès d'elle le plus vite qu'il pourrait. Puis il demanda son cheval, monta très rapidement – on voyait bien qu'il ne se souciait pas de s'attarder – et recommanda sa sœur à Dieu. Elle en fit de même, tout en pleurs et très affligée. Mais que pouvait-elle faire d'autre ?

V

PERCEVAL ET LE BEAU MAUVAIS

Après avoir quitté sa sœur, Perceval chevaucha toute la journée sans trouver d'aventure ni d'endroit où recevoir l'hospitalité. Il lui fallut donc passer la nuit dans la forêt. Il enleva le mors de son cheval qu'il laissa toute la nuit paître une belle herbe abondante, toute mouillée de rosée, et resta à le guetter, sans dormir. Au matin, quand l'aube apparut, il se leva, sangla sa monture et s'équipa puis il chevaucha toute la journée.

Cette matinée lui parut très agréable : la forêt était grande et luxuriante et le chant joyeux des oiseaux lui causait un vif plaisir. Poursuivant sa chevauchée, il regarda devant lui et aperçut un chevalier accompagné d'une demoiselle dont l'apparence était en tous points extraordinaire. Son cou, son visage, ses mains étaient plus noirs que fer. Ses jambes étaient toutes tordues, ses yeux, plus rouges que le feu, étaient bien écartés d'une paume. En vérité, je peux vous affirmer qu'elle ne dépassait pas de plus d'un pied l'arçon de la selle et ses pieds et ses jambes étaient si courts, si tordus qu'elle ne pouvait les passer dans les étriers. Ses cheveux étaient tressés mais cette tresse était courte et noire et ressemblait davantage à une queue de rat qu'à autre chose. Cependant elle chevauchait très fièrement, un fouet à la main et, pour faire plus élégant, elle avait passé la jambe sur l'encolure de son palefroi. C'est ainsi qu'elle chevauchait aux côtés du chevalier qu'elle prenait par le cou et embrassait très doucement de temps à autre. Lui, il lui rendait ses baisers.

Quand Perceval vit le chevalier, il s'arrêta et se signa tant il était stupéfait. Puis il éclata de rire. Quand le chevalier comprit qu'il se moquait de son amie, il en fut très affligé. Il s'approcha de Perceval et lui demanda ce qui le faisait rire ainsi et pourquoi il s'était signé à trois reprises.

— Je vais vous l'expliquer, lui répondit Perceval. Quand j'ai vu ce diable chevaucher à vos côtés, j'ai eu peur et c'est pourquoi je me suis signé. Mais quand j'ai vu qu'elle vous tenait par le cou et vous embrassait, je me suis mis à rire devant l'énormité de la chose. Mais dites-moi, s'il vous plaît, et sans vous fâcher, d'où vient cette femme et si c'est un diable ou une créature humaine car, sachez-le, même si on me donnait en échange tout le royaume de Logres, je n'accepterais pas de chevaucher trois jours de suite avec elle de peur qu'elle ne m'étrangle ou ne me tue !

Quand le chevalier l'entendit ainsi parler, il éprouva une telle colère qu'il devint tout rouge et qu'il répondit avec beaucoup d'agressivité :

— Chevalier, vous ne pouviez me fâcher plus que vous ne l'avez fait en vous moquant et en riant de celle que j'aime comme mon cœur et qui me paraît si belle qu'il n'y a dame ou demoiselle au monde qui puisse rivaliser de beauté avec elle. Je ne mangerai plus, sachez-le, tant que je ne l'aurai pas vengée à vos dépens. Et je suis bien sûr que, si vous aviez dit devant elle tout ce que vous venez de dire, elle en serait morte de honte, tant elle est sensible. Or, si elle mourrait, je me tuerais, sachez-le, pour l'amour d'elle. Je vous défie donc sur-le-champ.

— S'il plaît à Dieu, répliqua Perceval, je pense bien pouvoir me défendre contre vous !

Ils mirent alors entre eux deux arpents de distance, prirent leurs écus par les courroies et brandirent leurs lances. Puis ils laissèrent aller les chevaux. Le choc fut si violent qu'ils furent tous deux désarçonnés. Mais ils se relevèrent aussi vite qu'ils le purent, en revinrent rapidement aux prises et recommencèrent à se battre, à l'épée, avec acharnement, martelant sans trêve leurs heaumes.

Leurs écus, sachez-le, étaient bien mal en point et ils se donnaient de tels coups d'épée qu'il était bien surprenant qu'ils ne se tuent pas. Et c'est ce qui serait arrivé s'ils avaient été aussi frais et dispos qu'au début. Mais ils étaient si las que les coups qu'ils se portaient perdaient beaucoup de leur force. Perceval enfin rassembla tout son courage et, tout honteux de voir le combat s'éterniser ainsi, il passa une nouvelle fois à l'attaque et fatigua tant son adversaire qu'il le mena à bout. Il le fit tomber au milieu de la prairie, lui arracha son heaume qu'il fit rouler à trente pieds de là et plus, et il lui aurait coupé la tête si le chevalier ne lui avait demandé grâce et ne l'avait supplié, au nom de Dieu, de l'épargner.

Dès que Perceval entendit qu'il lui demandait grâce, il se refusa à le toucher, remit son épée dans le fourreau et lui demanda son nom. Le chevalier répondit qu'il s'appelait le Beau Mauvais.

— Chevalier, s'écria Perceval, sur ma tête, il y a dans ce nom rai et du faux ! Vous n'êtes pas beau mauvais mais – que u m'aide ! – bon et beau.

Puis, comme il regardait la demoiselle, Perceval ne put s'em- cher de recommencer à rire et demanda au chevalier comment lle s'appelait.

— Rosette la Blonde, lui répondit-il, et apprenez que c'est la plus courtoise demoiselle qui existe car elle est non seulement belle mais aimable et douce et, plutôt que de me séparer d'elle, je préférerais, sachez-le, perdre un œil, tant je l'aime profondément.

— Chevalier, ce serait donc un geste bien peu courtois que de vous séparer ! Il faut cependant que vous me juriez de vous rendre à la cour du puissant roi Arthur et de vous y constituer prisonnier de ma part. Vous emmènerez cette demoiselle avec vous et la confierez à la reine.

— Cher seigneur, cela me convient, car il n'est cour où je n'oserais l'emmener tant sont grands sa courtoisie et ses mérites. Mais dites-moi au nom de qui je devrai me faire prisonnier.

— Au nom de Perceval le Gallois.

— Seigneur, bien volontiers. Sachez que cette demoiselle et moi-même nous ferons ce que vous voulez.

Le chevalier quitta alors Perceval et se rendit à Cardueil, au pays de Galles. Nombre de chevaliers, de seigneurs, de dames et de demoiselles étaient alors réunis autour de la reine qui savait si bien leur manifester son estime. Le roi avait assisté à la messe avec la reine et ses barons, et tous étaient revenus dans la salle.

Keu le sénéchal accompagnait la reine. Elle s'était retirée dans sa chambre lorsque Keu, qui était accoudé à une fenêtre, vit venir le chevalier qui amenait son amie à la cour. Tous deux chevauchaient très fièrement. Lorsque Keu aperçut la demoiselle, il en fut tout réjoui. Il quitta précipitamment la fenêtre et vint tout aussitôt dans la chambre où se tenait la reine.

— Ma dame, lui dit-il, venez voir ! Voici un chevalier qui arrive avec la plus belle jeune fille qu'on ait jamais vue. Toutes celles de votre cour n'ont pas, en comparaison, la moindre beauté. Par Dieu, prenez soin de bien la recevoir et de faire en sorte qu'elle reste avec vous car – que Dieu m'aide ! – je souhaiterais vraiment que toutes les dames du royaume de Logres soient aussi belles !

— Keu, cher seigneur, répondit la reine, je n'y tiens pas du tout ! Vous me mettriez alors en grand tourment et en grand embarras car vous-même et les autres chevaliers voudriez toutes me les enlever ! Mais allons dans la salle, poursuivit-elle en s'adressant à ses suivantes, pour voir si cette demoiselle est aussi belle que nous le dit Keu.

Elles se mirent alors aux fenêtres de la salle mais, en voyant approcher le chevalier et la demoiselle, elles se signèrent de stupéfaction et éclatèrent de rire. La reine appela ses suivantes et leur dit tout en riant :

— Mes demoiselles, vous voyez combien Keu vous aime et vous honore et quels bons vœux il a formés pour vous en ce jour !

Keu s'approcha alors du roi et des barons pour les inviter à venir voir le chevalier. Le roi et ses barons rejoignirent la reine aux fenêtres et les plaisanteries fusèrent. La reine leur répéta le souhait qu'avait fait Keu, ce qui les fit bien rire et les divertit beaucoup.

Le chevalier cependant mit pied à terre devant la salle et, prenant la demoiselle entre ses bras, l'aida très doucement à descendre de son palefroi. Puis ils se présentèrent dans la salle où se trouvait le roi Arthur en se tenant par la main. Le chevalier s'arrêta à mi-chemin, salua le roi et tous les barons au nom de Perceval le Gallois et dit qu'il se déclarait prisonnier sur son ordre.

— Et, ajouta-t-il, voici ma demoiselle Rosette au clair visage, que j'aime autant et plus que mon cœur, qu'il envoie à la reine pour qu'elle la retienne parmi ses suivantes.

En l'entendant, Keu ne put s'empêcher de prendre la parole et de dire à la reine :

— Ma dame, remerciez-l'en ! Jetez-vous à ses pieds, je vous en prie, car vous n'avez jamais reçu semblable présent ! Quel beau titre de gloire ce sera pour vous et vos suivantes ! J'aurais pourtant peur, si vous la gardiez avec vous, que le roi ne partageât son amour entre elle et vous !

Puis il invita le roi, sur ce qu'il lui devait, à demander au chevalier où il avait trouvé cette jeune fille, s'il y en avait d'autres comme elle, et si lui-même, le cas échéant, pourrait s'en trouver une.

Les paroles de Keu irritèrent le roi.

— Keu, lui dit-il, sur ce que vous devez à Dieu, laissez-nous tranquilles. C'est une honte de se moquer ainsi d'un chevalier étranger. Vous n'y gagnez rien sinon d'exciter sa haine.

— Sire, répliqua Keu, je ne parle pas ainsi par méchanceté mais pour le bien de ce chevalier. Si j'avais amené cette demoiselle dans une autre cour, j'aurais eu grand peur en effet de me la faire enlever !

— Keu, reprit le roi avec colère, puissiez-vous mieux savoir ce que vous avez à dire ! Mais je vous ordonne maintenant de vous taire.

Le roi s'approcha alors du chevalier, le prit entre ses bras et lui rendit sa liberté. Puis il lui proposa de faire partie de sa maison s'il le désirait. La demoiselle, elle, resterait dans les appartements de la reine. Keu ne put cependant s'empêcher d'intervenir une nouvelle fois :

— Sire, dit-il, il faut que vous lui donniez des garanties contre les seigneurs de cette cour car ils auront tôt fait d'enlever la demoiselle pour sa beauté. Et ce chevalier-là, je sais bien que si pareille infortune lui arrivait, il viendrait s'en plaindre à vous. Que je sois alors maudit si je prends votre défense !

De plus en plus irrité, Arthur répliqua :

— Vraiment, Keu, vos paroles sont trop méchantes et trop acérées ! Sur la foi que je dois à Dieu et à l'âme d'Uterpendragon mon père, je vous assure que si je n'en avais pas fait le serment à votre père Entor, vous ne seriez plus jamais sénéchal[1].

Puis, baissant la tête, il murmura pour lui-même :

— Et pourtant, c'est mon devoir de le supporter car ses défauts proviennent de la femme qui l'a nourri de son lait lorsque, à cause de moi, il fut privé du sein maternel.

1. Sur cet épisode voir ci-dessus *Merlin*, première partie, chapitre III, où le père de Keu est nommé Auctor.

Keu s'avança alors, faisant semblant d'être très en colère, et dit :

— Que je sois maudit si jamais je me soucie de veiller sur cette jeune fille ! A vous désormais de prendre ce soin !

Ainsi donc, comme vous venez de l'entendre, la demoiselle resta à la cour du puissant roi Arthur, et apprenez qu'elle devint par la suite la plus belle jeune fille du monde[1].

VI

LE GUÉ PÉRILLEUX ET LES OISEAUX-FÉES

Le livre nous dit ici que, après avoir quitté le chevalier, Perceval chevaucha de longs mois, de landes en châteaux, sans jamais trouver la demeure de son grand-père. Mais il lui arriva nombre d'aventures. Un jour, alors qu'il chevauchait à travers une grande forêt, il découvrit devant lui l'une des plus belles prairies du monde. A ses pieds se trouvait un très beau gué et, de l'autre côté du gué, se dressait une tente. Perceval se dirigea à vive allure vers le gué et voulut y pénétrer. Mais, comme il allait laisser son cheval s'y abreuver, un chevalier magnifiquement équipé surgit de la tente. Chevauchant rapidement vers Perceval, il lui cria :

— Par Dieu, chevalier, c'est pour votre malheur que vous êtes entré dans ce gué et il vous faudra le payer !

En même temps il se porta contre lui, voulant le frapper de sa lance, lorsqu'il s'aperçut que son adversaire n'avait ni lance ni écu. Perceval s'était en effet battu contre un chevalier qui lui avait mis en pièces son écu. L'autre chevalier fit donc demi-tour et ordonna à une jeune fille qui se tenait à l'entrée de la tente d'apporter une lance et l'écu qui était suspendu dans la tente : il se croirait déshonoré s'il joutait avec un chevalier dépourvu d'écu. La jeune fille, comme il le lui avait ordonné, remit les armes à Perceval qui en fut tout heureux. Puis le chevalier lui cria de se mettre en garde : il lui en coûtera cher d'être ainsi entré dans le

1. Peut-être la jeune fille est-elle ici victime d'un enchantement ou est-elle un personnage féerique, capable de changer d'apparence, comme c'est le cas pour les femmes-oiseaux dans l'épisode suivant.

gué sans lui en demander la permission. Qu'il soit donc bien sur ses gardes, car, s'il le peut, il le lui fera payer !

Ils s'attaquèrent alors avec violence et se portèrent de rudes coups. Les lances volèrent en éclats mais Perceval heurta avec tant de force son adversaire qu'il le jeta de son cheval à terre, étendu de tout son long au milieu du pré. Dans la chute, le heaume, dont les lacets s'étaient rompus, vola au loin. Perceval mit alors pied à terre : il se serait cru déshonoré de combattre à cheval un adversaire à pied. Il l'attaqua donc à l'épée et lui porta tant de coups qu'il vint à bout de sa résistance. L'autre demanda grâce et se constitua prisonnier. Perceval lui répondit qu'il ne lui ferait grâce que s'il lui expliquait d'abord pourquoi il lui avait interdit de se désaltérer dans le gué et pour quelle raison il s'en prenait ainsi aux chevaliers et leur faisait subir de tels outrages.

— Seigneur, répondit le chevalier, je vais vous le dire. Sachez que je m'appelle Urbain et que je suis le fils de la reine de Noire-Épine. Le roi Arthur m'a fait chevalier à Cardueil, dans sa grand-salle et, depuis, j'ai parcouru le pays. J'ai rencontré nombre de chevaliers et me suis battu contre eux. Et je peux bien vous affirmer que j'ai triomphé de tous ceux que j'ai rencontrés. Or, une nuit, alors que je chevauchais à l'aventure, il se mit à pleuvoir comme si le ciel tout entier allait se déverser ; le tonnerre grondait et l'air était sillonné d'éclairs. Ils donnaient une lumière si inquiétante que je ne savais ce qu'il allait advenir de moi et j'avançais si vite qu'il me semblait que les diables m'emportaient. Mon cheval était si effrayé que je ne pouvais le maîtriser et il m'entraînait malgré moi. Derrière moi enfin retentissait un tel fracas que j'avais l'impression que, sur mon passage, les arbres étaient arrachés.

« Dans la détresse où je me trouvais, j'aperçus alors devant moi, sur la meilleure mule que j'aie jamais vue, une demoiselle qui chevauchait à vive allure. Aussitôt, je me mis à la suivre, m'efforçant de la rattraper. Au reste, la nuit était si noire que je n'aurais pu suivre sa trace si les éclairs ne m'avaient guidé. Je la suivis ainsi jusqu'au moment où elle pénétra dans le plus beau château du monde. J'y entrai sur ses pas et me trouvai dans la grand-salle en même temps qu'elle. Quand elle me vit, elle s'approcha de moi, jeta ses bras à mon cou, me fit désarmer et me réserva le meilleur accueil. Durant la nuit, je m'enhardis tant que j'en devins amoureux et me risquai à lui demander son amour. Elle me répondit qu'elle m'aimerait bien volontiers, mais à une condition. Je lui répondis que, quoi que ce soit qu'elle me demande, je le ferais. Elle me déclara alors qu'elle serait mon amie si j'acceptais de rester auprès d'elle et de ne plus chevaucher par le pays. Je répliquai que je ferais ce qu'elle désirait mais qu'il me serait pénible de renoncer à la chevalerie.

« — Cher ami, me dit-elle, voyez ce gué là-bas : vous dresserez en cet endroit une tente. Aucun des chevaliers qui passeront dans ce pays ne pourra distinguer de ce château autre chose que la tente. Vous jouterez contre tous ceux qui voudront se désaltérer dans ce gué et ainsi vous pourrez jouir de moi tout en continuant vos faits d'armes.

« J'acceptai sa proposition. Voici donc près d'un an que je demeure au bord de ce gué avec mon amie et, depuis ce jour, j'ai eu tout ce que je désirais. Le château se trouve là, près de cette tente que vous pouvez voir, mais le château, personne ne peut le voir sauf moi, mon amie et les demoiselles qui vivent avec elle. Or, il ne manque que huit jours pour que s'achève l'année que j'ai passée ici. Et si ces huit jours m'avaient été donnés, j'aurais été le meilleur chevalier du monde, mais telle n'a pas été la volonté de Dieu ! Sachez donc que vous pouvez faire de moi ce que vous voulez, me tuer ou me laisser vivre, et que, si vous le désirez, vous resterez ici et garderez le gué un an durant. Et si vous voulez rester une année entière, vous serez reconnu comme le meilleur chevalier du monde, si du moins vous n'êtes pas vaincu par quelque autre.

— Ami, lui répondit Perceval, sachez que je ne resterai là à aucun prix. En revanche, je veux que dorénavant vous laissiez libre l'accès de ce gué et que les chevaliers qui passent par ici ne soient plus inquiétés.

— Seigneur, je ferai, bon gré mal gré, ce que vous voulez car je vois bien que vous m'avez vaincu.

Or, tandis que Perceval parlait avec le chevalier et lui ordonnait de ne plus interdire le Gué Périlleux, il entendit un tel fracas qu'il lui sembla que toute la forêt s'engloutissait dans l'abîme. Et dans cet effroyable tumulte s'élevèrent une fumée et des ténèbres si épaisses qu'on ne pouvait plus se voir, sur près d'une demi-lieue. Puis, du sein des ténèbres, se fit entendre une voix très forte et pleine de douleur qui dit :

— Perceval le Gallois, nous te maudissons, dans la mesure de nos faibles forces de femmes, car tu nous as causé aujourd'hui la plus vive douleur que nous ayons jamais éprouvée ! Et il en résultera pour toi, sache-le, de grandes peines !

Ensuite, la voix dit au chevalier qui se tenait à côté de Perceval :

— Faites vite, ne vous arrêtez pas ! ajoutant encore : si vous tardez davantage, vous me perdrez.

Ces paroles bouleversèrent le chevalier qui, à plus de cent reprises, supplia Perceval de lui faire grâce. Tout étonné de cette insistance, Perceval lui demanda pourquoi il l'implorait ainsi.

— Ah ! seigneur chevalier, lui répondit-il, au nom de Dieu permettez-moi de m'en aller !

Perceval cependant resta silencieux, encore tout étonné de ce qu'avait dit la voix. L'autre courut alors vers son cheval et voulut se mettre en selle mais Perceval le saisit par le pan de son haubert et lui dit :

— Chevalier, sur ma tête, vous ne m'échapperez pas ainsi !

Plein d'épouvante, le chevalier se retourna vers lui et de nouveau lui demanda grâce plus de cent fois : qu'il ne le retienne pas, pour l'amour de Dieu ! S'il devait rester là plus longtemps, il se tuerait. Puis on entendit une nouvelle fois la voix qui disait :

— Urbain, hâte-toi ! Sinon, tu m'auras définitivement perdue !

En entendant la voix, le chevalier tomba évanoui. Mais comme Perceval, tout étonné, le considérait avec stupéfaction, il se vit entouré d'une telle foule d'oiseaux que le ciel en était tout obscurci. Il n'avait jamais vu d'oiseaux aussi noirs et ils tentaient, s'acharnant sur son heaume, de lui arracher les yeux. Alors que Perceval restait là, tout abasourdi, le chevalier revint à lui. Regardant du côté de Perceval, il vit les oiseaux : tout aussitôt il bondit sur ses pieds, riant aux éclats et montrant sa joie.

— Que je sois maudit si je ne viens pas à votre aide ! s'écria-t-il.

Il saisit alors son écu par les courroies et, l'épée à la main, s'élança vers Perceval. Rendu furieux par ce nouvel assaut, Perceval lui cria :

— Veux-tu donc, chevalier, recommencer le combat ?

— Je vous défie, lui répondit-il.

Ils s'attaquèrent alors à l'épée avec acharnement mais Perceval eut le dessous car les oiseaux le harcelaient de si près qu'ils étaient sur le point de le jeter à terre – ce qui excita encore plus la colère du jeune homme. Tenant donc son épée dans sa main droite, il frappa un oiseau qui le serrait de plus près que les autres et l'atteignit en plein milieu du corps, lui faisant jaillir les entrailles.

L'oiseau tomba à terre mais, dans sa chute, il se transforma en un cadavre de femme – elle avait le plus beau corps qu'il eût jamais vu.

Perceval fut très affligé de la voir ainsi morte mais les oiseaux qui le pressaient reculèrent, coururent vers le cadavre et l'emportèrent dans les airs. Lorsqu'il se vit débarrassé d'eux, Perceval se précipita sur le chevalier qui le supplia, au nom de Dieu, de bien vouloir l'épargner.

— Dis-moi alors, lui répondit Perceval, quelle est cette merveille que je viens de voir.

— Seigneur, bien volontiers.

« Le bruit, l'énorme fracas que tu as entendu, sache que c'est le château de mon amie qu'elle a anéanti pour l'amour de moi. La voix que tu as entendue, c'est elle qui m'appelait et, lorsqu'elle vit que je ne pouvais t'échapper, elle s'est transformée, elle et ses suivantes, en oiseau et elle est accourue ici pour te nuire et me porter secours. En les voyant, je n'ai pu m'empêcher de venir à leur aide et, normalement, nous aurions dû te tuer, mais je vois bien que personne ne peut rien contre toi ; j'ai la certitude que tu es un fidèle serviteur de Dieu et l'un des meilleurs chevaliers du monde.

« Celle que tu as tuée était la sœur de mon amie ; elle ne risque rien : en ce moment, elle est déjà dans l'Ile d'Avalon. Mais, au nom de Dieu, laisse-moi maintenant retourner, je t'en prie, auprès de celle qui m'attend encore.

En l'entendant, Perceval se mit à rire et lui donna la permission de s'en aller. Le chevalier en éprouva un très grand soulagement. Il partit très vite, et à pied, car sa joie de pouvoir s'en aller était telle qu'il en oublia son cheval. Mais il ne s'était pas éloigné de deux arpents que Perceval vit qu'on l'emportait au milieu de grandes manifestations d'allégresse. Perceval remonta alors en selle, pensant qu'il allait rattraper tout le groupe, mais à peine était-il sur son cheval que tout avait disparu, les demoiselles, le chevalier et même le cheval qui était tout à côté de lui. Plein de stupeur, il revint sur ses pas, se disant que ce serait une folie de les poursuivre.

VII

LES ENFANTS DANS L'ARBRE. PERCEVAL CHEZ LE ROI PÊCHEUR (I)

Perceval repartit et poursuivit sa route, très préoccupé par ce qu'il avait entrepris, et bien souvent il songeait à l'extraordinaire aventure qui lui était arrivée. Il chevaucha ainsi toute la journée, sans boire ni manger et, cette nuit-là, il lui fallut, comme la précédente, dormir dans la forêt.

Au matin il repartit, se laissant guider par le hasard, et de nouveau il chevaucha toute la journée sans trouver d'aventure ni d'endroit où il puisse recevoir l'hospitalité. Il en était très ennuyé, sachez-le, car il ne traversait que haies, halliers et bois, ce qui le décourageait beaucoup.

Comme il chevauchait ainsi, tout triste et perdu dans ses pensées – et il était déjà none passée – il aperçut en regardant devant lui l'un des plus beaux arbres qu'il ait jamais vu. Il était planté au croisement de quatre routes, à côté d'une très belle croix. Perceval, lorsqu'il le vit, s'en approcha et s'arrêta un bon moment. Or, alors qu'il le regardait avec beaucoup de plaisir, il vit deux enfants nus qui sautaient de branche en branche. Ces enfants, lui sembla-t-il, avaient environ six ans et tous deux se prenaient par le cou et jouaient ensemble. Après les avoir observés tout à loisir, il les appela, les conjurant au nom du Père, du Fils et du Saint-Esprit de venir lui parler s'ils étaient des créatures de Dieu. L'un des enfants s'arrêta alors de sauter de branche en branche et, s'asseyant, lui dit :

— Chevalier, toi qui nous as conjurés, sache que nous sommes des créatures de Dieu. Nous sommes venus du paradis terrestre, d'où fut jeté Adam, pour te parler et avec la permission du Saint-Esprit. Tu as entrepris la quête du Graal que garde Bron ton grand-père, celui que l'on appelle dans de nombreux pays le Roi Pêcheur. Tu prendras donc cette route, là devant toi à droite. Avant que tu ne la quittes, tu verras, sache-le, ce par quoi tes épreuves seront terminées, si du moins tu en es digne.

Perceval, baissant les yeux, réfléchit un moment aux surprenantes paroles qu'il venait d'entendre mais, lorsqu'il releva la tête, l'arbre, les enfants et la croix qu'il avait vus, tout avait disparu. Plus étonné qu'il ne l'avait jamais été, il s'interrogea longuement, craignant fort d'avoir eu affaire à quelques fantômes.

Alors qu'il était là en train de réfléchir, se demandant s'il allait suivre la route que lui avaient indiquée les deux enfants, il vit une très grande ombre qui allait et venait et qui passa et repassa devant lui quatre fois de suite. Le cheval que montait Perceval était très effrayé. Il renâclait et trépignait et, quand Perceval s'en aperçut, il fit le signe de la croix sur lui-même et sur sa monture. Résonna alors dans l'ombre une voix qui lui dit :

— Perceval, Merlin, celui dont tu as si souvent entendu parler, te fait savoir que tu ne dois pas faire fi des indications que t'ont données les deux enfants car c'est au nom de Jésus-Christ notre Sauveur qu'ils te les ont données. Et si tu es un homme de bien, sache qu'avant d'avoir quitté ce chemin à droite – chemin qui t'est indiqué par la volonté de Dieu – tu auras accompli la prophétie que Notre-Seigneur fit à Joseph[1].

Ce que disait la voix remplit Perceval de joie. A trois reprises il l'appela car il voulait encore parler avec elle. Mais elle ne répondit pas. Et quand Perceval comprit que ses appels resteraient vains, il se dirigea vers la route que lui avaient montrée les deux enfants et chevaucha en chemin découvert. Tant qu'il suivit cette route, il chevaucha avec beaucoup de déplaisir car il préférait de loin chevaucher dans les forêts plutôt que d'emprunter les chemins découverts. Poursuivant sa chevauchée, il arriva dans une très agréable prairie. Au fond de la prairie coulait une très belle rivière sur laquelle étaient construits d'imposants moulins. Chevauchant vers la rivière, il aperçut trois hommes dans un bateau. Perceval, s'approchant d'eux, distingua dans l'embarcation un très vieil homme, allongé sur une somptueuse couche[2]. C'était le Roi Pêcheur, son grand-père, qui appela le jeune homme et le pria de passer la nuit chez lui. Perceval l'en remercia vivement.

— Chevalier, cher seigneur, lui dit le Roi Pêcheur, remontez le long de la rivière ; vous verrez alors apparaître mon château. Pour moi, je vais y retourner car je voudrais être là pour vous recevoir.

---

1. C'est-à-dire l'achèvement de la quête par le « troisième homme », ici Perceval.

2. Comme dans le *Conte du Graal*, le Roi Pêcheur est un roi « mehaignié », impotent – il ne peut donc aller à la chasse – et sans doute frappé d'impuissance.

Perceval remonta alors le cours de la rivière. Il regardait en tous sens mais il n'apercevait nulle trace de la demeure du Roi Pêcheur. Voyant qu'il n'arriverait pas à la trouver, il en fut très affligé et maudit le pêcheur qui lui avait donné ce renseignement :

— Pêcheur, maudit sois-tu, toi qui t'es moqué de moi en me faisant croire une chose qui n'est pas vraie !

Très triste et très préoccupé, il reprit alors sa route jusqu'au moment où il vit le faîte d'une tour apparaître entre deux monts, le long de la forêt qu'il avait traversée le matin. En le voyant, il se réjouit et se dirigea de ce côté tout en regrettant très vivement d'avoir ainsi maudit le roi. Mais il ne savait pas qui il était… Il arriva finalement à la forteresse. Il vit la rivière qui l'environnait, une rivière large et belle à ravir, et, tout autour de la grand-salle, les galeries fort agréablement disposées. A voir ce château, il pensa bien que c'était là la demeure d'un homme important. C'était un château plus digne d'un roi, lui sembla-t-il, que d'un pêcheur ! Et plus il s'en approchait, plus ce château lui plaisait.

Il trouva la porte ouverte et le pont-levis baissé. Il entra donc dans le château et s'avança jusqu'aux marches qui menaient à la grand-salle. Dès que les serviteurs l'aperçurent, ils coururent à sa rencontre, lui tinrent l'étrier et l'aidèrent à enlever ses armes qu'ils déposèrent dans la salle. Deux autres conduisirent son cheval à l'écurie et s'en occupèrent soigneusement. Quand Perceval pénétra dans la salle, un jeune homme apporta un manteau taillé dans une riche étoffe et l'en revêtit puis il le fit asseoir, au milieu de la pièce, sur un lit somptueux. Quatre serviteurs se rendirent alors dans la chambre où se trouvait le Roi Pêcheur, le gardien du Graal. Ce roi était si vieux, si fragile, si perclus par la maladie qu'il ne pouvait remuer ni pied ni main. Il demanda à ses hommes si le chevalier était arrivé.

— Oui, seigneur, lui répondirent-ils.

— Je veux donc aller le voir, leur dit-il.

Les quatre hommes le prirent alors dans leurs bras et l'emportèrent dans la salle, là où se trouvait Perceval son neveu. Celui-ci se leva à son approche et lui dit :

— Seigneur, je suis très ennuyé de tout ce mal que vous vous donnez pour venir auprès de moi.

— Je tiendrais beaucoup à vous honorer, si cela est possible, répondit le roi.

Ils se rassirent alors sur le lit et parlèrent de choses et d'autres. Le seigneur demanda à Perceval d'où il venait ce jour et où il avait passé la nuit.

— Seigneur – que Dieu m'aide ! –, dans la forêt. L'auberge n'était pas très bonne et j'y fus bien mal logé, ce qui fut au reste plus pénible pour mon cheval que pour moi !

— Certes, répliqua le seigneur, vous n'avez pas eu tout ce dont vous auriez eu besoin !

Sur ce, il appela deux serviteurs et leur demanda s'ils pouvaient manger.

— Oui, dirent-ils, dans quelques instants.

Ils disposèrent alors les tables et le seigneur et Perceval prirent place.

Comme on leur apportait le premier plat, ils virent sortir d'une chambre une jeune fille somptueusement parée. Une serviette était attachée à son cou et elle portait deux petits plats d'argent[1]. Vint ensuite un jeune homme qui portait une lance. Trois gouttes de sang coulaient sur le fer de la lance. Ils passèrent devant Perceval et entrèrent dans une chambre. Les suivit un autre jeune homme qui portait le vase que Notre-Seigneur donna dans la prison à Joseph. Il l'éleva entre ses mains avec un très grand respect. Quand le seigneur vit le vase, il s'inclina devant lui et battit sa coulpe et les habitants de la demeure firent de même. Perceval fut très étonné par ce qu'il voyait et il aurait bien volontiers questionné son hôte à ce sujet s'il n'avait craint de le contrarier. Toute la soirée, il repensa à cette scène mais il se souvenait de ce que lui avait dit sa mère qui lui avait recommandé de ne pas trop parler et de ne pas poser trop de questions. C'est pourquoi il renonça à interroger son hôte. Celui-ci ne cessait cependant d'entretenir la conversation afin de l'inciter à le questionner, mais le jeune homme n'en fit rien : il était si fatigué par ses deux nuits de veille que c'est tout juste s'il ne s'effondrait pas sur la table !

Le jeune homme qui portait le Graal repassa alors et rentra dans la chambre dont il était auparavant sorti. Celui qui portait la lance fit de même et la jeune fille les suivit. Mais Perceval, cette fois encore, ne posa aucune question. Quand Bron, le Roi Pêcheur, comprit qu'il ne l'interrogerait pas, sa peine fut très vive.

---

1. Ces deux petits plats d'argent sont peut-être un avatar du *tailloir*, du plat à découper les viandes, présent dans la scène du Graal telle que la donne le *Conte du Graal*.

Il faisait en effet porter ainsi le Graal devant tous les chevaliers à qui il donnait l'hospitalité parce que Notre-Seigneur Jésus-Christ lui avait fait savoir qu'il ne guérirait pas tant qu'un chevalier n'aurait pas demandé à quoi servait le Graal ; et il fallait que ce chevalier fût le meilleur du monde. C'est à Perceval précisément qu'il revenait d'accomplir cela et, s'il avait posé cette question, le roi aurait été guéri.

Lorsque le Roi Pêcheur vit que Perceval avait envie de dormir, il donna l'ordre d'enlever la table et de préparer pour le jeune homme une somptueuse couche. Puis il appela quatre serviteurs, leur disant qu'il allait se retirer dans sa chambre pour dormir, et il prit congé du chevalier en lui demandant bien de ne pas lui en tenir rigueur : il était vieux et ne pouvait rester longtemps assis. Perceval l'assura qu'il n'en ferait rien et le recommanda à Dieu. Le roi se retira dans sa chambre et Perceval resta dans la salle, pensant intensément à ce vase qu'il avait vu porter avec tant de révérence et devant lequel le maître du château et tous ses habitants s'étaient si profondément inclinés. Il était encore plus étonné par la lance dont le fer saignait trois gouttes de sang et il se promit donc de questionner au matin les valets de la cour avant de s'en aller.

Lorsqu'il eut ainsi longuement médité, arrivèrent trois serviteurs qui l'aidèrent à enlever ses chausses et le couchèrent avec beaucoup d'égards. Une fois allongé, il dormit jusqu'au lendemain matin, tant il était fatigué. Au matin, il se leva et, lorsqu'il fut habillé et équipé, il parcourut en tous sens la maison puis la cour mais il ne trouva âme qui vive. Il revint donc à l'intérieur mais, là non plus, il ne vit personne. Très ennuyé par cette situation, il regarda devant lui et aperçut ses armes, qu'il revêtit. Puis il se dirigea vers l'écurie qu'il trouva ouverte ; son cheval, lui, avait été récemment pansé et on lui avait mis le mors et la selle. Tout étonné de ce qu'il découvrait, Perceval se mit rapidement en selle et sortit de l'écurie. Il s'aperçut alors que la porte du château était ouverte. Pensant que les serviteurs étaient allés dans la forêt pour fourrager et chercher ce dont ils avaient besoin, il se dit en lui-même qu'il irait à leur recherche : s'il rencontre l'un d'eux, il lui demandera ce que signifie ce vase qu'il a vu porter, pourquoi on le salue avec tant de révérence et par quel mystère le fer de la lance peut ainsi saigner.

Il partit donc et chevaucha longtemps à travers la forêt, jusqu'à l'heure de prime, sans trouver personne à qui parler. Il en était très affecté. Il chevaucha ainsi très longuement, si absorbé par ses pensées que c'est tout juste s'il ne tombait pas de cheval. Puis, au bout d'un long moment, il vit une jeune fille au milieu de la forêt – c'était la plus belle femme du monde – qui pleurait pitoyablement et se lamentait. Dès qu'elle aperçut Perceval, elle s'écria de toutes ses forces :

— Ah ! malheureux Perceval, maudit sois-tu ! Infortuné que tu es, nul bien désormais ne saurait t'arriver, toi qui as été dans la demeure du riche Roi Pêcheur, ton grand-père, toi qui as vu passer devant toi le vase – on l'appelle le Graal – qui contient le sang de Notre-Seigneur, qui l'as vu passer par trois fois et qui n'as jamais été capable de poser la question ! Dieu t'a pris en haine, apprends-le, et il est bien surprenant qu'Il ne te fasse pas périr ignominieusement.

En entendant la jeune fille ainsi parler, Perceval chevaucha dans sa direction et lui demanda de lui dire la vérité sur ce qu'il avait vu.

— N'as-tu donc pas couché cette nuit chez Bron ton grand-père, ce vieillard issu d'un si noble lignage, et n'as-tu pas vu passer devant toi le Graal et les autres reliques ? lui demanda la jeune fille. Apprends-donc que, si tu avais demandé à quoi il servait, le roi ton grand-père aurait été guéri de sa maladie, il aurait retrouvé la santé, et la prophétie que Notre-Seigneur fit à Joseph aurait été accomplie ; toi, tu aurais reçu la grâce qui a été donnée à ton grand-père, tous tes désirs auraient été satisfaits et tu aurais obtenu la garde du sang de Jésus-Christ. Après ta mort, tu aurais été accueilli parmi ceux qui ont reçu l'enseignement de Jésus-Christ, et les enchantements et les maléfices qui pèsent actuellement sur la terre de Bretagne auraient été dissipés. Mais je sais bien pourquoi tu as échoué. Tu as échoué, sache-le, parce que tu n'es pas assez sage ni assez preux et que tu n'as pas encore fait assez d'exploits, de hauts faits et de nobles actions pour devenir le gardien du précieux vase[1].

Les paroles de la jeune fille remplirent Perceval de stupeur. Sa douleur fut telle qu'il se mit à pleurer, disant que jamais il ne s'arrêterait avant d'avoir retrouvé la maison de son grand-père et posé les questions que la jeune fille lui avait mentionnées. Sur ce, il la quitta en la recommandant à Dieu et elle fit de même, tout en continuant de pleurer.

1. La scène est évidemment une réécriture de la rencontre entre Perceval et sa cousine dans le *Conte du Graal*.

VIII

PERCEVAL ET LE CHEVALIER DE LA TOMBE

Perceval reprit le chemin qui, lui semblait-il, devait le ramener à la demeure de son grand-père, le Roi Pêcheur, mais il s'en était considérablement éloigné. Il chevaucha donc, perdu dans ses pensées, durant deux jours et deux nuits sans rien manger d'autre que des pommes et ce qu'il trouva dans la forêt, et priant Notre-Seigneur de lui venir en aide. Un jour où il n'avait cessé de chevaucher sans rencontrer d'aventure, voici que, regardant devant lui, il aperçut la plus belle jeune fille du monde. A côté d'elle était attaché un magnifique palefroi et, au-dessus du palefroi, suspendue à la branche de l'arbre, il découvrit la tête du cerf qu'il avait coupée. Tout joyeux, Perceval s'approcha de l'arbre à vive allure et se saisit de la tête sans adresser la parole à la jeune fille.

— Chevalier, lui cria-t-elle avec beaucoup d'irritation lorsqu'elle s'en aperçut, laissez là cette tête : elle est à mon seigneur et, si vous l'emportez, ce sera pour votre honte, sachez-le !

Perceval se mit à rire en l'entendant.

— Ma demoiselle, je ne la poserai pas, quelles qu'en soient les conséquences, mais je vais tout au contraire la rendre à celle à qui je l'ai promise.

Comme il parlait ainsi à la jeune fille, il vit arriver une biche aux abois que son braque poursuivait à vive allure et qu'il avait attrapée par les cuisses. La biche était si affolée qu'elle vint se réfugier auprès de la jeune fille et de Perceval. Quand le chevalier vit son braque, il en fut très heureux. Il le mit sur son cheval en le caressant doucement mais, au même moment, il vit arriver le chevalier qui le lui avait enlevé. Dès que ce dernier aperçut Perceval, il manifesta une violente colère.

— Par Dieu, s'écria-t-il, chevalier plein de couardise, il vous en coûtera cher de vous être ainsi emparé de mon braque !

Le prenant pour un fou, Perceval lui répondit :

— Vous n'êtes guère sensé de vouloir reprendre ce chien car vous-même me l'avez perfidement enlevé.

En l'entendant ainsi répondre, le chevalier le défia et Perceval en fit autant. Ils mirent donc un peu de champ entre eux et éperonnèrent leurs chevaux avec une telle vigueur que tout le bois en retentit. Ensuite, le choc fut si rude qu'ils se retrouvèrent tous deux à terre, mais ils se remirent vite sur pied, dégainèrent leurs épées avec beaucoup d'agressivité et se battirent longuement, de midi jusqu'à none. Perceval, sachez-le, était bien mal en point et le chevalier également, mais le jeune homme rassembla tout son courage, honteux de voir que son adversaire lui résistait aussi longtemps. Il leva son épée et frappa le chevalier sur son écu avec une telle force qu'il en fendit la boucle en deux. Le coup fut très violent, très rude, et l'épée glissa sur le heaume. Elle ne put cependant en entamer l'acier mais, en descendant avec force, elle vint trancher plus de cent mailles du haubert, coupa l'éperon par le milieu et s'enfonça de deux pieds en terre.

Quand le chevalier vit la force du coup qu'avait assené Perceval, il eut très peur. Il se dit que, s'il lui en donnait un autre aussi fort, il le tuerait. Il recula donc et lui cria merci, lui demandant de l'épargner, quels que soient ses torts.

— Dis-moi alors, répliqua Perceval, pourquoi tu as emporté mon braque, qui était le chevalier avec qui je me battais quand tu me l'as enlevé, et si tu connais la vieille qui m'a indiqué le tombeau.

— Je vais t'expliquer tout cela, répliqua le chevalier.

— Si tu le fais, tu n'as pas à craindre la mort.

Le chevalier lui dit alors :

— Celui qui sortit du tombeau, sache que c'était mon frère germain, l'un des meilleurs chevaliers du monde. Sa prouesse était telle qu'une fée, en le voyant, en tomba amoureuse. Or, dès que mon frère vit cette fée, il s'en éprit lui aussi et peu s'en fallait qu'il ne perdît la raison chaque fois qu'il se trouvait auprès d'elle. Elle finit par lui demander de la suivre là où elle voudrait l'emmener. Lui, il lui dit qu'il irait là où elle le conduirait, à condition toutefois de ne pas perdre sa qualité de chevalier. Elle lui affirma qu'elle l'emmènerait dans un lieu où il pourrait s'exercer autant qu'il le désirerait car tous les chevaliers du roi Arthur passaient par l'endroit où elle le conduirait. Elle l'emmena donc dans cette forêt et là ils découvrirent, le long du chemin que tu as vu quand tu es venu à la tombe, la plus belle prairie du monde. Ils descendirent de cheval, disposèrent les nappes et mangèrent avec beaucoup de plaisir. Après le repas, mon frère se coucha et dormit aussi longtemps qu'il en eut envie. Une fois réveillé, il se trouva dans l'un des plus beaux châteaux du monde et il y découvrit chevaliers, dames et demoiselles tout prêts à le servir. Ce château est juste à côté de la tombe, mais personne ne peut le voir, et c'est de là qu'est sorti le chevalier quand il est venu t'attaquer. Quant à la vieille qui t'a indiqué la tombe, apprends qu'elle devient, quand elle le veut, la plus belle demoiselle du monde. C'est celle-là même qui a construit la tombe et qui a amené mon frère dans la forêt. Sache enfin que mon récit est entièrement véridique.

— Par Dieu, tu m'as conté la plus grande merveille que j'aie jamais entendue ! répliqua Perceval, tout heureux de ce qu'il venait d'apprendre.

Puis il lui demanda s'il pourrait lui indiquer la demeure du riche Roi Pêcheur.

— Par Dieu, répondit le chevalier, j'en suis incapable et jamais je n'ai entendu dire qu'un chevalier l'ait trouvée, et pourtant j'en ai beaucoup vu qui la cherchaient !

Perceval lui demanda encore s'il saurait lui dire qui était la demoiselle qui lui avait confié le braque. Le chevalier lui répondit qu'il la connaissait très bien.

— C'est la sœur de la demoiselle qu'aime mon frère, ajouta-t-il. Elle t'a confié le chien parce qu'elle savait bien que sa sœur te guiderait vers son ami pour que tu te battes avec lui. Or cette demoiselle qui t'a donné le chien déteste sa sœur à cause de son ami : nul chevalier ne peut en effet passer par ici sans qu'il se couvre de déshonneur. Mais elle, elle savait bien que finirait par venir un chevalier si preux qu'il vengerait tous les autres.

Perceval lui demanda alors si le château de la demoiselle était loin.

— Si tu suis ce chemin, là-bas à gauche, tu y arriveras avant la nuit.

Tout heureux de cette réponse, Perceval reprit sa route. Auparavant, il fit cependant jurer au chevalier d'aller se constituer prisonnier à la cour du roi Arthur, et l'autre accepta ses conditions. Le chevalier partit donc pour la cour du roi Arthur et se remit entre les mains du roi au nom de Perceval le Gallois. Le roi le garda avec plaisir auprès de lui et lui rendit la liberté.

IX

PERCEVAL AU CHÂTEAU DE L'ÉCHIQUIER (II)

Après avoir quitté le chevalier, Perceval chevaucha à vive allure jusqu'au château où habitait la jeune femme qui lui avait confié le braque. Celle-ci se trouvait alors aux fenêtres de la tour. Dès qu'elle vit venir le chevalier, elle descendit à sa rencontre et lui souhaita très aimablement la bienvenue.

— Chevalier, lui dit-elle, sachez que, pour un peu, j'allais me fâcher contre vous ! Apprenez que si j'avais pu faire mieux, je ne m'en serais privée pour tout l'or du monde !

— Ma demoiselle, je n'ai pu agir autrement, sachez-le, et je peux facilement expliquer mon retard, répliqua Perceval.

Il lui raconta alors point par point ce qui lui était arrivé : comment la vieille lui avait pris son braque et lui avait indiqué la tombe ; comment le chevalier s'était battu avec lui et comment il en avait triomphé ; comment l'autre s'était précipité sous la voûte de la tombe ; comment le chevalier avait emporté son braque et comment il l'avait recherché car il ne voulait pas revenir sans lui ; comment il avait retrouvé le ravisseur dans la forêt et l'avait vaincu. Il lui conta tout ce qui lui était arrivé par le détail ainsi que tous les tourments qu'il avait éprouvés depuis qu'il l'avait quittée. La jeune femme fut très heureuse d'entendre son récit et lui accorda gentiment son pardon. Elle le fit ensuite désarmer, l'emmena avec elle et se montra la plus aimable du monde.

— Puisque vous avez triomphé de celui que je détestais, lui dit-elle, de l'ami de ma sœur, je veux désormais faire tout ce que vous me demanderez. Vous serez le maître de ce château et je désire que vous restiez pour toujours avec moi.

Mais quand Perceval l'entendit ainsi parler, il en fut très triste : il s'excusa du mieux qu'il put car il n'avait aucune envie de rester.

— Ma demoiselle, lui dit-il, je veux, sachez-le, me plier à vos désirs et j'entends satisfaire à toutes les demandes raisonnables que vous me ferez. Mais apprenez que je me suis lancé dans une entreprise à la cour du puissant roi Arthur et que j'ai juré de ne pas passer plus d'une nuit sous le même toit avant d'avoir atteint mon but. Je m'en remettrai donc à vous.

C'était la coutume, à cette époque, de préférer qu'on vous tranchât la tête plutôt que de rompre le serment prêté. La jeune femme lui répondit donc :

— Seigneur, celui qui vous obligerait à vous parjurer ne vous aimerait guère et, vu ce que vous venez de me dire, je n'oserais plus recourir à la contrainte ou à la prière. Simplement je voudrais que, si Dieu vous accorde de mener à bien votre entreprise, vous reveniez bientôt auprès de moi.

— Ma demoiselle, lui répondit Perceval, il n'est pas nécessaire, sachez-le, de m'en prier. Si Dieu m'accorde de mener à bien ma tâche, mon seul désir sera de rester à loisir auprès de vous.

Sur ce, le chevalier prit congé de la jeune femme et demanda ses armes. Quand elle l'entendit, elle lui dit encore :

— Mais, seigneur, qu'est cela, au nom de Dieu ? Ne resterez-vous pas cette nuit avec moi ?

— Ma demoiselle, ce n'est pas possible. Je me parjurerais puisque j'ai déjà passé une nuit ici.

Très attristée par cette réponse, et voyant qu'elle ne pourrait rien obtenir d'autre, la jeune femme le recommanda à Dieu en fondant en larmes car elle aurait de loin préféré le voir rester plutôt que de le laisser ainsi s'en aller. Mais Perceval se refusait à commettre un péché et Notre-Seigneur, de son côté, ne lui en laissait pas la possibilité. Il la quitta donc et s'en alla, chevauchant à vive allure. Cette nuit-là, il la passa dans la forêt.

X

PERCEVAL CHEZ SON ONCLE L'ERMITE[1]

Par la suite, il chevaucha durant sept années, par les pays, par les forêts, en quête d'aventures. Et sachez qu'il triompha de toutes les aventures, de tous les combats, de toutes les merveilles qu'il dut

1. Le début de l'épisode renvoie là encore au *Conte du Graal* (épisode du vendredi saint) mais l'auteur rejette vite l'autorité de Chrétien de Troyes (et des écrivains en vers) pour lui substituer le récit, plus autorisé, né de la collaboration de Merlin et de Blaise ; c'est-à-dire en fait la tradition du Graal représentée par le *Roman de l'Estoire du Graal* de Robert de Boron et les récits en prose du *Joseph* et du *Merlin* attribués à Robert de Boron.

affronter. Durant ces sept années, il envoya plus de cent prisonniers sur parole à la cour du puissant roi Arthur. Mais, sachez-le, toutes ces merveilles qu'il rencontra, tout ce qu'il vit, sans jamais pouvoir retrouver la demeure de son grand-père, le riche Roi Pêcheur, le firent sombrer dans la folie et l'égarement. Il en perdit la mémoire, si bien que, durant ces sept années, il oublia Dieu et n'entra jamais dans une église ou dans un monastère. C'est dans cet état qu'il chevauchait, en ce jour où l'on vénère la croix, en ce jour où Notre-Seigneur accepta la mort pour les pécheurs, tout équipé de son armure, afin de pouvoir, le cas échéant, se défendre ou nuire à autrui.

Il rencontra alors des dames et des chevaliers qui s'avançaient, tête baissée, et tout enveloppés dans leurs manteaux et dans leurs capuchons, demandant à Jésus-Christ, dans leurs prières, le pardon de leurs péchés. Ils l'arrêtèrent et lui demandèrent de quel funeste égarement il était la proie, lui qui, le jour où Notre-Seigneur avait été supplicié sur la croix, s'était ainsi armé pour tuer et pour chercher des aventures. Quand Perceval les entendit parler de Dieu et lui en rappeler la mémoire, il retrouva ses esprits, telle fut la volonté de Jésus-Christ, il revint à la raison, il se repentit de cette vie insensée qu'il avait si longtemps menée et, tout aussitôt, il enleva ses armes. Alors, selon ce que dit le conte, la volonté de Notre-Seigneur fut telle qu'Il conduisit le jeune homme jusqu'à la maison de l'ermite son oncle, là où sa sœur l'avait autrefois mené pour se confesser. Il se confessa donc, accomplit la pénitence que l'ermite lui infligea et demeura deux mois avec lui.

Mais Chrétien de Troyes ne parle pas de cela, pas plus que les autres trouvères qui en ont fait la matière de leurs rimes délectables. Nous, cependant, nous n'en disons que ce qui concerne notre récit, que ce qu'en fit transcrire Merlin à Blaise, son maître. Blaise qui vivait en Northumberland et qui était si vieux que toutes ses forces l'avaient à peu près abandonné… Merlin savait et avait connaissance des aventures que rencontrait chaque jour Perceval et il les faisait consigner par Blaise pour en conserver la mémoire à l'intention des hommes de bien qui en écouteraient très volontiers le récit. Sachez donc que nous trouvons dans la relation de Blaise, celle que Merlin lui fit mettre par écrit et dont il fit un texte autorisé, que Perceval demeura deux mois dans la maison de son oncle. Sachez également que, lorsqu'il y revint, sa sœur était morte et avait quitté ce monde.

— Seigneur, dit en effet Perceval à son oncle, je vais aller voir ma sœur car j'ai pour elle une très grande affection.

Mais en l'entendant ainsi parler, l'ermite fondit en larmes.

— Cher neveu, lui dit-il, vous ne la verrez plus jamais : elle est morte, sachez-le, il y a plus d'un an et demi. Lorsque je l'ai appris, j'en ai été très affligé. Je suis allé chez elle, j'ai fait transporter le corps dans ma demeure et je l'ai enseveli là, devant ma maison.

Perceval fut très affecté par cette nouvelle. Lui eût-on donné tout l'or du monde qu'il n'aurait pu se retenir de pleurer.

— Seigneur, dit-il à son oncle, conduisez-moi sur la tombe de ma sœur qui m'aimait tant.

— Bien volontiers, lui répondit l'ermite.

Puis, le menant tout droit là où le corps était enseveli, il ajouta :

— Cher neveu, c'est là qu'est enterrée votre sœur.

Perceval fondit en larmes et tous deux se mirent à prier pour l'âme de la jeune fille. Quand ils eurent achevé leurs prières, l'ermite dit :

— Cher neveu, n'irez-vous pas voir votre demeure, celle qui a appartenu à votre père Alain le Gros, qui fut mon frère ? Sachez qu'elle vous appartient désormais.

— Seigneur, lui répondit Perceval – que Dieu m'aide ! –, je n'en ferai rien, dût-on me donner le royaume du puissant roi Arthur : j'aurais en effet trop de peine à voir la maison de mon père si vide que je n'y trouverais aucun membre de ma famille !

— Cher neveu, c'est en effet ce qui se produirait.

— Cher oncle, je vais donc m'en aller, avec votre permission. Et jamais je ne m'arrêterai de chevaucher avant d'avoir trouvé la maison de mon grand-père, qui est aussi votre père.

— Cher neveu, lui répondit l'ermite, puisse Notre-Seigneur Jésus-Christ vous y conduire ! Je le Lui demanderai instamment dans mes prières, sachez-le.

XI

LE TOURNOI DU BLANC CHASTEL

Perceval quitta donc son oncle et chevaucha par la forêt jusqu'à l'octave de la Pentecôte. Ce jour-là, il ne cessa de chevaucher jusqu'à l'heure de none sans trouver d'aventure. Mais alors, regardant devant lui, il aperçut des écuyers : ils étaient bien quatre, chacun portait un écu au cou, ils conduisaient des chevaux de somme et des destriers et faisaient tirer derrière eux une pleine charrette de lances. Dès que Perceval les vit, il éperonna son cheval pour les rejoindre et leur demanda où ils comptaient mener cet équipage et qui était leur maître.

— Cher seigneur, répondirent-ils, nous appartenons à Mélian de Lis[1] et nous nous rendons au tournoi qui doit se dérouler au Blanc Chastel, un château qui appartient à l'une des plus belles demoiselles du monde. Tous ceux qui l'ont vue s'accordent pour dire que, si tous les appas de toutes les dames de ce monde étaient réunis, ils ne seraient rien, comparés à ceux de cette jeune fille. Et, en plus de sa beauté, elle a de très grands biens. De nombreux chevaliers ont demandé sa main, des comtes, des ducs, d'autres seigneurs encore, mais aucun n'a su lui plaire. La dame du Blanc Chastel a donc fait crier un tournoi au nom de sa très courtoise fille et elle a posé les conditions suivantes : le chevalier qui pourra gagner le tournoi obtiendra la jeune fille, aussi pauvre soit-il. Elle fera de lui un homme puissant et il sera maître de sa personne et de tout ce qu'elle possède. Celui à qui Dieu accordera cette chance, ce sera, sachez-le, l'homme le plus puissant du monde et le mieux nanti qui soit dans toute la terre de Bretagne, à l'exception du roi Arthur. Et si monseigneur Mélian de Lis se rend à ce tournoi, c'est parce qu'il aime depuis longtemps cette jeune fille et il voudrait faire en sorte d'être vainqueur afin de pouvoir en faire sa femme.

Perceval leur demanda alors quelle était selon eux la date du tournoi.

— Cher seigneur, dans trois jours.

---

1. Mélian de Lis est un personnage repris au *Conte du Graal* et aux aventures de Gauvain.

— Et y aura-t-il beaucoup de chevaliers ?

La question fit rire l'écuyer qui répondit à Perceval :

— Seigneur chevalier, inutile de le demander ! Le tournoi a été crié à la cour du puissant roi Arthur. Je sais donc bien que tous les chevaliers de la Table Ronde y participeront : à cette dernière Pentecôte, en effet, ils sont tous revenus à la cour car ils ont échoué dans la quête du Graal. Et le roi Arthur a tenu à cette Pentecôte la plus grande fête qu'il ait jamais tenue. C'est alors qu'a été crié le tournoi et soyez sûr qu'ils seront plus de cinq mille à venir de cette cour. Viendront, je le sais, monseigneur Gauvain, Lancelot du Lac, Keu le sénéchal, Bedoier ainsi que Mordret, Guerrehet et Gaheriet – ces trois-là sont les frères de monseigneur Gauvain. Apprenez encore que Keu le sénéchal s'est fait fort, en présence de tous les barons, de ramener la jeune fille à la cour d'Arthur et de la conquérir par ses faits d'armes. Les chevaliers en ont bien ri et se sont bien raillés de sa folie. Le roi Arthur lui-même l'a sévèrement réprimandé et s'est à plusieurs reprises moqué de lui, ajoutant que, si Perceval entendait parler de ce tournoi, il s'y rendrait. Aucun chevalier ne serait alors capable de lui résister, lui qui a envoyé plus de cent cinquante prisonniers sur parole à la cour. Mais le roi est très affecté de ne pas l'avoir revu et il pense qu'il est mort.

« Donc, nous vous avons dit toute la vérité en réponse à votre question. Mais dites-nous maintenant si vous vous joindrez à nous.

Perceval leur répondit que, pour l'heure, il ne viendrait pas avec eux.

— Que Dieu nous aide ! Vous avez bien raison, car vous n'y avanceriez guère vos affaires !

Sur ce, les écuyers quittèrent Perceval et reprirent leur route. Perceval repartit de son côté, bien décidé à se rendre au tournoi.

Il chevaucha à allure modérée jusqu'à vêpres. Regardant alors devant lui sur le chemin, il aperçut la maison d'un vavasseur, une maison bien protégée par un mur d'enceinte. Perceval fut très content de la voir et il s'y rendit à vive allure. Il trouva le seigneur assis sur le pont, entouré de ses serviteurs : tous regardaient passer ceux qui se rendaient au tournoi. Dès que le seigneur vit venir Perceval, il se précipita à sa rencontre, lui souhaitant joyeusement la bienvenue et il lui offrit bien volontiers l'hospitalité dans sa demeure. Tout content, Perceval l'en remercia vivement et mit aussitôt pied à terre. Les serviteurs du seigneur se précipitèrent pour l'aider à se désarmer. L'un d'eux conduisit son cheval à l'écurie et le pansa du mieux qu'il put. Les autres emportèrent ses armes dans une chambre et le jeune homme demeura ainsi désarmé. Le seigneur, sachez-le, le regardait avec beaucoup d'intérêt car c'était le plus beau chevalier du monde et il murmura entre ses dents, sans que Perceval pût l'entendre :

— Ce serait vraiment bien dommage si la prouesse faisait défaut à un aussi beau chevalier !

Arrivèrent alors deux serviteurs qui revêtirent Perceval d'un manteau. Le jeune homme s'assit ensuite à côté du seigneur et tous deux observèrent les chevaliers et les équipages qui passaient sous leurs yeux. Perceval demanda au seigneur si le Blanc Chastel était très loin.

— Vous y serez au matin, avant la première heure, lui répondit-il.

— Mais est-il passé aujourd'hui beaucoup de chevaliers se rendant au tournoi ?

— Un peu avant que vous arriviez sont passés les hommes de la cour d'Arthur. Dans la troupe, il y avait plus de cinq cents chevaliers et, je vous l'assure, ils transportaient avec eux les plus beaux équipements qu'on ait jamais pu voir.

Perceval fut très heureux de cette réponse. Tous deux restèrent ensuite assis là jusqu'à la nuit. Le seigneur demanda alors aux serviteurs s'ils pourraient bientôt manger.

— Oui bientôt, répondirent-ils.

Le seigneur se dirigea alors vers la grand-salle, tenant Perceval par la main et lui faisant force civilités. Il ordonna de disposer les tables, ordre qui fut aussitôt exécuté. Quand la table fut mise, la femme du seigneur sortit de ses appartements, suivie de ses deux filles, qui étaient très belles, très sages et très bien élevées. Quand elles virent Perceval, elles lui firent beaucoup d'honneur. Elles s'assirent à table à ses côtés. Perceval, sachez-le, fut longuement regardé, ce soir-là, par la dame et ses filles qui se disaient qu'elles n'avaient jamais vu un aussi beau chevalier. Après le repas, on fit ôter la table et le seigneur demanda à Perceval s'il était venu pour participer au tournoi.

— J'en ai entendu parler hier pour la première fois, répondit Perceval, par les écuyers de Mélian de Lis, qui conduisaient son équipage.

— C'est lui-même qui a organisé ce tournoi, poursuivit le seigneur, et c'est demain qu'en ont lieu les vêpres[1]. Si j'osais, je vous prierais d'y venir avec moi.

— Cher hôte, sachez que je vous accompagnerai bien volontiers pour l'amour de vous, mais pour rien au monde je ne participerai demain aux joutes.

— Je n'ai pas l'intention d'aller contre votre volonté, répondit le seigneur.

Cependant, les lits étaient prêts et quatre serviteurs emmenèrent Perceval se coucher. Il dormit somptueusement. Au matin, les valets se levèrent, allèrent dans la cour, et, quand Perceval vit le jour, il fit de même. Son hôte était déjà debout. Tous deux allèrent entendre la messe dans une magnifique chapelle ; après la messe, ils revinrent dans la grand-salle, où ils mangèrent de bon cœur. Le seigneur descendit ensuite dans la cour et ordonna de préparer les montures. Il fit charger les armes de Perceval sur un cheval de somme puis tous deux se mirent en selle et allèrent voir le tournoi où déjà on s'affrontait avec acharnement. Quand ils arrivèrent, les bannières des combattants flottaient déjà sur le terrain. Ah ! que de beaux écus, de beaux chevaux, de riches armures, de splendides enseignes de soie vous auriez pu voir ! Jamais, non, jamais depuis le temps d'Arthur, il ne s'est tenu de tournoi où l'on puisse voir tant de somptueux équipements, tant de bons chevaliers !

Mélian de Lis s'était présenté sur le terrain magnifiquement armé. Son écu splendidement peint était d'or à deux lions ; il portait autour du bras la manche de la demoiselle du château et il chevauchait très fièrement, escorté par cinquante chevaliers somptueusement équipés. « Aux heaumes ! » s'écrièrent alors les hérauts d'armes, car il s'était produit un grand remous dans les rangs, et les cœurs des couards tremblaient. Jamais, non, jamais vous n'avez vu tournoi s'engager aussi rudement ! Mélian de Lis, sachez-le, s'élança le premier sur le terrain, à bride abattue, devançant tous ses compagnons de plus de la portée d'un arc. Il voulait en effet accomplir des prouesses capables de séduire son amie. Dès que monseigneur Gauvain le vit, il se porta contre lui et tous deux se rencontrèrent, plus rapides qu'émerillon ou hirondelle. Ils se portèrent de si rudes coups de lance sur leurs écus dorés que ceux-ci

1. L'expression « les vêpres du tournoi » désigne la journée d'ouverture d'un tournoi à laquelle ne participent généralement que des chevaliers de second ordre ou peu expérimentés.

se brisèrent et furent mis en pièces. Mais les lances se bloquèrent sur les hauberts, et les tronçons en volèrent en éclats. Chacun de ces superbes chevaliers continua ainsi sur sa lancée, sans bouger le pied de l'étrier.

Les différentes compagnies s'engagèrent alors avec ardeur dans la mêlée. On frappait sur les écus, sur les hauberts et, lorsque les lances furent brisées, on dégaina les épées. Vous auriez pu alors assister au plus acharné des tournois et vous auriez pu voir, en plus de cinq cents endroits, les bannières s'affronter ! Mélian de Lis, sachez-le, jouta à de très nombreuses reprises et conquit des chevaux qu'il envoya dans la ville à la demoiselle, qui en fut très contente. Et sachez que, sur le mur d'enceinte du Blanc Chastel, il y avait plus de trois cents dames et demoiselles qui regardaient les combattants, désignant entre elles les plus renommés pour leurs faits d'armes, tandis que les chevaliers, sous leurs regards, s'évertuaient tant et plus.

Monseigneur Gauvain, Lancelot et les compagnons de la Table Ronde enfonçaient tous les rangs de leurs adversaires et désarçonnaient tous les chevaliers qui se portaient contre eux. Dans l'autre camp, Mélian de Lis et ses chevaliers multipliaient les exploits. Seule la tombée de la nuit mit fin au tournoi. Monseigneur Gauvain, Yvain, Lancelot et Keu le sénéchal s'étaient, dans leur camp, fort bien comportés et, dans l'autre camp, Mélian de Lis avait fait de même ; si bien que les dames du château ne savaient à qui attribuer la victoire et disaient que tous s'étaient si magnifiquement battus qu'elles étaient incapables de désigner le meilleur. Mais la demoiselle, elle, soutint que Mélian de Lis avait été le meilleur. Toutefois, la dame du Blanc Chastel, la mère donc de la jeune fille, n'était pas d'accord et la plupart des dames se déclarèrent en faveur de Gauvain. Elles en débattaient âprement jusqu'au moment où la demoiselle dit :

— Nous pourrons savoir demain qui sera le meilleur et qui mérite d'être considéré comme le vainqueur.

On en resta donc là. Mélian de Lis rentra dans l'enceinte du château ainsi que monseigneur Gauvain, Lancelot, Keu le sénéchal et les compagnons de la Table Ronde. Jamais, sachez-le, on ne vit tournoyeurs aussi magnifiquement installés. Quand les vêpres du tournoi furent terminées, le vavasseur et Perceval revinrent à leur château, qui n'était guère éloigné. Dès qu'ils mirent pied à terre, les serviteurs vinrent à leur rencontre, conduisirent leurs chevaux à l'écurie et en prirent le plus grand soin. Le seigneur et Perceval montèrent dans la grand-salle en se tenant par la main et le maître de maison ordonna que l'on disposât la table – ce qui fut fait. Ils s'assirent donc pour manger. Le seigneur commença alors à parler du tournoi et demanda à Perceval qui, à son avis, s'était le mieux battu. Perceval lui répondit que le chevalier à l'écu d'or aux deux lions avait été très bon et que, dans l'autre camp, le chevalier à l'écu blanc s'était montré le meilleur.

— Apprenez, reprit son hôte, que le chevalier à l'écu d'or aux deux lions est Mélian de Lis et que celui à l'écu blanc est le neveu du roi Arthur et qu'il s'appelle Gauvain.

— Certes, répondit Perceval, dût-on me donner tout l'or que peut contenir ce château, je ne voudrais manquer de me présenter demain tout équipé et de jouter de mon mieux. Et j'aimerais bien que Mélian de Lis et Gauvain soient alors dans le même camp pour pouvoir jouter contre tous les deux.

Ces paroles réjouirent le seigneur et ses filles.

— Sachez, lui dit l'hôte, que demain, pour l'amour de vous, je m'armerai et serai à vos côtés.

Perceval fut très heureux de cette proposition et l'en remercia beaucoup. On en resta là, puis arriva l'heure d'aller se coucher. Ils dormirent jusqu'au lendemain matin. Alors, Perceval et son hôte se levèrent ; ils entendirent la messe dans la chapelle, se rendirent ensuite dans la grand-salle et prirent un repas composé de pain et de vin. A ce moment-là, l'aînée des deux filles du seigneur vint demander à Perceval de porter pour l'amour d'elle sa manche au tournoi. Tout content de cette demande, Perceval lui répondit que, pour l'amour d'elle, il entendait faire plus de prouesses qu'il n'en avait jamais faites. Sa réponse réjouit le seigneur du château.

Les écuyers se mirent alors en selle, précédés des équipements. Le seigneur et Perceval chevauchèrent jusqu'au Blanc Chastel. Quand ils arrivèrent aux logis des tournoyeurs, les chevaliers s'armaient dans l'enceinte du château et beaucoup étaient déjà en selle. Regardant autour d'eux, ils s'aperçurent que les dames et les demoiselles étaient déjà montées sur les murs. Quand Perceval vit que les autres étaient déjà en train de mettre leurs armures, il fit de même et revêtit un somptueux équipement que lui avait prêté le vavasseur. Il ne voulait pas en effet porter ses armes pour ne pas être reconnu.

Mélian de Lis cependant s'était rendu le soir au logis de monseigneur Gauvain et tous deux s'étaient follement mis en tête d'écraser le parti des chevaliers extérieurs. Les demoiselles du château blâmaient sévèrement Mélian puisque aussi bien il avait d'abord jouté contre monseigneur Gauvain. Mais la demoiselle du château leur trouva toutes sortes d'excuses, disant que les chevaliers extérieurs avaient reçu le renfort de trois bannières et que les chevaliers du château auraient le dessous si Gauvain[1] ne leur venait en aide. Quand les chevaliers extérieurs apprirent la nouvelle, ils en furent très affectés mais Sagremor déclara qu'il n'allait pas pour autant renoncer au tournoi. Perceval, lui, en fut tout content.

— Ils auraient mieux fait[2], déclara-t-il au vavasseur, de rester avec les chevaliers de l'extérieur !

Les équipes de combattants, cependant, sortirent de la ville et vinrent s'aligner en bon ordre, les unes à côté des autres. Et dès qu'elles se furent mises en place, les valets d'armes et les hérauts s'écrièrent :

— Aux heaumes !

Dès que le cri eut retenti, vous auriez pu voir lâcher les rênes de part et d'autre. Bienheureux qui avait alors le cheval le plus rapide ! Mélian de Lis, chevauchant à bride abattue, distança tous les autres. Dès que Perceval s'en aperçut, il en fut tout content. Il s'élança vers lui avec beaucoup d'impétuosité, portant attachée à son bras la manche de la demoiselle. En le voyant, les demoiselles sur le mur s'écrièrent toutes ensemble :

— Regardez ! Voici le plus beau chevalier que nous ayons jamais vu !

Les deux chevaliers cependant s'affrontèrent en exigeant le maximum de leurs montures. Les lances se brisèrent sur les écus, si bien que les tronçons en volèrent au ciel. Perceval, qui avait beaucoup de force et d'audace, heurta si violemment son adversaire de la poitrine, du corps, du heaume, qu'il le fit voler à terre. Le choc fut si rude qu'il s'en fallut de peu que Mélian ne se rompît le cou. Mais il se cassa le bras droit et, sous l'effet de la douleur, il s'évanouit plus de quatorze fois. Perceval enfin, sur sa lancée, rencontra Keu le sénéchal, le heurta avec une violence telle que

1. Le manuscrit donne Mélian de Lis. Correction d'après le manuscrit D.
2. Aucun des deux manuscrits ne donne ici un texte satisfaisant. De fait, seul Gauvain a changé de camp, modifiant ainsi l'équilibre des forces en présence.

l'autre ne savait plus où il en était et, le désarçonnant, le laissa étendu de tout son long sur le sol.

Quand les chevaliers extérieurs virent l'exploit qu'avait accompli Perceval, à sa suite, ils éperonnèrent tous ensemble leurs chevaux. Mais monseigneur Gauvain et Lancelot se portèrent contre eux et les bannières s'affrontèrent si rudement que toute la terre en frémit. Sagremor le Desrée[1], qui était, sachez-le, dans le camp des chevaliers extérieurs, jouta avec beaucoup d'acharnement et accomplit tant de prouesses ce jour-là que tous ceux qui le virent le couvrirent d'éloges et reconnurent ses mérites. Cependant Lancelot et monseigneur Gauvain portaient des coups terribles et faisaient largement reculer devant eux les rangs des jouteurs. Mais c'est surtout Perceval, sachez-le, qui se distingua car, tout chevalier qu'il trouvait sur son passage, il l'envoyait à terre, lui et son cheval. Tant et si bien que toutes les jeunes filles qui se tenaient sur les murs disaient que celle qui lui avait confié sa manche avait vraiment fait un bon choix : elle devrait s'estimer heureuse, en effet, celle qu'aimerait pareil chevalier, capable de jeter à terre tous ceux qu'il trouve devant lui.

Telles étaient les paroles des jeunes filles sur la tour. Mais quand monseigneur Gauvain vit que Perceval causait de tels ravages dans les rangs des siens, il en fut très affecté. Il prit donc une lance que lui apporta l'un de ses valets d'armes et se dirigea à vive allure contre Perceval. Celui-ci, lorsqu'il le vit, ne fit pas mine de beaucoup le redouter. Il savait pourtant à quel point monseigneur Gauvain était un remarquable chevalier. Ils se donnèrent de très rudes coups sur leurs écus, si bien que les lances se brisèrent et que les tronçons en volèrent au ciel. Quant au choc de la rencontre, il fut très brutal. Si brutal que monseigneur Gauvain roula à terre, lui et son cheval, et que le cheval se rompit le cou et mourut.

Ce fut alors la déroute dans les rangs des chevaliers du château qui firent demi-tour. Quand monseigneur Gauvain vit que ses hommes s'enfuyaient ainsi, il en fut très mécontent. Il se remit sur pied et dégaina son épée. Mais voici qu'un chevalier lui cria :

— Par Dieu, chevalier, vous n'allez pas ainsi nous fausser compagnie !

1. Sagremor porte ici son surnom, habituel depuis Chrétien de Troyes, et qui signifie l'impossibilité où se trouve ce chevalier de garder son « roi », c'est-à-dire le sens de la juste mesure, physique et morale.

Puis il piqua des deux en direction de Gauvain avec l'intention de lui arracher son heaume. La colère s'empara alors de Gauvain qui, brandissant son épée, en frappa son adversaire avec une force telle qu'il lui fendit le crâne jusqu'aux dents et le jeta à terre. Il prit alors le cheval, se mit en selle et piqua des deux après ses hommes. Avant de les rejoindre, il avait abattu sur son passage quatre chevaliers.

Ses hommes se jetèrent alors dans la ville et les chevaliers extérieurs les poursuivirent jusqu'aux portes, s'emparant largement de leurs équipements, de leurs chevaux, et faisant des prisonniers. Lorsque les chevaliers du château eurent été ainsi déconfits, Perceval vint trouver son hôte et, lui offrant trois des meilleurs chevaux qu'il avait conquis, lui dit qu'il désirait qu'ils soient donnés à sa fille, comme prix de la manche qu'il avait portée. Le seigneur l'en remercia beaucoup.

— Seigneur, ajouta Perceval, allons-nous-en maintenant car j'aimerais bien passer encore cette nuit dans votre demeure[1].

XII

PERCEVAL ET MERLIN

Or, comme le seigneur, Perceval et les serviteurs s'étaient mis en route, ils virent s'approcher du chevalier un homme vieux et barbu, bien vêtu, portant une faux à son cou, et qui ressemblait tout à fait à un faucheur. Il vint près du groupe et, saisissant le cheval par le mors, il dit à Perceval :

— Étourdi que tu es, tu es fou, tu n'aurais jamais dû aller tournoyer !

Très étonné par ces paroles, Perceval lui demanda :

— Vieil homme, en quoi cela vous concerne-t-il ?

Cela me concerne, répliqua le vieillard, moi et les autres, et cela nous concerne, sache-le, toi et moi, et j'ajouterai que cela me concerne encore plus que les autres.

Encore plus étonné qu'auparavant, Perceval lui demanda :

---

1. Sur cette « erreur » de Perceval, voir ci-après p. 405.

— Mais qui es-tu ?

— Le fils d'un homme, répondit le vieillard, que tu connais bien mal mais qui, lui, te connaît mieux que tu ne le connais. Le connaître, sache-le, ne peut être bénéfique pour personne, et il a de bonnes raisons d'être dans l'affliction, celui qui le connaît[1].

De plus en plus surpris par les paroles du vieillard, Perceval lui dit :

— M'en dirais-tu un peu plus long sur ce sujet si je mettais pied à terre ?

— Je te dirais en effet des paroles que je ne saurais prononcer devant les autres.

Tout content, Perceval dit à son hôte :

— Cher seigneur, partez et attendez-moi dans votre demeure. Je vais parler avec ce vieillard et je vous rejoindrai ensuite.

— Seigneur, bien volontiers, répondit l'hôte.

Il partit donc, et Perceval s'approcha du vieillard et lui demanda qui il était.

— Un faucheur, comme tu peux bien t'en rendre compte.

— Mais qui t'a si bien renseigné sur moi ?

— Je savais ton nom avant que tu ne viennes au monde.

Très étonné par cette réponse, Perceval poursuivit :

— Je te conjure, au nom de Dieu, que tu me dises ce que tu sais de moi et ce qu'il en est de toi. Oui, au nom de Dieu je t'en conjure.

— Je ne te cacherai rien, répondit le vieillard. Apprends que l'on m'appelle Merlin et que je suis venu du Northumberland pour te parler.

Quand Perceval entendit cette réponse, il en fut extrêmement surpris.

— Par Dieu, Merlin, j'ai souvent entendu parler de toi et j'ai entendu dire que tu es un très bon devin. Mais, au nom de Dieu, dis-moi comment je pourrai trouver la demeure du riche Roi Pêcheur.

— Je vais te l'indiquer avec précision. Mais sache que Dieu t'a puni parce que tu t'es parjuré. Tu avais juré de ne pas dormir deux nuits sous le même toit. Or tu as passé deux nuits chez le vavasseur et tu t'apprêtais encore à y retourner.

— Je n'y avais pas prêté attention, répliqua Perceval.

---

1. Le jeu de mots, assez fréquent dans les textes du Graal, est repris au *Roman de l'Estoire du Graal* de Robert de Boron.

— Alors tu seras plus facilement pardonné ! Je vais t'indiquer la direction de la maison de ton grand-père et tu y arriveras avant que l'année ne soit écoulée.

— Par Dieu, Merlin, fais en sorte de raccourcir ce délai !

— La chose est plus compliquée. Tu pourrais en effet y arriver cette nuit même ; tu la trouveras pourtant dans moins d'un an. Prends garde cependant, quand tu y seras, de ne pas te conduire comme un sot et pose des questions sur tout ce que tu vois.

— Seigneur, ainsi ferai-je, si Dieu m'accorde d'y arriver.

Merlin lui dit encore :

— Je vais m'en aller et je ne te parlerai plus jamais, mais tu vas être encore davantage conforté dans ta foi. Et, dès que tu auras en ta garde le vase de Jésus-Christ, je ferai venir mon maître, celui qui a transcrit les actions que tu as faites et les miennes aussi, mais, pour ces dernières, en partie seulement. Maintenant, je m'en vais.

Sur ce, il partit. Perceval regarda autour de lui, mais toute trace de la présence de Merlin avait disparu. Il fit alors sur lui le signe de la croix, s'approcha de son cheval et se mit en selle puis prit le chemin que Merlin lui avait montré. Et il chevaucha tant – telle fut la volonté de Notre-Seigneur – que, au jour même que Merlin lui avait indiqué, il trouva la maison de son grand-père. Il s'avança jusqu'à la porte et mit pied à terre devant la salle.

XIII

PERCEVAL CHEZ LE ROI PÊCHEUR (II)

Deux serviteurs vinrent alors à sa rencontre, lui souhaitèrent la bienvenue et l'aidèrent à se désarmer. Ils conduisirent son cheval à l'écurie et s'en occupèrent avec beaucoup de soin puis ils emmenèrent Perceval dans la salle où se trouvait son grand-père. Dès qu'il aperçut le chevalier, il fit tous les efforts qu'il put pour se lever et l'accueillit avec beaucoup de joie.

Perceval s'assit à côté de lui et tous deux parlèrent de maintes choses.

Le seigneur ordonna alors de mettre la table. On exécuta ses ordres et ils prirent place pour le repas.

Comme on apportait le premier plat, sortit d'une chambre la lance dont le fer saignait. Vinrent ensuite le Graal et la jeune fille qui portait les petits plats d'argent. Perceval, qui brûlait de questionner son hôte, lui dit :

— Seigneur, sur la foi que vous me devez et que vous devez à tous les hommes, dites-moi à quoi servent ces objets que je vois ici porter.

Or, dès qu'il eut prononcé ces mots, il vit, en regardant le Roi Pêcheur, qu'il était transformé, parfaitement guéri de sa maladie et sain comme un poisson. Cette transformation remplit Perceval de stupeur.

Cependant, le seigneur se mit debout puis voulut venir embrasser les pieds du jeune homme, mais celui-ci ne le laissa pas faire. De toute la maison accoururent alors les serviteurs qui montraient une très grande joie.

— Seigneur, dit Perceval en s'approchant du roi, sachez qu'Alain le Gros, votre fils, fut mon père.

Lorsque le Roi Pêcheur entendit ces mots, sa joie éclata de plus belle.

— Cher enfant, lui dit-il, comme je suis heureux que vous soyez venu !

Il se mit alors à genoux et rendit grâces à Dieu puis, prenant Perceval par la main, il l'emmena devant le vase et lui dit :

— Cher enfant, sachez que vous avez devant vous la lance avec laquelle Longin frappa Jésus-Christ sur la croix. Et c'est dans ce vase que l'on appelle le Graal, c'est là, sachez-le, qu'est le sang qui sortait de Ses plaies, dont le flot courait jusqu'à terre et que Joseph a recueilli. Nous l'appelons *Graal* parce qu'il agrée[1] à tous les hommes de bien et à tous ceux qui peuvent rester en sa présence. Ce vase ne pourrait en effet supporter la présence de pécheurs. Mais je vais maintenant prier Notre-Seigneur pour qu'Il me guide et me dise ce que je pourrai faire de toi.

Bron s'agenouilla alors devant le vase.

— Doux Seigneur, mon Dieu, dit-il, s'il est vrai qu'ici repose votre précieux sang, que Vous avez voulu qu'il me soit confié après la mort de Joseph, et que je l'ai gardé depuis ce temps jusqu'à ce jour, indiquez-moi, en toute vérité, ce que je dois en faire.

1. Le jeu de mots, assez fréquent dans les textes du Graal, est repris au *Roman de l'Estoire du Graal* de Robert de Boron.

Alors la voix du Saint-Esprit descendit sur lui et lui dit :

— Bron, apprends que la prophétie que Notre-Seigneur a faite à Joseph va être accomplie. Notre-Seigneur t'ordonne que ces paroles sacrées qu'Il a apprises à Joseph dans la prison et que celui-ci t'a répétées lorsqu'il t'a confié le Graal, à ton tour tu les apprennes à cet homme ici présent et qu'il en devienne le dépositaire au nom de Notre-Seigneur. Quant à toi, dans trois jours tu quitteras ce monde et tu seras reçu en la compagnie des apôtres.

La voix alors se tut et Bron fit ce qu'elle lui avait indiqué. Il apprit à Perceval les paroles sacrées que Joseph lui avait apprises, paroles que je ne peux ni ne dois vous répéter. Puis il l'instruisit dans la foi de Notre-Seigneur, lui disant comment il L'avait vu petit enfant, comment il L'avait vu au Temple, lorsqu'Il avait confondu les docteurs[1], comment le parti des puissants, au royaume de Judée, L'avait pris en haine et comment un faux disciple L'avait vendu aux Juifs ; il lui dit encore comment il L'avait vu mettre sur la croix, comment Joseph, son beau-frère, avait réclamé le corps, comment Pilate le lui avait donné et comment il l'avait détaché de la croix et allongé sur la terre, si bien qu'il avait vu le sang couler sur le sol ; comment alors, saisi de pitié, il avait recueilli ce sang dans un vase, « dans ce vase même, ajouta-t-il, que vous voyez ici, et en présence duquel aucun pécheur ne peut demeurer ». Il lui conta enfin la vie exemplaire qu'avait menée son ancêtre, et Perceval l'écouta de tout son cœur et fut aussitôt rempli de la grâce du Saint-Esprit. Bron cependant déposa le vase entre les mains du jeune homme et il émana alors de ce vase une telle harmonie et un parfum si délectable qu'il leur sembla qu'ils étaient au paradis, dans la compagnie des anges.

Bron, qui était très âgé, passa les trois jours suivants avec Perceval. Au troisième jour, il s'approcha du vase et se coucha devant, les bras en croix, puis il rendit grâces à Notre-Seigneur. C'est alors qu'il quitta ce monde et, à ce moment même, Perceval, s'approchant de lui, vit David avec sa harpe et une profusion d'anges portant des encensoirs qui attendaient l'âme de Bron et qui l'emportèrent dans la gloire des cieux auprès de son Père qu'il avait si longuement servi.

Perceval, dont les mérites étaient très grands, resta au château. Cependant, les enchantements, dans le monde entier, cessèrent et se

1. Voir Luc, 2, 46-52.

dissipèrent. Ce même jour Arthur était à la Table Ronde qu'avait instituée Merlin. On entendit un fracas si terrible que tous ceux qui étaient présents en furent saisis d'effroi, et la pierre se ressouda, celle qui s'était fendue lorsque Perceval s'était assis sur le siège vide. Tous furent remplis de stupeur car ils ignoraient ce que cela signifiait. Merlin vint alors auprès de Blaise et lui conta ce qui était arrivé. Quand Blaise l'eut écouté, il lui dit :

— Merlin, tu m'as dit que, lorsque ces choses seraient accomplies, tu m'emmènerais vivre auprès du Graal.

— Blaise, lui répondit Merlin, sache que tu y viendras avant de mourir.

Merlin prit alors Blaise et l'emporta dans la demeure du riche Roi Pêcheur qui était désormais Perceval. Et Blaise demeura ainsi en la compagnie du Graal.

Quand Merlin eut accompli cette tâche, il vint à la cour d'Arthur, à Cardueil. Le roi fut très heureux de le revoir. Ses hommes lui dirent de demander au devin quelle était la signification de la pierre qui s'était ressoudée à la Table Ronde. Et le roi dit :

— Je lui demande très instamment de me l'apprendre, s'il y consent.

— Arthur, répondit Merlin, sache que c'est de ton temps que s'est accomplie la plus haute prophétie qui fût jamais annoncée. Le Roi Pêcheur est guéri et les enchantements qui pèsent sur le royaume de Bretagne sont dissipés. Perceval est devenu le maître du Graal par la décision de Notre-Seigneur et vous pouvez juger quels sont ses mérites dès lors que Notre-Seigneur lui a donné en garde son précieux sang. Voilà pourquoi s'est ressoudée la pierre qui, sous lui, s'était fendue. Et vous, Gauvain, et Keu le sénéchal, apprenez que c'est ce même Perceval qui a remporté le tournoi du Blanc Castel et qui vous a jetés à terre de tout votre long. Mais je peux bien vous dire qu'il a désormais renoncé à la chevalerie et qu'il entend maintenant s'en remettre entièrement à la grâce de son Créateur.

En entendant les paroles de Merlin, le roi et ses barons fondirent tous en larmes et prièrent Notre-Seigneur de conduire Perceval à bon port. Merlin prit alors congé du roi, revint auprès de Perceval et de Blaise, et fit transcrire par ce dernier tout ce qui s'était passé.

XIV

ARTHUR À LA CONQUÊTE DE LA FRANCE

Lorsque les barons qui étaient à la cour d'Arthur apprirent que les enchantements et les aventures étaient terminés, ils en furent très affligés. Les jeunes gens, les jeunes chevaliers et les compagnons de la Table Ronde répétaient qu'ils ne se souciaient plus, désormais, de rester auprès du roi Arthur et qu'ils allaient passer la mer en quête d'exploits chevaleresques.

Très ému par ces propos, Keu le sénéchal vint trouver le roi et lui dit :

— Seigneur, apprenez que tous vos barons ont l'intention de vous quitter pour aller en quête d'aventures dans des pays étrangers. Vous êtes pourtant le plus renommé de tous les rois qui se sont succédé sur la terre de Bretagne et vous avez les meilleurs chevaliers qu'eût jamais roi. Souvenez-vous également que deux rois de Bretagne[1] ont été rois de France et empereurs de Rome, et que Merlin vous a dit que vous le seriez vous aussi. Vous savez bien d'autre part que Merlin est l'homme le plus sage du monde et que personne, jamais, n'a pu prendre en défaut ses paroles. Or, si vos chevaliers vous quittent et s'en vont dans des pays étrangers en quête d'aventures, jamais plus, sachez-le, vous n'aurez l'occasion de les réunir. Ne cédez donc pas, ô mon roi, à la paresse ! Ne perdez pas l'excellente réputation dont vous avez si longtemps joui, mais passez la mer, faites la conquête de la Normandie[2] et de la France et partagez ces royaumes entre les barons qui vous ont si longuement servi. Nous, nous vous aiderons de toutes nos forces.

Ce discours remplit Arthur de contentement. Il alla trouver ses barons et recueillit leurs avis sur cette expédition. Chacun, individuellement, approuva ce projet et tous lui dirent qu'ils l'aideraient bien volontiers. Quand Arthur vit qu'il avait l'assentiment des plus puissants seigneurs de son royaume, il en fut extraordinairement heureux. Il fit alors faire des lettres scellées de son sceau

1. Le manuscrit donne « trois rois » mais voir chapitre XV. Correction d'après D.

2. Rappelons que le duché de Normandie est resté en la possession de la dynastie anglo-normande des Plantagenêts jusqu'en 1204.

et envoya cinquante messagers les porter dans toute sa terre. Les lettres disaient que tout homme qui était en état de le faire ne manquât pas de participer à l'expédition : le roi ferait en effet à chacun d'eux de tels présents que leur fortune serait assurée.

Les messagers s'acquittèrent de leur mission et réunirent une armée telle qu'en moins d'un mois elle comptait plus de cent mille hommes. Quand le roi les vit, il en fut très heureux. Il se rendit auprès d'eux en compagnie de monseigneur Gauvain, de Keu le sénéchal et du roi Lot d'Orcanie. Il passa dans chaque tente et montra à chacun de ces puissants seigneurs la joie qu'il avait de le voir ; il sut ainsi s'attirer leur amitié et leur fit de très riches présents, tant et si bien que tous s'écrièrent :

— Roi Arthur, ta paresse, sache-le, te fait perdre la maîtrise du monde car, si tu étais dans les mêmes dispositions que nous, nous saurions te conquérir la France, la Normandie, Rome et toute la Lombardie, nous te ferions porter la couronne à Jérusalem même et tu régnerais sur le monde entier.

Ainsi parlaient les Bretons à leur seigneur Arthur. Ces paroles réjouirent le roi et il jura sur sa tête qu'il n'aurait de cesse de conquérir la France, du moins pour commencer. Il convoqua donc tous les charpentiers de son royaume et leur fit construire la plus puissante flotte dont on ait jamais entendu parler. Lorsque les navires et les galères furent prêts, les troupes gagnèrent le port et embarquèrent pain et vin, viande et sel, armes et étoffes. Les chevaliers montèrent ensuite à bord et firent embarquer d'excellents chevaux. Le roi Arthur confia à Mordret la garde de son royaume et celle de la reine sa femme. Ce Mordret était l'un des frères de monseigneur Gauvain et fils du roi Lot d'Orcanie[1]. C'était un être plein de mauvaises intentions.

Le roi Arthur prit alors congé et gagna le port. Ils firent voile en se confiant au vent, en se guidant sur les étoiles, et naviguèrent ainsi jusqu'aux rivages de Normandie. Dès qu'ils eurent débarqué, ils chevauchèrent à travers le pays, pillant et capturant hommes et femmes et causant beaucoup de ravages. Jamais terre, sachez-le, ne subit si triste sort.

Lorsque le duc de Normandie l'apprit, il demanda au roi de lui accorder une trêve jusqu'à ce qu'il ait pu venir parler avec lui.

1. Contrairement à la tradition, représentée au moins par *la Mort le Roi Artu*, Mordret, dans le *Perceval* en prose, est bien le neveu d'Arthur et non le fils incestueux qu'il aurait eu de sa demi-sœur, la femme du roi Lot.

Le roi Arthur accepta. Le duc se rendit alors au camp du roi, devint son vassal, et l'assura qu'il tiendrait désormais sa terre de lui et lui rendrait un tribut. Le roi accepta son hommage avec joie. Le duc avait une très belle fille : le roi la donna en mariage à Keu son sénéchal avec tout le duché. Puis Arthur partit, traversa la Normandie, et pénétra dans la terre du roi de France.

Régnait à cette époque sur la France un roi qui s'appelait Floire. Lorsqu'il apprit qu'Arthur venait l'attaquer, il en fut très affecté et convoqua ses troupes par tout son royaume. Les hommes se réunirent à Paris. Ils formaient un corps très imposant de chevaliers. Floire déclara alors qu'il attendrait là le roi Arthur. Dès que ce dernier eut connaissance de cette décision, il chevaucha vers l'endroit où il pensait trouver son adversaire et il arriva ainsi à deux lieues de l'armée des Français. Quand le roi Floire apprit qu'Arthur était arrivé, il prit deux messagers et les envoya à l'armée d'Arthur en leur disant :

— Messagers, vous irez tout droit au camp des Bretons et direz au roi Arthur qu'il aurait bien tort de faire tuer des chevaliers pour conquérir la terre. Dites-lui en revanche que, s'il a assez de prouesse pour faire du royaume de France l'enjeu d'un combat singulier qui nous opposerait, lui et moi, je suis tout prêt, en ce qui me concerne, à livrer ce combat. Qu'il ait ainsi la France, ou moi la Bretagne !

Les messagers se rendirent alors au camp, là où se trouvait le roi. Ils le demandèrent et on leur indiqua sa tente. Ils mirent pied à terre, pénétrèrent dans la tente et saluèrent Arthur puis lui répétèrent mot à mot tout ce que leur seigneur les avait chargés de dire, sans en rien omettre. Après avoir entendu le discours des messagers, Arthur leur répondit :

— Seigneurs, dites de ma part au roi Floire à qui vous appartenez que la proposition qu'il m'a faite, je l'accepte. Ajoutez que, pour toute la terre de Bretagne, je ne renoncerais pas à relever le défi qu'il m'a lancé.

— Nous voulons, répliquèrent les messagers, que vous nous donniez l'assurance qu'il n'aura à se garder que de vous.

Le roi le leur promit et les plus puissants seigneurs de Bretagne donnèrent leur parole aux messagers que, si le roi Arthur était tué, eux repartiraient dans leur pays et tiendraient leurs terres en fief du roi Floire. Les messagers de leur côté leur donnèrent leur parole que, si le roi Floire était tué, ses hommes rendraient à Arthur tous les châteaux de France et lui en feraient hommage. On fixa enfin le combat à quinzaine.

Les messagers repartirent et contèrent au roi Floire ce qui avait été décidé avec Arthur. Les Bretons levèrent alors le camp et vinrent s'installer devant Paris, si près qu'ils étaient à un jet de javelot de la cité. Les deux camps conclurent une trêve, si bien que les Bretons allaient acheter à manger dans la ville. Le délai cependant s'écoula et arriva le jour fixé par le roi. Les deux rois s'équipèrent alors pour le combat ; chacun revêtit des armures tout à fait royales. Puis ils se rendirent dans une île située sous les murs de Paris, montés sur les meilleurs chevaux qu'ils avaient. Français et Bretons les observaient dans le calme : on avait en effet décidé d'un commun accord que personne ne porterait d'armes. Tous disaient qu'ils s'en remettraient à la grâce de Dieu et qu'ils regarderaient leurs seigneurs qui allaient risquer leur vie pour conquérir le royaume.

Une fois dans l'île, les deux rois mirent entre eux la distance de deux arpents pour mieux s'affronter puis ils se précipitèrent l'un sur l'autre à vive allure et les lances heurtèrent les écus avec une force telle qu'elles se brisèrent et volèrent en éclats. Le choc des poitrines et des heaumes fut, lui, si brutal que les deux hommes furent désarçonnés. Mais Arthur se releva le premier, dégaina son épée Excalibur, dont l'acier était très résistant, et se porta sur Floire. Celui-ci cependant se releva à son tour, dégaina lui aussi hardiment son épée et les deux rois s'affrontèrent tandis que Bretons et Français priaient, chacun de leur côté, pour leurs seigneurs. Animés d'une même fureur, les deux rois engagèrent la lutte à l'épée.

Le courage et l'audace du roi Floire étaient très grands et il se fiait beaucoup en sa force. Brandissant l'épée de sa main droite, il vint frapper Arthur sur son écu, le lui fendit et coupa tout ce qu'il atteignit : le coup, très rudement assené, rompit en s'abattant trois cents mailles du haubert et l'épée, glissant sur la cuisse, vint trancher plus d'une pleine paume de chair. D'un même élan elle trancha l'éperon et trois doigts du pied et la lame s'enfonça en terre sur une aune de profondeur. Arthur fut tout abasourdi par ce coup et peu s'en fallut que Floire, en lui donnant un coup d'épaule, ne lui fasse toucher terre. Quand les Bretons et monseigneur Gauvain virent ce qui se passait, ils eurent très peur pour leur seigneur car le roi Floire dépassait Arthur d'une bonne tête, heaume compris, et on voyait bien au comportement du Français qu'il était plein de force et d'audace. Les Bretons étaient donc très inquiets.

Cependant, lorsque le roi Arthur s'aperçut que ses hommes tremblaient et avaient peur pour lui, il en éprouva beaucoup de peine et de honte. Il se porta donc vers le roi qui l'attendait au milieu du champ de bataille et, brandissant dans sa main droite son épée – qu'on appelait Excalibur –, il assena sur l'écu de son adversaire un coup d'une force telle que, dans sa fureur, il le trancha et le fendit jusqu'à la boucle et coupa tout ce qu'il atteignit. Le coup d'épée vint en effet atteindre le heaume et le trancher jusqu'au cercle. Malgré la coiffe, l'épée trancha très largement tête et cheveux et, si la poignée n'avait alors tourné dans sa main, Arthur aurait tué Floire. Celui-ci pourtant avait perdu son heaume dont les lacets s'étaient rompus. Cette perte le remplit de fureur et il alla à son tour frapper Arthur à la tête, mais il ne put lui faire de mal.

Quand le roi Floire s'en rendit compte, il se laissa envahir par la peur. Le sang coulait sur ses yeux et sur son visage, il n'y voyait plus rien et ne pouvait plus distinguer le roi Arthur. Alors le cœur lui manqua et il tomba, la face contre terre, au milieu du champ. Tout heureux, le roi Arthur s'approcha de lui et, prenant son épée et se baissant vers son rival, il lui coupa la tête. Lorsque les Français virent que leur roi était mort, ils en éprouvèrent une très vive douleur et s'enfuirent dans Paris. Les Bretons, eux, vinrent auprès de leur seigneur Arthur, le mirent en selle et le conduisirent dans la plus grande allégresse jusqu'à sa tente où ils le désarmèrent rapidement.

Le roi prit alors deux messagers et les envoya aux habitants de Paris pour savoir ce qu'ils comptaient faire. Sachez que ceux qui remplirent cette mission étaient le roi Lot d'Orcanie et son fils Gauvain, qui était un très bon orateur et était considéré comme l'un des plus sages hommes de l'armée. C'était un remarquable chevalier, un homme éloquent, et ses jugements étaient pleins d'équité. Sachez également que, dans tout le royaume de Bretagne, on n'aurait pu trouver meilleur chevalier que lui depuis que Perceval avait renoncé à la chevalerie.

Ils se rendirent donc à Paris et, lorsque les hommes qui étaient sur les murailles les virent arriver, ils leur ouvrirent les portes. Gauvain pénétra dans la ville avec le roi Lot son père. Ils saluèrent les douze pairs du royaume qui se trouvaient dans le château et virent également les messagers et les chevaliers qui avaient réglé les conditions du combat entre Arthur et le roi Floire. Gauvain prit alors la parole et dit :

— Seigneurs, le roi Arthur vous demande de lui rendre cette place-forte selon les conditions fixées par ces messagers. Il avait été en effet décidé qu'Arthur et Floire se battraient en combat singulier aux conditions que je vais vous rappeler, et j'en prendrai à témoin les messagers eux-mêmes, ceux qui vinrent à la tente de notre roi pour proposer cette bataille. Nous avons juré, si Arthur était vaincu, de venir auprès du roi Floire, de lui faire hommage et de tenir désormais notre terre de lui. Tel fut notre serment. Vos messagers ont de leur côté juré que, si le roi Floire était vaincu, vous viendriez auprès du roi Arthur et vous vous remettriez à sa merci. Et les conditions en seraient que vous tiendriez désormais vos châteaux de lui et que la France serait soumise à son pouvoir. Demandez donc aux messagers, que je considère comme des hommes de bien, si telles furent bien les paroles échangées.

Le discours de Gauvain fit une très bonne impression sur les habitants de la cité qui répondirent qu'ils allaient délibérer. Ils se réunirent donc dans une très belle chambre et les plus puissants seigneurs de France prirent la parole.

— Seigneurs, dirent-ils, nous ne pouvons résister à ce roi breton qui est venu nous attaquer, nous n'avons pas assez de provisions pour tenir longtemps et vous pouvez bien voir qu'il n'a nullement l'intention de s'en aller.

Les messagers qui avaient été au camp breton pour fixer les règles de la bataille se levèrent alors et dirent :

— Seigneurs, sachez que nous tenons à nous acquitter de la promesse que nous avons faite à Arthur.

Ils prirent donc la décision de rendre la ville au roi, de lui faire hommage et de tenir désormais la France du roi Arthur. Ils revinrent alors auprès du roi Lot et de son fils Gauvain et lui dirent :

— Seigneurs, nous voyons bien que nous ne pourrions résister à vos hommes et, même si c'était le cas, nous entendons nous acquitter de notre promesse. Nous rendrons donc la France au roi Arthur, sachez-le, nous lui ferons hommage, nous lui livrerons nos personnes et nos biens et nous nous mettrons à sa merci. Mais, au nom de Dieu, qu'il nous gouverne en toute justice et que le péché en retombe sur lui s'il agit autrement. Qu'il nous gouverne, au nom de Dieu, comme le faisait le roi Floire.

— Seigneurs, sachez qu'il saura en toute chose garder raison, leur répondit Gauvain.

Monseigneur Gauvain et le roi Lot son père revinrent alors auprès du roi Arthur et lui répétèrent tout ce que les Français leur avaient dit. Le roi Arthur en fut très heureux. Il fit aussitôt lever le camp à son armée et chevaucha vers Paris. Quand les habitants de la cité le virent approcher, ils allèrent à sa rencontre, accompagnés par le clergé, les évêques et les abbés qui portaient des croix, de précieuses reliques, des châsses et des encensoirs. Partout où il passait, on jetait sous ses pieds de la menthe et des fleurs. Dans toute la cité étaient disposées des tables chargées de pain, de viande et de venaison, et, sur les tables réservées aux puissants seigneurs, étaient présentés du bon vin et des épices rares. Le palais où le roi devait loger était entièrement décoré d'étoffes de soie et de somptueux ornements. On fit alors asseoir Arthur sur le trône royal et on lui apporta la couronne royale de France. Puis on le couronna et on le fit roi de France. Les seigneurs lui firent loyalement hommage et lui jurèrent de lui être fidèles et de tenir leurs engagements. Arthur les reconnut pour ses vassaux et leur manifesta son amitié.

Le roi resta cinquante jours dans le royaume de France et fit de très beaux présents à ses chevaliers. Ceux de France comme ceux de Normandie disaient alors qu'ils n'avaient jamais eu de si bon seigneur et il y avait beaucoup de barons de France qui préféraient Arthur au roi Floire. Arthur savait en effet se montrer persuasif et s'attirer les cœurs des gens non pas par des paroles mensongères mais en distribuant de somptueux présents. Apprenez qu'Arthur séjourna cinquante jours à Paris, puis il parcourut le pays de France au cas où quelque château lui résisterait. Mais sachez que, dans quelque château qu'il se rendît, il sut s'en faire remettre les clés et s'attirer les bonnes grâces des gens.

La nouvelle s'était répandue dans tout le royaume qu'Arthur avait tué le roi de France et c'est pourquoi tous les seigneurs lui livrèrent tous les châteaux. Le roi donna alors à Gauvain son neveu la marche de Bretagne, et à Bédoier le Vermandois, une terre bonne et plantureuse. Et sachez que, dans toute la suite du roi, il n'y eut pas un seul grand seigneur à qui il ne donnât ou une cité ou un château. Puis, quand il eut ainsi tout bien réglé, il nomma des baillis pour le représenter dans ses châteaux et dans ses marches.

XV

L'AMBASSADE DE L'EMPEREUR DE ROME

Quand Arthur eut ainsi conquis la France, il annonça son intention de repartir et prit congé des seigneurs du royaume. Ceux-ci l'escortèrent longuement puis revinrent dans leur pays. Arthur chevaucha jusqu'en Normandie où se trouvait sa flotte. Il avait laissé là cinq cents chevaliers pour garder les vaisseaux. Arthur et ses hommes embarquèrent, et les hommes d'équipage hissèrent les voiles que vint gonfler le vent. Ils quittèrent alors le port et naviguèrent jusqu'à Douvres où ils débarquèrent et firent débarquer chevaux et palefrois. Quand ils eurent tous mis pied à terre, ils se réjouirent de revoir leur pays et leur royaume.

Quand Mordret, le frère de Gauvain, apprit qu'Arthur son oncle était de retour, il monta en selle, emmenant avec lui la reine et cinquante chevaliers, et ils chevauchèrent vers l'endroit où ils pensaient trouver le roi. Lorsqu'ils l'eurent rejoint, ils l'accueillirent avec de grandes manifestations de joie. La nouvelle se répandit alors dans tout le pays que le roi Arthur revenait et qu'il avait conquis la France. Quand le menu peuple le sut, la joie fut très grande. Il y avait là des dames et des demoiselles dont les fils et les neveux avaient participé à l'expédition et c'était partout des manifestations de joie et des ambrassades telles que vous n'en avez jamais vues.

Le roi prit alors la parole et dit :

— Seigneurs, je veux que tous mes hommes ici présents soient à la cour que je tiendrai à Cardueil en Galles, à la Saint-Jean d'été.

Cet ordre fut crié dans toute l'armée tandis que le roi convoquait ses plus puissants vassaux, les priant de venir eux aussi. Ils l'assurèrent qu'ils seraient tous présents à la Saint-Jean.

— J'ai en effet l'intention, ajouta Arthur, de distribuer à tous également une partie de mes richesses et, du plus pauvre, je ferai alors un homme riche.

Sur ce, ils se séparèrent. Arthur s'en alla dans l'un de ses châteaux et y demeura quelque temps. Tous parlaient de la belle aventure qu'ils avaient vécue et qui avait abouti à la conquête de la France. Cependant, tandis qu'Arthur séjournait dans son château, le temps s'écoula et la Saint-Jean approcha. Tous les seigneurs de

Bretagne se réunirent à la cour et ils étaient si nombreux qu'on aurait eu du mal à les compter. Il y avait là de très nombreux chevaliers, riches et pauvres. Le jour fixé arriva. Le roi alla entendre la messe que célébra l'archevêque, celui qui l'avait tant aidé à conquérir le pouvoir. Après la messe, il revint dans son palais. On fit corner l'eau dans la ville et les chevaliers prirent place à table. Le roi Arthur s'assit à la plus haute table. Il avait auprès de lui le roi Lot d'Orcanie. De l'autre côté prirent place le roi de Danemark et le roi d'Irlande ; il y avait en effet sept rois à la cour qui tous obéissaient à ses ordres.

Or, alors que le roi avait pris place à table et qu'on lui avait déjà apporté le premier plat, Arthur, les barons et les rois, regardant autour d'eux, virent entrer dans la salle douze vieillards aux cheveux blancs, somptueusement vêtus et portant douze rameaux d'olivier. Lorsqu'ils furent entrés, ils regardèrent les barons et les chevaliers qui étaient réunis à la cour du roi et se dirent entre eux à voix basse :

— Seigneurs, voyez comme ce roi est puissant.

Puis ils dépassèrent toutes les tables et s'avancèrent de manière très agressive en direction d'Arthur. Arrivés là, ils s'arrêtèrent tous les douze et restèrent silencieux. Seul l'un d'eux prit la parole sur un ton plein d'orgueil et dit :

— Que Dieu, Dieu qui a tout pouvoir sur le monde et peut en faire ce qu'il veut, protège au premier chef l'empereur de Rome puis le pape et les sénateurs romains qui doivent veiller au maintien et à l'observance de la loi ! Mais que ce même Dieu que vous m'entendez évoquer confonde Arthur et tous ceux qui lui obéissent car il s'est rendu coupable envers lui, envers notre sainte Église, et envers le pouvoir romain. Il a en effet coupé et taillé dans ce qui devait appartenir à Rome et il a tué le roi qui tenait sa terre de Rome et lui payait chaque année un tribut. Sachez donc que notre étonnement n'a d'égale que notre indignation et notre indignation n'a d'égal que notre étonnement de voir que des êtres aussi vils que vous, que le monde entier doit mépriser et qui êtes depuis toujours réduits à l'état de serfs comme l'ont été vos ancêtres, veuillent s'affranchir et vivre libres comme les autres peuples.

« Comme vous le savez, vous avez été réduits à l'état de serfs par Jules César et vous lui avez rendu tribut. Les rois de Rome qui lui ont succédé ont continué à le recevoir et vous n'avez jamais connu d'autre état que la servitude. Sachez donc que votre volonté de vous affranchir nous remplit d'indignation, qu'il en va de même pour l'empereur, et qu'il vous prend pour si peu de chose qu'il ne pourrait croire celui qui lui dirait que telles sont bien vos intentions. Il vous ordonne – et nous, ses douze représentants ici présent, sommes chargés de transmettre cet ordre – de lui rendre tribut comme votre ancêtre le rendit et de le lui envoyer tout comme on le faisait à Jules César. Si vous refusez, l'empereur vous déclarera la guerre. Je vous conseille donc de le rendre car les Romains vous sont très hostiles et même le menu peuple, dans le pays, ne cesse de crier à l'empereur : "Seigneur, au nom de Dieu, laissez-nous faire la guerre à ces chiens de Bretons qui ont ravagé la France."

« Sachez donc que si l'empereur le leur permettait, ils viendraient vous attaquer, mais il ne peut croire que votre valeur soit telle qu'elle vous ait permis de conquérir la France. Dites-vous bien enfin que, s'il vous attaque, il sera inutile de fuir : où que vous cherchiez refuge, il vous en chassera. De plus, il a juré sur sa couronne qu'il vous fera écorcher, qu'il fera bouillir dans de grandes chaudières et brûler sur le bûcher tous les chevaliers de votre royaume et que ses hommes les vendront entre eux comme esclaves ou en feront un immense carnage.

Le sang d'Arthur, en écoutant ce discours, ne fit qu'un tour. Il frémit de honte à cause de ses barons qui étaient là, assis autour des tables dans la grand-salle. Il se leva donc et dit :

— Seigneurs, vous savez bien parler français. Je ne sais où vous êtes nés mais je vous ai parfaitement compris. Je vous prie maintenant de vous asseoir et de manger si vous en avez besoin.

— Dût-on nous couper le poing, répliquèrent les messagers, nous ne saurions manger à ta cour, car nous y perdrions notre identité !

Leur réponse fit rire Arthur qui leur dit :

— Seigneurs, pour ce qui est de la demande que vous m'avez faite, je vais en délibérer et je vous rendrai rapidement ma réponse.

Le roi appela alors ses barons, le roi d'Irlande, le roi d'Orcanie, monseigneur Gauvain, Mordret son frère, Keu le sénéchal, Bédoier et d'autres encore : ils étaient douze en tout. Puis ils se retirèrent dans une très belle chambre ornée de magnifiques peintures. Elles représentaient les trois déesses donnant à Pâris la pomme, l'une lui promettant la plus belle femme du monde, une autre les plus grandes richesses, la troisième lui ayant donné

– telle fut sa promesse – d'être le meilleur chevalier du monde. Or, quand chacune lui eut fait sa proposition tout en pensant que les deux autres n'en savaient rien, Pâris considéra qu'il était bon chevalier, l'un des meilleurs de tout son pays, et qu'il n'avait pas besoin de plus de richesses qu'il n'en avait déjà. La jouissance de la belle femme lui parut donc préférable à tout le reste. Aussi, il prit la pomme et la donna à la déesse qui lui avait promis la femme. Lorsqu'elle vit que le jeune homme lui accordait la pomme, elle en fut très heureuse car il lui donnait ainsi la prééminence sur les autres déesses. Elle le guida alors vers une femme telle qu'elle n'avait pas sa rivale au monde, mais Pâris paya très cher la possession d'une pareille beauté. Voilà donc l'histoire qui était peinte sur les murs de la chambre où Arthur emmena les douze barons pour leur demander leur avis.

Il leur dit alors :

— Seigneurs, vous êtes mes vassaux et je suis votre seigneur. Vous avez entendu comment les messagers de l'empereur de Rome m'ont insulté et avec quel mépris ils m'ont parlé. Ils m'ont gravement injurié mais je n'ai rien laissé transparaître de mes pensées. Maintenant, en revanche, je vous demande de me conseiller en y engageant votre honneur, et sachez que je ferai sans hésitation ce que vous me conseillerez de faire.

Le roi Lot, un homme de grand mérite et de grande sagesse, se leva alors et dit au roi :

— Seigneur, vous demandez un conseil et nous allons vous en donner un bon, si du moins vous savez en comprendre la valeur. Vous avez entendu les injures dont vous ont couvert les messagers de l'empereur de Rome ; ils vous ont également rappelé de manière insultante que Jules César avait conquis Rome, la France et la Bretagne, votre royaume. C'est la vérité, mais il a conquis ce royaume par traîtrise, et la traîtrise n'a rien de commun avec la justice. Je vais donc vous expliquer en partie comment il fit cette conquête.

« Il y avait jadis un roi qui avait un frère et deux beaux enfants. Ce roi mourut et laissa son royaume à ses deux enfants. Mais le menu peuple estima qu'ils étaient trop jeunes pour gouverner le royaume et ils le confièrent à leur oncle qui devint ainsi roi. Quand il fut roi, il fit de l'un de ses neveux un duc et de l'autre un comte. Celui qui était roi s'appelait Casibelan. Ses neveux commirent envers lui je ne sais quelle faute. Quoi qu'il en soit, il les convoqua à sa cour et voulut les mettre à mort. Quand les enfants comprirent que leur oncle les haïssait et leur avait pris leur royaume, ils firent savoir à Jules César qu'il lui serait possible de conquérir l'Angleterre. Or Jules César avait déjà tenté à deux reprises de débarquer mais n'avait rien pu faire contre Casibelan. Quand il apprit ce que lui proposaient les enfants, il en fut tout heureux et leur demanda de lui envoyer des otages. Ce qu'ils firent, en lui donnant toutes garanties. Jules César prit alors la mer et débarqua dans ce pays. Les deux enfants avaient réuni de grandes troupes. Ils s'unirent à Jules César, vinrent là où se trouvait Casibelan, se battirent contre lui et le vainquirent. Lorsque ce fut fait, Jules César reçut les hommages des deux frères, couronna l'aîné et leur imposa un tribut. Voilà donc pourquoi les Romains vous réclament un tribut.

« Mais je vais ajouter encore ceci. Il y eut par la suite deux autres frères en Bretagne ; l'un s'appelait Brenes et l'autre Belin. Ces deux frères étaient si puissants qu'il passèrent la mer, conquirent la France et, de là, avancèrent jusqu'à Rome. Quand les Romains les virent approcher, leur peur fut telle qu'ils se portèrent à leur rencontre, leur jurèrent qu'ils feraient ce qu'ils ordonneraient et remirent aux deux frères quarante otages. Lorsqu'ils eurent reçu les otages, Brenes et Belin déclarèrent qu'ils allaient repartir pour la Bretagne, ce qu'ils firent. Mais lorsque les Romains virent qu'ils s'en allaient, ils se trouvèrent bien lâches de laisser ainsi emmener leurs otages. Ils décidèrent donc d'affronter les Bretons dans un défilé extrêmement escarpé par où il leur fallait passer. Ainsi firent-ils : ils réunirent cinquante mille chevaliers et les placèrent dans le défilé. Brenes et Belin avaient divisé leurs troupes en deux. Belin en conduisait une moitié et Brenes l'autre. Dans les deux corps de troupes, il y avait plus de cent mille hommes. Brenes arriva au défilé et voulut passer, mais les Romains l'assaillirent rudement. Brenes prit peur et dit à un serviteur : "Mon ami, allez trouver mon frère et dites-lui que nous sommes trahis. Il faut donc qu'en arrivant au défilé il contourne les Romains et les attaque par derrière."

« Le messager répéta très exactement à Belin ce qu'avait dit le roi. Très affligé par ce qu'il apprenait, celui-ci chevaucha à bride abattue et emprunta un défilé à travers lequel le guida un paysan. Il arriva alors sur le champ de bataille où Brenes était déjà presque incapable de combattre. Belin poussa son cri de guerre et se jeta dans la mêlée avec cinquante mille hommes, criant : “Bretagne !” tandis que Brenes criait : “France !” Les Romains prirent alors peur et les Bretons se mirent à les tuer jusqu’au dernier. Brenes et Belin retournèrent à Rome. Ils campèrent devant la ville, firent dresser les gibets, et tous les enfants que les plus puissants des Romains leur avaient remis en otages y furent pendus. Les Romains rendirent alors la ville à Brenes qui fut couronné empereur et ils durent rendre tribut. Voilà pourquoi, me semble-t-il, vous devez être considéré comme le maître des Romains et vous avez des droits sur l’empire de Rome. Ils revendiquent leurs droits : vous, faites-en autant ! Pour moi, je ne vois pas d’autre solution que la guerre. Que celui qui saura le mieux se battre se montre le meilleur et en retire le plus de profit !

« Seigneur, j’ajouterai encore ceci. Vous souvenez-vous que Merlin est venu à votre cour le jour même de votre couronnement ? Il vous a dit alors qu’il y avait eu deux rois de Bretagne qui avaient été rois de France et empereurs de Rome. Seigneur, vous êtes roi de France. Je vous dis donc que vous serez roi de Rome si vous avez l’audace de la conquérir. Merlin en effet n’a jamais prononcé de paroles mensongères mais a toujours dit la vérité. Passez donc la mer, convoquez vos chevaliers et attaquez les Romains. Et je vous assure que vous remporterez la victoire parce que vous aurez la meilleure chevalerie du monde.

— Arthur, seigneur, s’écrièrent alors les douze conseillers, chevauchez avec toutes vos forces, allez conquérir le territoire de Rome et toute la Lombardie ! Nous, nous vous aiderons de tout notre pouvoir.

Arthur fut très content de la réponse de ses barons.

— Seigneurs, leur dit-il, il me semble que le roi Lot a dit ce qu’il fallait. Au reste, d’après le récit qu’il m’a fait, même si les Romains n’étaient pas venus en ambassade, il aurait été de mon devoir d’aller à Rome pour revendiquer l’héritage de mes ancêtres.

Sur ce, Arthur retourna dans la grand-salle et, s’adressant aux messagers, il leur dit :

— Seigneurs, sachez que je me demande bien où l’empereur a pris l’audace de me réclamer un tribut et de m’insulter comme vous l’avez fait. Soyez bien persuadés que je réglerai avec lui cette question du servage et dites-lui que, dans moins de huit mois, et à moins qu’il ne vienne à ma rencontre, je le tiendrai de si près que l’on pourra de mon armée jeter un javelot dans Rome. J’ai en effet l'intention de l'affronter ou en combat singulier ou en bataille rangée.

— Nous pouvons vous assurer, répliquèrent les messagers, que l'empereur de Rome se portera contre vous avec deux cent mille hommes ou plus.

Sur ce, ils sortirent de la salle avec beaucoup d'arrogance et sans prendre congé. Ils gagnèrent le rivage de la mer, firent la traversée et chevauchèrent par étapes jusqu'à Rome où ils trouvèrent l'empereur. Ils lui exposèrent ce qu'ils avaient fait, ajoutant combien les Bretons étaient fiers, combien leur puissance en hommes était grande et comment ils étaient considérés comme les meilleurs chevaliers du monde grâce à cette Table Ronde qu'ils avaient instituée.

— Sachez, poursuivirent-ils, que nous avons dit votre message à Arthur et qu'il a alors déclaré qu'il allait en délibérer. Il s'est retiré avec douze de ses barons dans une chambre et ils y sont restés un long moment. Voici quelle fut leur décision : Arthur vous fait dire que, dans moins de huit mois, il sera si près de Rome que l'on pourra y lancer de son armée un javelot, à moins que vous ne vous portiez contre lui.

Ces paroles irritèrent vivement l'empereur qui fit écrire des chartes et des lettres scellées de son sceau et réunit la plus puissante armée qu'on eût jamais vue. Il convoqua des soudoyers, des archers et un grand nombre de chevaliers, des hommes d'armes à cheval et à pied, équipés de lances et de javelots. Il fit également appel au roi d'Espagne, qui était sarrasin, et qui lui amena la plus grande armée qu'on eût jamais vue. Jamais roi n'eut en effet troupes aussi imposantes. Tous obéirent aux ordres de l'empereur et sachez que, lorsque cette immense armée se mit en marche, on estima à trois cent mille le nombre des hommes armés et capables de se battre. Quand les troupes furent rassemblées, l'empereur leur exposa ses griefs et leur expliqua comment Arthur avait l'intention de se révolter contre lui et avait tué en combat singulier le roi Floire qui tenait sa terre de Rome.

— Il me fait dire, ajouta-t-il, qu'il veut exiger un tribut de nous. Je vous demande donc de me donner votre avis sur cette situation.

Ce discours suscita une vive indignation chez les barons qui s'écrièrent tous ensemble :

— Seigneur, vous que nous reconnaissons comme notre légitime empereur, chevauchez avec toutes vos forces, franchissez les montagnes, traversez la mer, soumettez la Bretagne et vengez ainsi le roi Floire qu'Arthur, le roi de Bretagne, a tué. Nous, nous vous aiderons de tout notre pouvoir.

Pendant que le roi tenait ce conseil, arrivèrent trois messagers qui le saluèrent très respectueusement en leur langue au nom du Sultan.

— Seigneur empereur, lui dirent-ils, le Sultan vous fait dire qu'il se tient à vos ordres pour détruire les Bretons. Il suit en cela l'exemple du roi d'Espagne dont il est le frère. Il vous assure que l'on estime son armée à cinquante mille Sarrasins et, dans trois jours, ils viendront camper sous les murs de Rome.

L'empereur fut très heureux de ce message. Trois jours plus tard, il se mit en selle, suivi de tous les sénateurs romains, et tous chevauchèrent très joyeusement à la rencontre du Sultan, qu'ils trouvèrent à une demi-lieue de Rome. Quand l'empereur le vit, il galopa vers lui et vint lui donner l'accolade. Ni le fait qu'il soit chrétien, ni le baptême qu'il avait reçu ne l'empêchèrent d'embrasser le Sultan sur la bouche tandis que tous les sénateurs de Rome s'inclinaient avec une extrême déférence. Ils savaient bien pourtant qu'ils péchaient ainsi contre Dieu mais ils redoutaient encore plus les Bretons.

Les Sarrasins installèrent leurs campements sous les murs de Rome et séjournèrent quinze jours durant pour reposer les troupes. Durant ces quinze jours, l'empereur de Rome commit une très grave faute envers Dieu et envers notre sainte Église : il épousa en effet la fille du Sultan, une païenne qui était très belle. Ce mariage fit beaucoup de peine au menu peuple de Rome et tous répétaient bien souvent que la foi de l'empereur était bien diminuée.

Ensuite, quand les quinze jours furent écoulés, l'armée commença sa chevauchée et on traversa pays et royaumes. Mais Blaise ne parle pas des étapes qu'ils firent ni de ce qui leur arriva car Merlin n'a pas voulu en faire mention. Je peux cependant vous dire qu'ils arrivèrent dans la terre de Provence où ils apprirent que Keu, le sénéchal d'Arthur, se trouvait dans la marche de Bretagne dont il avait la garde. L'empereur, lorsqu'il l'apprit, chevaucha dans cette direction. Arthur en eut connaissance par ses espions. Au reste, il était déjà venu au port de Douvres et là, il préparait sa flotte car son armée était très nombreuse.

XVI

GUERRE D'ARTHUR CONTRE L'EMPEREUR DE ROME

Quand la flotte fut prête, Arthur vint trouver Mordret son neveu, qui était le frère de monseigneur Gauvain, et lui confia la garde de son royaume, de ses châteaux et de sa femme. Mais il aurait mieux fait de les ébouillanter tous les deux dans des chaudières car Mordret son neveu commit à son égard la plus grave trahison dont on ait jamais entendu parler. Il s'éprit en effet de la femme d'Arthur et sut si bien circonvenir les chevaliers, les châtelains et les baillis qu'ils le reconnurent comme seigneur. Il épousa la reine, mit des garnisons dans les forteresses du royaume et se fit couronner roi.

Arthur, qui ne se doutait de rien, donna ordre à ses chevaliers d'embarquer avec leurs armes et leurs équipements, et les hommes d'équipage les menèrent à un port qu'on appelle Calais. Le roi fit aussitôt savoir aux seigneurs de France qu'il avait débarqué et ils en eurent grande joie. Puis, avec l'accord de toute l'armée, il envoya deux messagers à Paris. Les habitants de Paris en furent très heureux et dirent qu'ils recevraient Arthur comme leur seigneur.

Fort de cette assurance, Arthur gagna Paris et c'est là qu'il réunit son armée. Cependant, les Romains et les Sarrasins apprirent qu'Arthur était à Paris. Ils chevauchèrent donc jusqu'à trois lieues de la cité. Arthur envoya alors auprès d'eux Gauvain et Bédoier pour savoir si l'empereur avait l'intention de se battre. Gauvain et Bédoier se rendirent dans l'armée ennemie et vinrent à la tente de l'empereur, montés sur deux bons chevaux et magnifiquement armés. Gauvain[1] dit son message sur un ton plein d'arrogance et

1. Le manuscrit que nous suivons a (mal) résumé tout le passage de l'ambassade de Gauvain et de Bédoier, supprimant entre autres le discours plein d'arrogance de Gauvain et la mention des hommes postés en embuscade par Arthur pour « couvrir » le cas échéant ses messagers. Mention que nous rétablissons ici. Dans le combat qui suit, on peut comprendre que Gauvain et Bédoier ont d'abord à faire face à une « première vague » de deux mille chevaliers, les dix-huit mille autres venant derrière…

multiplia à l'adresse de l'empereur les paroles d'insulte et d'outrage ; si bien que cela finit par déplaire à un légat qui s'écria :

— Vraiment, ces Bretons seront toujours des fanfarons, des médisants, des vantards et de bien mauvais chevaliers ! Et si vous parlez davantage, ajouta-t-il, je vous ferai jeter à bas de votre cheval.

Bédoier lui transperça alors le corps de sa lance tandis que Gauvain frappait à son tour d'un coup de lance l'un des neveux de l'empereur puis, tirant son épée, donnait à l'un des chevaliers un tel coup sur la tête qu'il le fendit en deux jusqu'à la ceinture. Enfin, se ruant sur les chevaliers, il en décapita six autres. Les deux chevaliers voulurent alors repartir mais ils ne purent car fondirent sur eux plus de vingt mille hommes. Ils étaient à un arpent de distance des deux chevaliers, si bien que Bédoier et monseigneur Gauvain avaient devant eux plus de deux mille hommes. Ils vinrent encercler Gauvain et Bédoier, armés d'épées nues, de lances, de javelots, de dards, de pierres et de bâtons, et leur donnèrent de tels coups qu'ils auraient dû normalement les tuer. Les chevaux, eux, furent abattus.

La colère cependant s'empara de monseigneur Gauvain. Il dégaina son épée, saisit son écu et, frappant un Romain qui était le maître de vastes domaines, il lui porta un tel coup qu'il le fendit en deux jusqu'à la poitrine. Il prit alors le cheval de son adversaire, se mit en selle et voulut rejoindre Bédoier qui se battait avec acharnement, pensant lui venir en aide. Mais avant qu'il ait pu le rejoindre, il fut de nouveau désarçonné et son cheval tué sous lui. Quand Gauvain vit qu'il avait perdu le cheval dont il venait de s'emparer, il se remit sur pied et se défendit avec acharnement, se souciant fort peu de savoir si cela servait ou non à quelque chose. Surgirent alors de la forêt les vingt mille hommes [qu'Arthur avait postés en embuscade]. Ils se jetèrent sur les Romains, les dispersèrent sans aucun ménagement et les tuèrent tous, ou peu s'en fallut. Les messagers revinrent alors auprès d'Arthur et lui racontèrent ce qui s'était passé. Arthur donna aussitôt ordre à ses hommes de s'armer et fit sonner deux cents cors et deux cents trompettes. Ce fut alors comme si la terre s'ébranlait et l'écho était si grand que le sol semblait s'ouvrir et qu'on n'aurait pas pu entendre le tonnerre de Dieu.

Les hommes d'Arthur chevauchèrent en bon ordre de bataille, et c'est à Sagremor que fut confiée la bannière royale. Ils rencontrèrent les vingt mille hommes qui avaient délivré monseigneur Gauvain et les deux troupes firent leur jonction, guidées par Gauvain. Les Romains, qui avaient pris la fuite, étaient cependant revenus à la tente de l'empereur de Rome et lui avaient appris la mort de son frère, Bretel[1]. Très affligé par cette nouvelle, l'empereur déclara qu'il entendait faire chèrement payer cette mort à Arthur et aux Bretons. Il ordonna donc qu'on sonnât du cor depuis la tente de commandement, ce qui signifiait que les troupes devaient s'armer. Quand les Romains entendirent résonner le son du cor, ils s'armèrent tout aussitôt et les païens firent de même. Puis ils répartirent les corps de bataille et les escadrons, et chevauchèrent dans la direction où ils pensaient trouver Arthur. Le roi, de son côté, fit de même.

Ils furent bientôt si près les uns des autres qu'ils pouvaient très nettement se voir. A ce moment-là, même les plus hardis prirent peur. Les chrétiens se confessèrent les uns aux autres et se pardonnèrent mutuellement toutes leurs offenses puis, prenant des brins d'herbe, ils se donnèrent la communion[2]. Cela fait, ils remontèrent en selle. Jamais, non, jamais on ne vit armée aussi imposante ! Quand ils furent si proches les uns des autres que l'affrontement devint inévitable, monseigneur Gauvain, qui commandait le premier escadron, laissa aller son cheval et vint frapper un Sarrasin sur son écu. Il transperça l'écu et le haubert, fit pénétrer le fer de la lance dans la poitrine et l'abattit mort. On en vint alors aux mains des deux côtés.

Gauvain avait engagé la bataille avec vingt mille hommes, alors que les Sarrasins en alignaient contre lui cinquante mille. Il ne put donc résister longtemps. Néanmoins onze mille païens furent mis à mort et, parmi les hommes de Gauvain, il y eut sept cent soixante chevaliers tués. Pourtant, ils n'auraient pu tenir plus longtemps si Keu le sénéchal n'était arrivé au secours de monseigneur Gauvain avec vingt mille chevaliers. Ils attaquèrent alors les païens d'Espagne, alignant des monceaux de cadavres sur le champ de bataille. Les païens ne purent soutenir l'assaut et prirent la fuite

1. Ce frère de l'empereur et sa mort n'ont pas été mentionnés dans ce qui précède. Dans le manuscrit D, Gauvain a tué le fils de l'empereur.

2. Cette possibilité de communier avec de l'herbe ou avec trois brins d'herbe (au nom de la Trinité) est documentée par des textes plus anciens (voir par exemple *L'Estoire des Engleis* de Gaimar, v. 6333 et sq. de l'éd. A. Bell, *A.N.T.S.*, 1960).

mais ils rencontrèrent le Sultan qui s'avançait avec cinquante mille Sarrasins. Il attaqua monseigneur Gauvain et Keu le sénéchal, et la bataille fit rage de la troisième heure[1] jusqu'à midi. Le champ de bataille était tellement couvert des cadavres des chevaliers et des hommes d'armes que l'on ne pouvait plus chevaucher et trouver la place de jouter mais on se tuait à l'épée nue. Sachez que, ce jour-là, monseigneur Gauvain fit de telles prouesses qu'il tua à lui seul mille deux cent trente ennemis, tant chevaliers qu'hommes d'armes.

C'est un fait bien connu que sa force grandissait à partir de midi. Aussi, lorsque ce moment fut arrivé, tous les chevaliers qu'il rencontra, il les mit en pièces, eux et leur monture. Il combattait si farouchement que personne n'osait l'affronter et, grâce à sa prouesse, les Bretons mirent en fuite le Sultan. L'empereur de Rome vint alors attaquer Gauvain, qui avait déjà beaucoup enduré dans la bataille, et Keu le sénéchal. Il avait avec lui cent cinquante mille hommes. La poussière qu'ils soulevaient était si grande que Keu prit la fuite, entraînant avec lui les Bretons. Gauvain protégeait leur arrière-garde. Arriva alors Arthur avec soixante mille chevaliers pleins de prouesse et d'audace, tous prêts à se défendre avec acharnement et bien équipés. Ils attaquèrent les Romains, et s'engagea alors la plus rude bataille qu'un être humain ait jamais pu observer. Au cours de l'affrontement moururent de part et d'autre plus de quatorze mille chevaliers. Et sachez que le roi Arthur fit preuve, en cette occasion, d'une très grande prouesse.

L'empereur de Rome, magnifiquement armé, parcourut alors les rangs des combattants en criant :

— Roi Arthur, me voici prêt à lutter avec toi pour la possession de ce royaume et je vais te prouver que tu es bien mon esclave !

Arthur l'entendit et piqua des deux en sa direction. Il tenait son épée dans la main droite. Il en frappa l'empereur à la tête et lui donna un coup tel qu'avec l'aide de Dieu il le fendit en deux jusqu'à la ceinture et l'abattit mort. Puis il cria très fort que l'empereur était mort. Alors Gauvain piqua des deux, frappa le Sultan de son épée et, le prenant en travers, le trancha en deux à la hauteur de la taille. Le roi Lot, lui, lança au roi d'Espagne un javelot qui l'atteignit en pleine poitrine et l'étendit à terre, raide mort.

1. La troisième heure : environ 9 heures du matin.

Quand les Romains et les Sarrasins virent ainsi tomber leurs seigneurs, ils prirent peur. Plus de cent mille d'entre eux vinrent là où gisaient les corps, car ils voulaient les emporter dans leurs tentes, mais, d'un autre côté du champ de bataille, surgirent les Bretons, les Norois, les Irlandais et les Écossais armés de glaives, de dards et de miséricordes[1], bien décidés à leur disputer les corps de ces traîtres. Les Romains cependant voulaient les garder. Ils reçurent alors de tels coups qu'on aurait pu charger deux cents chars avec les corps de ceux qui avaient été abattus ou tués. Et je peux bien vous affirmer que, depuis le temps où vécut Hercule, celui qui fixa en Éthiopie les bornes du monde, il n'y eut jamais pareil massacre.

Gauvain revint alors à l'assaut : il ne pouvait assouvir sa soif de carnage et il tuait ses adversaires comme le loup enragé dévore un agneau. Bédoier, de son côté, donnait de tels coups d'épée que tout le champ de bataille ruisselait de sang. Les Romains cependant s'enfuyaient et allaient abandonner la place lorsque furent alignés vingt mille hommes d'armes – il y avait également des chevaliers. Les Romains les rejoignirent et revinrent sur le champ de bataille où tant de cadavres de chevaliers gisaient, déjà livides et pâlis par la mort. Alors les Bretons réunirent tout leur courage et assaillirent les Romains. Guillac, qui était roi de Danemark, brandissant son épée dans sa main droite, en frappa un Romain qui était plus grand que les autres et lui donna un coup tel qu'il lui fendit le corps en deux jusqu'à la selle de son cheval.

Quand les Romains virent que celui qui les menait à l'assaut était mort, ils furent saisis d'effroi. Arthur cependant vint de nouveau les attaquer avec trente mille Bretons et fit dans leurs rangs une chevauchée meurtrière : les Bretons tuaient et massacraient leurs ennemis. Les Romains et les Sarrasins prirent alors la fuite et les Bretons leur firent longtemps la chasse, tuant et faisant prisonniers tous ceux qu'ils voulaient. La chasse dura un jour et une nuit, et sachez que quinze sénateurs romains furent capturés.

Après avoir ainsi défait l'ennemi, Arthur délibéra avec ses vassaux et déclara qu'il voulait se faire couronner à Rome. Ses hommes lui conseillèrent de chevaucher sur la ville avec ses troupes et d'y recevoir la couronne. Arthur fit alors comparaître devant lui les sénateurs romains qui avaient été capturés. Une fois

1. Dague utilisée pour menacer un adversaire et l'obliger à demander grâce (miséricorde).

en présence du roi, ils se jetèrent à ses pieds, l'implorant de leur laisser la vie sauve et l'assurant qu'ils lui rendraient la ville et seraient désormais à son service. Arthur accepta leurs propositions, reçut leurs hommages[1] et leur rendit leur liberté.

XVII

LA TRAHISON DE MORDRET ET LA MORT D'ARTHUR

Le roi Arthur ordonna à ses hommes d'être prêts à partir dans trois jours pour Rome. La veille du jour fixé pour le départ, Arthur était dans le palais de Paris et avait auprès de lui Gauvain son neveu, Keu le sénéchal, Guillac, le roi de Danemark, et le roi Lot d'Orcanie. Arrivèrent alors aux marches de la grand-salle quatre messagers qui mirent pied à terre et vinrent saluer le roi au nom de Dieu. Arthur les reconnut aussitôt et leur dit :

— Seigneurs, pourquoi êtes-vous venus ici ? Au nom de Dieu, dites-moi comment va ma femme ainsi que Mordret mon neveu. Rien de fâcheux ne leur est arrivé ?

— Roi, lui répondirent les messagers, nous allons te dire ce que nous savons sur ce que tu nous demandes. Sache que Mordret ton neveu à œuvré contre toi comme un traître : il a épousé ta femme, il s'est couronné roi dans le mois même qui a suivi ton départ et il s'est concilié tous les cœurs. Apprends que tu n'as pas un seul château qui ne soit entièrement garni d'albalétriers, de chevaliers et d'hommes d'armes et qu'il n'y a pas un seul chevalier dans le royaume qu'il n'ait fait tuer s'il tentait de lui résister. Apprends enfin qu'il a fait venir les Saxons, les descendants d'Engis, qui fit si longtemps la guerre à ton père, et qu'il a interdit de chanter messe et matines dans toute la terre de Bretagne. Et nous pouvons t'assurer que, si tu ne viens pas au secours de ta terre, tu vas la perdre. Or, mieux vaut reprendre possession de ton royaume que conquérir la terre d'autrui.

Ces paroles remplirent Arthur de honte et de douleur. Il délibéra avec ses barons sur la conduite à tenir et le conseil auquel

1. Ils s'engagent donc à devenir les vassaux d'Arthur.

ils s'arrêtèrent fut le suivant : qu'il revienne dans son royaume, qu'il le reconquière et, s'il pouvait s'emparer de Mordret, qu'il le fasse brûler. Gauvain lui-même, qui était le frère de Mordret, ainsi que le roi Lot d'Orcanie son père lui donnèrent le même avis, tant était grande la honte qu'ils ressentaient.

Arthur approuva leur conseil et, le lendemain, il se mit en route avec ses chevaliers. Ils gagnèrent la Normandie et s'embarquèrent. Mordret, qui avait appris l'arrivée du roi car il avait placé des espions dans son camp, réunit Saxons, chevaliers et hommes d'armes, et se porta sur le rivage à la rencontre d'Arthur. Le roi s'approcha pour débarquer, et Mordret pour le lui interdire. Au moment du débarquement, sachez-le, le danger était très grand. Gauvain, que la trahison de Mordret remplissait de honte, tenta de débarquer, suivi de vingt mille hommes. Mais Mordret se porta contre lui, escorté de cinquante mille Saxons jetant sur les Bretons, qui ripostaient de même, épieux, pierres, lances et dards. Or, il arriva malheur à Gauvain : il n'avait pas lacé son heaume et un Saxon, qui tenait un aviron, l'en frappa à la tête et le jeta à terre, mort.

La mort de Gauvain causa une immense douleur. Ah ! Dieu, quel malheur que la mort de cet homme si juste ! C'était un bon chevalier, beau, loyal, plein de sagesse. Ses jugements étaient pleins d'équité et il savait si bien parler ! Dieu, quelle douleur de le voir ainsi frappé par la mort ! Les lamentations sur le navire étaient telles qu'on aurait pu les entendre sur deux lieues de long. C'est là que furent également tués Sagremor, Bédoier et Keu le sénéchal. C'est là que tant de nobles seigneurs trouvèrent la mort ! Et sachez que, sur vingt mille chevaliers, aucun n'en réchappa, tous furent tués ou noyés. Même le navire où ils étaient fut mis en pièces et coula.

Lorsque Arthur apprit que ces vingt mille hommes avaient péri, sa douleur fut extrêmement vive. Et quand il eut la certitude que Gauvain avait été tué, il en éprouva une telle peine, une telle souffrance, que le cœur lui manqua : il tomba sur le sol du navire et s'évanouit plus de quinze fois. Les Bretons cependant le relevèrent. Le roi Lot, de son côté, manifestait une telle douleur pour la mort de son fils que jamais, non, jamais personne n'entendit pareilles lamentations. Pourtant, on fit aborder sa flotte et le roi Arthur fit de même pour la sienne. Ils débarquèrent de force et sortirent des nefs mais il y eut beaucoup de tués avant qu'ils puissent toucher terre.

Un nouveau malheur frappa alors Arthur : comme le roi Lot sortait de son navire, un homme d'armes le visa et lui décocha une flèche en pleine poitrine. Les lamentations, sur son corps, reprirent de plus belle. Puis les Saxons se reformèrent en ordre de bataille et assaillirent Arthur. Mais, dès que les Bretons furent en selle, ils attaquèrent les Saxons et en tuèrent beaucoup car désormais ils les haïssaient. Tout comme le loup affamé dévore l'agneau, ainsi les Bretons se jetaient-ils sur leurs ennemis. Et ils en firent un tel carnage que des monceaux de cadavres s'élevaient sur le champ de bataille. Dieu accorda la victoire aux Bretons qui défirent les Saxons. Mordret prit la fuite, gagna les châteaux où il avait mis des garnisons et voulut s'y réfugier. Mais quand les habitants des bourgs et les chevaliers surent qu'Arthur revenait et qu'il avait triomphé de Mordret, ils interdirent à ce dernier l'entrée des forteresses.

Quand Mordret comprit qu'il ne pourrait trouver refuge dans les châteaux, il repartit très affligé et tout tremblant. Il gagna Winchester et réunit tous les Saxons qui se trouvaient dans le royaume. Puis il se dit qu'il attendrait là l'assaut d'Arthur. Quand Arthur l'apprit, il en fut très affecté. Il vint sur le rivage et fit prendre les corps de Gauvain, de Keu le sénéchal, de Bédoier, de Sagremor et du roi Lot d'Orcanie et les fit ensevelir. Puis il se mit en route avec le reste de ses hommes et partit à la poursuite de Mordret, d'une forteresse à l'autre. Mais un messager lui apprit qu'il se trouvait à Winchester avec de nombreuses troupes. Arthur chevaucha alors dans cette direction et convoqua les barons du royaume, les habitants des bourgs et des cités. Lorsque ceux-ci furent venus, ils se plaignirent de Mordret et de tout ce qu'il leur avait fait subir. La douleur d'Arthur, en entendant leurs plaintes, fut telle qu'il ne put leur répondre. Il ordonna alors à ses chevaliers de se mettre en selle et il chevaucha jusqu'à Winchester.

Quand Mordret apprit son arrivée, il sortit à sa rencontre, disant qu'il n'allait pas se terrer dans un château alors qu'il avait plus de troupes que le roi. Les deux camps se préparèrent donc à combattre et s'attaquèrent avec une extrême violence. Quels formidables assauts vous auriez pu voir ! Que de chevaliers et d'hommes d'armes gisant morts sur le sol ! On aurait bien pu en remplir trente chars ! Et il y eut un tel massacre de Saxons que bien peu en réchappèrent. Mordret cependant prit la fuite à bride abattue avec le reste de ses hommes. Il s'enfuit en Irlande et traversa le pays puis il gagna une île qui appartenait à un roi païen saxon, de la famille d'Engis. Ce dernier le retint très volontiers auprès de lui et lui montra beaucoup d'amitié parce que c'était un bon chevalier.

Quand Arthur apprit que Mordret était en Irlande, il le poursuivit et chevaucha jusque dans le royaume où il se trouvait. Lorsque le roi saxon eut connaissance de sa venue, il réunit ses hommes et se porta contre lui. On commença à se battre, et sachez que les Bretons haïssaient les Saxons, qui le leur rendaient bien. C'est pourquoi les morts furent nombreux. La bataille dura très longtemps et il y mourut beaucoup de bons chevaliers, mais le livre ne mentionne pas tous ceux qui y laissèrent alors la vie. Je peux bien vous dire cependant que Mordret fut tué ainsi que le roi saxon qui l'avait accueilli. Le roi Arthur fut également blessé à mort car il reçut un coup de lance en pleine poitrine. Les lamentations de ses hommes, autour de son corps, étaient très vives. Mais Arthur leur dit :

— Cessez vos plaintes car je ne mourrai pas. Je vais en effet me faire porter en Avalon pour faire soigner mes blessures par Morgain ma sœur.

C'est ainsi qu'Arthur se fit porter en Avalon et qu'il dit à ses hommes de l'attendre car il reviendrait. Les Bretons revinrent à Cardueil et l'attendirent plus de quarante ans avant de choisir un nouveau roi car ils étaient toujours persuadés qu'il reviendrait. Mais sachez que certains l'ont vu depuis chasser dans les forêts et ont entendu ses chiens, et que certains encore ont longtemps espéré qu'il reviendrait[1].

ÉPILOGUE

Quand tous ces événements furent accomplis, Merlin vint auprès de Blaise et lui conta comment toutes ces choses s'étaient déroulées. Lorsque Blaise eut rédigé son écrit, il l'apporta à la demeure

1. Le motif de la survie et du retour possible d'Arthur vient du *Brut* de Wace mais l'auteur du *Perceval* annexe, semble-t-il, le motif de la légende d'Hellequin et de sa suite vagabonde lancée dans une chasse infernale. Voir aussi l'histoire d'Herla et de son errance sans fin dans Gautier Map, *De Nugis Curialium*, trad. M. Pérez (Cei d'études médiévales et dialectales, université de Lille III, 1987), p. 23.

de Perceval qui avait la garde du Graal et qui menait une vie si sainte que le Saint-Esprit venait souvent le visiter. Blaise lui raconta tout ce qui était arrivé à Arthur, comment il avait été emporté en Avalon, comment Gauvain avait été tué et comment les compagnons de la Table Ronde avaient terminé leurs jours. En l'entendant, Perceval pleura de compassion sur leur sort et pria Notre-Seigneur d'avoir pitié de leurs âmes car il les avait beaucoup aimés. Merlin vint alors auprès de Perceval et de Blaise, son maître et prit congé d'eux. Il leur dit que Notre-Seigneur ne voulait pas qu'il se montrât désormais aux hommes mais qu'il ne pourrait cependant mourir avant la fin des temps.

— Mais alors, ajouta-t-il, je connaîtrai la joie éternelle. Je voudrais cependant construire à côté de ta demeure une petite maison où je vivrai, et je ferai les prophéties dont me chargera Notre-Seigneur. Et tous ceux qui verront ma maisonnette l'appelleront l'*esplumoir*[1] de Merlin.

Merlin partit alors, fit son esplumoir et s'y enferma. Depuis, personne ne l'a vu en ce monde. Le conte ne parle plus désormais ni de Merlin ni du Graal. Il ajoute simplement que Merlin pria Notre-Seigneur d'accorder son pardon à tous ceux qui prendraient plaisir à écouter ce livre et qui le feraient transcrire pour perpétuer le souvenir de ses actions. Et vous, dites tous : Amen.

Ici s'achève le récit sur Merlin et sur le Graal.

---

1. Ce terme obscur – où se lit bien entendu le radical plume – pourrait faire référence à « la cage où les oiseaux sont enfermés pendant la mue » (cf. éd. Nitze, p. 111, n. 3). Ce qui renverrait au motif de la survie ou de la perpétuelle renaissance de l'écrivain, dont Merlin serait la figure emblématique, et du recommencement, de la réécriture toujours possible, de cette structure « ouverte » qu'est par excellence la quête du Graal.

LE CHEVALIER À L'ÉPÉE

Récit en vers, traduit et présenté
par Emmanuèle Baumgartner.
Écrit entre la fin du XIIe siècle et le début du XIIIe siècle
par un auteur anonyme.

INTRODUCTION

A la frontière de la nouvelle et du roman, *Le Chevalier à l'épée* est sans doute l'un des plus anciens parmi les nombreux récits consacrés aux aventures de Gauvain. Il a été composé à la fin du XIIe ou au début du XIIIe siècle par un écrivain qui est resté pour nous anonyme mais qui se situe explicitement dans la tradition romanesque fondée par Chrétien de Troyes. Tout en rendant un hommage un peu ambigu à l'œuvre de son prédécesseur, il entend la poursuivre, la compléter, y combler une lacune : trop négligé par Chrétien, Gauvain, le bon chevalier, le neveu du roi Arthur, sera ici célébré à la mesure de ses talents et de son mérite.

Le lecteur aura beau jeu de repérer au fil du texte ce que doit en effet l'auteur anonyme à son modèle. Mais sans doute serait-il plus pertinent, une fois repérés les emprunts à *Érec et Énide*, au *Chevalier de la charrette*, au *Conte du Graal*, etc., de voir comment il a su, très habilement et très ironiquement parfois, transposer, combiner, réécrire les motifs et les situations déjà exploités par Chrétien. Il est clair au reste que cette pratique n'a rien d'exceptionnel, que le jeu de la variation inventive sur un thème donné, inséparable de la connivence qu'elle suppose avec l'auditoire espéré, des gens qui savent eux aussi goûter la joie et le plaisir, apprécier à sa juste valeur le récit nouveau qui leur est destiné, fonde au Moyen Age le rituel de l'écriture et de la réception d'une œuvre, qu'il s'agisse de la chanson de geste, du récit de fiction ou de la poésie lyrique.

Conter de Gauvain, c'est aussi, pour l'écrivain, exploiter l'une des caractéristiques majeures de ce personnage qui est, depuis Chrétien, et surtout depuis le *Conte du Graal*, un héros « disponible », toujours attiré par l'aventure, surtout si elle a la beauté d'un visage de femme, et si elle permet d'allier à l'exercice de la prouesse les jeux plus subtils de la séduction. A la différence de Lancelot et de Perceval, Gauvain reste en effet, d'un roman à l'autre, un être incapable, ou empêché par quelque force obscure, d'aller jusqu'au terme de son désir, de se forger les lignes nettes d'un destin héroïque ou amoureux. Incapacité qui rend peut-être compte du discrédit qui s'attache à la figure du neveu d'Arthur dans certains romans du XIIIe siècle et qui est déjà nettement perceptible dans *Le Chevalier à l'épée.*

Le portrait qui en est donné au début du récit et la première partie de l'aventure, jusqu'à la conquête de la très belle fille du chevalier à l'épée, exaltent sans doute les qualités du héros : son mépris du danger et sa bravoure, son goût du plaisir, son élégance, l'exquise courtoisie de ses manières et, plus tard, de son langage ; courtoisie qui ne résiste guère, cependant, devant l'ardeur amoureuse ou la soif de vengeance. Aussi raffiné que son héros, le récit lui-même prend sa source, comme une chanson de trouvère, dans cette faculté qu'a Gauvain de s'abîmer dans ses pensées en écoutant le doux chant des oiseaux et de se perdre dans la forêt aventureuse au gré de son désir.

Comme tous les grands héros, arthuriens ou autres, Gauvain est enfin celui qui a l'audace de passer outre, qui ignore les menaces, qui transgresse les interdits, en montre le caractère illusoire, et fait voler en éclats les mauvaises coutumes.

Mais l'aventure dans laquelle il est ici engagé et que, dans un premier temps, il croit mener à bien, se révèle finalement plus retorse, comme le héros lui-même l'admet, lorsqu'il en fait le récit à la cour d'Arthur. En passant avec succès l'épreuve de l'épée, Gauvain se qualifie sans doute comme le meilleur des chevaliers. Il oblige son hôte impérieux et tyrannique, le chevalier à l'épée, à renoncer au jeu pervers de la jouissance offerte/interdite. Il ramène la joie dans le pays alentour. Il peut enfin impunément posséder (épouser) sa belle amie.

Si l'aventure cependant, soustrayant la jeune femme aux fantasmes incestueux du père, rétablit et la norme sexuelle et la norme arthurienne – le meilleur des chevaliers mérite et obtient l'amour de la plus belle des femmes – elle révèle du même geste la source vive de l'exploit chevaleresque. Exposer sa fille au regard de l'autre, c'est peut-être, pour le chevalier à l'épée, le moyen de mettre en scène un désir interdit. Mais c'est aussi bien évaluer très crûment la prouesse du nouveau venu à l'aune de ce même désir de possession et vouer au déshonneur et à la mort tous ceux – tous les chevaliers qui ont précédé Gauvain – qui n'ont pas eu le courage et le cœur de persévérer jusqu'à la jouissance.

La seconde partie de l'aventure, menée non plus par le père mais par sa très digne fille – et l'on peut se demander jusqu'où va leur complicité, quel couple forment vraiment cet étrange hôte, maître d'un si riche domaine et d'une épée magique, et cette femme dont la beauté, la liberté de manières évoquent irrésistiblement la figure de la fée amante –, vient encore brouiller les cartes. Elle reprend, dans un discours ostensiblement misogyne, le motif souvent traité de l'inconstance féminine opposée à la fidélité du chien. Elle se termine, comme il se doit, sur une double et exemplaire punition : la mise à mort du chevalier trop séduisant, l'abandon de la femme trop facilement séduite. Et lorsque Gauvain revient à la cour d'Arthur sans sa trop belle compagne, il peut du moins se glorifier du dur combat qu'il a livré pour garder… les lévriers, seule trace concrète de son aventure.

Les lévriers pourtant ne sauraient compenser la perte de l'amie et l'histoire, comme le constate explicitement Gauvain, s'achève mal. En s'offrant à Gauvain sur l'ordre de son père mais en suivant aussi son propre désir, puis en le quittant brutalement pour le premier venu, la jeune femme signifie en effet au chevalier que sa « prouesse » n'a pas pu ou ne peut plus la satisfaire. Or si, comme le souligne le narrateur, comme le suggère l'aventure, la prouesse chevaleresque n'est que l'autre nom de la prouesse sexuelle, qu'advient-il du héros si la femme exige, pour rester fidèle à l'amant, et témoigner ainsi de la « valeur » du chevalier, le seul hommage qu'il ne saurait inépuisablement lui rendre ?

Notre traduction suit le texte donné dans : *Two old French Gawain Romances. Part I : Le Chevalier à l'épée and La Mule sans frein, edited with Introduction, Notes and Glossary by R. C. Johnston and D.D.R. Owen*, Édimbourg, 1972.

Emmanuèle BAUMGARTNER

Qu'il s'approche, celui qui aime la joie et le plaisir, et qu'il écoute avec attention le récit d'une aventure. Le héros en est le bon chevalier qui sut garder loyauté, prouesse et honneur et qui jamais n'aima les êtres lâches, perfides et dépourvus de courtoisie. Je veux en effet vous conter de monseigneur Gauvain. Ses manières étaient si raffinées, il avait une telle réputation de prouesse que personne ne saurait en parler : quiconque voudrait retracer tous ses mérites et les mettre par écrit ne pourrait en venir à bout. Cependant, même si j'en suis moi aussi incapable, ce n'est pas une raison pour garder le silence et ne rien entreprendre. Sans doute on ne doit pas, tel est mon avis, blâmer Chrétien de Troyes[1], lui qui a su conter du roi Arthur, de sa cour et de ses chevaliers dont la réputation et la valeur furent si grandes, de rapporter les exploits des autres sans tenir compte de ce héros. Ce fut pourtant un homme de trop grand mérite pour qu'on l'oublie. Aussi me plaît-il de raconter pour la première fois une aventure dont ce bon chevalier fut le héros.

Le roi Arthur se trouvait un été dans sa cité de Cardueil. Il n'y avait alors avec lui que la reine, Gauvain, Keu le sénéchal, Yvain et une vingtaine de chevaliers. Or voici que Gauvain eut envie, comme cela lui arrivait souvent, de partir à la recherche de plaisirs et de divertissements. Il donna donc ordre de préparer

1. L'allusion à Chrétien de Troyes n'est pas claire. On peut comprendre qu'en ne racontant pas cette aventure de Gauvain, Chrétien a laissé le champ libre à son successeur, l'auteur du récit, et qu'ainsi celui-ci ne saurait lui reprocher son oubli.

son cheval et lui-même s'habilla de manière raffinée. Il boucla ses éperons d'or fin sur des chausses[1] échancrées, taillées dans une étoffe de soie ; il enfila une culotte très blanche et très fine, une chemise bouffante, très courte, en lin finement plissé, et jeta sur ses épaules un manteau fourré de petit-gris. Son habillement était vraiment somptueux.

Il sortit alors de la ville et, chevauchant droit devant lui, il gagna la forêt où il se prit à écouter les oiseaux qui chantaient avec une extrême douceur. Il resta si longtemps à les écouter, captivé par leurs mélodies diverses, qu'il s'abîma bientôt dans ses pensées et qu'il lui ressouvint d'une aventure qui lui était arrivée. Sa méditation dura si longtemps qu'il s'égara dans la forêt et perdit son chemin. Le soleil déclinait lorsqu'il s'était mis à méditer et la nuit était proche lorsqu'il revint à lui, mais il ne savait plus où il se trouvait. Il voulut donc retourner sur ses pas et emprunta un chemin assez large qui le conduisit toujours plus loin. Or, la nuit se faisait de plus en plus sombre, si bien qu'il ne sut plus quelle direction prendre. Regardant alors devant lui, il vit un chemin qui traversait un espace peu boisé où brûlait un grand feu. Il prit donc sans se presser cette direction, pensant qu'il rencontrerait quelque bûcheron ou quelque charbonnier qui lui indiquerait sa route.

Près du feu, il aperçut alors un destrier attaché à un arbre. Il s'approcha donc et vit un chevalier assis, qu'il salua tout aussitôt.

— Cher seigneur, lui dit-il, que Dieu qui créa le monde et nous dota d'une âme, vous soit miséricordieux !

— Ami, répondit l'autre, qu'Il vous garde ! Mais dites-moi d'où vous venez, vous qui chevauchez ainsi tout seul à pareille heure.

Gauvain lui raconta alors en détail tout ce qui lui était arrivé : comment il était parti pour se divertir et comment, pour être resté trop longuement plongé dans ses pensées, il s'était égaré dans la forêt et avait perdu son chemin. Le chevalier s'engagea alors bien volontiers à le remettre le lendemain matin dans la bonne direction, à condition cependant qu'il restât en sa compagnie la nuit durant. Demande qui fut acceptée. Gauvain déposa sa lance et son écu, mit pied à terre et attacha son cheval (qu'il avait couvert de son manteau) à un arbrisseau puis il s'assit auprès du feu.

1. Les « chausses » sont des sortes de bas qui peuvent comme ici recouvrir le corps de la taille aux pieds. Elles sont en outre ici échancrées ou découpées sur le cou-de-pied, ce qui leur donne sans doute plus d'élégance.

Chacun des deux chevaliers demanda à l'autre ce qu'il avait fait pendant la journée : Gauvain raconta à son compagnon tout ce qui s'était passé sans jamais chercher à lui mentir, mais l'autre le trompa et ne lui dit pas un seul mot de vrai. Vous apprendrez bientôt pourquoi il agit ainsi. Puis, lorsqu'ils eurent assez veillé et discuté sur de nombreux sujets, ils s'endormirent près du feu. Lorsque le jour se leva, monseigneur Gauvain s'éveilla le premier puis ce fut le tour de son compagnon.

— Ma maison, lui dit le chevalier, est très près d'ici, à deux lieues, pas davantage. Je vous prie donc d'y venir : vous y serez bientôt accueilli avec empressement.

Les deux chevaliers montèrent alors à cheval, prirent leurs écus, leurs lances et leurs épées et s'engagèrent aussitôt dans un chemin empierré. Ils ne chevauchèrent pas longtemps avant de sortir de la forêt et de se trouver dans le plat pays.

— Seigneur, dit alors le chevalier à Gauvain, écoutez-moi. Lorsqu'un chevalier courtois et sage offre à un autre l'hospitalité, c'est un usage bien établi depuis toujours qu'il envoie quelqu'un annoncer son retour pour que sa maison soit prête. S'il ne prévenait pas, il risquerait en effet de trouver à leur arrivée quelque chose qui lui déplaise. Or, comme vous le voyez bien, je n'ai personne, à part moi, que je puisse envoyer. Je vous demande donc, qu'il ne vous en déplaise ! de continuer tout tranquillement et moi, je vous précéderai en grande hâte. Vous apercevrez ma demeure droit devant vous, le long d'un enclos[1], au fond d'une vallée.

Gauvain reconnaît bien que c'est là une proposition sensée et tout à fait civile. Il poursuit donc sa route très lentement tandis que son compagnon s'en va à vive allure. Mais voici qu'il trouve, droit devant lui, quatre bergers arrêtés sur le chemin, qui le saluent très aimablement. Il les salue à son tour au nom de Dieu puis les dépasse sans ajouter un mot.

— Hélas ! s'écrie l'un d'eux, quel malheur ! Un chevalier aussi beau, aussi noble que vous et de si belle allure ! Certes, ce ne serait pas juste que vous fussiez blessé ou maltraité !

Lorsqu'il entend ces mots, Gauvain reste tout interdit. Il se demande avec étonnement pourquoi ils se lamentent ainsi sur son sort alors qu'ils ne le connaissent nullement. Il fait donc rapidement demi-tour dans leur direction, les salue de nouveau et leur

1. Il s'agit d'un « plessis », c'est-à-dire d'un terrain ou d'une portion de forêt clôturés par une haie vive.

demande très aimablement de lui dire la vérité, de lui expliquer pourquoi ils se lamentent ainsi sur lui.

— Seigneur, lui répondit l'un d'eux, c'est parce que nous sommes très émus de vous voir suivre ce chevalier, celui qui s'en va là-bas sur ce cheval gris. Il en a emmené ainsi sous nos yeux beaucoup d'autres, mais que l'un d'entre eux soit revenu, cela, nous ne l'avons jamais vu !

— Mon ami, reprit Gauvain, sais-tu comment il les traite ? Leur fait-il du mal ?

— Seigneur, le bruit court dans ce pays qu'il met à mort dans sa demeure quiconque le contredit, qu'il ait ou non un juste motif. Mais nous ne le savons que par ouï-dire car personne n'a encore jamais vu quelqu'un ressortir de là. Si vous nous en croyez et si vous tenez à votre vie, vous ne le suivrez donc pas plus longtemps. Un aussi beau chevalier que vous, ce serait vraiment dommage qu'il vous tue !

— Bergers, répondit monseigneur Gauvain, que Dieu vous protège ! Des propos si puérils ne me dissuaderont pas de poursuivre ma route !

Si en effet la nouvelle s'était répandue dans son pays qu'il avait pour si peu renoncé, on lui en aurait fait reproche pour le restant de ses jours.

Laissant son cheval aller l'amble, il poursuivit sa route, perdu dans ses pensées, jusqu'au vallon que son compagnon lui avait indiqué. Il voit alors, s'élevant à côté d'un vaste enclos, un beau château bâti sur une motte[1] et tout récemment fortifié. Il aperçoit les fossés larges et profonds et, entre les deux murs d'enceinte, devant le pont-levis, le riche ensemble que forment les dépendances. Jamais Gauvain, dans toute sa vie, n'en avait vu d'aussi opulentes, si ce n'est dans une demeure royale ou princière. Mais je ne veux pas m'attarder à les décrire, sinon pour dire combien elles étaient somptueuses et belles !

Voici donc Gauvain arrivé jusqu'aux lices[2] ; il a passé la porte d'enceinte et traversé les dépendances et il se présente au bout du pont-levis. Le seigneur, qui semble très heureux de le voir arriver, accourt à sa rencontre. Un écuyer prend ses armes, un autre

---

1. « Motte » désigne la levée de terre naturelle ou artificielle sur laquelle est construit un château.

2. Les « lices » désignent soit une enceinte extérieure faite de palissades et protégeant un château, etc., soit l'espace compris entre la muraille et cette enceinte.

s'occupe du Gringalet et un troisième lui enlève ses éperons. Son hôte, le prenant alors par la main, lui fait traverser le pont. Dans la grand-salle, devant la tour, brûlait un très beau feu et il y avait tout autour des sièges somptueux, recouverts d'une riche étoffe de soie pourpre. Les serviteurs ont conduit son cheval à l'écurie, un peu à l'écart mais à portée de sa vue, et lui ont donné avoine et foin en abondance. Gauvain remercia pour tout car il ne voulait en rien contredire son hôte.

— Cher seigneur, lui dit ce dernier, on prépare votre dîner et les serviteurs s'empressent, sachez-le. Mais en attendant, divertissez-vous : je veux que vous vous sentiez heureux et à votre aise. Si quelque chose vous déplaît, n'hésitez pas à le dire.

Mais Gauvain lui répondit que tout, dans la maison, le satisfaisait pleinement.

Le seigneur se rendit alors dans ses appartements privés pour chercher sa fille : il n'y avait pas, dans tout le pays, jeune fille d'un mérite aussi éclatant. Je ne pourrais pas, et je n'en ai nullement l'intention, omettre de décrire, en partie ou complètement, la beauté qu'elle possédait, mais je le ferai brièvement. Toute la beauté, toute la courtoisie que Nature ait jamais été capable de créer pour séduire un être humain, se trouvaient ici réunies. L'hôte, qui n'était pas un rustre, prit la jeune fille par la main droite et la conduisit dans la grand-salle. En apercevant cette splendide beauté, Gauvain resta tout interdit ou peu s'en fallut ; il parvint pourtant à se lever. Quant à la jeune fille, après avoir vu le chevalier, elle resta encore plus stupéfaite devant sa grande beauté et la perfection de son attitude. Elle lui adressa cependant elle aussi, et avec beaucoup de courtoisie, quelques paroles de bienvenue.

Tout aussitôt l'hôte invita Gauvain à prendre la main de de la jeune fille et dit au chevalier :

— Seigneur, je vous présente ma fille. J'espère que cela ne vous déplaît pas car je n'ai pas plus agréable divertissement à vous proposer pour votre plaisir et votre agrément. Elle saura fort bien, si elle le veut, vous être une agréable compagnie ; pour ma part, je ne veux pas qu'elle ait d'autre volonté. Il y a en vous tant de sens et de mérite que, même si elle s'éprenait de vous, ce ne pourrait être pour elle qu'un titre de gloire. Moi, je vous en fais don ; jamais je n'éprouverai envers vous la moindre jalousie, bien au contraire, et je lui ordonne, en votre présence, de faire siens tous vos désirs.

Gauvain, qui ne veut surtout pas contredire son hôte, le remercie très aimablement. Et celui-ci le quitte tout aussitôt pour aller voir à la cuisine si le repas serait bientôt prêt.

Gauvain cependant s'est assis à côté de la jeune fille : il est très embarrassé car il craint fort son hôte. C'est cependant de façon très courtoise et sans risquer de propos déplacés qu'il adresse aussitôt la parole à la jeune fille aux blonds cheveux. Il observe une juste mesure et lui parle avec réserve, ni trop ni trop peu. Il lui offre poliment ses services et lui découvre assez ses sentiments pour que la jeune fille, qui était experte et sage, s'aperçoive et comprenne bien qu'il l'aimerait plus que tout être au monde si elle ne le repoussait pas.

Elle ne sait donc plus quelle attitude adopter : refuser son amour ou l'accepter. Les propos qu'il lui tient sont si courtois, ses manières lui paraissent si convenables qu'elle accepterait bien de l'aimer si elle osait lui faire cet aveu. Mais elle ne voudrait à aucun prix l'inciter à s'éprendre d'elle puisqu'elle ne pourrait rien lui accorder de plus. Elle sait bien qu'elle manquerait à toutes les règles de la courtoisie si elle ne pouvait satisfaire l'amour qui le mettrait en peine. Pourtant, ses sentiments pour le chevalier sont déjà si vifs qu'il lui est pénible de le repousser.

— Seigneur, lui dit-elle avec beaucoup d'amabilité, j'ai bien entendu que mon père m'a interdit de vous refuser quoi que ce soit. Et pourtant – comment vous le dire ? – si je consentais à faire ce que vous désirez, l'issue en serait bien mauvaise et, par ma faute, je vous aurais trahi et j'aurais causé votre mort. Voici donc le conseil que je vous donne en toute bonne foi : gardez-vous de tout acte déplacé. D'autre part, quoi que vous dise mon père, bien ou mal, n'allez surtout pas le contredire : ce serait attirer sur vous un grand malheur et vous en mourriez tout aussitôt ; enfin, ne donnez surtout pas l'impression – vous le payeriez cher – d'être en quoi que ce soit prévenu.

Sur ce, l'hôte revint de la cuisine : le repas était prêt et on fit demander l'eau. Inutile de m'attarder : quand ils se furent lavé les mains, ils prirent place à table ; les serviteurs déplièrent les nappes sur les tapis de table, qui étaient très beaux et très blancs ; ils disposèrent les salières, les couteaux et le pain, puis versèrent le vin dans des coupes d'argent et d'or fin. Je n'ai pas l'intention pourtant de m'attarder à vous énumérer les plats un à un : sachez qu'ils eurent en abondance de la viande et du poisson, des oiseaux rôtis et de la venaison, et qu'ils mangèrent avec beaucoup de plaisir. L'hôte insistait souvent pour faire boire Gauvain et sa fille et demanda à celle-ci d'y inciter le chevalier.

— Vous devez être très flatté, dit-il à Gauvain, que je veuille vous la donner pour amie.

Et Gauvain l'en remercia très aimablement.

Quand ils eurent suffisamment mangé, arrivèrent les serviteurs qui enlevèrent nappes et tapis de table et qui leur apportèrent de l'eau et une serviette pour s'essuyer les mains. L'hôte déclara alors qu'il voulait aller faire un tour dans les bois de son domaine et il invita Gauvain à s'asseoir auprès de la jeune fille et à se divertir en sa compagnie. Puis il lui enjoignit de ne pas s'en aller jusqu'à ce que lui-même revienne. Il ordonna d'autre part à un serviteur de le retenir de force s'il faisait mine de vouloir partir. Gauvain, qui était très preux et très courtois, comprit bien qu'il lui fallait rester, qu'il n'y avait pas d'autre possibilité. Il lui dit donc tout aussitôt qu'il n'avait aucune envie de partir, si du moins le chevalier acceptait de lui donner l'hospitalité. Sur ce, l'hôte monta en selle et s'éloigna à vive allure pour chercher une autre aventure. Pour ce qui est de celle-là, il est tout à fait tranquille, car il retient bien le chevalier enfermé dans ses murailles !

La jeune fille a pris Gauvain par la main et tous deux se sont assis à l'écart pour examiner comment il pourra se garder[1]. Elle le réconforte avec beaucoup de douceur et d'amabilité, mais elle est complètement désespérée de ne pas connaître les intentions de son père. Si elle les savait, elle indiquerait à Gauvain quelque ruse pour se tirer d'affaire mais son père n'a rien voulu lui révéler. Que Gauvain, au moins, se garde de le contredire ; ainsi pourra-t-il peut-être se sauver.

— N'en parlons plus, dit Gauvain. Il ne tentera rien contre moi, lui qui m'a amené dans sa demeure et qui m'a fait très bon accueil. Puisque, jusqu'à maintenant, il ne m'a témoigné qu'honneur et bienveillance, je n'ai pas à le redouter et je ne le ferai que lorsque je saurai et verrai que j'ai de bonnes raisons de le craindre.

— Il n'en va pas ainsi, répondit la jeune fille. Le vilain[2] dit en proverbe : « C'est au soir qu'on se félicite de la journée, et c'est

1. Nous avons conservé ici et ailleurs les termes « garde » et « garder », « contredit » et « contredire » qui reviennent en leitmotiv dans le récit.

2. Le « vilain » (le paysan, le rustre) désigne ici et plus loin l'instance énonciative à qui est notamment attribué un célèbre recueil de proverbes médiévaux,

au matin qu'on se loue de l'hôte. » Que Dieu, tel est mon plus vif désir, vous donne de quitter votre hôte dans la joie et sans dispute !

Lorsqu'ils eurent longuement parlé de cela et d'autres choses, l'hôte revint chez lui. Gauvain et la jeune fille se levèrent main dans la main, pour le saluer avec beaucoup d'amabilité. Il leur dit qu'il s'était dépêché de revenir car il avait eu peur, s'il s'attardait, que Gauvain ne s'en allât ; voilà pourquoi il n'était pas resté plus longtemps parti. La nuit commençait à tomber et l'hôte demanda aux serviteurs ce qu'il y aurait à manger.

— Il conviendrait, lui dit sa fille, de demander sans plus, pour votre agrément, fruits et vin car vous avez assez mangé aujourd'hui.

Il en ordonna ainsi et tous trois se lavèrent les mains. Puis on leur apporta la collation et les serviteurs versèrent abondamment différentes sortes de vin.

— Seigneur, dit l'hôte à monseigneur Gauvain, réjouissez-vous, car dites-vous bien que je suis souvent très ennuyé de recevoir un invité qui ne s'amuse pas et ne dit pas ce dont il a envie.

— Seigneur, répliqua Gauvain, soyez sûr que je me sens tout à fait bien.

Lorsqu'ils eurent ainsi mangé, l'hôte ordonna de préparer les lits.

— Je coucherai ici même, dit-il, et ce chevalier que voici couchera dans mon lit ; ne le faites pas trop étroit car ma fille couchera avec lui. C'est, je pense, un si bon chevalier que je ne peux mieux la donner et elle, elle doit être très contente de ce qui leur est ainsi accordé.

Les deux jeunes gens remercient le chevalier et font semblant d'être très contents. Mais Gauvain est très mal à l'aise : il craint, s'il va se coucher avec la jeune fille, que le père ne le fasse mettre en pièces, et, d'un autre côté, il sait bien que, s'il le contredit sous son toit, il le tuera.

L'hôte alla très vite se coucher : il prit par la main Gauvain et le conduisit tout aussitôt dans la chambre. La jeune fille au teint si frais y est entrée avec le chevalier. La chambre était toute parée de tentures et douze cierges, disposés tout autour du lit, brûlaient en répandant une très vive clarté. Le lit était très beau et richement garni de somptueuses couvertures et de draps blancs. Mais je n'ai pas l'intention de m'attarder à décrire la splendeur des étoffes de

---

les *Proverbes au vilain*. La référence au vilain est fréquente dans les textes médiévaux. Le proverbe ici introduit correspond au n° 216 du *Recueil de proverbes* édité par Morawski, Champion, *CFMA*, 1925.

soie d'outremer, de Palerme, de Romagne[1] qui ornaient superbement la chambre, des zibelines et des fourrures de petit-gris. Pour tout vous dire en un mot, il y avait là, et en très grande abondance, tout ce qui peut, hiver comme été, servir de parure à une dame et à un chevalier. Quel amoncellement d'habits il y avait là ! Gauvain resta stupéfait devant pareille richesse.

— Seigneur, lui dit le chevalier, cette chambre est très belle et c'est là que vous allez coucher avec cette jeune fille, seuls tous les deux. Vous, ma fille, obéissez-moi[2] et fermez les portes : je sais bien qu'en de telles circonstances, on n'a pas besoin de témoins. Je vous ordonne cependant de ne pas éteindre les cierges, j'en serais très ennuyé. Je veux en effet, et telle est la raison de mon ordre, qu'il puisse contempler votre très grande beauté lorsque vous serez dans ses bras – son plaisir en sera plus grand – et que vous-même vous puissiez voir combien il est beau.

Sur ce, il quitta la chambre et la jeune fille ferma la porte.

Monseigneur Gauvain s'est couché. La jeune fille s'est approchée du lit et s'est couchée toute nue à ses côtés sans se faire prier le moins du monde. Toute la nuit elle la passa dans les bras du chevalier. Lui, bien souvent, lui donne des baisers et la serre dans ses bras avec tendresse. Il est allé si loin qu'il voudrait bien la prendre mais la jeune fille lui dit alors :

— Seigneur, de grâce ! Cela ne peut être ! Même dans vos bras, je suis sous bonne garde !

Gauvain inspecte alors la chambre mais il n'y voit âme qui vive.

— Belle, dit-il, dites-moi, je vous en prie, qui peut m'interdire de satisfaire le désir que j'ai de vous ?

— Je vous dirai bien volontiers tout ce que je sais. Voyez-vous cette épée qui est suspendue, là, dont les attaches sont d'argent, le pommeau et la garde d'or fin ? Or, ce que je vais vous raconter, je ne l'invente pas, mais j'ai eu l'occasion de l'expérimenter. Cette épée, mon père l'aime énormément car à maintes reprises elle lui a tué des chevaliers de grande valeur. Apprenez que, rien qu'ici, il en a tué plus de vingt, mais j'ignore pourquoi il fait cela. Pas un chevalier qui passe cette porte n'en ressortira vivant. Mon père leur réserve à tous un très aimable accueil mais, dès qu'il peut leur reprocher la plus petite faute, c'en est fait, il les tue. Celui qu'il accueille doit garder une conduite irréprochable. Certes, il lui faut

1. Le texte dit *Romenie*, qui désigne sans doute ici la région autour de Rome.
2. Nous adoptons ici la correction proposée en note par l'éditeur.

marcher droit ! Mon père a tôt fait de se faire justice s'il peut le reprendre en quoi que ce soit. Et si l'autre se garde si bien que mon père ne peut rien lui reprocher, il lui fait, le soir, partager mon lit, le livrant ainsi à une mort certaine.

« Et savez-vous pourquoi nul n'en réchappe ? Si d'une manière ou d'une autre mon compagnon manifeste le désir de coucher avec moi, aussitôt l'épée le frappe en plein corps. Et s'il tente de s'en approcher et de la saisir, elle jaillit aussitôt de son fourreau et vient le frapper. Cette épée enchantée a une vertu telle qu'elle me tient ainsi toujours sous sa garde. J'aurais pu ne pas vous prévenir, mais je vous ai trouvé si courtois et si sage que ce serait vraiment dommage si vous mourriez à cause de moi, et que j'en serais à tout jamais malheureuse.

Voilà Gauvain bien embarrassé. De toute sa vie, il n'a jamais entendu parler d'un péril de cette nature et il craint que la jeune fille ne lui ait fait ce récit pour se protéger et l'empêcher de coucher avec elle. Il se dit d'autre part que, s'il se dérobe, tout le monde sera au courant, la nouvelle aura tôt fait de se répandre partout et l'on saura qu'il s'est trouvé tout seul avec elle, nu à nu dans un lit, et qu'il s'est abstenu de jouir d'elle rien qu'à cause de ce qu'elle lui a dit. Il lui paraît donc préférable de mourir glorieusement plutôt que de vivre plus longtemps dans le déshonneur.

— Belle, dit-il, rien n'y vaut. Je suis dans un tel état qu'il me faut conclure et devenir votre amant. Vous n'avez pas le choix !

— Du moins ne pourrez-vous désormais m'adresser aucun reproche, réplique-t-elle.

Gauvain la serre alors de si près qu'elle jette un cri. Tout aussitôt l'épée surgit du fourreau et vient frôler le flanc du chevalier, si bien qu'elle lui arrache un peu de peau ; mais la blessure reste superficielle. La lame cependant transperce la couverture et les draps et s'enfonce jusqu'au matelas. Puis elle revient se placer dans le fourreau.

Gauvain en reste tout interdit. Il n'éprouve plus le moindre désir et demeure allongé à côté de la jeune fille, complètement abasourdi.

— Seigneur, dit-elle, au nom de Dieu, pitié ! Vous pensiez que je vous avais fait ce récit pour me dérober à vos avances. Pourtant, jamais je n'en ai parlé à un autre chevalier, et je suis d'autre part très étonnée de voir que vous avez pu survivre à ce premier assaut. Au nom de Dieu, restez calmement étendu désormais, gardez-vous bien de me toucher de quelque manière que ce soit. Même le sage a tôt fait d'entreprendre ce qui causera son malheur !

Gauvain, très abattu, se perd dans ses pensées. Il ne sait quelle attitude adopter. Si, grâce à Dieu, il revient un jour dans son pays, jamais cette affaire ne pourra être cachée. On saura partout qu'il a passé toute une nuit seul à seul en compagnie d'une jeune fille d'une très grande beauté sans oser la toucher et sans rencontrer pourtant d'autre obstacle qu'une épée que ne maniait aucun être humain… Il serait à tout jamais déshonoré si elle lui échappait ainsi. Qui plus est, les cierges qui brûlent tout autour de lui, lui sont un surcroît de tourment car ils dispensent une très grande clarté et il peut voir très distinctement la grande beauté de la jeune fille, ses cheveux blonds, son front lisse, ses sourcils si fins, ses yeux si animés, son nez bien dessiné, son visage au teint éclatant et aux délicates nuances, sa bouche, petite et souriante, son cou élancé, aux élégantes proportions, ses bras minces, ses mains blanches, sa taille, à la fois fine et bien prise, et, sous les draps, cette chair si blanche, si douce… Personne, non personne ne saurait trouver le moindre défaut dans ce corps si beau, si bien fait !

Gauvain, qui ne manquait pas de manières, s'est tendrement approché de la jeune fille et il allait se livrer avec elle aux plaisirs de l'amour lorsque l'épée sortit de nouveau de son fourreau et vint l'attaquer une seconde fois – déjà il regrettait vivement son geste – le frappant d'un coup plat sur la nuque. Mais elle vacilla un peu et toucha l'épaule droite, cisaillant trois doigts de peau. Puis elle se ficha dans la couverture de soie dont elle trancha un morceau avant de retourner dans son fourreau.

Quand Gauvain sentit qu'il avait été blessé à l'épaule et au flanc et quand il comprit qu'il n'arriverait pas à ses fins, sa douleur fut très grande : il ne savait que faire et il supportait mal ces contretemps.

— Seigneur, dit la jeune fille, êtes-vous mort ?

— Non, ma demoiselle, mais pour cette nuit, je vous accorde un don : je conclus une trêve avec vous !

— Seigneur, dit-elle, sur ma foi, si cette trêve avait été accordée lorsqu'elle vous fut demandée, c'eût été préférable pour vous !

Gauvain était tout aussi inquiet que la jeune fille : ni l'un ni l'autre ne purent dormir et ils veillèrent toute la nuit, attendant le jour avec beaucoup d'angoisse.

Dès que le jour parut, l'hôte se leva très vite et vint à la chambre. Il ne resta pas silencieux mais appela à haute voix. La jeune fille ouvrit tout aussitôt la porte puis revint s'allonger toute nue auprès de Gauvain. Le chevalier s'approcha et vit les deux jeunes gens tranquillement étendus. Il leur demanda comment ils allaient.

— Très bien, merci, lui répondit Gauvain.

Lorsque le chevalier l'entendit parler aussi nettement, il en fut extrêmement peiné tant il était plein de perfidie et de mauvaises intentions.

— Comment, lui dit-il, vous êtes encore en vie ?

— Ma foi oui, répliqua Gauvain. Je suis en très bonne santé et tout va bien. Je n'ai rien fait – sachez-le – qui puisse entraîner ma mort et si, sous votre toit, vous me faisiez subir de mauvais traitements sans le moindre motif, ce serait une injustice.

— Comment, répéta l'hôte, vous n'êtes donc pas mort ? Il m'est bien désagréable de vous voir encore en vie !

Il s'est alors rapproché et il a très nettement vu que la couverture était déchiquetée et les draps tachés de sang.

— Chevalier, dit-il, expliquez-moi immédiatement d'où vient ce sang.

Monseigneur Gauvain, qui ne voulait pas mentir à son hôte, ne répliqua rien : il ne savait quel motif inventer pour dissimuler habilement ce qui s'était passé sans que l'autre s'en aperçût.

Mais son hôte le pressa vivement :

— Chevalier, dit-il, écoutez-moi. C'est en vain que vous dissimulez. Vous avez voulu prendre votre plaisir avec cette jeune fille mais vous n'avez pu y parvenir car l'épée s'y est opposée.

— Seigneur, lui répondit Gauvain, ce que vous dites est vrai : l'épée m'a blessé en deux endroits mais ces plaies ne sont guère profondes.

— Cher seigneur, reprit alors l'hôte, comprenant que Gauvain n'était pas blessé à mort, vous voilà en très bonne voie. Mais dites-moi, si vous voulez retrouver votre liberté, de quel pays vous êtes et quel est votre nom. Votre origine, votre renommée, votre situation seront peut-être telles que je devrai me plier à tous vos désirs, mais je veux d'abord m'en assurer.

— Seigneur, dit-il, je m'appelle Gauvain et je suis le neveu du noble roi Arthur. Vous pouvez être sûr de ce que je vous dis car jamais je n'ai changé mon nom.

— Sur ma foi, dit l'hôte je sais bien que vous êtes un chevalier de grande valeur. Inutile de chercher meilleur que vous. On ne trouverait pas votre égal d'ici jusqu'à Majorque ni dans tout le royaume de Logres. Mais savez-vous comment j'ai mis à l'épreuve tous les chevaliers de ce monde qui chevauchent en quête d'aventures ? Certes, ils auraient bien pu coucher dans ce lit et mourir, les uns après les autres, jusqu'au dernier, jusqu'au jour où serait venu le meilleur de tous. C'est cette épée qui devait me désigner le meilleur car elle devait l'épargner lorsqu'il se présenterait. Et elle a bien fait ses preuves puisqu'elle vous a reconnu comme le meilleur. Or, à partir du moment où Dieu vous a fait cet honneur, je ne saurais trouver personne qui, mieux que vous, doive avoir ma fille. Je vous la donne donc très loyalement ; plus jamais vous n'aurez à vous garder de moi. Qui plus est, je vous fais à tout jamais et en toute loyauté le maître de ce château. Faites-en ce que bon vous semble.

— Seigneur, répondit Gauvain en le remerciant vivement et avec beaucoup de joie, la jeune fille me suffit amplement. Je n'ai nul besoin de votre or, de votre argent ni de ce château.

Sur ce, Gauvain et la jeune fille se levèrent sans attendre.

La nouvelle se répandit dans le pays qu'était venu un chevalier qui voulait prendre la jeune fille et que l'épée l'avait à deux reprises atteint sans lui faire de mal. Voici donc les gens du pays qui arrivent à qui mieux mieux. Au château, tous se réjouissent, dames et chevaliers, tandis que le père de la jeune fille fait préparer un magnifique repas. Je ne veux pas m'attarder à raconter quels mets on leur servit mais ils mangèrent et burent tant qu'ils voulurent. Une fois le repas terminé et les nappes ôtées, ces amuseurs[1] qui se répandent partout et qui étaient là en grand nombre firent la démonstration de leurs talents respectifs : l'un accorde sa vielle, l'autre joue de la flûte, un autre encore du chalumeau. Celui-ci chante en s'accompagnant à la harpe ou à la rote, celui-là lit de beaux récits, cet autre conte des histoires. Quant aux chevaliers, ils jouaient ailleurs au trictrac ou aux échecs, ou bien disputaient une partie de dés, à la mine ou au hasard[2]. Tout le monde s'est ainsi diverti jusqu'au soir. Ils soupèrent alors avec grand plaisir.

1. « Amuseurs » rend le terme de « lecheors » (débauchés) qu'utilise l'auteur pour qualifier les jongleurs avec l'intention, sans doute, de se différencier, en tant qu'écrivain, de ces simples exécutants.

2. « Mine » et « hasard » désignent deux sortes de jeux de dés.

Il y avait en abondance oiseaux rôtis et fruits, et le bon vin coulait à flots.

Lorsqu'ils eurent agréablement dîné, ils allèrent rapidement se coucher et ils conduisirent sur-le-champ la jeune fille et Gauvain jusqu'à la chambre où ils avaient passé la nuit précédente. L'hôte accompagna également les deux jeunes gens et les maria bien volontiers. Puis, sans manifester la moindre opposition, il laissa ensemble la jeune fille et le chevalier, quitta la pièce et referma la porte sur eux. Que vous dire de plus ? Cette nuit-là, Gauvain a satisfait tous ses désirs. Pas d'épée dégainée hors de son fourreau ! Et s'il reprit la très courtoise jeune fille, qui n'eut pas à en pâtir, j'en suis fort aise !

Monseigneur Gauvain demeura longuement au château, vivant dans la joie et l'allégresse. Puis il finit par penser que son séjour avait été trop long, à tel point d'ailleurs que ses amis et ses parents étaient persuadés qu'il était mort. Il alla donc prendre congé de son hôte.

— Seigneur, lui dit-il, je suis resté si longtemps dans ce pays que mes amis et mes parents me croient mort. Je vous demande donc, je vous en prie, la permission de retourner chez moi. Faites également préparer l'équipage de cette jeune femme, et de telle manière que ce soit pour tous les deux, pour vous qui me l'avez donnée, pour moi qui l'emmène dans mon pays, un titre de gloire et que l'on dise, quand je reviendrai chez moi, que j'ai vraiment une bien belle amie et qu'elle est de très bonne naissance.

L'hôte lui donna la permission de partir et Gauvain s'en alla donc dans son pays avec la jeune femme. La selle, le mors, les rênes du palefroi qu'elle montait étaient de toute beauté. La jeune femme monta à cheval et Gauvain fit de même. Que vous dirais-je de plus ? Il reprit les armes avec lesquelles il était arrivé et partit en prenant congé de son hôte, se félicitant de l'aventure qu'il avait trouvée. […][1] Mais lorsqu'il eut passé la porte du château, la jeune femme arrêta sa monture et Gauvain lui demanda pourquoi.

— Seigneur, dit-elle, j'ai une bonne raison car j'ai oublié quelque chose de très important. Je quitterai ce pays avec beaucoup de regret, sachez-le, si je n'emmène avec moi les lévriers que j'ai élevés, qui sont de bonne race et très beaux. Vous n'en

1. Les points de suspension correspondent à une courte lacune du manuscrit.

avez jamais vu d'aussi rapides et leur robe est plus blanche que la plus blanche des fleurs.

Gauvain fit donc demi-tour et retourna bien vite chercher les lévriers. Son hôte, qui l'avait vu venir de loin, s'avança à sa rencontre.

— Gauvain, lui dit-il, pour quelle raison revenez-vous si vite ?

— Seigneur, parce que votre fille a oublié ses lévriers et elle les aime tant, me dit-elle, qu'elle ne partira pas sans eux.

L'hôte fit alors venir les chiens et les remit bien volontiers à Gauvain. Le chevalier vint tout aussitôt rejoindre avec les lévriers la jeune femme qui l'attendait. Puis ils se remirent en route et rentrèrent dans la forêt d'où ils venaient.

Mais voici qu'ils ont aperçu un chevalier qui se dirigeait vers eux. Il était seul mais fort bien équipé : rien ne lui manquait de ce qui est nécessaire à un chevalier et il montait un destrier bai, robuste, rapide et plein d'ardeur. Le chevalier, qui chevauchait à vive allure, fut bientôt assez près d'eux. Gauvain se dit qu'il allait le saluer amicalement et lui demander qui il était et d'où il venait. Mais l'autre, qui avait de toutes autres intentions, éperonna son cheval avec tant de force que, sans prononcer un seul mot, il se jeta entre Gauvain et la jeune femme dont il saisit la monture par la rêne. Puis il fit aussitôt demi-tour et elle, sans qu'il lui eût rien demandé d'autre, le suivit sans hésiter.

Inutile de demander quelles furent la colère et la peine de Gauvain lorsqu'il vit emmener la jeune femme. Il n'avait en effet d'autres armes sur lui que son écu, sa lance et son épée et l'autre était bien équipé, robuste, de grande taille et plein d'agressivité : la partie[1] s'engageait vraiment mal ! Néanmoins, en chevalier plein d'audace, Gauvain lança son cheval vers son adversaire, prêt à lui disputer la jeune femme.

— Chevalier, lui dit-il, vous vous êtes bien mal conduit, vous qui vous êtes emparé de mon amie avec tant de brutalité ! Mais maintenant montrez donc votre courage, et voici comment : comme vous le voyez, je n'ai sur moi que ma lance, mon écu, et mon épée pendue à mon côté. Je vous invite donc à vous désarmer afin que nous combattions d'égal à égal. Vous ferez ainsi un geste

1. Le texte emploie ici et plus loin au sens figuré le terme de « jeu parti », terme repris à la poésie lyrique. Dans le « jeu parti », deux poètes rivaux développent à tour de rôle les deux termes d'une alternative. Dans la dernière strophe, un arbitre désigne le vainqueur.

plein de courtoisie et si vous pouvez triompher de moi par votre prouesse et conquérir cette femme, elle sera à vous sans autre combat. Et si vous refusez, montrez-vous cependant courtois et généreux : attendez-moi sous ces charmes tandis que j'irai près d'ici emprunter une armure[1] à l'un de mes amis. Dès que je serai armé, je reviendrai, et si vous pouvez alors me vaincre et conquérir cette jeune femme, je vous la donne sans la moindre dispute, vous en avez ma parole.

— Ne comptez pas sur moi pour vous donner cette permission, lui répondit aussitôt le chevalier, et si je me suis mal conduit, je ne vous en demanderai pas pardon pour autant. Vous avez de bien grands pouvoirs, vous qui me donnez ce qui m'appartient ! Mais puisque vous n'avez pas votre armure, et pour que vous n'ayez rien à me reprocher, on va vous proposer un jeu parti. Vous dites que cette jeune femme est votre amie très chère parce qu'elle vous a suivi. Et moi je soutiens qu'elle est à moi. Mettons-la donc sur ce chemin et allons chacun de notre côté. Qu'elle décide alors elle-même lequel de nous deux elle préfère. Si elle veut partir avec vous, je vous la donne, vous en avez ma parole. Mais si elle veut venir avec moi, alors il est juste qu'elle soit mienne.

Gauvain accepte bien volontiers cette solution : il a une telle confiance dans la jeune femme, il l'aime tant qu'il est absolument persuadé que pour rien au monde elle ne l'abandonnerait.

Les deux hommes la laissent donc sur le chemin et se reculent un peu.

— Belle, disent-ils, nous voici au fait ! A vous maintenant d'agir comme vous l'entendez et de choisir celui avec qui vous voudrez rester. Tel est l'accord que nous avons conclu.

La jeune femme les a tour à tour regardés, d'abord le chevalier, puis Gauvain, qui était absolument persuadé de l'avoir et ne se faisait aucun souci. Il s'étonnait simplement de la voir un peu réfléchir. Mais la jeune femme, qui savait bien de quelle prouesse Gauvain était capable, voulait savoir si l'autre chevalier était, lui, aussi preux et aussi vaillant. Apprenez en effet, tous tant que vous êtes, que cela vous fasse sourire ou frémir d'indignation, qu'il n'y a pas de femme au monde qui, même si elle était l'épouse et

1. Il manque en effet à Gauvain, à part l'écu, les armes défensives (et l'équipement « lourd ») que sont le heaume ou casque et le haubert ou cuirasse ainsi que les pièces d'armure protégeant les bras, les jambes, etc.

l'amie du meilleur chevalier que l'on puisse trouver d'ici en Inde, lui porterait assez d'amour pour lui montrer un brin[1] d'estime s'il n'était également preux à la maison. Vous voyez bien de quelle prouesse je veux parler…

Écoutez donc l'acte ignoble que fit cette femme : elle se remit entre les mains de ce chevalier dont elle ignorait tout. Lorsque monseigneur Gauvain vit ce qu'elle avait fait, il fut, sachez-le, très affecté de voir qu'elle l'avait quitté de son plein gré. Mais il était si preux, si sage, si courtois, si plein de mesure qu'il ne prononça pas le moindre mot, bien qu'il fût très affligé.

— Seigneur, lui dit alors le chevalier, il n'y a pas de contestation possible : cette jeune femme doit m'appartenir.

— Que Dieu me rejette si je conteste quoi que ce soit, répliqua Gauvain, et si je me bats pour qui se moque bien de moi !

La jeune femme et le chevalier s'éloignèrent alors à vive allure et Gauvain partit vers son pays, emportant les lévriers. Mais la jeune femme s'est bientôt arrêtée au bout de la lande et le chevalier lui en a demandé la raison.

— Seigneur, lui dit-elle, je ne serai jamais votre amie tant que je n'aurai pas repris possession de mes lévriers que ce chevalier, là-bas, emporte avec lui.

— Vous les aurez, réplique-t-il, tout en criant à Gauvain :

— Chevalier, attendez, attendez ! Je vous interdis d'aller plus avant !

Puis, rejoignant Gauvain à vive allure :

— Chevalier, poursuit-il, pourquoi emportez-vous ces lévriers qui ne sont pas à vous ?

— Seigneur, lui répond Gauvain, je les considère comme miens, et si quelqu'un en revendique la possession, je dois les défendre comme mon bien. Mais si vous vouliez recourir au jeu parti que vous m'avez proposé, lorsque nous avons mis la jeune femme au milieu du chemin pour voir avec qui elle voulait aller, je ne m'y opposerais pas.

Le chevalier est tout prêt à accepter ce jeu parti. Il pense en effet, dans sa perfidie, que si les lévriers vont de son côté, il se les appropriera sans combattre, et il est persuadé que, s'ils vont avec Gauvain, il pourra les lui ravir aussi facilement qu'il le ferait maintenant.

1. Le texte utilise l'image de la valeur (négligeable) d'une « pincée de sel ».

Ils ont donc laissé les bêtes au milieu du chemin puis, après s'être éloignés, ils les ont tous deux appelées. Mais voici que les lévriers sont allés sans hésiter vers Gauvain, qu'ils connaissaient simplement pour l'avoir vu chez le père de la jeune femme, et le chevalier les flatte du geste et de la voix, tout heureux de les avoir à lui.

Mais la jeune femme interpella aussitôt son chevalier :

— Seigneur, lui dit-elle, je ne ferai pas un pas de plus avec vous – que Dieu me protège ! – avant d'avoir repris possession de mes lévriers que j'aime tant.

— Il ne peut pas les emporter contre mon gré, répliqua le chevalier, puis, s'adressant à Gauvain, il ajouta :

« Chevalier, laissez ces chiens, vous ne les emporterez pas !

— Vous vous déshonorez si vous manquez ainsi à votre parole, répondit Gauvain. Je suis désormais le possesseur de ces lévriers. Ils m'ont suivi de leur plein gré. Que le Seigneur tout-puissant me retire à tout jamais son soutien si, moi, je leur fais défaut ! Je vous ai laissé la jeune femme pour la simple raison qu'elle vous a suivi, elle qui était à moi et qui était venue avec moi. En toute justice, vous devez donc me laisser les lévriers sans faire d'histoire puisqu'ils sont à moi, qu'ils sont venus avec moi et qu'ils se sont ralliés à moi de leur plein gré. Mais vous pouvez, par mon cas, savoir en toute vérité ceci : si vous voulez faire toutes les volontés de cette jeune femme, votre joie avec elle sera bien courte ! Sachez en effet – et je désire fort qu'elle m'entende – que, tant qu'elle fut mienne, j'ai fait tout ce qu'elle désirait. Et voyez comme j'en suis récompensé ! Mais les chiens sont une chose et les femmes une autre, sachez-le. Le chien ne quittera jamais le maître qui l'a nourri pour un nouveau venu et la femme a tôt fait de changer le sien s'il ne fait pas tout ce qu'elle désire. Étrange inconstance que de laisser ce que l'on a pour ce qui est nouveau ! Les lévriers, eux, ne m'ont pas abandonné. Je peux donc prouver ainsi – et personne ne me contredira – que la nature du chien et l'amour dont il est capable l'emportent sur ce qu'est la femme et ce qu'elle peut donner.

— Chevalier, reprit l'autre, votre beau discours ne sert de rien. Si vous ne laissez pas sur-le-champ ces lévriers, en garde ! Je vous défie !

Gauvain saisit alors son écu et le plaça devant sa poitrine. Tous deux s'affrontèrent de toute la force de leurs chevaux.

Le chevalier a frappé Gauvain au-dessus de la boucle de l'écu peint avec une telle violence qu'il le lui a mis en pièces et fendu : les éclats en volent plus loin et plus haut qu'un trait d'arbalète. Mais Gauvain a atteint son adversaire sur le premier[1] quartier de l'écu avec une telle force qu'il abattit à la fois le cavalier et le cheval au milieu d'un chemin. Le chevalier alla rouler avec sa monture dans un bourbier. Dégainant tout aussitôt son épée, Gauvain revint vers lui puis, mettant rapidement pied à terre et le saisissant par les poignets, il le retourna face contre terre et lui asséna sur le visage et sur la tête de rudes coups qui le laissèrent complètement assommé.

Gauvain y met toute sa force car le tort et l'insulte qu'il lui a faits excitent sa haine. Il le malmène et le maltraite rudement puis, soulevant le pan de son haubert, il lui perce tout aussitôt le flanc de sa bonne épée. Sa vengeance assouvie, il abandonne le corps sans un regard pour le cheval, le haubert et l'écu mais il va appeler les lévriers qu'il aimait beaucoup et qui se sont si bien conduits à son égard. Puis il court reprendre son cheval qui erre dans la forêt. Il l'a bientôt rejoint et ressaisi et, sans se servir de l'étrier, il saute en selle.

— Seigneur, lui dit alors la jeune femme, au nom de Dieu et sur mon honneur, je vous supplie de ne pas me laisser seule ici ! Ce serait un acte ignoble ! Si j'ai manqué de sagesse et d'à-propos, n'allez pas m'en faire reproche ! Je n'ai pas osé vous suivre parce que j'ai eu très peur quand j'ai vu que vous étiez si mal équipé, alors que votre adversaire était parfaitement armé.

— Belle, répliqua Gauvain, c'est inutile ! Votre excuse ne vaut rien, non vraiment, elle ne vaut rien du tout ! Mais voici bien la fidélité, l'amour, le type de comportement que l'on peut bien souvent attendre d'une femme ! Qui veut récolter autre blé qu'il n'a semé, ou qui attend d'une femme autre chose que ce qu'elle est naturellement, n'est guère sage ! Telle a toujours été leur façon de faire depuis que Dieu a créé la première d'entre elles. Plus on s'efforce de les servir, plus on leur fait du bien, plus on les respecte, plus on s'en repent en fin de compte. Et c'est encore celui qui les honore et qui les sert le mieux qui en éprouve le plus de douleur et qui y perd le plus. Votre compassion ne visait pas à préserver mon honneur et ma vie, elle avait une tout autre source !

---

1. Il s'agit ici d'un écu écartelé, c'est-à-dire partagé en quartiers par une ligne horizontale et une ligne verticale se coupant à angles droits.

Le vilain[1] dit : « C'est arrivé à la fin que l'on peut vraiment savoir à qui l'on a eu affaire. » Qu'il soit abandonné de Dieu celui qui chérit, aime et garde à ses côtés une femme dont il a éprouvé la perfidie et la fausseté ! Quant à vous, restez en tête-à-tête avec vous-même !

Sur ce, Gauvain abandonna la jeune femme, et il ne sut pas ce qui lui arriva par la suite. Il reprit la bonne direction, méditant sur son aventure, et chevaucha si longuement à travers la forêt qu'il arriva le soir dans son pays. Ses amis, qui croyaient qu'ils l'avaient perdu, le retrouvèrent avec beaucoup de joie. Il leur raconta point par point l'aventure qu'il avait vécue – ils l'écoutèrent avec plaisir –, cette aventure qu'embellirent d'abord les dangers encourus mais qui, par la suite, avec la perte de l'amie, se révéla désagréable et pénible. Il leur raconta enfin – et c'est ainsi qu'il termina – le dur combat qu'il livra pour garder ses lévriers.

1. Proverbe n° 44 du recueil cité ci-dessus.

L'ATRE PÉRILLEUX
(Le Cimetière du Grand Péril)
D'une aventure de Gauvain, le Bon Chevalier

Récit en vers, traduit et présenté par Marie-Louise Ollier.
Écrit au milieu du XIIIe siècle par un auteur anonyme.

INTRODUCTION

Récit anonyme, daté approximativement du milieu du XIIIe siècle, *L'Atre périlleux* appartient au groupe des romans arthuriens en vers consacrés à Gauvain, le neveu du roi Arthur. Parangon de toute chevalerie, modèle insurpassable, Gauvain n'était de ce fait jamais, chez Chrétien de Troyes, le héros de l'aventure. Ce statut s'altère quelque peu dans le dernier roman du maître champenois, avec la quête amorcée parallèlement par Gauvain et Perceval. Si *Le Conte du Graal*, dans son inachèvement et les questions qu'il laissait en suspens, constituait une incitation aux continuations ou aux reprises, le personnage de Gauvain aspirait lui aussi en quelque manière à s'évader d'une perfection redoutable, et à devenir héros à part entière.

Avec toutefois un partage radical des registres. A la prose, l'ampleur des cycles, remaniements somptueux d'une matière narrative inépuisable, l'ambition d'une représentation globale du monde arthurien, la tonalité grave de la christianisation d'un ensemble complexe de valeurs. Au vers, la légèreté d'une structure épisodique, la vulgarisation des types et thèmes hérités, sans autre dessein que le divertissement avec, ici et là, quelque intention parodique. D'où la tentation dans la critique, à l'égard des romans en vers du XIIIe siècle, d'une certaine sévérité : poèmes mineurs, dans l'ombre portée par les grands textes en prose, ce dont témoigne la minceur générale de la bibliographie.

L'intérêt de *L'Atre périlleux* tient assurément à un traitement semi-parodique de la plupart des traits propres à Gauvain dans la tradition déjà constituée. L'incident d'ouverture, cette indécision du Bon Chevalier entre troubler le repas royal, ou relever d'emblée l'affront qui vient d'être commis aux yeux de tous, donne le ton. On est loin de l'hésitation, qui pourtant elle aussi faisait sourire, d'un Lancelot tardant (le temps de « deux pas » !) à monter dans la charrette d'infamie… D'une façon générale, notre « soleil de la chevalerie » souffre ici d'une sorte de lourdeur pataude, en dépit de ses victoires répétées sur des ennemis divers, et de son succès final.

C'est que Gauvain se lance dans l'aventure avec un handicap qui ne pardonne pas, qui le vide pour ainsi dire de l'intérieur : il n'a tout simplement plus de nom. On le lui a ravi, par une erreur sur la personne, à cause d'une ressemblance : le faux Gauvain portait un écu comme le sien. Dès lors *cil sans nom* (« celui qui n'a pas de nom »), l'être de chair et d'os, a beau se comporter exactement comme *Gauvain*, manifester les mêmes qualités de courtoisie et de prouesse – il ne se permettra de reprendre son nom, et de le révéler, que du jour où il en aura gagné le droit par duel ! Entre ceux qui prétendent avoir tué Gauvain, et l'intéressé qui défend la prétention contraire, seul un combat de type judiciaire peut faire triompher la vérité, et cette vérité est celle du vainqueur.

Ainsi, au-delà de la pochade – quelle mésaventure, pour le chevalier par excellence, de devenir *cil sans nom*, et de devoir, contrairement à sa conduite la plus fondamentale, la plus distinctive, taire son nom à qui le lui demande ! – le thème de l'identité, si insistant dans toute la littérature arthurienne, reçoit ici un traitement original. Chez Chrétien de Troyes, la recherche du nom est recherche de l'essence, de la coïncidence de soi à soi au terme d'un parcours intérieur dont l'errance aventureuse est à la fois l'expression et le moyen. Le fait d'être privé de son nom ne transforme pas Gauvain en émule d'Yvain ou de Lancelot – pas plus que de Perceval, ni du Bel Inconnu. Sa perfection première lui interdit en principe ce genre d'itinéraire.

A condition toutefois qu'il puisse la conserver. Et c'est là que l'incident initial prend tout son sens : Gauvain a failli publiquement à sa double réputation de prouesse aux armes, et d'assistance aux « dames et demoiselles desconseilliees ». Faille fatale qui annonce la désintégration consacrée par la perte du nom. Seules demeurent les apparences, trompeuses, et un *renom* envahissant, que l'annonce de la mort du Bon Chevalier a tôt fait de répandre dans les lieux les plus reculés du monde arthurien.

La quête de Gauvain, c'est donc celle de la reconstitution d'une unité établie au départ, mais éclatée, à l'image du pseudo-Gauvain dont les membres tranchés, déjà voués à la vénération qu'on porte aux reliques, s'opposent dérisoirement mais victorieusement à la présence concrète de Gauvain lui-même. Ce « corps du délit », à la fois introuvable et non identifiable puisque atteint dans son intégrité, de surcroît désigné sous un nom qui n'est pas le sien, devient ainsi l'image exacte d'un Gauvain contraint non à se découvrir ni à se parfaire, comme les héros de Chrétien, mais à réintégrer son identité.

Cil sans nom, Gauvain conservera cette désignation pendant tout le temps de ses errances. Non qu'on aurait mis réellement sa parole en doute : on le croit bien quand il assure qu'il a vu récemment « monseigneur Gauvain » frais et dispos, et ses interlocuteurs s'en réjouissent tous – sauf, justement, les jeunes filles qui lui ont annoncé la nouvelle de sa propre mort, et qui continuent d'en mener le deuil. Mais cette défaite rapide d'un chevalier, qu'un bouclier aux mêmes armes identifie à Gauvain consacre la faillite de celui qui est ainsi réduit à son propre simulacre. Voilà pourquoi, inlassablement, Gauvain reconquiert son nom en se vouant sans réserve à la vocation de prouesse et de courtoisie qui le définit.

Toutefois, à la fin du récit, le jeune garçon recouvre magiquement la vue, et voici qu'il reconnaît le « vrai » Gauvain, lui dont le témoignage visuel était à la source de l'épouvantable rumeur… Ainsi la cécité de l'adolescent se révèle n'être qu'un aveuglement provisoire – comme, les reliques, le résultat d'un simple enchantement. Cette cécité signifie alors à deux niveaux : elle est celle de tous ceux qui, en présence de Gauvain, ne cessent de pleurer sa mort et, tout en s'informant avec insistance de son identité, à aucun moment n'en ont la révélation. Elle est celle aussi des auditeurs ou lecteurs qu'aveugle l'enchanteur-poète : au terme de son récit, l'auteur nous livre un Gauvain différent, auquel il a fait subir un démembrement-remembrement de sa façon, en continuité et rupture tout ensemble avec la tradition.

Le prologue nous informe qu'on va nous conter *une* aventure qui advint au Bon Chevalier ; sans aucun doute l'aventure ainsi singularisée est celle de l'ouverture, qui déclenche et programme toutes les autres : l'attitude de Gauvain déconcerte la cour entière, et le roi d'abord, par un tel manquement à lui-même. Mais l'importance de l'épisode désigné par le titre, *L'Atre périlleux* – version d'un conte foklorique connu –, se laisse moins aisément saisir, pas plus que sa place dans la structure de l'ensemble. Ce n'est pas le lieu ici de hasarder une interprétation. Reste que, déjà, on a affaire à une histoire de nom – et de mort. Le cimetière perd son nom avec la mort du diable, exposé à la vue de tous les gens de la cité. Gauvain va devenir *cil sans nom* par la mort du pseudo-Gauvain, soustraite elle, au contraire, à tout témoignage. Dans *Le Chevalier à la charrette* de Chrétien, le cimetière contenait des tombes vides déjà porteuses d'épitaphes, inscrivant au futur un destin en voie d'accomplissement. L'exploit du Cimetière du Grand Péril, où se consomment la mort du diable et la délivrance de la demoiselle, fonctionnerait lui aussi comme promesse et programme à la fois, réponse à la faillite éclatante de Gauvain à la cour.

Ainsi Gauvain, personnage de la tradition littéraire s'il en est, dans un récit tissu de références intertextuelles – même les mentions obligées d'une source, livre ou conte, y constituent des manières de citations –, devient la matière d'une réécriture qui, dans son ordre modeste, témoigne de l'esthétique du XIIIe siècle. Par le détour du « sans nom », le Gauvain de *L'Atre périlleux* sort victorieux à son tour d'une encombrante renommée. Dans la soumission apparente à l'héritage reçu, le poète anonyme transforme un thème en signe, et lui refait ainsi une virginité.

Cette traduction s'appuie sur l'édition critique établie en 1935 par Brian Woledge pour la collection CFMA. Sur les trois manuscrits conservés, l'éditeur a fait choix de N1, et s'en explique dans une étude complémentaire[1]. On l'a suivie rigoureusement, à l'exception, ici et là, de quelques emprunts mineurs aux deux autres manuscrits et, une fois, de la suppression de deux vers particulièrement perturbés. On a également inséré à sa place dans le texte l'épisode que Woledge publie à la fin de son édition, conservé dans le seul manuscrit N2[2]. Enfin, pour la commodité de la lecture, on a prévu un découpage en chapitres pourvus de titres descriptifs des épisodes – découpage qui ne correspond que de loin, on s'en doute, avec celui du scribe médiéval.

Une dernière remarque : le titre. La traduction du substantif *atre* s'imposait. Quant au qualificatif qui l'accompagne, on a fait choix d'une expression qui a paru mieux appropriée à un lieu hanté par le diable…

Marie-Louise OLLIER

1. *L'Atre périlleux, études sur les manuscrits, la langue et l'importance littéraire du poème, avec un spécimen du texte*, Paris, 1930.

2. Ce fragment est d'une rédaction spécialement défectueuse, et il n'a pas toujours été possible d'en gommer les défauts, dans l'ordre notamment des répétitions.

Ma dame m'enjoint instamment de lui conter une aventure qui arriva au Bon Chevalier, et je ne saurais me dérober à sa requête, dès qu'elle en manifeste le désir et que cela lui plaît. Écoutez donc quelle fut cette aventure.

I

L'HUMILIATION DU ROI ARTHUR

Lors d'une Pentecôte, le roi Arthur donna une très grande fête. Jusqu'aux confins de la Cornouailles, il n'y eut vaillant chevalier ou demoiselle de quelque noblesse qui ne s'y rendît. Le roi tint à les honorer en les comblant de dons somptueux. Les barons étaient arrivés et, le samedi, tout le monde se trouvait réuni ; c'était après l'heure de none et le roi se livrait à ses divertissements, quand survint tout à coup, sans escorte, une demoiselle d'une remarquable beauté. Sa parure était magnifique : sa robe, toute fraîche et neuve, était taillée dans une soie vermeille, d'une richesse sans égale. Quant à la selle et à la sangle de son cheval, ainsi qu'au reste de son équipement, je ne veux pas entreprendre pour l'heure de les décrire plus en détail, l'effort serait trop considérable. L'inconnue maintint son allure en entrant dans la grand-salle, ne retenant la bride de sa monture qu'une fois devant le roi.

— Roi, fait-elle, que le Seigneur vous garde, celui qui gouverne l'univers, le ciel, la mer et la terre ! Je suis venue de mon pays pour vous requérir un don[1] : ce ne sera rien de blâmable, d'impudent ou de vil.

Le roi l'assure avec bienveillance qu'il le lui accordera volontiers :

— Dites-moi, fait-il, en quoi il consiste, et vous l'obtiendrez sans faute, pour autant que ce soit en mon pouvoir.

— Sire, je vous en remercie. Voici donc de quoi je vous prie : je veux demain être votre échanson pour la plus importante de vos coupes, et servir à votre table[2]. Je veux en outre qu'un chevalier de cette salle, le plus renommé, celui qui rassemble le plus de qualités, me protège, me défende et m'honore tout le temps que je serai à votre cour, afin que je n'y subisse aucune offense : je n'oserais pas y demeurer sans une très bonne garde.

Le roi la considère avec bonté :

— Belle, vous assurerez le service à votre gré ; pour le reste, je ne peux dire quel est le meilleur chevalier de cette salle ou de ma compagnie. Vous avez reçu une si sage éducation – peut-être pensez-vous à l'un d'eux en particulier ? Alors, s'il vous plaît, désignez-en un vous-même, celui que vous avez en tête. Je lui ordonne sur-le-champ de se charger de votre protection, et de se mettre en votre service aussi longtemps que vous voudrez demeurer parmi nous.

— Sire, fait-elle, il ne m'appartient pas de décerner à l'un de vos chevaliers le prix d'excellence : c'est vous que j'ai chargé de cette responsabilité, quand vous m'avez accordé le don. Je craindrais qu'on ne m'en sût mauvais gré, si je le choisissais moi-même.

— Que jamais Dieu n'abaisse son regard sur moi, fait le roi, si j'ose risquer pareil jugement ; mais je vous prie de m'accorder à votre tour une chose, si vous la jugez convenable : sans établir de préférence, je veux vous mettre en la garde d'un chevalier beau et vaillant, sage et courtois ; s'il n'était de mon lignage, j'en ferais un grand éloge.

La jeune fille, qui était loin de manquer de sens, lui dit :

1. La pratique du « don contraignant » (voir lexique) est constante dans notre roman, et s'accompagne régulièrement, de la part du demandeur, d'une clause de non-abus de confiance.

2. Dans le monde arthurien, c'est l'usage de voir de nobles demoiselles faire le service à une table de seigneurs, ou d'hôtes que l'on veut honorer.

— Sire, dites-m'en le nom, s'il vous plaît, avant que je vous donne mon accord.

— Belle, fait le roi, il s'agit de Gauvain, sous la protection duquel vous serez tout de suite, et aussi longtemps qu'il vous plaira.

— Sire, quand je suis venue vers vous, on m'a beaucoup vanté les mérites de Gauvain, et je m'en tiens à lui, avec votre assentiment : je ne vous demande personne d'autre.

Ainsi lui fut accordé le don, dans les circonstances que je viens de vous dire. Tout heureux, Gauvain la conduisit aussitôt à son appartement ; et sachez qu'il le lui aménagea si bien qu'on n'aurait su y trouver la moindre chose à reprendre, car il la confia aux soins empressés d'une suivante et de sa propre sœur, qui était d'une grande beauté ; toutes deux lui tinrent compagnie. Elles passèrent très agréablement cette soirée jusqu'au lendemain. Au matin, Gauvain se leva gaiement, ainsi que les trois jeunes filles. Puis, en tel équipage, il se rendit à l'église entendre la messe. Le roi s'y trouvait déjà, avec la reine et ses suivantes. Quand l'office eut pris fin, ils s'en revinrent tous ensemble. Comme il lui avait été promis, l'inconnue, à ce que je sais, se vit livrer la coupe royale, car les tables étaient déjà mises. Alors commença le banquet, remarquable par le nombre, la richesse et l'abondance des plats. En effet le roi Arthur, qui connaissait les usages, tenait à ce qu'il fût opulent. Mais je n'ai nul besoin de vous dire, pour l'heure, ce qu'il fit ni comment, sauf autant qu'il est nécessaire à mon récit.

La jeune fille faisait le service de la coupe. Auprès du roi avait pris place la reine, et à côté d'elle le roi de Galles. De l'autre côté se tenaient Gauvain et Tor, le fils d'Arès, ainsi qu'Érec ; le quatrième était Caradoc Briesbras[1] ; tous les autres convives s'assirent à la suite. Il y avait là plus d'un brillant chevalier, et plus d'une élégante demoiselle, avec devant eux une profusion de hanaps et d'écuelles en or et en argent. Ils avaient à peine commencé de manger – ils en étaient au premier plat – quand ils virent un chevalier franchir la porte à vive allure. Sachez-le, n'eût été sa taille excessive, il n'y aurait pas eu plus beau que lui sous le ciel, mais il était vraiment trop grand. Il était armé de pied en cap, et c'est en cette tenue qu'il entra dans la grand-salle ; il n'abandonna que sa lance, qu'il appuya contre un mur à l'extérieur.

1. Voir *Le Livre de Caradoc*, p. 431.

Le chevalier, plein d'arrogance, ne daigna pas ralentir son train avant de parvenir devant le roi, et il le fit avec une telle brutalité que sa bride heurta la table. Il ne se trouva aucun portier ou connétable pour s'interposer si peu que ce fût. Quand il les eut tous longuement considérés sans un mot, il se tourna vers la jeune fille. Il la saisit par les épaules et l'installa devant lui sur l'encolure de son cheval.

— Roi, fait-il, je ne cherche pas à te le cacher, cette demoiselle est mon amie ; je l'ai suivie dans plusieurs cours depuis que je me suis pris à l'aimer : jamais encore je n'ai pu trouver une seule cour dans laquelle j'aurais osé m'emparer d'elle. Mais je sens la tienne si vulnérable, si pauvre en bons chevaliers – je le dis parce que les voilà bien embarassés, maintenant que j'ai pris possession de mon amie –, que je n'ai rien à redouter de leur part, et puis l'emmener sans encombre : aucun des chevaliers assis dans cette salle ne prendra jamais son écu pour me la disputer.

« Sire roi, reprit-il, je m'en vais par la grand-route vers ce bois, en direction de mon pays. Savez-vous pourquoi je vous indique par où je compte m'en retourner ? Afin que, s'il y avait parmi vous un chevalier qui, sagesse ou folie, veuille contester par bataille un seul des propos que je viens de tenir ici, il ne puisse prétendre que je pars par un autre chemin. Devant vous tous rassemblés, je le clame bien haut : je m'en irai par celui-ci, et je cheminerai à petite allure jusqu'à la tombée de la nuit : je veux que celui qui aura l'audace de me suivre ait toute facilité de m'atteindre, s'il ne prend pas de retard, avant que je parvienne au bois.

Là-dessus, il se met en route. Il va reprendre sa lance, dont il ne veut pas se démunir. Au petit pas de son destrier il franchit la porte d'enceinte ; ainsi, sans autre ennui, il emporte la demoiselle en son pays.

Assis à sa place à côté du roi, Gauvain était à la fois affligé et soucieux ; il ne parvenait pas à décider de la meilleure conduite : s'élancer par-dessus la table à la poursuite du chevalier, ou demeurer assis jusqu'à la fin du repas. Il resta ainsi longuement perdu dans ses pensées, à en oublier de boire et de manger. Enfin il estima qu'il valait mieux patienter : il savait son cheval tellement rapide qu'il aurait tôt fait de rattraper le ravisseur.

De son côté Keu, qui avait vu toute la scène, prit ses compagnons à partie :

— Maintenant, seigneurs, fait-il, faites en sorte de servir cette cour comme il convient ; car pour moi, je dois suivre sans tarder le chevalier qui, sous nos yeux à tous, vient de commettre l'outrage, d'une rare outrecuidance, d'enlever la demoiselle en présence du roi, pendant qu'il était à table. Il ne s'est trouvé personne parmi nous pour lui résister. Sachez bien une chose : jamais, depuis ses premières fêtes, le roi n'a eu l'occasion d'éprouver une aussi cruelle déconvenue : le lâche que voici, auquel il a confié la garde de la jeune fille, ose rester impassible ! Maudit soit cent fois celui qui le premier a vanté sa valeur !

Sur ce, il se rendit chez lui revêtir une somptueuse armure. Une fois prêt, il enfourcha son cheval robuste, puis s'engagea sur la grand-route par où allait le chevalier. Sur la terre, devant lui, il distingua les traces des sabots ; il se mit alors au grand galop pour l'atteindre au plus vite.

Il chevauchait depuis peu quand il l'aperçut escaladant une colline. Aussitôt il le défia :

— Halte, halte, chevalier ! J'ai l'intention de ramener avec moi la demoiselle et le destrier ; quant à vous, je vous remettrai au roi et en sa justice. Vous allez regretter d'avoir eu l'audace de vous emparer, sous ses yeux, de la jeune fille : si je ne vous rends pas à lui mort ou prisonnier, autant reconnaître que je ne vaux rien !

L'autre fit descendre à terre la demoiselle et ramena sa bride en arrière. Puis il demanda :

— Est-ce Gauvain[1] qui me suit ici avec un tel emportement ?

— Non, c'est Keu, le sénéchal du roi Arthur.

— Tant pis pour moi, fait-il, car ce n'est pas vous que je souhaitais voir : votre prouesse n'a pas grande renommée en mon pays.

Alors, sans autre échange de paroles, ils se lancèrent à l'attaque l'un de l'autre. Keu frappa son adversaire à pleine force sous la boucle de l'écu. Il le lui fendit jusqu'à le trouer, mais l'autre fut protégé par son haubert : pas une maille n'en sauta. Keu le chargea à nouveau avec violence, et y brisa sa lance. L'autre le frappa à son tour avec une telle rage qu'il les jeta à terre, lui et son cheval. Keu tomba sur la pente de la colline, meurtri partout et mal en point : il avait le bras droit cassé entre l'épaule et le coude. Le cheval

1. Un chevalier est en effet mal reconnaissable sous son armure : seul lui permet d'être identifié – mais ce signe peut lui-même induire en erreur, par exemple les meurtriers du pseudo-Gauvain – un élément de son armure, notamment l'écu, avec son blason propre – et, bien sûr, son cheval.

se redressa, et repartit sur la route par laquelle il était venu. Le chevalier n'accorda pas un mot à Keu, et le planta là gisant ; il revint aussitôt à la jeune fille, et la hissa à nouveau devant lui.

— Belle, fait-il, à ce que je crois, maître Keu ne vous emmène pas !

Alors il continua tranquillement sa route vers le bois, tout à la joie d'être avec son amie.

Il me faut maintenant revenir au roi et à sa compagnie. Il était encore à table, profondément tourmenté par cette aventure. Sans se soucier des regards il prit un couteau, qu'il ficha en plein milieu d'un pain ; puis il y appuya sa main avec une telle force que le couteau se cassa en deux. Aucun des chevaliers présents n'osa, si peu que ce fût, s'informer de ce qui le préoccupait.

Le roi, de son côté, se rendit bien compte que les autres avaient vu comment il avait cassé le couteau.

— Seigneurs, fait-il, je suis accablé par l'humiliation que je viens de subir ; mais je le suis plus encore par la défaillance de Gauvain. Si j'avais une certitude, c'était bien d'être garanti par Gauvain contre toute offense venue d'un chevalier isolé. Un autre peut-être aurait pu, par lâcheté, faillir à la tâche de protéger la jeune fille ; mais Gauvain, lui, devait se mettre en peine de la défendre, quand mon honneur était en jeu ! Je suis très contrarié qu'une telle infortune m'advienne en un si beau jour.

Yder, le fils de Nut, lui dit alors :

— Sire, ne vous tracassez pas ; le sénéchal s'est mis en route, il saura bien venger cette honte.

— Je n'en crois rien, répond le roi. Maintenant mon tourment s'en trouve accru. Cet homme-là est d'une si grande prouesse, a tant de force et d'arrogance, que ce n'est pas de Keu qu'il recevra le moindre dommage, quelle que soit la vaillance de ce dernier. Jamais, de ma vie, je n'ai rencontré quelqu'un d'aussi présomptueux.

Gauvain ne se contint pas plus longtemps :

— Sire, de grâce ! Vous avez dit ce que vous attendiez de moi ; mais si je n'ai pas voulu bondir ainsi par-dessus la table en plein repas, c'est par crainte d'en être blâmé ! Vous êtes d'une si grande noblesse, et Dieu vous a placé si haut que, dût l'empereur de Rome lui-même venir ici vous menacer, pour peu que vous fussiez à table, et qu'il s'en tînt là, jamais, quelque outrancières que fussent ses paroles, nul ne devrait s'en émouvoir. Une fois le repas terminé, le chevalier choisi par vous, à qui incomberait cette tâche, aurait tout loisir d'aller venger votre honte et la sienne. Je connais mon cheval : il est si rapide que j'aurai très vite rattrapé le ravisseur. N'allez pas vous imaginer qu'il puisse emmener la demoiselle sans qu'on la lui dispute. J'en prends Dieu à témoin, c'est là l'unique considération qui m'a retenu d'agir. Et si en cela j'ai commis une faute, je suis tout prêt à la réparer.

Sur ces mots, il se lève de table et demande ses armes. Deux écuyers les lui apportent ; il les revêt au plus vite puis, dédaignant les étriers, bondit sur son excellent cheval. Une fois son écu en main et muni de sa lance, il se hâte de partir.

Gauvain s'éloigna en direction de la forêt ; il fut tout dépité de n'apercevoir son adversaire ni de loin ni de près. C'est alors que survint, lancé à toute allure, le destrier de Keu le sénéchal : Gauvain le reconnut aisément et profita d'un resserrement du chemin pour le saisir. Il avait une écorchure au front, qui ne cessait de saigner ; l'arçon de la selle, devant, était en miettes, et la bride, également déchirée et rompue ; du harnais, il ne restait plus que le licou.

— Dieu, dit Gauvain, de quelle vaillance il a fait preuve, celui qui vous a mis dans un état pareil !

Il fut un moment abattu par la crainte que le sénéchal ne fût prisonnier ou mort.

— Ah, Dieu ! Quel crime que le mien, quel malheur m'a frappé aujourd'hui, quand, à cause de moi, le roi a perdu le chevalier qu'il aimait tant ! On me le rappellera sans cesse, où que je me trouve, et j'en serai vilainement blâmé. J'avoue que ce sera justice : il est mort parce que j'ai failli à ma tâche, moi qui avais la jeune fille en ma garde.

Alors, tout en s'abandonnant à son affliction, il regarda au loin sur le chemin. Il vit Keu se lever péniblement de l'endroit où l'autre l'avait laissé. Il lâcha la bride à son cheval, et piqua des éperons dans sa direction.

— Seigneur, lui dit-il, me voici fort affligé de votre mésaventure, car je crains fort que vous n'en rejetiez sur moi la responsabilité.

— Espèce de lâche, lui répond Keu, bien sûr ce qui vient de m'arriver est de votre faute ! Vous êtes fier et plein de morgue dans les appartements de la reine ; la voici riche et honorée, celle à qui vous daignez adresser la parole ! Qui, entendant vanter là votre vaillance et votre prouesse, aurait le courage de dire que c'est à votre pleutrerie, à votre lâcheté, à quelque manque en vous que le roi doit d'avoir été humilié, en plein repas, par un chevalier seul ? Je vous ai vu aujourd'hui bien peu prompt à la riposte.

— Seigneur, fait Gauvain, je ne conteste pas que j'ai eu grand tort en cette affaire ; mais voici votre cheval que j'ai attrapé par sa bride ; mettez-vous en selle, je vous en prie ; quant à moi, je vais aller en direction de la forêt à la poursuite du chevalier, car je dois sans délai venger la honte qu'il m'a causée.

— Qu'il soit cent fois maudit, rétorque l'autre, celui qui recevra jamais son cheval de vos mains, et qui vous en sera assez reconnaissant pour se sentir votre obligé !

Gauvain ne se formalisa pas des propos injurieux du sénéchal ; il lui attacha son cheval à un saule proche ; puis il s'en alla vers la forêt au triple galop. Monseigneur Keu rassembla ses forces jusqu'à parvenir à sa monture, puis il la poussa contre la pente. Il s'y hissa péniblement, et s'en retourna chez lui abattu par sa mésaventure.

II

LA FAUSSE MORT DE GAUVAIN

Pendant ce temps Gauvain suivait à vive allure le chevalier qui chevauchait sans encombre ; il avait déjà franchi la plaine et était entré dans la forêt. Gauvain s'engagea sur ses traces et à son tour pénétra dans le bois. Longtemps il alla ainsi, sans jamais l'apercevoir de près ni de loin. C'est alors qu'il entendit les plaintes désespérées de trois demoiselles.

— Ah, Dieu, criaient-elles, pitié ! Misérables que nous sommes, qu'allons-nous faire, quand toute la joie du monde s'est en ce jour changée en douleur ! Nous avons bien le droit de dire, pauvres filles, que nous avons perdu ce qui constituait tout notre secours !

Attiré par leur deuil bruyant, Gauvain laissa sa route et vint vers elles à bride abattue. Il les trouva au bout d'une lande. Après les avoir saluées, il s'informa avec douceur de la raison d'une telle détresse : pourquoi se désolaient-elles de la sorte ?

— Hélas, fait l'une, s'il ne tenait qu'à moi, nous nous serions toutes trois donné la mort ! Notre vie ne peut être que souffrance quand nous venons de subir pareille perte : il n'y a pas de mots pour la dire, aucune bouche humaine ne pourra jamais en rendre compte !

Sur ce, elle tomba à terre évanouie, et les lamentations reprirent de plus belle. Gauvain regarda derrière elle. Il vit, gisant sur le sol, un adolescent d'une singulière beauté, à la fois grand et bien découplé, et vêtu avec élégance ; mais il avait les yeux crevés, et la blessure était toute fraîche, car son visage était encore ensanglanté. Gauvain sentit monter en lui la colère : l'infortuné était si beau et si bien habillé, assurément il était de haute naissance. Aussi le chevalier était-il persuadé que ce profond chagrin avait en lui sa source.

— Belle, fait-il, comment a été commis le forfait dont ce jeune homme est victime, et pour quel motif ? J'aimerais bien le savoir.

L'autre répondit :

— A Dieu ne plaise que je vive désormais longtemps, quand l'honneur et la distinction, la générosité et la noblesse, la fleur de la chevalerie enfin, j'ai vu tout cela mourir ici ensemble !

A ces mots, elle trembla toute et, sans couleur, tomba évanouie à son tour. Gauvain s'adressa à la troisième :

— Belle, fait-il, je vous en prie instamment, et je vous en revaudrai le prix à votre convenance : dites-moi, si vous le pouvez, d'où vous vient cette affliction que vous montrez.

— Seigneur, répond la demoiselle, vos propos manifestent tant de courtoisie que vous méritez certes d'entendre le récit complet de ce qui est arrivé, et dans quelles circonstances. Seigneur, nous pleurons, mais pas autant encore qu'il le faudrait : si le monde entier apprenait l'étendue de la perte que nous avons faite aujourd'hui, partout se manifesterait le même deuil. Cette perte est si grande en vérité que la désolation passera tout ce qu'on a connu, dès que la nouvelle en sera répandue partout.

« Nos larmes ne sont pas à la hauteur de ce malheur, car celui qui incarnait la vaillance et la sagesse, dont la valeur était universellement reconnue, a été tué en cette forêt, ici même, il y a un instant, sous nos yeux. Vous pouvez aisément deviner qui est celui dont je vous parle.

— Belle, fait-il, comme je ne l'ai pas vu, je ne puis en être tout à fait certain.

— Seigneur, fait-elle, il s'agit de Gauvain, le neveu du noble roi Arthur, le meilleur chevalier, tant loué et aimé. Il se promenait aujourd'hui par cette forêt sans armes, pour son plaisir, sans compagnie et sans escorte. Il n'avait avec lui que sa lance, son écu, et son épée. Ainsi allait-il tout seul. Trois chevaliers, Dieu les maudisse ! qui le haïssaient depuis longtemps, l'avaient suivi jusqu'ici. Au sortir de ce vallon, l'un d'eux lança son cheval sur lui à fond de train ; les deux autres s'étaient embusqués, lui laissant le soin de l'affrontement. La bataille dura longtemps, et Gauvain finalement eut le dessus. C'en fut trop pour les deux autres qui étaient restés dans le bois : ils vinrent, bride abattue, au secours de leur compagnon. Ils soumirent Gauvain à un tel assaut que celui-ci ne put s'en défendre, seul contre trois, et chacun de ces trois solidement armé. Ce jeune homme que vous voyez là, plein d'une folle témérité, vola à son tour au secours de Gauvain ; il lui prêta toute l'assistance dont il fut capable, mais il avait bien besoin de se défendre lui-même, car les autres étaient grands et vigoureux ; ses efforts sur eux furent sans effet, car il était sans armes. Les scélérats ont crevé les yeux du garçon, et découpé en morceaux le corps de Gauvain. Seigneur, le chagrin et la détresse dans lesquels vous nous voyez, ainsi que notre immense colère, nous pouvons vous l'avouer loyalement, ne sont pas inspirés seulement par l'adolescent qui gît ici ; ce qui nous met en fureur, c'est la mort du Bon Chevalier.

Alors elles reprirent leurs lamentations, si violentes que personne ne pourrait vous les décrire.

— Hélas, font-elles, qu'allons-nous faire ? Ah, Mort, comme tu es mesquine ! Nous n'avions d'autre ami que lui, et c'est lui que nous avons perdu. Ah, Mort misérable, pourquoi ne nous fais-tu pas périr sur l'heure ? Telle est bien ta coutume de toujours : celui qui désire ta venue, qui te réclame en son besoin, tu ne daignes pas répondre à son appel. Mais tu as fait mourir le Bon Chevalier, et le monde entier en portera le deuil. Ah, Mort, comme tu es vile, à te précipiter ainsi sur les bons, et à laisser vivre les lâches ! Tu ne connais ni raison ni mesure. N'as-tu pas souci de ces trois malheureuses qui n'ont que mépris pour leur propre vie ?

Monseigneur Gauvain intervint alors :

— Belles, fait-il, ne vous désolez pas ainsi ; vous n'avez vraiment pas lieu de vous tourmenter, car j'arrive tout droit de la cour, et j'y ai vu il y a un instant monseigneur Gauvain assis à table ; il était en très bonne santé, je vous l'assure, quand je suis parti.

Le jeune homme lui répliqua :

— Pourtant, cher seigneur, sa mort ne fait aucun doute.

— Ami, fait-il, qu'en savez-vous ? Comment êtes-vous certain de cela ?

— J'ai été le servant de Gauvain, une année, à un tournoi ; aussi suis-je absolument sûr que c'est lui dont le corps a été taillé en pièces.

— Ami, montrez-le moi : je saurai bien reconnaître le corps.

— Seigneur, fait-il, ils sont déjà hors de la forêt, ceux qui l'ont tué. Après l'avoir décapité, ils lui ont tranché tous les membres : ils l'ont si sauvagement mutilé qu'il n'y restait ni pied ni poing. Ils sont bien maintenant à une distance de trois lieues, avec le corps qu'ils sont allés mettre à l'abri en leur pays. A cette heure, ils ne redoutent plus personne.

Gauvain éprouva, on s'en doute, une violente colère à la vue du jeune homme ainsi défiguré, et devant les jeunes filles désespérées par sa propre mort. C'est pour le jeune homme surtout qu'il enrage, car celui à qui on a crevé les yeux est malheureux pour le reste de ses jours. Il sait bien par ailleurs que c'est à cause de lui qu'on lui a fait tout ce mal. A l'égard du chevalier qui s'en va, emportant la demoiselle – sa fureur reprend de plus belle à cette évocation –, il ignore encore ce qu'il va faire, laquelle il suivra des deux aventures, la première ou la dernière. L'idée lui vient d'en finir d'abord avec la première, et s'il peut s'en sortir sans encombre et sain et sauf, il se consacrera alors à l'autre et tentera de venger ce forfait.

— Ami, fait-il, je dois poursuivre ma route ; je vous recommande à Dieu. Soyez sûr que, si j'avais pu venir assez tôt, mon écu aurait été percé, mon haubert faussé et rompu et moi-même blessé avant qu'on vous ait maltraité de la sorte. Vous ne connaîtrez pas mon nom avant que je revienne[1] ; et, une fois de retour, je n'aurai de cesse que je meure ou que vous soyez vengé.

---

1. L'une des coutumes chevaleresques est de décliner son nom. Gauvain est connu pour être celui qui jamais ne refuse de révéler le sien si on le lui demande. S'il se soustrait ici à cet usage, c'est qu'il est provisoirement dépossédé de ce nom.

III

L'AVENTURE DU CIMETIÈRE

Gauvain prit alors congé des jeunes filles, puis piqua à travers la lande jusqu'à ce qu'il eut retrouvé son droit chemin. Il alla longtemps ainsi et finit par sortir de la forêt. Sur le versant en face de lui, il vit au loin chevaucher le chevalier. Le soir commençait à tomber, et Gauvain pressa si vivement son cheval qu'il franchit à son tour le vallon.

Alors surgit devant lui une place forte, entièrement close d'une enceinte de pierre taillée ; le mur avait bien cent pieds de haut : aussi puissamment fortifiée, la place ne craignait aucun assaut. Gauvain se rendit compte qu'il était tard, et qu'il ne pourrait pas sans difficulté mener à bien sa bataille. Il remettra à demain, pense-t-il, l'affrontement avec le chevalier qu'il pourchasse : il est convaincu en effet que ce dernier passera la nuit dans le château, et lui fera de même, pour y attendre la rencontre avec son adversaire.

Telles étaient les intentions de Gauvain. Il en alla pourtant tout autrement, car le ravisseur franchit promptement la première enceinte, mais à ce moment le soleil se coucha, et les portes furent fermées. Il prit alors par les rues pour monter au château. Dans le petit pré devant la tour, le seigneur était assis avec ses gens. Le chevalier le salua avec courtoisie, puis lui demanda l'hospitalité.

— Cher ami, dit le seigneur, bien volontiers.

Aussitôt un chevalier se leva pour déposer à terre la demoiselle ; le seigneur commanda à ses écuyers de débarrasser l'étranger de ses armes ; puis il lui fit apporter une tunique et un manteau gris. Quand il l'eut installé près de lui, il s'enquit avec beaucoup de bonne grâce de sa situation et de ses projets, de quelle terre il venait et où il allait ; le chevalier le lui conta, sans le tromper en rien.

Il me faut revenir à Gauvain qui chevauche encore dans la plaine : il n'a d'autre souci que d'arriver de jour pour trouver un gîte. Il lance son cheval et se dirige à vive allure droit vers la porte d'enceinte. Il voit les formidables fortifications de la place, et considère longuement le château. Il appelle alors le portier, assez fort pour se faire entendre.

— Cher ami, lui répond le portier, vous vous époumonez en vain, car le soleil est couché ; aucune porte ne sera plus ouverte ce soir ni demain avant qu'il soit grand jour, à aucun prix. Car le seigneur de ce fief, ainsi que les clercs et les chevaliers, les hommes d'armes, les bourgeois et les écuyers l'ont tous juré d'un commun accord : jamais, pour personne sans exception, le guichet ne sera déverrouillé après le coucher du soleil ; il restera fermé jusqu'au lendemain.

— Ami, rétorque Gauvain, je suis épuisé, et il est bien tard ; indique-moi donc où je pourrai ce soir encore trouver à m'héberger.

— Seigneur, dans ce pays, il n'y a chaumière ni maison à dix grandes lieues à la ronde. Je ne sais que vous conseiller : vous pourriez bien errer toute la nuit à travers bois et champs de bruyères.

— Ami, fait Gauvain, je m'en vais. Je vous recommande à Dieu.

A peine avait-il repris sa route qu'il aperçut une chapelle, haute et belle, en bordure du chemin, dont le cimetière était ceint d'un mur. Gauvain pensa qu'il serait là en toute sécurité et qu'il pourrait y passer la nuit. Mais s'il avait déjà été dans la nécessité de montrer sa prouesse, il allait l'être maintenant plus encore. Jamais, de sa vie, il n'échappa à une aussi grande frayeur. Il alla jusqu'à la chapelle, et mit pied à terre dans le cimetière. Il ôta sa lance et son écu, les adossa au mur de la chapelle. Il libéra de sa selle son bon destrier, puis le pansa et l'étrilla comme il fallait ; il le laissa paître l'herbe ; enfin il s'assit sur une tombe. C'est alors qu'il entendit un jeune homme venir au trot sur son roncin, en direction du bois.

Il sortit du cimetière et lui demanda :

— Qui es-tu, pour passer si tard par ici ?

Le jeune homme poussa un hurlement et s'écria :

— Dame sainte Marie, conservez-moi la vie et la raison ! Dieu glorieux, ne m'abandonnez pas, préservez-moi de la folie et de l'agression du diable !

Gauvain fut stupéfait par cette réaction :

— Ami, fait-il, ne vous tourmentez pas. Que le vrai Dieu dont vous implorez l'aide nous protège l'un et l'autre du mal.

L'autre, en l'entendant parler de Dieu, tourna vers lui son cheval et alla aussitôt lui demander qui il était, et de quel pays.

— Cher ami, je suis Gauvain, le neveu du roi Arthur. Pourquoi avez-vous été si effrayé quand je vous ai adressé la parole ?

— Seigneur, ignorez-vous donc que c'est dans le Cimetière du Grand Péril que vous avez établi votre gîte ? Chaque nuit, je vous le jure – ne pensez pas que je vous conte là des fables –, des diables viennent y habiter, un, deux ou trois, je ne sais pas leur nombre. Il y a bien plus de cent ans que personne, qu'il fût chevalier ou d'une autre condition, ne s'y est arrêté sans qu'on l'ait trouvé mort au matin. Ne vous estimez pas arrivé à bon port, et cherchez un autre logis. Mais si vous voulez me croire, je vous hébergerai moi-même bien volontiers, car ce château que vous voyez là sur la hauteur était à moi ; j'en ai fait don à un chevalier quand il a pris ma sœur pour femme. Ils dormaient encore tous ce matin quand je suis parti chasser en cette forêt : c'est un divertissement qui me plaît beaucoup. Dès le début, j'ai touché un cerf : je l'ai poursuivi toute la journée, si bien qu'enfin un de mes lévriers l'a atteint ; je me suis longuement attardé à le découper et à l'écorcher. Vous pouvez le voir ici déjà chargé sur mon cheval. Nous pourrons en tirer bientôt autant de bouillis et de rôtis que nous voudrons.

« Seigneur, fait-il, au nom de Dieu je vous prie de ne pas rester ici, si vous tenez quelque peu à votre vie. Venez plutôt vous abriter là-haut, vous y serez très bien logé.

— Eh bien, dit Gauvain, ce n'est pas ce que j'ai entendu ; je suis venu tout à l'heure en hâte à la porte d'enceinte, un homme d'armes m'a répondu que je m'époumonais en vain et m'a informé sans ambages d'une chose qui m'étonne fort : chaque soir, à peine le soleil est-il couché que les portes sont verrouillées, et on ne les rouvre pas avant qu'il fasse grand jour.

— Par ma foi, fait le jeune homme, tout cela est exact ; il vous en a bien dit la vérité. Mais nous parviendrons bientôt au fossé ; j'y jetterai mon gibier, et nous y sauterons nous-mêmes, puis nous l'escaladerons du côté de la muraille. Mes gens s'y trouvent, qui pour l'heure montent la garde avec vigilance ; ils auront tôt fait de nous hisser au sommet du mur, la venaison, vous, et moi.

— Ami, dit Gauvain, et que ferions-nous de nos chevaux ?

— Seigneur, nous les laisserons paître librement toute la nuit. Le mien est très bien dressé à cela : jamais il ne s'éloignera du mur d'enceinte.

— Mais le mien, fait Gauvain, que fera-t-il, lui qui ne connaît pas les lieux ? A supposer que les loups me le tuent, ou quelque autre bête sauvage, ma vie durant on me blâmerait dans mon pays – la chose serait nécessairement sue –, pour l'avoir lâchement abandonné, et offert ainsi à la convoitise des loups. Il n'est absolument pas question qu'il reste seul à l'extérieur : je prendrai avec lui le bon et le mauvais.

— Si, fait l'autre, pour l'amour d'un cheval, vous vous laissez mourir ici, c'est votre folie qu'il faudra incriminer. Des chevaux, vous en retrouverez sans peine ; aussi, si vous voulez m'en croire, vous allez venir avec moi dans ce château où je dois me rendre.

Gauvain lui dit :

— C'est tout décidé ; je ne vous accompagnerai pas si mon cheval doit rester dehors. Mais je vous prierais, s'il était possible, de m'accorder un don ; vous en serez bien récompensé si je puis m'échapper d'ici.

L'autre lui répond :

— Je vous le promets, avec toute la loyauté dont je suis capable : si je peux, je vous l'accorderai.

— Ami, dit-il, maintenant écoutez-moi bien : un chevalier d'une taille excessive – c'est la seule imperfection à sa beauté – s'est logé en ce château ; il emmène sur son cheval une demoiselle, belle et élancée, noble et courtoise ; il a eu aujourd'hui l'insolence de l'enlever à la cour du roi, alors qu'elle était sous ma protection. J'en ai été profondément humilié ; toute la journée je l'ai poursuivi, sans pouvoir l'atteindre. Rien ne m'a encore jamais autant irrité que la perspective qu'il puisse garder cette jeune fille avec lui cette nuit. Pour l'amour de moi, arrangez-vous, si la chose peut se faire d'une manière ou d'une autre, pour que ce soir votre sœur se charge d'elle ; vous m'aurez alors rendu un très grand service. Si le chevalier abusait de cette jeune fille, c'en serait fait, à tout jamais, de mon honneur. Demain, quand il fera jour, qu'il en reprenne possession en toute quiétude. Si vous pouvez obtenir cela, peu m'importe ensuite de quel côté il ira, car alors j'aurai ma bataille.

— Il sera fait comme vous l'entendez, lui assure le jeune homme.

Et sans oser demeurer davantage il part au grand galop. Il parvient au fossé, appelle ses gens, qui se tenaient aux aguets sur le mur et avaient grand-peur qu'il ne fût mort ou blessé. Il jette sa venaison dans le fossé et il y saute lui-même ; il lâche son cheval de chasse dans le champ, après lui avoir ôté le harnais. Il prend tout avec lui, gibier et harnais. Il ne se permet pas d'autre retard. Vivement ses gens le hissent sur le mur.

La nouvelle parvint au seigneur que le jeune homme était de retour. Il sortit du château et courut par une rue à sa rencontre, tout heureux de sa venue. La dame elle-même s'élança sur ses traces, suivie de tous les gens de la cour : il n'y resta pas même un portier ou un garde. Jamais on ne manifesta pour un seul jeune homme une joie semblable à celle qu'on lui fit dans la place, car tout le monde était au courant de sa partie de chasse à l'arc dans la forêt : tous redoutaient, tant il s'était attardé, qu'au moment de revenir le diable qui garde le Cimetière du Grand Péril ne l'eût mis à mal. Ils l'appréhendaient fort, car même le plus hardi d'entre eux aurait perdu sa vaillance en pareille rencontre.

Ils entrèrent alors dans la grand-salle, et le jeune homme porta ses regards sur le chevalier qui s'y trouvait assis. Il vit la jeune fille au sujet de laquelle Gauvain lui avait fait cette prière. Il n'eut pas de mal à reconnaître son compagnon à son visage, à son air et à sa taille démesurée. Il s'adressa alors au maître de céans :

— Seigneur, dit-il, jamais un aussi grand malheur n'est arrivé, là-bas hors des murs dans le Cimetière du Grand Péril, sachez-le bien, ni jamais un aussi grand n'arrivera dans l'avenir, que celui qui va se produire cette nuit. L'affliction peut bien être générale, car celui qui en sera victime n'avait pas son pareil au monde en largesse ni en courtoisie, et sa grande valeur ne le rendait pas arrogant pour autant. Maudit soit ce cimetière pour lui avoir ainsi servi de gîte ! Quand le roi Arthur en aura connaissance, il se vengera en détruisant notre pays ; car ce puissant roi nous demandera compte à juste titre de son neveu, qu'il est en ce moment même en train de perdre. Il le perd, c'est un bien grand dommage. Dieu ! quelle désolation dans son lignage quand ils l'apprendront ! Et dans le monde entier, même les gens qui ne le connaissent que par ouï-dire porteront son deuil, tant il était estimé et aimé. Seigneur, fait-il, maintenant écoutez quel odieux outrage est la cause de sa mort.

« Ce chevalier assis là-bas s'est rendu il y a peu à la cour du roi, pendant que celui-ci se trouvait à table. La jeune fille qui l'accompagne y était venue dès hier offrir son service : elle demeurait à la cour à condition d'être chargée de la coupe royale, et Gauvain devait la protéger contre toute honte et déshonneur. Tout à l'heure ce chevalier a eu l'impudence de s'en emparer en sa présence. A travers la forêt de Carduel, toute la journée, Gauvain l'a pris en chasse. C'est dans le Cimetière du Grand Péril que je l'ai vu, et je suis resté un long moment avec lui. Il m'a ainsi conté par le détail cette poursuite. J'ai insisté le plus courtoisement que j'ai pu pour qu'il vienne loger ici, mais il a absolument refusé de se séparer de son destrier. Si vous tenez à mon amitié, et le cas échéant à mon aide, c'est le moment de me montrer vos bonnes dispositions, car j'ai une requête à vous faire.

— Je vous accorde tout ce que vous voudrez me demander, dit le seigneur, serait-ce ma terre entière.

— Seigneur, fait-il, je vous remercie. En ce qui concerne cette jeune fille, je vous prie de la mettre cette nuit sous la protection de ma sœur, et de la laisser reprendre demain sans discussion par le chevalier qui l'a amenée. Telle est la prière que m'a faite monseigneur Gauvain : que la demoiselle soit, cette nuit, soustraite à la garde de son ravisseur.

Celui-ci le regarde alors avec fureur, puis lui dit :

— Il n'en sera rien. Puissé-je être plutôt cinq cent mille fois maudit ! Je l'ai suivie en plusieurs cours, j'ai fait ce matin un scandale à son propos, devant le roi assis à table, au vu de nombreux chevaliers et elle passerait cette nuit sous une autre garde que la mienne ? De ma vie je ne vous l'abandonnerai !

Le seigneur avait de très courtoises manières : il pria affablement son invité de céder la jeune fille de bon gré. La dame l'en pria à sa suite, ainsi que tous ceux du palais : qu'il l'accorde, il fera bien.

— Inutile d'insister, répond l'autre. Il n'est personne qui pourrait m'y faire consentir.

— Finissons-en, dit le jeune homme. Ou l'on exécute mes volontés, ou c'est moi qui m'en retourne auprès de monseigneur Gauvain : je lui dirai que je ne suis pas capable de lui faire avoir ce qu'il désire. J'aime mieux l'en informer et, puisque de toute façon je devais le faire, revenir auprès de lui et lui tenir compagnie dans le meilleur et dans le pire, plutôt que de passer à ses yeux pour un imposteur.

Le seigneur comprit que la résolution du jeune homme était inébranlable et qu'il allait repartir :

— Ami, lui dit-il, si vous ne pouvez obtenir satisfaction par la prière, je recourrai à la violence plutôt que de vous voir quitter ce soir le château. Ami, fait-il en s'adressant au chevalier, il est préférable pour vous de me donner sans protester la jeune fille. Vous y gagnerez une plus grande gloire que si elle était ravie par la force : elle ne vous sera jamais rendue, si on vous l'enlève par bataille, alors que si vous me la confiez de bonne amitié, vous la retrouverez sans tracas demain matin.

L'autre voit bien que c'en est fini et qu'il s'entête en vain : il est contraint de rendre son amie, il n'a pas d'autre issue.

— Seigneur, fait-il, j'ai pris logis dans votre demeure en toute bonne foi. Maintenant, vous allez trop loin avec moi, en m'assurant que la jeune fille que j'aime tant, vous allez me l'enlever par la force et ne jamais me la rendre. Il y a là quelque trahison dont personne ne pourrait vous disculper.

— Ami, je vais vous faire comprendre, fait le seigneur, qu'il n'y a aucune possibilité d'agir autrement, si vous êtes sensible à la raison. La jeune fille que vous emmenez n'est pas à vous, vous l'avez enlevée ; il est donc tout à fait légitime qu'elle ne partage pas votre couche : il y a un chevalier là dehors qui passe la nuit dans la chapelle et qui vous suit pour reconquérir cette jeune fille ; il affirme son intention de vous livrer bataille, et de soutenir demain que vous vous en êtes saisi sans aucun droit. S'il a une possibilité de le prouver de cette façon, il serait bien injuste que vous profitiez d'elle. C'est à grand tort que vous obtiendriez joie et plaisir de son amie, s'il peut ainsi défendre ses prétentions sur elle.

— Seigneur, réplique le chevalier, son dire ne suffit pas à la preuve ; il aurait eu tout loisir de m'atteindre et de me trouver, avant que je n'arrive ici, s'il y avait vu son avantage, car j'allais à une petite allure tranquille, et le cheval sur lequel il me poursuivait, lui, n'était pas lent.

— Vous argumentez pour rien, fait le seigneur, la chose est entendue ; je vais faire prendre la jeune fille sous vos yeux, si vous ne me la livrez pas en toute amitié.

Le chevalier n'ignore pas qu'il lui est impossible de la conserver par les armes ; mieux vaut donc la rendre pacifiquement qu'être mis à mal et la perdre.

— Seigneur, fait-il, puisque je suis contraint de la céder, et que je la retrouverai demain matin, autant me résigner.

La dame prit la jeune fille par la main et l'emmena dans ses appartements, qui étaient luxueux. Elles y mangèrent ensemble fort gaiement. Le seigneur, de son côté, se mit à table dans la grand-salle avec toute sa compagnie ; tous manifestaient le plus vif entrain, à l'exception du chevalier : il ne pouvait éprouver du plaisir au repas du moment que sa demoiselle était absente.

Par toute la ville se répand la nouvelle que Gauvain, depuis que le soleil est couché, se trouve à l'extérieur de l'enceinte, dans le Cimetière du Grand Péril. Clercs, bourgeois, chevaliers, l'angoisse est générale ; le peuple entier court à l'église, prier Dieu qu'il le protège en ce danger mortel. Vous entendriez là une désolation dont aucun récit ne pourrait rendre compte. Certains sont montés sur les créneaux, pour prêter l'oreille à ce qui va se passer et à la manière dont Gauvain va se comporter.

Monseigneur Gauvain avait pris place sur une tombe de marbre gris, entre le mur et la grille. La tombe était sculptée avec une telle magnificence que je crains de ne pas réusssir à la décrire, je ne m'y hasarderai donc pas. A peine venait-il de s'y asseoir qu'il sentit la pierre bouger sous lui et se lever : il fut très étonné de n'apercevoir absolument personne aux alentours. Et la pierre continua de se dresser, si bien que les pieds du chevalier ne touchaient plus le sol. Gauvain s'en alla à la recherche d'un autre siège, plus hospitalier. Il n'eut pas le temps de faire quatre pas, que le tombeau se trouvait complètement ouvert : il y vit, tout entière offerte aux regards, une demoiselle étendue. La voici qui se met sur son séant, sous les yeux de monseigneur Gauvain. Celui-ci lève la main droite pour se signer ; pourtant, lui semble-t-il, de sa vie entière, dès qu'il a su reconnaître la beauté, il n'a vu une aussi superbe créature. Elle était somptueusement vêtue d'un samit velouté de deux couleurs qui le laissa bouche bée : une partie en était verte, l'autre vermeille.

— Gauvain, fait-elle, je suis très surprise que vous ayez peur de moi.

— Demoiselle, je vois ce que jamais encore je n'avais vu : est-il si surprenant que j'en marque quelque frayeur ? Il n'y a aucun chevalier dans le royaume du roi Arthur, si grande soit sa hardiesse, qui eût été bien rassuré en vous trouvant ainsi.

— Je vous affirme, seigneur, que je suis une créature de Dieu, et c'est Dieu qui vous a conduit ici pour me libérer de ma prison. Je le sais bien : à moins que vous ne m'aidiez, je ne pourrais jamais quitter cette vie de chagrin, de peine et de douleur. Mais je m'en évaderai cette nuit, grâce à vous.

— Belle, fait-il, dites-moi ce qu'il en est exactement du Cimetière du Grand Péril : j'aimerais bien savoir comment ce nom lui fut attribué la première fois. Et je veux savoir aussi, en ce qui vous concerne, depuis quand, pourquoi, et par quel moyen vous avez échoué dans un lieu si solitaire.

— Seigneur, répond-elle, mon père se remaria, après la mort de ma mère, avec une femme d'un rang beaucoup plus élevé que le sien ; elle était très belle, mais je l'étais plus encore. Elle éprouva une vive jalousie à mon égard. Elle imagina divers enchantements et sortilèges, et m'ensorcela si bien que j'en perdis la tête. Longtemps je me conduisis comme une folle, sans savoir ce que je faisais. J'allais seule un jour par un chemin quand je rencontrai, c'est la vérité, un diable à figure d'homme. Il m'adressa aussitôt la parole :

« — Belle, de votre tourment actuel, et de la souffrance dans laquelle vous avez vécu si longtemps, je pourrais encore vous guérir aujourd'hui même, si vouliez bien m'appartenir.

« J'avais un ardent désir de guérir, je lui promis donc sur-le-champ de me plier à toutes ses volontés. Il entreprit alors de me délivrer : par la suite, je n'eus plus jamais la moindre attaque de ce mal. Il me fit monter sur son cheval, et m'amena jusqu'ici. Depuis ce jour-là, je suis restée constamment avec lui. Ma vie a été très malheureuse, car il prenait de moi son plaisir chaque nuit, et chaque jour je gisais seule dans ce tombeau ; pourtant tout ce qui pouvait m'être agréable, autant qu'il en avait l'idée et le pouvoir, il me le faisait obtenir. Il accomplissait le moindre de mes désirs : belles robes, bijoux, mets, selon mon envie ; mais j'aurais préféré la mort plutôt que de lui appartenir, tant je le haïssais à le voir venir, chaque nuit, dans sa repoussante laideur. Voilà pourquoi c'est ici le Cimetière du Grand Péril, car c'est ici chaque jour son gîte.

« Seigneur, continua-t-elle, maintenant vous n'avez d'autre issue : apprêtez-vous à vous battre contre lui, car je sais de science sûre qu'il est en route, et qu'il ne se trouve pas loin d'ici. Ne vous laissez pas déconcerter ; ayez en Dieu bonne espérance : si vous avez une foi solide, vous auriez tort de le redouter en quoi que ce soit. Vous connaissez bien la croix dont je vois le signe au-dessus de moi. Alors, quand il vous arrivera d'être particulièrement angoissé sur l'issue de la bataille, portez sans faute vos regards sur elle, reprenez là votre souffle, et vous serez aussitôt entièrement soulagé de votre fatigue. Si vous n'avez pas pitié de moi, cher seigneur, ayez du moins pitié de vous ; car, soyez-en convaincu, l'un de vous deux nécessairement mourra ; et moi, je ne serai jamais tirée de ma misère, si vous ne m'en délivrez cette nuit. Cher seigneur, maintenant préparez-vous et montez sur votre cheval, car l'ignoble traître n'est pas à plus d'une demi-lieue de distance.

Gauvain revêtit alors son heaume, et enfourcha son robuste cheval. La jeune fille au gracieux costume s'empressa de l'armer ; elle lui tendit son écu et sa lance. Déjà le diable avait atteint le mur.

— Maintenant, fit-elle, gardez courage.

Le diable passa la porte :

— Espèce de garce, s'écria-t-il, c'en est fait de votre vie, et de l'honneur de votre galant ! Cet entretien va connaître très bientôt une fin déplorable ; mal lui a pris de faire votre connaissance.

Elle répliqua avec dignité :

— Il me pèse fort, certes, d'avoir dû me prostituer à vous. Mais voici monseigneur Gauvain, dont le monde entier loue la haute valeur. J'ai la ferme croyance que Dieu, cette nuit, lui viendra en aide, et je cesserai à jamais d'être soumise à votre plaisir.

Quand le diable apprit qu'il s'agissait de Gauvain, il en conçut une irritation sans bornes, car il connaissait bien sa renommée de prouesse. Ils se ruent alors l'un sur l'autre de toute la vitesse de leurs chevaux, et se frappent de leurs lances avec une telle violence, en pleine poitrine, qu'elles volent toutes deux en éclats. Ils ne s'arrêtent pas pour autant ; ils se heurtent à nouveau si rudement, des chevaux, des corps et des écus, qu'ils se sont mutuellement jetés à terre, monture et cavalier ensemble. Gauvain est tout tremblant de fureur, il se remet aussitôt sur ses pieds ; l'autre ne reste pas non plus interdit, il a déjà saisi son épée. Alors commence le corps à corps : jamais on n'en a vu d'aussi âpre. Ils se redoutent fort peu l'un l'autre, à en juger par la manière dont ils se comportent. Le diable multiplie les attaques, et assène à son adversaire un tel coup d'épée sur le sommet de son heaume qu'il le lui fend et rompt en plusieurs endroits. Gauvain encaisse avec vaillance ; il lui paie bien ce qu'il lui doit, car il le frappe sauvagement ; c'est cent coups qu'il lui donne sans interruption avant la fin de l'assaut. Le combat est d'une rare violence.

Le diable le frappe de l'épée sur le sommet de son heaume étincelant, si bien que le cercle s'en trouve rompu. Le coup glisse sur l'écu et en abat plus d'un quartier. Gauvain lui rend la pareille, si durement qu'il fait jaillir du heaume les pierres précieuses qui le sertissent : émeraudes, saphirs, topazes, il fait tout choir à terre devant lui ; il n'y reste or ni émail qu'il ne fasse sauter. Le coup descend sur la hanche ; de l'éclatante cotte de mailles, il abat le pan droit. Les deux adversaires sont couverts de blessures et à bout de force, car chacun d'eux fait tout ce qu'il peut pour blesser l'autre et le mettre à mal. La fureur du diable est sans bornes, sa force et sa prouesse, prodigieuses. Gauvain recule jusqu'au porche, à l'entrée de la chapelle.

— Gauvain, s'écrie alors la demoiselle, n'avez-vous donc pas une foi ferme en Dieu, le roi glorieux de majesté ? Voyez là l'image de la croix !

Gauvain a entendu le rappel à l'ordre de la jeune fille. Il court sur son adversaire avec une telle rage qu'il le fait reculer de quinze pieds. La colère du diable s'accroît, quand il voit qu'il doit céder du terrain. A son tour il se lance vers son ennemi le plus vite qu'il peut pour un nouvel assaut. Il le frappe sur son heaume de Pavie, sur le côté droit ; il lui en abat le quart, et déchire une centaine des mailles du haubert. Le coup descend sur l'épaule, si bien qu'il le blesse en deux endroits. Ferraillant sans relâche, il le malmène si bien qu'il le pousse sous le porche. Gauvain brandit son épée tranchante, et se défend de son mieux. Le diable continue son offensive, il lui livre un troisième assaut. Le sang qui jaillit des plaies du chevalier l'a fortement affaibli. Longtemps il soutient le combat ainsi et se défend avec peine. Peu s'en faut que le terrible diable ne le conduise à sa guise, n'était le dernier effort que tente Gauvain devant les pleurs de la jeune fille. Pourtant il lui était bien utile de pouvoir s'adosser à la voûte, car il avait la tête, le cou et les épaules troués de plaies. La jeune fille est envahie d'inquiétude, quand elle le voit faiblir ainsi :

— Hélas, fait-elle, comment expliquer qu'un diable possède une telle vigueur ? Ah, valeureux chevalier, que fais-tu ? Ne te souviens-tu donc pas de la croix ?

La force de Gauvain lui revient, ainsi que sa vaillance et sa hardiesse : après avoir regardé la croix, il court rapidement attaquer son ennemi. Il lui donne un tel coup de son épée qu'il l'abat sur les genoux ; il lui fend l'écu de part en part, si bien que les deux moitiés en tombent à terre. Une nouvelle fois il va l'assaillir, car il voit qu'il l'a gravement touché. Il le fait reculer sur un tombeau derrière lui. Le tombeau était grand et long, il le pousse par-dessus. A quoi bon vous en dire davantage ? Le diable tombe dessus si brutalement qu'il ne peut plus se relever. Dans le déséquilibre que provoque la chute, son heaume heurte la terre, si bien que les lacets en sont rompus et qu'il vole loin sur le terrain. Gauvain voit le visage découvert, et il le frappe de son épée en plein milieu ; par-dessus les yeux, le coup a emporté toute la figure jusqu'à la moitié du menton ; il le frappe une nouvelle fois à la volée, tant et si bien qu'il lui tranche la tête. La demoiselle alors s'est assise, après la grande frayeur qu'elle a eue ; puis elle dit :

— Que votre arrivée ici soit bénie de Dieu : ma vie a été longtemps si misérable, en proie au tourment et à la peine ! Le monde entier peut le proclamer, voici le Bon Chevalier, celui qui toujours a su secourir les demoiselles dans l'infortune.

Ceux qui étaient sur les créneaux avaient perçu de loin le bruit du combat et le vacarme des assauts répétés. Ils comprirent que l'un des deux adversaires était vaincu, mais ils ignoraient lequel et avaient grand-peur qu'il ne s'agît de Gauvain. Ainsi patientèrent-ils jusqu'au jour dans ce souci et cette angoisse. Quant à lui, il avait ôté son heaume et s'était couché sur le sol, près de la chapelle, la tête dans le giron de la jeune fille.

Dès qu'il fit jour et que le soleil fut levé, le jeune homme éperonna en direction de la chapelle. Chevaliers, demoiselles, bourgeois, par toute la place, tous s'élancèrent à sa suite afin de voir monseigneur Gauvain ; ils avaient grande envie de savoir comment il s'était comporté pendant la nuit. Leur bonheur fut extrême de le trouver sain et sauf, et ils contemplèrent avec stupeur le diable étendu mort ; comme il avait l'habitude de ravager le pays, ils en manifestèrent une grande joie. La nouvelle se répandit partout que le diable était défait. Tous alors surent bien que le cimetière avait désormais perdu son nom.

IV

L'AFFRONTEMENT AVEC ESCANOR, LE RAVISSEUR

Au château, Escanor s'était levé. Quand il eut fait mettre sa selle et qu'il eut achevé de s'armer, il réclama son amie. Puis il s'engagea dans la grand-route qui devait le ramener en son pays. De son côté Gauvain interrogea le jeune homme venu à sa rencontre :

— Cher ami, fait-il, que sont devenus la jeune fille et le chevalier ?

— Seigneur, il était déjà sur son destrier quand je suis parti, et je sais qu'il s'en retourne dans son pays par la grand-route. Mais hier soir votre demande a bien été satisfaite : conformément à votre désir, ma sœur a eu la jeune fille en sa garde toute la nuit, puis l'a remise en l'escorte du chevalier aujourd'hui, après qu'il se soit armé.

— Maintenant, cher ami, occupez-vous de moi et de mon cheval, que nous ayons à manger, et votre service sera parfait. J'ai passé une bien mauvaise nuit, et n'ai rien pris depuis hier matin.

Le jeune homme monta sur son roncin, une bête puissante et rapide, et il se dirigea promptement vers le château. Il appela deux de ses gens, leur donna pain et vin en abondance, un gros morceau de viande rôtie, et un pâté de deux perdrix. Il leur confia bien d'autres choses encore : serviettes blanches, coupes et sel – et aussi de l'avoine et du foin. Puis il revint à toute allure vers Gauvain, qui l'attendait dans le cimetière.

Il n'y a plus rien à dire à ce sujet, sinon qu'ils mangèrent gaiement. Gauvain ordonna aussitôt qu'on mît au cheval sa bride et sa selle.

— Seigneur, dit la demoiselle, au nom de Dieu et pour l'honneur, je vous prie de ne pas m'abandonner en ces lieux, car j'y serais bien dépourvue. Je voudrais aller avec vous dans votre pays, si vous le voulez bien.

— Seigneur, dit à son tour le jeune homme, emmenez-nous tous les deux, la jeune fille et moi et, si vous acceptez, je me mettrai en quête d'un palefroi qu'elle pourra chevaucher ; il y a si longtemps que j'ai envie d'être en votre service !

— Mon ami, fait-il, qu'il en soit fait à votre gré.

Le jeune homme s'en retourna alors vivement au château quérir un palefroi : jamais vous n'en avez vu de plus beau ni harnaché avec plus d'élégance. Il l'amena auprès de la jeune fille qui monta en selle ; Gauvain revêtit son heaume et enfourcha à son tour son cheval. Puis, tous trois ainsi équipés, ils se mirent sur les traces du chevalier. Longtemps ils chevauchèrent de la façon que je vous dis, tant qu'il fut midi passé.

C'est alors qu'ils aperçurent le chevalier filant bien loin devant eux, mais ils le reconnurent sans hésiter à son destrier et à son écu, qui était d'une couleur vermeille, tout brillant dans le soleil.

Ils le repérèrent d'autant plus aisément qu'il avait rejeté son écu en arrière, à cause de la jeune fille qu'il portait devant lui. La demoiselle que Gauvain avait trouvée dans le cercueil s'émut vivement : son visage devint couleur de feu quand elle sut que c'était lui.

— Seigneur, fait-elle, est-ce bien celui-là contre lequel vous devez vous battre ? Même à trois ou quatre, ses assaillants auraient fort à faire avant de pouvoir lui infliger quelque mal. Il n'est pas en Bretagne de chevalier plus arrogant ni plus cruel, et qui soit plus redouté dans son pays ; on ne compte plus les chevaliers qu'il a tués dans son orgueil et sa suffisance. S'il vous est possible, sans vous exposer à la honte ni au blâme, de vous en retourner, je ne saurais trop vous conseiller de renoncer à cette bataille : vous n'en avez jamais livré, je vous l'assure, pas même celle d'hier soir, qui vous ait donné le tourment que vous devriez attendre de celle-ci. J'ai tellement entendu parler de lui, de sa force et de sa vaillance, qu'il me fait terriblement peur.

— A Dieu ne plaise, répond Gauvain, que j'abandonne ainsi la place tant que j'ai vie et santé, et qu'il obtienne sans lutte la demoiselle qu'il emporte !

— J'aimerais mieux être morte, fait la jeune fille, plutôt que de vous voir de mes yeux contraint de perdre fût-ce le petit doigt, vous qui m'avez délivrée de ma misère ! Je redoute tant cet affrontement que de ma vie je n'ai éprouvé une telle frayeur. Seigneur, c'est par le diable que j'ai appris qui il était et quelle est sa valeur. Jusqu'à l'heure de none, il possède la force de trois chevaliers, les plus hardis, les plus vaillants qui se puissent trouver ; quand le soleil commence à décliner, dès qu'on dépasse none, il s'affaiblit quelque peu. Il perd ainsi progressivement de la force jusqu'à l'heure de complie, mais conserve néanmoins de la vigueur et de la hardiesse ; jamais, sachez-le bien, il ne s'affaiblira au point de ne pouvoir résister au meilleur chevalier qui ose porter les armes contre lui. J'ajouterai encore ceci, dont vous savez bien que c'est vrai. Votre mère était d'une grande sagesse, elle vous découvrit certaines choses dont elle avait la connaissance ; je n'ignore pas qu'elle était fée : elle vous annonça votre destin et vous dévoila sans mentir tout ce qui devait vous arriver. Elle vous pria instamment de toujours vous montrer brave : jamais, à aucun jour de votre vie, vous ne seriez vaincu ni tué par quiconque, quelle que fût sa force – à l'exception de celui-ci, dont elle vous avertit de vous garder ; c'était le seul qu'elle redoutât. Et je vais vous dire son nom, vous pourrez mieux savoir ainsi si je mens. Car je sais qu'elle vous le révéla, et vous prévint qu'il n'y avait pas, dans toute la Bretagne, de chevalier d'une aussi brutale arrogance, ni d'une pareille endurance : c'est Escanor de la Montagne. Elle termina même par ces mots : si vous vous trouviez dans la nécessité de le combattre, elle était incapable de dire, lequel des deux l'emporterait.

— Belle, dit-il, c'est la pure vérité : elle m'a parlé exactement comme vous venez de le faire. Mais jamais Dieu ne m'accablera de sa haine au point que je fasse ainsi marche arrière. Je préfère la mort au déshonneur : la mort est tôt passée, mais la honte dure longtemps, car chacun en propage le récit et je ne saurais sans honte, vous le voyez bien, m'en retourner. Il me faut poursuivre le chevalier jusqu'à sa mort ou la mienne.

— Je crains fort, fait-elle, qu'il ne vous arrive malheur. Mais puisqu'il ne peut en être autrement, et que vous êtes instruit désormais de tout ce qui le concerne, notamment que ses forces s'affaiblissent au déclin du soleil, suivez du moins mon conseil : ne l'affrontez jamais avant que soit passée l'heure de none.

— Belle, fait-il, je vous obéirai : je promets, suivant vos recommandations, de ne lui livrer combat qu'après le coucher du soleil !

Ils firent route ainsi toute la journée, et finirent par arriver devant une haie. L'autre, qui ne traînait pas, l'avait franchie depuis longtemps et était entré dans une vallée, si bien qu'un long moment Gauvain le perdit de vue : il ne vit ni ne sut de quel côté il s'était dirigé.

Alors il se mit à presser l'allure. Puis il l'aperçut à nouveau devant lui, chevauchant très loin au milieu d'un champ. Il parcourut des yeux toute la plaine et il vit devant lui un château : jamais, lui sembla-t-il, il n'en avait vu d'aussi bien protégé, d'une telle puissance, ni aussi solidement construit. Il pensa alors que, du fait de l'heure tardive, le chevalier qu'il suivait ne manquerait pas de s'y arrêter pour la nuit. Par ailleurs ce dernier était à une telle distance qu'il lui serait absolument impossible, il le voyait bien, de l'atteindre avant la halte.

— Maintenant, jeune homme, dit-il, on ne peut en douter, il est clair que notre chevalier va aller se loger là-bas. Et nous, comment allons-nous faire ?

Le jeune homme, à sa manière noble et affable, lui répondit :

— Cela ne présente aucune difficulté, seigneur ; vous auriez tort de vous en inquiéter aussi longtemps que je suis sain et en vie. Ce château, avec toutes les terres environnantes et la grande forêt que vous voyez, m'appartenait. J'ai donné l'ensemble en dot à une autre de mes sœurs, qui a épousé un chevalier vaillant et sage. A ce que je crois, notre ennemi ira chez lui demander l'hospitalité ; et nous, nous nous rendrons chez un riche bourgeois de bonne compagnie : il fut au service de mon père avant de l'être au mien, et il nous hébergera dans les meilleures conditions. Car il serait malséant, quel qu'en soit notre besoin, que nous allions nous loger au château, chez le même hôte que votre ennemi mortel.

— Va donc, fait-il, faire préparer notre gîte au plus tôt, que nous le trouvions prêt et confortable.

Le jeune homme éperonna sa bête qui l'emporta rapidement. Il vit alors le chevalier qu'ils poursuivaient passer la porte d'enceinte.

Celui-ci alla son chemin le long des rues jusqu'à ce qu'il parvienne auprès du seigneur des lieux.

— Puisse ce Dieu qui pour nous sauver se laissa mettre en croix vous honorer, cher seigneur !

— Ami, fait-il, à votre tour que Dieu vous protège ! Vous êtes las, et il est tard : je n'aurai pas de mal à vous faire apprêter un bon gîte en ce château, car il est bien temps de faire halte.

— Seigneur, c'est là tout mon souhait, je vous en remercie infiniment.

Alors un chevalier s'élança pour déposer à terre la demoiselle ; un écuyer s'empara du cheval de l'étranger, et deux autres accoururent lui enlever ses armes.

Il me faut maintenant revenir au jeune homme, qui s'était rendu chez le bourgeois. Dès qu'il le vit, celui-ci lui fit grande fête :

— Seigneur, fait-il, votre chevauchée est terminée pour ce soir, sachez-le bien ; considérez-vous comme hébergé. Vous auriez tort de vous en faire prier : demain vous aurez tout loisir de rendre visite à votre sœur au château.

— Seigneur, répond le jeune homme, c'est entendu, mais maintenant, prenez vite un cheval : nous allons nous porter au-devant d'un chevalier que je vous amène ici ; recevez-le avec beaucoup d'honneur car il n'a pas son pareil dans toute la Bretagne. On pourrait aller jusqu'en Allemagne sans trouver quelqu'un pourvu d'autant de qualités. Aussi devez-vous être bien heureux que sa venue vous vaille une telle joie.

L'hôte s'en réjouit fort. Aussitôt il manda ses serviteurs, il leur fit préparer les sièges, le feu, le souper, avec une rapidité et un soin au-dessus de tout reproche. Puis il monta sur son destrier, à la fois robuste et léger, et il sortit de la ville. Gauvain était déjà parvenu aux portes d'enceinte du château. Le bourgeois accueillit très courtoisement les deux voyageurs, et les emmena avec lui dans sa propre maison. Il les fit descendre de cheval à l'intérieur de la grand-salle ; il avait donné l'ordre d'étendre des tapis et des coussins sur lesquels s'asseoir, et il y conduisit Gauvain ; devant eux brûlait un grand feu. Les serviteurs s'empressèrent alors pour le débarrasser promptement de ses armes ; la demoiselle aux cheveux blonds lui apporta son aide avec beaucoup de bonne grâce.

— Attendez donc un peu, fait Gauvain ; je ne veux pas quitter mes armes tout de suite.

Il appela alors le jeune homme :

— Ami, fait-il, hâte-toi de courir là-haut vers la tour, et arrange-toi pour que le chevalier ne prenne aucun plaisir avec la jeune fille qu'il conduit. Pour l'amour de moi, fais l'impossible pour que ta sœur ait celle-ci en sa garde cette nuit ; dis en outre de ma part au chevalier que, s'il ne veut pas s'engager à cela, il ne lui reste plus qu'à remonter sur son cheval, car je suis prêt à lui livrer bataille plutôt que de le laisser passer la nuit avec la jeune fille contre mon gré.

Le jeune homme se précipita. Les gens du château avaient quitté la cour pour aller s'asseoir dans la salle ; dès qu'ils l'aperçurent, les chevaliers lui firent le plus chaleureux accueil. Escanor s'était tourné vers lui et il le reconnut fort bien.

— Maudite soit votre venue, fou malintentionné que vous êtes ! De ma vie je ne serai satisfait tant que je ne me serai pas vengé de vous. Si je vous tenais en ce moment hors de ces murs, je n'y manquerais pas, car vous m'avez contraint hier soir à me séparer de mon amie. Seigneurs, fait-il aux autres, vous n'avez jamais vu de garçon aussi insensé ni insolent.

Il leur exposa alors toute l'affaire, le plat que le garçon lui avait servi le soir d'avant. A quoi le seigneur répondit :

— Seigneur, que Dieu, le fils de Marie, ne vous donne jamais force ni pouvoir de l'importuner ou de lui faire dommage !

— Eh bien laissons cela pour l'instant, fait l'autre, il a encore le temps de mourir de mes mains.

Sans se départir de sa courtoisie, le jeune homme lui répliqua tranquillement :

— Seigneur, je n'y peux rien si vous cherchez à me prendre avec cette intention. Seigneurs, ajouta-t-il à l'adresse des autres, en ce qui concerne le forfait dont il parle, je m'en remets à votre jugement : je n'ai fait qu'accomplir les ordres de monseigneur Gauvain à qui j'appartiens[1], et je m'y emploierai aujourd'hui encore, ce ne sont certes pas les menaces de ce chevalier qui me feront reculer. Seigneurs, je vais vous exposer l'origine de cette querelle.

Il leur conta alors l'histoire depuis le début : comment ce chevalier fit au roi l'affront de s'emparer de la jeune fille sous ses yeux ; comment Gauvain se mit à sa poursuite, et comment il livra bataille au diable dans le cimetière. Il n'omit aucun détail de leur chevauchée de la journée. Il s'adressa alors au maître des lieux :

— Seigneur, je vous prie, si vous avez quelque amitié pour moi, de m'accorder un don.

— Par ma foi, répond l'autre, je n'ai pas le droit de vous refuser quoi que ce soit : je ne le ferai de ma vie, en tout ce que je puis promettre. C'est moi qui devrais me soumettre à vos désirs, pour avoir reçu le château de vous.

— Seigneur, dit le jeune homme, monseigneur Gauvain m'a prié, à propos de cette demoiselle, qu'elle reste en la garde de ma sœur pour la nuit, et qu'elle soit rendue sans dispute demain matin au chevalier ; je vous demande instamment à mon tour de faire qu'il en soit ainsi.

Alors Escanor, qui avait entendu ces propos, ne put se contenir :

— Est-ce ton intention, dit-il, de me séparer de mon amie comme tu l'as fait hier soir ? Plutôt mourir à l'instant que de la laisser, aussi longtemps que je suis vivant, sous une autre garde que la mienne ! Seigneur, fait-il, si vous obéissez à ce garçon-là, vous n'en aurez que honte et tourment : c'est sur votre prière que je suis hébergé dans votre maison ; si l'on m'y créait le moindre ennui, on ne manquerait de vous en blâmer.

— Par ma foi, c'est vrai, dit l'hôte, c'est moi-même qui vous ai offert l'hospitalité. D'un autre côté, j'ai promis à ce jeune homme

1. Il faut entendre ici que le jeune homme – qui n'est pas encore chevalier – se met volontairement sous la dépendance de Gauvain. En revanche, les vaincus épargnés sont tout naturellement au pouvoir de leur vainqueur.

d'accéder à sa requête. Me voilà bien embarrassé maintenant entre ces deux engagements.

— Seigneur, dit le chevalier, la justice et le bon sens vous incitent à vous garder de trahison, car vous ne manqueriez pas d'en être accusé si, en ce lieu, je recevais quelque dommage de votre fait, ou avec votre accord. S'il m'arrivait ici une expérience malheureuse, affront ou désagrément, on vous en ferait reproche tous les jours de votre vie.

Alors le seigneur lui accorda la garde de la jeune fille et lui donna l'assurance qu'il ne laisserait personne, pas même le roi Arthur, lui faire outrage aussi longtemps qu'il serait sous son toit.

— Ami, fait-il au jeune homme, je ne peux pas la lui enlever s'il n'y consent pas de son plein gré, et je n'ai pas le droit, pour aucune considération, de l'offenser aussi ouvertement, en dépit de l'assistance que vous m'avez apportée.

— Par ma foi, répond celui-ci, je m'étonne fort que vous ne fassiez point passer, à tort ou à raison, mes intérêts avant les siens ; mais puisqu'il en est ainsi, sachez que le chevalier qui cherche à ravoir la demoiselle est encore tout armé, il n'a ôté à son cheval ni sa bride ni sa selle. Il est là en bas chez un bourgeois, et il est déterminé à se battre plutôt que de laisser à l'autre cette nuit la garde de la jeune fille. Je mande donc de sa part au chevalier de remonter aussitôt à cheval et de s'apprêter, car elle va avoir lieu dans votre cour, la bataille, soyez-en bien persuadé, sous vos yeux.

Et il sortit sans attendre Gauvain à son hôtel.

— Maintenant, Escanor, dit le seigneur, vous ne pouvez y échapper : puisque Gauvain se rend ici, il vous faut accepter le combat. Mais je vous conseille d'agir autrement : cette bataille manquerait de noblesse et coûterait cher, si vous la livriez cette nuit ; vous perdriez trop, à mon sens, à ne pas la différer.

Les chevaliers lui répétèrent à leur tour que pareil affrontement serait bien peu digne : mieux valait confier son amie à la dame cette nuit, et la reprendre en toute quiétude le lendemain. La dame elle-même l'en pria, et lui promit qu'elle la garderait loyalement, et la lui rendrait au matin. Le chevalier finit par céder, non sans maugréer. La dame prit la jeune fille par la main, elle l'emmena en sa chambre dans la tour. Elle la combla d'attentions, en lui offrant à manger et à boire, et faisant préparer pour elle un bon lit. L'hôte, tout heureux de ce dénouement, appella un de ses serviteurs :

— Cours, lui dit-il, va dire à Gauvain de se reposer jusqu'à demain, car le chevalier a accepté de confier la demoiselle à la garde de la dame pour la nuit.

L'autre se précipita, il fut bientôt arrivé chez le bourgeois. Il vit monseigneur Gauvain sur le pied de guerre, tout prêt à partir à l'instant même pour la cour. Il lui dit de n'en rien faire, de rester là et de passer une nuit tranquille.

— Ami, dit Gauvain, avant que j'enlève mes armes, dis-moi vraiment si Escanor a accepté de se soumettre à ma demande.

— Je vous le jure, répond l'autre, il l'a accordé à mon seigneur : la jeune fille est allée dans la tour, en compagnie de ma dame, je l'ai vue de mes propres yeux.

Gauvain, qui hésitait à le croire et voulait s'en assurer davantage, envoya son fidèle compagnon vérifier l'exactitude de ses dires. Celui-ci se rendit à la tour ; il trouva la demoiselle assise sur un lit avec sa sœur ; il s'en retourna en courant à l'hôtel, confirmant la nouvelle.

Alors seulement Gauvain consentit à s'asseoir. Aussitôt on lui enleva ses armes. Il avait le visage blessé en plusieurs endroits, le sang en avait jailli. Il en était un peu enlaidi, tant à cause du sang que de la sueur. L'hôte avait une sœur, belle, courtoise et bonne ; il lui fit préparer un bain pour monseigneur Gauvain. Elle s'y employa vite et bien : il fut tôt prêt. On emmena le chevalier dans la chambre, on le baigna et on pansa ses plaies. La sœur de l'hôte le servit de son mieux, avec beaucoup de douceur ; sachez aussi qu'elle s'occupa avec empressement de la jeune fille qu'il avait amenée avec lui. Quand il se fut baigné tout à loisir et qu'il voulut sortir du bain, elle lui apporta courtoisement une chemise et une culotte de chanvre, plus blanche que fleur d'avril. Sa toilette terminée, on fit apprêter le repas.

On demanda alors le service de l'eau. Monseigneur Gauvain prit place confortablement près de la cheminée. A sa droite il fit asseoir son hôte avec la demoiselle qu'il avait amenée de la chapelle. De l'autre côté, il invita, avec la sœur de son hôte, le jeune homme qu'il aimait d'une grande affection. Ils eurent alors en abondance pain et vin, viande et poisson, oiseaux rôtis et gibier, et tout ce dont ils avaient envie ; l'hôte leur assura un service parfait, dans une atmosphère de détente et de plaisir. Ce fut un repas très copieux. Dès qu'ils eurent mangé, comme ils étaient épuisés, on dressa pour le chevalier un lit près du feu. Je ne saurais rendre compte des marques d'honneur que lui prodigua le bourgeois, car il n'épargna pas sa peine, ni aucun des siens, pour faire tout ce qui pouvait leur être agréable. C'est ainsi que Gauvain dormit et restaura ses forces.

V

LA VICTOIRE DE GAUVAIN

De son côté, dès qu'il fit grand jour le lendemain matin, Escanor s'apprêta, car il lui déplaisait fort de s'attarder en ces lieux. Sa contrariété était vive d'avoir été privé de la jouissance de son amie cette nuit et la précédente. Un écuyer l'arma rapidement, il mit à son cheval la bride et la selle ; le chevalier réclama sa demoiselle, et la dame la lui amena. On vint dire à Gauvain qu'Escanor, brûlant d'impatience, avait déjà pendu l'écu à son cou. Il y avait beau temps maintenant qu'il avait franchi les murs de l'enceinte, emportant la jeune fille.

Gauvain prit très mal ces nouvelles. Il eut tôt fait de se lever et de s'habiller et il demanda ses armes. Comme elles étaient très abîmées, le bourgeois, désireux de le satisfaire en tous points, lui apporta un heaume à visière de Senlis, ainsi qu'un élégant haubert conçu pour la joute et des chausses blanches à mailles serrées : jamais vous n'en avez vu d'aussi somptueuses. Remarquablement brillante et aiguisée était l'épée qui les accompagnait, et l'écu, flambant neuf. La bretelle et les courroies en étaient brodées d'un orfroi précieux. Jamais, en toute sa vie, Gauvain n'avait vu des armes d'une telle splendeur. Un cheval à la fois puissant et fougueux, rapide et vif, le meilleur de tout le pays, lui fut amené sur la place. Gauvain dit alors :

— A Dieu jamais ne plaise que ce service soit perdu ! Puisse-t-Il me donner la force, le courage et le pouvoir de vous en montrer ma reconnaissance, si l'occasion s'en présente un jour, car vous m'avez magnifiquement traité.

— Seigneur, fait-il, je le fais pour l'amour de mon seigneur ici présent, et aussi parce que j'ai la conviction que vous êtes d'une grande valeur. Je ne sais que vous offrir encore, mais n'hésitez pas à prendre ici tout ce qui peut vous être utile : je mets tout à votre disposition.

— Voici, fait Gauvain, un don fort généreux que je n'aurais jamais osé vous demander. Je ne crois pas qu'en aucun pays on ait pareillement honoré un inconnu, et j'en avais bien besoin. Mais l'épée et le cheval, je vous les laisse, je vous en remercie : le mien est robuste et hardi, et mon épée dorée, d'un beau tranchant. Je vous dois encore une immense gratitude pour le reste. Maintenant, il me faut revêtir mes armes, il est temps : je crains de prendre trop de retard.

Le jeune homme et les demoiselles s'empressèrent pour l'armer ; bientôt les selles furent mises, et les chevaux amenés. Dédaignant l'étrier, monseigneur Gauvain enfourcha d'un bond sa monture. Le jeune homme, dès qu'il se fut à son tour mis en selle, se chargea de son écu et de sa lance. L'hôte le servit de son mieux ; il fit monter la jeune fille qu'ils avaient amenée avec eux. Ainsi se mirent-ils en route. L'hôte obligeant les escorta jusqu'à l'entrée du bois.

— Seigneur, dit-il, je m'en retourne ; je vous recommande à Dieu.

Gauvain pénétra alors dans le bois sur le chemin suivi par Escanor. Il reconnut aussitôt celui-ci, tandis qu'il allait embrassant son amie. Monseigneur Gauvain ne voulut plus le tolérer davantage. Il cria au ravisseur :

— Chevalier, déposez cette demoiselle à terre, vous ne l'avez que trop longtemps portée ! Vous ne l'aurez plus désormais sans combat : vous avez bien assez disposé d'elle.

— N'en blâmez d'autre que vous, repartit Escanor. Par saint Lazare d'Avalon, vous auriez pu facilement m'atteindre dès hier, avec un cheval aussi rapide que le vôtre, car je n'allais qu'au pas. Mais je ne vous crois pas du tout décidé à saisir là, en aucune manière, l'occasion d'un combat contre moi, et ce n'est pas moi qui vais vous en prier. Sachez bien une chose : j'ai envoyé de mon pays la jeune fille au clair visage, toute seule, à la cour du roi, puis je suis allé en grand tapage la reprendre, sous les yeux de nombreux barons, à seule fin d'avoir un motif raisonnable de me battre contre vous.

— C'en est décidé, dit Gauvain ; vous l'aurez incessamment, cette bataille, puisque vous l'avez tant désirée !

La demoiselle et le jeune homme étaient aussi mécontents l'un que l'autre, parce que l'affrontement se produisait trop tôt dans la journée.

— Seigneur, fait le garçon, ce n'est pas sur ce chemin que vous livrerez un beau combat ! Je connais non loin d'ici un pré, dans une grande et belle lande ; il serait beaucoup plus convenable, si vous vouliez y consentir – je l'estimerais quant à moi plus conforme aux règles[1] –, que vous alliez y faire votre bataille en terrain découvert. On vous jugerait très sévèrement si elle avait lieu dans ces chemins, pleins d'ornières et de bourbiers.

— Il a raison, dit Escanor. Je ne ferai aucune objection à m'y rendre, si Gauvain est d'accord.

Ainsi fut différée de tout le jour la bataille, à la grande joie du jeune homme.

— Ami, font-ils, va donc devant, et nous te suivrons jusque-là.

Celui-ci s'engagea dans un sentier. Il chevaucha à travers le bois jusqu'à une lande fort étendue et belle. Escanor fit alors descendre la demoiselle à l'ombre des charmes, puis resserra sur lui son armure. Gauvain se harnachait de son côté. Ils se lancèrent alors l'un contre l'autre et le choc mutuel fut si violent que les fûts des lances se brisèrent et volèrent en morceaux. Les chevaliers pourtant demeurèrent fermes sur leurs arçons.

Sa lance rompue, Gauvain tira vivement l'épée, et se porta au-devant de son adversaire avec fureur.

— Gauvain, lui dit l'autre, ce ne sont pas là les usages ni la coutume de mon pays : si un chevalier a été assez présomptueux pour entreprendre un combat contre un autre, aucune épée ne doit être tirée avant la chute de l'un des deux. Ils leur faut d'abord s'éprouver à la joute et se faire apporter des lances, et se battre ainsi, quoi qu'il leur en coûte, jusqu'à ce que l'un des deux soit jeté à terre. Les gens de Normandie affirment qu'il n'y a pas plus bel exploit chevaleresque au monde que la joute. Faisons apporter des lances ; notre lutte n'en sera que plus belle. Demandons à ce garçon, dont la monture est puissante et rapide, de vite retourner au château et nous en ramener un faisceau.

— Ami, font-ils, rends-nous ce service, nous t'en serons très reconnaissants.

Celui-ci ne se fit pas prier, et s'en mit bien volontiers en peine, car il voulait retarder la bataille jusqu'à l'heure de none. Les chevaliers allèrent se reposer à l'ombre jusqu'au retour du jeune homme, lequel était bien ennuyé et avait le cœur tout chagrin. Eux

1. Les vers 2109-10 sont d'interprétation particulièrement difficile ; ils manquent d'ailleurs dans le manuscrit A.

s'installèrent promptement, chacun près de sa demoiselle ; chacun ôta écu, heaume et selle pour se rafraîchir ainsi que son cheval.

Ainsi passèrent-ils le temps jusqu'à ce que le jeune homme revînt au galop, chargé de six fortes lances, grandes et massives, qui lui inspiraient un profond ressentiment. Toutefois l'une d'elles était d'une longueur exceptionnelle, grosse et à section carrée : le plus vaillant des chevaliers du royaume arthurien, si grand, robuste et aguerri fût-il, n'aurait pu, quelle que fût la vigueur de son élan, la briser dans une joute.

Gauvain considéra les lances et eut une idée qui devrait lui valoir l'admiration du monde entier :

— Va auprès du chevalier, fait-il au jeune homme, et porte-lui de ma part ces six lances : qu'il examine quelles sont les trois qu'il préfère ; tu me rapporteras celles qui restent, car je veux qu'il en ait le choix.

Le jeune homme piqua des éperons sur un sentier longeant le bois. Il présenta l'ensemble des lances au ravisseur, de la part de Gauvain, avec prière d'en choisir trois et de renvoyer les trois autres. Quoi qu'il advînt, celui-ci ne voulait pas – il voyait bien en effet qu'on approchait de none –, si Dieu lui accordait la victoire, que son adversaire trouvait là quelque occasion de la contester, sous prétexte qu'il aurait eu le choix des lances ; aussi aimait-il mieux qu'Escanor se servît le premier.

— Ah, Gauvain ! fait Escanor, de même que l'or surpasse tous les autres métaux, on ne peut compter aucun chevalier qui, comparé à vous, ait encore des qualités. Vous devez être bien heureux de posséder tant de prix, une telle valeur, que même vos ennemis sont contraints de dire du bien de vous ! Moi-même je suis bien fâché d'avoir naguère cherché cette bataille où me voici engagé. Je ne dis pas cela par peur, mais qui fait échec à un chevalier de si haut mérite et le met à mal n'a pas lieu d'être content de lui.

Il prit les trois plus grosses lances, et rendit les autres au jeune homme. Il le pria instamment de remercier Gauvain de sa part pour son somptueux présent : qu'il s'équipât à nouveau au plus tôt, remontât sur son cheval, laissât tomber sa ventaille, et qu'il revînt à l'assaut. C'est une rude chose que la nécessité : ni l'un ni l'autre ne peut renoncer sans honte à la lutte, dès qu'ils l'ont entreprise. Le jeune homme s'en retourna tout préoccupé, tant il avait peur pour Gauvain. De son côté celui-ci se prépara.

C'étaient tous deux des braves. Chacun lâcha la bride à son cheval. Ils se frappèrent de leurs lances en pleine poitrine, si bien que les éclats en volèrent haut et loin, car ils les avaient brisées jusqu'à la poignée. Chacun en saisit aussitôt une nouvelle ; le choc fut à nouveau tel, juste sous les mamelons, que toutes deux éclatèrent en morceaux.

Pour le dernier assaut Escanor prit sa grande lance : c'était la plus précieuse, celle qu'il se gardait en réserve ; avec la force de cette arme qui valait quatre de ses pareilles, il était sûr d'abattre Gauvain. Gauvain à son tour s'empara de la sienne et ils poussèrent à fond leurs destriers.

Ce fut Escanor qui porta le premier coup, à cause de la longueur de sa lance. Mais il ne parvint ni à la briser, ni à désarçonner Gauvain ; il en éprouva une terrible colère. Gauvain soutint le choc sans se laisser déséquilibrer. La lance d'Escanor lui vola des poings, loin dans le pré, et tomba sur un buisson. Gauvain le frappa sans ménagement sous la boucle de l'écu : il le lui fendit et troua, au prix d'y briser son arme. L'autre n'en demeura pas moins ferme sur sa monture. Vivement ils refirent un tour et se firent face à nouveau.

Son épée tirée, Gauvain revint promptement à l'assaut ; il frappa son adversaire en haut, au milieu du heaume. L'autre lui ménagea une telle riposte que Gauvain en fut tout surpris. La lutte entre les deux chevaliers fut ainsi d'une rare violence et dura fort longtemps ; des écus, des corps, des chevaux, ils se heurtèrent à plusieurs reprises, mais ils étaient si bien armés, et leurs hauberts si résistants, qu'ils ne parvenaient pas à se faire grand mal.

Enfin il se trouva que monseigneur Gauvain, au cours d'un de ses violents assauts, frappa son adversaire avec un telle impétuosité, tout en haut, sur son heaume brillant, que le fer glissa et descendit sur l'écu : il le fendit jusqu'à la boucle, si bien que Gauvain ne put en retirer sa lame. Dans un sursaut d'énergie, l'autre se détacha aussitôt de lui ; il lui fit sauter de la main la bonne épée qu'il tenait, ce qui mit Gauvain dans la plus grande fureur.

Après la perte de son épée, Gauvain eut peur de la lutte. Qui s'en étonnera ? Il éperonne son destrier, s'élance par-devant Escanor, et s'empare vivement de la lance qui a échappé tout à l'heure à ce dernier. Il ne s'en serait pas dessaisi pour tout l'or qu'il y a d'ici jusqu'à Antioche. Il ramène en arrière son excellent destrier, et retourne hardiment vers son ennemi. Le temps de l'atteindre, il se dit que, s'il le frappe sur le heaume ou sur l'écu, leur robustesse est telle que sa lance s'y brisera ou qu'elle lui volera des mains ; dans l'une ou l'autre éventualité, cela ne peut que très mal tourner pour lui, car il s'en rend parfaitement compte : s'il perdait cette dernière arme, il ne pourrait en trouver d'autre dont il puisse tirer parti, pas plus pour l'attaque que pour la défense. Il s'avise alors d'une chose : la seule manière qu'il a d'atteindre son adversaire, c'est de viser sa monture.

Il lance donc son destrier ; l'autre, sa lame d'acier bien en main, attend farouchement le choc. Dans la rencontre, Gauvain frappe le cheval en plein poitrail, si bien que le fer en ressort par le milieu du côté gauche. Il se place alors à côté d'Escanor. Tandis que le cheval de celui-ci s'effondre, il le saisit par le bord de son écu, le lui arrache du cou, et en dégage sa lame.

La fureur d'Escanor est sans bornes, quand il voit son cheval mort, et lui à terre. Il se remet debout prestement.

— Gauvain, dit-il, si cette manœuvre ne m'a fait ni mort ni prisonnier, votre valeur en revanche s'en trouve singulièrement amoindrie[1] à mes yeux. Je vais vous mettre à pied comme moi, si mon épée ne me fait pas défaut.

Gauvain sait bien que s'il le laisse attaquer, grand et fort comme il est, il aura tôt fait de lui tuer son cheval ; aussi préfère-t-il le combattre à pied, car il serait trop affligé par la mort du Gringalet[2]. Il est retourné en hâte auprès du jeune homme ; il a mis de lui-même pied à terre ; il lui confie son cheval et l'écu qu'il a pris à Escanor. Puis il revient tout droit dans le pré où celui-ci l'attend. Et lui s'élance à sa rencontre de plus d'un demi-arpent, à pas pressés. Vous pourriez voir alors les rudes assauts reprendre dans une grêle de coups et, sous le choc des épées d'acier, les hauberts se froisser maintes fois ; ils en deviennent tout vermeils, les fers, naguère d'un radieux éclat de fleur ! C'est vraiment un très dur combat que se livrent les deux braves, car sachez qu'ils mettent toutes leurs forces à s'atteindre et se blesser l'un l'autre.

Sous le couvert des arbres, le jeune homme et les jeunes filles se tourmentent fort.

— Hélas ! fait chacune d'elles, s'il ne tenait qu'à moi, je serais morte sur l'heure !

---

1. L'une des règles d'or du combat chevaleresque est en effet d'épargner le plus possible les chevaux.
2. Nom légendaire du cheval de Gauvain.

La compagne d'Escanor s'abandonne au désespoir ; sa frayeur est si grande qu'elle tombe à terre sans connaissance ; à peine revenue à elle, elle laisse éclater une violente douleur, pleurant et criant :

— Hélas ! Malheureuse que je suis ! Si, dans un pays étranger, je perds de cette façon mon réconfort, mon cœur, mon ami, c'est que j'y suis venue pour une mauvaise cause ! J'ai entendu dire, et ce n'est que justice, qu'aucun bien ne naît d'un outrage. Le tort en revient à mon ami comme à moi. Car il était en son pays un personnage riche et puissant, et je menais moi-même une vie agréable. Par provocation, mon ami m'envoya toute seule à la cour du roi Arthur, puis il vint sur mes traces s'emparer de moi, sous les yeux d'une foule de barons, pour avoir un prétexte raisonnable de se mesurer à Gauvain. Il était convaincu, s'il pouvait le vaincre, qu'il n'y aurait au monde un chevalier qui osât le défier.

Mais elle n'est pas moindre, la désolation de la jeune fille aux cheveux blonds, celle que Gauvain a trouvée dans le cimetière. Son affliction est extrême :

— Hélas, fait-elle, je ne sais que dire si je perds ici, dans de telles circonstances, le bon chevalier, le hardi, qui m'a délivrée d'une si grande misère, et qui m'emmène avec lui dans son pays avec tant d'honneur. Malheureuse que je suis, triste et sans appui, je n'aurai plus qu'à rester ici pour mon tourment !

Quant au jeune homme, de douleur il s'arrache les cheveux, crie et se lamente. Jamais trois personnes ne manifestèrent à elles seules une aussi bruyante détresse. Pendant ce temps, chacun des deux adversaires cherche la mort de l'autre, quel malheur ! Mais Gauvain possède un gros avantage, avec l'écu qui lui pend au cou ; et pourtant il lui oppose une belle défense, Escanor, qui ne semble pas le redouter le moins du monde ! Gauvain lui arrive dessus furieusement. Brandissant sa vaillante épée, il le frappe sur le heaume, si bien qu'il le fend et lui en tranche tous les lacets : près de lui, dans le pré, le heaume a volé à terre. Il le frappe à nouveau avec acharnement ; l'autre se défend à grand-peine. Il lui assène pourtant un tel coup sur le heaume qu'il l'étourdit tout entier ; l'arme a glissé sur l'écu si violemment que la lame s'y enfonce jusqu'à la garde. L'angoisse d'Escanor est grande : il n'a plus rien pour se protéger. Il crie merci à son adversaire et veut se rendre. Mais Gauvain refuse sa reddition, car il craint que le chevalier, se trouvant en mauvaise posture, ne médite une perfidie. Il redoute alors que, s'il lui arrivait de reprendre le dessus, l'autre ne le tue : sa mère l'avertit jadis de n'avoir peur de personne sauf de lui. C'est ce qui le rend soupçonneux, et il éprouve à son égard une telle haine au fond de son cœur qu'il ne le laisserait à aucun prix lui échapper vivant. Il le frappe alors de toute sa force, à découvert, en plein visage. Par-dessus les yeux, il lui emporte le nez entier et l'une des joues, entamant le cou au passage. Il le fend jusqu'aux épaules. Par ce coup terrible il l'étend mort.

Alors le jeune homme arrive au galop, ainsi que, éperdue de joie, la jeune fille que Gauvain avait amenée avec lui. La compagne d'Escanor au contraire pousse de grands cris ; mais Gauvain accourt aussitôt la réconforter. Avec beaucoup de douceur, il la prie d'oublier le mort et de reprendre courage :

— Belle, fait-il, si je l'ai tué, on ne doit pas m'en faire reproche ; il faut n'en accuser que son arrogance, qui vous a fait quitter son pays pour provoquer cet affrontement. Mais soyez assurée que je vous revaudrai bien la perte que vous venez de faire, si vous acceptez de suivre mon conseil. Certes, je ne m'étonne point que vous éprouviez douleur et amertume, mais comptez sur moi pour vous emmener avec grand plaisir à la cour du roi : vous y aurez honorablement pour ami ou époux, à votre choix, celui que vous aurez distingué.

— Seigneur, dit-elle, il n'y a rien à ajouter ; je ferai ce que vous me dites. Puisque je me rends en votre merci, agissez en telle manière qu'au bout du compte j'y trouve profit, et vous, honneur !

VI

LA DEMOISELLE À L'ÉPERVIER

Alors ils se préparèrent à partir. Gauvain aida à monter, sur son bon palefroi, la demoiselle du cimetière. Lui enfourcha son destrier, et le jeune homme, qui n'était pas lourd et le fit bien volontiers, installa devant lui, sur son roncin, la demoiselle d'Escanor. Puis ils se mirent en route.

Le jeune homme les conduisit pour y prendre leur gîte dans le château où ils avaient été d'abord. Ils y furent fort bien traités, car le seigneur connaissait les usages. Pour l'amour du jeune homme qui les amenait, il les accueillit avec grande joie. Il marqua à nouveau un vif plaisir de la présence de Gauvain, et fit preuve d'une courtoisie raffinée : au matin, quand il vit qu'ils devaient repartir, il fit équiper très richement un palefroi. Tout le harnais en était neuf, sangle, bride et selle. Il en fit don à la demoiselle que le jeune homme avait prise avec lui sur le roncin. Ainsi équipés, ils reprirent leur route.

Maintenant Gauvain voyageait bien plus agréablement, car le jeune homme se chargeait de son écu, de son heaume et de sa lance. Pressant l'allure, il força tellement les étapes qu'il arriva à proximité de son pays. Il traversa un bois succédant à un taillis, si bien qu'il parvint à moins de sept lieues de Carduel.

Il connut là une aventure qu'il ne me faut pas passer sous silence : il entendit les cris aigus d'une jeune fille en grande difficulté. C'était si loin dans la forêt qu'il eut du mal à les percevoir.

— Jeune homme, fait-il, as-tu entendu la même chose que moi ?

Celui-ci répond que oui, ainsi que les demoiselles, et depuis longtemps.

— Par ma foi, fait alors Gauvain, il n'est rien au monde qui saurait m'empêcher d'aller apprendre quelle raison elle peut avoir de pleurer, celle qui se lamente ainsi, et je crois bien que ce sentier-là va m'y conduire tout droit. Pour toi, attends-moi ici avec ces demoiselles, jusqu'à ce que j'aie des nouvelles de ce qui la met dans un tel émoi. Quand je saurai ce qu'il en est, je reviendrai ici aussitôt. Sache que je ne m'attarderai pas, si rien d'autre ne me retient. Si toutefois il arrive, cher ami, que je rencontre là une aventure qui m'empêche de revenir aussi vite, tu prendras cette grand-route, droit jusqu'à Carduel. Là tu diras de ma part à la reine que je lui envoie ces jeunes filles ; dis-lui que pour l'amour de moi elle les protège, et les accueille et traite avec honneur jusqu'à mon retour à la cour. Et si elle s'informe à ton sujet ou demande qui sont ces demoiselles, n'hésite pas à lui répondre.

— Avec plaisir, seigneur, fait le jeune homme ; la reine saura toute la vérité.

Alors Gauvain éperonna le Gringalet droit dans la direction des cris de l'éplorée.

Après avoir chevauché un certain temps et dévalé un tertre, il aperçut la jeune fille. La robe qu'elle avait revêtue, si belle et seyante, la sangle de son cheval et la selle, le palefroi (d'un éclat, dit le conte, qui surpassait en blancheur toute fleur), sa bride et son harnais – impossible de les décrire en détail : si appliqué qu'il soit, le meilleur lettré d'ici à Paris échouerait à le faire en une semaine sans en rien oublier.

Monseigneur Gauvain vit clairement que personne n'était en train de lui faire violence ; il piqua son cheval tout droit vers elle :

— Puisse ce Dieu qui jamais n'a fait défaut, belle, vous accorder joie et honneur ! Quelle est la raison de votre douleur ? Pourquoi un tel désespoir ? je vous engage vivement à me le dire, si cela ne vous ennuie pas.

Elle, qui était noble et courtoise, lui répondit :

— Seigneur, bien volontiers. Un chevalier, commença-t-elle, beau et vaillant, courtois et sage – c'est lui qui m'a amenée dans ce bosquet –, m'aimait d'amour et je le lui rendais bien. Je vais vous conter ce qui est à l'origine de mon malheur présent. Ce matin même, alors que nous allions par ce chemin, mon ami cher et moi-même, nous entendîmes des plaintes déchirantes, poussées par une jeune fille. La décision de mon ami fut aussitôt prise : il m'abandonna sur ce chemin là-bas. Il lança au galop son bai de Gascogne, pour aller au-devant de cette aventure. Il m'ordonna de venir l'attendre en cet endroit précis où nous nous trouvons. Mais avant que je ne me sépare de lui il me confia un de ses éperviers, qu'il chérissait plus que tout au monde. Je savais bien qu'il l'aimait au point de ne pouvoir aimer personne davantage, moi exceptée ; aussi m'ordonna-t-il de veiller sur lui par-dessus tout. C'est alors, malheureuse infortunée, que je m'entremis d'une grande folie. Moi, si peu experte en fauconnerie, j'entrepris de faire manger l'épervier. Pendant que je le nourrissais d'un oiselet qu'il avait pris, l'épervier, qui était entravé, s'est débattu et m'a échappé. Mon ami en perdra la raison, quand il sera de retour ; ainsi ma malchance et ma folie m'ont trahie.

« Je le sais tellement excessif et cruel, d'une telle dureté, j'ai bien peur que c'en soit fini de son amour pour moi ; et je n'ai personne pour rappeler l'oiseau, à moins qu'un autre ne s'en mette en peine.

Gauvain lui donna alors la ferme assurance qu'il lui ferait retrouver son épervier : il ne la quitterait pas avant qu'elle ne l'ait récupéré. La demoiselle, tout heureuse de cette promesse, l'en remercia :

— Seigneur, fait-elle, Dieu vous entende et vous accorde de le reprendre ! Si vous pouvez me le rendre, vous m'aurez vraiment sauvée, et il n'y aura jour de ma vie que, juste à me le répéter, je n'éprouve de l'affection pour vous.

— Indiquez-moi le cri, fait-il, et je vais l'appeler.

Il s'employa longuement à moduler le cri en direction de l'oiseau, qui s'était perché au sommet du chêne ; mais ses efforts furent inutiles : l'oiseau n'en fit absolument aucun cas. Gauvain avança, puis recula, sans plus de résultat. Le seul bon point fut que l'épervier ne s'éloigna pas, attaché comme il l'était à sa corde. Quand il se rendit compte qu'il n'arrivait à rien, Gauvain prestement monta dans le chêne, non sans s'être d'abord débarrassé de ses armes.

Tandis qu'il se trouvait dans l'arbre, voici qu'arriva le chevalier. Il vit les armes, le destrier. Il demanda à qui ils appartenaient :

— Au meilleur chevalier du monde, dit la jeune fille, et au plus valeureux, si je le compare à tous les autres, à l'exception de vous.

Elle lui conta aussitôt comment il l'avait trouvée là, seule, accablée et en pleurs pour avoir perdu l'épervier. Son ami lui fit cette réponse :

— Espèce de garce ! Vous mentez, ce n'est pas ainsi que les choses se sont passées ! Je sais fort bien comment il prend le large, celui qui veut couvrir sa fourberie. Croyez-vous pouvoir me tenir pour fou, et me faire passer un mensonge comme vérité ? J'ai bien lieu de le savoir, l'ayant éprouvé à plusieurs reprises : pour se tirer d'embarras, une femme a vite trouvé quoi inventer.

Pour ne pas allonger mon récit, je ne veux pas m'étendre sur le thème de la duplicité féminine. Vous m'avez assez souvent entendu là-dessus en d'autres occasions, aussi m'en tairai-je. Le chevalier prit aussitôt le palefroi par la bride et, de l'autre main, le cheval que Gauvain avait amené. Puis il revint vers la jeune fille, et lui affirma que, de sa vie, elle ne serait plus sa compagne : il la laisserait là toute seule ; elle ne le servirait plus de tromperie, elle l'avait fait déjà trop longtemps, mais jamais il n'avait vu ni connu aussi ouvertement sa fausseté.

Alors monseigneur Gauvain intervint :

— Seigneur, dit-il, n'allez pas imaginer que je suis venu ici pour vous déshonorer. Il ne s'est rien produit de tel, et je n'en ai même pas eu fût-ce l'idée ou l'intention. Jamais je ne perdrai assez le sens pour projeter un tel outrage. Maintenant écoutez la prière que je vous fais : acceptez que je me justifie, et je jurerai sur l'heure, dès qu'il vous plaira, de mon plein gré, entouré de dix-neuf autres chevaliers, que pas un instant je n'ai cherché votre honte, et que je n'ai tenu à votre amie aucun propos qui, si vous aviez pu l'entendre, lui méritât votre haine.

— Ne comptez pas que j'accepte vos excuses, lui répond le chevalier ; je n'ai que faire de votre serment : je sais trop comme il est prompt à mentir, celui qui veut se laver d'une telle traîtrise !

Là-dessus il s'éloigna avec les chevaux et les autres le perdirent de vue. Après avoir récupéré l'épervier, monseigneur Gauvain revint vers la demoiselle au clair visage. Il la réconforta avec douceur :

— Maintenant, demoiselle, cessez de vous inquiéter, fait celui qui en matière d'amitié, d'honneur et de noblesse valait mille de ses pareils. Sachez que mes conseils et mon aide vous sont loyalement acquis ; jamais, à aucun jour de ma vie, ils ne vous feront défaut, sinon parce que vous l'aurez voulu, quoi qu'il m'arrive.

— Seigneur, fait-elle, que Dieu vous protège et vous garde d'autre mésaventure ! Sachez-le, celle-ci me cause une profonde affliction, car c'est pour avoir agi selon le bien et l'honneur que vous sont arrivés ces ennuis : vous n'étiez accouru vers moi que pour me soulager de ma peine.

— Belle, fait-il, inutile d'en parler davantage ; cela ne sert à rien de se désoler. Tout homme de bien est exposé à de pareilles vicissitudes, et, s'il a l'occasion une nouvelle fois de se comporter avec honneur, il ne doit pas s'en laisser détourner pour autant.

Après avoir repris les pièces de son armure, qu'il avait déposées à l'ombre des charmes, Gauvain quitte les lieux sans s'attarder davantage, en compagnie de la demoiselle. Il ignore de quel côté, et dans quel pays, il veut aller chercher l'aventure ; il ne sait pas davantage comment ni sous quelles formes elle se manifestera ; mais, si c'était en son pouvoir, il choisirait volontiers celles qui le mettraient sur la voie du chevalier qui lui a emmené son cheval. Ce souci l'absorbe tout entier.

Et voici que le temps se fit très mauvais : neige, pluie et grêle s'abattaient pêle-mêle. Tonnerre, foudre, éclairs tombaient de toutes parts. Les voyageurs ne surent que faire, où trouver au plus près château, bourg ou logis, car il n'y avait pas le moindre ermitage dans toute la forêt.

— S'il vous plaît seigneur, dit la jeune fille, j'ai vu sur ce chemin par où je suis venue ce matin une croix sous auvent, près d'ici ; si nous pouvions parvenir sans mal jusque-là, au moins pourrions-nous nous mettre à l'abri, avec l'aide du Créateur.

— Belle, fait-il, il n'y a rien d'autre à faire qu'y aller promptement.

Ils se rendirent en hâte à la croix et se blottirent là tous les deux. Ils furent soumis à bien rude épreuve, tant la jeune fille que Gauvain, car la tempête dura ainsi toute la nuit jusqu'au lendemain, et ils restèrent l'un et l'autre sans bouger de là, et sans manger ni boire. Ils s'étendirent à même la terre nue, sans protection d'aucune sorte. Je ne vous dis rien du surplus, s'ils y prirent autre plaisir. Je vous assure seulement que leur couche fut bien dure et inconfortable ; le vent, qui ne s'était pas calmé, les malmena durement. Gauvain, qui ne pouvait apporter d'autre adoucissement à la jeune fille, la tint toute la nuit dans ses bras. Il s'était allongé du côté du vent et il plaça son écu doré dans son dos pour se protéger de la tourmente. Quant à l'épervier qu'il avait pris sur le chêne, il l'installa en haut sur le montant de l'abri. Ils s'étaient aménagé ainsi une sorte de niche[1] : ce fut là tout leur confort. Ils durent patienter dans cet état jusqu'au matin.

Au lever du jour, par la grâce du Créateur, le beau temps était revenu, clair et pur. Le neveu du noble roi Arthur était très préoccupé : la faim qu'éprouvait la jeune fille le mettait dans un grand embarras. Cela faisait trois jours qu'elle n'avait pas mangé, et il ne pouvait rien faire pour elle. Mais elle avait eu tellement peur, lors de ce terrible orage, qu'elle en avait perdu l'appétit et oublié sa faim.

— Belle, fait-il, qu'en dites-vous, que voulez-vous que nous fassions ? Nous n'obtiendrons aucune assistance à demeurer ici dans ce bois.

— Seigneur, répond-elle, faites comme vous voudrez, je me plierai à votre décision. Mais je ne sais, d'attendre ici ou de nous mettre en route, lequel est préférable : nous n'avons rien de ce qui nous serait nécessaire pour rester dans la forêt ; d'autre part, je supporterai si mal le voyage que je ne sais quel parti prendre.

— Jeune fille, à mon avis, il y a plus de risque à nous attarder ici.

Sur ces entrefaites, voici que surgit un chevalier, venant droit sur eux par le chemin. Ce chevalier, dont toute la mine indiquait la bravoure, n'était pas seul : l'écuyer qui le précédait conduisait un

1. Nous avons maintenu, pour les vers 2820-21 la leçon du manuscrit N1, contestée par les autres manuscrits, en hasardant une interprétation du mot *destois*, qui n'apparaît pas dans les dictionnaires.

second cheval. Gauvain et la jeune fille l'aperçurent en même temps. L'autre, dès qu'il les vit, descendit de son palefroi. Il se disait en lui-même que ces voyageurs avaient grand besoin d'aide. Ce serait une bonne action de la leur donner, pensa-t-il, car ils semblaient être gens de bonne compagnie et mériter qu'on leur portât quelque secours. Il se dirigea vers eux au plus vite. Monseigneur Gauvain s'avança à sa rencontre ainsi que la jeune fille, et tous deux le saluèrent.

Celui-ci les salua courtoisement à son tour :

— Cher seigneur, fait Gauvain, votre venue nous rend bien service.

— Dites-moi s'il vous plaît, fait le chevalier, comment vous vous déplacez, qui vous êtes et de quelle terre vous venez, et où vous avez passé la nuit. Avez-vous mangé ou bu depuis que vous êtes entrés dans la forêt ? Dites-moi aussi, je vous prie, dans quel but vous avez entrepris ce voyage.

Gauvain s'empressa de lui répondre, et lui exposa en détail ce que je vous ai déjà conté ici. L'autre, qui était d'une parfaite éducation, se signa devant l'étrangeté de leur mésaventure.

— Maintenant que je vous ai rencontrés, et que vous m'avez dit votre état, vous devez en tirer quelque profit. Je vous aiderai, si je peux, mais avant de vous porter secours je requiers instamment un don : que vous me récompensiez de mon aide au jour où je le réclamerai.

— Je le ferai avec plaisir, quand il vous conviendra, fit Gauvain, pour autant que je puisse m'y engager.

— Ne croyez pas, rétorqua l'autre, que j'aie la bassesse de vous faire une demande que vous ne puissiez satisfaire, ce serait bien mal agir.

— C'est entendu, dit Gauvain, puisque vous le requérez en ces termes.

— Dans ces conditions, commandez-moi tout ce que vous voulez. Vous pouvez prendre mon cheval pour votre usage, je vous le donne : j'ai bien vu dans quel dénuement vous vous trouvez, et combien cela vous préoccupe ; aussi ai-je plaisir à ce que vous l'ayez. Je désire également que cette demoiselle, qui me paraît belle et courtoise, accepte de ma part – il lui est bien nécessaire ! – ce palefroi avec tout son harnais. Ce présent me sera largement rendu quand j'en aurai besoin, et que je vous fournirai l'occasion de le faire, puisque vous me l'avez promis ; je n'ai aucune crainte à ce sujet.

— Vous avez raison, répondit Gauvain. Je vous en remercie mille fois. Il ne saurait être question, après avoir reçu un don aussi somptueux, de vous en refuser récompense ; si je peux en trouver un jour la possibilité, vous ne manquerez pas de l'obtenir.

Le chevalier dit alors :

— Certes, je sais que rien ne vous détournera de respecter cette promesse, dès que je vous en ferai la demande. Mais si cela ne déplaît pas à cette jeune fille, ni à vous, que j'en prie vivement, j'aimerais, en attendant mieux, que vous me cédiez cet épervier que je vois campé là sur la fourche ; j'estimerais le présent à son prix. Savez-vous pourquoi je désire l'obtenir ? Si quelque jour je devais vous revoir et que j'aie l'épervier avec moi, vous vous rappelleriez ainsi que vous me devez une récompense. Ma requête n'a pas d'autre sens.

Gauvain enjoignit alors à la demoiselle de le lui donner :

— Seigneur, je vous l'assure, si j'avais les moyens de faire plus encore pour vous, en raison du grand mérite que vous me paraissez avoir, je m'y emploierais sans réserve. Mais sachez bien que je ne peux faire mieux.

— Ce que vous avez déjà fait me convient parfaitement, dit Gauvain.

— Vous ne savez pas, repartit l'autre, qui je suis, et vous ne pourrez pas l'apprendre avant que vous ne soyez en mesure de me payer mon service.

Alors il fit descendre de cheval son écuyer, en homme avisé et de bonnes manières ; et après avoir pris congé d'eux, il monta sur le roncin[1]. Puis il rebroussa chemin à travers la forêt, comme il était venu.

Gauvain prit le palefroi, très richement harnaché et pourvu d'une sangle et d'une selle ; il y jucha la jeune fille, et enfourcha à son tour sa monture. Il repensa alors aux grandes bontés que le chevalier avait eues pour lui, maintes fois il en évoqua le souvenir dans son cœur ; il craignait, et cela le contrariait fort, de ne pouvoir jamais lui en marquer autant de reconnaissance qu'il le souhaiterait. Quant à la demoiselle au clair visage, elle était tout heureuse et gaie du secours que Dieu leur avait envoyé ; car ils étaient en grand souci, et maintenant les voici sur la bonne voie, munis de bons chevaux.

---

1. Il y a là un petit problème : le chevalier complaisant ayant déjà fait don de son propre palefroi, et du destrier qu'il faisait conduire à son écuyer, s'il prend le roncin monté par l'écuyer, quelle sera la monture de celui-ci ?

VII

LE ROI DE LA ROUGE CITÉ[1]

Ils s'en retournèrent donc ensemble et allèrent droit leur chemin, au gré de l'aventure. Ils chevauchèrent ainsi jusqu'au-delà de midi, sans avoir mangé ni bu. Soudain Gauvain vit un charbonnier, inconnu de lui, venir vers eux au milieu de la voie. Il conduisait deux ânes et un roncin et se déplaçait à très vive allure. Gauvain l'interpela aussitôt : savait-il leur dire de quel côté il pouvait trouver à proximité un lieu où faire halte ?

— Seigneur, dit le charbonnier, la Rouge Cité est tout près d'ici ; mais, quels que soient votre besoin ou votre embarras, gardez-vous bien justement de vous y rendre, car on doit affronter là une épreuve redoutable.

— Cher ami, s'écria aussitôt Gauvain, dites-moi de quelle épreuve il s'agit, et à quoi vous faites ainsi allusion.

— Seigneur, le roi de cette cité est d'une férocité et d'une morgue sans limites ; de fait, de nos cols jusqu'en Allemagne, on ne trouverait pas d'aussi bon chevalier. Là devant, près d'une fontaine, vous le rencontrerez déjà tout en armes. C'est en effet l'habitude qu'il a prise : régulièrement, quatre fois par semaine, il vient à cette fontaine ; il amène avec lui une jeune fille extrêmement belle. Je ne suis pas capable d'en dire plus sur elle, mais si quelqu'un savait décrire l'ensemble de sa parure et sa beauté, on pourrait affirmer en toute vérité qu'il n'y eut jamais de femme qui lui soit comparable : si charmante et noble fût-elle, aucune autre n'eut le quart de sa beauté. Eh bien, sachez que cette jeune fille va être durement traitée car, sans lui demander son avis, il la fait entrer toute nue dans la source glaciale et sombre jusqu'à la ceinture et même au-delà, de manière à ce qu'il n'apparaisse plus d'elle que sa tête et sa poitrine, plus blanche que fleur d'aubépine. Elle demeure ainsi toute la journée dans la fontaine, plongée dans le froid, sans pouvoir sortir de l'eau avant la tombée de la nuit ; alors seulement il l'en retire et la ramène sur le bord. Il n'est aucun roi ni comte, fût-il du rang le plus élevé, s'il lui faisait la moindre

1. C'est cet épisode qui manque au manuscrit de base.

représentation, qui n'en mourût sur-le-champ, car il lui faudrait se battre contre lui. Sachez que cinquante-quatre chevaliers lui ont déjà livré bataille : il les a tous vaincus et tués, et leur a découpé les membres. Ils comptaient pourtant parmi les plus estimés de tout le royaume. Maintenant les autres sont si épouvantés, et ils ont vu mourir tant des leurs, qu'ils n'osent plus élever la voix à ce sujet. Quand il les a vaincus et mis à mort, le roi fait ficher sur des pieux aigus, qu'il a fait planter solidement, les têtes coiffées de leur heaume étincelant. Nul, quelle que soit sa valeur, ne peut obtenir de lui autre rançon. Voilà ce que le roi a juré, et vous allez le constater vous-même. Si vous allez dans la cité, vous ne pourrez éviter de passer devant lui. Cher seigneur, ayez souci de protéger votre vie ; si vous tenez à prendre cette direction-là, votre mort est inéluctable, soyez-en sûr : jamais vous ne vous en tirerez sans bataille, si vous prononcez le moindre mot.

Gauvain lui répliqua aussitôt :

— Ami, vous m'en avez trop dit, je vous recommande à Dieu. Mais sachez bien ceci : je vais aller là-bas pour voir la jeune fille et le roi-chevalier, celui qui, dans son orgueil, a fait dresser les pieux sur le chemin, et je lui dirai que je veux apprendre, s'il veut bien y consentir, ce qu'il en est de lui, et la raison de son comportement ; je suis très curieux de la connaître.

Sur ces mots il quitta le charbonnier et se mit en route. Il éperonna tant son destrier qu'il franchit la montagne. Alors il aperçut la fontaine, tout près de la cité. Il vit aussi le chevalier en armes, monté sur un destrier vigoureux et fringant. Jamais, dans tout le pays, il n'en avait vu de si beau. Sachez que son écu paraissait être de cuir tanné, mais il était si résistant et d'un si beau travail qu'il serait bien malaisé de vous le dire ; il n'est pas facile en effet de décrire l'ensemble de son armure, tant elle était somptueuse, à ce que prétend le conte. Elle ne comportait aucun point de blanc : sa robuste lance, grosse et massive, était plus rouge que le sang le plus vif, avec, à son extrémité, un fer bien acéré ; son épée, fourbie et tranchante, flamboyait également d'une couleur rouge. Il était bien assuré sur ses étriers.

Voici que surgit Gauvain, à bride abattue. Il salue la demoiselle, d'une si éclatante beauté, puis, avec sa noblesse coutumière, il interrogea le chevalier :

— Seigneur, pour quel crime faites-vous à ma dame un tel outrage et la traitez si indignement ?

— Chevalier, si vous voulez le savoir, demandez-lui de vous le dire elle-même ; vous agirez très courtoisement si vous parvenez à la tirer de là, mais il vous faudra y laisser en gages votre vie et votre corps.

— Vous tenez des propos qui manquent de mesure, dit Gauvain, vous devriez vous amender. Je vais sur-le-champ la prier de me le dire, si elle veut bien, par amitié et courtoisie. Pourquoi, depuis quand et comment, continua-t-il en s'adressant à la jeune fille, vous fait-il endurer une épreuve si barbare ?

— Je vous le dirai volontiers, seigneur, répondit la demoiselle de la fontaine. Apprenez que ce chevalier est roi de la Rouge Cité ; mais il est si cruel et d'une telle suffisance qu'il ne redoute absolument personne. L'année dernière, j'allai me divertir avec lui dans un verger ; il m'affirma sa conviction qu'il n'y avait aucun chevalier dans le royaume du roi Arthur qu'il ne fût capable de vaincre par les armes. Je ne manquai pas de lui répliquer, malheureuse sotte que j'étais, qu'on disait dans mon pays que ceux de la Table Ronde étaient les meilleurs du monde. Et mon seigneur me répondit : « Demoiselle, à ce que je crois, je suis le meilleur de tous. » « A ce que je crois aussi, dis-je, les meilleurs sont légion ; il est bien fou et outrecuidant celui qui s'imagine être le meilleur d'un royaume ou d'un fief. » Il me répondit avec dédain : « Demoiselle, vous me tenez en bien piètre estime, maintenant j'en ai la preuve ; je ne m'en émeus pas outre mesure, car l'histoire est pleine de semblables témoignages : Samson le fort, qui était d'une si grande prouesse, a été trahi par son épouse. Il est dans la nature d'une femme d'estimer toujours mieux le bien d'autrui que le sien ; elle croit toujours que lui est échu le rebut de tout le pays, et elle s'en considère comme lésée : serait-il le meilleur d'une armée, elle se hâterait d'autant plus de le couvrir de honte. Maintenant, sachez-le bien, vous vous êtes trop échauffé le cœur, à me marquer un tel mépris ; je veux vous le faire refroidir. En châtiment du blâme que vous venez d'exprimer vous devrez, jusqu'à ce que vous ayez trouvé quelqu'un capable de me faire rendre les armes et me vaincre par la force, ou de m'étendre raide mort dans une bataille, vous acquitter du tribut suivant : quatre jours par semaine, sous les yeux de tous, je vous ferai entrer dans cette fontaine sinistre ; dépouillée de tout vêtement vous resterez là debout, jusqu'au coucher du soleil. Je le jure solennellement et mandez-le à vos amis, si vous avez quelque confiance en eux, car ma décision est prise. Je préviens les imprudents qui oseraient soutenir que je n'ai aucun droit à vous infliger ce tourment : dans le cas où je serai le vainqueur, la sanction est toute connue ; près de vous, sur des pieux aigus, j'en ferai ficher la tête, en viendrait-il un millier. »

Pendant que la malheureuse créature plongée dans l'eau glacée parlait à monseigneur Gauvain, le roi, qui n'était pas un rustre, engageait la conversation avec la demoiselle que Gauvain avait amenée.

— Dites-moi, je vous en prie, au nom de l'amitié et de la courtoisie : qui est ce chevalier armé assez fou et présomptueux pour venir par bravade s'entretenir devant moi avec mon amie ? J'aimerais beaucoup savoir qui il est.

Elle répondit avec simplicité :

— Seigneur, j'en prends Dieu à témoin, je ne sais pas vous dire son nom.

— Vous ne le connaissez pas ?

— Je vous jure que non, sur ma tête.

— Par saint Thomas, comment est-ce possible ?

Elle lui conta sur-le-champ comment il l'avait trouvée dans le bois ; elle lui fit le récit de toute l'aventure, sans daigner mentir d'un mot.

Il me faut revenir à Gauvain, à qui la jeune fille décrit sa souffrance et sa misère : il y a plus de trois ans qu'elle les endure. Mais elle est encore plus affligée par la perte des nobles et valeureux chevaliers que son seigneur a défaits au combat. Après sa victoire, dit-elle, il fait dresser des pieux aigus, sur lesquels il place la tête du vaincu, coiffée de son heaume brillant.

— En voici un là devant sur lequel il n'a encore rien fiché, sauf qu'il y a adossé, vous le voyez vous-même, un écu ; il appartenait à sa dernière victime. Soyez bien persuadé que ce pieu attend votre tête. Il attend qu'elle y soit fichée, selon la sentence établie. Dès que ce sera fait, un nouveau pieu sera enfoncé près du premier, prêt pour l'arrivée du prochain combattant.

« Sachez-le bien, seigneur, je vous ai dit l'exacte vérité de ma situation, si vous avez bien suivi mon récit.

Gauvain lui fait alors cette réponse :

— Demoiselle, maintenant vous allez sortir de la fontaine, et écoutez bien dans quelles conditions : jamais plus vous n'y entrerez, aussi longtemps que je serai en vie et en bonne santé.

Elle s'est aussitôt emparée de ses vêtements, qui gisaient près de là. Le roi-chevalier, de toute la puissance de sa voix, interpelle Gauvain avec insolence :

— Cette conversation va vous coûter cher, soyez-en sûr !

— Chevalier, lui réplique Gauvain, menacez tant qu'il vous plaira ! Ce n'est pas moi qui m'enfuirai jamais devant vous ou vos menaces : si quelqu'un veut se mesurer à moi, il me trouvera sur la place, tout disposé à me défendre. Me voici prêt !

Ils se défient mutuellement, puis se ruent l'un contre l'autre au galop de leurs chevaux. De leurs fers très aiguisés, ils s'assènent sur leurs écus de terribles coups, si bien qu'ils les percent et les disloquent. Les lances se fendent et se rompent, et volent en éclats. Aucun des deux pourtant ne se laisse désarçonner. Le roi de la Rouge Cité est fort contrarié et marri quand il constate qu'il n'a pas abattu son adversaire. Il tire sa bonne lame tranchante, il en frappe Gauvain avec emportement, de haut en bas sur le heaume qui étincelle, et il le lui fend jusqu'à la coiffe ; il s'en faut de peu qu'il ne le renverse, mais Gauvain sait tenir bon. A son tour il fonce à sa rencontre. Il le frappe si rudement au plus haut de l'écu qu'il le rompt à l'endroit de la boucle, et du robuste haubert orné d'orfroi il déchire bien mille mailles. La lame descend, dans la violence du choc, entre l'arçon et le cavalier ; il lui tranche tout net le feutre et l'ensemble du harnachement, de même que son vigoureux destrier, si bien que le roi est projeté à terre entre les deux tronçons.

Mais ce n'est pas un pleutre : il se remet rapidement sur pied.

— Par saint Amant, chevalier, s'exclame-t-il, ce coup-là n'était pas d'un novice ! Il ne m'a jamais porté beaucoup d'amitié, celui qui est venu m'assaillir de la sorte ! Mais quand vous me quitterez, n'essayez pas d'en marquer de la contrition ! Maintenant, montrez la noblesse de vos manières : mettez pied à terre comme moi ; si vous refusez, je vous dirai seulement qu'il en coûtera la vie à votre cheval, et ce sera là de votre part une conduite singulièrement indigne.

Gauvain s'avise alors qu'en cela il dit juste : il est bien placé pour savoir, fort et féroce comme est l'autre, qu'il aura tôt fait de lui tuer son cheval. Il met donc pied à terre et court attaquer son ennemi. Mais celui-ci oppose une telle défense que Gauvain en reste tout étourdi ; il lui assène en effet un coup si puissant, au sommet de son heaume orné de gemmes, qu'il en fait sauter fleurs, émeraude et émail. Le coup glisse sur l'écu, il le fend jusqu'à la boucle, et le haubert, sur le côté, est fortement entamé. Mais assurément Dieu protégeait Gauvain car l'épée, dans la main qui la maniait, gauchit vers l'arrière : si elle n'avait pas ainsi dévié de sa trajectoire, elle aurait atteint Gauvain jusqu'au cœur. Le coup toutefois a été d'une violence telle que pour un peu Gauvain roulait à terre. Mais il ne perd pas la tête : tout ce qu'il doit à son adversaire, il le lui rend bien. Il lui fait un nouvel assaut et fonce sur lui l'épée brandie ; mais l'autre reste inébranlable. Quelle grêle de coups sur les heaumes aux pierres étincelantes !

Dans la cité, tous les habitants se hâtent vers les lieux. Il n'y reste personne, jeune ou vieux, homme ou femme, droit ou bossu, grand ou petit, faible ou fort, en état d'y aller, qui ne s'y rende. C'est, par toutes les rues, un vacarme incroyable ; car nobles et petites gens, clercs, bourgeois et chevaliers, dames, jeunes filles, écuyers, tous, d'un même mouvement, accourent pour voir comment les combattants se comportent. La plaine entière autour d'eux se trouve occupée. Et le roi ordonne à tous, pour peu qu'ils tiennent à leur vie, de ne prononcer aucun mot, quoi qu'ils puissent voir ou entendre.

— Car, promet-il, je tuerais de mes propres mains celui qui s'y hasarderait, quel que soit son prestige. Je ne voudrais pas que trahison soit faite à mon adversaire plus qu'à moi, et je lui en fais le serment : s'il peut se défendre contre moi, il n'a à prendre garde de personne d'autre ; qu'il abandonne toute crainte à ce sujet.

Les barons du royaume redoutent tous leur seigneur. En homme respectueux des usages, le roi de la Rouge Cité dit à monseigneur Gauvain :

— Chevalier, que vous en semble ? En présence des gens de mon pays venus assister à la bataille, je vous en fais la promesse solennelle, n'ayez sur ce point aucune inquiétude : vous n'avez à vous défendre ici que de moi seul, quelque malheur qu'il puisse m'arriver. Je suis le seigneur incontesté de mes gens : il n'est aucun d'eux, comte ou baron, qui, pour sauver sa barbe, son nez, ou ses dents, oserait transgresser mes ordres. Je vous ai donné toutes garanties, par un serment loyal.

Gauvain répond :

— Je vous en remercie. Et maintenant en garde, je vous défie !

— Moi également, dit le chevalier.

Mais Gauvain frappe le premier, haut sur le heaume rougeoyant. Il tranche à son adversaire le devant de l'écu, si bien qu'il lui en a rompu les courroies ; avec sa grande maîtrise des armes, il assène son coup avec une telle force qu'il lui démaille et déchire entièrement le haubert au-dessus de l'aisselle, si bien qu'au ras du mamelon il lui emporte la chair du côté. Le roi est très gravement atteint ; le sang lui court à grands ruisseaux jusqu'à l'éperon.

Quand il se sent blessé, une terrible colère s'empare de lui, mais il conserve son sang-froid. Il a en main la bonne lame acérée en laquelle il a toute confiance ; il puise en elle sa hardiesse. Il frappe Gauvain d'un tel élan qu'il lui brise son écu, et enfonce son épée dans le heaume jusqu'à la coiffe. L'acier file droit jusqu'au crâne : il lui tranche l'os de la tête, tant sa lame est aiguisée, sans atteindre toutefois la cervelle. Gauvain est sensible à la blessure, mais sans s'émouvoir autrement, il attaque à nouveau son ennemi avec vaillance, et l'autre se défend très bien. Ils se livrent là tous les deux à un bel assaut d'escrime ; Gauvain porte pourtant à l'autre un tel coup sur le heaume qu'il l'étourdit complètement ; celui-ci le frappe en retour : il lui tranche net la moitié de son écu, et déchire cent mailles du haubert, si bien que la lame est descendue sur le bras à nu, et l'a blessé jusqu'à l'os ; le sang en jaillit ; il ruisselle ainsi, vermeil, tout le long de la ceinture.

L'acharnement des deux chevaliers est féroce, et la bataille est égale : à dire vrai, personne ne saurait désigner le meilleur, le plus vaillant et le plus téméraire, le plus entreprenant ou le plus lent, à cette réserve près que monseigneur Gauvain attaque toujours le premier. Leurs hauberts sont tout démaillés, et leurs écus en pièces : ils n'ont rien d'assez entier pour leur assurer une protection. Ils se frappent souvent à découvert ; ils se rudoient et se blessent l'un l'autre à qui mieux mieux. Ainsi dura cette bataille, de l'heure de tierce, c'est la vérité pure, jusqu'au soleil couchant. Les deux adversaires montrent une telle bravoure que nul ne peut venir définitivement à bout de l'autre. Pourtant Gauvain multiplie les belles attaques, en homme à qui ne manquent ni la prouesse, ni la force, ni l'audace, et l'autre se défend tout aussi bien, sans jamais donner à penser qu'il est le moins du monde effrayé.

Gauvain était tout dépité de voir la bataille s'éterniser. Il fonça sur son ennemi avec rage, le blessant et le fatiguant sans relâche. Il le frappa si fort sur la rive de son écu que le coup glissa tout du long. L'acier froid descendit jusque sur la main qui tenait l'épée : il lui aurait coupé tout net le pouce et deux autres doigts, mais il s'arrêta juste à temps et ils tenaient encore aux nerfs. La bonne épée du roi lui vola de la main, loin de lui. On ne saurait dire sa fureur quand il se vit ainsi blessé. Elle lui donna l'énergie d'un dernier effort : il courut reprendre son épée, tourna dans l'autre sens la bretelle de son écu, et saisit son arme de la main gauche, comme le lui imposait la nécessité. Il s'élança vivement vers son adversaire. Vous auriez vu là recommencer, par attaques serrées, une lutte acharnée. Le roi frappa Gauvain de sa lame d'acier, Gauvain le frappa en retour et il s'en fallut de peu qu'il ne le projetât à terre. Le roi se couvrit de son écu, et Gauvain reprit l'avantage. Il pensait frapper à nouveau sur la tête à découvert ; mais l'autre tenait l'épée brandie ; il lui porta, au sommet de son heaume d'acier, un coup d'une force telle que Gauvain aurait dû en être grièvement blessé, sans la protection de Dieu. Il tomba sur les genoux.

Gauvain court alors le frapper avec une telle fureur sur son écu qu'il le lui brise ; il le frappe et frappe encore sans répit, lui assène vingt coups d'affilée. Il lui écartèle complètement son heaume, et tire au-dehors la ventaille qui était dessous. Il lui aurait coupé la tête, mais l'autre, qui se sent dompté, lui crie :

— Grâce ! vous m'avez vaincu ; puisque j'y suis contraint, tenez mon épée, je vous la rends.

Mais Gauvain ne veut pas la recevoir, il en prend saint Thomas à témoin :

— Je ne sais, s'écrie-t-il, ce qui me retient de vous tuer !

— Ah ! noble chevalier, grâce ! Vous commettriez un acte trop vil si vous me donniez la mort maintenant, puisque je me mets en votre merci.

Gauvain réplique alors :

— Vous devez vous constituer prisonnier. Et demain matin sans attendre vous vous rendrez, vous et cette jeune fille, qui est belle et noble autant que courtoise, à la cour du roi Arthur. Dites-lui de ma part que je lui fais présent de vous, ainsi qu'à la reine. Vous leur ferez, à elle et au noble roi Arthur, le récit de l'assaut tel qu'il s'est passé.

— C'est entendu, répond l'autre, je vous obéirai en tous points, et je me rendrai là-bas de bonne grâce, n'en doutez pas. Je rapporterai fidèlement au roi la vérité sur cette bataille, telle que vous avez dû l'entreprendre contre moi. Mais je voudrais savoir votre nom. Qui dirai-je qui m'y envoie, une fois arrivé à la cour ?

— Cher ami, j'ai perdu mon nom : je suis le chevalier sans nom.

— Je n'en saurai pas davantage ?

— Non, par ma foi. Tenez-vous-en à ceci : vous venez de la part du chevalier sans nom. Qu'ils vous accueillent et vous honorent jusqu'à mon retour à la cour. Dites bien que je reviendrai quand j'aurai trouvé mon nom. Maintenant dites-moi le vôtre.

— On m'appelle Brun sans Pitié ; je suis le roi de la Rouge Cité.

— Vous n'usurpez pas votre surnom, fait Gauvain, soyez-en sûr. Mais retenez ceci : vous allez prendre du repos cette nuit, et quand le jour sera levé, vous ferez seller vos chevaux, la jeune fille et vous, comme vous m'en avez fait la promesse.

L'autre lui jure aussitôt qu'il ira se constituer prisonnier. Autour d'eux tous, chevaliers, bourgeois, vavasseurs se lamentent fort au sujet de leur seigneur, si grièvement atteint, et s'en retournent tout droit dans la cité.

Gauvain à son tour affirme qu'il va partir sans s'attarder davantage. Il ordonne à la demoiselle, celle qu'il a rencontrée dans le bois sur la lande, de monter sur son palefroi.

— Je vous en prie en toute franchise, lui dit le roi, si cela peut se faire en quelque manière, venez avec moi prendre votre gîte pour la nuit.

Tous les chevaliers font à Gauvain la même requête, ainsi que la courtoise demoiselle, si avenante et belle. Mais il leur répond qu'il ne faut pas y compter : rien de ce qu'ils pourraient lui dire ne le ferait rester. Il les recommande tous à Dieu, et eux font de même. Mais le roi lui renouvelle sa promesse de se mettre immédiatement en route le lendemain.

Gauvain ne voulut plus tarder et s'en fut reprendre sa route. Il avait grand besoin de baume pour soigner ses plaies ; sa compagne ne cessait de pleurer. Il lui dit :

— Belle douce amie, ne pleurez pas, je guérirai certainement. Sachez bien une chose : jamais, de toute ma vie, je n'ai vu un homme d'aussi grande vaillance que ce chevalier. Je ne veux pas aller loger chez lui, ce ne serait pas convenable. Je montrerais une vraie grossièreté à accepter son hospitalité, après lui avoir causé de tels ennuis. La seule chose qui me contrarie est que vous n'avez bu ni mangé.

— Ah ! cher seigneur, je n'ai pas faim : il n'y a au monde si bon pain dont je serais capable en ce moment de manger une miette.

Ainsi chevauchèrent-ils bon train, je ne sais de quel côté, en quête d'aventure. Mais voici que, dans la ligne droite, les aperçut un chevalier, armé et vigoureux, qui venait d'en tuer là un autre tout récemment. Sa brillante épée d'acier, bien fourbie et, à ce que je crois, très robuste, en était encore toute sanglante. Gauvain le salua avec courtoisie mais l'autre, loin de lui rendre son salut, lui cria :

— Chevalier, vous n'emmènerez sûrement pas cette dame ainsi, Dieu me sauve ! Je vais vous livrer un assaut que vous payerez très cher.

Gauvain ne pouvait laisser cette provocation sans réponse. Ils se défient alors mutuellement et se ruent l'un contre l'autre. Ils se heurtent tous les deux de toutes leurs forces du fer de leurs lances, si bien qu'ils mettent en pièces leurs écus. La lutte est acharnée. Le chevalier frappe Gauvain en premier, au sommet de son heaume, avec un tel emportement qu'il en fait jaillir des étincelles. Gauvain le frappe en retour à découvert sur son écu brisé, et lui a porté un coup mortel, jusqu'au cœur. Le destrier fait un bond et va son chemin à travers la forêt. Gauvain en est très contrarié car il ne sait que décider ; il ne veut, en aucun cas, laisser la demoiselle seule. Le destrier traîne sa selle, et s'enfuit tout effrayé. Gauvain fait demi-tour, afin de rassurer la jeune fille.

Cette nuit-là, ils couchèrent dans le bois, et au lever du jour, ils repartirent de là tous les deux. En remplacement de son écu, tellement abîmé qu'il ne pouvait plus lui être d'aucun service, Gauvain prit celui du chevalier[1]. Puis ils enfourchèrent tous deux leur monture et ils se mirent en route. Ils chevauchèrent toute la journée jusqu'à près de midi, et sachez que cela faisait le troisième jour qu'ils n'avaient mangé ni bu.

VIII

ESPINOGRE, LE CHEVALIER INCONSTANT

Ils aperçurent alors un chevalier, fort bien armé et de belle allure, qui venait tout droit vers eux. Le chevalier leur cria bien haut :

— Cher seigneur, Dieu vous sauve, vous et votre belle compagne !

1. Le bouclier du chevalier vaincu a été lui aussi fort malmené lors de l'assaut. Il s'agit peut-être de celui du chevalier précédemment mis à mort.

— Chevalier, Dieu vous bénisse et vous honore à votre tour, fit Gauvain. J'ai voyagé toute la journée, je ne sais dans quelle direction, à l'aventure.

Et l'autre, sans le laisser parler davantage, répliqua aussitôt :

— Dites-moi votre nom, cher seigneur, si vous voulez bien ; avec votre permission, il me faut savoir qui vous êtes et de quelle terre vous venez : j'ai l'impression que vous êtes perdus, et que vous avez passé la nuit dans ce bois. Vous avez eu, s'il en est ainsi, un bien mauvais gîte : ni pain ni sel ni poisson ni autre vivre, je m'en suis rendu compte, dont vous pouviez avoir besoin. Auriez-vous disposé de toute la fortune du riche sultan, elle n'aurait pu vous faire obtenir un seul pain, ni une seule coupe de vin.

— Vous êtes bon devin, fit Gauvain : c'est bien ce qui nous est arrivé.

Et celui qui était venu à leur rencontre continua :

— Noble chevalier, tout différent fut mon logis hier soir. Je peux m'en vanter, une jeune fille, la plus courtoise et la plus belle qui soit jusqu'aux portes de Rome, de si haut lignage qu'elle est dame du château, m'a réservé le meilleur traitement qu'eût jamais chevalier. Rien de ce que je pouvais désirer ne m'a été refusé ni défendu.

— Alors vous avez été plus gâté que moi : pas plus hier qu'aujourd'hui, nous n'avons eu, la jeune fille et moi, la moindre chose à manger.

— Cher seigneur, fit le chevalier, vous auriez tort de vous tracasser à ce sujet. Je vous promets bien qu'avant que nous nous séparions vous serez mis sur la voie d'un bon gîte confortable. Je désire vivement être votre ami, et me mettre à vos ordres. Mais d'abord, avant que je m'occupe de vous, écoutez donc mon histoire, comment je suis enfin parvenu à ce que je voulais.

« Cher seigneur, il arriva jadis, il y a bien cinq ou six ans – j'étais encore adolescent, novice en armes et inexpérimenté –, que je tombai amoureux d'une jeune fille, la plus courtoise et la plus belle qui soit jusqu'à Carlion. Amour, qui m'emprisonna dans ses lacs, me donna la hardiesse du lion ; il me rendit courtois et entreprenant, au point que j'osai prier mon amie d'amour. Tout préoccupé, je lui exposai ma requête, le plus sagement que je pus. Elle prisa fort peu mon discours et m'en marqua la plus grande irritation. Néanmoins, elle me réclama un délai, et assura qu'elle allait y réfléchir : à notre prochaine rencontre, elle me ferait part de sa décision. Je ne voulus pas endurer une longue attente et revins la voir bientôt : lui rappelant la réponse qu'elle m'avait promise, je la priai de bien vouloir, en dame courtoise et bienveillante, me signifier ses intentions. Après que je me fus longuement plaint et que j'eus fait le récit de ma misère, elle ne fut pas en peine de me fournir une réponse raisonnable, et me convainquit très vite de l'excellence et de la vérité de ses arguments. Jamais par la suite je ne les contestai, car je vis bien que c'était la conduite à tenir, et qu'elle saisirait autrement la première occasion pour m'éconduire.

« — Ami, dit-elle, si vous m'aimez et si vraiment vous êtes à cause de moi dans un état aussi misérable que vous venez de le dire, alors je suis sûre que vous ne chercherez pas à me déshonorer. Dans tout le pays de Galles et d'Angleterre, il n'y a aucun fils de comte, aussi puissant soit-il, qui oserait me prier d'amour au point que j'accède à sa prière ou qui, quelles que soient ses assiduités, obtiendrait de moi la moindre satisfaction, fût-ce un baiser, à moins d'être déjà chevalier. Si vous ne vous soumettiez pas à ces exigences, alors je sais bien que vous rechercheriez ouvertement ma honte ; en revanche, je vous assure que, lorsque vous serez chevalier, si j'entends vanter et célébrer partout votre valeur aux armes, je deviendrai votre amie. Vous auriez tort de mettre ma promesse en doute. Je vous en donnerai la preuve avant que vous ne me quittiez : par ce petit anneau de mon doigt, une émeraude pure, je vous investis de mon amour aux conditions que je viens de vous dire. Et j'ajoute, cher ami, qu'aux termes de cet accord il vous faudra cesser de me poursuivre, car sachez que le surplus vous ferait tout perdre, le moins et le plus.

« Je fus très heureux qu'elle m'eût accordé autant ; je pris d'elle ce qu'elle m'autorisait : l'anneau que je lui retirai du doigt. Par cet anneau, ainsi que par la promesse qu'elle m'avait faite, j'établissais le lien d'amour. Au moment de nous séparer, la demoiselle me dit en outre avec une grande douceur d'éviter, si je voulais jamais jouir d'elle et du don de sa personne, toute arrogance, bassesse, et autres excès. Je lui jurai qu'il en irait ainsi, puisqu'elle en avait exprimé le désir. Je pris alors congé et m'en allai dans mon pays. Grâce à mon père et à mes amis, avant quinze jours j'étais armé chevalier.

« Je consacrai tous mes efforts, sachez-le, à acquérir prix et honneur. Je fis tant que tous les gens du fief, jeunes et vieux, assurèrent qu'ils n'avaient jamais vu un seul chevalier obtenir une telle renommée en si peu de temps. Je ne puis vous raconter chacun de ces faits d'armes ; j'ose vous dire seulement que j'en souffris maint tourment.

« Quand l'année fut écoulée, je revins vers ma demoiselle, je lui rappelai notre débat, et sa promesse. Elle me répondit que je voyais trop grand : je n'étais pas de si haut prix, ma réputation, mon excellence n'étaient pas telles qu'on dût mettre à mon crédit de l'avoir si tôt conquise. Dès lors, si je m'étais donné beaucoup de mal pour me distinguer durant la première année, sachez que, l'année suivante, je m'en donnai quatre fois plus. Au bout de deux ans, je revins auprès de mon amie lui rappeler une nouvelle fois ma prière et sa promesse. Elle me reprocha ma suffisance : je ne m'étais pas encore assez illustré aux armes pour prétendre l'obtenir. Une troisième année, je partis à la conquête de la célébrité, en y employant toutes mes énergies. Je n'entendis parler d'aucun pays, d'aucune terre où il y eût quelque assemblée de guerre ou de tournoi sans m'y présenter le premier, si j'en avais la possibilité. A aucun moment je ne manquai à manifester courtoisie et honneur. Que vous dire de plus ? Cette année-là, j'acquis une telle renommée, de courtoisie, d'enjouement, de beauté, de vaillance et de noblesse, je me fis tellement aimer de tous, partout où l'on me connaissait, que le souvenir en est encore dans toutes les mémoires, tellement on en parla. Ce n'est pas très élégant de ma part de m'en vanter, mais je vous donne ces détails pour vous dire toute la vérité de mon aventure. Et cette troisième année passée, je retournai à mon amie. Je lui rappelai qu'elle m'avait assuré de son amour par le don de son anneau : il n'était guère convenable qu'elle me le refusât plus longtemps.

« La demoiselle m'accorda que j'avais raison ; il ne restait qu'un point qui la retenait de céder. Elle ne contestait pas, la rumeur publique était sur ce point unanime, que je m'étais gagné aux armes un renom suffisant pour avoir désormais le droit de l'obtenir ; mais il se dressait un dernier obstacle. Elle me dit alors :

« — Voilà ce qui vous retarde et vous nuit encore à mes yeux : la perfidie que je vois répandue partout. Les hommes sont si déloyaux que parmi ceux qui sont parvenus à leur fin avec leur amie et ont tout obtenu d'elle, je n'en vois pas un seul que l'assouvissement ne détourne aussitôt vers une autre.

« Ce n'est pas ainsi, me dit-elle, qu'elle voulait m'aimer. Elle voulait pouvoir me proclamer tout à fait sien, si elle était mienne ;

jamais je ne pourrais avoir droit sur elle avant qu'elle n'en fût bien assurée. Je répondis aussitôt qu'elle aurait tort de douter de cela : j'étais bien prêt à le lui prouver par serment. Mais ce type d'engagement ne la rassurerait jamais assez, me dit-elle ; le neveu du puissant roi Arthur, Gauvain le preux aux nobles manières, aimé et loué de tous, tel était le garant que je devais lui donner. Voyez combien elle était folle, la malheureuse infortunée, car par tout le pays on savait qu'il avait été tué. Et moi, qui ne voulais pas lui révéler sa mort, je m'empressai de lui répondre que je ne le connaissais pas, et j'ignorais s'il voudrait bien servir de caution à un inconnu.

(A ce point du récit, Gauvain se ressouvint alors, pour la première fois, de l'adolescent et des demoiselles.)

« — Moi-même qui vous le demande comme garant, dit-elle, je ne l'ai pas rencontré plus que vous. Quoi qu'il en soit dans l'avenir, je ne le connais pour l'instant que par ouï-dire. Mais je l'entends célébrer partout comme le plus brillant, loyal, estimé, vaillant et sage de tous les chevaliers de la Table Ronde. Puisqu'il allie ainsi loyauté et prouesse – on le proclame partout et personne n'ose y contredire, pas même ceux qui sont envieux de lui –, je n'hésite pas à réclamer sa caution, si vous y consentez. Car, à moins que vous ne l'en libériez, je sais bien qu'il s'acquittera de son engagement, et n'hésitera pas à vous livrer à moi s'il a à se plaindre de vous, que vous le vouliez ou non. Il est de si grand renom, si courtois, d'une si parfaite éducation, que, si vous avez mal agi envers moi en quelque façon, je connais sa loyauté : si vous me le donniez comme garant, et que j'entreprenne d'aller l'en assigner à la cour, il viendrait m'en répondre ici même et assumer sa responsabilité. Et s'il pouvait vous tenir, il saurait bien vous contraindre à faire amende honorable. J'ai une telle confiance en lui que je me satisferai d'en recevoir la caution ici, sans chercher à le rencontrer.

« — Je vous en fais la promesse, répondis-je, moi qui savais bien que Gauvain était mort.

« Ainsi tombâmes-nous d'accord, ma demoiselle et moi. Cette entente conclue, elle agréa plus volontiers ma requête. Qu'ajouterais-je encore ? Hier soir, pour la première fois, je suis parvenu à mes fins, et j'ai passé la nuit avec elle.

Gauvain alors lui demanda :

— Dites-moi donc où vous allez. J'aimerais bien savoir, puisque votre valeur est telle et que vous avez si belle amie, pourquoi vous l'avez si vite laissée.

— Je ne vous le cacherai pas, fait l'autre. Je vais voir la plus belle créature qui existe d'ici jusqu'à Tours : longtemps je l'ai priée d'amour, elle doit aujourd'hui même me faire réponse.

— Dieu devrait bien vous confondre sur l'heure, fait Gauvain, même si c'est folie de ma part de m'exprimer ainsi, car vous avez bien laidement payé son service à la jeune fille ! Vous l'avez enfin conquise, après l'avoir priée pendant trois ans, et pour la première fois vous avez eu d'elle ce que vous vouliez ; par ailleurs, il est entendu que vous devez lui appartenir tout entier, selon la promesse que vous lui avez faite, cautionnée par Gauvain – et vous voici en quête d'une autre ! Je ne vois là rien de raisonnable, car elle ne vous a donné aucun motif de la haïr. Je vous en prie au nom de Dieu : montrez-vous loyal envers cette demoiselle. Puissent-ils, ces êtres tricheurs et faux envers celles qui ne le méritent en rien, être à l'instant marqués au front du signe d'infamie, par la volonté de Dieu tout-puissant ! Ils sont si nombreux de par le monde qu'ils font grand tort aux amants loyaux.

— Qu'avez-vous à faire, lui rétorque l'autre, de ma demoiselle ou de moi ? Elle est si charmante, si belle, si noble et sage, de si haute lignée, celle qui doit aujourd'hui me donner sa réponse, que les plus éminents barons du pays s'emploieraient à l'aimer. L'autre m'a tellement mis à l'épreuve ! Elle m'a valu tant de peines et de veilles ! Sans doute s'est-elle acquittée envers moi, en me faisant don de son amour. Je l'ai absolument mérité, car je l'ai si longtemps aimée et servie, j'ai dépensé tant d'efforts, qu'elle ne m'aurait pas encore payé, en toute cette année, la moitié de mon salaire. Et puisque j'ai réussi, après tant de tourments, à être en mesure de la chagriner à mon tour, je veux lui faire connaître ainsi ce que j'ai souffert à cause d'elle : on a le salaire qu'on mérite.

— Noble chevalier, au nom de tous les saints qu'on vénère à Rome, renoncez à la traiter ainsi, mais tenez-lui parole, vous agirez bien et en homme courtois. S'il avait fait pour l'obtenir autant que vous, il n'y a sous le ciel aucun roi, si puissant soit-il, qui ne se déshonorerait grandement à la délaisser de la sorte.

— C'est en vain que je vous entends vous interposer, répond le chevalier. Je refuse de vous faire une promesse qu'il ne soit dans mon intention de tenir. Il me plaît fort de la voir affligée, quand elle m'a imposé une si rude épreuve. Finissons là cette querelle : vous ne sauriez me faire changer d'avis.

— Voilà qui me décide, fait Gauvain. J'aimais beaucoup monseigneur Gauvain, et je me conduirais trop bassement si je permettais que, moi présent, il fût exposé au blâme et si, vivant ou mort, il était accusé d'une vilenie. Puisque vous êtes insensible aux représentations de la raison et de la vertu, autant qu'à mes pressantes prières, je vous assure d'une chose : puisque vous persistez dans votre entreprise, préparez-vous à avoir affaire à moi !

— Eh bien, me voilà pris ! dit l'autre ; vous m'avez bien facilement conquis, vous qui croyez me dissuader par vos prières ou vos menaces !

Que vous dirais-je de plus ? Ils prennent un peu de champ ; puis ils s'équipent avec soin, et laissent courir les chevaux. Ils se heurtent avec une telle violence que les deux lances se brisent. Après ce premier assaut, ils se rencontrent une nouvelle fois, à une allure si rapide, si le conte dit vrai, et le choc fut si rude, des chevaux, des corps et des écus, que cavaliers et montures s'effondrèrent. Les chevaliers se remettent sur pied. Dès que Gauvain est debout, il fonce, assuré et prompt, sur son adversaire, l'épée tirée ; l'attaque est si raide que l'autre en est tout étourdi. Pourtant il lui rend largement tous ses coups : il ne les reçoit pas comme des dons, sans les payer de retour ; il lui en assène bien cent quarante d'affilée : tout autre, recevant ce paiement, en aurait été fort secoué.

Pourtant, au dernier assaut, monseigneur Gauvain vint à bout de son adversaire. Celui-ci ne put opposer de défense mais, quand il voulut rendre son épée, monseigneur Gauvain l'assura que jamais il ne l'accepterait ni ne lui ferait grâce sans condition : tout à l'heure il n'avait pas accordé la moindre attention à sa prière. Mais s'il tenait encore à sa vie et à son honneur, il devrait désormais respecter l'amour promis à la demoiselle. Dans les termes dont il conviendrait avec elle, monseigneur Gauvain, après l'avoir livré à sa merci, en prendrait la garantie formelle.

— Volontiers, cher seigneur, répond alors le vaincu.

— Maintenant vous devez me révéler votre nom, fait Gauvain : je veux le connaître pour conter cette histoire à Carduel.

— Je m'appelle Espinogre. En tout le royaume de Logres, je n'imaginais pas trouver d'adversaire capable de me vaincre aux armes. Mon nom vient du pays de Wi[1]. Dites-moi à votre tour quel

1. Ce nom à consonance insolite n'apparaît nulle part ailleurs que dans ce roman. D'après l'éditeur, il s'agit vraisemblablement d'une altération, comme en témoignent les leçons différentes dans les deux autres manuscrits.

est le vôtre, et de quelle terre vous êtes ; car si ma malchance veut que j'aie été vaincu et fait prisonnier par un adversaire médiocre, pour peu que cela vienne aux oreilles de mon amie, jamais plus je ne connaîtrai la joie. En revanche, si j'ai la bonne fortune d'avoir été défait par meilleur que moi, ma colère et mon amertume s'en trouveront allégées.

— Je ne puis vous dire mon nom, fait Gauvain, car je l'ai perdu, et j'ignore qui me l'a dérobé.

« Maintenant je dois partir à sa recherche, mais je ne sais où, ni dans quel pays ; venez avec moi, et pliez-vous de bonne grâce à ce que je vous demanderai.

— J'y consens, répond le chevalier : je vous suivrai sans me faire prier, en homme qui vous appartient entièrement et que vous avez légitimement conquis.

— Quand, au terme de notre quête, fait Gauvain, nous aurons enfin réussi à trouver mon nom, je vous le révélerai aussitôt. Et sachez-le bien, je vous en fais la promesse : pendant tout ce temps je me montrerai d'aussi bonne compagnie que je pourrai ; jamais encore, de votre vie entière, vous n'aurez connu de chevalier qui s'en mette à ce point en peine et vous soit plus agréable.

Sans protester, le chevalier souscrit à toutes les exigences de Gauvain. Lui reçoit alors son épée, selon le pacte qu'ils ont établi : le chevalier doit réparer le méfait dont on a entendu le récit.

Alors ils reprirent leurs chevaux, qui près d'eux erraient librement. Le chevalier les conduisit au château d'où il était parti. Ils racontèrent à la demoiselle tout ce qui s'était passé et dit : les circonstances de leur rencontre, comment l'un exposa son histoire, et comment la querelle qui s'ensuivit les fit se battre dans la forêt ; comment se déroula la bataille, comment ils conclurent la paix ; comment Gauvain assura la réconciliation : sur place, sans désemparer, il fit jurer au chevalier que jamais, en toute sa vie, il n'aimerait d'amour une autre femme qu'elle.

La demoiselle voulut savoir le nom de l'inconnu, mais son ami lui dit : « Impossible » ; car de Gauvain il savait au moins cela, qu'il n'était en mesure de révéler son nom à personne. La demoiselle dit alors :

— Cher seigneur, vous qui êtes privé de votre nom, je vois bien que vous êtes un homme de bien, et que vous pouvez prétendre à toute mon affection. Si j'avais dû me plaindre du chevalier que voici auprès de Gauvain, je sais bien que j'aurais difficilement obtenu pleine reconnaissance de mes droits, puisque jamais je n'ai entendu parler de rien, et que jamais mon ami n'a joui d'un autre amour que du mien – sa trahison n'était qu'encore que d'intention ! Or voici que, pour l'amour de Gauvain, cet autre chevalier m'a ramené mon ami. Il l'a assez rudoyé au combat pour venir le mettre en ma merci : il lui a fait payer très cher la folle idée qu'il s'était mise en tête. Assurément, Gauvain est d'une valeur exceptionnelle ; il doit en rendre grâces à Dieu, d'être à ce point estimé et aimé !

Aussitôt la jeune fille, qui se réjouissait fort de l'aventure, se saisit de leurs écus, et les fit descendre de cheval ; puis elle donna toutes instructions à ses gens pour servir et honorer ses hôtes. Elle s'employa de son mieux à mériter la bonté que Gauvain lui avait manifestée, en s'exposant ainsi pour lui restituer son ami. Son château, sa demeure, ses biens, elle mit tout à sa disposition, et le pria d'en user, à titre de récompense, comme si c'était à lui. Ils eurent un fort bon logis, et passèrent la nuit très confortablement : on fit tout ce qu'on imagina pouvoir leur plaire, sans le moindre retard. Mais pour ne pas allonger mon récit, je m'épargnerai le compte de tous les plats, viandes appétissantes, poissons frais, gibier et oiseaux, dont on leur fit un très beau service – ainsi que d'autres, en abondance, et les différents vins. Toutefois, plus précieux encore que tous les mets de la terre fut l'excellent accueil de la demoiselle, qui leur offrit de se servir à discrétion de tout ce qu'elle avait.

Que vous conterais-je davantage ? La demoiselle leur marqua le plus de joie et d'honneur possible. Le lendemain, quand il fit jour, les deux chevaliers se levèrent ; ils s'armèrent vite et bien et ils se mirent en route. La demoiselle au clair visage, celle qui était venue avec eux, était aussi du voyage ; ils recommandèrent leur hôtesse à Dieu. Ils s'enfoncèrent à nouveau dans la forêt par laquelle ils étaient venus. A moins que la fortune ne les sépare, jamais, disent-ils, ils ne cesseront leur quête : par monts et par vaux ils parcourront la terre, à la recherche du Gringalet, où qu'il se trouve. Et quand, au terme de cette quête, ils l'auront reconquis par les armes, ils iront à la recherche des demoiselles, celles qui ont annoncé à Gauvain sa propre mort. Ensuite, ainsi l'ont-ils décidé, ils iront à la poursuite de ceux qui se sont vantés bien à tort de l'avoir tué ; quand ils les auront atteints, ils les contraindront par les armes à démentir cette affirmation : ils livreront bataille aux deux premiers, puis au troisième, s'ils le trouvent. Une fois ces individus convaincus de mensonge, le chevalier sans nom dit qu'il se mettra en peine de Gauvain – et il le trouvera facilement, car il sait bien ce qu'il est devenu.

IX

CADRET, LE CHEVALIER ÉVINCÉ

Quand ils furent à nouveau en rase campagne, s'entretenant ainsi de leurs plans durant ce voyage, voici que leur apparut au loin, au découvert du bois, un chevalier sur une lande. Nulle part on n'aurait pu en rencontrer d'aussi magnifiquement équipé. Le cheval qu'il montait était robuste et rapide, bien nourri et au mieux de sa forme. Les deux chevaliers étaient encore hors de sa vue : chaque pièce de son armure lui seyait à merveille. Il avait aux pieds des chausses de fer plus étincelantes que l'argent ; il était beau, de haute taille et d'allure noble, et il paraissait particulièrement agile et vigoureux. Sous son haubert, sachez-le, il portait un pourpoint garni d'une superbe étoffe de soie. Le haubert lui-même était à fines mailles dorées ; tous ceux qui l'avaient vu lui accordaient plus de prix encore qu'aux chausses de fer, tant il était à la fois solide, léger, et resplendissant. La cotte d'armes du chevalier était taillée dans un drap de Constantinople, et la ceinture qui la ceignait, élégante et de belle facture ; son amie, qui la lui avait envoyée, avait mis tous ses soins à bien l'exécuter, avec des cheveux d'or et de soie. Le voudrais-je, j'aurais du mal à décrire dans le détail ne serait-ce que le heaume qui coiffait sa tête, son cercle et sa visière. Ce heaume était orné d'un panonceau à ses armes, d'un beau travail, que son amie lui avait donné comme gage de son amour. Son cheval, puissant, rapide et impétueux, venait de Lombardie. Ce chevalier n'avait d'autre désir, sachez-le, que d'affronter ses ennemis, pour révéler sa grande valeur et la mettre à l'épreuve. Alors la noblesse de sa nature, qui l'incitait à une conduite valeureuse, lui fit prendre l'écu par les courroies ; il mit sa lance sous le bras et s'assura solidement sur la selle. Puis il éperonna sa monture. Sachez encore qu'il avait fermé son col d'une précieuse agrafe d'or et par-dessous l'écu, il portait un cor pendu en sautoir. L'écu était de gueules, à un lion rampant d'hermine. Sur sa massive lance de frêne flottait un étendard. Quant à l'épée qu'il avait ceinte, c'était la plus belle de tout le royaume de Logres.

Gauvain et Espinogre le contemplèrent tous deux avec grand plaisir. Le chevalier dont je vous parle donnait les marques d'une vive allégresse, chantant une chanson d'amour qu'il avait récemment apprise. Subitement, il saisit son écu par les courroies, ainsi que sa lance : il les jeta à terre avec rage, à ce qu'il me semble, au milieu du champ. Sachez qu'il était d'humeur à se livrer au désespoir – crier, pleurer, frapper ses mains l'une contre l'autre : ceux qui le regardaient eurent l'impression qu'il avait grande envie de mourir, insensible à tout réconfort qu'aurait pu lui donner homme ou femme. Il reprit son écu et sa lance, s'ajusta à nouveau et s'assura sur sa selle, et laissa filer à toute allure son cheval, lance tendue. Et il se remit à sa chanson, dont il avait chanté deux vers.

— Ce chevalier est-il ensorcelé, fait Gauvain, pour se comporter de la sorte ?

L'autre, une nouvelle fois, jeta à terre la lance qu'il tenait à la main et son écu.

— Hélas, fait-il, je vais au-devant d'une aventure qui tournera à mon grand malheur !

Il se livra derechef à son chagrin, avec une telle violence qu'aucun témoin n'aurait pu s'empêcher d'en prendre pitié.

Il s'y abandonna longtemps, en homme à la tête dérangée, puis à nouveau il reprit ses armes et saisit l'écu par les courroies. De nouveau il lança son cheval, et se reprit à chanter la chanson interrompue.

— Je puis me vanter, fait Gauvain, d'avoir connu mainte aventure, mais jamais encore je n'ai vu un chevalier se conduire ainsi. Je ne saurais m'empêcher d'aller lui demander d'où il vient et ce qu'il cherche.

Les deux compagnons piquèrent vers lui à travers la lande. Monseigneur Gauvain lui demanda, non sans l'avoir d'abord salué avec son amabilité et sa courtoisie habituelles, de lui dire, s'il lui plaisait, ce qui faisait naître l'allégresse et l'affliction auxquelles il le voyait en proie tour à tour : même s'il s'en mettait en quête par toute l'étendue de la terre, jamais il ne rencontrerait semblable aventure ! Aussi le priait-il instamment de lui révéler la cause de ces sentiments contradictoires.

— Seigneur, fait l'autre, même si j'éprouvais ici une peine à me déchirer le cœur, je ne saurais m'attarder ni rester assez longtemps avec vous pour vous dire ce qu'il en est de moi, d'où je viens et où je vais. Car il y a un gué au-delà de ce bois, à plus de cinq lieues, où il me faut être de toute urgence. Je peux seulement vous affirmer ceci : si je ne m'y trouve pas avant midi, j'aurai tout perdu, et il serait préférable pour moi d'avoir deux lances à travers le corps.

— Seigneur, réplique Gauvain, si cela vous agréait, c'est moi qui vous accompagnerais un bout de chemin, le temps que vous m'exposiez les motifs de votre peine et de votre joie. J'ai la plus grande envie de vous entendre et de connaître cette étonnante aventure.

L'autre alors, tout en poursuivant sa route, se mit à raconter. Écoutez ce récit, tel que le fit le chevalier.

— Seigneur, dit-il, il arriva jadis qu'un seigneur à qui j'appartenais s'arrêta chez un homme particulièrement puissant. On nous fit là un très bel accueil, et nous fûmes magnifiquement hébergés, mieux que je ne le fus jamais par la suite, sachez-le vraiment. Si je vous en mens d'un mot, que j'en sois déshonoré sur l'heure ! Pourtant je vous assure, moi qui me montre à vous dans toute ma vigueur, que je suis en péril de mort.

« Le maître des lieux traita mon seigneur avec les plus grandes marques d'honneur et lui fit fête, à lui et à sa suite. Quand vint le moment de se mettre à table, on me fit prendre place, à titre d'intime de mon seigneur, auprès de la demoiselle de céans, toute grâce, courtoisie et élégance. Elle n'avait pas sa pareille dans tout le pays. J'étais alors jeune chevalier ; je sus si bien parler et avec tant d'à-propos, ma prière plut tellement à cette si belle demoiselle, qu'elle m'agréa comme ami. Nous nous fîmes mutuellement la promesse que toujours, dans le respect de la foi engagée, sans tromperie, fausseté ni ruse, notre amour se maintiendrait intact : elle n'aimerait d'autre que moi, à mon tour je n'aimerais d'autre qu'elle. En mon âme et conscience, je pourrais jurer que l'amour entre nous dure encore ainsi : nous ne manquâmes jamais ni l'un ni l'autre à notre contrat, ni ne faillîmes à notre promesse. La situation se prolongea de la sorte jusqu'à ce qu'un jour il nous arrivât malheur. Je ne sais comment cela se fit, quelle en fut la source ou la cause, toujours est-il que sa mère s'aperçut sans doute possible qu'elle m'aimait. Elle en éprouva la plus vive irritation.

« Elle l'a donc soumise à une telle surveillance à cause de moi que mon amie ne peut plus nous ménager de possibilité d'entretien. Cela fait bien deux ans et demi qu'elle est ainsi gardée. Voici qu'elle a été requise en mariage par un riche prétendant de ce pays. Sur le conseil de ses amis et par l'entremise d'un de ses frères, son père la lui a promise, il doit l'emmener aujourd'hui même. Elle en est si affectée que peu s'en faut qu'elle ne soit morte de douleur, mais elle n'ose point s'opposer à ce qui est un ordre de son père ; elle m'a informé par un messager privé que son départ aura lieu aujourd'hui. La joie que j'ai montrée, dont vous avez été témoin d'abord, vient, je vous le dis sans détour, de ce que je sais que je vais la voir très bientôt ; et l'affliction qui lui succède, c'est parce que jamais plus je ne la reverrai. J'en éprouve un déchirement que je ne saurais dire ; j'aimerais mieux être mort. Ensuite vient le réconfort, de la certitude que j'ai de me comporter si bien tout à l'heure, sous ses yeux, que personne ne pourrait faire mieux. Car quand je verrai leurs gens, je leur porterai de si rudes coups, je me montrerai si vaillant, si plein d'assurance, que nul, à l'exception du noble roi Arthur et de Gauvain… Me voici bien fou et grossier de me vanter ainsi ! Qu'il me suffise de vous dire ceci : je serai d'une telle bravoure que, ces deux-là mis à part, aucun chevalier engagé dans un combat singulier ne ferait si bien pour les beaux yeux de ma belle que je ne fasse mieux encore.

« Mon chagrin est si grand de la voir emmener que personne ne serait capable de supporter la dureté du combat que je m'apprête, moi, dans les limites de ma résistance, à endurer pour elle. Aussi suis-je très content à l'idée qu'elle en sera témoin ; car aucun homme dans la même nécessité ne pourrait, s'il n'aime pas, s'exposer aux risques que prend celui qu'Amour tient et embrase.

« Quant à l'abattement qui s'empare de moi à nouveau, j'ai des raisons pour qu'il soit si profond, car je me suis lancé dans une bien difficile entreprise. Le chevalier a vingt compagnons, hardis et téméraires. C'est ce que m'a dit le messager qui est venu tout me raconter en détail. Il m'assure qu'il les a comptés au sortir de la place, avant de se séparer d'eux. J'en ai donc la conviction : en affrontant seul une tâche qui dépasse mes forces, je ne puis que courir à ma perte. Mon avisé et courtois messager m'a dit en outre que les chevaliers sont, il les a vus, superbement armés.

Maintenant je vais vous apprendre, si vous l'ignorez, la raison d'un tel équipement : il n'est rien que l'on puisse tenir secret, aussi sait-on plus ou moins que la demoiselle est mon amie, et que je l'aime d'amour ; ils craignent donc, sachant que je l'aime, un excès de bravoure de ma part et, parce que j'ai le droit pour moi, ils ont peur et redoutent à tout moment que je ne les assaille à un mauvais passage. Ils pourraient être effrayés à juste titre, si j'avais avec moi une bonne troupe ! Car à peine verrais-je mon amie, je mènerais si rondement l'attaque qu'on verrait bien qu'elle est mienne ! Mais même seul, je puis vous assurer que, quelle qu'en soit l'issue, elle sera chèrement disputée. Pourtant je sais bien, en dépit de tout ce que je peux dire, que je ne pourrai pas m'en tirer ; aucun chevalier, fût-il Roland ou Olivier, ne serait capable de subir un tel assaut sans être au bout du compte, à moins d'un miracle, pris ou tué. Mais j'ai ainsi entrepris cette aventure : ou j'en mourrai, ou je délivrerai mon amie, il n'y a pas d'autre alternative.

— Espinogre, fait alors Gauvain, il est bien vil et mesquin, celui qui voit un chevalier en pareille détresse d'amour sans voler à son secours quand il en a besoin.

— Seigneur, répond son compagnon, si vous voulez vous en mettre en peine, je n'hésiterai pas à vous seconder de tous mes efforts ; car je vous appartiens de droit, et rien ne saurait me détourner de prendre ma part de toutes vos entreprises. Sur ce point, jamais je ne vous ferai défaut.

Tous deux promettent alors au chevalier leur assistance dans cette aventure. Et lui leur répond :

— Seigneurs, je vous remercie, mais si je vous ai conté à quel excès m'a entraîné ma déraison, ce n'est pas pour que vous en fassiez les frais. Et je n'ai pas l'intention de vous demander, si je vais au-devant d'un désastre que je ne peux éviter, de vous y associer en quelque façon. Ce serait bien grand dommage que l'un de vous, par la folle témérité de ce que j'ai projeté, perde en cette circonstance la vie ou la liberté.

En entendant ces propos, monseigneur Gauvain, d'une si grande noblesse de cœur, se sent pris d'une grande pitié. Il sait bien que seule la générosité inspire au chevalier de les éconduire : il refuse leur concours de crainte que par sa faute il ne leur arrive malheur.

— Seigneur, fait-il, peu importe l'issue, maintenant que nous l'avons ainsi décidé : ou nous en sortirons prisonniers ou morts, ou nous vous rendrons votre amie.

Le chevalier, enchanté de ces paroles, les en remercie :

— Seigneurs, fait-il, que Dieu vous exauce : puissiez-vous me rendre celle qui fait ma joie, après laquelle j'ai si longtemps langui ! Celui qui s'emploie à vivre selon l'honneur, Dieu, au bout du compte, lui assure honneur et joie en retour ; jamais il ne sera à ce point hors du droit chemin, qu'il ne soit aussitôt remis sur la bonne voie, car Dieu le secourt et le guide.

X

LA DEMOISELLE AUX SEPT FRÈRES

Alors ils se mirent en route en direction du lieu de l'affrontement.

— Seigneur, fait soudain la demoiselle à Gauvain, j'en prends Dieu à témoin, il m'est venu une telle faim que vous me verrez bientôt enrager, si je n'ai pas à manger au plus tôt. Je vous l'affirme, si on ne met pas à ma disposition au moins un morceau de pain, je mangerai mes propres mains. Personne n'a jamais été à ce point affamée.

Gauvain fut extrêmement contrarié par ce discours :

— Belle, fait-il, de grâce ! Il nous est absolument impossible de rien nous procurer ici qui puisse nous sustenter. Vous savez en outre que, raisonnablement, nous ne pouvons nous attarder sous aucun prétexte : nous devons tous deux, Espinogre et moi, nous porter sans délai au secours de ce chevalier. Nous venons de lui en faire la promesse et il serait bien malséant, après nous être engagés, de lui faire défaut dans le besoin où il est. Quel blâme sans fin pour celui qui agirait ainsi, dès que s'en répandrait la nouvelle ! Prenez garde que je ne déchoie et ne voie croître ma honte pour prix de la noblesse et de l'honneur que je vous ai manifestés. On vous le reprocherait éternellement, si l'on apprenait que vous avez ainsi nui à cette entreprise. Je vous prie de n'en avoir ombrage : prenez votre mal en patience jusqu'à ce que l'aventure soit menée à terme.

— Je ne serai pas à ce point folle, rétorque la jeune fille, pour donner de plein gré mon accord à cette proposition ! Je choisirai toujours le désagrément d'autrui plutôt que le mien propre – et tant pis qui le déplore ou s'en offense ! N'allez pas imaginer que je simule : la faim qui m'étreint est plus grande encore que je ne le dis. M'offrirait-on cinq cents marcs d'argent pour l'endurer jusqu'à midi, je vous le dis sincèrement, je ne serais pas en mesure de le faire ; et ce sera grande vilenie, alors que je suis ici sous votre protection, que je meure pour en manquer.

« Seigneur, fait-elle, croyez-moi, j'ai déjà séjourné ici ; j'y ai remarqué, là en face, un château, un peu au-delà de ce vallon, à une lieue et demie à peine. Jamais, de votre vie entière, en fait de superbes tours, de salles magnifiques, vous n'en avez vu seulement six, en Angleterre ou au pays de Galles, qui soient d'une construction comparable.

Mais je n'ai que faire de vous répéter la description qu'elle en fit. Elle conta en effet dans le plus grand détail tout ce qu'elle y avait vu. Elle précisa notamment que le château se dressait au sein d'un bois clôturé, et qu'il était pourvu de tout ce dont un homme de bien peut avoir besoin.

— L'âne tombe sous l'excès de sa charge, à ce que j'ai entendu dire, fait Gauvain ; mais maintenant je n'ai d'autre choix, je le vois bien, que de vous accompagner, puisque vous en décidez ainsi.

Salomon dit en l'un de ses livres qu'il perd toute liberté, celui qui s'embarrasse d'une femme ! Car l'homme qu'elle tient et surprend, dès qu'il est épris, a largement de quoi se plaindre, s'il avait seulement assez de cœur pour oser émettre la moindre protestation. Mais aucun n'a cette audace. Et celui qui se met le plus en peine d'aimer, qui s'emploie toujours davantage à servir la dame dans ses moindres désirs, qui s'y montre le plus attentif et qui l'honore avec le plus de constance, c'est finalement celui qui s'en repent le plus[1]. Mais j'ai envie de passer à autre chose et de revenir à ma matière, car j'en ai assez dit sur le sujet des femmes : personne ne conteste désormais qu'il en est très peu, parmi elles, qui échappent à cette réputation.

— Espinogre, fait alors Gauvain, maintenant je me réjouis que vous ayez deux cors. Chacun de vous en possède un bon ; sonnez-en l'un et l'autre quatre fois et je vous rejoindrai au galop, dès que je me serai arrangé pour faire manger la jeune fille. Mais je dois m'en occuper avant toute autre chose.

1. Les couplets anti-féministes sont extrêmement fréquents dans ces textes ; celui-ci (v. 4018 et sq.) se retrouve dans *Le Chevalier à l'épée*, p. 509.

— Nous voyons bien, fait-il, qu'il faut en passer par là.

Gauvain et sa compagne tournèrent alors un peu sur la gauche et chevauchèrent le long d'un sentier qui les conduisit jusqu'au château. Il n'était pas ceint de pieux aigus, mais d'une haute muraille et d'un fossé. Il était adossé à un vaste bois, avec une haie tout autour qui clôturait l'enceinte fortifiée et la tour, si bien qu'il ne possédait qu'une entrée. La jeune fille, à qui les lieux étaient familiers, y pénétra ; et lui, qui était étranger et ne connaissait là personne, franchit tout droit la porte d'enceinte et monta vers la tour. Il passa le pont à cheval sans se faire interpeller par quiconque. La jeune fille demeura à l'extérieur et le chevalier, qui était toujours sans nom, entra aussitôt dans la grand-salle. Il aperçut, étendue sur une table ronde, une nappe qui loin d'être sale était plus blanche que neige sur glace. Il y avait dessus une coupe d'or fin, pleine à ras bord d'un excellent vin. Il y vit aussi flans, gâteaux, gaufres et pâtés, poivrade, et des morceaux de viande, dans une écuelle étincelante. Une demoiselle était assise là pour dîner ; et s'il est possible à la beauté, non secondée par la noblesse d'âme, d'embellir une jeune fille, celle-ci pouvait alors se vanter que jamais Nature n'en avait réussi de plus belle, si elle avait été bonne ; mais son orgueil et sa suffisance étaient tels qu'aucun de ses proches n'aurait pu, malgré tous ses efforts, en dire du bien. Le corps est aimable quand le cœur possède courtoisie et loyauté ; aussi puis-je vous dire que l'orgueil est un bien mauvais hôte ; la beauté qui s'y associe est souvent toute perdue.

Le chevalier la salua avec grande aménité, et lui demande la grâce de quelques vivres.

— Écoutez-moi donc, jeune fille, fait-il ; il y a là dehors, dans la cour, une demoiselle à cheval ; si on ne la secourt pas immédiatement en lui portant à manger, jamais elle ne sortira de cette enceinte : elle sera morte avant, sans retour. Elle se tient devant la tour là-bas et vous prie d'être assez généreuse et serviable pour m'aider en cette nécessité.

— Seigneur, fait-elle, plutôt être maudite que de vous faire don de la moindre chose ! Quelle audace, quelle outrecuidance d'imaginer seulement que je doive faire quelque chose à votre prière ! Vous n'êtes pas assez grand personnage pour vous en autoriser même l'idée ! Ils vous en chercheraient méchante querelle, mes frères, s'ils se trouvaient ici – j'en ai sept, tous vaillants et hardis – mais ils sont dans la forêt.

— Jeune fille, fait-il, si c'est une large contrepartie d'un tout petit don que vous voulez, elle vous sera grandement assurée, en échange d'un seul gâteau et d'un pâté.

— Sur ma tête, fait la jeune fille, je ne gaspillerai pas mon bien de la sorte !

— Jamais vous ne parviendrez ainsi à vos fins, dit alors un nain qui assurait son service. Il perd souvent ses paroles, dit-on, celui qui parle au milieu d'une meute. Vous n'obtiendrez rien d'elle, je la connais bien, par les bonnes manières ou la prière ; mais si vous usez de sans-gêne et d'insolence, elle se pliera à tous vos désirs. Dites-moi, vous qui fréquentez les cours, n'est-ce point l'arrogance qui dompte l'arrogance ? Répondez à son attitude par la même, je vous le conseille absolument, puisque la nécessité vous y contraint. La nourriture est à votre portée, vous pouvez vous servir à volonté.

— Il faut se garder de tout outrage, fait le chevalier sans nom, et je craindrais trop de mal agir ; mon intention était de me comporter sans violence, si j'avais pu, pour ne m'attirer de sa part aucun ressentiment.

— Il n'en sera jamais ainsi, dit le nain.

Le chevalier alors s'approcha, il prit dans une main un pâté et un pain, et dans l'autre un des morceaux de viande dont l'écuelle regorgeait. Le nain l'emmena par la bride auprès de la jeune fille qui l'attendait ; il lui offrait les vivres, et la priait de faire vite : ils n'avaient pas le loisir de s'attarder ; il lui fallait absolument se hâter. Le chevalier se prépara à délivrer son amie, il était urgent d'aller l'assister, selon la promesse qu'il lui avait faite. La jeune fille répliqua aussitôt :

— Seigneur, j'en prends Dieu à témoin, je partirai très bientôt avec vous, mais il me faut d'abord penser à préserver ma santé, qui vient d'être soumise à rude épreuve. Cette nourriture toute préparée m'a certainement sauvé la vie. Ne prenez pas mal que je rappelle ainsi mes besoins essentiels : maintenant il me faudrait à boire. Je suis la proie d'une si grande soif depuis ce matin que je ne puis endurer cet état. Je ne saurais résister longtemps, si je ne buvais pas, et dès que j'aurai bu, je me mettrai en route avec vous.

Le chevalier sans nom repartit alors sans se faire autrement prier, et retourna dans la salle. Il alla vers la table prendre la coupe.

Mais quand il voulut y tendre la main, la demoiselle assise s'en empara avant lui. Elle lui dit, pleine de morgue :

— Vin et mets vous auraient été bien disputés si mes frères, qui s'amusent là-bas dans la lande et dans le bois, s'étaient tous trouvés ici dans la salle ! Mais voici que vous m'avez surprise seule, et vous avez essayé sur moi votre prouesse : quel grand honneur d'humilier une demoiselle sans défense !

De son côté le nain l'interpela avec colère :

— Seigneur chevalier, lui dit-il, vous n'obtiendrez jamais rien d'elle spontanément, fût-ce un morceau de pain.

Le chevalier se saisit alors de la coupe, sans plus se préoccuper d'elle, et la porta à celle qui attendait à l'entrée du château. La jeune fille assise à la table lui dit :

— Vous êtes bien peu sensé, seigneur chevalier, et peu civilisé, d'avoir pris ainsi contre mon gré une part de mon repas. S'il était en vie, celui dont l'excellence excitait l'envie générale, il m'en ferait encore prompte justice. Ah ! Mort, tu es si ruineuse, si traîtresse et contrariante, jamais tu n'épargneras un homme de bien ! Il n'y a aucune demoiselle, de Bretagne jusqu'à Rome, et de là jusqu'en Espagne, qui n'en reste sans ressources. Ah ! Gauvain, vous vivant, on ne m'aurait pas ôté ma coupe de la main, ni enlevé ma nourriture sous mes yeux ! Je n'aurais même pas eu à m'en soucier ! Maintenant il n'y a plus personne qui veille sur nos droits, et s'emploie à les faire respecter.

L'autre, indifférent à ses lamentations, rendit la coupe au nain et la jeune fille, qui en avait fini avec la nourriture et le vin, reprit la route avec lui. A peine étaient-il allés quelques pas après avoir franchi le pont, qu'ils rencontrèrent le chevalier qui leur avait fait don, à la croix, du destrier, ainsi que du palefroi avec sa selle et tout son harnais, dont ils avaient alors bien grand besoin. Il tenait sur le poing l'épervier qu'il avait reçu là en gage ; il était si bien armé et de façon si seyante, qu'on aurait en vain cherché ailleurs un chevalier plus élégant. Il salua Gauvain et lui demanda, en homme que pressait la nécessité, de s'acquitter immédiatement de sa dette, et il lui rappela le don qui avait fait de lui son obligé : s'il ne s'en acquittait pas sur-le-champ et se permettait le plus petit délai, jamais il ne serait à même de le faire.

— Je vais vous en dire la raison, fait-il : ce château là-haut est parfaitement tranquille ; il ne s'y trouve en ce moment personne qui puisse vous faire quelque ennui. Les chevaliers du lieu sont tous allés se divertir dans le bois ; je l'ai appris aujourd'hui. Il y a là, enfermée dans le château, une jeune fille que j'ai aimée durant plus de trois ans ; je vous prie de me la livrer.

— Par ma foi, fait Gauvain, il n'est que juste que vous l'ayez, si c'est une chose en mon pouvoir ; et si je la trouve dans le château, je m'emploierai fidèlement à vous satisfaire.

Il fait alors tourner son cheval et revient dans la grand-salle. La jeune fille se répand en imprécations contre lui et le maudit de son mieux. Elle lui souhaite fort rudement de revenir ici pour son malheur. Le chevalier se dirige alors vers elle, la saisit par le bras droit, puis l'installe devant lui sur son cheval, et il s'en retourne sans s'attarder davantage. Elle, pleurant à chaudes larmes, continue de le maudire et prie instamment Dieu de faire dévier ses desseins. Quand elle voit qu'ils s'éloignent et que la porte est déjà franchie, elle s'abandonne au plus vif désespoir. Elle se tord les mains, se lamente et pleure, criant bien haut :

— Ah ! malheureuse, fait-elle, d'être à ce point haïe de Dieu ! Hélas, quel dommage que mon frère, le vaillant Codovrain, ne soit pas informé à cette heure de ce qui se passe ! Ah ! Gauvain, dit-elle, quel énorme préjudice vous nous valez ! Cet outrage, l'incroyable insolence d'un pareil acte envers moi, n'auraient pas été concevables si vous aviez été en vie et dispos !

Lui cependant la livre à celui qui en est tellement épris. Il la lui tend ; et elle aussitôt se reprend à gémir, proclame et jure que jamais, Gauvain vivant, un tel affront n'eût été commis.

L'un de ses frères, qui s'était posté à ce moment derrière un arbre pour tirer, perçoit ses clameurs : il a du mal à l'entendre distinctement. Et la jeune fille, une nouvelle fois, crie quelque chose, il ne sait quoi, car la distance est trop grande ; il comprend bien toutefois qu'elle est en difficulté. C'était Codovrain qu'elle appelait.

Le chevalier amoureux d'elle, qui maintenant l'a en son pouvoir, lui dit :

— Belle douce amie, je suis Raguidel de l'Angarde ; puisque désormais vous êtes sous ma protection, vous avez tout lieu de vous réjouir. Vous pouvez en avoir la certitude, c'est moi, votre ami tout dévoué. Vous m'avez toujours assuré que vous n'aimiez personne que moi. Si l'on peut se fier à votre foi, que vous m'avez jurée en levant la main droite, c'est le moment de m'en donner la preuve.

Quand elle entend ces paroles, la demoiselle ne se tient plus de joie :

— Seigneur chevalier, s'écrie-t-elle, vous à qui j'ai refusé le don de mes plats, me voici au contraire votre obligée, et je vous remercie de ce que vous avez fait car vous m'avez largement payée. Il y a un instant encore j'étais en plein désarroi, toute en peine et égarée : je m'imaginais être livrée à un homme que je n'aimais pas. Si cela avait été le cas, jamais plus je n'aurais consenti à me nourrir. Bienvenue à ce chevalier qui s'est si bien en ce jour acquitté de sa dette ! J'y consens bien volontiers : si tel est son désir, qu'il me donne à vous ! Et je le prie de me pardonner et de ne pas attacher trop d'importance à mon détestable comportement envers lui.

— Belle, fait Gauvain, je vous le pardonne. Il reste que de mon côté, demoiselle, je vous remets à ce chevalier, et je dois moi aussi solliciter votre pardon, car je sais bien que j'ai mal agi en vous faisant ainsi violence.

— Seigneur, fait-elle, je vous l'accorde.

Celui de ses frères qui avait perçu ses cris s'est rendu au plus vite au château, en forçant l'allure. Dans la cour, il trouve un serviteur et lui demande la raison du tapage qu'il a entendu ; l'autre sans attendre l'informe de ce qui s'est passé, sans lui mentir d'un mot.

— C'est donc que je ne suis plus maître chez moi, fait le frère, si ce chevalier peut emmener ma sœur ainsi !

Il sortit sur-le-champ du château, manda un de ses hommes qui lui amena le Gringalet et lui mit la bride et la selle, puis monta dans une tourelle qui se trouvait au-dessus de la porte principale. Il apporta en toute hâte à son maître son écu, son épée et sa lance. Celui-ci, à peine monté sur le destrier, fonça hors de l'enceinte : c'était le chevalier qui avait abandonné Gauvain avec son amie en plein bois, par pure jalousie, en emmenant leurs chevaux. Il allait avec une telle ardeur, dès sa sortie du château, qu'il eut bientôt aperçu les chevaliers en compagnie des demoiselles : s'il ne parvient pas à les séparer, à disperser et défaire rapidement cette troupe, bon chevalier comme il est et seigneur du pays, alors, se dit-il, il ne vaut pas un sou.

Le chevalier sans nom l'entendit venir au galop sur le chemin dans le vallon, et quand il reconnut le cheval qu'il chevauchait, sa joie fut sans bornes. Dans sa colère, il ne prit pas le temps de lui poser de question, mais il fonça hardiment vers lui, tandis que l'autre lança aussi son cheval ; ils se ruèrent l'un contre l'autre. Son adversaire le frappa le premier, sur le quartier antérieur de l'écu, et fit voler sa lance en éclats, telle un jouet du vent. Le chevalier sans nom l'atteignit à son tour sous la boucle, en homme qui n'avait aucune envie de le ménager : il lui plaqua l'écu sur le bras, qu'il tordit ainsi sur le côté, et le porta à terre tout étendu ; puis il saisit son épée. Il lui aurait incontinent tranché la tête sans l'intervention de la demoiselle, qui le supplia de l'épargner :

— Seigneur, dit-elle, je crois bien que si vous l'aviez tué, jamais plus je ne connaîtrais la joie.

Le chevalier y consentit. Il accédera à sa demande, dit-il, à condition que le vaincu en fasse autant pour lui.

— Seigneur, dit Codovrain le Roux, il y a en vous tant de vaillance et de vertu, tant de générosité et de noblesse, que vous ne devez être accusé d'aucun méfait envers moi : mon arrogance fut la seule coupable ; aussi j'accepte sans réserve de me soumettre à vos ordres.

— Seigneur, répond Gauvain, je vous en remercie. Je vous prie d'abord d'oublier votre ressentiment envers cette demoiselle. Mais je voudrais obtenir de vous encore autre chose : que vous admettiez de donner votre sœur à ce chevalier, car il l'aime de tout son cœur, et je crois bien qu'il en va de même pour elle. Enfin, faites la paix tous deux, votre amie et vous, sans rancune ni bassesse. Je vous en fis la proposition dès avant-hier, quand je dus grimper dans l'arbre à la recherche de l'épervier : j'étais prêt à jurer bien volontiers sur les reliques que je n'avais tenu à la jeune fille aucun propos dont on pût me faire reproche, pas plus que si j'avais été un reclus ou un ermite, le plus saint et le plus vertueux de toute la chrétienté.

— Je suis tout à fait convaincu, rétorque l'autre, que vous ne lui aviez rien dit de tel.

Au terme de cette entente, la paix fut conclue. Alors le chevalier sans nom reprit le Gringalet, sans retard ni désormais la moindre contestation, et à son tour il fit don à l'autre de son cheval ; le sien était une excellente bête, je puis vous l'assurer, et d'une grande beauté.

Les frères, qui avaient entendu le vacarme, piquèrent des éperons aussitôt, franchissant tertres et vallons. Ils ne ménagèrent pas leurs montures, qui répondirent bien, et les éperonnèrent à qui mieux mieux. Puis, avant même d'ôter les selles, ils demandèrent des nouvelles au premier écuyer qu'ils rencontrèrent. Celui-ci leur raconta en détail ce qui s'était passé. Ils entrèrent alors dans la salle et réclamèrent leurs armes ; on exécuta aussitôt leur ordre. Vite armés, ils se mirent en selle et sortirent en proie à la plus grande fureur, jurant que le coupable d'un tel outrage, serait-il le roi en personne, aurait son sort vite réglé : il allait le payer de sa mort, rien ne pourrait l'en protéger.

Il se passe peu de temps avant qu'ils n'aperçoivent les autres. Ils poussent alors leurs montures et se ruent impétueusement. Ils ont baissé leurs lances et empoigné les brides des écus pour assaillir leurs adversaires. Codovrain le Roux, qui était déjà monté sur son cheval, s'élance aussitôt à la rencontre de ses frères ; il leur signifie sans ambages que s'ils touchaient un seul de ces chevaliers, aucun ne devrait plus compter sur son amitié. Il assure même qu'il serait prêt à faire pour ces étrangers ce que personne n'a jamais fait : si ses frères poursuivaient leur attaque, il n'hésiterait pas à se ranger du côté des autres et à se battre pour eux.

— Seigneurs, fait-il, maintenant écoutez-moi : j'ai rencontré deux chevaliers à la fois vaillants et d'une parfaite courtoisie ; celui que vous voyez là, qui a échangé son cheval contre le mien, est l'objet d'une telle estime, il a manifesté tant de bravoure et de loyauté, que personne ne pourrait dire la moitié seulement du bien qui est en lui.

Mais c'est un effort ennuyeux de vous refaire le récit que commence Codovrain, comment l'autre était monté dans le chêne et s'y était emparé de l'épervier, et comment lui l'y avait surpris. Il leur conta tout du début à la fin. Il leur apprit ensuite comment le chevalier avait apaisé leur querelle. Il leur dit tant qu'il les réconcilia, et que ses frères tombèrent d'accord sur l'entente établie.

XI

LA VICTOIRE DE CADRET

Les frères prient alors le chevalier sans nom de rester : qu'il les accompagne à leur manoir, et en accepte la seigneurie. Mais lui, avec une grande aménité, leur répond que c'est impossible :

il vient de laisser, à deux lieues d'ici sur la gauche, un chevalier qui a un urgent besoin d'aide. Il leur répète alors le récit que ce dernier lui a fait, en route pour aller délivrer son amie. Les chevaliers protestent qu'il ne s'y rendra pas sans eux, et il leur dit :

— Seigneurs, je pense que je me suis trop attardé ici. Maintenant que je me suis engagé envers cet infortuné, j'aimerais mieux perdre mes entrailles, plutôt que de ne lui être d'aucun secours : je m'en considérerais à jamais comme un traître. Aussi je vous remercie mille fois de l'offre que vous venez de me faire : votre compagnie sera la très bienvenue et je vous en donne la ferme assurance, si vous décidez de venir avec moi, vous pouvez me tenir pour vôtre.

Ils lui promettent qu'ils l'accompagneront, et affirment qu'ils feront tout ce qu'ils peuvent pour aider le chevalier dans son entreprise. Codovrain à la chevelure rousse ajoute :

— Seigneur, si vous n'y voyez pas d'inconvénient, je vais faire demi-tour avec mon amie, et si Raguidel est d'accord, j'emmènerai aussi la sienne, car leur place n'est pas avec nous. Il ne doit pas prendre ombrage que je l'emmène, car je vous le jure bien loyalement, elle lui sera fidèlement restituée : dès que nous serons revenus de cette aventure, je la lui rendrai sans dispute.

Puis il leur explique qu'il n'y a dans la forêt détour, sentier ou traverse qu'il ne connaisse, et qu'il les rejoindra dès qu'il sera armé. Mais avant, il ira prendre des armes : s'il s'en trouvait dépourvu, dans une affaire d'une telle importance, où il sera tellement nécessaire de bien se conduire, jamais il ne pourrait se remettre de la honte qu'il en éprouverait.

Il s'en retourne et les autres s'en vont, ainsi que je vous le conte, brûlant d'envie de se battre. Ne venez pas me dire maintenant que quelque chose manque encore au bonheur du chevalier sans nom, que sa satisfaction n'est pas infinie de s'être acquis le précieux concours de tels compagnons, si bien équipés et si désireux de bien faire ! Ainsi, heaumes baissés, ils parcourent sentes et chemins. Ils vont au grand galop, si bien qu'à travers une lande ils trouvent les traces des deux chevaliers qui les précèdent. Ils les suivent en groupe serré. Espinogre et Cadret, qui filent à un train d'enfer, sont déjà parvenus au passage difficile où ils attendent la venue du chevalier et de son amie.

Il s'appelait Cadret, sachez-le, bon chevalier et de grand renom, le héros de cette aventure. Ainsi attendait-il, et Espinogre avec lui : les autres ne les avaient pas encore rejoints quand ils aperçurent le groupe de leurs adversaires. Celui qui emmenait son amie arrive le premier au passage. Cadret laisse aussitôt courir son cheval de toute la vitesse qu'il peut fournir. Il frappe son rival avec une telle violence en haut, sur la boucle de l'écu, qu'il jette à terre tout ensemble monture et cavalier. Quant à Espinogre, il porte, à ce qu'il me semble, un coup si rude au suivant qu'il l'abat de son cheval face contre terre dans un sentier, aux pieds de la jeune fille. Puis il défie rudement les autres et revient rapidement à la charge, à coups de lance et d'épée. Jamais encore deux chevaliers seuls ne supportèrent un tel assaut avec aussi peu de dommage et de perte. Ils furent soumis à fort dure épreuve, et pourtant, je vous le répète, jamais il n'arriva à deux chevaliers, contraints d'en affronter vingt, de réussir pareil exploit : tenir si bien un passage qu'aucun des vingt ne parvint à le franchir. Cadret se meut avec une hardiesse extrême : par une attaque particulièrement rude, il frappe le premier qu'il rencontre en pleine poitrine, entre les deux mamelons, si bien que sa lance vole en éclats ; l'autre tombe d'un seul coup. Avec le tronçon qui lui reste, il en atteint un autre si violemment sur la visière qu'il le renverse sur l'arçon : il serait lui aussi tombé de son cheval si un écuyer ne l'avait retenu. Muni toujours de son tronçon de lance, Cadret repart à l'assaut et s'en prend au troisième, puis au quatrième. Espinogre de son côté n'est pas en retard de prouesse. Chacun d'eux se comporte si brillamment que le reste de leurs adversaires en demeure tout interdit. Ils finissent pourtant par se ressaisir, et se considèrent comme déshonorés d'avoir été tenus en échec par deux chevaliers seuls. Parmi les vingt qu'ils sont aucun, même le plus lâche, ils en sont persuadés, n'aurait pensé, s'il avait dû affronter tout à l'heure un de ces deux-là dans un combat singulier, éprouver la moindre difficulté à le tuer ou à le faire prisonnier. Ils éprouvent une telle honte de se voir infliger un traitement pareil qu'ils se lancent ensemble, en attaque groupée, contre les deux amis. Ils conquièrent sur eux le passage, et ces derniers doivent le leur laisser.

Espinogre se souvient alors de ce que lui a dit son compagnon avant de se séparer de lui. Le voici qui prend son cor, et il en sonne avec une telle puissance que la forêt tout entière se retentit. Ceux qui sont sur ses traces l'entendent. Le chevalier sans nom s'en réjouit fort : il comprend de l'appel du cor que les deux braves se sont bien défendus, et qu'ils pourront résister assez pour que lui puisse arriver à temps. Il lance alors son cheval en disant à ses compagnons :

— Maintenant, seigneurs, suivez-moi ! Car ce cor que vous venez d'entendre, c'est l'un de ceux qui nous attendent qui en sonne, et ils se défendent désespérément.

Dès lors ils laissent aller leurs chevaux. Au moment de dévaler un tertre, ils aperçoivent les combattants : Espinogre est saisi à la bride[1], et toute la mêlée dans le vallon est concentrée sur lui.

Cadret reconnaît aisément le chevalier sans nom. Il se rend compte qu'il vient à son secours sans ménager sa peine, la lance sous l'aisselle ; les autres, à sa suite, tiennent leurs lances tendues. Ils ont passé l'écu au bras, tous bien décidés à lui venir en aide. Quand ils voient ce renfort qui leur surgit brusquement, les deux chevaliers sont fous de joie. Encouragés par ce surcroît de force, chacun d'eux étend le bras et s'empare d'un autre assaillant par la bride.

Le chevalier sans nom s'élance hardiment de toute la vitesse de son cheval et se porte au plus épais de la mêlée, anxieux de rassembler sur lui les adversaires. Sur son élan il en frappe un, d'une lance très robuste, si bien qu'il le jette du cheval à terre. Ses compagnons se ruent à sa suite, lance baissée. Ils sont nombreux à abattre les chevaliers qu'ils peuvent atteindre de la sorte. Ils les harcèlent avec intrépidité, les forcent à rebrousser chemin, ferraillant à qui mieux mieux sur leur lancée, sans jamais diminuer leur allure. Encore un peu, ils franchissaient le passage. Par la vigueur de leurs armes, ils contraignent leurs ennemis à se rassembler tous les vingt et ils ont la gloire, grâce à cette charge, de s'emparer de deux d'entre eux ; ils les font se constituer prisonniers. Puis ils s'emploient à poursuivre leur avantage et reviennent à la mêlée. A eux huit, ils sont d'une grande assistance à leurs deux compagnons qui étaient en bien mauvaise posture, et ils mettent leurs adversaires en déroute. Quand les fuyards parviennent à leur tour au passage[2], ils ralentissent avant d'y entrer. Ils regardent alors derrière eux, et s'avisent que leurs poursuivants ne sont que dix. Ils ont beau

1. On maintient ici l'expression « saisir à la bride », qui est une manœuvre de combat, destinée à immobiliser l'adversaire.

2. Il faut se rappeler que les ennemis de Cadret avaient une première fois franchi ce passage ; mis en fuite par les nouveaux venus qui les ont pris à revers, ils y parviennent à nouveau.

inspecter les alentours, ici et là, ils ne voient venir à leur suite aucun renfort. Ils sont tout perplexes. Puis ils reprennent courage et les attaquent hardiment. S'il dit la vérité, le livre dans lequel j'ai trouvé écrite cette histoire, jamais, de mémoire de chevalier, on n'assista à une aussi belle joute, avec un aussi grand nombre de participants ; car si les premiers se précipitent, les dix valeureux et hardis compagnons les reçoivent rudement. Sur l'herbe nouvelle tomba maint éclat ou tronçon de lance, et maint chevalier fut pris à la bride. Cadret qui, le cœur plein de son amie, depuis longtemps avait les yeux sur elle, s'aperçoit qu'elle le regarde ; éperonnant avec fougue, il va s'emparer de celui qui, ce jour même, devait la posséder. Voyant cela, le chevalier sans nom, dont la lance était brisée, pique son cheval et se précipite entre le rival de Cadret et ses chevaliers. Aussitôt ses propres compagnons, qui n'étaient pas loin, éperonnent à leur tour. Ils se lancent tous à sa suite, et repoussent leurs adversaires. Loin de s'enfuir, ceux-ci leur font face : ils se rendent compte que leur seigneur se trouve isolé au milieu d'ennemis qui le tiennent à la bride ; hardiment ils foncent vers lui pour le secourir et le délivrer. Ils y emploient toutes leurs forces, mais ils ne peuvent y réussir. Cadret lui avait déjà arraché le heaume de la tête, il le maintint embrassé par le cou, en homme de guerre consommé, et se laissa glisser à terre.

Quand Cadret le tint à terre, son rival dut se rendre : il n'avait pas d'autre choix. L'assaut en vint bien au point que je vous dis : fous de rage à cause de leur seigneur qu'ils voyaient pris, ses hommes mirent tout leur courage à le délivrer. Ils préféreraient se rendre avec lui plutôt que de laisser Cadret l'emmener prisonnier. C'est à ce moment que Codovrain le Roux surgit du bois, poussant sa monture le plus qu'il pouvait.

Il entre dans la mêlée à toute allure. Il porte un tel coup à un chevalier de l'autre camp qu'il les envoie rouler à terre, lui et son cheval. Il se fraie audacieusement un passage ; avec ce qui lui reste de sa lance, il en frappe un second sur son chemin ; peu s'en faut qu'il ne l'assomme : le chevalier tombe sur le sol sans connaissance. Il s'en prend à un troisième, à qui il coupe la main : elle vole dans le champ, très loin de l'épée qu'elle brandissait. A le voir ainsi les affronter avec une telle témérité, ses adversaires ne peuvent s'imaginer qu'il est seul : ils sont persuadés que le suit une troupe si nombreuse qu'elle aura raison d'eux, et que nul n'en pourra réchapper si on le trouve sur la place. Du coup le cœur leur manque : ils sont sans aucun doute dans une mauvaise posture, si les autres prennent le dessus. Il n'est plus question de se défendre : ils plantent là leur seigneur, et chacun s'enfuit à bride abattue autant qu'il peut pousser son cheval. Alors le chevalier sans nom, qui entend mener à bien la bonne action qu'il a commencée, prend par la bride le cheval de la demoiselle, qui n'oppose guère de résistance, et la rend aussitôt à Cadret.

Maintenant Cadret ne se sent plus de joie : son amie qu'il aime tant, si belle et si courtoise, il l'a reconquise par sa prouesse. Il se réjouit aussi d'avoir fait prisonnier son rival, le chevalier prêt à l'emmener contre son gré dans son pays. Il a été généreusement aidé par celui qui lui a ainsi tenu promesse.

Voilà que les sept frères sont de retour, après avoir longuement pris en chasse ceux qui s'enfuient honteusement. Après s'être informés de son état, ils supplient le chevalier sans nom de prendre quelque repos avec eux. Lui leur fait cette réponse : tous deux, Espinogre et lui, comptent tant chercher, par tout le royaume de Logres, l'aventure qu'ils ont décidé d'entreprendre, qu'ils finiront bien par la trouver quelque part. Quand ils l'auront trouvée, il s'en reviendra directement par ici, il leur en fait la promesse, et il ne repartira pas sans leur dire enfin ce qu'il en est de lui : en aucun cas il ne saurait leur faire cette révélation avant d'avoir trouvé son nom et l'aventure dont il est en quête. Chacun alors le presse avec insistance de le laisser l'accompagner ; mais il assure qu'ils doivent aller eux deux seuls, il ne peut en être autrement : qu'ils ne voient là aucune suffisance, discourtoisie, ou démesure, ils feront route sans autre compagnie. Puis il les prie, je crois, de rester tous ensemble et d'aller séjourner dans le château de Codovrain jusqu'à ce qu'ils le revoient ou qu'ils entendent parler de lui ; car il lui faudra vivre, il le sait, bien des joies et bien des tourments, dans l'aventure qu'il cherche, avant de pouvoir revenir. C'est pourquoi il les invite à rester ensemble jusque-là ; et eux lui promettent volontiers de l'attendre ainsi. Mais ils sont bien ennuyés qu'il n'accepte pas leur escorte : en cas de besoin, ils l'auraient aidé de grand cœur. Gauvain alors se sépare d'eux et, avec son compagnon, s'en va à la recherche de son nom.

Cadret et Raguidel se rendirent ensemble au château, conduits par Codovrain, qui leur fit grande fête et les honora du mieux qu'il put. Chacun des frères s'employa à son tour à ne rien épargner pour bien les traiter. Leur séjour fut très gai : il ne se passa de jour que chacun ne se vît convié, à son choix, à aller chasser le gibier de rivière ou de forêt ; et ils pouvaient, à leur gré, chasser à courre ou tirer à l'arc, car le seigneur des lieux était très riche. Son pays, sachez-le, était pourvu de tous les attraits : il y avait abondance d'oiseaux et de chiens, de limiers, de flèches et d'arcs, de rivières, de forêts et d'enclos. Tout cela fut mis à la disposition des invités. Quant à la promesse qui avait été faite à Raguidel, qu'il retrouverait son amie à son retour, elle lui fut tenue très loyalement.

XII

LE RÉCIT DE TRISTAN

Maintenant il me faut raconter comment celui qui s'en allait en aventure par toute la terre en quête de son nom put venir à bout de son entreprise. Je ne saurais vous donner le détail de ses nombreuses errances, sauf qu'un jour il lui arriva, chevauchant par un bosquet, de trouver un ermitage. Un chevalier en sortait, qui y avait écouté la messe de l'ermite. Il était revêtu d'un manteau de beau drap doublé d'hermine et ourlé de zibeline—en ce temps-là les manteaux n'avaient pas de manches. Sa chemise et sa culotte étaient blanches, travaillées à la mode galloise. Il portait une paire de chausses échancrées, pardessus des éperons d'or, d'un travail extrêmement délicat. Apprenez aussi qu'il montait un très bon destrier et qu'il était sans armes, à l'exception de l'épée qu'il avait ceinte. Il avait rejoint une jeune fille, particulièrement belle et avenante, et lui contait une histoire qui était survenue dans le pays. Celui à qui l'on avait ravi son nom le salua avec civilité :

— Seigneur, répondit l'autre, que Dieu vous conduise dans la quête que vous menez !

Puis il ajouta :

— Je voudrais que vous m'accordiez une faveur : que vous veniez, ce chevalier et vous, vous divertir ce soir chez moi et y passer la nuit. Vous aurez un gîte aussi bon que si c'était le vôtre ou le sien, car il sera exactement selon vos souhaits.

— Seigneur, répond Gauvain, j'ai entrepris la recherche d'une certaine aventure ; aussi ne prenez pas mal mon refus, je vous en prie : à travers forêts, villes et châteaux, je n'aurai de cesse qu'elle n'aboutisse.

— Chevalier, fait-il, si vous ne voulez pas de mon hospitalité, je vous fais une autre requête ; et celle-là vous ne pouvez la repousser sans commettre une grave incorrection.

— Puisque vous m'en priez avec une telle insistance, je m'engage à la satisfaire le plus loyalement possible.

— Je vous en remercie, répond l'autre. J'ai un château pas loin d'ici, un peu au-delà de ce vallon. En ce moment même m'y attend un dîner tout apprêté ; vous en serez très peu détourné de votre route ; si vous voulez vous assurer mon amitié, je vous convie à venir sans tarder dîner avec moi.

— J'accepte, fait Gauvain.

Alors ils s'en allèrent tous les trois et parvinrent au château. Ils n'étaient pas descendus de cheval que déjà les tables étaient mises, et les serviteurs avaient pris serviettes et bassins. Les nappes, le pain, le vin, tout fut rapidement en place. Puis ils se mirent à table, dès qu'on leur eut présenté l'eau pour se laver les mains, sans attendre davantage. Le repas, sachez-le, fut somptueux, les mets à la fois abondants et recherchés, et accueillis avec autant de plaisir qu'ils étaient offerts. Après qu'ils furent restés un long moment à table, le maître de la maison s'adressa ainsi à ses deux invités :

— Seigneurs, je veux vous faire part d'un événement récent qui a provoqué douleur et colère ; le monde entier s'en affligera quand s'en répandra la nouvelle. Je m'étais mis en route l'autre soir pour m'occuper d'une de mes affaires… Ah ! s'il était possible de tenir secret ce que je vais vous conter ici, personne ne devrait le révéler ! Mais la chose est maintenant connue de tous, il est impossible de la cacher, je le déplore vivement. Dieu ! la fortune est si peu favorable aux dames et aux demoiselles ! Quand elles apprendront ce dont je vais vous faire le récit, elles auront bien de quoi se désespérer. Car celui en qui Dieu avait mis loyauté, prouesse et noblesse, qu'il avait fait courtois et sage, sans bassesse ni arrogance, sans orgueil ni démesure – soucieux d'éviter tout outrage, il ne chérissait que la justice et l'honneur –, celui-là est mort pour une bien mauvaise raison. Et puisque je vous en ai tant dit, il n'y a pas lieu de vous taire l'origine de cette néfaste aventure. Quand on la connaîtra à la cour, la douleur du roi sera sans bornes. Hélas, qui osera lui parler du Bon Chevalier qu'on a si injustement tué et mis en pièces ? C'est en effet de son neveu dont je parle.

— Par tous les saints de la terre, cher hôte, fait le chevalier sans nom, qu'en savez-vous ?

— J'en ai la certitude absolue.

— Et d'où la tenez-vous ?

— Je vais vous le dire, sans en mentir d'un mot.

« Je m'apprêtais l'autre soir, pour me distraire, à aller voir mes bœufs au pâturage. Au moment de franchir la porte, je vis venir au loin trois chevaliers, armés de pied en cap sur leurs destriers. Le premier piqua vers moi, tout seul, le long d'un chemin ferré, laissant les deux autres en arrière ; nous nous saluâmes mutuellement, puis il me dit :

« — Seigneur, je crois que vous êtes le maître de cette demeure ; aussi, je vous en prie instamment et en serai à tout jamais votre obligé, veuillez me donner asile pour cette nuit.

« Et je lui dis :

« — Bien volontiers.

« Le chevalier entra alors avec moi, nous l'aidâmes à mettre pied à terre, et je lui enlevai moi-même ses armes puis les fis mettre en lieu sûr, et ordonnai à mes écuyers de prendre soin de son cheval. Toutefois, si j'avais été plus sensé et si j'avais fait preuve d'une meilleure connaissance des usages, je lui aurais demandé d'abord qui il était et de quelle terre il venait, et quelle aventure il cherchait. Une fois en effet que je lui eus offert l'hospitalité, quand j'appris l'énormité du crime qu'il avait commis, il ne m'était plus possible de le jeter dehors et le chasser de ma maison. C'est alors qu'arriva, le tronc d'un homme sur sa monture, un des chevaliers qui l'escortait ; l'autre, sur ses talons, en portait les membres et la tête, avec tous les signes de la plus vive allégresse. Je m'enquis aussitôt de l'identité du mort, dont il tirait une si grande joie, et pourquoi ils l'avaient tué.

« — J'en avais promis, dit le premier, la tête à une amie à moi.

« — Et moi, dit l'autre, Dieu me bénisse, le corps à la mienne.

« Je m'informai à nouveau de la raison pour laquelle ils l'avaient mis à mort de cette façon. L'un d'eux commença alors un récit que j'ai honte et chagrin à répéter à quiconque.

— Cher hôte, par tous les saints de Rome, fait le chevalier sans nom, dites-le-moi ; je vous le dis en bonne foi, c'est là l'aventure dont je suis en quête ; aussi, je vous en supplie, contez-m'en l'entière vérité.

— Je vais vous rapporter de mon mieux, fait l'hôte, croyez-le, le récit qu'il me fit :

« Les deux chevaliers priaient d'amour deux demoiselles, d'une remarquable beauté. Trois années durant ils sollicitèrent les jeunes filles, sans obtenir le moindre résultat. Un jour pourtant ils les pressèrent fort doucement de tout leur cœur. Les demoiselles étaient sœurs, et les chevaliers, compagnons. L'aînée assura qu'elle avait déjà fait don de son amour, et qu'il n'était pas né le chevalier qui pourrait le lui faire retirer, car il était si beau, celui à qui elle le donnait, et d'une telle prouesse que, de sa vie entière, elle n'aimerait d'autre chevalier que lui. Alors son prétendant, à moitié fou de douleur et de rage, s'enquit de son nom :

« — Je puis bien le révéler dans toutes les cours, car sa réputation est telle qu'il n'est nulle part possible de la cacher. Il s'agit en effet de monseigneur Gauvain que tous, dans le monde entier, les paysans comme les gens de cour, mettent au-dessus de tous.

« Le second des chevaliers s'informa aussitôt auprès de celle qu'il aimait tant de ses dispositions et sentiments.

« — J'en suis bien préoccupée, dit-elle, soyez-en sûr. Je ne suis pas en mesure de dire le nom de mon ami, ni qui il est, ni quand je le ferai mon ami. Je sais seulement une chose : vous l'avez parfaitement entendu, ma sœur a fait choix sans retour de monseigneur Gauvain ; elle peut à tout moment se rendre à la cour du roi pour le chercher, et lui demander son amour : je l'accompagnerai. Sachez-le bien : s'il accepte ma sœur, de même qu'elle s'est donnée à lui, je m'y donnerai aussi, en ce sens que je n'aimerai un chevalier que sur son conseil ; et ce sera le Chevalier Vermeil. Je vous parle du bon chevalier[1], de celui en qui l'on peut avoir confiance, qui vint l'année dernière à la cour du roi Arthur pour être fait chevalier. Ses armes et son destrier, il les gagna tout seul, sans autre arme que sa seule bravoure. Le roi Arthur lui en fit don : ils appartenaient à celui qui lui avait dérobé sous son nez sa coupe d'or.

« Les deux soupirants furent d'abord désespérés. Puis ils assurèrent aux jeunes filles qu'ils étaient meilleurs chevaliers que leurs rivaux. Elles leur firent alors le serment suivant : si leurs prétentions se trouvaient démenties par leur défaite dans un assaut à l'épée contre Gauvain et le Chevalier Vermeil, il n'était pas

1. Ce « bon chevalier » est cette fois Perceval, et l'épisode est emprunté au *Conte du Graal* de Chrétien de Troyes.

question pour elles de les aimer jamais. Mais ils devaient agir à bref délai, sinon elles-mêmes se rendraient à la cour. Eux dirent alors :

« — Si nous l'emportons, nous qui vous avons si longuement priées, n'obtiendrons-nous donc pas votre amour ?

— Nous deviendrons finalement vos amies, assurent-elles, quand la chose se produira, mais s'il plaît à Dieu, cela n'arrivera jamais, car ce serait une trop grande perte.

« La rage au cœur, les chevaliers se mirent en route en quête de Gauvain. Ils allèrent tant par ce pays qu'enfin un jour ils le rencontrèrent. Ils le trouvèrent seul et désarmé, eux qui le cherchaient pour le tuer. C'est un grand malheur d'avoir à dire cela : sa défense fut inutile. C'est ainsi que mourut le neveu du roi, sachez-le bien. Jamais rien ne me causa une si profonde douleur, et je ne pense pas en éprouver une aussi grande pour rien qui puisse m'arriver.

« Quand, après avoir découpé le corps, les meurtriers se furent introduits ici de la manière que je vous ai dite, je leur demandai de me faire don du bras droit ; ils me l'accordèrent. Au petit matin ils s'en allèrent avec le reste en leur pays. Sachez-le, si je puis vivre assez longtemps, ce bras sera si bien conservé dans l'or et dans l'argent, si l'orfèvre ne ménage pas sa peine, que jamais aucune relique de corps saint n'aura été si richement traitée. J'en ai fait la promesse formelle, et il est juste que je m'emploie à lui assurer ainsi un somptueux reliquaire, car cet homme de bien fit beaucoup d'honneur aux chevaliers des environs. Tous ceux qui pourraient lui en marquer leur reconnaissance devraient bien s'y appliquer.

— Cher hôte, fait le chevalier sans nom, au nom de Dieu et de sa rédemption, connaissiez-vous bien Gauvain ?

— Je vais vous montrer sa main, fait l'hôte, aussi vrai que je demande à Dieu sa bienveillance !

Aussitôt il envoya chercher la relique, qui était enfermée dans un coffre, enveloppée dans une étoffe de soie. Quand on retira le bras, ainsi enroulé dans son suaire de prix, ils l'examinèrent avec la plus grande attention ; puis ils prièrent leur hôte de le conserver pieusement, jusqu'à ce que l'on sût qui était le chevalier auquel il appartenait. L'hôte répondit qu'il n'y manquerait pas : toute relique de lui, bras ou main, serait honorée, où qu'elle se trouvât ; il savait bien que ces reliques étaient de Gauvain, aussi fallait-il les vénérer. Celui qui était venu sans nom dit alors :

— Seigneur, j'en prends Dieu à témoin, vous avez tort de vous faire du souci pour cela : moi-même, il n'y a pas quatre jours encore, j'ai vu Gauvain près de Carduel en parfaite santé, alors qu'il allait en quête d'aventure. Maintenant je veux vous prier, comme une faveur amicale, de m'accorder une seule chose ; ma demande ne sera pas déraisonnable.

— Elle sera donc satisfaite, fait l'hôte, pour autant que ce soit en mon pouvoir.

— Indiquez-moi où je pourrai trouver ceux qui se sont ainsi vantés d'avoir vaincu monseigneur Gauvain, et de l'avoir fait mourir. Sachez bien qu'ils disent faux : jamais il n'a été tué par eux. La vérité est qu'un certain chevalier, qu'ils ont trouvé seul et désarmé, est mort. Sachez aussi qu'ils agirent de manière bien vile en le tuant sans la moindre mise en garde, alors qu'il ne se défiait pas du tout d'eux. Il n'est personne pourvu de sens et de raison qui n'estimerait qu'ils l'ont tué par traîtrise : fut-ce là leur prouesse ? Ensuite ils se vantèrent d'avoir tué Gauvain. Je m'en suis déjà informé à plusieurs reprises : jamais encore je n'ai réussi à savoir de ce chevalier, quels que soient mes efforts, ni son nom, ni de quelle terre il venait – sinon qu'il portait un écu comme en porte monseigneur Gauvain.

Le réconfort de l'hôte fut immense, en apprenant de si belles et bonnes nouvelles. Puis il dit :

— Par ma foi, seigneur, je vous mettrai sur la voie avec le plus grand plaisir, quand vous voudrez. Ce n'est que juste que je vous guide en cette aventure. J'aimerais vous accompagner jusqu'à ce que vous soyez sur la bonne route : j'irai avec vous pour vous l'indiquer.

Sans attendre, il les renseigna le plus complètement possible sur les chevaliers qu'ils recherchaient : sur leur nom, sur leur état, sur tout ce qu'ils voulurent savoir.

— Seigneur, avez-vous jamais vu le Faé[1] Orgueilleux ? Je ne sais pas exactement son nom, mais ce surnom, j'en suis sûr, lui vient de la Roche Faée : c'est ainsi qu'on appelle sa place forte ; tel est donc le nom du premier ; quant à l'autre, on l'appelle partout Gomeret sans Mesure.

— Ce dernier surnom ne m'impressionne guère, fait le chevalier sans nom, il ne révèle pas une bien belle qualité.

— Pourtant il lui convient parfaitement, fait l'hôte, car il a beaucoup d'arrogance et de démesure ; mais je m'exprime mal, et

1. C'est-à-dire « enchanté ».

je reviens sur ce que j'ai dit, car on sait bien que jamais « beaucoup » n'a signifié « trop ». Quant au troisième, j'ignore qui il était, sinon qu'il accompagnait les deux autres. Je lui ai entendu dire et répéter que ce ne fut pas dans de mauvaises intentions, seulement pour leur tenir compagnie.

— Ont-ils obtenu l'un ou l'autre leur amie, fait le chevalier sans nom, à la suite de leur exploit ?

— Aucunement, à ce qu'on m'a dit, car elles s'y refusèrent, et rappelèrent à leurs amis qu'ils leur avaient promis Gauvain mort ou vif. Il y eut ainsi entre eux une très vive querelle, car les demoiselles assuraient qu'elles avaient déjà vu Gauvain, et ce corps n'était certainement pas le sien. Les chevaliers rétorquèrent que si, et ils le prouveraient : ils feraient publier sur les marchés, par toutes les places fortes du pays, qu'ils avaient tué Gauvain, et si quelqu'un osait le contester, ils feraient également annoncer qu'ils seraient prêts à soutenir la vérité de leur affirmation[1]. Personne encore n'est venu leur opposer un démenti. Ils sont l'un et l'autre d'une rare vaillance, aussi veulent-ils faire la preuve par les armes de ce qu'ils avancent.

« Maintenant les choses en sont au point que, si personne ne se présente demain pour les convaincre de mensonge, ils pourront enfin obtenir les jeunes filles sans autre délai. Elles sont tellement inquiètes de ne pouvoir trouver quelqu'un qui ose les contredire en proposant la bataille qu'elles en sont presque mortes de chagrin. Savez-vous la raison d'un tel trouble ? Elles redoutent au plus haut point que les chevaliers ne les obtiennent de la façon que je vous dis. Elles affirment qu'elles se tueront, s'ils les ont pour avoir fourni cette preuve, car elles auront été le prétexte de la mort de Gauvain. Jamais elles ne sauraient s'en consoler.

— Cher hôte, dit Gauvain, ne prenez pas ombrage de ma demande : serait-il possible que nous fassions route cette nuit et demain jusqu'à midi ? Je vous assure bien d'une chose, et je ne le dis pas par vantardise : si le seigneur Dieu nous protège assez pour que nous y parvenions demain à temps, mon intention est que nous vengions la grande forfaiture dont ils répandent le bruit. Tous les deux, mon compagnon et moi, nous en contesterons la vérité par les armes. De toute manière, on ne peut éviter la bataille.

1. L'ancienne procédure féodale admet en effet l'établissement de la preuve par combat singulier entre les parties. L'idée sous-jacente est que Dieu accorde la victoire à celui qui dit la vérité ou qui est innocent.

L'hôte lui dit alors :

— Je ne crois pas que vous trouverez ensemble les chevaliers que vous cherchez. Si vous remportez sur eux la victoire, dans cette aventure que vous avez assumée, vous aurez conquis un immense honneur. A condition de ne pas vous attarder trop, vous arriverez largement à temps. Voici exactement de quelle manière attend Gomeret sans Mesure. Il a dressé sa tente – il y a longtemps qu'il est à pied d'œuvre pour cet événement – dans une lande. Là il ne cesse de s'informer : quelqu'un voudrait-il démentir ce qu'il a fait publier, qu'avec l'Orgueilleux ils ont tué Gauvain ? Il est d'une telle hardiesse, si grande est sa force, qu'il ne trouve personne pour le contredire, et il pense obtenir demain son amie. Quant au Faé Orgueilleux, c'est dans son château que pareillement il attend : va-t-il venir quelqu'un, à la fin, pour s'entremettre dans cette affaire, et oser entreprendre d'infirmer ou confirmer la vérité de ce qu'il dit, qu'il a tué Gauvain ? Si demain il ne se présente personne qui le lui dénie par les armes, enfin son amie sera sienne.

Alors ils se levèrent de table, puis chacun monta sur son destrier et ils se mirent en route. L'hôte les escorta assez longtemps, en homme courtois et bien élevé, pour bien les renseigner sur les divers chemins sillonnant le pays : ils ne sauraient en aucune manière échouer à trouver ce qu'ils cherchent. Quand ils eurent chevauché jusqu'au moment où l'hôte dut s'en retourner, Espinogre s'aperçut qu'ils avaient commis une faute grave. Il en éprouva un vif embarras et en fit part à son compagnon : ils ne s'étaient pas informés du nom de leur hôte.

Ils s'adressèrent alors à lui avec beaucoup de courtoisie :

— Seigneur, nous ressentons de l'amitié pour vous, et ce n'est que justice : vous vous êtes bien acquis, en cette circonstance, des droits particuliers à notre gratitude. C'est pourquoi nous vous prions, cher hôte, de nous révéler votre nom. Vous êtes homme de bien, d'une grande réputation, nous sommes heureux d'avoir fait votre connaissance et nous avons le plus vif désir de demeurer en relation avec vous, vous ne devez pas en douter.

— Je m'appelle Tristan-qui-jamais-ne-rit, répond l'autre, je ne cherche pas à le cacher. Seigneurs, à mon tour je vous prie ardemment, par amitié et reconnaissance, de me promettre un don. Je ne solliciterai de vous ni outrage ni bassesse, n'ayez aucune crainte à ce sujet.

— Assurément, fait Gauvain, il est légitime que nous vous accordions ce que vous désirez : vous pouvez nous considérer dorénavant comme des vôtres.

— Seigneur, je vous demande, au nom du service rendu et par amitié, que vous fassiez retour par cette route-ci. Je ne sais pas plus que vous quelle sera l'issue de votre aventure ; mais je désire savoir, quand vous reviendrez, comment vous vous en serez tirés. Vous me raconterez tout alors, qui vous êtes et de quelle terre vous venez, et pour quelle raison vous vous êtes lancés dans cette entreprise. Si vous réussissez à vaincre aux armes ceux que vous avez si longtemps cherchés, vous vous serez acquis une gloire immense.

XIII

GAUVAIN RECOUVRE SON NOM

Ils y consentirent bien volontiers. Quand il les eut convoyés un long moment, l'hôte s'en retourna. Eux poursuivirent leur route en suivant les indications qu'il leur avait données. Ils allèrent tant que l'un d'eux aperçut dans un vallon une belle tour, qui appartenait à un vavasseur. La place était très prospère, et le seigneur des lieux, fort puissant et homme de bien. A ses manières, on voyait bien qu'il jouissait d'une grande autorité. C'est chez lui qu'ils logèrent tous les deux, la nuit venue. Puisse Dieu lui rendre joie et honneur autant qu'il leur en marqua ! Il se divertit fort à leur narrer plusieurs de ses aventures, ce soir-là ; et eux en retour, j'imagine, relatèrent un certain nombre des leurs. Le lendemain, quand il fit jour, et qu'on eut armé les chevaliers, ils montèrent sur leurs chevaux.

Après avoir pris congé, ils se mirent en route. Ils gagnèrent bientôt une voie empierrée. Ils n'avaient guère fait de chemin, car il était encore très tôt, quand ils atteignirent un carrefour, comme Tristan le leur avait annoncé ; l'une des voies conduisait, selon ses indications, au lieu où attendait Gomeret. Quant à l'autre, elle menait au château où l'Orgueilleux faisait crier publiquement qu'il avait sans conteste tué Gauvain ; aussi pensait-il ce jour-là prendre tranquillement possession de son amie. Les deux voyageurs se trouvèrent alors devant la nécessité de choisir et le chevalier sans nom, généreusement, s'en ouvrit ainsi à son compagnon :

— Seigneur, fait-il, à vous de décider ; vous allez prendre l'un de ces deux chemins pour vous acquitter de votre besogne ; et au retour, si Dieu nous fait la grâce de nous comporter assez bien pour convaincre nos adversaires de mensonge, nous nous retrouverons chez Tristan. Le premier arrivé y attendra l'autre, jusqu'à ce qu'il apprenne de ses nouvelles.

— Puisqu'il me faut opter pour l'une ou pour l'autre et que je ne peux m'y soustraire, fait Espinogre, je prendrai celle de gauche, qui me conduira à Gomeret.

— Je prends donc l'autre, fait le chevalier sans nom. Je vous recommande au roi de gloire, le Tout-Puissant. Qu'il vous garde de toute honte et de tout mal !

Chacun alors éperonne son cheval, et ils filent à vive allure. A peine Espinogre est-il allé tout droit une demi-lieue qu'il rencontre une forêt. Il y chevauche longtemps sans en sortir, et finit par trouver la lande où se tient Gomeret en attente d'un adversaire, comme on en a fait le récit – inutile de le répéter, c'est un récit exact et sûr : il est persuadé qu'il aura son amie sans contredit de quiconque. Personne, pense-t-il, ne va se hasarder à soutenir un démenti contre lui. Et pendant qu'il divague ainsi à tenir un discours si sottement présomptueux, comme vous l'avez entendu conter – ce n'est pas la peine de recommencer, vous en avez assez bon souvenir ! –, voici que survient Espinogre. Il s'adresse à lui avec une courtoise retenue :

— Seigneur chevalier, cessez de dire que vous avez tué Gauvain ; c'est bien peu noble de votre part d'en avoir répandu le bruit.

— Et pourquoi donc, chevalier, repartit Gomeret, n'oserais-je pas le faire savoir quand c'est la vérité ?

— C'est faux, dit l'autre, Gauvain pourrait affronter successivement vingt de vos pareils, et vous trancher la tête à tous.

Gomeret alors répliqua :

— Par ma foi, je détiens son corps, sauf qu'il n'a plus bras ni jambes, et je suis tout prêt à prouver que je l'ai et que le Faé en a emporté les membres !

— Il est évident que vous avez menti, répondit Espinogre. Je suis prêt à mon tour à défendre Gauvain contre cette prétention, et à vous faire mort ou prisonnier avant de sortir de cette lande.

Gomeret aussitôt demanda ses armes. On lui apporta de robustes chausses de fer, plus éclatantes que de l'argent pur ; puis ce fut le tour du haubert, solide et léger, resplendissant et tissé de mailles, et du heaume qui venait de Senlis. Toutes les autres pièces de l'armure étaient noires. Quand il fut armé comme il convenait, il ne s'attarda pas davantage. Son cheval était plus noir que mûre. Une fois bien armé, il enfourcha son excellent cheval, décidé à prouver sur l'heure la vérité que l'autre lui contestait.

Tertre ni vallon, aucun obstacle ne les sépare : ils laissent courir les chevaux autant que chacun le peut. Dans le choc de la rencontre, ils se portent de si grands coups qu'ils fendent et percent leurs écus ; les fers les traversent et atteignent les hauberts, qui ne se laissent pas entamer. Ils se frappent de leurs lances avec une telle force et un tel emportement que les chevaux ne peuvent rester debout. Et qui oserait blâmer les cavaliers, quand leurs montures sont touchées, de s'effondrer avec elles ? Ils doivent vider les étriers. Ils se remettent promptement sur pied et se livrent à des attaques rapides et sûres. Aucun spectateur de cet affrontement, je vous le dis, ne serait en mesure d'identifier le demandeur dans cette cause : chacun en revendique le titre. Espinogre marche à pas rapides sur son adversaire, il le frappe à coups redoublés : il lui en assène cent d'affilée. L'autre ne se laisse pas décontenancer, et lui rend hardiment tous les coups reçus. Le heaume est fendu en plusieurs endroits, le haubert tout tailladé ; bois ni fer n'empêchent que le sang ne jaillisse par cent blessures. La bataille fut si féroce que nul n'aurait su vous dire le meilleur ou le moins bon des deux. Mais sachez que cette terrible bataille continua du même train jusqu'à l'heure de midi, de sorte qu'ils s'étaient grièvement atteints l'un l'autre. Au terme d'une si longue lutte, ils avaient enduré tant de coups, que leurs heaumes étaient fendus, les mailles de leurs hauberts partout rompues ; le sang en jaillissait au travers, vermeil et chaud.

A la fin il arriva que Gomeret, se ruant sur son adversaire, le frappa si fort de son épée qu'elle s'enfonça dans l'écu, je crois bien, d'un pied et demi. Peu s'en fallut qu'il ne le tranchât en deux, tant le coup fut violent. Il déploya tous ses efforts pour retirer sa lame, mais avant qu'il n'ait pu y parvenir, elle se fractura au niveau de la poignée, si bien que le pommeau et la garde, tout ornée d'or, lui restèrent seuls dans la main. Espinogre alors fonça sur lui, il le frappa et frappa encore avec acharnement, tant que Gomeret finit par lui dire :

— Seigneur, inutile de continuer. N'ayez pas la victoire méprisable ! Puisque je n'ai plus de quoi me défendre, je n'ai d'autre choix que de me rendre : je me mets en votre merci.

La réponse d'Espinogre fut pleine de noblesse :

— Je vous l'accorde, mais ce sera à une condition : vous viendrez immédiatement avec moi à la cour du roi ; vous vous constituerez son prisonnier. Vous apprendrez alors votre méprise, à propos du chevalier que vous avez tué. Car sachez que vous vous êtes trompé, en affirmant qu'il s'agissait de Gauvain ; Gauvain est en parfaite santé, sachez-le bien, vous le verrez à la cour quand vous y viendrez.

Gomeret se soumit à ces conditions. Et, ayant repris leurs chevaux, ils se mirent en route.

De son côté le chevalier sans nom, qui s'était chargé de chercher l'Orgueilleux Faé, avait tant chevauché qu'il était parvenu au château de ce dernier. Il y faisait une fois de plus crier sa proclamation, comme l'avait dit Tristan, le noble chevalier. Aussitôt Gauvain, sans se départir d'un ton modéré, entreprit de le contredire :

— Chevalier, dit-il, ce serait une grande perte si Gauvain était tué : il ne s'est rendu coupable d'aucun méfait envers vous ni envers un autre, à ce que j'ai entendu dire. Jamais encore il n'a éprouvé une irritation telle qu'elle l'ait poussé à commettre une mauvaise action manifeste, ou dont quelqu'un aurait pu être témoin. Vous n'êtes pas très sage de vous être ainsi vanté d'une chose pareille. Me voici pour oser vous en donner le démenti et prouver par les armes que Gauvain est bien vivant ; et je le ferai savoir à tous.

Le Faé lui répondit :

— Je prouverai à mon tour ce que j'avance, et je me moque bien de ceux à qui cela peut déplaire !

Il fit alors apporter ses armes, et les revêtit rapidement. Il avait une magnifique prestance, une fois monté sur son destrier. S'il ne s'était pas trouvé dans un si grand tort, il n'y avait chevalier au monde qu'il n'eût dû vaincre aisément. Les petites gens firent un large cercle autour d'eux. Alors on lâcha les brides, sans perdre de temps en autres menaces. Chacun éperonna son cheval et le poussa à sa pleine mesure. De sa lance robuste, le Faé porte le premier coup, en pleine poitrine : il la fait voler en éclats. Le chevalier sans nom le frappe en retour : il fend les bois de l'écu, de sorte qu'il entame le haubert. Il enfonce son bon épieu à travers l'épaule jusqu'à la douille, si bien que l'arme ressort dans le dos d'un bon pied et plus. Elle tranche tout, bois, fer et os. Il la pousse avec une telle violence qu'il abat tout ensemble, en une même masse, le cavalier et sa monture. Il saisit alors vivement son épée d'acier et retourne impétueusement à l'assaut. L'autre, qui gît sur le sol grièvement blessé, s'empresse de lui dire :

— Seigneur chevalier, je me rends ! Quand vous vous montrez de cette force et de cette vaillance, je ne peux pas résister contre vous ; je me mets en votre merci.

Le chevalier sans nom lui répondit avec beaucoup de bonne grâce :

— J'accepte votre reddition. Mais je veux pourtant vous avertir d'une chose, avant de la recevoir, car je n'ai aucune envie de vous prendre en traître : vous allez venir avec moi à la cour du roi vous constituer prisonnier. Vous emmènerez avec vous votre amie. Et, si le roi vous l'accorde, vous l'aurez : sachez bien que vous ne pouvez pas l'obtenir si le roi y fait la moindre objection.

Le chevalier reste silencieux : ces propos le contrarient énormément. En réponse le chevalier sans nom lève son épée et fait mine de le frapper. Alors l'autre, trop mal en point pour pouvoir se défendre, se hâte de lui remettre la sienne.

— Ah ! chevalier, fait-il, grâces ! Faites en sorte, puisque je dois en passer par là, que je vous marque ma reconnaissance par une soumission totale ! Si je venais ainsi à perdre mon amie, je perdrais aussitôt la vie, car il n'y a personne au monde que j'aime autant qu'elle. Vous me paraissez d'une si exceptionnelle vaillance et d'une si parfaite courtoisie que je suis bien sûr que le roi me la rendra, si vous l'en priez !

— Chevalier, ne vous inquiétez pas, fait le chevalier sans nom ; quant à cela, sachez-le bien, on ne vous fera pas défaut.

L'autre est au comble de la joie. Il se prépare alors, lui et son amie, et fait panser ses plaies, puis il est prêt à se rendre à la cour avec le chevalier qui l'a vaincu. Tout en chevauchant, il l'interroge courtoisement :

— Cher seigneur, fait-il, je soupçonne — ce n'est pas là une subtilité de ma pensée, mais le pressentiment de mon cœur – d'après ce que je perçois et vois de votre comportement que vous appartenez à la maison du roi. Aussi vous prierais-je, si vous pouviez, de me révéler votre état, afin d'en être tout à fait sûr.

— Par ma foi, fait-il, je suis Gauvain. Il n'y a aucune raison de vous cacher mon nom, maintenant que j'ai prouvé par les armes que je suis bien vivant et en bonne santé. Je serais trop discourtois si, à vous ou à un autre, je taisais désormais qui je suis ; puisque, au prix de longues errances, j'ai recouvré le nom que j'avais depuis longtemps perdu, il est juste que je le fasse connaître partout. Il faut que se répande le récit du crime insensé que vous avez commis envers votre victime : vous êtes allé le mettre en pièces dans le bois, puis avez emporté le corps avec vous. Bien avant d'être sorti du bois, vous avez crevé les yeux du jeune garçon, qui n'était pas seul : il avait auprès de lui trois jeunes filles, aussi nobles que belles, qui manifestaient une vive affliction. S'il n'avait tenu qu'à elles, chacune en serait morte là sur place ; elles avaient toutes le visage pâle et décoloré, tant elles avaient pleuré. Dès que j'eus entendu leurs cris, je me hâtai vers elles. C'est alors que je vis, gisant à leurs pieds, un jeune homme d'une grande beauté mais qui était bien mal en point, car on lui avait tout récemment arraché les yeux de la tête. Quand je le vis si grièvement atteint avec ses deux yeux crevés, je ne mis pas en doute que toute la désolation des jeunes filles avait en lui sa cause. Je m'informai du malheur qui provoquait un si profond désespoir. La première me répondit aussitôt :

« — Seigneur, nous avons vu démembrer, ici même, un chevalier d'une grande valeur, sans pouvoir lui porter le moindre secours. »

« Je demandai qui il était, la seconde me répondit que c'était monseigneur Gauvain, qui cheminait par là frais et dispos mais sans avoir revêtu de haubert, dépourvu de toute arme à l'exception de son écu et d'une lance. Il allait ainsi en modeste équipage, sans serviteur ni écuyer. Voici qu'arrivèrent sur lui deux chevaliers armés, montés sur des destriers d'Espagne, qui traversèrent un champ avant de l'atteindre dans ce vallon. Ils lâchèrent alors les brides à leurs montures, avec l'intention de le tuer et de le mettre en pièces. Puis ils se mirent à l'apostropher :

« — Halte, halte, seigneur chevalier !

« L'autre les attendit de pied ferme, la lance dans la main. L'un des chevaliers lui dit d'une voix forte :

« — Gauvain, cette fois enfin vous ne nous échapperez pas !

« La bataille commença alors, tout à fait inégale. Les lâches traîtres tuèrent Gauvain et se mirent en devoir de découper son corps. Sagesse ou folie, n'écoutant que son courage, ce jeune homme accourut sur les lieux : il pensait venir en aide à Gauvain. Mais il ne lui fut d'aucun secours : on lui avait déjà tranché les membres. Pour prix de son assistance, le garçon eut les yeux crevés. Un des chevaliers attacha le corps sur son destrier ; ils se mirent aussitôt en route à travers le bosquet, filant à vive allure. Alors je promis sur-le-champ aux jeunes filles que le jeune homme serait vengé. Je m'en retournai, après avoir pris congé, sans m'être fait connaître. Je vous ai tellement cherchés et poursuivis que me voici en mesure d'exiger de vous réparation pour l'énormité de ce forfait. Vous pensiez qu'il s'agissait de moi, quand vous l'avez perpétré.

— Je vous assure, cher seigneur, que la situation est bien différente, répond l'Orgueilleux Faé.

Il lui raconta en détail comment fut montée toute cette affaire.

— Il n'y a pas lieu de la considérer comme un tel malheur puisqu'il est possible de la corriger. En présence de tous les gens de votre pays, je vous rendrai ce chevalier, avec ses armes et son destrier, plus sain qu'il ne l'a jamais été. De même, croyez-m'en, personne encore n'a joui d'une aussi bonne vue que le fera celui dont vous venez de parler : il me suffira de lui passer la main droite le long du visage, et il sera entièrement guéri.

Gauvain lui dit :

— Cher ami, je peux vous l'affirmer : si j'obtenais que le jeune homme recouvre la vue, et que le chevalier ne se ressente pas des méfaits de votre traîtrise, il se pourrait encore que vous fussiez quitte, et je m'y emploierai.

— Ne vous tourmentez pas pour cela, seigneur, fait l'Orgueilleux Faé : jamais le chevalier n'aura joui d'une telle santé, non plus que le jeune homme, dans l'état où je vous les rendrai à la cour ; soyez bien tranquille sur ce point.

XIV

LE CHEVALIER À L'ARMURE NOIRE

Tout en parlant ainsi ils continuaient leur route, si bien qu'ils parvinrent à l'endroit où Gauvain s'était séparé d'Espinogre, son cher compagnon. Ils mirent pied à terre là, près du carrefour.

C'est alors que survint, monté sur un cheval plus noir que mûre, un chevalier lancé au galop. Son destrier était incroyablement rapide ; à dire vrai, on n'aurait pu trouver son pareil dans toute la terre du roi Arthur. Le chevalier voyageait en toute sécurité : il était tellement bien armé, sans mentir, qu'il n'avait à redouter aucun coup, d'épée ou d'une autre arme. Il descendit de cheval à l'abri d'un charme, pour sangler plus étroitement son destrier. L'Orgueilleux Faé l'aperçut et dit aussitôt à Gauvain :

— Seigneur, j'ai bien l'impression, à voir là un chevalier sanglant son cheval et laçant son heaume étincelant de gemmes, qu'il a dans l'idée de vous faire quelque affront. Je veux être en votre service, aussi vais-je m'informer de ce que vous avez envie de savoir, d'où il vient et ce qu'il cherche.

Pendant qu'il tenait ces propos à Gauvain, voilà qu'arrivèrent à travers une plaine deux chevaliers armés de pied en cap. Il paraissait bien à leurs écus qu'ils s'étaient livrés un combat acharné : ils étaient tout couverts de sang. L'un montait un destrier blanc, l'autre, un alezan ; ce dernier n'était autre que Gomeret le Maure[1], chevalier de grande valeur. Espinogre le précédait, chevauchant le destrier blanc. Le chevalier à l'armure noire l'aperçoit, tandis qu'ils venaient en traversant le champ. Il monte alors sur son bon destrier rapide, et empoigne son écu et sa lance. Il se hâte d'éperonner dans leur direction, et lance son cheval pour l'attaque. Il se dirige vers Espinogre. Quand celui-ci le voit arriver sur lui, il se porte à ses devants avec fureur. Sans échanger une parole, sans se défier, ils se frappent sur les écus de leurs lances, et les écus se percent et se brisent ; mais les lances, massives et solides, résistent. Le chevalier se jette sur Espinogre avec une violence telle qu'il l'abat sur le gravier sans que l'autre puisse résister. Il s'élance une nouvelle fois : il frappe Gomeret sur son écu gris, et par-dessus la croupe du destrier l'envoie rouler à terre. Puis il s'empare des deux chevaux, sans se soucier de leurs cavaliers, et s'en revient à toute allure vers les deux qui, à l'ombre du bosquet, l'observaient depuis longtemps. Monseigneur Gauvain le courtois avait reconnu le cheval blanc. Il eut aussitôt la certitude que c'était à son compagnon que l'autre avait fait mordre la poussière. Il avait déjà saisi son vaillant destrier pour aller affronter le chevalier noir assez insensé pour partir seul en aventure. Gauvain n'imaginait

1. Il s'agit bien entendu du chevalier précédemment connu sous le nom de Gomeret sans Mesure.

pas en effet qu'il pût exister un chevalier assez valeureux pour se défendre de ses assauts, et il n'avait pas l'intention de laisser emmener les chevaux par quiconque.

— Seigneur, dit alors l'Orgueilleux Faé, je vais lui dire de venir vers vous ; et si son arrogance est telle qu'il ne veuille se déplacer à ma prière, je vous fais la promesse solennelle que cela ne finira pas sans bataille. Je lui ficherai dans le cerveau ma bonne épée bien tranchante. Je vous en prie : consentez à m'y laisser aller.

Gauvain s'amusa fort de cette requête, car telle était la coutume en ce temps-là : si, dans un assaut, un chevalier se lançait à l'attaque, un seul adversaire devait l'affronter ; s'il s'en présentait deux ensemble, ces derniers étaient aussitôt, à ce que je crois, hors de jeu et déshonorés. Nul ne se serait jamais mis à leur service dans une cour royale, si la chose était sue. C'est à cause de cette coutume que l'Orgueilleux prit les devants pour se mesurer au chevalier noir ; mais il pensait peut-être que son compagnon le tiendrait pour présomptueux.

Il s'avança donc sur son cheval à balzanes, et piqua droit vers le chevalier. Celui-ci, qui n'avait pas envie de perdre son temps en querelle, se dirigea à son tour vers lui à fond de train. L'Orgueilleux, avec une folle témérité, le frappa d'abord, sur son écu noir : à mon sens, s'il n'avait brisé sa lance, il aurait dû vider la selle, mais sa lance se rompit sous le choc. L'adversaire, arrivant sur lui au galop, l'avait déjà frappé sur son écu peint. Il y employa toute son énergie, tant il était emporté. Il lui disloqua entièrement son écu, et déchira les mailles de son haubert, mais un pourpoint que l'Orgueilleux avait revêtu par-dessous, fabriqué par un habile artisan, ce jour-là lui sauva la vie. Toutefois, l'autre l'abattit de son cheval avec une telle violence qu'il lui déboîta le bras droit. Il ne voulut pas s'attarder sur les lieux et le planta là, emmenant son destrier rapide. Il prit également avec lui ceux d'Espinogre et de Gomeret et s'éloigna ainsi.

Gauvain est fortement irrité de la chute de l'Orgueilleux. Il vient à son Gringalet, l'enfourche par l'étrier gauche, et prend sa lance dans la main droite. Puis il dit à l'amie du Faé :

— Demoiselle, ma toute belle, vous allez rester ici sans vous effrayer, à l'ombre de cet ormeau, pendant que j'irai porter secours à votre ami ; je veux lui rendre son destrier, que ce chevalier là-bas emmène. Je souffrirai mille morts plutôt qu'il s'en empare, Dieu me protège !

Il la laisse sous l'ormeau et s'en va. Il rejoint son adversaire à travers la lande. Le chevalier noir lui demande à qui était cette demoiselle :

— Si vous le vouliez, seigneur, ajoute-t-il, nous pourrions en faire notre propriété commune.

— Par l'apôtre saint Paul, réplique Gauvain, je ne vous laisserais pas y toucher !

Et il poursuit :

— Seigneur, je vous demande d'être assez noble et généreux pour me rendre ce destrier blanc, ainsi que celui du chevalier que vous avez désarçonné dans la lande. La demoiselle vous enjoint de le lui restituer de bonne grâce, vous montrerez ainsi votre courtoisie et votre grandeur d'âme. Je vous prie en outre de me rendre le troisième, l'honneur que vous me ferez là sera rapporté dans un lieu où les hommes de bien seront nombreux à l'entendre.

— Par tous les saints de Rome, rétorque le sinistre chevalier, je vous trouve grossier et importun ! Vous m'avez requis d'une chose que je ne ferais pour rien au monde. Allez au diable vous et votre prière : vous n'aurez pas les chevaux si facilement ! Sachez-le bien, seigneur chevalier, si vous voulez être de quelque aide à la jeune fille, il faudra vous battre contre moi, ou j'emmènerai les quatre chevaux – car le vôtre sera du nombre ! J'emmènerai aussi votre amie qui attend sous l'orme. Et vous serez logé à la même enseigne que les autres : ils gisent là tout étendus, vous serez ainsi tous les quatre ensemble.

Gauvain dit alors :

— Vous me paraissez bien fourbe, et de détestables manières. Je suis convaincu que, quelque prière que j'en fasse, vous ne m'accorderiez rien de plus. Mais si je l'emporte sur vous, je compte bien les venger tous.

— Laissez donc là les menaces, chevalier, nous allons nous battre à égalité : il n'y a ici que vous et moi ; les autres se tiennent bien tranquilles, assommés comme ils sont là-bas. Sachez donc que je vous défie !

Sans perdre une minute, chacun prend son écu et sa lance. Ils se frappent si rudement que les deux lances se rompent sur les écus protégeant les poitrines ; elles partent en éclats. Les lances brisées, ils tirent promptement l'épée et la lutte commence. Ils sont d'excellents escrimeurs, et d'une hardiesse peu commune. Celui dont l'armure est noire comme l'encre va frapper monseigneur

Gauvain de plein fouet sur le haut du heaume ; il le fend complètement jusqu'au cercle d'or. Le coup descend sur le coin de l'écu teint de sinople. Quant à Gauvain, il se jette sur son adversaire avec une fougue telle que les deux chevaux s'effondrent. Leurs cavaliers sont vite sur pied, Gauvain plus rapidement encore que l'autre : il n'a d'autre envie que de se venger, il fonce sur son ennemi avec la plus grande énergie, et l'autre fait de même. Ils cherchent réciproquement à se faire le plus de mal possible. Mais Gauvain, pour se venger du coup que l'autre lui a donné, lui rend la pareille : il le frappe à la volée sur le coin du haubert, d'un coup retentissant, et lui fait une large entaille circulaire. Il l'ouvre jusqu'à la coiffe ; encore un peu et le chevalier noir était renversé. A son tour celui-ci l'attaque de biais, il lui fend son écu et le brise ; le coup est d'une force telle que, par-delà l'écu, la lame découpe un des pans du haubert et fait une marque dans la ceinture[1]. S'il l'avait atteint de face, je pense qu'il l'aurait jeté à terre. Mais Gauvain ne bronche pas ; au contraire il marche rapidement sur l'autre et le frappe violemment ; son épée sonne clair au sommet du heaume de métal poli. L'autre, en escrimeur consommé, l'a fort bien reçu : dans l'art des armes, il ne craint personne. Dans un suprême effort, il assène à Gauvain un terrible coup sur l'écu ; il provoque un tel dégât qu'il lui rompt séance tenante cent mailles de son haubert brillant, et lui fait glisser sa cotte d'armes d'un bon pied jusqu'à la ceinture. Gauvain peut s'estimer heureux de n'avoir pas le corps tranché, avec la lame qui a glissé ainsi entre l'aisselle et l'écu. Mais de son côté il fait pleuvoir une grêle de coups sur l'écu noir.

Aucun spectateur de ce combat n'aurait pu dire quel était le meilleur. Jusqu'au soir, à la tombée de la nuit, ils se battirent ainsi sans faiblir, si bien que les trois qui étaient au repos sous les aulnes ne savaient désigner le vainqueur. Ils s'en vinrent vers eux au plus vite. Le chevalier noir, qui avait dégarni Gauvain de son armure jusqu'à la ceinture, se hâta de lui dire :

— Noble et vaillant chevalier, faut-il que je me garde de ces trois qui foncent ici sur moi tout armés ?

Gauvain lui réplique aussitôt :

— Ami, je vous l'assure en toute loyauté et sans plaisanter le moins du monde : il n'est personne, fût-il de mes intimes, que

1. Nous ne traduisons pas ici les vers 6041-42 ; pour ces deux vers et les deux qui précèdent, la tradition manuscrite est spécialement embrouillée.

je ne frappe sur-le-champ, s'il vous agressait contre mon gré. Ce n'est pas de cela qu'on me fera reproche !

Alors il ordonne à ses trois compagnons de se retirer en arrière. Eux s'exécutent sans se permettre, quoi qu'il arrive, le moindre mot. Le chevalier noir lui dit :

— Chevalier, écoutez mon conseil : mettez-vous en route, sain et sauf, avec vos trois compagnons, et laissez-moi quittes ces quatre chevaux norois, ainsi que la demoiselle qui vous attend sous l'ormeau ; vous y aurez tout avantage, car vous aurez la vie sauve.

— Par ma foi, vous dites là une bien grande folie, riposte Gauvain. Si cette épée ne me trahit pas, je vais vous livrer une telle bataille, avant que nous nous séparions vous et moi, que j'aurai et la dame et les chevaux.

Alors les chevaliers se ruent l'un contre l'autre, si rudement, avec une telle fureur, qu'ils se seront grièvement atteints avant même d'avoir pu se rendre compte à qui ils ont affaire. Gauvain lui assène un tel coup sur le haut de son heaume ciselé que son épée y fait une entaille : la lame s'introduit jusque dans la cervelle. Il la retire par une torsion brutale. Ce coup précipite l'adversaire à terre sur les genoux. Mais il se relève d'un bond, et repart à l'assaut. Jamais encore, en aucun pays, deux hommes ne se sont fait autant de mal. Les trois chevaliers qui se tiennent à proximité et les regardent, assurent qu'il est anormal de se battre encore à une heure aussi avancée[1]. Aussitôt le chevalier noir dit à monseigneur Gauvain :

— Chevalier, montrez-vous civilisé, demeurons pour ce soir en repos ; quand demain le jour sera levé, retrouvons-nous ensemble ici : voyez comme la nuit est tombée. Vous garderez ces chevaux avec vous, à la condition que nous les ramènerons demain ici avec nous, ainsi que la demoiselle, je veux être sûr de cela.

— Certes non ! lui dit Gauvain, je ne les emmènerai que si je peux les gagner par ma victoire. Je vous vois bien trop cruel et sans scrupules !

— Seigneur chevalier, il est trop tard pour continuer, fait le chevalier à la sombre armure, mais n'ayez crainte : je serai là demain matin.

1. La coutume, dans les combats singuliers – notamment dans les duels judiciaires –, est en effet de cesser le combat au coucher du soleil : c'est alors le défendeur qui est donné pour vainqueur.

— S'il plaît à Dieu, dit Gauvain, nous ne nous séparerons pour rien au monde avant que je sache si je peux emmener les chevaux, la jeune fille et les chevaliers, sans dispute ni contestation.

— Vous m'estimez donc bien peu, il me semble, seigneur chevalier, parce que le premier je vous ai proposé la trêve ! Vous me trouverez toujours disponible au combat et je vous offrirai plusieurs occasions de vous battre : de ma vie entière, vous n'obtiendrez la moindre chose qui m'appartienne sans la conquérir à la pointe de vos armes. Toutefois, je suis convaincu de votre courtoisie et de votre vaillance ; je vous requiers donc instamment de me dire votre nom ; il est bien juste que je l'apprenne, et vous le mien. Ensuite je vous supplie de ne me ménager en rien. Mais je veux savoir qui vous êtes, et connaître au moins cela de vous. C'est ce que m'enseigna mon maître d'armes : de ne jamais engager le combat contre quelqu'un sans m'informer de son nom, sous peine de me montrer fourbe et grossier.

— Eh bien ! fait l'autre, je m'appelle Gauvain.

— Gauvain, vraiment, le neveu du roi ?

— Mais oui, fait Gauvain, je vous l'assure, vous avez bien dit ; jamais, j'en prends Dieu à témoin, je ne cacherai mon nom à un chevalier.

L'autre voulut alors se mettre à genoux devant lui pour demander grâce :

— Je pourrais le jurer, fait-il, jamais je n'en aurais cru le témoignage de quiconque si je ne vous avais vu de mes yeux ; car on raconte que l'Orgueilleux Faé, dans la folie de son orgueil, vous a tué et coupé en morceaux. Ne voyez pas là le comportement d'un lâche, noble et vaillant chevalier : sur la foi que je dois à Arthur le roi, qui est mon seigneur et mon ami, je considère que vous m'avez réduit à merci. Voici mon épée, je vous la rends. Je suis fort en colère et chagrin de ne pas vous avoir reconnu. Je sais bien que je vous ai créé des ennuis. Je m'en repens, aussi vrai que j'implore mon salut de Dieu ! Je vous l'affirme : dans cet assaut, c'est moi le vaincu. M'offrirait-on cent marcs, ou plus encore, je crois que je ne pourrais pas en endurer davantage. Et puisque je suis conquis, je me rends à vous : recevez mon épée, je vous l'abandonne.

Gauvain se hâte de lui répondre :

— Cher ami, gardez donc votre épée : elle est bien placée en vous, tant vous montrez de courage et d'audace. Et comment vous appelez-vous ?

— Seigneur, mon nom est le Laid Hardi. Pour ce qui est de la laideur, je ne suis pas calomnié. L'autre soir j'ai quitté ma terre pour aller voir si je pouvais apprendre de vos nouvelles. Sachez-le, je vous aurais tant cherché que j'aurais bien fini par entendre parler de vous, avant de songer à revenir. Maintenant je me suis mesuré à vous, et les choses ont bien tourné pour moi ; car si l'assaut avait duré plus longtemps, j'aurais craint pour ma vie.

Gauvain comprend qu'il a en face de lui un ami très cher ; il jette aussitôt son écu et délace son heaume. Ils se serrent dans les bras l'un de l'autre, et se manifestent mutuellement la joie la plus vive. Je ne pense pas que personne puisse voir jamais deux chevaliers d'une si parfaite conduite. Chacun d'eux est d'une valeur exceptionnelle ; tout à l'heure la plus grande férocité les animait, les voici maintenant paisibles et doux. Tous deux se hâtent auprès de la jeune fille qui attendait encore. Ils la font promptement monter sur son cheval, puis ils se mettent en route. Tous trois, Gauvain, le Faé et Espinogre, conduisent Gomeret à sa demoiselle. Espinogre raconte à Gauvain comment s'est déroulé son propre combat, comment son adversaire s'est rendu et a dû venir en sa merci.

— Ami, lui dit Gauvain, vous m'avez admirablement servi. Que la chance soit avec vous, aussi bonne que je le souhaite !

XV

LA FIN DES AVENTURES

Ainsi chevauchèrent-ils rapidement, car on était tout près de l'heure de vêpre. Un autre fit à Gauvain le récit de ce qui lui était arrivé, si bien que chacun lui décrivit comment les choses s'étaient passées pour lui. Ils conversèrent ainsi jusqu'à ce qu'ils fussent parvenus au château de Tristan-qui-jamais-ne-rit, celui qui avait si honorablement traité Gauvain et Espinogre.

Tristan, dès qu'il les vit, se précipita à leur rencontre :

— Seigneurs, soyez les bienvenus ! fait-il.

C'était un homme d'expérience, encore jeune, et chevalier de belle allure. Il se précipita pour prendre Gauvain à l'étrier, et l'aida à mettre pied à terre. Des écuyers coururent prendre son cheval ;

beaucoup appartenaient à la noblesse. Ils firent vite descendre les trois autres chevaliers. Ils furent nombreux aussi à aider les deux demoiselles. Et sachez bien qu'avec eux, déjà à terre, se trouvait le Laid Hardi, qui n'était pas peu empressé auprès de monseigneur Gauvain. Tristan prit celui-ci par la main, et le conduisit en haut dans la salle d'apparat, comme la courtoisie l'y invitait. Il apporta toute son attention au service. Le soir, pour leur dîner, ils eurent en abondance pain et vin, oiseaux rôtis, pluviers, faisans, perdrix et grands cygnes, car le parc en regorgeait. Tristan, qui était largement pourvu de tout ce qui convient à un homme de bien, les reçut ce soir-là avec magnificence. Je ne saurais raconter en peu de mots l'accueil qu'il leur fit. Il procura à chacun un bon lit, pour qu'ils pussent dormir et se reposer, car ils étaient fatigués de leurs errances, harassés et fourbus. On voyait bien à leurs écus qu'ils s'étaient livré de terribles assauts.

Tristan était tout fier de l'honneur de tenir Gauvain par la main droite, et sachez qu'il s'enorgueillit d'avoir par deux fois été son hôte. Il se tourna vers le Laid Hardi, qui était d'une haute naissance :

— Seigneur, je crois que vous êtes au bord de l'épuisement ; je vois que vous êtes atteint et blessé sous votre coiffe blanche. J'ai une très charmante fille qui vous y appliquera un baume propre à supprimer la douleur : dès qu'elle vous en aura mis une seule fois, vous n'en souffrirez plus jamais. La plaie sera absolument guérie !

Le chevalier à l'armure noire l'en remercie, tout réjoui de cette promesse ; et monseigneur Gauvain prie leur hôte de lui dispenser son aide, s'il est en mesure de le faire. Tristan se rend aussitôt dans la chambre où se tenait sa fille et lui demande, si elle pouvait secourir ce chevalier, de le faire sans tarder. Elle, dont les manières étaient parfaites, lui dit :

— Malgré tous mes efforts, la plaie ne pourra pas être guérie aujourd'hui même.

Elle pansa la plaie d'une herbe au pouvoir puissant, appelée toscane ; le blessé dormit ensuite tout à loisir, jusqu'à ce que Dieu fît venir le jour. Les chevaliers alors se levèrent et s'apprêtèrent. Ils passèrent tous la journée dans le château à se reposer, jusqu'au lendemain. Puis monseigneur Gauvain prit la parole, la mine sombre et soucieuse. Il parla ainsi à son hôte :

— Cher hôte, vous si noble et bienveillant, vous connaissez bien toute notre histoire, et le détail de nos errances. Maintenant je veux que nous soit présenté dans son écrin le bras que vous nous avez montré, si je me rappelle bien, le soir où nous avons logé chez vous pour la première fois.

Alors Tristan regarda celui qui avait nom l'Orgueilleux Faé.

— Seigneur, dit celui-ci, ses prétentions sont légitimes : il m'a livré un si rude assaut qu'il nous faut, mon amie et moi, nous en remettre à ses volontés. Mais nous avons convenu de la chose suivante : s'il me laissait vivre assez pour vous restituer sain et sauf le corps que je vous avais confié, il est entendu avec lui qu'en échange il me donnera son amitié, et me cèdera mon amie sans réserve – à une dernière condition : que je lui rende le jeune homme avec une vue parfaite et absolument sain. C'est à quoi je me suis engagé au terme de la bataille, et Gauvain me l'a accordé.

— C'est bien en effet ce que je vous ai promis, fait Gauvain, soyez sans inquiétude sur ce point.

— Seigneur, dit l'Orgueilleux Faé, qu'on apporte promptement le bras et le corps dans leurs deux reliquaires[1].

Tristan y court et on les amène aussitôt ; il place devant lui le coffre en cuir de cerf, et le Faé entreprend de le découdre. L'écrin qui contenait le bras du chevalier était déjà là. Sans tarder le Faé en ôte le bras et le pose derrière lui sur le corps ; celui-ci redevient aussitôt plus vif qu'un poisson. L'Orgueilleux, qui était magicien, avait reçu ce don en partage. Le chevalier ramené à la vie leur raconte comment celui-ci le rencontra dans le bois et vint l'attaquer, comment lui se défendit, et mourut sans s'en rendre compte, comment il est ensuite resté en repos, enfermé dans le cuir de cerf. Gauvain s'émerveille fort de ce récit et se signe devant cette étonnante aventure. Le Laid Hardi fait de même. Tristan, témoin de la merveille ainsi que toute sa maisonnée, s'empresse de demander à l'Orgueilleux qui lui avait fait don d'un tel pouvoir. Celui-ci lui répond :

— Il me fut donné la nuit où je suis né.

Gauvain s'informa alors du nom du chevalier tué :

— Seigneur, fait-il, ceux qui me connaissaient m'appelaient le Courtois de Huberlant, je vous en donne ma parole.

L'allégresse fut alors générale. La cour entière frémit de joie ; on se livra aux réjouissances toute la journée jusqu'à la nuit, au moment de se coucher.

1. L'éditeur souligne à juste titre deux incohérences narratives : seul le bras du prétendu Gauvain avait été cédé à Tristan. De même, Gauvain n'a couché qu'une seule nuit chez Tristan.

Au matin, quand il fit jour, les chevaliers mirent aux chevaux brides et selles, et firent monter les deux jeunes filles – l'une était l'amie de Gomeret, l'autre, de l'Orgueilleux Faé –, puis tout le monde prit la route. Tristan leur hôte les accompagna jusqu'au-delà du vallon, puis il leur dit :

— Seigneur, si vous en étiez d'accord, j'aimerais me rendre avec vous à la cour et j'emmènerais avec nous ma fille, si belle et noble, que Nature a mis tout son art à façonner. Elle est déjà toute prête, voyez-la montée sur sa mule.

Gauvain montre une grande joie de ce qu'il entend :

— Seigneur, fait-il, je vous l'assure, vous ne pouviez pas nous faire une proposition plus courtoise !

Maintenant les demoiselles étaient trois, et les chevaliers, si on les compte, sept, à ce que raconte l'histoire. Ils chevauchèrent si longtemps que vers midi ils approchèrent du château de Codovrain le Roux, dont on connaît le courage et la hardiesse. Là séjournaient ceux qui avaient participé à l'assaut avec Cadret, quand il délivra son amie, et bénéficia ainsi d'un précieux secours. Il s'y trouvait aussi Raguidel de l'Angarde. La jeune fille qui avait refusé à Gauvain le vin, la viande et le pain, le vit venir et, dès son arrivée, ceux qui l'attendaient au château le reconnurent aussitôt. Vous imaginez combien il en fut heureux. Il leur raconta toute son histoire, comme je l'ai fait ici, ce qui lui était arrivé après les avoir quittés, le combat qu'il avait livré à l'Orgueilleux Faé, et Espinogre, à Gomeret, comment ils s'étaient réconciliés.

Chacun s'en réjouit vivement. Tous lui prodiguent les marques d'honneur et assurent que, par amitié pour lui, ils s'attarderont un jour entier.

— Seigneurs, leur dit Gauvain, j'apprécie infiniment votre accueil et vous en remercie, mais avant demain midi je voudrais être à Carlion avec mes compagnons. J'emmènerai avec moi ces jeunes filles, si belles et courtoises.

— Seigneur, dit Cadret, je vous hébergerai ce soir dans ce château de Codovrain. Demain, quand il fera jour, nous irons en votre compagnie.

— Je ne refuse, dit Gauvain, ni telle compagnie ni telle escorte.

Je ne saurais vous rendre compte de la joie qui fut la leur, ni de tous les mets, brochets, poivrade, pains, poissons de mer, vins, qui leur furent servis au souper. Ce fut ce soir-là une grande fête.

Au matin, ils montèrent promptement sur leurs chevaux. Pour honorer monseigneur Gauvain, Codovrain fit appel à ses gens, soixante-quatre chevaliers armés de pied en cap sur leurs destriers.

Les chevaliers chevauchèrent sans obstacle. Au bout d'un certain temps, ils arrivèrent dans la forêt où l'Orgueilleux Faé avait crevé les yeux du jeune homme. A force de s'informer des jeunes filles qui lui avaient conté les crimes du Faé, selon le récit qui en a été fait, Gauvain finit par les retrouver. Leur manoir était dans la forêt. La tristesse et l'amertume y régnaient, à cause de la mort de monseigneur Gauvain : tous croyaient être bien sûrs qu'il avait été tué et son corps découpé. Gauvain demanda alors comment allait le jeune homme :

— Seigneur, fait l'une des jeunes filles, comme quelqu'un qui ne voit plus ni le ciel ni la terre.

— Allez le chercher, fait Gauvain, et amenez-le moi au plus vite.

Elle s'exécuta aussitôt. Elle ramena le garçon, qui avait fort belle allure. Il était sage et courtois : fils de comte ou de roi, il n'aurait pas eu une plus noble prestance. L'Orgueilleux Faé lui passa alors sa main le long du visage, et lui rendit la lumière : le jeune homme recouvra meilleure vue que cerf ou daim. Dès qu'il porta les yeux sur Gauvain, il le reconnut.

— Seigneur, soyez le bienvenu, fait le jeune homme avec une grande douceur. J'étais persuadé, j'en prends Dieu à témoin, que c'est vous dont le corps avait été mis en pièces ; je sais maintenant qu'on avait pris pour vous le chevalier ici présent, le Courtois de Huberlant, ainsi nommé parce qu'il ne voulut jamais appartenir à une cour[1].

Le jeune homme raconte tout ce qui lui est arrivé, selon le récit qu'on en trouve dans le livre. Mais le seigneur Dieu l'a regardé, et lui a rendu la vue.

On ne s'attarda pas davantage en ces lieux. Tous se remirent en selle sur l'heure. Monseigneur Gauvain, sans perdre de temps, aida les trois demoiselles et prit garde de ne pas oublier le jeune homme, qui s'appelait Martin ; il le fit monter sur un roncin. Ils chevauchèrent ensuite à vive allure.

Ils s'en vinrent tout droit à Carlion, à l'heure prévue pour le souper : on avait déjà annoncé au son du cor le service de l'eau,

---

1. Ce trait, qui justifie le nom du chevalier, est attribué plus tard au roi de la Rouge Cité.

et les convives étaient à table. C'est alors que survint un chevalier qui leur donna ces nouvelles. Le roi Arthur s'en réjouit fort, ainsi que tous ceux de la cour. Le peuple entier s'élance au-devant de Gauvain ; le roi y court avec la reine ; il n'y a jeune fille ni suivante qui ne manifeste à cause de lui la joie la plus vive. Le roi l'embrasse en riant, tout heureux de sa venue.

Gauvain lui raconte sans désemparer la suite de ses aventures et lui fait le récit détaillé de ce qui lui est arrivé. Ils ont tous mis pied à terre. Il n'y a comte ni baron, roi ni prince, dans la maison, qui n'emploie tous ses efforts à servir les compagnons de Gauvain. Le roi accueille dignement les chevaliers, et leur adresse d'aimables paroles ; de son côté la reine s'en va avec les demoiselles, elle les conduit toutes dans ses appartements garnis de tentures et les traite avec beaucoup d'égards, par générosité et à cause de l'amitié qu'elle éprouve pour monseigneur Gauvain. Cette nuit-là jusqu'au lendemain, ils se reposèrent tous tranquillement.

Au matin, le roi se leva et se rendit devant la salle. Gauvain descendit les marches à son tour et s'accouda près de lui. Il lui raconta de quelle misère il avait tiré la jeune fille trouvée dans le cimetière. Il lui dit ensuite comment il avait conquis celle qu'emmenait Escanor. Il narra les nombreuses aventures qu'il avait rencontrées, dures et éprouvantes. Il lui rappela pour finir qu'il devait marquer sa reconnaissance de l'honneur que tous lui avaient prodigué, ainsi qu'il venait de le rapporter.

Le roi fut au comble du bonheur : il n'était jamais en reste pour s'acquitter, il prenait au contraire le plus grand plaisir à se montrer bon et généreux. Il lui dit :

— Je veux me comporter en cela selon vos désirs. Mais je souhaite d'abord être vengé de celui qui m'a si fort chagriné en se vantant à tort, publiquement, de vous avoir tué. Je tiens à obtenir vengeance de cet outrage.

— Sire, répond Gauvain, je ne le voudrais pour rien au monde. Les coupables sont venus en ma compagnie, et j'ai conclu avec eux une entente dont ils ont respecté tous les engagements : ils ne doivent pas être inquiétés.

— Très bien, fait le roi Arthur, ce sera comme vous voudrez.

— Sire, fait Gauvain, vous allez donner leurs amies aux deux chevaliers ; jamais, depuis l'époque de Jérémie, vous n'avez vu deux êtres plus courtois. Vous donnerez la sienne à Espinogre, et Cadret épousera celle qu'il a reconquise. Raguidel obtiendra également son amie, car il me rendit bien service, en me fournissant un bon destrier.

Le roi à son tour parle du roi de la Rouge Cité, comment il s'est rendu à lui et a pris la vie de cour, lui qui n'y avait jamais appartenu, et comment il lui a fait le serment de chérir désormais son amie. Monseigneur Gauvain le prie, à propos des deux jeunes gens qu'il a amenés, de les adouber au plus vite : qu'il les fasse nouveaux chevaliers, et leur attribue terres et châteaux. Tous s'apprêtent selon les dispositions prises par le roi et son neveu. Ils célèbrent les mariages sans contestation ni querelle. Ils conduisent aussitôt les jeunes gens à l'église. La procession fut imposante, comme le requérait la solennité des circonstances. L'évêque Raignier de Chester marie sans tarder les jeunes filles aux chevaliers auxquels elles étaient promises par mandement du roi.

L'église ne fut pas silencieuse. Tous, petits et grands, s'y abandonnèrent à la plus bruyante allégresse. Les jongleurs de plusieurs pays chantèrent et firent résonner leurs vielles, cornemuses, harpes et orgues, tambours et psaltérions, gigues, flageolets et flûtes, trompettes et chalumeaux. Chacun se laissa aller à la joie, toute la cour en retentit, car le roi Arthur était particulièrement munificent : jamais on ne le vit avare et mesquin. Il s'employa du mieux possible à fournir à tous ce dont ils avaient besoin. Et chacun coucha avec son épouse, à son désir et à sa guise.

Au matin, quand il fit grand jour, les jongleurs furent payés : les uns eurent de beaux palefrois, de riches vêtements et de superbes harnais ; les autres se virent gratifiés selon leur état ; tous furent pourvus de vêtements et de deniers, et reçurent paiement à leur gré. Les plus pauvres se trouvèrent comblés. Une fois payés, les jongleurs retournèrent dans leur pays, et la cour se sépara. Chaque chevalier partit avec son amie dans la joie et l'allégresse. A la fin des noces, tous, grands et petits, regagnèrent leurs terres.

Qu'ils le sachent tous, les haut placés autant que les humbles ! *Le Cimetière du Grand Péril* prend fin puisque Gauvain, après avoir été si longtemps par monts et par vaux, a retrouvé sa place à la cour. Ici finit notre roman. Que Dieu nous donne de vivre cent ans heureux et honorés, et qu'il nous accorde joie et allégresse !

GLIGLOIS

Récit en vers traduit et présenté par Marie-Luce Chênerie,
Écrit dans la première moitié du XIIIe siècle,
par un auteur anonyme.

INTRODUCTION

Ce court roman biographique (2 942 octosyllabes), d'auteur inconnu, datant sans doute de la première moitié du XIIIe siècle, figurait dans un seul manuscrit, que détruisit l'incendie de la bibliothèque de Turin en 1904. Par chance, plusieurs copies en avaient été faites pour une édition projetée par W. Foerster. On a dit que, sans être une œuvre littéraire de premier ordre, *Gliglois* était loin de manquer d'intérêt. Il nous semble plutôt que ce récit bref, bien composé, plein de talent, de culture et d'esprit, doit apporter beaucoup à l'étude de l'évolution du genre arthurien et à celle du roman courtois au XIIIe siècle.

Le lien avec la matière arthurienne est assez lâche, mais il repose sur une trouvaille qui est le point de départ de toute une série de joyeux contre-pieds : Gauvain, le modèle de prouesse et de courtoisie, le neveu du roi, aimé de loin ou séducteur assuré, est ici évincé dans l'amour d'une orgueilleuse demoiselle par un jeune étranger, un naïf, un *nice* ; la demoiselle, une cadette sans terre, ne vient pas demander assistance au roi Arthur, mais de *servir* ; en fait, le patronage de la reine, détournée aussi de Gauvain, doit l'aider à trouver un mari qui l'aime pour sa beauté, c'est-à-dire pour elle-même, tout en autorisant mises-en-scène et coquetteries courtoises. D'où une première partie qui fait partir l'intrigue du monde arthurien, où le réel se mêle à la fantaisie ; puis un temps d'épreuve, non pas avec une quête parsemée de combats ou de rencontres merveilleuses, mais avec une poursuite humiliante, à pied, dans la chaleur estivale de la forêt, derrière une cruelle insensible ; et à la fin, l'abandon sans réserve à la mystification féminine, ce qui vaut au héros d'être *adoubé*, au double sens du mot, d'être pourvu d'armes et fait chevalier pour le tournoi de la troisième partie. De ce tournoi, thème littéraire à grande fortune, Gauvain est encore écarté avec une malicieuse désinvolture, tandis que la cour admire les vertus de largesse et de prouesse de Gliglois, en qui elle n'ose reconnaître l'humble et timide écuyer de naguère ; cela malgré des contrepoints ironiques, où la malchance fait de lui un homicide involontaire et un prisonnier du camp adverse, remis à la discrétion flatteuse de la reine Guenièvre, qui lui donne la main de Beauté et un fief.

La brièveté de ce roman contraste avec les longs développements des romans arthuriens en vers, qui veulent à la même époque rivaliser avec les romans en prose. Elle repose sur la concentration des lieux et du temps – le tournoi, réduit à un jour, se tient non loin d'une ville royale –, sur le petit nombre de personnages, sur l'intrigue relativement réduite, l'absence de digressions. Mais cette brièveté est d'autant plus appréciable qu'elle joue avec nombre de réminiscences littéraires, jusqu'à l'épilogue qui ramasse le thème du roman, dans la louange des contradictions de la *fin amor*, à la manière de la lyrique courtoise. Une narration rapide, des dialogues vivants ou piquants, ménagent volontiers le suspens et les coups de théâtre, surtout tirés des contradictions de la nature féminine. Le folklore ne fournit ni merveilleux ni fantastique ; l'auteur lui préfère un réalisme léger, malicieux ou fonctionnel – le service de l'écuyer tranchant, les soins aux oiseaux et la séduction dans le verger, le religieux qui vit de ses écritures, la toilette et les vêtements du nouveau chevalier, la grange fortifiée, l'affluence et la fête pour le tournoi, les précisions sur les manœuvres et la mention des aléas de ce jeu guerrier.

L'humour soutenu, le ton parfois burlesque, ne nous paraissent pas relever d'intentions parodiques ; l'esprit critique, qui renouvelle les types littéraires comme pour un joyeux divertissement, confirme, en les épurant au besoin, les préjugés et les modes de la société courtoise, qui gagnaient alors la petite noblesse ou la riche bourgeoisie. Le talent et la manière de l'auteur méritent en tout cas d'être rapprochés de ce qu'offrent des œuvres plus célèbres, *Ipomedon, Le Bel Inconnu, Guillaume de Dole, Aucassin et Nicolette* même, et qui furent peut-être ses sources plus ou moins directes.

Marie-Luce CHÊNERIE

Voici comment Gliglois endura de grands tourments pour son amie.

Au temps où Arthur régnait en Grande Bretagne, il y avait en Allemagne un noble et vaillant châtelain ; sa femme lui avait donné un beau garçon, à qui ne manquaient ni le savoir ni les bonnes manières. Son vrai nom, celui qu'il avait reçu au baptême, était Gliglois. Toutes ses belles qualités justifiaient l'amour de ses parents ; à quatorze ans passés, grande était la beauté du jeune seigneur ; il s'y connaissait fort bien en chiens et en oiseaux, la chasse à courre et au vol n'avait pas de secrets pour lui.

Un jour son père décida de l'équiper richement et de l'envoyer sans plus tarder à la cour du roi pour y mériter ses armes de chevalier ; quand il eut tout prêt, deux jeunes gens lui furent donnés pour le servir. Son père lui avait dit :

— Je désire que vous alliez à la cour pour y apprendre à bien vous conduire. Prenez sur mon trésor tout ce que vous pouvez désirer, ne vous restreignez aucunement. Offrez vos services à Gauvain : s'il vous retient, n'ayez pas de fierté, servez-le avec soumission, pour l'amour de moi.

— Seigneur, avait-il répondu, je vous rends grâce de ces conseils que je suivrai, et je vous dis adieu.

Après, il avait embrassé sa mère plus de cent fois, et tandis qu'on amenait les chevaux, il avait recommandé ses parents à Dieu. Puis il avait enfourché sa monture, et ne s'était jamais arrêté le jour, ne dormant que peu la nuit, jusqu'à son arrivée à Carduel.

Cela se passait en mai, un jour de la saison chaude. Gliglois mit pied à terre devant le pont-levis et monta les marches de la grande salle. Le repas était terminé et le roi s'était retiré dans sa chambre pour se reposer ; Gauvain s'était mis à jouer au tric-trac avec un chevalier. Gliglois rencontra un écuyer et lui demanda fort courtoisement :

— Ami, cher frère, où est Gauvain le neveu du roi ?

— Très cher ami, le voilà là-bas, avec un manteau de petit-gris ; il vient tout juste de commencer à jouer.

Gliglois le rejoignit, et, avec une distinction parfaite, il s'agenouilla devant lui pour lui dire :

— Seigneur, je vous le demande, retenez-moi pour vous servir.

Gauvain lui répondit volontiers :

— Entendu, bien cher ami. Mais de quel pays venez-vous ?

— Seigneur, je suis né en Allemagne, ainsi que toute ma parenté, à l'intérieur de ses frontières. Dieu fasse que par mon service je puisse gagner des armes et retourner dans mon pays.

Gauvain le pria de se relever et le fit conduire là où il logeait. Quand le soir arriva, Gliglois alla servir à la cour.

Il se fit aimer de bien des gens, car il sut se distraire en étant généreux ; il ne se passa pas trois mois que tout le monde l'avait pris en affection, à commencer par le roi, ce qui était justifié, car jamais personne nulle part ne se donna tant de peine pour servir. Gliglois allait souvent chasser dans les bois et sur les rivières ; il allait aux fêtes, aux joutes, où ses exploits lui attiraient force louanges. Il dépensait sans compter.

Il arriva qu'à une Pentecôte, Arthur tint cour plénière ; suivant l'usage, chacun se préparait à y aller – elle se tenait à Carahet – car personne, si loin fût-il, n'aurait osé la manquer, sinon cette absence aurait coûté cher. Bref, quinze rois et trente comtes vinrent participer à la fête décidée par le roi. Vous auriez pu voir alors de somptueux équipages. Il arriva maintes aventures ; mais je ne veux rapporter que celle d'un jeune homme et d'une jeune fille, aussi beaux l'un que l'autre.

La fête battait son plein dans la ville et les jeunes gens s'y amusaient fort ; dans les églises on célébrait nombre de grands offices ; les cloches sonnaient à toute volée ; les religieux s'efforçaient de faire retentir les orgues. Le roi Arthur se rendit à la chapelle, escorté avec honneur par bien des chevaliers. Grands et petits portaient des vêtements de soie ; le roi trouvait devant ses pas des tapis qu'on étendait avec grand soin ; il porta couronne ce jour-là, en présence d'une foule de grands seigneurs ; la reine aussi porta couronne, avec la même noblesse. Les offrandes furent magnifiques ; après les chants, Arthur se recueillit en prières, puis revint dans la salle du palais. Quand les serviteurs eurent dressé les tables, un repas délicieux et somptueux fut servi. C'était une très belle fête de cour.

Soudain surgit une jeune fille en très noble appareil ; elle était vêtue fort richement de soies diverses, brodées jusqu'aux poignets, avec une pelisse de dessous en petit-gris. Elle était si belle et si blanche que tout ce qu'on aurait pu en dire aurait été conforme à la vérité. Elle arrivait sur un mulet bien dressé à l'amble, qui la mena juste devant le roi ; alors seulement elle tira légèrement sur ses rênes. Gauvain se précipitait déjà pour l'aider à descendre quand elle lui demanda d'attendre un peu ; elle salua alors le roi avec solennité :

— Que Dieu le créateur du firmament prenne en sa sauvegarde l'empereur et qu'il lui accorde beaucoup d'honneur !

La voyant si bien vêtue et si belle, le roi Arthur lui répondit :

— Chère amie, que le Très-Haut, notre Créateur, vous protège !

— Sire, je viens de loin pour vous prier de me retenir ; j'aimerais rester parmi les vôtres.

Le roi Arthur, fort réjoui par ces propos, se leva alors et reprit :

— Soyez la bienvenue !

Il la prit dans ses bras pour la faire descendre de son mulet, puis la saisissant par la main, il appela Gauvain :

— Cher neveu, de ma part menez la jeune fille que voici à la reine, et dites-lui bien que je la lui envoie, que je lui demande d'avoir les mêmes égards pour elle que pour moi.

— Sire, à vos ordres, répondit Gauvain en prenant à son tour la main de la jeune fille.

Il lui fit traverser courtoisement la vaste salle, en lui demandant avec une grande délicatesse :

— D'où êtes-vous, ma chère fleur ?

— Seigneur, je suis née à Landemore ; nous sommes deux sœurs, et je suis la cadette ; j'ai perdu ma mère il y a deux ans, je n'ai pas le souvenir d'avoir vu mon père.

— Quel est votre nom ?

— Beauté.

— Belle, je suis tout prêt à me mettre tout à votre service.

— Seigneur, c'est une noble parole ; eh bien, quand je vous le demanderai, faites-le, et je vous en saurai gré.

Ils entrèrent alors dans la chambre de la reine, et Gauvain, la tenant toujours par la main, la remit :

— Ma dame, le roi vous demande de servir cette jeune fille, et ainsi vous lui ferez honneur à lui-même ; mais moi aussi je vous prie instamment de lui faire honneur en mon nom.

— Seigneur, elle sera traitée noblement pour le roi et pour vous ; (sachez bien que son cœur y était, et qu'elle n'en fit pas une affaire) et aussi en raison de sa beauté, car je ne serai jamais jalouse.

Elle prodigua ensuite à la demoiselle de flatteuses promesses. Gauvain la remercia avec force saluts, puis quitta la chambre, tout absorbé par la pensée de la jeune fille ; il revint à la salle en déclarant :

— Par la Vierge reine, on n'a jamais vu une si belle créature !

Il se disait qu'il retournerait auprès d'elle pour lui demander son amour, car la guérison n'était pas possible autrement. Avec de profonds soupirs, incapable de rester en place, il alla se poster à une fenêtre où il put tressaillir et trembler à son aise, ainsi livré aux assauts de l'amour. Mais n'en pouvant plus, il retourna dans la chambre. La jeune fille vint à sa rencontre avec beaucoup de simplicité ; alors Gauvain saisit le pan de son manteau d'orfrois ; ils allèrent s'asseoir sur un lit, avec la reine qui prit place à droite de Gauvain et Beauté à gauche. Il ne fut pas question des saints, de leur vie exemplaire, mais d'amour et de chevalerie.

Penché sur Beauté, Gauvain lui disait à la dérobée ce qui lui tenait à cœur :

— Écoutez-moi, ma chère amie : à tort ou à raison je vous demande la permission de vous aimer, autrement je ne peux vivre davantage. Si vous refusez mon amour, jamais aucune femme au monde ne pourra me consoler. Vous m'avez plongé dans d'affreux tourments : secourez-moi, ma chère amie, sinon peu m'importe la vie !

— Hélas ! seigneur, par la grâce de Dieu, ne me parlez plus jamais de cela, et laissez-moi parfaitement en paix. En vérité je ne suis pas venue chez le roi afin d'aimer un chevalier. Je vous avertis donc de ne jamais m'adresser de requête ; vous n'arriverez à rien.

Gauvain rougit, fort humilié ; non seulement un flux de sang lui monta à la figure, mais son cœur sautait dans sa poitrine, et il se tourna vers la reine :

— Ma dame, ayez pitié de moi, aidez votre chevalier, qui vous a si souvent servie, qui a fait tant d'exploits chevaleresques en votre nom, vous le savez bien.

— Seigneur, tout ce que je pourrai et saurai, je le ferai très volontiers ; tout ce que j'ai, je le mets à votre disposition, comme à mon seigneur, excepté mon corps, au nom de mon honneur.

— Ma dame, voilà de belles paroles. Vous aurez vite récompensé le grand service que je vous ai réservé. Mais à coup sûr Beauté, le seul objet de mes désirs, me fera mourir si vous n'appuyez ma demande ; parlez pour moi, voilà ma requête, car elle a refusé mon amour et je ne sais que faire. Parlez-lui et faites-la changer. Que Dieu m'assiste, je préfère mourir plutôt que de souffrir si longuement !

La reine tenta de le raisonner :

— C'est une folie ; si vous voulez avoir une amie, aimez de plus nobles personnes. Ayez donc un peu de sagesse : il vous faut aimer à votre mesure. Je n'ai jamais entendu parler d'une femme qui vous ait refusé et qui n'ait été flattée que vous ayez daigné la posséder ! Je ne vous trouve guère raisonnable d'être si vite épris. Mais en est-il bien ainsi ? Alors, non, je ne vous trouve pas raisonnable. Retenez un peu votre cœur ; attendez une autre occasion, et ne vous abandonnez pas si vite aux tourments. Soyez généreux, donnez. Mettez-vous en peine de faits d'armes et d'exploits. C'est ainsi que l'on conquiert une amie. Pour ce qui est de moi, je serai avec elle tous les jours, et je lui dirai grand bien de vous. J'engagerai de mes biens propres plutôt que vous n'arriviez pas à vos fins. Mais il vous faut montrer de la valeur et ne pas être si vite saisi d'amour.

— Par Dieu, ma dame, cinq cents mercis ! Je m'en remets tout à vous. Dieu m'aide et saint Germain ! Si je n'obtiens pas son amour, je ne penserai pas grand bien de moi. Je tiendrai compte de vos reproches et de vos conseils, mais n'ayez cesse de bien lui rappeler ma requête.

— Plus un mot là-dessus ! J'agirai, et si elle le veut bien, elle entendra mes prières ; j'y mettrai tous mes soins.

Elle fit naître l'espoir en Gauvain ; mais malgré cette promesse absolue d'aide et d'amour, le refus de Beauté le laissait plein d'angoisse. Il retourna dans la salle, après avoir pris congé ; livide, assombri par de douloureuses pensées, il gagna une fenêtre. Ni Tristan, ni Iseut ne furent jamais un seul jour aussi tourmentés que Gauvain, près de la fenêtre. Pensif, replié sur lui-même, peu lui importait son rang. Cependant les jeunes gens préposés à son service se dépêchaient de quitter les premiers la table et de traverser la salle pour aller se détendre. Gliglois se trouvait en tête ; il portait une robe pleine d'accrocs, il l'avait déchirée dans de belles joutes : rien d'étonnant à cela, car en vérité, il était là le meilleur. Gauvain le considéra, puis s'avisa de l'appeler, et l'autre vint s'agenouiller devant lui :

— Mon cher Gliglois, par Dieu, je n'ose te dire ce que je pense !

— Pourquoi pas ? Parlez donc !

— Me promets-tu de ne pas aller le raconter ailleurs ?

— Seigneur, vous pouvez bien jurer que je me laisserais écarteler plutôt que de vous causer du tort ou de révéler rien sur vous ; aussi dites-moi votre affaire.

— Par Dieu, Gliglois, aujourd'hui, après le repas, as-tu vu celle qui vint demander au roi de rester avec lui ?

— Oui, en vérité.

— Qu'en penses-tu ?

— C'est une fée !

— Ah ! mon Dieu ! Quel bonheur si elle daignait m'aimer un jour ! Elle a mis le tourment dans mon cœur, et fera peut-être encore pis.

— Seigneur, envoyez quelqu'un le lui dire, et il s'informera sur ses sentiments.

— Quoi Gliglois ? Voilà trois fois que je l'ai implorée ; elle n'a pas daigné me prêter la moindre attention.

— Comment ? Elle ne veut pas vous aimer ?

— Non, en vérité, mon cher Gliglois. Mais si tu tiens à moi autant que tu le dis, je le verrai bien à ta conduite. Il te faudra être toujours dans ses appartements ; tu trancheras à sa table à ma place, et tu feras tout ce qu'elle te commandera. Un jour elle s'avisera que c'est moi qui t'ai envoyé ; elle prendra cela pour une conduite courtoise, et elle se souviendra de moi. Si elle voulait être mon amie, tu me verrais jouter quand l'occasion se présenterait. On va voir ce que tu feras, par la fidélité que tu me dois ; et moi je te récompenserai largement.

— Seigneur, vous n'aurez rien à me donner, car je la servirai très volontiers pour les bons sentiments que vous aurez à mon égard.

Après ce conciliabule, Gliglois s'éloigna en rendant grâce au ciel :

— Douce dame, sainte Marie ! Bénis soient le père qui m'engendra et la mère qui me mit au monde, puisque me voici attaché à un être plus beau que la rose et plus blanc que le lys ! Par Dieu, je crois que je ne manquerai pas un seul jour de lui présenter de mes deux mains ce qu'elle daignera manger. Je dois me féliciter d'avoir cette fonction, oui, à coup sûr ; à me le répéter, je serai plus vaillant, plus généreux, plus compétent.

L'heure venue, Gliglois entendit crier l'eau ; il se dirigea vers les appartements de la reine, qui le fit avancer jusqu'à elle, avant de s'adresser à Beauté :

— Voici le beau jeune homme, intelligent entre tous. Tenez, je vous donne ma parole que dans toute la cour du roi, il n'y a pas un autre qui mérite un tant soit peu sa place et sa réputation. Gauvain a été fort courtois de nous l'envoyer.

Mais Beauté ne répondit rien et son visage resta impassible. « Dieu ! se dit Gliglois, qu'elle est donc fière ! Elle ne daigne pas dire un mot à un homme, ni lui jeter un regard. » Il alla prendre la serviette et les bassins et versa l'eau, d'abord à la reine, puis à Beauté, tandis que les serviteurs posaient sur les tréteaux le sel, le pain et les hanaps. Puis il se mit à trancher, avec maints regards sur Beauté. « Dieu ! Que le feu de l'enfer me brûle si j'ai jamais vu une plus belle femme ! Que Dieu ait mon âme, si j'étais entré au paradis et que Beauté acceptait de m'aimer, je reviendrais droit à elle, quoi que dût me coûter la folie d'un retour sur terre. » Gliglois était si absorbé qu'il oubliait de trancher. Beauté s'en aperçut et le regarda ; alors il en eut grande honte et grand tourment, reprit le couteau pour trancher, tout rougissant, baissant la tête, saisi par l'amour. Il se disait : « C'est pour mon malheur que je suis venu servir ici ! Amour ne cherche qu'à me trahir, en attachant mes pensées à cette demoiselle qui ne saurait consentir à m'aimer. Si mon maître le savait, il en serait à coup sûr affecté. Affecté ? Mon Dieu, aurait-il tort ? Non, même s'il allait jusqu'à me haïr mortellement. » Gliglois ne savait quel parti prendre.

Après le repas, une fois que la reine se fut fait donner l'eau par Gliglois, elle interpella la jeune fille, qui avait eu son tour après elle :

— Eh bien, demoiselle, elle doit fort se louer celle qui est l'objet d'un si beau service !

Et elle ajouta en souriant :

— Le chevalier qui l'a envoyé doit en bénéficier. Que je meure avant le soir, que Dieu me confonde, si je connais un jeune homme plus estimable au monde. Il est de grand lignage, car il a bien ce qu'il peut désirer.

La reine s'étonna fort que Beauté ne répondît pas. Dans la pièce, il n'y avait pas une jeune fille qui ne regardât Gliglois d'un air aimable, mais Beauté ne daignait pas lui adresser le moindre mot. Il quitta alors la chambre pour revenir chez lui, tête baissée, tout pensif, plein de tourments. Ses compagnons vinrent à sa rencontre et le pressèrent de questions sur sa tristesse :

— Mon Dieu, j'ai un peu de chagrin. Faites mon lit, je veux dormir.

Mais quand il fut couché, sachez qu'il ne put fermer l'œil ; le sommeil n'était qu'un prétexte.

— Amour, gémit-il, quelle trahison de m'avoir mis sur une voie où j'allais sans méfiance ! Hélas ! Quel malheur d'être entré dans ces appartements où j'ai attrapé la mort ; il n'y a pas de mesure ni de justice ; jamais je n'aurai le bonheur de recevoir un baiser ou la garantie de son amour. N'y songeons plus ; tenons-nous en retrait ; servons-la de manière à ne pas avoir d'ennui avec notre maître qui nous aime tant. Il pourrait t'en coûter cher s'il savait que tu y penses et que tes sentiments te portent vers elle ; tu n'as aucune chance ; au contraire, tu pourrais t'en repentir sous peu. Hélas ! mon Dieu ! quel dommage que ton maître ait cru réussir par tes bons offices, que tu aies mis tant de peine à bien le servir. Il t'assure bien de l'honneur ; si tu le perds par ta démesure, personne ne te donnera raison. On te fera honte, on se moquera de toi ; n'y pense plus, laisse ta folie.

Il passa ainsi toute la nuit jusqu'au lendemain, en proie à l'amour ; à l'aube seulement le sommeil le prit, mais dès son réveil il se leva et se précipita à la cour. Je crois bien qu'à son retour il sera encore plus tourmenté que la veille. Il en est ainsi de bien des gens : plus ils aiment ardemment une belle dame impitoyable, plus ils la voient, et plus ils la désirent. Ainsi de Gliglois : la vue de Beauté augmentait son attirance et ses tourments.

Quand la table fut dressée, Gliglois enleva son manteau, s'agenouilla pour saisir le couteau, puis vint humblement devant Beauté qu'il contempla, le regard ardent, en se disant : « Hélas ! mon Dieu ! certes Beauté vaut mieux qu'un royaume ! Que Dieu ne me protège plus si je ne préfère un seul baiser qu'elle me donnerait en témoignage d'amour à la moitié de cet honneur. Hélas ! malheureux ! si elle pouvait m'aimer et m'accorder quelque faveur ! Mais je n'ose ni le lui dire ni le lui faire savoir. Certes il souffre un grand martyre celui qui est ainsi épris d'amour, qui aime comme moi sans retour. » Gliglois, absorbé dans ses pensées, oubliait complètement de trancher ; Beauté s'aperçut de son état :

— A quoi pensez-vous, fit-elle, mon ami ? Tranchez et laissez un peu vos préoccupations.

Plein de honte, Gliglois reporta ses regards sur la table, mais il préférait à tout autre présent être plaisanté ou même raillé par elle. « Hélas ! mon Dieu ! se disait-il, sainte Marie, en vérité, je ne saurais renoncer à l'aimer, à lui consacrer mes pensées à cause de mon maître. Je sais bien que je suis fou, car je ne réussirai jamais à me faire aimer d'elle ; mais elle ne peut empêcher que je l'aime malgré moi. Je ne ferai jamais le fier, et peut-être m'en saura-t-elle gré. Souvent un beau service fait obtenir l'amour. Oui, ma passion est telle que je veux l'aimer malgré elle. » Gliglois resta ainsi longtemps sans que sa douleur diminuât le moins du monde ; néanmoins il ne manqua pas à son service un seul jour. Des insomnies agitées augmentaient ses souffrances.

A la cour, il était le seul écuyer à savoir s'occuper d'oiseaux. Tous les jours il leur donnait à manger dans un verger. Un matin, il s'était levé de très bonne heure et était allé au verger pour nettoyer les oiseaux et lisser leurs plumes. Beauté, couchée, ne pouvait dormir ; de guerre lasse, elle se leva, fit le signe de croix et enfila une chemise moins blanche que sa peau ; elle agrafa un court manteau, se chaussa et, pour se détendre, gagna le verger, qui était le plus beau du monde. Gliglois donnait de la nourriture à un oiseau. A la vue de Beauté, il fut transporté de bonheur, et sourit en lui-même sans oser dire un mot, tant il craignait de regarder de son côté ; il redoutait sa fierté. « Bénie soit l'heure de ma naissance, se dit-il. Ah ! mon Dieu ! J'ai été bien inspiré d'apprendre à soigner les oiseaux et de me lever de bonne heure. Jamais pareil bonheur n'est arrivé à un jeune homme, quand je vois venir ici l'objet de mon amour. Si dans sa bonté le Dieu du ciel lui donnait de doux sentiments pour moi, je n'aurais jamais d'inquiétude. » Beauté s'en allait par le verger, attachant sa chemise avec un cordon de lin. Gliglois remarqua qu'elle avait bien du mal à y arriver ; aussi lui demanda-t-il :

— Ah ! douce rose, accepteriez-vous mon aide, si dérisoire fût-elle ?

— Oui, viens ici.

Plein de joie, Gliglois se précipita et s'agenouilla devant elle. Beauté lui montra les cordons, croisa les bras au-dessus de sa tête, en s'appuyant un peu sur lui. Gliglois découvrit une chair, des épaules étincelantes de blancheur. « Ah ! mon Dieu ! toi le Créateur du monde, le maître du ciel, si je pouvais être assez fou pour sentir sa chair nue ! » Fasciné par ce qu'il voyait, il perdait son sang-froid, oubliait de lacer. Amour lui faisait délaisser l'objet de sa passion.

— Gliglois, s'écria-t-elle, a-t-on jamais vu cela ! Vous avez à lacer mes côtés, et vous restez si absorbé que je ne sais quoi penser de vous. Dépêchez-vous de le faire !

Jetant un soupir, Gliglois revint à son devoir ; devant lui il voyait l'objet de son désir, ce qu'il convoitait le plus au monde, et il ne pouvait rien en avoir, pareil au loup affamé devant la bergerie où il aperçoit les brebis sans pouvoir entrer, ce qui redouble sa faim. Mais il était bien plus malheureux que le loup affamé, car il tenait entre ses mains la créature qu'il aimait le plus au monde et n'osait rien lui dire. Sa souffrance devenait martyre ; Amour le tenait prisonnier, le possédait. Beauté reprit alors :

— Gliglois, dis-moi donc, que regardes-tu ?

— Vous, demoiselle.

— Qu'y a-t-il ?

— Vous me paraissez belle.

— Que t'importe ?

— Beaucoup !

— Pourquoi ? Penses-tu à moi ? Tu veux m'aimer d'amour ?

Gliglois commença à trembler et répondit en soupirant :

— Belle, grâce, au nom du Très-Haut, votre amour me possède si fort que je ne puis, jour et nuit, lui résister !

— Débauché ! Qu'avez-vous dit ? Que vous m'aimez ? Ah ! quel plaisir pourriez-vous me donner ? Dehors, quittez ce verger ! Malheur à moi si je ne le dis pas à votre maître. Je vous trouve bien effronté d'avoir tenu ces propos. Certes vous me croyez bien folle. Vous m'aimez ? En quoi cela vous regarde-t-il ? Hélas ! Quelle honte ! Prenez garde à ce que je ne vous voie nulle part.

Gliglois retourna à son logis, plein de honte et de tourment ; il s'étendit sur un lit, poussa maints soupirs. Sachez qu'il n'avait pas envie de rire, qu'il laissa aller des pleurs et des plaintes :

— Maudite soit l'heure où je me suis levé pour aller au verger, parce que je m'y connaissais en oisellerie. Il aurait mieux valu que je sois lépreux, et que je passe ma vie sans honneur. Le maître qui m'a délégué pour le servir a fait du berger un loup ; puisque j'ai voulu le supplanter, il est normal que cela me coûte cher. Hélas ! malheureux ! infortuné ! que faire ? Amour, c'est une trahison déloyale. Hélas, Beauté, quelle blessure mortelle vous m'avez infligée ! Par votre faute me voici bien déloyal, et je n'aurai jamais l'audace de regarder Gauvain en face. Certes, il aurait mieux valu que je reste en mon pays ; quand mon maître le saura, il ne me portera plus jamais dans son cœur. Faut-il fuir ? Non pas. J'irai dans ses appartements vérifier si elle refuse toujours mon service. Elle est pleine de noblesse, et ne dira mot de notre affaire en public. Si elle ne se laisse pas aller à la pitié, je ne vois pas comment je ne me donnerai pas la mort ! Hélas, Beauté, quel malheur de vous avoir vue ! Par votre faute, Amour m'a trahi, et je mourrai à coup sûr si vous n'avez pas pitié de moi. Ah ! mon Dieu, celui qui n'a jamais voulu aimer, comment peut-il trouver le bonheur ?

Ses longues plaintes durèrent jusqu'à l'heure du repas, lorsque les chevaliers se rendirent à la cour. Gliglois se leva pour y aller lui aussi, toujours obsédé et craignant le pire ; car si Beauté le réprimandait ou lui reprochait ce qu'il avait dit le matin, personne au monde ne pourrait empêcher qu'il prît la fuite. Amour le possédait et le torturait. Tremblant de tous ses membres, il entra dans la pièce où les serviteurs dressaient les tréteaux. Il prit l'aiguière, les deux bassins, et donna l'eau. Beauté ne fit mine de rien, ce dont Gliglois se réjouit fort ; sachez que devant cette tournure de son affaire, il ne fut jamais si heureux. Il servait donc à table, sous les yeux de Beauté ; il avait tant de plaisir à la regarder qu'il ne pouvait en détacher ses yeux ; elle était le seul objet de ses désirs.

Un long moment après le repas, un messager pénétra dans l'enceinte du palais à vive allure, et il éperonna son cheval jusqu'aux appartements de la reine ; là il mit pied à terre et salua la souveraine avec beaucoup de hauteur :

— Dame, écoute-moi. Celle de l'Orgueilleux Château m'envoie à toi parce qu'elle veut convenir d'un tournoi.

Le beau jeune homme continua avec assurance :

— Dame, voici les conditions que je transmets à votre cour : que tous les chevaliers viennent équipés de leur mieux, et avec leur amie. Car sachez que les nôtres seront ainsi accompagnés ;

il y a déjà un moment que ma dame a fait demander ses dames et ses jeunes filles, parmi lesquelles on verra bien des beautés. Vous, faites de même. C'est le message que je dois vous transmettre à propos de ce tournoi. Voici mes lettres de créance.

Il n'en dit pas davantage ; la reine alors appela Gliglois :

— Ami, allez chercher Gauvain au palais et ramenez-le sans tarder.

Gliglois arriva auprès de Gauvain et le tira par un pan de son manteau :

— La reine vous demande, seigneur.

— Pour quelle affaire, ami ?

— Elle veut jurer un tournoi dont la demoiselle de l'Orgueilleux Château lui a lancé le défi par un jeune messager. Les dames y viendront pour juger des meilleurs. C'est vous que veut la souveraine pour garantir son engagement.

— Béni soit le Tout-Puissant ! S'il plaît à Dieu, là devant mon amie, je montrerai ma prouesse !

Rien ne le réjouit plus que ce tournoi si proche, et sans retard, il arriva chez la reine. Elle se leva à sa rencontre et lui dit :

— Seigneur, avancez et veuillez me prêter assistance. Celle de l'Orgueilleux Château me défie ici, pour un tournoi.

— Ma dame, j'en suis fort aise. Acceptez, je ne pourrais vous conseiller autre chose, et moi je ferai tout pour que votre honneur triomphe dans ce tournoi.

— Gauvain je m'en remets à vous. Avancez et jurez le tournoi.

— Ma dame, vous me comblez. Gliglois, mon ami, jurez, vous aussi. Le tournoi aura lieu ce lundi en quinze.

Le messager s'avança, prit congé, remonta à cheval dans la salle même et quitta ainsi la cité. A la vue de Beauté, plus belle que la rose, Gauvain était fasciné ; mais de l'amour qui le possédait, il n'osait lui dire le moindre mot. Il s'imaginait gagner au tournoi ; c'était pour elle qu'il donnerait le meilleur de son effort, qu'il briserait maintes lances ; s'il échouait, plus jamais il ne croirait aux tournois.

Mais c'est de ce sujet que nous devons parler à présent. Ah ! mon Dieu ! comment décrire toutes ces armes, tous ces beaux écus ? Jamais on ne vit plus belle assemblée. Ah ! mon Dieu ! que de riches vêtements brodés, en soie, auront les spectatrices ! Aucun chevalier ne négligera son équipement ; chacun fera de son mieux. Celui qui aura le prix pourra se vanter à jamais et entrer dans les appartements des dames !

Gauvain fit prendre cent quarante lances peintes ; à l'intérieur de son écu, sous la bordure de fourrure, il fit représenter Beauté tenant gracieusement une rose à la main : à la voir ainsi devant ses yeux, il en jouterait mieux. Ah ! mon Dieu, Seigneur glorieux ! comme la reine veille à ses atours, de son côté ! Dans ses appartements, pas une jeune fille qui ne se prépare. On proclame à la cour que chacun se mette en peine de préparatifs, qu'à la date convenue personne ne manque et que chacun amène son amie. Tous en sont fort aise, les chevaliers comme les damoiseaux ; le roi lui-même se réjouit de cet engagement et déclare qu'il y assistera en personne, et qu'il tiendra là une très riche cour. De son côté Gliglois se disait : « Voilà bien une autre vie ! Bénie soit l'heure où mon père m'engendra, où ma mère me donna naissance, puisque j'irai au tournoi où se trouvera aussi celle qui possède mon cœur. Par ma foi, je ferai si bien en son honneur que s'il plaît à Dieu, elle m'en saura gré. Mon Dieu, quelle conquête si cela arrive ! Tous les jours je lui mettrai sa selle et je la servirai si parfaitement, avec tant d'amour et de délicatesse qu'il faudra bien qu'elle s'en aperçoive ; j'y mettrai tous mes soins. Jamais nul n'a démérité de servir ! »

On ne saurait décrire l'amour de Gliglois. Pourtant, huit jours avant le tournoi, c'est chose bien sûre, il revint en son pays pour revoir sa parenté et parce qu'il était arrivé au bout de ses ressources. Pour dépenser largement, il faut avoir où prendre, ce que Gliglois avait pu faire jusqu'alors, pour ses gens. Son père l'accueillit avec grande joie, tout comme sa mère ; ils lui donnèrent tout ce qu'il demandait en vêtements, en chevaux. Mais il ne resta qu'un seul jour, le temps de se faire tailler et coudre un ensemble de cour et que ses écuyers soient habillés de neuf. Le lendemain matin, il revint à la cour, plein de richesses, et gagna sans tarder son logement.

Gliglois était donc un beau jeune homme plein de savoir, de bravoure, d'amabilité, d'intelligence, de vertu, et ses vêtements le mettaient encore en valeur. Il se rendit à la cour sans manteau, et tout le monde se réjouit quand il entra dans la salle, à commencer par Gauvain qui l'interpella :

— Gliglois, quand êtes-vous revenu ?

Le jeune homme s'agenouilla pour répondre :

— Seigneur, je viens de mettre pied à terre.

— Dites-moi, Gliglois, cher frère, comment va votre mère, et votre père, se portent-ils bien ?

— Seigneur, fort bien en vérité.

— Gliglois, vous connaissez l'amitié que j'ai pour vous, vous savez que je veux votre bien ; vous pourrez compter sur ce que j'ai, sur mes revenus. Quand vous voudrez être chevalier, je vous donnerai des armes dans une grande fête ; on n'aura jamais vu de jeune homme armé plus somptueusement en cour royale. Certes vous avez ma faveur ; j'apprécie fort votre service.

— Seigneur, Dieu fasse que je mérite encore plus vos bons sentiments.

— Ils vous sont acquis si vous pensez à bien servir Beauté. Je ne désire rien d'autre au monde que son amour dont elle se montre avare.

— S'il plaît à Dieu, répondit Gliglois, je ferai tout pour l'avoir, et il ajouta en sourdine : Vous l'aimez ? En vérité, moi je l'aime bien davantage.

Et Gliglois s'en alla, tandis que le roi sortait de ses appartements pour demander l'eau, car il voulait se mettre à table. Gliglois, qui ne se souciait pas de s'attarder, arriva sans détours dans la chambre de la reine : le désir intense qu'il avait de Beauté faisait qu'il ne pouvait plus attendre. A son entrée, la reine l'accueillit aimablement :

— Gliglois ! Gliglois ! Vous voici revenu ! Vous avez pris un bain, et je vous vois équipé de vêtements neufs ! Dites-moi donc, ami, cher frère, comment vont votre mère et vos gens ? Sont-ils en bonne santé ?

— Ma dame, oui, assurément !

— Que Dieu ne m'accorde aucun bonheur s'il y a dans notre pays un seul jeune homme que j'apprécie autant que vous, soyez-en sûr !

— Que le Seigneur Dieu en soit remercié !

Pendant que Gliglois donnait l'eau pour les mains, pendant qu'il assurait le service de la table devant Beauté, celle-ci ne lui adressa pas le moindre mot, et lui non plus, plein de timidité. Il est entré en grande peine, l'homme que l'amour possède alors qu'il n'est pas payé de retour et qu'il n'a pas l'espoir d'arriver à ses fins. Mais Gliglois sert, porté par l'espoir. Immense est le pouvoir de l'espérance, car si Beauté lui avait dit alors qu'il pouvait la servir avec espoir, soyez sûrs qu'il l'aurait servie avec le plus grand empressement sept années entières pour obtenir son amour, alors que déjà, sans attendre la moindre récompense, il assurait son service parfaitement ! Grande est la donne, maigre est la prise ! Bien souvent il arrive qu'un homme, voulant obtenir l'amour d'une femme, la voit multiplier ses coquetteries au fur et à mesure qu'il s'applique à la servir et à la prier.

Mais il faut que vous sachiez que le tournoi était si proche que le départ devait avoir lieu le lendemain. Partout, sur la terre du roi Arthur, la nouvelle était annoncée.

Maints chevaliers se préparaient à emporter des habits de fête et à rivaliser entre eux de beaux vêtements et de parures. Ah ! mon Dieu ! qui pourrait dire les soins que les dames, elles aussi, apportaient à leur costume ? Leurs préparatifs n'avaient rien d'étonnant, car depuis la création du monde et jusqu'à sa fin, on ne devait voir pareil tournoi ! Quelle belle suite quand chacune amènerait son ami ! Gliglois rejoignit son logis ; son père, eût-il été comte ou roi, ne se serait pas montré plus libéral. Il fit venir ses compagnons, allumer les chandelles, acheter du vin et des fruits. On dansa, on joua de la vielle ; grandes furent la joie et la détente pour tous. Gliglois priait Dieu de lui accorder la conquête de Beauté, son plus cher désir. La soirée se passa dans la liesse, mais on attendait impatiemment le matin et le plaisir de la chevauchée. Les chevaliers, qui devaient se lever avant le jour, allèrent se coucher, et la cour se trouva vide.

Gauvain revint chez lui à son tour et rassembla ses écuyers :

— Tu porteras mon écu, dit-il à l'un ; toi, tu mèneras mon cheval, et toi tu te chargeras de mon haubert, dit-il à d'autres.

Chacun s'entendit fixer des attributions, sauf Gliglois. Gauvain le chercha des yeux et lui dit :

— Gliglois, vous resterez. Par Dieu, vous vous occuperez de mes oiseaux, j'y tiens beaucoup ; je ne vous demanderai rien d'autre que de veiller sur eux, cher ami.

Plein de trouble et de douleur, Gliglois regagna son logis, morne, muet, triste, prostré. Il déclara encore une fois qu'il se sentait très mal et se coucha, pour soupirer et se lamenter :

— Hélas ! mon Dieu ! pourquoi me suis-je laissé accaparer par Amour, qui n'aura jamais pitié de moi, qui me tuera tout entier ? Maudite soit l'heure où j'ai été engendré, celle où je suis né, le temps où j'ai appris à m'occuper des oiseaux ! Par les saints du Paradis, pour rien au monde je ne les nourrirai, et ainsi il leur faudra mourir !

Maintenant nous devons mettre nos soins à parler de ceux qui s'apprêtaient à partir. Dans la ville, il y avait maints chevaliers tout équipés pour le tournoi, ainsi que maintes dames dans leurs plus beaux atours. Tous s'étaient levés dès le petit matin pour faire le déplacement, et on quitta la ville en bon ordre. Tandis que Gauvain s'en allait en riche équipage avec tous les siens, Gliglois restait, poussant de profonds soupirs et de longues plaintes. Pourtant il reprit un peu ses esprits, tandis qu'Amour ne cessait de le rappeler à l'ordre :

— Lève-toi vite, et va soigner tes oiseaux. En effet, pense que si tu veilles bien sur eux, ton amie te paiera de retour, ton maître t'en saura gré ; ainsi tu récolteras honneur et gratitude.

Gliglois se leva du lit où il avait trouvé bien peu de repos et alla nourrir ses oiseaux. Il aurait voulu qu'ils ne fussent pas nés, car c'était par leur faute qu'il était resté ! Il traversa la salle et se dirigea vers la chambre par laquelle il fallait passer pour aller au verger. En portant ses regards à droite, il vit, assise à la fenêtre, Beauté dont il était si fort épris ; il se crut alors en Paradis. Elle avait renoncé au tournoi, à cause de Gauvain le neveu du roi ; à son arrivée à la cour, le roi l'avait retenue, et par l'intermédiaire de Gauvain il l'avait envoyée à la reine ; celui-ci était aussitôt tombé amoureux d'elle, mais Beauté n'en avait cure et elle était restée de peur qu'on imaginât qu'elle était son amie, si on la voyait dans la suite royale. N'osant la regarder, Gliglois voulait continuer jusqu'au verger ; mais elle, elle le regardait s'en aller raide et muet.

Or il avait les cheveux blonds et grande était sa beauté ; elle l'arrêta :

— Gliglois !

— Qu'y a-t-il pour vous plaire, demoiselle ?

— Venez ici me parler.

— Très volontiers.

— Dites-moi, pourquoi n'êtes-vous pas allé au tournoi ?

— Belle, c'est à cause de vous. Mais dites-moi, vous aussi, ma douce dame, au nom de notre salut, pourquoi n'y êtes-vous pas allée non plus ?

— Gliglois, et qui donc m'y aurait emmenée ?

— Belle, qui aurait pu refuser si vous aviez fait connaître votre volonté ?

— Gliglois, sachez en vérité que de toutes les jeunes filles qui devaient y aller, j'étais celle qui le désirait le plus si j'avais trouvé quelqu'un pour m'y emmener.

— Belle, pour celui qui trouverait un chevalier convenable, auriez-vous quelque gratitude ?

— Oui, par ma foi, et de l'amitié aussi.

— Par Dieu, belle, je vais le chercher, mais je ne sais si j'aurai ce que vous dites.

— Allez toujours, on verra bien si vous n'en tirez rien !

Gliglois dégrafa son manteau et traversa la salle en courant, puis descendit les marches du palais. Il regarda derrière lui et vit venir à grande allure un chevalier qui cherchait à rattraper le roi, déja parti. C'était un chevalier très élégant, en chausses, avec une paire d'éperons tout en argent, de riches vêtements et une couronne de fleurs blanches qui faisaient ressortir son teint vermeil ; grande était sa beauté. Soixante écuyers l'accompagnaient, qui portaient soixante lances, toutes peintes et non pas blanches, avec une bannière. Ce chevalier avait sur le poing gauche un faucon, et devant lui, il faisait mener à droite, avec son écu, un cheval, tout recouvert de soie vermeille ; lui-même chevauchait un palefroi. Gliglois s'avança vers lui et tira légèrement un pan de son manteau :

— Cher seigneur, s'il vous plaît, par pitié, laissez-moi vous parler !

— Volontiers, frère, dis ce que tu veux, ne me le cache pas ; mais il ne faut pas que je m'attarde.

— Cher seigneur, de grâce, daignez écouter ma prière et ma requête : emmenez au tournoi une jeune fille qui est très belle. Le roi vous en aimera davantage et Gauvain vous en saura gré de façon fort généreuse.

— Allez la chercher, mon ami, et béni soit le jour de sa naissance, puisque Dieu m'a accordé l'honneur de pouvoir réaliser ce qui lui plaît. Faites-la vite descendre !

— Cher seigneur, voilà de belles paroles. Attendez-moi un peu ici, je reviens à l'instant.

Gliglois, tout joyeux d'avoir trouvé un chevalier, retourna dans la chambre de Beauté qu'il aimait de tout son cœur, et il lui rendit compte de la nouvelle :

— Demoiselle, il y a là un chevalier qui vous emmènera très volontiers et qui vous attend ; allez vite le retrouver.

— Gliglois, c'est parfait ; sachez vraiment que je vous en ai beaucoup de gratitude.

— Ma demoiselle, je n'en demande pas plus.

Il n'avait jamais éprouvé tant de joie. Elle était vêtue d'une étoffe de soie, qui flattait ses cheveux blonds. Gliglois, très soucieux de la servir, la prit par la main et descendit l'escalier avec elle pour l'emmener tout droit au chevalier ; à sa vue, celui-ci descendit de son palefroi et s'avança à sa rencontre ; puis il la salua le premier, la prit entre ses bras pour la mettre sur sa monture ; il se dirigea alors vers son destrier qu'il enfourcha et revint courtoisement vers Beauté pour prendre les rênes du palefroi. Ils recommandèrent Gliglois à Dieu et s'en allèrent de compagnie.

Gliglois les regardait partir et il s'avisa qu'il restait seul ; il pensa qu'il avait eu tort de faire en sorte qu'elle allât au tournoi, tandis que lui restait :

— Hélas ! malheureux ! Que faire ? J'ai bien mal mené mon affaire, puisqu'elle s'en va et que moi je reste ! Par Dieu, mon créateur, je ne vais pas tarder une heure à la poursuivre à pied !

Il prit un léger bâton et sans se soucier de son manteau qu'il avait laissé dans la salle, il se mit à courir après Beauté qui s'en allait à l'amble rapide ; le chevalier hâtait encore l'allure, pressé de rattraper ceux qui les précédaient. Ils parlaient de chose et d'autre, tandis que Gliglois, dans la grande chaleur d'été, courait après Beauté, soucieux de ne pas s'arrêter avant de les avoir rejoints. Il courut ainsi une heure entière, jusqu'à ce que le chevalier, regardant en arrière, l'aperçoive :

— Demoiselle, fit-il, regardez !

— Qu'y a-t-il ?

— Par Dieu, voilà celui qui me pria tout à l'heure de vous mener au tournoi. Arrêtez et prenons-le à cheval.

— Hélas ! cher seigneur, par Dieu le Créateur, jamais plus vous n'aurez l'amitié de Gauvain ; au contraire, il vous détestera si vous agissez ainsi, car ce jeune homme doit veiller sur les oiseaux. S'il devait monter, sachez bien que moi je descendrais et que je continuerais à pied ! Voulez-vous nous mécontenter pour un fou, un vrai sot qui doit rester près des oiseaux ? Que Dieu m'aide, ce serait une folie et je ne supporterai pas qu'il monte à cheval ; qu'il retourne plutôt à ses oiseaux !

Le chevalier n'insista pas et Gliglois comprit bien qu'elle ne le désirait pas dans le voyage ; il se résigna, sans dire un mot. Il faisait très chaud, vu la saison. Ne vous étonnez pas si, épuisé, il avait le sang à la figure ; il enleva sa tunique, l'abandonna par terre et vêtu de sa seule chemise, continua de courir après Beauté. Sur un nouveau regard en arrière, le chevalier intervint derechef :

— Hélas ! demoiselle, que Dieu m'aide, jamais un lâche n'a rien fait de tel ! Finissons, je ne pourrais plus supporter de le laisser continuer à pied !

Il fit alors descendre un écuyer, et s'apprêtait à faire monter le roncin par Gliglois, quand Beauté l'arrêta :

— Holà ! cher seigneur, que Dieu m'aide, je peux bien vous dire que vous n'êtes pas très courtois, vous qui, malgré ma défense, voulez faire monter un vaurien dont vous n'aurez que des ennuis. Sachez en vérité que, quand bien même je ne serais plus qu'à deux lieues du tournoi, s'il allait à cheval, lui, moi je descendrais et m'en retournerais à pied ; oui, par Dieu et cette belle journée, puisque je vous dis que c'est une vilaine action que de le faire monter. Vous imaginez-vous que je l'aime d'amour ?

— Non, demoiselle, ou je me tromperais fort ! Je crois au contraire que vous le détestez à mort, et je n'en parlerai plus. Chevauchez bien en paix : je renonce à intercéder pour lui davantage.

A grande allure, bien mal en point, Gliglois courait derrière la troupe, et cela d'autant plus qu'il n'avait pas d'entraînement à ce genre d'épreuve. A un moment donné, il s'assit par terre et jeta au loin ses sandales ; il courut alors nu-pieds, sur la terre durcie par une chaleur exceptionnelle ; le sang vermeil apparaissait entre ses ongles, pitoyablement. Beauté continuait en plaisantant avec Aharer, lequel tout en cheminant nourrissait d'un oiseau le faucon qu'il portait sur le poing ; puis il lui lissait les plumes, en disant à Beauté :

— Belle, je croirais volontiers qu'il n'y a guère d'oiseaux aussi beaux et aussi bien dressés que celui-ci.

— Seigneur, je le crois volontiers.

— Belle, je vous le donnerais à une condition que je vais vous dire, et si vous acceptez.

— Seigneur, parlez ; si c'est possible, je serai d'accord.

— Eh bien voici, vous le donnerez à celui qui se distinguera le plus au tournoi.

— En vérité, j'accepte.

Le chevalier le lui tendit alors et le lui posa sur le poing :

— Demoiselle, je vous garantis que je l'aurai encore dans huit jours !

— C'est bien possible, cher seigneur. Mais jusqu'à ce que vous le gagniez par les armes, il est à moi ; alors seulement vous pourrez vous en vanter. Un bel exploit vaut mieux qu'une parole outrecuidante !

Même Gliglois se mit à rire de ce bon mot ! Ils n'allaient pas à petite allure, et il suivait à grand-peine ; la fatigue l'envahissait, car il courait depuis le matin sans boire ni manger ; il était midi passé ; la chaleur du jour était à son comble. Ils avaient bien fait les deux tiers du chemin qui devait les mener au campement du roi ; ils devaient arriver bientôt, mais Gliglois n'en pouvait plus. A voir la misère de ses pieds en sang, personne n'aurait manqué de verser des larmes de pitié ; le chevalier ne pouvait résister lui non plus, mais aucune parole ne pouvait convaincre Beauté de le laisser monter à cheval ; toutes les prières qu'il aurait voulu lui adresser étaient inutiles.

Tout près de là, il y avait une chapelle, un peu au-dessus du chemin, à ce que dit le conte ; le moine qui l'avait construite habitait sur place, pour chanter la messe chaque jour, au nom de Dieu. Beauté interpella le chevalier :

— Cher seigneur, allons prier ; vous allez tournoyer ; demandons à Dieu qu'il nous mène et nous ramène dans la joie.

— Volontiers, demoiselle, répondit le chevalier qui fit signe à ses écuyers :

— Avancez, avancez tranquillement.

Ils eurent vite fait d'arriver à la chapelle, où Gliglois s'était précipité pour tenir les chevaux ; quand Beauté mit pied à terre, lui qui n'était pas un rustre, il courut l'aider, et par les rênes, il retint les deux chevaux, plein de gratitude pour ce service. Une fois dans la chapelle, Beauté se dirigea vers le chœur tandis que le chevalier restait en retrait ; traversant la nef, elle trouva le moine consacré au service divin en train d'écrire, car il tirait de là toutes ses ressources. Beauté s'assit près de lui, et lui dit :

— Cher seigneur plein de bonté, pourriez-vous à l'instant m'écrire une lettre que je voudrais envoyer ?

— Oui, demoiselle.

— Eh bien écrivez, seigneur frère.

Beauté lui indiqua le contenu, et l'autre transcrivit de mémoire en latin, sur du parchemin ; puis il plia la lettre avant de la tendre à Beauté qui s'empressa de la mettre dans son aumônière ; par charité et pour l'offrande, elle donna au moine cinq sous, puis s'éloigna en le recommandant à Dieu. Elle sortit de la chapelle avec le chevalier et revint auprès de Gliglois qui la prit dans ses bras pour la mettre en selle sur le palefroi, avant de servir d'écuyer au chevalier en lui tenant son cheval.

Ils partirent alors plus vite qu'au pas. Gliglois était si épuisé que c'était un prodige qu'il continuât. Le chevalier se retourna et vit bien qu'il ne pouvait plus avancer, que ses pieds saignaient ; il intervint encore une fois auprès de Beauté :

— En vérité, demoiselle, nous sommes bien ingrats, mais c'est votre faute si ce jeune homme continue à pied. A présent il ne peut plus retourner, il a trop avancé. Voyez comme ses pieds saignent !

— Seigneur, seigneur, déclara Beauté, vos protestations sont inutiles ; il ne montera pas à cheval sans me fâcher. Qu'il retourne s'il veut, car la folie l'a poussé, et moi je ne l'aime pas d'amour ; je crois que vous vous trompez sur moi.

— Mais non, car je suis persuadé que vous le détestez d'une haine noire et mortelle. Que Dieu m'aide et saint Denis : ou bien vous ferez en sorte qu'il s'en retourne, ou bien il montera ici à cheval, ou bien j'irai à pied avec lui. Pourquoi n'avez-vous pas pitié de la peine qu'il a eue à cheminer ainsi ? Voyez comme ses pieds saignent ! Si vous l'aimiez d'amour, je ne crois pas que vous accepteriez cela, ce serait trop cruel. Et si vous pouviez le convaincre de retourner, puisque vous ne voulez pas le laisser monter à cheval, par Dieu, ce serait une bonne action, qui vous ferait grand honneur et à moi aussi.

— Eh bien, finit-elle par dire, allez un peu en avant, et moi je vais savoir ce qu'il veut.

Elle s'écarta un peu du chemin et appela Gliglois qui arriva vite.

— Gliglois, cher ami, où allez-vous donc ?

— Belle, au tournoi.

— Pour quoi faire ?

— Pour vous, par ma foi.

— Pour moi ? Que Dieu me garde !

— Rien d'autre au monde ne compte que vous ; c'est mon destin, mais je ne sais si j'y trouverai mon bonheur.

— Par Dieu, vous êtes fou de m'aimer ; j'ai refusé bien des hommes de grande noblesse, rien n'a pu me faire changer de sentiment, et vous imaginez que je vous accorderai mon amour ! Ce serait une folie ; je ne saurais vous aimer ; retournez plutôt et pensez à soigner les oiseaux, votre maître vous en saura gré. Nous serons revenus dans huit jours : si ces oiseaux succombent, votre maître vous vouera une haine mortelle, et il aura presque raison. Vous aurez souvent l'occasion de me revoir.

— Demoiselle, inutile d'insister ; si vous avancez, j'avancerai ; jamais je ne reviendrai sans vous.

— Par Dieu, je vois bien que vous êtes épuisé et que vous ne pouvez plus avancer, alors qu'il vous faudra bientôt traverser une grande forêt. Si vous êtes assez fou pour y entrer sans nous, je suis persuadée que vous y resterez, car nous irons à grande allure.

Gliglois portait à la ceinture un grand couteau pointu ; il le tira de sa gaine et le montra à Beauté :

— Demoiselle, je sais fort bien que vous ferez ce qui vous plaît ; mais plutôt que de vous perdre, je me tuerai avec ce couteau. J'irai sûrement au paradis puisque je serai mort pour vous.

— Vous voulez donc mourir pour moi ?

— Oui, je vous en donne ma parole.

— Eh bien s'il en est ainsi, on verra ce que vous ferez, et si vous mourrez, on ne s'en désolera pas !

Elle tira de son aumônière la lettre et un petit anneau qu'elle lui passa au petit doigt avant de lui tendre la lettre :

— Gliglois, dit-elle, écoutez bien. Veillez soigneusement sur cette lettre et portez-la à ma sœur qui demeure dans un château près d'ici. Elle reconnaîtra cet anneau, et vous pourrez lui dire que je lui demande de faire absolument tout ce qu'elle trouvera écrit dans la lettre. Le château s'appelle Landemore. Vous avez la force de faire quatre fois le chemin, si vous voulez ; mais reposez-vous un peu. Je n'ai plus rien à vous dire.

— Demoiselle, puisque vous daignez me commander de faire votre volonté, que Dieu vous le rende !

— Bah ! malheureux, ma sœur vous fera pendre !

— Qu'importe, si c'est pour vous ! J'y consens, par Dieu.

— Sur vos deux yeux, prenez bien garde de ne rien lui refuser ; soyez généreux ; acceptez d'être pendu ou brûlé, en gardant bon espoir.

— Demoiselle, très volontiers. Du moment que c'est votre ordre, elle ne pourra décider de si grand tourment que je ne l'accepte. Bien des grands martyrs ont été décapités pour l'amour de Dieu ; de même, pour l'amour de vous, je consens à mourir.

— C'est bien ce que je veux. Mais encore, ne bougez pas d'ici avant que nous soyons à distance.

Elle prit alors congé et le quitta. Gliglois s'assit par terre. Le chevalier se mit à rire quand il le vit faire et dit à Beauté :

— Voilà bien un miracle !

— Oui, pour un fou qui nous poursuivait sans savoir ce qu'il voulait. Mais j'ai tant fait et tant promis qu'il s'en retournera.

— Certes je vous approuve car j'avais grande pitié de le voir courir ainsi.

— Vous avez raison, mais allons-nous-en.

Ce qu'ils firent rapidement et leur voyage ne prit fin qu'avec leur arrivée au château où se trouvait déjà le roi. Ils mirent pied à terre devant la grande salle.

Gliglois, lui, resta sur le chemin, pieds nus, épuisé, jusqu'à ce que Beauté fût entrée dans la forêt, à droite. Il prit alors le chemin à gauche et marcha jusqu'à l'orée du bois, d'où il aperçut le château indiqué, au milieu de vastes prairies en fleurs. Ce château devait ses multiples ressources à son emplacement au milieu d'un pays prospère ; les bourgeois étaient fort riches. Gliglois s'y dirigea tout droit, mais il était bien fatigué. Le long de la rivière, il vit venir un chevalier ; c'était le prévôt du pays, un homme de grande noblesse, plein de renommée, et qui avait trois fils chevaliers, beaux, vaillants, qu'il chérissait fort. Il aperçut sur le chemin Gliglois, en chemise, sans chaussures, boitant. D'un coup d'éperons il le rejoignit et lui demanda qui il était, où il allait.

— Cher seigneur, je suis un pauvre domestique du roi Arthur ; seulement, aujourd'hui, une jeune fille de la maison du roi m'a enjoint d'aller voir ce que devenait sa sœur, si elle allait bien. Des nouvelles sûres lui feront plaisir davantage.

— Bien cher frère, bien cher ami, elle vous a envoyé dans ce pays ? Et où est-elle donc ?

— Elle s'en va avec le roi au tournoi.

Devant sa politesse, le prévôt pensa que ce jeune homme était de naissance noble :

— Certes vous n'avez pas les manières d'un pauvre serviteur, vous vous moquez de moi ?

— Mais non, je vous assure, cher seigneur, protesta-t-il.

Sans un mot de plus, le prévôt le fit monter sur son palefroi, derrière lui ; il l'emmena jusqu'au pont principal du palais et lui indiqua l'appartement où il trouverait la demoiselle qu'il cherchait.

— Seigneur, je vous rends grâce, dit Gliglois en descendant du palefroi.

Puis il monta dans le beau palais, jusqu'à la chambre où il trouva la jeune fille à qui il dit avec assurance :

— Demoiselle, votre sœur me charge de vous transmettre son affection et ses saluts. Elle ne m'a pas dit ce qu'elle désirait vous faire savoir, mais elle m'a confié une lettre pour vous. Tenez, la voici ; elle n'a pas de sceau, et c'est par cet anneau que vous connaissez qu'elle vous fait dire d'accomplir absolument tout ce que la lettre indiquera. Vous savez bien de quoi il s'agit. Voilà tout mon message.

— Ami, vous serez le bienvenu. Ma sœur va-t-elle bien ? Que devient-elle ?

— Demoiselle, elle est allée au tournoi, dans la fête et la joie, avec le roi.

Après ces mots, Gliglois s'assit par terre. La jeune fille manda aussitôt un chapelain. Dès qu'il arriva, elle le mena près d'une fenêtre et lui tendit la lettre qu'elle tenait à la main :

— Seigneur, Beauté, ma vraie sœur, m'a fait parvenir cette lettre par un individu à pied, avec de bons signes de reconnaissance. Je ne sais s'il s'agit d'un bonheur ou d'un malheur ; mais quoi que la lettre dise, si j'en ai la possibilité, il n'y aura rien au monde que je ne ferai absolument.

— Demoiselle, montrez-moi donc la lettre.

— Seigneur, la voilà.

Il lut et fut rempli d'étonnement.

— Qu'est-ce donc ? demanda la jeune fille.

— Un vrai prodige ! Vous voyez cet homme en chemise et sans chausses, celui qui est venu ici ?

— Oui, assurément.

— Votre sœur vous fait savoir en vérité que c'est celui qu'elle aime entre tous, et à juste titre, car il n'y a nulle part au monde un jeune homme plus doué, plus courtois, plus généreux ; il est le favori de Gauvain, et Arthur lui-même le chérit entre tous. Votre sœur vous fait dire qu'elle l'aime plus que tout et que vous le fassiez chevalier pour son honneur et le vôtre. Jamais elle n'aura d'autre mari, car elle lui a fait endurer bien des maux ; elle n'a pas voulu encore lui avouer ni lui laisser voir le moins du monde qu'elle l'aimait. Donnez-lui des armes, un équipement et envoyez-le au tournoi. Je crois bien moi aussi qu'il est fort brave, et votre sœur est si réfléchie qu'elle n'aurait jamais jeté son dévolu sur lui s'il n'avait eu de la valeur. Maintenant agissez comme vous l'entendez.

A ces mots, la jeune fille dégrafa son manteau, se précipita sur le jeune homme et l'embrassa très courtoisement. Gliglois était stupéfait, éperdu, car il croyait être pendu.

— Ami, quel est votre nom ?

— Ma dame, on m'appelle Gliglois.

— Gliglois, voulez-vous manger ?

— Belle dame, j'en aurais bien besoin, car je n'ai rien pris depuis hier soir.

— Rien, cher ami ?

— Absolument, belle.

On lui apporta alors du pain, du vin et un pâté sur une nappe, mais il se contenta de très peu. La demoiselle lui fit dresser un lit dans une chambre à l'écart, où il se coucha volontiers, car il aspirait au repos.

De son côté, sans tarder, la demoiselle fit venir le prévôt et le prit à l'écart :

— Prévôt, j'ai toujours eu pour vous beaucoup d'amitié, et il en est toujours ainsi.

— Ma dame, je me dois de travailler au bien de ma dame en toute occasion.

— Alors, prévôt, écoutez-moi bien : sur tous les revenus que vous administrez pour moi, faites engager jusqu'à soixante chevaliers, les plus coûteux de ma terre. Qu'on aille les chercher dès ce soir afin qu'ils soient ici demain de très bon matin : j'ai avec moi un jeune homme dont je veux faire un chevalier. Il faudra aussi trouver et acheter le meilleur destrier, des armes appropriées, les meilleures, sans défaut et au complet, même la lance. Moi, je m'occuperai des vêtements, en quantité. Enfin, prenez dix de mes écuyers, faites-les baigner dans la rivière et procurez leur tout ce qu'il faut pour être chevalier. On verra bien alors qui m'aimera !

— Demoiselle, à vos ordres ; s'il plaît à Dieu, rien ne manquera répondit le prévôt avant de s'en aller.

La demoiselle s'empressa alors d'appeler ses compagnes et elle leur commanda de préparer un bain. Celles-ci envoyèrent deux jeunes gens tirer l'eau et l'apporter, puis elles se mirent en peine de la faire chauffer ; en temps voulu on la versa dans une cuve. La demoiselle gagna la chambre où Gliglois dormait dans un lit, bien à son aise. Il avait un peu transpiré et son visage humide attira les regards de la demoiselle.

— Dieu, toi en qui toute chose trouve son origine et sa forme, a-t-on jamais vu pareille créature ? Ah ! on dirait un portrait, fait pour être contemplé ! Mon Dieu, où trouver un plus bel homme dans le monde entier, ces bras, ce cou, ce front, ces yeux, cette bouche, ce nez, ce visage ? En vérité nulle part ! Il n'est pas étonnant que Beauté, ma chère sœur, ait fixé son cœur sur lui, qu'elle l'aime !

Elle s'avança, le réveilla, puis le fit lever et entrer dans la cuve. Elle le servit elle-même avec amabilité, courtoisie et compétence. Gliglois en avait grande honte, mais Beauté lui avait enjoint de prendre en gré tout ce que sa sœur ferait, de ne rien dire, pas un mot sur les traitements qui lui seraient infligés. La demoiselle, avec grande distinction, servit Gliglois aussi bien que si elle avait eu affaire au roi Arthur, et rien ne lui coûtait : elle lui lava la tête, puis lui mit un bonnet, avant de le faire sortir de la cuve. Son lit avait alors été refait et il se coucha à nouveau. Des braies brodées, une ceinture, le tout en soie, furent apportées. La demoiselle se faisait fête de l'aider à s'habiller, sans l'aide d'aucun serviteur ; elle lui enfila encore des bas de soie, ajourés, lui fit revêtir une tunique précieuse, tout en soie d'outre-mer, brodée par les Sarrasins, de fleurs, d'oiseaux, de bêtes ; le manteau était de même tissu et doublé d'une fourrure de cisemus, avec une encolure de zibeline noire, et une ceinture précieuse, à boucle d'or. Quel riche costume ! Gliglois, devant ces dons, s'imaginait recevoir un trésor. Alors, en guise de siège, sur un coussin de soie brodée, elle prit place avec Gliglois, tous deux selon les convenances. En bonne hôtesse, elle lui enleva son bonnet aussi aimablement et fit apporter une couronne de fleurettes, qu'elle plaça elle-même sur sa tête.

Il était minuit passé déjà. Il allait bientôt faire jour quand les chevaliers arrivèrent devant le pont, où ils mirent pied à terre, ceux que le prévôt avait envoyé chercher, et les dix autres que la demoiselle avait commandés, tous équipés richement, à souhait : tout ce qu'ils avaient pu demander, le prévôt le leur avait procuré. Il les fit attendre sur place tandis qu'il montait seul au palais. Comme il se devait de le faire, le prévôt cria à la porte et on lui ouvrit. Au bruit, la demoiselle vint à sa rencontre et lui jeta les deux bras autour du cou, car il était noble et elle le tenait en amitié :

— Prévôt, voilà mon chevalier ; que t'en semble ?

— Dieu merci, malheur à moi si j'ai jamais vu un plus bel homme au monde. Serais-je le pape de Rome, s'il m'arrivait de me trouver aussi beau que ce nouveau chevalier, j'abandonnerais toute ma terre, pourvu que Dieu m'accorde la gloire !

Il s'avança, salua Gliglois qui s'était levé et qui lui répondit avant qu'il ne le refît asseoir. Mais la demoiselle, fort inquiète, tira le prévôt à part :

— Prévôt, écoutez-moi, où en êtes-vous ?

— Tout va bien, par ma foi. Les soixante chevaliers que vous avez commandés hier sont là en bas, tout équipés et à vos ordres.

— Et les dix nouveaux ?

— Ils sont là aussi, ma dame.

— Parfait.

Pendant cet aparté, Gliglois était resté assis, émerveillé des habits si précieux qu'il avait revêtus, contemplant son corps, ses bras.

— Dieu ! faisait-il, je suis chevalier ! Je ne sais plus où j'en suis !

Avec le prévôt la demoiselle revint auprès de lui et l'interpella aimablement par son vrai nom :

— Gliglois, pour votre âge, vous êtes très bel homme : grand, membru, bien fait de votre personne, le plus beau du monde. Mais cette beauté ne vous vaudra pas l'attache de votre manteau si vous manquez à la prouesse. Si vous êtes vaillant, Dieu me garde, vous aurez tout, vous serez fort riche. Sachez enfin que ma sœur Beauté vous aime fort, qu'elle est votre amie.

— Par Dieu, le fils de la Vierge, ce n'est pas vrai ! Douce dame, pitié !

— Mais si, je vous dis ce qui est ; écoutez-moi seulement un instant : dans la lettre que vous m'avez apportée hier soir, elle m'a fait savoir qu'elle n'aimait en vérité que vous, et qu'elle vous avait choisi entre tous. Prenez garde à ce qu'elle n'y trouve pas sa perte ! Et parce qu'elle s'en remettait à moi, elle me demandait de ne pas rechigner à vous armer noblement pour vous envoyer au tournoi. C'est ce que je vais faire, avec tout l'éclat possible, très volontiers et de tout cœur. Je vous ferai donner des deniers, de l'argent, de l'or, des gens. Et vous pourrez dépenser largement ; veillez à bien employer cette richesse ; je ne vous demande rien d'autre que d'être preux.

— Que Dieu m'aide, je le voudrais bien ! Que Dieu me l'accorde et qu'il vous le rende. Je serai à vous à jamais.

Il voulait tomber à ses pieds, mais elle le redressa et lui donna un baiser, très courtoisement ; puis elle dit :

— Prévôt, allez chercher en bas vos gens.

— Volontiers, demoiselle.

En les retrouvant, il leur déclara :

— Seigneurs, mademoiselle vous donne l'ordre de monter ; vous allez entendre ce qu'elle attend de vous.

Ils obéirent très volontiers. A la vue de ses chevaliers, elle se réjouit et s'avança pour les accueillir aimablement :

— Seigneurs, je vous ai fait venir ici comme mes fidèles vassaux ; vous êtes tous mes hommes liges, et vous tenez de moi de riches fiefs. Je désire que vous sachiez que j'ai un nouveau chevalier ; menez-le pour moi au tournoi et faites-lui honneur, comme à votre seigneur lige ; soyez-lui fidèles, comme vous le seriez avec moi, si j'étais un homme et votre seigneur. Voilà tout ce que j'avais à vous dire ; celui qui montrera ses bons sentiments pour moi, sachez que je le lui revaudrai loyalement.

Les plus vaillants prirent la parole :

— Demoiselle, nous vous obéirons, car c'est la loi. Nous ferons ce qu'il voudra tout comme s'il était comte ou roi. Allez donc le chercher dans vos appartements et amenez-le-nous ; alors nous le verrons et ferons connaissance.

A l'entrée de la demoiselle, Gliglois, qui était avisé et courtois, alla à sa rencontre. Après avoir fait allumer des cierges et des chandelles, celle-ci le conduisit par la main à ses hommes à qui elle le confia. Ils le saluèrent avec beaucoup de considération et tous célébrèrent sa beauté. Puis ils prirent congé, et la demoiselle les accompagna jusqu'au pont où Gliglois la quitta pour enfourcher avec eux les palefrois.

Il s'en allait ainsi au tournoi en grande pompe, avec beaucoup de richesses et une belle escorte ; il emportait de l'or, de l'argent, des sommiers et soixante chevaliers, tout à sa dévotion. Que Dieu lui accorde de conquérir valeur et gloire ! Ils chevauchèrent jusqu'à ce qu'il fît grand jour et grand soleil ; la troupe, fort joyeusement chantait sur la route, alternant avec des conversations sur Gliglois, sur sa fière jeunesse dont on se félicitait, en se promettant de l'aider. A ses côtés, le prévôt lui témoignait beaucoup d'amitié et de considération ; il lui donnait de bons conseils, que Gliglois accueillait avec empressement.

Au terme de cet agréable parcours, Gliglois demanda à ses compagnons quoi faire, qui envoyer en avant pour trouver un logement et pourvoir au repas.

— Voilà qui est judicieux, répondirent-ils. Choisissons dix écuyers polis et compétents, puis envoyons-les devant nous au château pour retenir le plus beau logement du bourg. Mais défendez-leur absolument de dire votre nom et dites-leur de crier partout que s'il y a de pauvres chevaliers, des ménestrels et des jongleurs, ils viennent tous ce soir à la cour que nous tiendrons, car vous leur ferez sur vos richesses de somptueux cadeaux.

C'était l'avis général ; on le mit donc à exécution, et Gliglois recommanda encore de ne pas ménager les deniers pour se procurer le meilleur menu ; les dix bons écuyers le promirent et prirent congé, tous bien équipés, bien vêtus, sur de beaux roncins. Ils arrivèrent à midi passé au château où le roi Arthur, la reine et leur suite étaient descendus. Tout le bourg était retenu, pas une maison qui ne fût pleine, car tous les chevaliers étaient arrivés en grand équipage, ainsi que les dames qui les accompagnaient. Ils encombraient les rues sur le passage des écuyers et leur demandaient d'où était leur maître, qui il était.

— C'est un nouveau chevalier qui vient pour le tournoi, mais il n'aura pas où loger, répondaient-ils.

Tandis qu'ils se lamentaient, un bourgeois qui avait en charge la police du bourg apparut ; il leur demanda aimablement le nombre de ceux qui devaient arriver.

— Seigneur, soixante chevaliers, avec leurs destriers et leur équipage.

— Ma foi, c'est somptueux ! Mais vous vous démenez en vain car dans tout le château il n'y a pas un abri, si modeste soit-il, qui ne soit plein de chevaux, et jusqu'à mon propre logis. Je vous le dis, inutile de vous mettre en peine, vous ne trouverez rien.

— Que faire alors, cher seigneur ? Aidez-nous à nous loger ; prenez de notre bien et nous vous en donnerons encore largement car il nous reste beaucoup d'or et d'argent.

— Certes, si je le pouvais, je vous renseignerais volontiers, sans vous demander un dédommagement que je ne convoite pas.

— Bien cher seigneur, aidez-nous, si cela vous est possible : notre maître est si généreux que, sans mentir, il pourra vous en advenir grand bien et grande considération.

Le bourgeois réfléchit un peu et reprit :

— N'allez pas plus loin, je vais vous dire ce que je vois de mieux, parce que vous êtes des étrangers. J'ai là en bas une grange, hors des remparts ; mais elle est elle-même entourée de fossés pleins d'eau, au milieu des pâturages. Les tournois se déploient souvent jusque-là ; si donc le gros des combattants vient là, jamais ceux qui seront dans la grange ne feront rien sans être vus par ceux du palais où est descendu le roi Arthur ; tout ce que vous ferez, ils le verront, et vous verrez tout ce qu'ils feront. Il y a quantité de fourrage et de foin ; vous pourrez en faire des sièges et des couches pour y dormir la nuit. Ce logement est à vous si vous le voulez et si votre maître veut y descendre.

— Seigneur, grand merci. Il nous sera beaucoup plus agréable de loger là-bas, plutôt qu'ici à l'intérieur du bourg : notre troupe y sera plus à l'aise. Faites-nous conduire, car nous devons nous occuper du repas et du logement ; il ne nous faut plus tarder, nos maîtres vont bientôt arriver.

— Volontiers, venez donc.

Et le bourgeois lui-même les conduisit à la grange.

L'emplacement au milieu des prairies leur sembla si beau qu'ils s'écrièrent :

— Ma foi, on ne saurait trouver plus beau logis, ni même l'imaginer ou le souhaiter ! Et ils s'y installèrent joyeusement.

L'hôte insista pour qu'ils en disposent comme si c'était leur bien propre, pour qu'ils en fassent tout ce qu'ils voudraient ; il leur ferait parvenir tout ce qu'ils pourraient commander. Alors ils commencèrent aussitôt les préparatifs. Ah ! si vous aviez vu confectionner les sièges, tirer des malles pour en joncher le sol des taffetas matelassés ! Elle pouvait bien descendre là, dans ce beau et grand logement, la troupe attendue ! Six des serviteurs de la grange furent réquisitionnés pour apporter le repas. Tout ce qu'on ne manqua pas d'acheter, viande de chapons, de gelines, d'oiseaux d'élevage, poisson, on l'envoya aux cuisines. On fit descendre aussi du pain et du vin. C'était cent quarante chevaliers qui paraissaient attendus ! Pour la considération publique, le crieur dut proclamer qu'aucun prisonnier croisé ou pauvre chevalier ne solliciterait le nouveau chevalier sans recevoir largement et de bon cœur ; les jongleurs, les ménestrels, les chanteurs pouvaient tout aussi bien venir. La nouvelle s'en répandit vite. Chevaliers, dames, demoiselles, parlaient de Gliglois et brûlaient de le voir arriver, sans cesser pourtant de s'interroger avec étonnement sur le bénéficiaire de si fastueux préparatifs, de lui supposer une suite importante. La demeure était déjà pleine de femmes légères, de vagabonds, de jongleurs qui comptaient sur la générosité de Gliglois. Le roi Arthur et les siens se demandaient eux aussi qui allait loger là, mais Beauté savait très bien à quoi s'en tenir.

Gauvain finit par enfourcher un cheval ; pour rien au monde il n'aurait renoncé à aller voir et se renseigner lui-même ; il se dit qu'il lierait amitié avec l'inconnu. Justement Gliglois et sa troupe arrivaient, richement équipés ; les chevaliers, revêtus d'habits neufs, entrèrent au château, rangés par deux et précédés de leurs écuyers. Sur leur passage ce fut une affluence générale, de chevaliers, de dames, de jeunes filles de toute condition. Le roi Arthur et la reine étaient aux fenêtres de la grande salle. Ah ! mon Dieu, Gliglois notre chevalier était si beau que tout le monde s'émerveillait ! Il avait la figure aussi vermeille qu'une cerise, d'une couleur belle entre toutes, que Dieu y avait mise. Gauvain chevauchait à ses côtés et le regardait intensément, n'osant le reconnaître ; car d'une part le fait que c'était un chevalier, d'autre part le fait qu'il avait un si riche train et une troupe si nombreuse l'empêchaient de croire que c'était Gliglois. Le roi lui-même le regardait avec étonnement. Gauvain insista pour lui offrir ses services, mais Gliglois le remercia et s'éloigna.

Alors Gauvain remonta au palais.

— Cher neveu, lui demanda le roi, qui est donc celui qui descend vers ces pâturages et va loger dans la grange ?

— Sire, je ne sais d'où il vient, mais il me paraît de grande noblesse. Je vous assure en fait que je n'ai jamais vu si grande ressemblance avec mon écuyer Gliglois, que j'ai pourtant laissé pour soigner mes oiseaux. Si c'était possible, j'affirmerais que c'est lui, car, oui, je n'ai jamais vu pareille ressemblance !

— Ce n'est pas lui, cher neveu, il n'aurait pas eu une pareille compagnie de chevaliers ; celui-ci est beaucoup trop riche. N'allez pas croire que c'est lui, mais je reconnais qu'il lui ressemble fort !

Beauté qui savait bien que c'était Gliglois, l'objet de sa flamme, éclata de rire.

Celui-ci était arrivé à son logis, avec ses compagnons et ses gens. Ah ! si vous aviez vu la maison se remplir, les prisonniers, les croisés descendre dans le vallon. Le chemin en était couvert. A chacun Gliglois faisait fête, de son mieux, et les chevaliers qui l'entouraient attiraient sur lui les faveurs et la considération. On fit préparer l'eau pour laver les mains, car les cuisiniers avaient tout prêt. Les serviteurs de Gliglois étaient habiles, courtois, bien formés ; ils servirent largement et dans la liesse tous ceux qui s'étaient attablés ; on mangea à satiété, on but des meilleurs vins du pays. Puis on ôta les nappes. Que de lumières alors vous auriez pu voir fixées au mur ! Rien ne manqua à la réception, pas même le service des fruits secs avant le coucher. On avait tiré la vielle, qui entretint la grande fête, car il y avait une foule de jongleurs – jamais on n'en avait tant vu en un seul logis et ils savaient bien que tous pourraient compter sur une large part de richesses ; dans la grande salle, ils attiraient les regards avec leurs joyeuses mimiques. Gliglois et les siens firent si bien les choses qu'on leur donna le prix de la fête ; dans aucun logis en effet, on ne dépensa seulement la moitié de ce qui fut donné là ; oui ce soir-là, on ne lésina pas sur les jeux et les plaisirs, avant que les lits fussent préparés et que les chevaliers puissent dormir.

Seigneurs, sachez en vérité qu'il y eut à ce tournoi trois fois plus de chevaliers contre les gens du château avec lesquels s'était rangé Arthur, car la dame de l'Orgueilleux Château y avait bien veillé : ses écuyers, ses damoiseaux, toute la quinzaine, n'avaient cessé de parcourir le pays pour convoquer au nom de la demoiselle maints chevaliers de valeur. Le parti adverse était bien pourvu : le roi de Galles était venu ; pourquoi ? parce qu'il avait un fils nouveau chevalier, qu'il aimait beaucoup car le jeune homme était beau et bien doué ; avec lui trois cents compagnons avaient passé la mer. Aussi Arthur avait-il fait fermer les portes ; il ne voulait pas qu'on s'avisât de tenter une folle sortie, car il savait bien qu'une rencontre en pleine campagne lui serait défavorable ; il voulait au contraire que l'adversaire vînt jusqu'aux lices, où se tiendraient quantité d'hommes d'armes à pied, et que le tournoi ait lieu là devant ; la décision en fut bien signifiée. Pourtant quand il fit grand jour et grand soleil, il y avait dans le bourg bien des jeunes prêts à jouter qui auraient voulu sortir à tout prix ; mais le roi ne se laissa pas fléchir.

Gliglois, lui, logé au milieu des prairies, n'était pas enfermé. Quand il vit la belle clarté du jour, il s'empressa de se lever et d'appeler tous ses compagnons. Il y avait hors du château une chapelle où l'on célébrait les offices ; ils y entendirent la messe du jour, puis revinrent prendre une légère collation de pain et de vin ; mais certains préférèrent s'abstenir. Puis tous s'armèrent, et les prisonniers, les croisés eux aussi se dépêchaient, car ceux d'en face arrivaient, impatients de se battre.

Pour s'armer, Gliglois s'était assis ; il laça ainsi facilement ses chausses ; puis le prévôt l'aida à enfiler son haubert, lui laça son heaume et lui ceignit son épée ; enfin il leva la main et le frappa légèrement de la paume sur le cou. On retenait Ferrant, le cheval que lui avait donné sa demoiselle ; Gliglois l'enfourcha et il se trouva ainsi parfaitement équipé pour le tournoi. Un de ses écuyers monta à cheval avec son écu, et dix autres les suivirent, montés eux aussi, portant ses lances, tous choisis pour leur vaillance. Le prévôt lui tint alors ce discours :

— Seigneur, prêtez-moi attention. Vous avancerez pour jouter et ainsi déclencher le tournoi, tandis que nous vous suivrons de loin. En cas de besoin, cette tour est bien fortifiée : j'y ai veillé soigneusement ; les fossés sont pleins d'eau, et infranchissables, sauf par un petit gué étroit, par où nous rentrerons nous-mêmes. C'est là que nous laisserons nos écuyers, et les braves ne manquent pas parmi eux ; ils n'ont pas leurs pareils pour servir d'armes et tous sont pourvus de haubergeons[1] de chapeaux de fer, de gilets de cuir ; ils nous aideront à l'emporter. Ainsi nous n'aurons pas besoin d'entrer au château, où toutes les barres des portes sont mises depuis hier soir. C'est une bonne tactique pour le tournoi que je vous indique là.

— Assurément, répondit Gliglois. Vous me suivrez donc, et moi je vais tout faire pour engager les joutes.

Piquant Ferrant des éperons, il s'écarta d'eux. De son côté le prévôt mit le reste de son plan à exécution : il arma les écuyers, les disposa sur le rebord du fossé, puis fit passer le gué à tous les autres chevaliers. Gliglois continuait d'avancer à bride abattue, jusqu'à ce qu'il vît arriver en face un chevalier bien prêt pour la joute. Gliglois mit sa lance et son écu en position et repartit de plus belle, droit sur l'adversaire qui fonçait lui aussi lance baissée. Les joutes allaient donc commencer.

Le coup contre Gliglois fut si rude que la lance se brisa en trois morceaux, tandis que lui-même frappait sur la boucle de l'écu et renversait brutalement l'autre à terre. Il redonna alors de l'élan à Ferrant, tendit la main et saisit par les rênes la monture qui n'avait plus de cavalier, avant de la ramener à grande allure. Telle fut la première joute, un modèle du genre, qui mit tout son camp dans l'allégresse. Mais Gliglois interpella un écuyer :

1. Petit haubert.

— Va, je te prie, et conduis ce destrier à mon hôte ; dis-lui que je le lui envoie.

Ce fut un beau cadeau que l'hôte étrenna !

Vous auriez pu voir alors les dames monter sur les murailles, contempler Gliglois qui était repassé en avant et qui se dépensait dans de belles joutes impétueuses. Beauté surtout le regardait, du haut des fenêtres, et entre toutes se réjouissait. Gliglois fit si bien qu'il gagna deux chevaux dans ces préliminaires. Ceux du dedans en voulaient au roi de ne pas les laisser sortir, car ceux du dehors voulaient endommager Gliglois et les siens : le roi de Galles surgissait avec sa compagnie, fonçant à grande allure. Gliglois exhorta les siens à garder raison, mesure et vaillance, sinon ils auraient des pertes cuisantes. Ils furent poursuivis jusqu'au gué, où étaient disposés les hommes d'armes à pied, et la mêlée, violente, se produisit là. Ah ! si vous aviez vu Gliglois se dépenser, chercher partout l'affrontement ! Personne ne devait faire mieux, et son camp lui donnait le prix. C'est à ce moment-là que Girflet sortit du château par la porte enfin ouverte ; il était suivi de deux cents chevaliers, lance levée, tout frais pour le combat. Les autres leur tournèrent le dos, mais Gliglois avec à propos piqua son cheval et tendit les mains pour prendre deux chevaliers ; il les ramena aussitôt dans la cour, mais il les laissa libres après avoir reçu leur serment. Il entraîna alors un grand nombre de chevaliers de son camp, qui revinrent à la charge, de sorte que le tournoi reprit, magnifique, devant les lices où les hommes à pied attendaient sans intervenir. Dans le camp du roi, pas un n'osait s'avancer, si hardi fût-il. Gliglois fonça, l'écu passé au bras, et jouta si bien devant les rangs qu'il cassa sa lance en deux ; oui, Gliglois multiplia les belles joutes ce jour-là ; et parmi ceux du dehors, il y en eut qui frappèrent dur ceux du dedans. Mais sachez que Gliglois fit mieux que tous : il lui arriva bien souvent même de briser sa lance et de foncer avec le tronçon, en s'exposant sans ménagement. Que vous dire de plus ? Il l'emporta sur tous à la joute, à l'assaut, à l'épée, à la mêlée, et cela jusqu'au soir ; pas un autre tournoyeur ne gagna autant de destriers à lui seul, pas un autre ne fit autant de riches prisonniers. Pourtant tous se dépensaient sous les yeux des spectatrices à qui rien n'échappait. Aux vêpres, le combat avait été acharné, et Gliglois joutait toujours au milieu des rangs, lui qui l'avait fait plus que tous ce jour-là, lui qui avait brisé maintes bonnes lances, des siennes et des autres.

Or voici que le fils du roi de Galles, monté sur un destrier d'Espagne, fort, léger et rapide, s'était écarté de ses compagnons, et que la lance et l'écu en position, il s'était élancé près des rangées pour jouter. Gliglois, qui l'avait vu tourner dans sa direction, éperonna Ferrant à sa rencontre ; sans un mot, sans discuter, ils frappèrent ; le fils du roi atteignit bien la boucle de l'écu, mais Gliglois le toucha à l'œillère et transperça son heaume ; par un grand malheur il lui plongea ainsi le fer d'une grosse lance dans le cerveau. Oui ce fut une grande malchance et une grande perte, car le fils du roi tomba mort. Mais Gliglois, qui ne s'était pas rendu compte qu'il l'avait atteint dans sa chair, s'était arrêté sur lui pour le faire prisonnier. Alors ceux de Galles, le roi en tête, éperonnèrent à la rescousse, tandis que tous les compagnons de Gliglois brochaient aussi pour lui porter secours. Ah ! quelle terrible mêlée ! On n'en verra jamais de pareille ! Gliglois et les siens, à soixante contre trois cents, se dépensaient sans compter ; sur les heaumes s'abattaient de grands coups de tronçons de lance, d'épée. Ah ! si vous aviez vu Gliglois porter secours, parcourir les rangs en tous sens, donner de grands coups d'épée, se lancer bien souvent parmi les adversaires ! Il donna bien des coups de lance, il abattit bien des chevaliers, mais la chance tourna contre lui. Le roi de Galles, qui était venu sur lui, bride abattue, le retint par le frein de son cheval. Entendez cette malchance : Gliglois fut emmené prisonnier à l'arrière, et il dut donner sa parole. Le roi de Galles ne savait pas que son fils était mort ; aussi fit-il jurer à Gliglois qu'il irait se rendre prisonnier à l'épouse du roi Arthur :

— Dites que je lui envoie mes salutations, et qu'elle doit m'accorder toute son amitié puisque j'ai pris le meilleur chevalier, le meilleur tournoyeur. Jurez-moi que vous lui direz bien cela.

— Sire, votre message sera fait comme vous le désirez.

— Allez, quant à moi je vous tiens quitte ; remettez-vous en tout à elle.

— Sire, fit-il, soyez remercié.

Gliglois s'en alla donc tout joyeux sur son destrier, sans avoir perdu un denier. Mais un chevalier qui s'était croisé arriva au galop jusqu'au roi de Galles et lui dit en pleurant que son fils avait été blessé mortellement. Une clameur de deuil s'éleva et l'on mit le corps sur un écu pour l'emporter hors du champ de bataille. Devant cette grande perte, devant la mort de leur jeune seigneur, ceux de Galles se retirèrent après avoir tué jusqu'à quinze chevaliers, je ne sais combien d'écuyers et s'être tous livrés au butin. Comme ils continuaient de crier, le tournoi prit fin complètement. Les compagnies rejoignirent leur logement.

Gliglois allait de son côté, avec ses gens, pour se désarmer ; mais il attira une foule de gens, tant il était beau et de grande prestance ; cela le remplit de confusion, d'autant plus qu'il y avait beaucoup de dames. Soudain Beauté surgit, éperonnant un mulet, tenant sur le poing le faucon qui lui avait été donné en chemin, le plus bel oiseau du monde. Elle alla directement à Gliglois, lui présenta l'oiseau et le lui posa sur le poing.

— Tenez, dit-elle, cher ami, en vérité, vous l'avez fort bien mérité, Dieu merci.

Avant de repartir, elle lui donna un baiser qui ne passa pas du tout inaperçu ; Gliglois en fut heureux, sachez-le, et préféra de beaucoup le baiser au faucon !

En face on se désarmait aussi, chacun regagnait son logement, le roi la grande salle. Partout on parlait de Gliglois, de sa belle démonstration chevaleresque. La reine se réjouissait beaucoup de ce qu'il devait venir se constituer son prisonnier. Avant de quitter son logis, Gliglois distribua tous les chevaux qu'il avait gagnés à ses compagnons ; à tous les chevaliers qu'il avait fait prisonniers, il ne retint pas même la valeur d'un roncin ; il distribua tout, donnant aussi aux prisonniers et aux croisés, qui s'en revinrent pleins de joie. Tous ceux du palais l'attendaient, et les dames brûlaient de le voir arriver, mais il était retardé par les dons, les distributions qu'il lui fallait faire. Il donna même sur les richesses qu'il avait apportées, pour combler tout le monde, et les jongleurs ne furent pas les derniers à le célébrer. On dressa les tables et quand le repas fut prêt, on prit place. Mais à la fin, Gliglois s'adressa à ses chevaliers :

— Seigneurs, il nous faut aller là-haut pour tenir mon engagement.

Alors tous enfourchèrent leurs chevaux et gagnèrent la cour, richement équipés.

Là-haut, le repas était terminé, mais tous attendaient Gliglois, et même le roi s'impatientait. Quand il entra dans la salle, Gauvain alla à sa rencontre et l'embrassa avec grande amitié. Les autres chevaliers se levèrent alors et s'avancèrent pour saluer courtoisement ses chevaliers à lui. Arthur, sachez-le, lui fit aussi un fort bel accueil en allant à sa rencontre, en le saluant le premier, et lui donnant un baiser après l'avait fait asseoir auprès de lui. Avec des manières accomplies, Gliglois répondit à toutes les amabilités. Puis il prit le roi par la main, appela Gauvain et les entraîna à l'écart, où il s'adressa alors au roi :

— Sire, je vous prie de m'aider à implorer votre neveu et la reine, car on m'envoie pour qu'elle dispose de moi comme son prisonnier. Aidez-moi, je vous le demande !

— Par Dieu, c'est la moindre justice de faire tout pour vous, car vous êtes brave entre les braves. Je ne veux pas vous manquer jamais, et vous allez faire partie de ma Table.

— Sire, vous vous en féliciterez, j'en suis sûr, quand vous saurez qui je suis.

Sur ces mots, il inclina la tête, car la reine sortait de ses appartements. Un chevalier lui avait dit qu'un prisonnier était arrivé pour elle. Devant elle, Gliglois se leva, se laissa prendre par la main droite et emmener dans la grande chambre, après avoir demandé au prévôt qu'il aimait fort de venir avec lui ; ses autres compagnons étaient restés dans la salle. Le trio entra donc dans la chambre, et s'assit sur un lit d'ivoire poli, où Beauté prit place aussi, entre le prévôt et Gliglois à qui elle fit bien des cajoleries.

Celui-ci s'adressa alors à la reine :

— Ma dame, je me rends à vous ; vous pouvez disposer de moi ; le roi de Galles me remet en votre merci ; ne voyez pas un affront dans la parole que je lui ai donnée, car je pourrais vous dire en vérité qu'il vous envoie le meilleur chevalier du tournoi d'aujourd'hui. Faites de moi ce que vous voulez.

Il rougissait, fort troublé ; la reine voyant sa confusion, lui dit :

— Seigneur, qu'y a-t-il d'outrecuidant dans vos paroles ? Pourquoi avez-vous honte ? Nous savons parfaitement que vous avez été le meilleur. Puisque vous avez donné votre parole, il n'y a rien d'extraordinaire à parler ainsi, et d'ailleurs nous n'avons été que trois à l'entendre ! Ainsi vous avez tenu votre engagement ; moi, je vous tiens quitte, à condition que vous me disiez seulement qui vous êtes ; ne me le cachez pas, dites-moi qui vous êtes, car je crois bien que je vous connais. Êtes-vous Gliglois, dites-le moi !

— Oui, c'est moi, en vérité, on ne peut rien vous cacher.

— Par ma foi, vous m'en êtes d'autant plus cher. Mais dites-moi encore, Gliglois, qui vous a fait chevalier ?

— Ma dame, Beauté m'a fait tout entier ce que vous voyez.

La reine pria Beauté de lui expliquer ce qu'il voulait dire.

— Ma dame, vous allez le savoir. Je vous sais dame si courtoise que jamais je n'aurai à m'en repentir.

Elle lui raconta alors dans le détail la vie qu'elle lui avait fait mener, combien il l'avait aimée à la cour du roi, toutes les souffrances qu'il avait endurées et comment il avait couru derrière elle sans vouloir retourner.

— Ma dame, je voulais l'éprouver, car je l'aimais plus que tout, à cela seulement que je ne voulais pas le lui dire. Je l'envoyais à ma sœur avec un mot pour lui demander de le faire chevalier, ce qu'elle exécuta volontiers. Ma dame, je l'aime par-dessus tout, et lui de même, je le sais bien ; je n'aurai pas d'autre mari. Chère dame, au nom de votre honneur, veuillez prier le roi de penser à lui et à moi.

— Par le Dieu de vérité, vos deux amours me plaisent : Gliglois est beau et brave ; vous-même, vous êtes une noble jeune fille, et je ne connais pas au monde une demoiselle de votre valeur. Il est donc bien juste qu'on s'occupe de vous : je vous donnerai une bonne terre en fief héréditaire ; mais Gliglois m'en fera hommage, et mon époux vous la rendra le jour de votre mariage. De son côté, Gliglois attend de son père et de sa mère un grand héritage ; avec les grands biens que vous avez déjà, vous serez riches et vous vous convenez bien. Maintenant faisons venir le roi pour qu'il entende ce que vous avez à lui dire.

Avec beaucoup d'à-propos, Beauté remercia la reine en s'inclinant profondément. Sans plus attendre, la reine demanda le roi, et Gauvain qui jamais ne fit une bassesse, vint aussi.

Ils s'assirent sur le lit et la reine leur dit que c'était Gliglois.

— Par Dieu, s'écria le roi, je m'en étais bien douté en le voyant !

Gauvain aussi s'en réjouit comme jamais plus on ne le verra ; il s'approcha pour lui donner un baiser et lui manifester son allégresse :

— Ami, je n'osais pas dire que vous étiez Gliglois ! Votre vaillance me rend très heureux. Désormais vous serez mon compagnon, et moi le vôtre. Le moins que je puisse faire, c'est de n'avoir pas un seul denier que je ne partage avec vous. Je serai votre ami, car vous le méritez.

— Gliglois, déclara le roi à son tour, vous ferez partie de ma maison, et je vous trouverai quantité d'armes et de chevaux.

— Sire, répondit Gliglois, croyez à toute ma gratitude.

— Sire, enchaîna la reine, savez-vous pourquoi je vous ai fait venir ? Voici Gliglois et Beauté qui s'aiment d'un grand amour. S'il a pu venir en si riche appareil tournoyer hier matin, c'est que Beauté, par une lettre, a demandé à sa sœur de l'adouber. Elle l'aime pardessus tout, et lui aussi, j'en suis certaine ; on n'a jamais vu couple mieux assorti. Beauté veut vous demander votre amitié, votre aide et votre protection, car elle va recevoir promesse de mariage.

A ces mots Gauvain baissa la tête ; tout malheureux, il poussait des soupirs, croyant aimer Beauté ; mais d'un autre côté, il se réjouissait pour toute l'affection qu'il portait à Gliglois et parce qu'il n'avait jamais commis de bassesse ; il réussit à prier le roi d'accroître leur héritage et de conclure leur mariage.

— Très volontiers, répondit le roi. Gliglois est un vaillant chevalier, et j'apprécierai fort son hommage. Ma décision est prise : il recevra tant de mes richesses et de mes terres qu'il m'en saura gré.

Gauvain l'en remercia. Alors Beauté reçut la promesse de Gliglois, qui la garantit par un baiser. Arthur s'avisa qu'il reviendrait avec eux à Carduel, où il présiderait à leurs noces.

— Nous ferons là une grande fête, je vous le promets.

Il quitta la chambre, et Gliglois regagna son logis, accompagné longuement par Gauvain, qui ne le quitta pas sans avoir pris congé.

Gliglois mena dès lors une belle vie. Il s'était assuré de son amie en triomphant de toutes ses épreuves. Amour avait récompensé ses grandes souffrances. Sachez donc que celui qui accepte de servir, celui-là trouve sa récompense tôt ou tard. On doit prendre exemple sur Gliglois qui servit et pria si bien, qui supporta tant de peines avant de trouver son bien. Certes, tel croit bien s'y connaître qui, dans le plus grand besoin, saurait bien peu de l'amour vrai. Il y a bien des gens, quand ils n'ont pas ce qu'ils veulent de l'amour vrai, qui abandonnent et vont chercher ailleurs, en prétendant que c'est être avisé en amour que d'en esquiver les souffrances. Mais ils mentent ; ce n'est pas de l'amour, car on ne plaisante pas avec lui, sinon il serait par trop volage ; ce ne serait pas aimer d'un cœur sincère. Pour bien aimer il faut avoir du mal à se quitter. Amour ne brûle pas, il consume. Quand on se croit le plus loin, c'est alors qu'Amour prend possession de l'être, bon gré mal gré, et qu'il faut se plier à sa volonté. Amour fait trembler nombre de gens ; mais plus tard, il sait récompenser ; Amour peut bien accabler, mais il sait donner la contrepartie. Il est bon le mal dont on peut obtenir du bien, quand l'heure est venue. Ainsi en fut-il de Gliglois : Amour le dédommagea de toutes les peines qu'il endura en son nom, tandis que lui en obtint tout ce qu'il désirait.

Ici s'arrête le livre.

LE CHEVALIER AU PAPEGAU

Récit en prose traduit et présenté par Danielle Régnier-Bohler.
Écrit à la fin du XIVe siècle ou au début du XVe siècle
par un auteur anonyme.

INTRODUCTION

Ce récit, tard venu dans la légende arthurienne, vers la fin du XIVe siècle a-t-on dit, ou même au cours de la première moitié du XVe siècle, s'est vu attribuer une source en vers, un récit perdu qui aurait fourni dès le XIIIe siècle la matière d'un roman en moyen allemand, le *Wigalois* de Wirnt von Grafenberg. Une comparaison du récit allemand et du *Chevalier au Papegau* permet de suggérer en effet, sans trop de certitude cependant, l'usage d'un modèle commun. Mais il ne faudrait pas pour autant considérer *le Chevalier au Papegau* comme un dérimage : l'auteur anonyme semble avoir composé un récit nouveau à partir d'une source considérablement enrichie de motifs appartenant à une large tradition narrative.

Œuvre d'un remanieur, le *Chevalier au Papegau* témoigne d'un véritable brassage romanesque, à commencer par le choix d'un héros prestigieux, le roi légendaire de la Table Ronde c'est la première fois en effet qu'Arthur devient le héros principal d'un roman. Hormis l'histoire mystérieuse de sa naissance et de son avènement au trône suivi de l'instauration de la Table Ronde, les autres récits lui ont donné le rôle d'une clef de voûte Dans l'univers de la Table Ronde, il a toujours été toujours un pôle, plus qu'un personnage.

Dans notre dernier récit arthurien, le temps du roi est pris à rebours : si la Table Ronde est déjà constituée et célèbre, véritable institution d'un idéal chevaleresque puisque le seigneur des Estranges Iles veut se rendre à la cour d'Arthur, ce dernier apparaît à ses débuts, nouvellement couronné : dans la bonne tradition des *Enfances* (dans le sens qu'on donnait à ce terme dans les cycles épiques dont les récits les plus tardifs s'attachaient, paradoxalement, aux débuts des exploits du héros, à ses *enfances*, à sa jeunesse, à ses premiers faits d'armes), Arthur se voit ici donner le temps d'une formation personnelle. Et cette fois, contrairement aux autres récits de la légende qui foisonnent en quêtes de chevaliers errants, le jeune roi est l'unique chevalier « en aventure ». Si la renommée de sa cour s'est déjà répandue par le monde, Arthur, paré de toutes les promesses, décide qu'il lui faut encore acquérir, et par lui-même, une véritable habilitation à la souveraineté et à la gloire.

C'est ainsi qu'il revendique la première aventure qui survient à sa cour dès son couronnement, et à la fin du récit, il revendique de même l'aventure de l'île, pour lui-même et « à part entière », ce qui lui permettra de revenir à la cour pour son apothéose.

Le temps du récit est le temps cyclique de l'année révolue, qui offre l'espace et le déroulement possible d'une quête : de l'octave d'une Pentecôte à la Pentecôte de l'année suivante, où la cour se trouve à nouveau réunie, le jeune Arthur fait une moisson de belles aventures et de prouesses prodigieuses, il effectue un parcours amoureux aussi, dont il sort immanquablement comme le « meilleur chevalier du monde ». Ainsi l'usage de la quête, propre au monde arthurien, est assigné à celui qui doit, de toute nécessité, revenir couvert de gloire de son périple d'une année !

Sans aucune pesanteur, ce récit allègre est pétri, on le voit, de matériaux narratifs tirés de la tradition. Avec, en plus, des éléments qui semblent bien parler de la mode romanesque de son époque et dire à quel point la société était traversée par l'imaginaire littéraire de la légende arthurienne qu'elle a su adapter.

Pourquoi avoir soumis Arthur au risque de l'aventure ? Pourquoi lui faire prendre le risque… de ne pas se montrer digne d'Arthur ? Sa naissance mystérieuse et l'éclat de son élection lors de l'épisode de l'enclume le promettaient à un noble destin, mais d'un beau programme captif de la parole de Merlin à la fonction souveraine exercée à sa cour, ne fallait-il pas laisser à Arthur quelque pause, pour le soumettre au hasard merveilleux et périlleux de ses propres aventures ?

De la parole prophétique de Merlin, il est fait mention à plusieurs reprises. Mais si Merlin faisait, on le sait, soigneusement consigner par Blaise tous les faits étonnants, liant le devenir du monde à la mise par écrit et donc à la sécurité d'une mémoire, à quoi s'ajoutaient les paroles véridiques de ceux qui, revenant à la cour, pouvaient témoigner des aventures qu'ils avaient rencontrées et accomplies, ici – dans le roman en prose, tard venu dans notre littérature – une parole, parodique et malicieuse, vient commenter les actes du jeune roi, et même les mettre en musique : le papegau, témoin joyeux, prophète du bon déroulement des aventures, commente à loisir et chante les prouesses de son jeune seigneur. Oiseau magique, il enchante les cœurs, il les devine aussi. Rien ne lui échappe des émois amoureux du roi qui se déroulent, il faut le souligner, entre le couronnement et son mariage avec Guenièvre.

On voit ici Arthur en héros tout disponible, au même titre que Gauvain, pour l'amour et la prouesse. Le papegau est son chantre, un chantre officiel qui connaît dès le début son identité et qui est intimement mêlé à ses exploits puisqu'il sait constamment inspirer le courage !

Notre roman en prose a déjà la brièveté des récits du XVe siècle : il agence allègrement les motifs arthuriens venus de la tradition, tel le prix de beauté et la récompense de l'oiseau, que l'on peut lire dans *Erec et Enide*, dans le *Bel Inconnu*, dans *Durmart le Gallois* ou dans *Méraugis*, rappels probablement familiers aux lecteurs de l'époque, au même titre que les épreuves d'un Pont Périlleux ; et encore les ordres impérieux donnés par la dame, qui font revivre l'épisode fameux du *Chevalier à la charrette*. Mais les temps ont changé : si Lancelot avait obéi à Guenièvre, Arthur obéissant à sa dame accepte de se couvrir de honte, mais il punit sévèrement ses ordres démesurés ; l'amour dit « courtois » semble avoir changé de nature et Arthur est à cet égard plus réaliste que Lancelot. De même les monologues intérieurs, les luttes d'un cœur avec lui-même, avec Amour qui le presse et le contredit, tous ces éléments d'une psychologie amoureuse ont été habilement transmués pour se colorer de malice et d'une préciosité ludique.

En toile de fond, la Table Ronde, le roi Lot, et la parole lointaine de Merlin qui assure le bon déroulement des faits. Mais peut-être faut-il mettre en relief ce qui relèverait plus largement d'une tradition orale, et qui rappelle en tout cas l'investissement littéraire du conte, qu'illustrent d'autres récits comme le *Roman de Jaufré* ou les *Merveilles de Rigomer*. Des motifs en effet appartiennent au domaine des contes et en retrouvent ici la brièveté : le monstre marin sorti des ondes sous la forme d'un chevalier, l'arbre magique dont la fleur protège le jeune Arthur, le tournoi fantôme, un revenant tout de blanc vêtu, qui apparemment séjourne encore en purgatoire, un dragon ou une femme sauvage. L'auteur anonyme a rendu hommage non seulement à l'ensemble des motifs romanesques arthuriens, mais aussi à une tradition plus folklorique. L'épisode du nain et du géant nourri par une licorne donne un rôle étiologique au bon roi qui va clore son année de quête. Les débuts d'une civilisation se disent ainsi à travers l'accès de l'homme sauvage – le géant à la massue – au monde chevaleresque, où il est baptisé, où il est fait chevalier et est admis à la cour.

Dans ce tourbillon d'aventures, quelques pauses, amoureuses cette fois, sont tirées de la tradition. Mais le récit a l'originalité de mettre en scène une sociabilité exaltée : les gestes et les rites de l'accueil, les réjouissances et les cortèges viennent fêter le héros rédempteur, plus que dans d'autres récits arthuriens, et il s'y ajoute la permanence du chant et de la musique. L'oiseau merveilleux, bien parlant et bien chantant, diffuse sa joie à tous ceux qui l'entourent, si bien que les sons règnent. Tout exploit accompli par Arthur est commenté par les notes mélodieuses du papegau, puis perpétué par les chants de la cour. Mouvements de scènes d'un imaginaire social où la « farciture » lyrique fait partie de l'action ! Le papegau devient lui-même personnage de récit, personnage savant et délié qui témoigne d'une belle éducation musicale et courtoise. Ce développement du motif de l'oiseau merveilleux, de l'animal compagnon du héros, est un véritable enrichissement de la tradition. Conseiller, ami et mentor du jeune chevalier : si le papegau a été conquis par Arthur, il forme désormais couple avec le roi.

Récit-symptôme d'un épuisement de la légende arthurienne ? En prenant Arthur pour centre en effet, la légende se referme en boucle, elle remonte le temps, usant de la tradition du chevalier inconnu, puisque Arthur devient, pour toute la durée du récit, le *Chevalier au Papegau* et n'est rendu à son identité de roi de Bretagne qu'à la fin, sur l'île inconnue. Il accomplit son éducation par lui-même, en s'engageant dans une sorte de *Bildungsreise* : les maximes en triade qui viennent ponctuer le récit ne sont pas gratuites ! Enfin très linéaire au premier regard, ce récit – malgré la juxtaposition apparente des épisodes – sait proposer des temps suspendus : une promesse d'aide peut être différée pour faire place à une autre aventure qui doit s'accomplir, afin que le héros puisse revenir à la première qui était venue le solliciter.

Il n'existe de ce récit qu'un seul manuscrit sur parchemin, à la Bibliothèque nationale, le manuscrit du fonds français 2154, qui semble avoir appartenu à la famille de Tournon.

L'édition ici utilisée est celle qu'a publiée en 1897 Ferdinand Heuckenkamp, Halle, Niemeyer. Nous en avons gardé le découpage en séquences, en en modifiant parfois les titres.

Danielle RÉGNIER-BOHLER

Que ceux qui prennent plaisir à entendre parler de grandes prouesses et de nobles aventures, prêtent l'oreille afin d'apprendre les premières aventures du noble roi Arthur, tout au commencement de son règne.

En voici le début.

I

L'AVENTURE DU CHEVALIER DE LA MER

Le jour de la Pentecôte, le jour même du couronnement d'Arthur, il y eut de grandes manifestations de joie et d'allégresse en la cité de Camaalot. Lorsque la messe chantée solennellement comme il convenait pour une telle fête eut pris fin, le roi et ses seigneurs montèrent tous au palais.

Et voici qu'une demoiselle, toute seule et sans escorte, montée sur une mule qui avançait à belle allure, chevaucha si bien qu'elle arriva à la cour où se déroulait la fête. Lorsqu'elle eut mis pied à terre au perron et qu'elle eut attaché sa mule, elle monta vers la salle, se dirigeant vers l'endroit où elle avait aperçu le roi qui avait déjà pris place à table. Elle le salua avec déférence :

— Noble seigneur, l'une des plus belles, des plus nobles et des plus gracieuses dames que l'on connaisse au monde m'envoie vers vous pour implorer votre pitié ! Elle vous demande de bien vouloir lui envoyer un chevalier de votre cour, assez courageux et assez hardi pour la secourir contre un chevalier qui demeure au bord de la mer et qui chaque jour vient l'attaquer, ainsi que les habitants de sa terre. Il a déjà tué soixante chevaliers parmi les meilleurs de sa terre, de sorte qu'elle ne peut trouver de combattant assez audacieux pour aller le défier. C'est la première aventure qui arrive à votre cour ! Je m'adresse à vous au nom de Dieu et au nom de ce que vous devez à vous-même : accordez-lui ce qu'elle demande !

Lorsqu'Arthur l'eut saluée à son tour, il lui répondit avec beaucoup de bienveillance :

— Demoiselle, j'ai prêté grande attention à ce que vous m'avez dit. Que Dieu protège votre dame qui vous a envoyée vers moi, car je ferai de bon cœur ce qu'elle demande !

Il ordonna alors à un jeune homme de très noble naissance qui se trouvait là, de se mettre à sa disposition et de lui faire donner tout ce dont elle aurait besoin. Il l'assura que lorsque le moment serait venu, il s'occuperait de sa requête. Le jeune homme fit ce que le roi lui avait ordonné ; il la mena vers la demeure d'un des plus nobles et des plus riches bourgeois de la ville, qui l'accueillit de grand cœur et la fit servir avec beaucoup d'égards, comme elle le désirait. La demoiselle y séjourna sept jours entiers, tant que dura l'assemblée.

Après l'octave de la Pentecôte, pour laquelle le roi avait réuni une cour grande et solennelle, les seigneurs des contrées lointaines prirent congé. Le roi, en homme qui sait être généreux, distribua à chacun, selon son rang, de l'or, de l'argent, des vêtements de soie ; chacun se mit en route pour rentrer chez soi, rempli d'une joie extrême. Tous proposèrent instamment au roi leur service[1] s'il devait en avoir besoin, et ceci à tout moment.

Le roi resta à Camaalot avec les plus proches de ses seigneurs. Mais voici que la demoiselle vint lui rappeler la requête de sa dame. Chevaliers et grands seigneurs se proposèrent tous pour aller secourir la demoiselle, mais le roi Arthur ne voulut l'accorder à personne :

— Il est juste que cette aventure me revienne, car c'est la première qui survient à ma cour, et comme je suis nouvellement

1. Les termes « service, servir, proposer le service » sont particulièrement fréquents dans ce récit. Il s'agit d'un engagement propre à la relation féodo-vassalique. Cf. lexique.

couronné, personne d'autre que moi – voilà ma volonté – n'ira au service de la dame !

Malgré toutes leurs prières, les seigneurs ne réussirent pas à le convaincre de rester. Il confia son royaume et sa cour à l'un de ses seigneurs qui se nommait monseigneur Lot, et il fit proclamer par toute sa terre que chacun lui devait obéissance jusqu'à son retour. Après quoi il se fit apporter son armure et ses armes, il monta sur son destrier et sortit de la ville avec la demoiselle. Tous ses seigneurs l'accompagnaient, et ils chevauchèrent ensemble si bien qu'ils arrivèrent à la forêt de Camaalot.

Au moment de pénétrer dans la forêt, le roi Arthur ordonna à tous ses seigneurs de s'en retourner. Voyant que c'était le désir du roi, ils repartirent pour Camaalot, accablés et soucieux de voir leur seigneur, si jeune chevalier, si fragile encore et en même temps si valeureux, partir pour des contrées lointaines dont ils ne savaient rien. En vérité, pour son âge c'était le meilleur chevalier du monde !

II

DANS LA FORÊT DE CAMAALOT

Quand le roi eut quitté ses seigneurs, il chevaucha seul avec la demoiselle, parlant de choses diverses tout à leur gré. Après avoir fait route quelque temps, ils entendirent une voix crier très fort, ce qui laissait supposer qu'elle avait besoin d'aide :

— Cher Seigneur Dieu, ayez pitié de moi !

Il y eut ainsi trois cris. Le roi regarda dans la direction d'où ils venaient et il vit arriver sur une mule une dame très belle et fort somptueusement vêtue, fuyant devant un chevalier armé, monté sur un destrier, qui la poursuivait l'épée nue à la main. Lorsque la dame aperçut le roi chevauchant aux côtés de la demoiselle, elle se dirigea vers lui :

— Ah ! noble chevalier, lui dit-elle, pitié ! Pour l'amour de Dieu, ayez pitié de moi ! Faites-moi échapper à la mort, ne laissez pas ce chevalier m'enlever la vie ! Il a déjà tué mon ami sans raison, et maintenant c'est moi qu'il veut tuer !

Elle n'avait pas encore terminé ces mots que le chevalier levait l'épée pour la frapper. Mais le roi se précipita :

— Seigneur, s'écria-t-il. Au nom de la chevalerie, ne touchez pas cette dame : il n'est pas honorable pour un chevalier de mérite de tuer ainsi une dame ou une demoiselle !

Lorsque le chevalier vit que le roi venait au secours de la dame, il dit avec hostilité :

— Seigneur vassal, si vous voulez prendre sa défense, méfiez-vous de moi, car je crois bien que vous ne pourrez défendre ni la dame ni vous-même !

Le chevalier remit alors l'épée au fourreau et se dirigea vers une lance qu'il avait posée au pied d'un arbre. Il la saisit, éperonna son cheval qui se lança impétueusement contre le roi. Celui-ci se préparait à lui résister. Le chevalier qui avait pris son élan de loin frappa le roi si brutalement de la lance au milieu de l'écu qu'il le lui brisa, atteignant le haubert du côté droit : si la lance ne s'était brisée, il aurait gravement blessé le roi, mais celui-ci frappa à son tour très vigoureusement, de toute la force de sa lance, de sorte que ni écu ni haubert n'empêchèrent son adversaire de tomber si brutalement qu'il fut hébété au point de ne plus savoir où il se trouvait. Et au bout d'un moment, après avoir retrouvé ses esprits, il vit le roi qui, ayant déjà mis pied à terre, se dirigeait vers lui, l'épée à la main, avec un vif désir de le frapper :

— Noble chevalier, pour l'amour de Dieu ne me tuez pas ! Oubliez la façon dont je me suis comporté !

Quand le roi entendit qu'il lui demandait l'épargner, il lui dit :

— Si tu veux que je te fasse grâce, ma volonté sera que tu te mettes en la merci de cette dame et qu'elle fasse de toi ce qu'elle voudra !

— Ah ! cher seigneur, fait le chevalier, pour Dieu, plutôt que de me trouver en son pouvoir je préfère que vous me donniez la mort !

Le roi lui demanda alors pourquoi il avait tué son ami :

— Seigneur, je vous le dirai bien volontiers, lui répondit le chevalier. Comme vous pouvez le voir, elle est la plus belle dame du monde, en vérité : sa beauté est pour moi la mort, car je l'ai plus aimée que nul chevalier n'a jamais aimé une femme ! Mais elle a accordé son amour à autre que moi, et pour cette raison je voulais lui donner la mort puisqu'elle ne veut pas être à moi. Son ami, je l'ai tué parce qu'il était sien, malgré moi, malgré ma volonté !

— Ah, chevalier ! fit le roi plein de colère, quel est ton nom ?

L'autre lui répondit qu'il se nommait le Chevalier de la Gaste Lande. Le roi lui dit alors :

— Il faut te mettre en la merci de la dame, ce qui sera ta prison, ou bien je te tuerai ! Je pense qu'elle t'épargnera par égard pour moi.

— Ah, seigneur, dit le chevalier, la pitié d'une femme est pleine de périls, mais comme je vois que c'est votre volonté, je m'y plierai !

La dame qui avait bien entendu ces propos s'adressa au roi :

— Seigneur, il m'importe peu de tenir mon ennemi captif, dès lors que je ne puis me venger ; car la captivité est la demeure de l'homme méchant et voici pourquoi : si l'homme méchant n'était retenu captif, il poursuivrait à tel point sa mauvaise vie qu'il serait tué et détruit par ses actes mêmes. Pour cette raison, noble seigneur, je vous le laisse, afin que vous en fassiez selon votre plaisir

Le roi lui fit promettre qu'il se rendrait à Camaalot, qu'il irait trouver monseigneur Lot de la part du jeune chevalier qui chevauchait avec la demoiselle et qu'il resterait en sa merci jusqu'au retour du roi Arthur à la cour.

III

LE COMBAT CONTRE LION SANS MERCI

Une fois le Chevalier de la Gaste Lande envoyé à la cour, comme vous venez de l'entendre, le roi Arthur demanda à la dame dans quelle direction elle voulait aller. La dame lui répondit :

— Noble seigneur, j'aimerais vous amener, si cela vous convient, vers l'une des plus belles cours que vous ayez jamais vues : elle est toute proche. Il y aura bien trois cents dames et damoiselles, les plus belles et les plus nobles que vous ayez jamais vues ! Et il y aura bien cinq cents chevaliers, les meilleurs du pays, qui sont déjà arrivés pour voir cette cour, où il convenu que celui qui aura l'amie la plus belle et auquel les armes viendront donner raison aura pour récompense un papegau qu'un nain y présente chaque année. C'est l'oiseau le plus habile du monde : il sait chanter les tendres et beaux chants d'amour, il sait parler avec éloquence et dire, comme il convient, tout ce qui peut séduire un cœur d'homme et un cœur de femme.

« Mais il doit y venir un chevalier qui a vaincu tous les autres du pays par les armes, et qui fait à tous le plus grand tort, de la façon la plus insensée que l'on ait jamais vue chez un chevalier !

— Et quel tort leur fait-il, dame ? demanda le roi.

— Seigneur, dit-elle, une fois par mois il fait venir en la prairie de Causuel tous les chevaliers, toutes les dames et demoiselles et les jeunes gens de toute la contrée, et sous la contrainte il leur fait rendre hommage, ceci sans droit et sans raison ! Ensuite, comme il a une amie qui est la plus affreuse créature que vous ayez jamais vue, il leur fait sous la contrainte affirmer qu'elle est la plus belle et la plus noble et la plus raffinée du monde !

« Noble seigneur, ce serait un acte de très grande générosité de délivrer les chevaliers, les dames et les demoiselles du servage injuste qui les accable. Et vous avez le pouvoir de les délivrer si vous le voulez, car vous avez pour vous la justice. Et voici comment : comme vous avez vaincu au combat le Chevalier de la Gaste Lande, je me ferai peindre sur votre écu[1] lorsque vous affronterez le chevalier, et ainsi vous lui montrerez par cette preuve que je suis bien plus belle, plus noble et plus riche de biens que son amie. Mais vous ignorez encore qui je suis et à qui vous avez apporté votre aide !

— En vérité, fait le roi, je ne sais qu'une chose, c'est que vous êtes – voici le fond de ma pensée – la plus belle et la plus charmante dame que j'aie jamais vue. Amour m'ordonne de me mettre tout à vos ordres et de faire tout ce qu'il vous plaira. Si cette demoiselle qui m'accompagne et me conduit le veut bien, il ne tiendra pas à moi que je ne fasse tout ce que vous désirez !

La dame se tourna alors vers la demoiselle et lui dit :

— Demoiselle, accompagnez-le à cette cour, je vous en prie, et soyez assurée, s'il réussit à vaincre le chevalier, que vous n'aurez jamais fait un voyage d'une importance plus grande !

— Dame, dit la demoiselle, si la plainte venait de moi, je ferais tout ce qu'il vous plairait, tant je vous vois noble et pleine de

1. La figuration d'une dame sur l'écu du chevalier est un motif connu des romans médiévaux : la figure peinte apporte au chevalier le courage nécessaire, tel dans *Gliglois*, le portrait à l'intérieur de l'écu, et d'autres fois la figure arborée à l'extérieur de l'écu. Si la figure peinte inspire courage au chevalier, elle vaut également comme preuve de la qualité de la dame pour laquelle on combat.

qualités. Mais je suis au service d'une dame qui m'a envoyée le chercher à l'endroit où je l'ai trouvé, et je n'ai pas d'ordre à lui donner : je n'ai qu'à lui montrer le chemin. S'il veut se rendre à cette cour, je n'ai rien à dire, ni oui ni non. J'irai là où il lui plaira !

Lorsque le roi vit que la demoiselle ne s'y opposait pas, ils prirent tous trois le chemin de la cour. Après une courte chevauchée, ils aperçurent sur une belle prairie des tentes et des pavillons, des tentures somptueuses de soie superbement ouvragée ; ils virent des dames et des demoiselles montées sur des mules et des palefrois, magnifiquement vêtues, qui regardaient au milieu de la prairie ceux qui, montés sur leurs destriers, se donnaient des coups de lance et faisaient un singulier vacarme.

Voyant s'approcher le roi et ses compagnes, ils s'arrêtèrent et crièrent au roi, car ils voyaient qu'il venait d'une autre contrée :

— Seigneur, maudite soit votre arrivée ! Maudite soit votre arrivée, seigneur ! On verra bien votre valeur !

Les autres se moquaient de ses compagnes. Quand le roi s'entendit ainsi tourner en dérision, il leur dit :

— Ah, misérables, qui ne témoignez ni générosité ni mesure, qui acceptez lâchement votre asservissement ! Je suis venu ici pour vous délivrer et vous me tenez ces propos méprisants ? En vérité, personne ne devrait venir à votre aide !

Entendant ses mots, les chevaliers furent très honteux, se repentant d'avoir si mal reçu le roi et ses compagnes, et bien à tort. Alors le roi leur demanda où se trouvait le chevalier à qui ils devaient rendre hommage. Il n'avait pas encore fini de parler qu'il vit venir un chevalier armé de la tête aux pieds, monté sur un destrier noir et menant grand vacarme. A ses côtés une demoiselle sur une mule somptueusement équipée. Je ne pourrais vous parler de sa beauté, car elle en était tout à fait dépourvue ! Et il ne me plaît pas de décrire sa laideur, car à peine les mots me suffiraient-ils ! A sa suite et autour d'elle, venaient des dames et des demoiselles, qui semblaient très joyeuses, au son des harpes et des vielles. Et derrière elles, un nain vêtu d'écarlate fourrée de vair poussait devant lui un palefroi qui portait une cage où se trouvait le papegau dont je vous ai parlé plus haut.

Lorsque le chevalier vit le roi parler aux chevaliers et aux dames, il fut aussitôt persuadé, comme il était armé, qu'il était venu pour l'affronter. Et sans autre discussion, poussé par la colère et la rage, il saisit son écu et sa lance et ordonna de dégager la place.

On lui obéit sur-le-champ. Lorsque la place fut dégagée, le roi qui voyait bien qu'il lui faudrait combattre se couvrit la poitrine de son écu et saisit son épée. Le chevalier en fit de même. Piquant des éperons, ils se lancèrent l'un contre l'autre, écu contre écu, avec tant de fougue et de force qu'ils les mirent en pièces, tout brisés. Mais les hauberts étaient si résistants que les adversaires échappèrent à la mort. Les destriers se lancèrent alors l'un contre l'autre si vigoureusement qu'ils tombèrent morts sous les combattants. Ceux-ci se sentaient forts et légers, ils se relevèrent en hâte, saisissant leurs écus. Mettant la main à l'épée, ils coururent l'un vers l'autre avec grande impétuosité.

Elle fut impressionnante, la lutte du roi et du chevalier qui combattait contre lui, et elle dura longtemps, de sorte qu'on ne pouvait savoir qui avait le dessus. Tous ceux et toutes celles qui étaient présents s'étonnaient grandement de voir combien de temps le roi, qui était si jeune, avait déjà résisté contre leur seigneur ; et à cause de la bravoure qu'ils lui reconnaissaient, poussés aussi par le désir d'être délivrés de l'asservissement qu'ils devaient subir, tous priaient Dieu du fond de leur cœur que leur seigneur soit vaincu et mis à mort.

Leur combat dura si longtemps que le chevalier aux prises avec le roi était fort irrité de sa résistance, honteux surtout de le voir si jeune.

Il se lança, plein de colère et de rage, et frappa le roi sur l'avant du heaume avec une telle violence qu'il le fendit et y enfonça son épée, le blessant gravement au visage.

Quand le roi vit son sang couler par dessous la ventaille, il fut pris d'une grande rage qui doubla ses forces ; car la rage chez les êtres de mérite accroît la force et la hardiesse, alors qu'elle accroît chez les mauvais la lâcheté et la médiocrité !

Animé de fureur et de courage, il courut vers le chevalier et lui donna de toute sa force entre le heaume et l'écu un coup tel qu'il lui trancha le bras gauche, qui tomba sur place avec l'écu qu'il tenait.

En voyant porter ce coup, tous ceux qui étaient là s'écrièrent en chœur :

— Notre seigneur a trouvé un adversaire qui le vaut et le dépasse !

Voyant son bras perdu, le chevalier se laissa tomber à terre, saisi de terreur. Le roi se dirigea vers lui, lui arracha le heaume de la tête, et le chevalier de son mieux lui demanda grâce, implorant au nom de Dieu d'être épargné. Et comme le roi avait estimé qu'il était hardi chevalier, il éprouva pour lui de la pitié, mais les dames et les chevaliers, tous ensemble, lui demandèrent d'une seule voix de le tuer, de sorte que le roi était bien perplexe. Et il dit au chevalier :

— Avant de te faire grâce, je veux que tu me dises ton nom et ton origine ; alors je saurai le traitement que tu mérites !

Le chevalier lui répondit :

— Si vous le voulez je vous le dirai de bon gré.

IV

LES ORIGINES DE LION SANS MERCI ET SON CHÂTIMENT

— Cher seigneur, mon père était un pauvre vavasseur, qui n'avait rien au monde, sauf ce château qui se trouve là et qui se nomme Causuel. Et comme j'étais un enfant très méchant, il m'appela Méchant Garçon. Je n'ai pas eu de nom véritable jusqu'au moment où l'on me fit chevalier ! C'est alors que mon nom fut changé en « Lion sans Merci » parce que j'étais vainqueur de tous les chevaliers qui joutaient contre moi. En effet, quand j'avais obtenu la victoire, je leur faisais jurer qu'ils resteraient prisonniers, et sans aucune pitié je leur faisais mettre toutes leurs terres en mon pouvoir.

— Et que faisais-tu à ceux qui ne s'y pliaient pas ? demanda le roi.

— Seigneur, répondit le chevalier, je les mettais à mort. Je prenais leurs épouses, leurs enfants et leurs biens, où qu'ils fussent, et je les gardais asservis afin qu'ils ne se soulèvent jamais contre moi.

— Et que faisais-tu de ceux qui se mettaient ainsi totalement en ton pouvoir ?

— Seigneur, je leur enlevais les deux tiers de ce qu'ils possédaient à l'heure où j'avais obtenu la victoire et je les faisais venir, eux, leurs épouses et leurs enfants, petits et grands, une fois par mois : je me faisais rendre hommage, de sorte qu'ils ont bien obéi à mes ordres jusqu'à ce jour !

— Et pendant combien de temps as-tu usé de ce pouvoir ?

— Cher seigneur, pendant quinze ans et plus, durant lesquels je n'ai trouvé adversaire qui pût me résister, mais vous m'avez vaincu, et eux avec moi ! Vous m'avez soumis à votre pouvoir. Je vous prie, cher seigneur, pour l'amour de Dieu, épargnez-moi !

— Lion, dit le roi, tu as bien mal respecté les règles de la chevalerie, car celle-ci exige la loyauté à l'égard de tous. Et tu t'es mieux conformé au nom que ton père t'avait donné qu'à celui qui te fut attribué lorsque tu devins chevalier. Car tu as pris le bien des chevaliers qui ne pouvaient se défendre contre toi, et à grand tort. Tu les as ensuite tenus en ton pouvoir, ainsi que leurs proches, contre le droit et la justice. Ainsi tu t'es conformé au nom de Méchant Garçon, mais certainement pas au nom de Lion. Car le lion est l'animal le plus généreux du monde : quelle que soit sa faim, face à une bête qui se met à terre pour lui témoigner des marques d'attachement, son hostilité n'ira jamais jusqu'à la toucher à partir de ce moment. Voilà pourquoi tu ne t'es pas conformé au nom de Lion !

« Mais je ne veux pas que ta méchanceté gâche ma bonté, et je te ferai grâce, car tu le mérites. Sais-tu quelle est ma volonté ? Que tu déclares quittes tous ceux qui sont ici, petits et grands, que tu leur rendes tout le bien que tu leur a pris, si tu l'as encore, et que tu répares le mal que tu leur a fait à tort, par ton orgueil. Voici ce que je veux encore : que tu restes en cet endroit même, en une prison que tu feras édifier. Je veux que tous ceux, petits et grands, qui devaient régulièrement te prêter hommage, viennent une fois par mois te contempler, jusqu'à ce que le roi Arthur de Bretagne te fasse dire de venir à sa cour, de la manière que je vais décrire :

« Tu seras vêtu du mieux que tu pourras, et tu monteras sur une charrette équipée somptueusement, comme il convient à un chevalier qui n'a pas le droit de monter à cheval[1]. J'ordonne à tous les chevaliers que tu avais l'habitude de tenir asservis de te

1. Il pourrait s'agir ici d'un clin d'œil à la tradition littéraire de la « charrette » qui est un signe d'ignominie chez Chrétien de Troyes. Dans *Le Chevalier à la charrette*, Lancelot, qui y monte pour l'amour de Guenièvre, accepte en même temps de renoncer à son honneur de chevalier. Il est hué par tous et couvert d'outrages.

mener alors à la cour, chacun prêtant son aide aux autres. Je tiens à leur infliger cette peine, à cause de leur lâcheté et de leur peu de mérite !

V

LE PAPEGAU ENTRE EN SCÈNE

Tout comme le roi l'avait annoncé, Lion sans Merci ainsi que les autres chevaliers durent s'engager par serment. Les chevaliers et l'ensemble des grands seigneurs se demandaient avec étonnement comment un chevalier aussi jeune que le roi pouvait imaginer une telle vengeance pour Lion sans Merci. Ils en furent fort satisfaits et consentirent tous à exécuter ses volontés.

Mais nul ne pourrait vous dire l'agitation du papegau. Il dit au nain de le porter à l'endroit le plus élevé qu'il pourrait trouver :

— Nain, criait-il, nain, emporte-moi voir le meilleur chevalier du monde ! C'est celui dont Merlin a tant parlé dans sa prophétie, lorsqu'il disait que le fils de la brebis devait soumettre le Lion sans Merci rempli d'orgueil, de violence et de rage. Ah, nain, ne tarde pas ! Porte-moi vite vers lui, car je lui appartiens désormais !

Lorsque le papegau fut proche du roi, il se mit à relater tous les événements qui étaient survenus depuis le temps de Merlin jusqu'à cette heure : ses paroles étaient si belles que le roi et les autres s'étonnaient fort de ce qu'il disait.

— Seigneur, pourquoi ne me prenez-vous pas ? demandait-il au roi. Je suis vôtre par justice, car vous êtes le meilleur chevalier du monde et le plus valeureux, et vous avez avec vous la plus belle dame que l'on connaisse au monde ! Pourtant vous ne savez ni son nom ni son origine !

— Seigneur, dit la Dame sans Orgueil, je suis la sœur de Morgane, la fée de Montgibel[1].

Le roi fut très joyeux des propos du papegau et de la réponse de la dame. Il s'avança et prit le papegau, le nain et tout l'équipement ;

---

1. Il s'agit de Morgane, demi-sœur d'Arthur. Ici elle est dite sœur de la Dame sans Orgueil, mais la parenté avec Arthur n'est pas indiquée. *Le Chevalier au Papegau* est le seul récit arthurien à faire état de sa résidence à Montgibel.

puis il remercia fort la Dame sans Orgueil de l'avoir mené à cette cour. Les habitants de la contrée, tous ensemble, lui témoignèrent de grandes marques de respect, le priant avec insistance de rester à Causuel tant qu'il lui plairait. Mais il leur dit que cela ne lui était pas possible à cause d'une aventure qu'il devait entreprendre pour une dame.

Le Grec Darsenois, qui était venu à la cour, présenta au roi un beau destrier, bien en point et de belle taille, comme il convenait à un tel chevalier. Le roi l'accepta très volontiers en retour de son service, car il en avait besoin. Il monta à cheval, ainsi que la demoiselle et le nain qui poussait le palefroi tout en portant le papegau. La Dame sans Orgueil et toutes les autres dames et demoiselles qui se trouvaient là, tous les seigneurs et les autres montèrent également à cheval pour accompagner celui qui les avait arrachés au servage qui les accablait.

Ils chevauchèrent dans la joie, au son des vielles et des harpes. Après avoir chevauché une bonne lieue anglaise, le roi demanda à tous et à toutes de s'en retourner. Comme ils voyaient que c'était son désir, ils lui demandèrent le nom de celui qui les avait délivrés de leur servage :

— Le Chevalier au Papegau ! répondit le roi.

Puis il les recommanda à Dieu et pria la demoiselle qui chevauchait à ses côtés de ne pas l'appeler autrement. La Dame sans Orgueil prit congé du roi, en lui proposant instamment son service s'il en avait besoin. Elle retourna à Causuel avec les autres qui étaient remplis de joie et de bonheur, pour la belle aventure qui leur était arrivée. Tout comme Lion sans Merci, ils firent ce que le Chevalier au Papegau leur avait ordonné.

VI

RÉVÉLATIONS DU PAPEGAU

Ainsi ils s'avançaient à cheval, le Chevalier au Papegau et sa demoiselle, extraordinairement heureux de l'aventure qui leur était arrivée. Le roi regardait bien souvent la demoiselle qui était belle, blanche et rosée, tout comme la rose au mois de mai, et ils chevauchaient l'un près de l'autre, parlant à loisir de ce qui leur plaisait. Mais quand le papegau aperçut les regards que l'un avait pour l'autre, il ne put s'empêcher de dire :

— A vous deux, vous formeriez le plus beau couple du monde, car vous êtes, seigneur, le plus beau chevalier et le meilleur que l'on puisse trouver en quelque contrée que ce soit ! Quant à elle, elle est si belle, si noble et si raffinée que rien en elle ne saurait être modifié ! Tous deux vous êtes du même âge, et elle est de très haute naissance !

— Papegau, dit la jeune fille, comment sais-tu qui je suis ?

— Demoiselle, répondit le papegau, ne vous souvenez-vous pas de l'époque où vous étiez à la cour de la reine notre dame, pour l'éducation de la Demoiselle du Château d'Amour ? C'est à cette époque, demoiselle, que j'entendis pour la première fois parler de votre nom et de votre lignage. Depuis toujours je vous suis attaché et je le serai pour le reste de mes jours, à cause de votre grande beauté et à cause du beau nom que vous portez !

Il se tourna vers le roi :

— Seigneur, voulez-vous entendre le plus beau nom qu'ait jamais porté une demoiselle ?

— Volontiers, répondit le roi.

— La demoiselle qui se trouve ici, dit le papegau, se nomme de son vrai nom Belle sans Vilenie ! Apprenez qu'elle est une comtesse de très noble et haute origine, très riche de biens et de terres, car son père était le comte de Valfin, mais il est mort et n'avait d'autre héritier que Belle sans Vilenie.

Le Chevalier au Papegau était fort heureux de ce qu'il entendait au sujet de la demoiselle et de son lignage. En sa compagnie il continua son chemin, dans la joie et l'allégresse, jusqu'à l'heure de vêpre.

Quand le papegau remarqua que l'air commençait à fraîchir, il dit à son nain qu'il avait froid. Le nain sortit d'une aumônière qu'il portait une couverture faite d'une étoffe de soie richement travaillée, pour en couvrir le cage du papegau, qui était la plus belle et la plus somptueuse que nul homme ait jamais vue. Elle était toute d'or pur ajouré, avec des figures de bêtes et d'oiseaux divers ; il n'y avait oiseau ni bête qui n'eût dix-neuf rubis, les plus beaux qu'on ait jamais vus. Aux quatre angles de la cage, quatre escarboucles qui valaient un grand trésor resplendissaient dans l'obscurité et diffusaient une telle clarté que cent chevaliers et cent dames auraient pu s'en éclairer somptueusement !

Peu de temps après le moment où la cage fut recouverte, ils aperçurent à droite devant eux, sur un tertre, un château magnifique. Le chevalier demanda à Belle sans Vilenie si elle savait à qui appartenait ce château, et s'ils pourraient y loger en sécurité. Elle répondit affirmativement. Ils ne chevauchèrent pas longtemps : le seigneur du château vint à leur rencontre, monté sur un palefroi somptueusement équipé. Ils se saluèrent et le seigneur du château les pria fort courtoisement de venir loger chez lui, car c'était le moment de faire halte. Le Chevalier au Papegau et Belle sans Vilenie acceptèrent son offre. Le seigneur les en remercia vivement. Que vous dire de plus ? Le seigneur du château mit à leur disposition tout ce qu'il savait leur être agréable, et sans restriction.

VII

LE CHEVALIER POISSON

Le matin, au lever du jour, le papegau s'adressa en chantant à son chevalier :

— Seigneur, levez-vous car le jour est venu où vous devez être comblé d'honneur !

Les habitants du château étaient très surpris en entendant cette voix si douce, si nette, qui parlait si bien. Dès qu'il l'eut entendue, le Chevalier au Papegau se leva ainsi que Belle sans Vilenie ; grâce au nain, les chevaux étaient déjà préparés pour le départ.

Le seigneur du château insista pour qu'ils mangent avant de monter : le repas était déjà prêt. Ils acceptèrent, à cause de la grande bienveillance qu'il leur témoignait. Quand ils eurent mangé à leur gré, ils prirent congé de leur hôte, le remerciant vivement de l'honneur qu'il leur avait fait ; ils l'assurèrent de leur service. Après avoir recommandé leur hôte à Dieu, ils montèrent à cheval, allant dans la direction où Belle sans Vilenie les guidait, tout droit vers le pays où résidait la dame que le Chevalier au Papegau allait secourir. C'était une fée qui possédait la sagesse.

Et le papegau continuait à leur dire d'agréables récits et à chanter de beaux chants d'amour, jusqu'après l'heure de sexte. Lorsque celle-ci fut largement passée, ils entendirent devant eux une grande clameur et un surprenant vacarme ; les habitants fuyaient devant un chevalier qui dévastait toute la contrée. C'était précisément le chevalier à propos duquel Belle sans Vilenie était allée à la cour chercher du secours pour sa dame, et c'était pour l'affronter qu'elle ramenait le Chevalier au Papegau.

Peu de temps après, ils virent de loin venir à cheval le plus hideux, le plus horrible chevalier que l'on ait jamais vu, qui répandait le bruit d'une tempête : les gens fuyaient devant lui de tous côtés, de sorte que lorsque le nain et la damoiselle l'aperçurent, ils furent saisis d'une telle épouvante qu'ils s'enfuirent, eux aussi, dans des directions opposées. Et ce n'était pas surprenant, car le cheval était aussi grand qu'un éléphant, le chevalier à l'avenant : il vociférait si fort que ses cris faisaient résonner les pierres et la terre, et trembler les arbres à une lieue au moins à l'entour.

Quand le papegau vit son nain et la damoiselle prendre la fuite et qu'il entendit cette voix qui faisait résonner la terre sous lui – c'est du moins ce qu'il lui semblait – il crut sa mort arrivée :

— Ah, nain, lui cria-t-il, ne me laisse pas mourir ici ! Rappelle-toi les grands honneurs dont tu as bénéficié grâce à moi dans les pays lointains !

Mais le nain n'avait qu'une envie, celle de s'enfuir, lui d'un côté, la demoiselle de l'autre, car ils étaient tellement saisis de peur qu'ils ne pouvaient même plus rester l'un près de l'autre. Quand le papegau eut ainsi perdu son nain qu'il ne pouvait plus suivre des yeux, il se mit à prier fort courtoisement le chevalier de le laisser sortir de sa cage, afin de s'envoler sur un arbre pour ne pas être tué par ce démon.

Le chevalier rit de la peur du papegau :

— Papegau, avez-vous oublié la chanson que vous aviez commencée ? Gardez-la en mémoire et n'ayez aucune crainte, car nous la chanterons encore ce soir au lieu où nous passerons la nuit, si Dieu le veut !

Pendant que le chevalier et le papegau parlaient de la sorte, voici qu'approchait l'être le plus hideux qui fût jamais vu par nul homme au monde. Quand le chevalier le vit tout près de lui, il se signa, se recommanda à Dieu et se dirigea vers lui avec grande audace, après avoir saisi son écu, l'épée à la main. Ils s'affrontèrent sans autre discussion.

Le Chevalier au Papegau le frappait si vigoureusement sur l'écu qu'il le lui transperça ainsi que le haubert, et lui enfonça une bonne toise de son épée dans le corps. Le démon le frappa à son tour, si bien qu'il eût été en danger s'il ne s'était protégé de son écu, faisant glisser le coup. Dieu le protégea ! Voyant qu'il avait résisté au premier assaut, le papegau reprit courage, mais il n'avait pas encore retrouvé l'envie de chanter !

Après la première joute, les chevaliers mirent la main à l'épée et se donnèrent des coups nombreux et étonnants sur les heaumes. Le Chevalier au Papegau était très habile à l'épée, il savait bien se dérober et se garder ; il en avait bien besoin, car il combattait sans écu contre le plus grand monstre qu'on ait jamais vu et qu'on verra jamais. Apprenez qu'il y avait en lui tant de noblesse qu'il ne voulait frapper que sur le heaume. Et pour cette raison le Chevalier au Papegau mettait toute son attention à protéger le sien, car il était certain que la mort l'attendait si son adversaire pouvait l'atteindre d'un seul coup seulement.

Alors qu'il le frappait sur l'écu, voici qu'il en vit jaillir un sang rouge et chaud, ce qui étonna fort le Chevalier au Papegau, car il ne lui semblait point qu'il eût touché de son épée autre chose que du bois ou du fer. Et malgré tout, son seul but était de frapper sur le bras qui tenait l'épée, il le regardait attentivement et frappait toujours sur les bras. Ainsi dura la lutte des deux adversaires, elle était violente et âpre. Elle dura de midi au soleil couchant.

A cette heure-là le chevalier en frappant le monstre lui trancha le bras droit et l'épée. Aussitôt le papegau entonna de la façon la plus charmante :

— Qui m'a délivré de la peur que j'avais ?

En l'entendant, le Chevalier au Papegau se mit à rire, reprit du courage et de l'audace et frappa son adversaire sur le heaume, sur l'écu, sur le haubert. De chacun de ces lieux le sang jaillissait en telle abondance qu'on se demandait comment le chevalier pouvait tenir. Pour finir, il fut tellement affaibli par le sang qu'il perdait, en particulier de son bras droit, qu'il lui fut impossible de poursuivre le combat et il prit la fuite vers sa demeure, de toute la vitesse de son cheval. Mais le Chevalier au Papegau continuait à le frapper, le pourchassant partout où il pouvait le suivre. Il réussit à l'affaiblir si bien qu'il ne parvint plus à se tenir droit, et, saisi par la peur de la mort, il s'effondra à terre à cause du sang qu'il avait perdu.

Proche de la mort, il combattait encore si farouchement que si le Chevalier au Papegau ne s'était un peu écarté, le dernier affrontement eût été pire que le premier. Mais la sagesse, à ce moment-là, valait mieux que la prouesse : le Chevalier au Papegau recula un peu, jusqu'au moment où il vit que son adversaire ne pouvait se relever. A distance il observait la façon dont il se démenait : c'était la chose la plus stupéfiante du monde, car, en tournoyant dans tous les sens, il avait abattu dans les champs et la prairie une vingtaine d'arbres et plus encore, si grands qu'il aurait bien fallu quatre bœufs pour tirer le moindre d'entre eux. Ses gémissements faisaient résonner toute la contrée alentour. Effrayé par le frémissement des arbres, le palefroi du papegau se dirigea vers le destrier du chevalier, bien contre le gré du papegau, mais dès que celui-ci fut proche de son chevalier, voici que l'adversaire était arrivé à son dernier souffle : il était mort.

VIII

ENTRÉE D'ARTHUR DANS LA VILLE

Lorsque le Chevalier au Papegau vit sur le lieu du combat son adversaire inerte et mort, il se dirigea vers lui pour voir comment il était fait et équipé. Il le trouva assis sur le cheval comme s'il était vivant, et il vit des armes d'apparence sombre, noircies de fumée. Il tourna autour de lui, observant bien son corps ainsi que son destrier. Après avoir tout examiné, il voulut saisir le heaume pour voir s'il était léger, car il était de très grande taille. Or il était chaud. Ensuite il voulut l'ôter, mais cela fut impossible ; il s'en étonna fort et en chercha la cause. Après avoir bien cherché il vit qu'il ne faisait qu'un avec la tête, que celle-ci, toute ronde, était faite comme un heaume, et que la peau en était noire comme la peau d'un serpent. Son haubert était de même nature, mais de l'extérieur il semblait être fait de mailles, comme le sont les hauberts, de sorte qu'il paraissait un haubert véritable. Le Chevalier au Papegau observa le mort avec tant d'attention qu'il découvrit que le chevalier, le destrier, le haubert, le heaume, l'écu, l'épée et la lance étaient de même nature et ne faisaient qu'un, et il se demanda avec étonnement d'où le chevalier était venu.

Regardant de tous côtés, il se tourna dans la direction d'où il avait vu venir le chevalier au début, lorsqu'il chevauchait derrière son palefroi qui portait son papegau. Il retrouva les traces de Belle sans Vilenie et se mit à galoper à bonne allure, lui et son papegau, de peur que la nuit ne les surprît.

Peu de temps après ils rencontrèrent quatre chevaliers montés sur quatre beaux destriers, armés de la tête aux pieds, que la généreuse fée avait envoyés pour secourir le Chevalier au Papegau. Ils n'eurent pas de peine à le reconnaître, car le nain et la jeune fille qu'ils avaient rencontrés leur avaient raconté en détail toute son aventure. Ils le reconnurent aisément grâce au palefroi qui portait la cage où se trouvait le papegau, et aussi parce qu'il était visible qu'il avait combattu.

S'étant approchés, ils lui témoignèrent de grandes marques de déférence et de joie, et il en fit de même. Puis il lui demandèrent ce qu'était devenu le grand chevalier, et il leur raconta l'aventure de bout en bout, tout comme elle s'était déroulée.

Nul ne pourrait vous dire la joie des chevaliers lorsqu'ils apprirent qu'il était mort ! Leurs manifestations de joie et d'allégresse éclataient aux regards. Ils demandèrent au Chevalier au Papegau de les mener à l'endroit du combat pour voir celui que redoutaient tant les habitants de la contrée, et il le fit sans se faire prier. Quand ils eurent tout constaté comme ils le souhaitaient, ils retournèrent très heureux vers la ville, s'étonnant fort de ce que ce jeune chevalier pût avoir tant de courage et tant d'audace ! Pourtant il apparaissait bien bâti et tout à fait capable de se montrer chevalier de valeur.

Ils demandèrent au Chevalier au Papegau d'accepter que l'un d'eux les précède pour apporter les nouvelles à leur dame. Il leur dit d'agir comme ils le souhaitaient. Alors l'un d'eux partit vers la ville aussi vite que son cheval pouvait le porter. Il trouva sa dame dans le palais et lui raconta l'aventure du Chevalier au Papegau, de bout en bout. La dame fut plus heureuse que nul ne pourrait le dire. Elle fit tout de suite sortir de sa chambre des tentures de soie, superbement ouvragées d'or, demandant que le palais en soit tout décoré. Puis elle monta sur une mule bien sellée et couverte d'une magnifique étoffe de soie. Elle fit monter à cheval seigneurs et chevaliers, dames et demoiselles, et ordonna à tous les habitants de la ville de se rendre avec la croix et en procession au-devant du meilleur chevalier du monde, car il les avait délivrés de celui qui, chaque jour, venait saccager les terres et nuire aux habitants.

Elle ordonna encore qu'on fît sonner les cloches de la ville. Tous ses ordres, et même bien au-delà, furent exécutés. Tous sortirent de la cité, à cheval et à pied, et bientôt ils furent proches du Chevalier au Papegau ; ceux qui l'accompagnaient lui témoignaient beaucoup de respect.

A la vue de la procession, le Chevalier au Papegau mit pied à terre pour aller vers la croix, mais le bruit des instruments, de la fête et de l'allégresse que tous manifestaient au sujet du Chevalier était tel que l'on n'aurait entendu le tonnerre ! La dame elle-même mit pied à terre avec toutes les autres dames, avec les plus grandes marques d'égards et tous disaient en chœur :

— Soyez le bienvenu, vous, le meilleur chevalier qui soit au monde, qui avez aujourd'hui fait vos preuves en chevalerie !

Il remercia fort la dame et les seigneurs de l'honneur qu'ils lui faisaient, puis la dame remonta sur son cheval, en compagnie de ses seigneurs et ils retournèrent vers la ville, dans la joie et l'allégresse. Le Chevalier au Papegau et la dame chevauchaient côte à côte, la dame sur sa mule, le chevalier sur le palefroi blanc comme neige que la dame lui avait offert lorsqu'elle l'avait accueilli. Il faisait porter par un écuyer son heaume et son écu, et mener par un autre son destrier de la main droite.

IX

LE FESTIN

A l'entrée de l'Amoureuse Cité, la joie et le soulagement de tous, petits et grands, étaient si manifestes que nul ne pourrait les décrire. Ils ne pouvaient se rassasier de contempler le Chevalier au Papegau. Au pied du palais principal, ils lui firent mettre pied à terre pour le mener vers la salle où ils lui enlevèrent ses armes avec de nombreuses marques d'honneur.

Après quoi, ils le revêtirent d'un mantel que la dame lui fit remettre, d'une somptueuse étoffe de soie. Et voici que s'avançait Belle sans Vilenie, en compagnie de deux autres demoiselles : elle le pria très humblement de lui pardonner de s'être enfuie avec le nain, il lui accorda son pardon. Ils parlèrent de choses et d'autres jusqu'à l'heure du souper.

Si Belle sans Vilenie avait obtenu l'indulgence du chevalier, il n'en fut pas de même pour le nain et le papegau, car dès que le chevalier eut mis pied à terre, le nain courut s'occuper du papegau, comme il avait l'habitude de le faire, mais le papegau ne voulait pas de ses soins :

— Va-t-en, lâche, misérable nain, car tu n'es pas digne de me toucher, et je ne veux plus de toi ni de tes soins !

Il cria tant que tous ceux qui l'entendaient, petits et grands, s'en étonnèrent, car ils ne savaient pas le motif de leur querelle. Le papegau se mit à crier encore plus fort pour être entendu de son seigneur :

— Où est le meilleur chevalier du monde ? Pourquoi ne me fait-il pas porter avec lui ? Ne sait-il pas que j'ai aujourd'hui perdu mon nain dans la forêt ?

Il cria si fort que le chevalier l'entendit et ordonna à un jeune homme de le lui apporter, ce qu'il fit aussitôt. Quand le papegau fut devant son chevalier, il manifesta une telle joie que tous furent rassurés. Et ils furent soulagés de ce qu'il dit au sujet de son nain et de Belle sans Vilenie, mais le chevalier insista tant que le papegau oublia sa fureur et sa mauvaise humeur.

Alors Belle sans Vilenie entra dans la chambre où se trouvait la fée qui détient la sagesse et elle lui raconta l'accueil joyeux que le papegau avait fait à son maître et seigneur. Puis elle lui parla de la beauté et du mérite du chevalier, en femme qui connaît le pouvoir des mots. Elle raconta, en témoin, ce qu'elle avait vu en chemin. Elle agissait ainsi pour la distraire et la servir. Mais point n'en était besoin, car dès le premier moment où la dame l'avait vu, l'amour avait pénétré au plus profond de son cœur, si bien qu'elle ne pouvait plus songer à autre chose que de faire tout ce qu'il pouvait souhaiter.

Quand le souper fut prêt, les tables furent dressées dans le palais et les chambres, et les nappes disposées, belles et blanches, délicatement ouvragées, ainsi que le pain et le vin, le sel et les couteaux. Quand l'eau fut proposée, on installa le Chevalier au Papegau au plus bel endroit de la salle, et tous les seigneurs de l'Amoureuse Cité prirent place après lui. Les dames s'installèrent dans la chambre, très confortablement et agréablement, car un maître de vielle qui savait très bien jouer de son instrument leur chantait un lai d'amour courtois[1] :

1. Poème d'origine celtique : il s'agit ici d'un lai musical. Il existe comme on le sait des lais narratifs. Voir lexique.

il avait accordé sa voix qui était fort belle aux notes de sa vielle, et la mélodie était douce à entendre.

En un autre endroit de la salle, il y avait une telle fête et tant de lumières que nul ne pourrait le décrire : les quatre escarboucles de la cage du papegau répandaient un tel éclat dans le palais que c'était un spectacle surprenant ! Le papegau, quant à lui, racontait en chantant tous les faits que son chevalier avait accomplis lorsqu'il l'avait obtenu en récompense de son courage, si bien qu'il inspira audace et hardiesse aux chevaliers qui l'entendaient. Ainsi le souper se déroula à la cour dans la joie et l'allégresse.

Mais je ne veux pas m'attarder à raconter tous les mets qui furent servis, ce serait aussi lassant de raconter que d'écouter ! Ils soupèrent dans la joie. Le souper terminé et les tables enlevées, tous se lavèrent les mains et commencèrent à parler de ce que le papegau avait raconté au sujet de son chevalier.

La dame sortit de la chambre pour se rendre dans la salle, avec Belle sans Vilenie et au moins vingt autres dames et demoiselles, belles et élégantes, filles de princes et des plus grands seigneurs du pays. Les chevaliers se levèrent tous en voyant s'approcher leur dame et celles qui l'accompagnaient. Elle s'assit devant le Chevalier au Papegau sur une étoffe de soie qui était étendue dans la salle. Les autres s'installèrent çà et là avec les chevaliers, par groupes de trois ou de quatre ; ils parlaient d'amour et de ce qui leur plaisait.

La dame regardait tant le Chevalier au Papegau, ses manières, ses yeux, sa bouche, son front, son menton, toute sa personne, qu'elle ne pouvait se rassasier de le contempler. Quand elle l'eut regardé à souhait, elle lui dit :

— Que le bonheur comble la terre où naissent des chevaliers qui nous apportent tant de joie et de consolation ! Que le bonheur comble celui celui qui vous a fait chevalier, car par vous la chevalerie s'est bien illustrée ! Et qu'elle soit comblée de joie, la mère qui a porté un tel fils, considéré comme le meilleur chevalier du monde, ce dont témoignent ses actions elles-mêmes !

En entendant les éloges de la dame, le Chevalier au Papegau lui dit sa vive gratitude :

— Ma dame, je voudrais bien, pour l'amour de vous, être le meilleur chevalier du monde, car vous me semblez bien la plus belle dame, la plus noble que la nature ait jamais faite. Et si j'étais le meilleur chevalier du monde, je vous servirais comme la meilleure dame du monde, et je le ferais plus volontiers qu'aucune autre chose au monde. Mais j'ai si peu de mérite qu'aucune dame aussi belle que vous l'êtes, aucune dame aussi noble que vous, n'accepterait mon service !

— Comment ? dit la dame. N'avez-vous point d'amie ?

— Non, en vérité, ma dame !

— Et pourquoi ? dit-elle. Ne l'avez-vous pas souhaité ?

— Dame, je ne veux qu'un seul être, si je puis le posséder : celle qui m'a blessé au cœur, celle à qui mon cœur s'est livré, prêt à exécuter tous ses ordres !

— Noble seigneur, dit la dame, qui est-elle donc, cette dame ? Dites-le moi, que Dieu vous garde, je vous en supplie !

— Dame, c'est celle qui me parle de ma mort !

— De votre mort ? et comment donc ? dit la dame.

— Elle me parle de ma mort, puisqu'elle exige que je lui dise ce dont je mourrai !

Pendant qu'ils parlaient de la sorte, le papegau avait bien entendu ce qu'ils avaient dit – car nul ne pouvait murmurer si secrètement qu'il ne sache ce qui se disait – et pour cette raison il vit bien quel était le désir de son seigneur, lui qui avait le savoir de toutes choses : il entonna alors un lai d'amour si doux que la dame cessa de parler, écouta et emprisonna dans son cœur les notes que chantait le papegau. Et celui-ci chanta jusqu'à l'heure du coucher, lorsque la dame ordonna que l'on apporte le vin.

Quand ce fut fait, la dame se rendit dans sa chambre avec ses demoiselles, tous les seigneurs se séparèrent. On installa dans la salle même un lit magnifique et somptueux pour le Chevalier au Papegau et il s'y glissa avec plaisir, car il avait eu une journée bien lourde. Quand il fut couché, le papegau se mit à lui faire le récit d'une aventure qu'il savait fort belle, l'histoire d'une dame qui était captive, très injustement, et il la lui racontait en termes si bouleversants que le chevalier en fut tout ému.

X

LE LIGNAGE DU CHEVALIER POISSON ET LE ROYAUME DES PUCELLES

Ainsi le Chevalier au Papegau s'endormit pour toute la nuit. Au matin, quand l'aube se leva, à l'heure où les oiseaux chantent les matines, le Chevalier au Papegau se prépara, mit des chausses et de superbes vêtements ouvragés d'or que la dame lui avait envoyés. Quand il fut habillé et prêt, ainsi que les autres de la cour et de la ville, petits et grands, la dame donna l'ordre de seller les chevaux pour les seigneurs, les dames et demoiselles, car elle voulait aller voir celui qui lui avait si longtemps causé des torts, aussi bien à ses gens qu'à sa terre.

Ils montèrent tous à cheval, heureux et joyeux, et ils chevauchèrent fort allègrement au son des vielles et des harpes. Le Chevalier au Papegau et la Dame aux Cheveux Blonds – tel était le nom de la dame de l'Amoureuse Cité, la fée qui détient la sagesse – chevauchaient en tête, parlant de tout ce qui leur plaisait ; et les chevaliers et dames les suivaient, chantant très harmonieusement des chansons à deux voix, si bien qu'ils arrivèrent au lieu où le combat s'était déroulé. Voilà sous leurs yeux le mort gisant à terre. Que vous dire de plus ? Ils le regardèrent et l'examinèrent si bien qu'ils affirmèrent que c'était le spectacle le plus horrible du monde entier.

La dame ordonna alors au maréchal de le faire écorcher et d'apporter sa peau en l'Amoureuse Cité, de la faire placer en un lieu où elle puisse toujours être contemplée comme une chose prodigieuse. Il fit ce que sa dame lui avait ordonné. On écorcha le mort, on ne trouva qu'une seule peau, aussi bien pour le destrier que pour le chevalier : ils étaient en effet de même nature. Car on lit en un livre qu'on appelle Mappemonde[1] qu'il existe

1. La *Mappemonde* à laquelle se réfère le récit doit être l'un de ces textes que l'on appelait *Imago Mundi*. De Gossuin de Metz, au XIIIe siècle, à Pierre d'Ailly, au début du XVe siècle, les parties consacrées à l'Inde font état de prodiges divers. Gossuin de Metz parlant des « diversitez d'Ynde » décrit en particulier des êtres « qui sont moitié bestes et moitié honmes ». L'*Imago Mundi* de Gossuin a joui d'un grand succès ; il est possible que la *Mappemonde* du *Papegau* se refère à cette tradition d'un monstre, qui semble un centaure à armure médiévale !

un monstre qui vit dans la mer, que l'on appelle le Chevalier Poisson, qui semble avoir destrier, heaume, haubert, lance, écu et épée, mais tout ceci en réalité fait partie de lui-même, ce qui était ici le cas.

Ensuite ils retracèrent le chemin qu'il parcourait quand il venait dans la contrée, et ils découvrirent que ce chemin menait tout droit vers la mer. Arrivés sur le rivage, ils ne purent aller plus avant et s'arrêtèrent, regardant en amont et en aval, les uns vers la mer, les autres en direction de la terre. Et bien peu de temps après ils virent sur la mer se lever des vagues si hautes qu'il leur semblait qu'elles touchaient le ciel. Puis ils entendirent un vent et un tonnerre d'une telle violence qu'ils pensèrent tous être voués à la mort. Cette tempête dura un bon moment. Lorsqu'elle fut terminée, ils entendirent des cris, des gémissements et des pleurs, mais ils ne savaient de qui et ne pouvaient percevoir autre chose que la clameur et les plaintes dans les roseaux. Et ils se demandaient avec grand étonnement ce que cela pouvait être. Certains disaient que c'était le lignage du Chevalier Poisson, les autres que c'étaient des démons qui manifestaient leurs pouvoirs. Les avis étaient divers et l'on ne pouvait savoir la vérité.

Ils s'attardèrent là un bon moment, puis s'en retournèrent tous ensemble vers la ville.

Et voici qu'arriva au devant d'eux une demoiselle à cheval, pleurant et criant de toutes ses forces ! Elle était tout enrouée, elle venait battant ses paumes, se tordant les mains et s'arrachant les cheveux qu'elle avait blonds et luisants : elle se comportait comme une femme hors de son sens. Quand elle fut près d'eux, elle descendit de sa mule en clamant :

— Où est le Chevalier au Papegau ?

Le chevalier accourut pour savoir ce qu'elle demandait et ce qui lui arrivait, la Dame aux Cheveux Blonds en fit de même. Le papegau se mit à crier à son nain de le porter vers son seigneur pour voir et entendre ce que la demoiselle allait demander. Ce qui fut fait. Et quand la demoiselle vit le Chevalier au Papegau, elle se laissa tomber à terre.

Quand le chevalier la vit étendue, il descendit de son cheval pour la relever, mais elle avait perdu conscience et il fut impossible de la soulever. Quand elle eut repris ses esprits, elle dit :

— Cher et noble seigneur, j'implore votre pitié, au nom de Dieu, ayez pitié de moi !

Il lui en demanda la raison et elle lui répondit qu'elle ne la lui dirait point et ne bougerait pas du lieu s'il ne lui promettait de l'aider et de la secourir. Elle lui exprima sa demande si instamment qu'il lui promit de faire tout ce qu'elle voulait. Alors la demoiselle, à genoux, lui exposa sa plainte :

— Noble et cher seigneur, fit-elle, la renommée de votre vaillance qui s'est répandue à travers le monde m'a poussée à partir à votre recherche, si bien que je vous ai enfin trouvé, par la grâce de Dieu ! Mais ce n'est pas pour moi que je vous ai cherché : c'est pour la meilleure des demoiselles, la plus avisée que l'on puisse trouver au monde, celle à qui appartient la plus grande terre, celle qui est emprisonnée par la plus grande des injustices ! Et voici la vérité : la demoiselle dont je vous parle est la fille du roi Belnain de l'Ile Forte. Son royaume, fort beau et plein de délices, que la mer enclôt de part et d'autre, se nomme le Royaume des Pucelles. La demoiselle, quant à elle, s'appelle Flor de Mont ; son père fut blessé au cours d'un tournoi, il mourut. Il n'avait nul héritier, sauf la belle Flor de Mont qu'il confia, ainsi que toute sa terre, à son maréchal qui l'avait bien servi de son vivant. Quand ce dernier eut le royaume en son pouvoir, il se fit prêter hommage par tous les seigneurs qui durent s'engager à lui donner la belle Flor de Mont pour épouse. Ils le firent car il était valeureux et avait entre ses mains tous les châteaux et toutes les forteresses, à l'exception d'une château bâti sur un roc, qui est très résistant et fort impressionnant. Celui-ci est encore aux mains de la reine et de sa fille, qui se défendent avec bien peu de gens contre le maréchal qui veut par la contrainte épouser la jeune fille.

« Mais la grande renommée de vaillance, de prouesse, de loyauté, de générosité, de mesure et de pitié qui est vôtre m'a fait entreprendre cette quête avec tous ses risques, au grand péril d'y laisser la vie ! Car si j'avais été trouvée ou aperçue par les gens du maréchal, tous les biens du monde ne m'auraient préservée d'une mort honteuse, et je ne reprendrai jamais le chemin du retour si ce n'est avec votre aide.

Alors elle demanda au chevalier :

— Savez-vous ce que vous m'avez promis ?

Il le savait, lui répondit-il, et comme elle l'interrogeait plus avant, il lui répondit qu'il lui avait promis d'agir totalement selon sa volonté, dans la mesure de ses possibilités.

— Je vous demande, dit-elle, de la part de Flor de Mont, qui m'a envoyée ici vers vous, de venir directement avec moi au château où elle se trouve avec sa mère, pour les arracher à la captivité qu'elles subissent injustement.

— Demoiselle, dit le Chevalier au Papegau, je ferai ce que vous voulez, puisque je vous l'ai promis et je serai fort heureux si je puis accomplir ce que demande votre dame. Montez sur votre cheval et rendons-nous avec ces chevaliers à l'Amoureuse Cité ! C'est ainsi que nous commencerons notre parcours.

Elle le fit, comme il le lui dit.

XI

LE TOURNOI DE LA DAME AUX CHEVEUX BLONDS

Le Chevalier au Papegau fut couvert d'éloges pour avoir promis de secourir la demoiselle. Seule la Dame aux Cheveux Blonds ne voulait y consentir. Quand elle apprit qu'il avait promis de partir avec la demoiselle, elle éprouva un tel chagrin qu'elle crut bien perdre la raison. Cependant, face à tous ses proches, elle le dissimula si bien que nul ne put s'en apercevoir, et comme auparavant, elle fit très bon visage au Chevalier au Papegau,.

C'était d'ailleurs pure justice, car il l'avait bien mérité. Ils chevauchèrent tant et si bien qu'ils arrivèrent dans la ville, au pied du palais principal. Lorsqu'ils eurent mis pied à terre, la dame fit proclamer un tournoi qui aurait lieu huit jours plus tard : celui qui aurait le prix du tournoi obtiendrait d'elle un baiser devant tous les seigneurs, elle le considérerait comme son ami durant toute une année. Elle insista tant auprès de la demoiselle de Flor de Mont pour qu'elle reste auprès d'elle jusqu'à la fin du tournoi avec le Chevalier au Papegau qu'elle fut bien obligée de l'accorder.

XII

LE RENDEZ-VOUS AVEC LA DAME

Tous les seigneurs étaient très heureux que la dame ait décidé d'accorder le baiser à celui qui montrerait le plus de mérite au tournoi, et ils espéraient que celui qui obtiendrait le baiser serait pris pour époux.

Chacun s'habilla aussi somptueusement que possible. De toutes part affluaient seigneurs et chevaliers afin de participer au tournoi pour l'amour de la dame.

L'amour qu'elle suscitait faisait que chacun, au fond de son cœur, s'imaginait qu'il serait le meilleur chevalier du tournoi et qu'il aurait droit au baiser devant tout l'ensemble des seigneurs, et parmi tous il n'y aurait qu'un seul à l'obtenir !

En attendant le terme du tournoi, la Dame aux Cheveux Blonds et le Chevalier au Papegau menaient une vie très agréable, et ils dînaient souvent ensemble dans la chambre ou le jardin. Un jour avant la date prévue pour le tournoi, tous les seigneurs du pays se trouvèrent rassemblés dans la prairie située devant l'Amoureuse Cité. La dame avait déjà fait édifier d'un côté de la prairie des gradins où elle devait prendre place avec ses demoiselles pour bien voir le tournoi, ce qui devait inciter les chevaliers, lorsqu'ils les verraient, à se montrer plus courageux et hardis.

Ce jour-là encore, la veille du tournoi, la dame fit préparer un lit couvert de tentures de soie incrustées de pierres précieuses qui répandaient une très vive clarté dans une chambre que de savants maîtres avaient construite avec un grand art : elle était telle que toute personne qui la voyait de l'extérieur ne savait pourquoi elle était si blanche et si claire qu'on pouvait à peine la regarder.

A l'intérieur elle était haute et claire, avec des voûtes ; au plafond de la chambre se trouvaient toutes les sortes de pierres de l'univers, possédant quelque vertu ; elles étaient taillées en formes d'animaux, d'oiseaux ou de fleurs, ou bien elles évoquaient nombre d'histoires des anciens faits. Et au milieu de la chambre se trouvait une pierre sculptée en forme de faucon, qui tenait dans son bec une chaînette d'or. Elle pendait bien d'un empan, où était fixée une escarboucle qui resplendissait dans l'obscurité d'une si grande clarté qu'il semblait que la chambre en était toute embrasée.

La poitrine du faucon cachait une fiole de verre remplie d'un baume qui répandait par le bec de l'oiseau une odeur si pénétrante que toute la chambre en était remplie, si bien que tous ceux qui s'y trouvaient se croyaient au paradis. Et le faucon tenait entre ses pattes une tablette de marbre, longue d'au moins une aune et large d'au moins un empan, toute peinte d'or, où se trouvaient tracées d'une belle écriture des lettres qui se laissaient lire aisément.

La Dame des Cheveux Blonds fit dire au Chevalier au Papegau de venir lui parler dans la chambre. Il s'y rendit plein de joie, car c'était la chose au monde qu'il désirait le plus. Quand elle le vit arriver, elle alla à sa rencontre jusqu'à la porte de la chambre, le prit par la main nue en souriant et lui dit la bienvenue. Il s'inclina devant elle en la regardant avec tendresse. Puis ils s'assirent sur le lit, échangeant de tels regards qu'ils se dérobèrent leurs cœurs, l'un à l'autre, et parlèrent de ce qui plaisait le plus à tous deux :

— Seigneur, dit la dame, Amour m'a blessée au cœur et m'ordonne de me plier à sa volonté, mais je ne sais si vous en éprouvez autant !

— Ma dame, dit le chevalier, je ne sais si Amour vous a touchée en ma faveur ou pour un autre et je ne peux que prêter foi à vos paroles. Mais si Amour vous conseille de m'accorder quelque bonté, il ne le fait pas parce que je serais en mesure de lui ordonner quoi que ce soit – car je n'ai pas encore tant fait pour lui que je puisse être digne de le voir faire quelque chose pour moi ! – mais il me l'accorde par sa générosité et sa grâce ! Et pour cette raison j'ai placé mon cœur totalement en sa volonté, et je lui demande nuit et jour qu'il m'accorde de faire et de dire ce qui lui plaira, et rien d'autre !

— Seigneur, dit la dame, quel est l'objet de votre prière à Amour ? Est-ce que vous lui demandez de vous apprendre à me parler ?

— Dame, dit-il, je le prie de diriger vers moi votre cœur de sorte que vous ayez de la pitié pour ce que je ressens pour vous.

— Mon cœur ? Seigneur, par ma foi, mon cœur, je ne l'ai plus ! dit-elle.

— Et qui le possède donc, dame ? dit le Chevalier au Papegau.

La dame ne répondit mot, mais elle s'appuya contre lui en le regardant avec tendresse, de sorte qu'il devint plus hardi et la prit dans ses bras. Ils tombèrent tous deux sur le lit, échangeant baisers et caresses selon leur désir et sans entraves. Et je crois bien que la dame aurait alors perdu le nom de chasteté, s'ils n'avaient entendu une demoiselle s'approcher de la porte de la chambre. Alors ils se levèrent afin de ne pas être surpris.

La dame demanda au chevalier s'il savait lire. Il répondit que oui :

— Lisez donc, dit-elle, les lettres qui sont tracées là-haut sur la tablette que tient ce faucon.

Elle le laissa lire, puis lui demanda ce qu'elles disaient :

— Dame, répond-il, je lis les mots suivants : « Toi, chevalier, qui te trouves à mes pieds, accorde avec joie ce que te demandera la dame à qui tu parles. »

— Seigneur, dit la dame, voulez-vous m'accorder ce que disent ces mots ? Ensuite vous aurez mon cœur selon votre désir !

— Dame, dit le chevalier, il n'est rien au monde que je puisse faire et que je ne fasse pour cette promesse !

— Et puis-je donc en être sûre ?

— Dame, dit le chevalier, oui ! Dites ce qu'il vous plaira et je le ferai si je le puis.

— Seigneur, dit-elle, je veux que vous combattiez demain au tournoi pour moi et que vous m'y serviez comme le plus mauvais chevalier du monde, car je veux que votre mauvais mérite soit connu de par le monde et s'oppose ainsi au grand mérite qu'on vous a reconnu jusqu'à maintenant !

— Ah, ma dame, par pitié, dit le chevalier, permettez que je vous serve demain comme le meilleur chevalier qui sera au tournoi, s'il vous plaît, et ensuite seulement comme le plus mauvais des chevaliers !

— Ceci n'est pas ma volonté ! dit la dame, je veux que vous m'accordiez ce que vous m'avez promis.

— Certes, dit le chevalier, je le ferai, puisque je vous l'ai promis, mais il me plairait davantage de vous servir comme le meilleur chevalier ! Pourtant je ne veux faire que ce qu'il vous plaît, car nul ne peut mieux servir son seigneur qu'en faisant ce qui lui plaît et ce qui lui convient.

Alors il quitta la chambre et se rendit dans la salle, tout plongé dans ses pensées. Pourtant il simula la joie, si bien que personne ne s'aperçut de rien. Et le papegau se mit à chanter fort gracieusement à l'intention de son seigneur :

— Le chagrin que vous éprouvez cédera à une grande gloire, si bien que personne ne le connaîtra !

Tous ceux qui l'entendaient étaient fort étonnés, à l'exception du chevalier lui-même qui pensait pouvoir se fier à tout ce qu'il disait ; et il reprit courage grâce à ce qu'avait dit le papegau. Sa nuit en fut plus douce.

XIII

LE PLUS MAUVAIS CHEVALIER DU MONDE

Le matin du jour où le tournoi devait avoir lieu, la Dame aux Cheveux Blonds se leva, s'habilla magnifiquement d'une tunique et d'un mantel de sidoine blanc comme neige – il semblait exactement de la même couleur – et la blancheur lui allait bien. Le mantel était si léger qu'on aurait pu, sans la fourrure, le placer en une aumônière : il était d'une riche étoffe de soie fort habilement travaillée d'or et de pierres précieuses. Ainsi revêtue et parée, elle sortit de la ville avec ses dames et ses demoiselles. Elles montèrent sur les gradins que la dame avait fait édifier dans la prairie, pour mieux voir le tournoi et pour inspirer à ceux qui combattraient plus de hardiesse et de courage.

Lorsqu'elles furent toutes montées sur les gradins, les chevaliers sortirent des rangs, piquant des éperons l'un vers l'autre, s'affrontant avec un bruit stupéfiant de lances brisées. Lorsque les lances furent rompues, ils mirent la main à l'épée pour un combat violent et plein de périls. Les dames et les demoiselles regardaient avec attention le Chevalier au Papegau. Aucune lance en effet ne le frappait sans le désarçonner ! Lorsque les siens le voyaient à terre, ils le relevaient et il se laissait à nouveau frapper, prendre et mener vers chaque chevalier, l'un ou l'autre, sans se défendre. Que vous dire de plus ? Ce jour-là il se comporta si mal que tous ceux qui se trouvaient là disaient que jamais on n'avait vu un chevalier aussi mauvais que lui en ce tournoi, et tous se demandaient avec étonnement comment il avait pu vaincre le Chevalier Poisson. Ils se disaient :

— Il a dû en venir à bout par quelque enchantement !

Mais ensuite ils ajoutaient que s'il avait eu ce pouvoir, pour rien au monde il ne se serait laissé ainsi couvrir de honte devant une telle assemblée de seigneurs.

Un grand nombre de chevaliers de la cour furent affligés à cause des grands mérites qu'ils lui connaissaient. Quand le tournoi eut pris fin, le comte Doldois du Château d'Amour, qui avait depuis longtemps fait sa cour à la Dame aux Cheveux Blonds, voyant qu'il avait ce jour-là désarçonné à deux reprises le Chevalier au Papegau, pensa bien obtenir le baiser de la dame et devenir son ami pour un an. Il se vanta devant tous les seigneurs et devant la Dame aux Cheveux Blonds, disant qu'il était le meilleur chevalier du monde et qu'il n'y avait chevalier en ce lieu à qui il ne le prouverait au corps à corps. Nul ne le contredisait. Lorsque le Chevalier au Papegau le vit ainsi se vanter, sans que nul puisse le contredire, il dit :

— Si demain la volonté de ma dame devait être changée, je vous prouverai bien, lorsque le tournoi sera terminé, que vous n'êtes pas le meilleur chevalier du monde !

Quant le comte Doldois entendit le Chevalier au Papegau, il rétorqua :

— Mauvais, lâche chevalier, qui avez aujourd'hui été désarçonné par tous les chevaliers du tournoi – et par moi-même qui vous ai désarçonné à deux reprises –, comment êtes-vous assez audacieux pour parler de prouesse devant moi ?

— Certes, dit le Chevalier au Papegau, je suis certain de ce que je dis, et si ma dame y consent, je vous le montrerai bien demain !

Alors le comte Doldois s'avança pour donner son gage à la Dame aux Cheveux Blonds qui était déjà descendue des gradins avec ses compagnes à cause de la querelle qui opposait le comte Doldois au Chevalier au Papegau. Quand elle vit qu'il tendait son gage contre le Chevalier au Papegau, la dame le prit et le confia à quatre seigneurs du lignage du comte Doldois. Elle ajouta qu'il avait commis une grande folie et s'était avancé bien imprudemment en insultant celui qui avait tué le Chevalier Poisson, que lui-même ni aucun autre n'avait pas même osé affronter du regard ! Puis elle s'adressa au Chevalier au Papegau :

— Seigneur, qui se portera garant de vous ?

— Dame, dit-il, votre propre bienveillance, ainsi que mon papegau !

— Très volontiers, dit la dame, si votre papegau est d'accord !

Alors le papegau se mit à crier :

— Seigneur, voulez-vous que je meure ?

— Non, assurément, papegau ! répondit le chevalier.

— Dame, dit alors le papegau, prenez-moi sans vous inquiéter, à la condition que mon chevalier soit présent demain au tournoi et puisse prouver son mérite, de sorte que le comte Doldois ait à se repentir de ce qu'il a avancé devant vous.

— Aujourd'hui n'était-il donc pas au tournoi ? demanda la dame au papegau.

— Dame, non !

— Et où était-il donc ?

— En captivité !

— Et où donc ?

— Sur ce champ de bataille où nous sommes !

— En captivité ? dit la dame, et comment cela pourrait-il être ? Je l'ai vu aujourd'hui chevaucher sur le lieu du combat et il n'y avait personne pour l'en empêcher ! Dans quelle prison était-il donc, papegau ! Pour l'amour de Dieu, dis-le moi !

— Dame, ce fut la pire qu'homme ait jamais eue, car il avait dû abandonner la valeur de soi.

— Et pour quelle raison ? demanda la dame.

— A cause de l'ordre le plus mauvais et le plus infâmant qui fût jamais donné à un chevalier !

— Et qui le lui avait donné ?

— Vous savez certainement que ce fut une méchante créature, car nul être doué de bonté n'aurait jamais donné un ordre aussi inique !

— Qui donc était cette personne ? demanda la dame.

— Laissez-moi en paix ! répondit le papegau. Car ce qui devrait être dit maintenant serait plus volontiers écouté que ce que je viens de dire !

— Si vous ne le dites, dit la dame, je ferai de vous à ma guise, demain, quand votre chevalier sera vaincu !

— Dame, dit le papegau, s'il ne doit m'arriver d'être mal en point qu'au moment où il sera vaincu par un chevalier au corps à corps, en combat singulier, hé bien, je vivrai bien longtemps !

XIV

LA VENGEANCE D'ARTHUR

Ils cessèrent alors de parler et s'en retournèrent vers la ville. Le Chevalier au Papegau éprouvait une grande honte d'avoir si mal combattu ce jour-là au tournoi, et des propos qu'avait tenus le comte Doldois du Château Amoureux. Toutefois il reprit courage en pensant que le lendemain il se vengerait bien. Son papegau ne cessait de lui chanter des chansons belles et agréables à entendre, pour lui donner courage.

Quand ils furent arrivés à la ville, la Dame aux Cheveux Blonds et le Chevalier au Papegau montèrent vers la salle ainsi que leurs compagnons.

La dame n'était plus du tout maîtresse d'elle-même, car Amour la faisait souvent changer de couleur, la tourmentait et l'accablait si fort pour l'amour du Chevalier au Papegau qu'elle ne pouvait se tenir tranquille. Elle se leva, entra dans l'une de ses chambres, celle où elle s'était entretenue le jour précédent avec le Chevalier au Papegau ; elle fit dire qu'elle ne se sentait pas bien et refusa toute compagnie.

Elle lutte contre Amour. Amour l'assaille, lui disant que le Chevalier au Papegau est le plus beau et le meilleur et le plus loyal chevalier du monde, celui qui sait aimer le plus sincèrement ; il affirme qu'il n'aurait pas accepté de subir une grande honte pour elle, comme cela a été le cas au tournoi, s'il ne l'avait pas aimée du plus profond de son cœur.

Amour la presse tant qu'elle finit par se dire qu'elle ne saurait trouver de récompense pour ce qu'il avait fait pour elle, ni lui rendre un honneur comparable au déshonneur qu'il a subi pour elle. Elle dit alors qu'elle le fera venir cette nuit-là auprès d'elle et s'abandonnera totalement à son désir.

Puis elle se dit qu'il la repousserait ! Mais Amour lui rétorque qu'elle est si belle et si séduisante qu'il n'est nul chevalier au monde, si hardi soit-il, qui n'accepte le risque de perdre sa vie pour un seul baiser donné de ses lèvres. Mais elle dit à son tour qu'il ne viendra pas pour autant, car elle s'était la veille abandonnée à son désir et se serait livrée toute à lui « s'il n'y avait eu une jeune fille qui avait failli les surprendre… »

— Mais précisément pour cette raison, réplique Amour, il viendra de meilleur gré, car il a bien goûté la douceur de votre baiser et de vos bras, et se fera prisonnier d'une telle prison qu'il n'est rien au monde que vous lui commandiez, qu'il ne fasse pour vous !

— Hélas, dit la dame, le bon accueil que je lui ai fait hier m'a enlevé la vie, car il m'a dérobé le cœur, par les délices où nous étions, de sorte que jamais je ne pourrai le recouvrer, tant que je vivrai !

— Et si tu lui voulais tant de bien, dit Amour, pourquoi lui as-tu donné l'ordre de se couvrir d'un tel déshonneur qu'il lui sera difficile dans l'avenir de s'en laver ?

— Je lui ai donné cet ordre, pour savoir s'il m'aimait sincèrement ! Et je n'imaginais pas qu'il en ferait tant pour moi : si j'avais deviné qu'il le ferait, je ne le lui aurais ordonné pour rien au monde ! J'en serai affligée et accablée pour le restant de mes jours ! Si cependant je pouvais y changer quelque chose, je le ferais avec plus d'ardeur que l'ordre ne lui en fut donné, et si j'osais penser qu'il vienne vers moi, je le ferais venir. Mais je pense qu'il ne l'accepterait pas, car je n'aurais pu lui donner d'ordre pire que celui que je lui ai donné hier.

— Certes, dit Amour, il n'aurait pu être pire, mais toutefois, il ne pourra s'empêcher de venir ! Je vous conseille d'aller vers lui, de lui accorder l'accueil le plus tendre et le plus amoureux que vous pourrez. Dites-lui les mots suivants : « Seigneur, je vous aime plus que moi-même, et c'est pure justice et pure raison, car vous m'avez aimée plus que vous-même. Je suis certaine d'une chose, c'est que vous avez aujourd'hui accompli pour moi une action que vous n'auriez pas faite pour vous, bien plutôt vous auriez préféré la mort ! Ainsi il est juste que je sois vôtre tous les jours de ma vie. Et je veux que vous veniez avec moi dans ma chambre, et votre force en sera plus grande demain au tournoi, dans l'affrontement contre le comte Doldois qui s'est vanté de ce qui sera sa honte. »

« Menez-le dans votre chambre, ajouta Amour, et abandonnez-vous à son désir.

Pourquoi allonger le récit ? Elle fit ce qu'Amour lui avait conseillé, elle le mena dans sa chambre et lui manifesta le plus grand attachement qu'aucune femme pût montrer à un homme, elle était prête à s'abandonner à sa volonté et à son désir.

Quand le Chevalier au Papegau se rendit compte qu'il pouvait la posséder sans entraves, il saisit avec rage ses tresses de ses deux mains et la jeta à terre :

— Mauvaise femme, pleine de méchanceté, lui dit-il, voici ! Voyez le service que je vous ai promis : j'ai promis de vous servir comme le plus mauvais chevalier qui soit au monde. Et je suis disposé à tenir ce que je vous ai promis ! Vous m'avez aujourd'hui arraché à la vaillance et à l'honneur, et ma honte durera toute ma vie ! Il y a un instant, vous vouliez vous abandonner à mon désir, et vous m'avez encore pris pour le plus mauvais chevalier du monde : il vous aurait été plus profitable de me prendre pour le meilleur ! Pour cette raison, en ce jour, je vais vous rendre le service que vous rendrait le plus mauvais chevalier du monde, puisque c'est ce que vous méritez.

Alors il la traîna par les tresses à travers la chambre, en la battant et en la piétinant. Tout en pleurs elle ne cessait de le supplier de prendre pitié d'elle :

— Pour l'amour de Dieu !

Elle se lamentait tout bas, à voix étouffée, afin de ne pas être entendue dans la salle, et pour que ses demoiselles, qui se trouvaient dans les autres chambres, ne l'entendent pas.

Quand le chevalier l'eut bien battue et foulée aux pieds, il la laissa, quitta la chambre et revint dans la salle où il trouva les chevaliers et les grands seigneurs qui jouaient aux jeux de table et aux échecs. Il leur montra le visage le plus accueillant possible, afin que nul ne s'aperçût de sa colère.

XV

LES TOURMENTS DE LA DAME

La Dame aux Cheveux Blonds resta pleine de chagrin et de honte, après le départ du chevalier, mais toutefois afin que nul ne s'aperçût de rien, elle s'essuya au plus vite les yeux et les larmes qui lui collaient au visage, elle arrangea ses cheveux de son mieux, en se disant : « Ah ! malheureuse, comme il m'a couverte de honte, ce chevalier maudit, cet étranger dont je ne sais qui il est, hormis qu'il est le plus insolent du monde ! »

Et puis au fond d'elle-même une voix lui dit qu'il n'était pas insolent, mais courtois et courageux, hardi et sincère, et plus courageux qu'aucun chevalier au monde : « Et s'il n'y avait en lui une grande générosité et une grande sincérité, il ne m'aurait pas tenu la promesse de se comporter au tournoi comme le plus mauvais chevalier du monde, ce qu'il a fait ; ce qui lui a valu tant de honte qu'aucun chevalier au monde n'aurait accepté – après avoir reçu en cette cour autant de marques d'estime à cause de ce qu'il avait accompli pour moi et pour les miens, comme cela a été le cas – la honte qu'il a subie, pour aucun bien qu'on puisse lui donner ni pour aucune paroles élogieuse ! Seule sa perfection lui a fait supporter le traitement infligé par le comte Doldois, et s'il n'avait été plus audacieux et plus courageux que nul autre, jamais il n'aurait osé me toucher comme il l'a fait.

« Et puis, ajouta-t-elle, ce ne fut pas une action courageuse de me battre, mais plutôt un acte insensé, car s'il ne m'avait battue, il aurait fait de moi ce qu'il aurait voulu et aurait été proclamé roi riche et puissant.

« En me faisant ainsi payer mon ordre inique, il a accompli, se dit-elle encore à elle-même, l'action la plus noble qu'un chevalier ait jamais accomplie ! Hélas, malheureuse ! n'aurait-il pas été préférable pour moi qu'il m'ait servie comme le meilleur chevalier du monde ? Certes oui, car tous ceux qui l'auraient vu au tournoi auraient dit : « Une dame comme la nôtre convient bien à un tel chevalier ! » Et comme il aurait plu à tous, par sa vaillance et sa générosité, il ne m'aurait pas déplu, car il est beau et séduisant.

« Malheureuse, ajouta-t-elle, je ne sais que faire. Je sais bien qu'il est l'homme le plus noble et le plus courageux du monde. Et comme par mon ordre inique il s'est montré aujourd'hui mauvais chevalier, il a accompli en ce jour l'acte le plus noble qui ait jamais existé, car il a dédaigné prendre ce qu'il aurait pu avoir sans difficulté, parce qu'il ne s'en sentait pas digne à cause de la lâcheté qu'il avait manifestée au tournoi. C'est pour cette raison qu'il n'a pas voulu assembler son démérite et ma noblesse !

« Malheureuse, qu'ai-je dit ? Je n'ai aucune noblesse car je n'aurais pas dû lui donner l'ordre que je lui ai donné, mais j'aurais dû lui accorder plus belle récompense pour le service qu'il m'avait rendu et les grandes peines qu'il avait endurées pour moi, que je ne l'ai fait en lui donnant cet ordre ! J'en mourrai, si c'est la volonté de Dieu. Ah, Dieu, noble père de Jésus-Christ ! dit la dame, aide-moi par ta puissance ! car la faute dont je suis coupable m'a couverte de honte. Par cette faute le diable me tient si bien en son pouvoir qu'il m'a poussée à faire ce qui a provoqué ma honte, si vous ne m'apportez secours et pitié ! Et si le Chevalier au Papegau s'en va sans se réconcilier avec moi, je mourrai de la douleur et de la honte qu'il m'a causées, si un autre devait l'apprendre à l'exception de nous deux.

« Malheureuse, qu'ai-je dit ? Cacherai-je ce qu'il m'a fait, celui qui m'a maltraitée et couverte d'une honte plus grande qu'a jamais endurée aucune dame au monde ? Certes, je le ferai mettre en pièces, pour qu'il ne puisse s'en vanter en aucun lieu, où qu'il aille !

Puis elle se dit à elle-même : « Que diront donc ceux de cette terre qui ont vu que tu lui as rendu un si grand honneur, alors qu'ils savent bien ce qu'il a fait pour toi ? » Ils diront : « Elle est belle, la récompense que notre dame accorde à celui qui a vaincu le Chevalier Poisson ! » Ce serait un beau sujet de honte. Personne, en l'apprenant, ne viendrait plus à mon service.

Elle était plongée dans de telles pensées et dans un tel désarroi qu'elle ne savait que décider. Alors elle appela l'une de ses demoiselles et lui dit de faire venir le maréchal. Ce qui fut fait. Il se présenta et elle lui dit :

— Je veux que vous fassiez demain armer cent chevaliers parmi les meilleurs qui soient dans toute la ville, car je crains que si le Chevalier au Papegau se rend demain au tournoi, le comte Doldois n'ait donné ordre de le faire mourir, et ce serait pour moi un sujet de très grande honte s'il était couvert de déshonneur en ma propre cour, celui qui m'a délivrée de la terreur que causait le Chevalier Poisson. Je vous prie et je vous ordonne de le prendre dès maintenant en votre garde, afin que vous me le rendiez sain et sauf quand je vous le demanderai. Si vous ne le faites, sachez que je vous ferai pendre, vous et tout votre lignage !

Le maréchal fit ce que la dame lui avait commandé. Le Chevalier au Papegau s'en aperçut parfaitement, il reprit confiance, courage et audace.

XVI

LES VANTARDISES DU COMTE DOLDOIS

Nous vous parlerons maintenant de ce que le comte Doldois fit à son retour du tournoi où il avait désarçonné à deux reprises le Chevalier au Papegau. Il assembla une cour grande et solennelle, distribua de l'or, de l'argent, des palefrois et des destriers, bref tout ce qu'il pouvait posséder, de ses biens propres mais aussi du bien des autres. Il fit de si grands dons que tout le monde le considéra comme fou.

Tout cela, il le faisait parce qu'il se croyait parfaitement assuré d'obtenir la Dame aux Cheveux Blonds. Et il y en avait qui lui faisaient bon visage à cause de ses dons, et qui pour rien au monde ne voudraient le voir le jour où il n'en aurait plus les moyens !

Amour inspire aux fous de folles pensées. N'entendez pas par là que je dis qu'Amour conseille de commettre des folies ; mais l'anxiété, qui s'empare du fou qui se donne à l'amour, lui fait tenir des propos qui font imaginer qu'il a perdu la raison. Parce que certains ne connaissent pas la vraie nature d'Amour, ils accomplissent parfois des actions qui ne leur rapportent ni honneur ni bien. Et tout ceci ne plaît pas à Amour, qui exige à la fois la souffrance et la mesure : or le comte Doldois ne connaît ni l'une ni l'autre !

Ainsi le repos fut pris jusqu'au lendemain, à l'heure où les chevaliers qui devaient combattre demandèrent leurs armes, s'équipèrent et montèrent sur leurs destriers pour se rendre au lieu du tournoi. La Dame aux Cheveux Blonds et ses demoiselles montèrent vers les gradins, sur de petites tours, magnifiquement et élégamment parées pour mieux plaire aux chevaliers du tournoi.

XVII

LE TOURNOI

Lorsque les dames eurent pris place sur les gradins – et il y avait bien une centaine de dames et demoiselles – et que le tournoi fut commencé, le vacarme et la clameur furent si grands au froissis des lances que l'on n'aurait entendu le tonnerre ! Tous s'efforçaient d'accomplir un exploit.

Mais ce n'était rien, comparé à ce que faisait le Chevalier au Papegau. Il n'y avait chevalier touché par sa lance qu'il n'abatte avec son cheval tout ensemble, si bien que tous eurent en peu de temps vidé le champ de bataille. Tous s'écartaient devant lui, criant d'une seule voix :

— Mais ce chevalier est habité par le diable !

Et encore :

— Qui a jamais vu porter de tels coups de lance ?

Car celui qu'il frappait ne se remettrait pas en selle pour ce tournoi ! Mais quels que soient les propos qu'ils lui adressaient, le Chevalier au Papegau ne se troublait aucunement et jouait si bien de sa lance qu'il n'y avait personne qui, à cette vue, ne considérât ces faits comme des prodiges.

Et lorsqu'il eut brisé sa lance, il mit la main à l'épée qui se nommait Chastiefol et se lança au plus épais de la mêlée, comme le loup au milieu des brebis lorsque la faim le pousse. Il frappait à droite, à gauche, de tous côtés, et fit si bien qu'en peu de temps tous avaient fui devant lui. Nul coup n'osait lui répondre !

Le papegau se mit à dire à la Dame aux Cheveux Blonds :

— Dame, maintenant mon chevalier est bien présent au tournoi et vous pouvez le constater, si vous voulez. Maintenant il n'est plus prisonnier, et je crois bien qu'il me libérera de votre captivité, puisque je suis en gage pour lui. La cause en fut la folie du comte Doldois : car folie n'est pas courage, et personne ne devrait se réjouir sans avoir de bonnes raisons. Une très grande joie, si elle n'est pas justifiée, se transforme souvent en très grande affliction !

Les propos du papegau donnèrent du courage au chevalier si bien qu'il accomplit un tel nombre d'exploits qu'il n'était seigneur, dame ou demoiselle qui ne parle de lui. Tous disaient :

— Ce qu'il a fait la veille, il ne l'a fait que pour démontrer son mérite et sa générosité. Voici ce qu'il nous montre aujourd'hui !

Que vous dire de plus ? Il n'y avait nul adversaire assez fort pour oser l'affronter, et il chassa si vigoureusement hors des lices tous ses adversaires que le tournoi fut achevé avant l'heure de midi, à cause de la peur qu'inspirait à chacun le Chevalier au Papegau.

Lorsqu'il fut victorieux du tournoi, le Chevalier au Papegau s'avança vers les gradins des dames :

— Dame, dit-il, je suis prêt à libérer votre bienveillance ainsi que mon papegau, qui ont été otages à ma place durant mon combat contre le comte Doldois !

Ce qu'il dit réconforta la dame au plus profond d'elle-même et elle dit au comte :

— Seigneur comte, entendez-vous ce que dit ce chevalier ?

— Dame, dit le comte, certes !

— Hé quoi ? Qu'en dites-vous donc ?

— Dame, je dis que je suis prêt à laisser partir mes otages.

Alors la dame donna l'ordre à son maréchal de faire dégager la place, ce qu'il fit, puisque c'était un ordre.

XVIII
LA VICTOIRE D'ARTHUR

Lorsque la place fut dégagée, les chevaliers s'éloignèrent pour mieux s'élancer et piquant des éperons, ils s'affrontèrent de toute la force de leurs chevaux. Ils se frappèrent de toutes leurs forces et de tout leur pouvoir. Poussé par la rage et la fureur, le comte Doldois, frappa le Chevalier au Papegau si fort que ni écu ni haubert ne purent le protéger : il lui fit une grande blessure au côté gauche. Le Chevalier au Papegau resta ferme sur sa selle, et de son côté frappa si bien le comte Doldois qu'il lui transperça l'écu et le haubert et lui enfonça la lance dans le corps d'au moins trois doigts : le voilà désarçonné, jambes en l'air, grièvement blessé, mais il n'était pas mort !

Quand le Chevalier au Papegau vit le comte à terre, il descendit de son cheval, se dirigea vers lui l'épée à la main pour l'empêcher de se relever. Il n'était d'ailleurs pas en mesure de le faire et cria grâce au Chevalier au Papegau, lui demandant de l'épargner et de lui pardonner l'infamie qu'il avait proférée et commise. Quand le Chevalier au Papegau vit le comte gisant à terre, immobile, implorant sa grâce d'une façon si humble, il fut pris de pitié ; d'ailleurs il savait bien que ce n'est pas à l'honneur d'un chevalier de valeur de tuer un autre chevalier dès lors qu'il implore sa grâce :

— Je tiens à ce que vous sachiez, seigneur comte, lui dit-il, qu'il existe trois fous de par le monde. Le premier est celui qui menace tant son ennemi qu'il ne le redoute aucunement. Le deuxième est celui qui parle tant qu'on n'ajoute pas foi à ses propos, qu'ils soient vrais ou mensongers. Le troisième est celui qui donne tant à autrui qu'il ne garde rien pour son héritier.

« Seigneur comte, si vous aviez connu hier cette maxime quand vous avez quitté le tournoi, vous n'auriez pas agi et parlé comme vous l'avez fait ! Je ne vous en dis pas plus. Mais dès lors que vous me demandez grâce, je vous l'accorde, mais à la condition que vous vous mettiez en la merci de la Dame aux Cheveux Blonds et que vous me teniez quitte du combat !

Le comte Doldois accepta, ne pouvant faire autrement, il se releva du mieux qu'il put et alla se mettre en la merci de la Dame aux Cheveux Blonds.

XIX

UNE SEMAINE D'AMOUR

La dame lui aurait bien fait payer la honte qu'il avait infligée au Chevalier au Papegau – si bien qu'il n'aurait plus jamais eu envie de se comporter de la sorte à l'égard d'un chevalier, sans que la chose lui revînt en mémoire ! – s'il n'y avait eu l'intervention du Chevalier au Papegau lui-même qui adressa à la dame d'instantes prières. Et, afin que la cour puisse s'adonner à la joie et à l'allégresse, la dame céda à sa requête.

Alors le comte prit congé, lui et ses compagnons, et chevaucha vers sa demeure où l'on soigna la blessure qu'il avait reçue durant le combat. Le Chevalier au Papegau, sans plus attendre, alla vers la dame et comme il s'était montré le meilleur chevalier du tournoi, ils échangèrent un baiser devant tous les seigneurs. Puis ils se dirigèrent dans la joie et l'allégresse vers la ville ; tous mirent pied à terre devant le palais principal que la dame avait fait orner, à l'extérieur, de tentures de soies superbement ouvragées. Les tables étaient déjà dressées et l'eau fut distribuée dès qu'ils entrèrent dans la salle. La dame s'assit à la table la plus élevée, elle prit le Chevalier au Papegau par la main droite et l'installa entre elle-même et le duc de Valfort.

Pourquoi faire un plus long récit ? Quand ils eurent mangé à leur gré, avec grand plaisir, et que les tables furent enlevées, ils se mirent à danser de nombreuses et gracieuses caroles, au son des vielles et des harpes et d'autres instruments dont les jongleurs répandaient les sons à travers le palais. Le maréchal qui souhaitait exécuter les ordres de sa dame, fit étendre dans la chambre des tapis et des tentures de soie afin que ceux qui voudraient bavarder puissent le faire confortablement.

Alors le Chevalier au Papegau prit la Dame aux Cheveux Blonds par la main et ils s'assirent côte à côte d'un côté de la salle. Ils parlèrent tant de choses diverses qu'ils se pardonnèrent réciproquement leur irritation et leur hostilité, et ceci du fond du cœur. Leurs dispositions intimes étaient désormais bien modifiées ! Ils partageaient le même désir, si bien qu'ils décidèrent que cette nuit-là, ils la passeraient dans les bras l'un de l'autre. Ils avaient hâte que vienne la nuit ! Dans un autre coin de la salle, dames et demoiselles bavardaient à loisir avec les chevaliers ; chacun d'eux voudrait avoir une amie, si le Chevalier au Papegau avait pour amie leur dame. Ainsi passa le temps jusqu'à l'heure du souper et le repas se déroula dans la joie.

Quand vint l'heure d'aller se coucher, ils quittèrent la salle et chacun rentra chez soi. La Dame aux Cheveux Blonds entra dans la chambre, accompagnée de deux jeunes filles qui lui préparèrent une couche très confortable. De son côté le Chevalier au Papegau fut bien entouré par ceux qui s'occupèrent de lui jusqu'à ce qu'il fut couché comme il le souhaitait.

Quand la cour fut endormie, le Chevalier au Papegau se leva, glissa un mantel autour de ses épaules et vint à la porte de la chambre où la Dame aux Cheveux Blonds était couchée, comme ils l'avaient décidé le jour même. Il la trouva ouverte, entra et ferma la porte derrière lui. Il respira à l'entrée de la chambre l'odeur du baume qui émanait de la fiole de verre que le faucon portait dans la poitrine, si bien qu'il lui sembla pénétrer au paradis. Il s'approcha du lit de la dame qui ne pouvait dormir et l'attendait pleine de désir. Elle l'accueillit entre ses bras, avec de grandes manifestations de tendresse. Voici le Chevalier au Papegau au comble du bonheur avec la Dame aux Cheveux Blonds. Ils s'abandonnèrent à la joie sans entraves, comme ont coutume de faire les jeunes gens lorsqu'ils en ont la possibilité et le temps. Que vous dire de plus ? Ils passèrent la nuit la plus douce que jeunes gens aient jamais passée : ils auraient voulu qu'elle durât un an. Mais ces choses-là n'arrivent pas !

Peu avant le jour, le Chevalier au Papegau retourna dans son lit afin que personne ne s'aperçût de son absence. Il s'endormit très vite, en homme qui n'avait pas fermé l'œil de la nuit, et il dormit environ jusqu'à l'heure de tierce. Alors il se leva et s'habilla, pénétré d'une joie immense, sachant qu'il possédait et le jour et la nuit un bonheur tel qu'aucun être au monde ne saurait le décrire. Cette joie et ce sentiment de plaisir ne le quittèrent pas durant huit jours entiers, de sorte qu'il ne se souvenait de nulle autre chose au monde, et il ne se souciait que de prendre son plaisir avec la Dame aux Cheveux Blonds, si secrètement que personne ne s'en aperçut !

XX

LE DÉPART D'ARTHUR

Il arriva un jour qu'au sortir du dîner, la demoiselle de Flor de Mont vint trouver le Chevalier au Papegau pour lui demander de se souvenir de sa dame, pour l'amour de Dieu, et de tenir la promesse qu'il lui avait faite. Honteux d'avoir si longtemps retardé son aide à la demoiselle, le Chevalier au Papegau insista tant auprès de la Dame aux Cheveux Blonds qu'elle lui permit de s'en aller. Comme elle voyait qu'elle ne pouvait faire autrement, elle le laissa partir, mais ce fut bien contre son gré !

Lorsque le Chevalier au Papegau fut armé de la tête aux pieds comme il convient à un chevalier, il monta sur son destrier, avec son nain et son papegau. La dame et tous les seigneurs l'accompagnèrent à cheval à la suite de la demoiselle, parlant de choses diverses jusqu'à une bonne lieue de l'Amoureuse Cité. Alors le Chevalier au Papegau pria la dame et tous les seigneurs de s'en retourner. La dame le prit par la main et lui dit si discrètement que personne d'autre ne l'entendit :

— Cher et très doux ami, vous reverrai-je un jour ?

— S'il plaît à Dieu, oui, ma dame ! répondit le chevalier.

— Cher seigneur, fait-elle, vous partez, heureux et joyeux, pour le pays de cette demoiselle, et moi je reste dans la douleur et l'affliction, car vous emportez mon cœur avec vous, et pour l'amour de Dieu, je vous implore de pouvoir vous revoir dès que possible !

Alors le Chevalier au Papegau recommanda à Dieu la dame et tous les seigneurs, leur disant de s'en retourner, et à leur tour ils le recommandèrent à Dieu, afin qu'il écarte de lui le mal et le danger, puisqu'il était le plus noble chevalier qu'ils aient jamais vu !

Tout absorbé par la pensée de sa dame, le Chevalier au Papegau chevauchait avec ses compagnons, mais le papegau le tirait de ses pensées, car il ne cessait de chanter les plus belles chansons du monde, aux sons les plus mélodieux. Mais ici nous allons laisser le Chevalier au Papegau pour vous parler d'un autre épisode qui concerne notre sujet, et lorsque le moment sera venu, nous saurons bien y revenir.

XXI

LA DUCHESSE D'ESTREGALES

Ce récit nous dit qu'une dame que l'on appelait la duchesse d'Estregales avait fait proclamer un tournoi devant sa ville, et elle l'avait fait annoncer jusqu'en des terres lointaines, car elle voulait y faire venir les chevaliers hardis qui en entendraient parler : elle prendrait pour mari celui qui se montrerait le meilleur aux joutes. Ainsi beaucoup de gens se rassemblèrent au moment du tournoi. La nouvelle fut apportée au Chevalier au Papegau dont tous disaient qu'il était le meilleur chevalier du monde. On parla tant de lui que la duchesse l'apprit, ainsi que ses demoiselles.

Quand la duchesse entendit raconter qu'il avait tué le Chevalier Poisson et en avait délivré la terre de la Dame aux Cheveux Blonds, elle en fut si affectée qu'elle pensa mourir si elle ne réussissait pas à le garder auprès d'elle. Ainsi elle fit retarder le tournoi d'un mois, parce qu'elle s'imaginait que le destin lui amènerait le Chevalier au Papegau. Elle était sûre que s'il en entendait parler, il viendrait volontiers pour accroître son mérite et son prestige.

Lorsque les chevaliers du tournoi apprirent que la dame avait retardé le tournoi d'un mois, ils n'en furent pas très heureux, car chacun espérait au fond de son cœur avoir la duchesse pour épouse. Ils commencèrent à s'entraîner à la lance sur les destriers, sous les yeux de la duchesse et de ses seigneurs. Quand ils eurent ainsi échangé quelques coups de lance et se furent divertis tout à leur gré, ils vinrent prendre congé de la duchesse. Elle les remercia chaleureusement et leur demanda de revenir le moment venu. Ils répondirent qu'ils voudraient que ce moment fût déjà arrivé.

Alors un grand seigneur, connu pour sa grande vaillance, dit à la duchesse :

— Dame, s'il plaît à Dieu, je serai au tournoi le meilleur combattant de la cour. Et je dis plus : je serai en tous points le meilleur de la cour et du monde entier ! Car je n'ai jamais trouvé de chevalier assez fort pour pouvoir me résister sur le champ de bataille, je n'ai jamais trouvé de chevalier qui, après m'avoir vu plein de fougue, n'ait imploré ma grâce. Je suis donc bien certain de pouvoir vous obtenir ! Pour cette raison je vous demande de me donner vos ordres comme à un homme qui est tout à vous, car il n'est rien dans le monde entier que je ne fasse pour vous, rien qui puisse s'accomplir par le mérite ou par la force !

— Seigneur, dit la duchesse, pourquoi affirmez-vous ce qu'il ne vous serait pas possible de faire ?

— En vérité, dame, je ferais plus que je ne dis, et bien plus encore ! Vous pourrez l'éprouver toutes les fois qu'il vous plaira !

— Si vous êtes aussi bon chevalier que vous me le dites, je vous accorde mon amour, reprit la duchesse, mais j'aimerais bien que vous combattiez contre le Chevalier au Papegau car toutes mes demoiselles me disent que nul ne doit parler de chevalerie s'il n'a jouté contre lui : il l'emporte, dit-on, sur tous les chevaliers du monde !

— Ma dame, j'irai puisque vous le voulez, et je vous apporterai sa main droite comme preuve de ma victoire. Alors vous saurez en toute certitude que je suis bien le meilleur chevalier du monde !

XXII

DÉFAITE DU CHEVALIER GÉANT

Alors le chevalier demanda ses armes qui étaient les meilleures du monde : il avait un haubert qui n'avait pas son égal. Ni fer ni acier n'auraient pu l'entamer si peu que ce soit. Il avait un heaume tout rond, extraordinairement beau et solide, avec, sur le devant, une pierre sculptée en forme de dame, qui produisait une si grande clarté que dans l'obscurité une bonne centaine de chevaliers auraient pu voir clair et suivre leur chemin. Il possédait une épée telle qu'on n'aurait pu en trouver de meilleure, ainsi qu'un écu recouvert de peaux de poissons.

Dès qu'il fut armé de toutes ses armes, telles que je viens de les décrire, il prit congé de la duchesse et se mit en chemin sans chausses de fer, tout seul, à pied, car il était si grand qu'il ne trouvait de cheval qui pût le porter quand il était armé. A pied il se déplaçait mieux et plus rapidement qu'aucune bête sauvage, et pour cette raison il ne portait pas de chausses de fer, car elles lui auraient abîmé les pieds dans la marche. Quand il eut quitté la duchesse, il alla à la recherche du Chevalier au Papegau, il demandait de ses nouvelles à tous ceux qu'il rencontrait. Comparable au lion redoutable, qui va suivant sa proie quand il est tourmenté par la faim, le chevalier ne cessait de chercher le Chevalier au Papegau et il s'en enquit tant qu'on lui apprit qu'il s'était trouvé auprès de la Dame aux Cheveux Blonds dans l'Amoureuse Cité. Entendant ces nouvelles, il s'y rendit dans la plus grande hâte et avança si bien, jour après jour, qu'il arriva en l'Amoureuse Cité, le lendemain même du jour où le Chevalier au Papegau l'avait quittée ! Il arriva en courant dans la ville comme le lion affamé qui va suivant sa proie, la brebis ou un autre animal, et il ne s'arrêta qu'au palais où il demanda :

— Où est le Chevalier au Papegau qui m'a causé tant de peines ?

On lui répondit qu'il était parti la veille, pour aller au secours d'une demoiselle, et on lui indiqua le chemin qu'il avait pris. Alors sans s'attarder, il suivit ce chemin qu'il trouva à la sortie de la ville, si bien que là où le Chevalier au Papegau logeait le soir, la nuit suivante c'était le chevalier qui y logeait. Mais il s'efforça si bien de le rattraper qu'il le trouva un soir, à la tombée de la nuit, dans une forêt où il se reposait sous un grand arbre, avec sa demoiselle, son nain et son papegau.

Il l'entendit venir par la forêt, grâce au vacarme qu'il faisait en marchant, et il se leva tout armé pour voir ce que cela pouvait être. Quand il vit la clarté que la pierre du heaume répandait et qu'il se rendit compte que celui qui la portait venait dans sa direction en courant au milieu de la forêt, il se demanda avec étonnement ce que cela pouvait être, si bien que l'autre fut arrivé avant qu'il eût lui-même put brider son cheval :

— Le Chevalier au Papegau ne devrait pas fuir le combat contre un seul chevalier ! cria-t-il.

Le Chevalier au Papegau lui répondit qu'il ne fuyait pas.

— Comment ? dit l'autre, vous ne fuyez pas alors que je vous poursuis depuis au moins quinze jours et que je n'ai pu vous atteindre que maintenant ?

— Et pourquoi m'avez-vous poursuivi ? demanda le Chevalier au Papegau.

L'autre lui dit qu'il voulait combattre avec lui. Le Chevalier au Papegau lui en demanda la raison, et il répondit qu'il avait promis à une dame de lui apporter sa main droite ; que cette dame lui avait dit que s'il y parvenait, elle le prendrait pour mari et lui donnerait toute sa terre. Le Chevalier au Papegau lui répondit :

— Voici une promesse qui vous apportera, s'il plaît à Dieu, de grandes contrariétés et un grand malheur ! Cependant je vous prie, si cela est possible, de retarder ce combat jusqu'à ce que j'aie achevé une aventure entreprise au service d'une demoiselle qui est emprisonnée à grand tort et fort injustement. Je vous promets que dès que je l'aurai menée à terme, je me trouverai à l'endroit que vous m'indiquerez !

— Je ne vous l'accorde pas, répond-il, puisque je vous ai trouvé, et je vous défie sur l'heure.

Et alors, sans ajouter un mot, il se lança sur lui, le frappa sur le heaume d'un coup si fort qu'il l'a tout étourdi, mais le Chevalier au Papegau le frappa avec une telle vigueur qu'il lui prouva bien qu'il n'était pas son allié et qu'il avait l'intention de défendre sa main droite.

Dès le début, le combat des deux chevaliers fut âpre. Ils se frappaient sur les heaumes, sur les hauberts, sur les écus, se donnant des coups forts et pesants, pressés et nombreux. En peu de temps l'un connut la tactique de l'autre, car ils ne se frappaient qu'à coups d'épée. Et l'adversaire du Chevalier au Papegau faisait des bonds si légers, en avant et en arrière, comme fait le léopard devant un chevreuil, que si le Chevalier au Papegau n'avait su se garder comme il le faisait, il n'aurait jamais résisté aussi longtemps.

A la clarté de la pierre fixée au heaume de l'adversaire du Chevalier au Papegau, ils se frappaient de telle sorte que l'heure de minuit était déjà passée. A ce moment, le Chevalier au Papegau frappa son ennemi au nasal du heaume de sorte qu'il trancha tout ce qu'il avait touché. La pierre tomba sur l'herbe et disparut. Ils durent repousser le combat jusqu'au lendemain et s'éloignèrent l'un de l'autre pour prendre du repos. Mais il ne fut pas question de dormir ; au moment où le sommeil les gagnait, il leur semblait que l'adversaire était sur le point de porter un coup, de sorte qu'ils ne purent fermer l'œil de toute la nuit.

Au matin, quand l'aube se leva, les oiseaux se mirent à chanter à travers les bois. Et le papegau dit à son nain :

— Ote la couverture de ma cage afin que je puisse voir mon chevalier et celui qui combat avec lui !

Le nain lui obéit. Le papegau demanda alors à son chevalier où il en était du combat. Au moment où il allait lui répondre, son adversaire se précipita vers lui et ils se lancèrent l'un sur l'autre sans attendre, se portant de si grands coups que toute la forêt en retentissait : on pouvait les entendre d'une lieue à la ronde, et même plus. Ils combattirent si vigoureusement que le Chevalier au Papegau crut n'avoir jamais mené de combat aussi sanglant, car il était blessé en plus de sept endroits. Le combat dura sans avantage ni pour l'un ni pour l'autre, jusqu'après l'heure de nonne. Le Chevalier au Papegau s'étonnait de frapper si fort sur le haubert de son ennemi sans pouvoir l'affaiblir en quoi que ce soit. Puis il le regarda avec attention et le frappa de toute sa force sur l'écu, d'un coup si violent qu'il trancha tout ce qu'il avait touché. Le coup glissa vers le genou gauche et trancha le pied et toute la jambe : il tomba à terre devant les pieds du Chevalier au Papegau. Dans sa chute le chevalier fit un très grand bruit, comme si l'un des arbres de la forêt était tombé. Et le Chevalier au Papegau alla sur lui, aussi vite que possible :

— Cher seigneur, pour l'amour de Dieu, grâce ! Car vous êtes bien l'un des meilleurs chevaliers du monde. Et pour cette raison je vous prie de prendre avant ma mort le haubert que je porte. Sachez que c'est le meilleur que vous ayez jamais vu, car quel que soit le coup qu'on lui porte, de la lance ou de l'épée, il ne pourrait être entamé si peu que ce soit. Il est si léger qu'un jeune enfant pourrait le porter une journée entière et sachez que vous pouvez bien en enlever sur le bas un grand empan que j'y ai fait ajouter lorsque je m'en suis emparé, car il était trop court pour moi. Pour vous, je pense, il sera bien assez long !

Lorsque le Chevalier au Papegau entendit celui qui l'avait affronté lui parler avec tant d'amitié, il fut pris de pitié. Il lui demanda son nom et son lignage et qui il était. L'autre lui répondit qu'il était un comte, fort noble et très riche de biens, qu'il possédait au moins quatorze châteaux, magnifiques et forts, regorgeant de biens, d'argent et d'habitants ; puis il lui raconta que son père était un géant qui avait dépucelé sa mère malgré elle, qu'elle l'avait finalement pris pour mari parce qu'il était plein de courage et d'audace, et que les habitants de la contrée le craignaient beaucoup :

— Comme lui, ils m'appellent le Chevalier Géant !

Et il ajouta :

— Noble seigneur, mon père m'enseigna une maxime qu'il vous faut connaître. Trois leçons existent en ce monde et nul ne peut avoir quelque mérite s'il ne les connaît. La première est de connaître son Sauveur. L'autre, de connaître le mal et le bien que l'on peut commettre par ses actes, ou dire par sa bouche. La troisième est de se connaître soi-même, car si je m'étais évalué avant de m'exposer à combattre avec vous, ma vie serait plus longue. Car je sais bien que je vais mourir. Et je vous prie de me pardonner pour vous avoir défié contre toute raison et contre toute justice. Je vous demande, pour Dieu, d'entendre mes péchés afin que Dieu ait pitié de mon âme lorsque je serai sorti de ce monde !

Lorsqu'il se fut bien confessé au Chevalier au Papegau, il battit sa coulpe et mourut là, devant lui. Le Chevalier au Papegau prit son haubert, le chargea derrière le nain, priant Dieu qu'Il ait pitié de son âme, et il recouvrit son corps de branches et d'herbes afin de le protéger du soleil. Il l'aurait bien volontiers enterré si cela avait été possible, mais il pesait trop lourd. Le chevalier se remit alors en chemin avec la jeune fille, son nain et son papegau qui chantait des chants très doux, et priait Dieu que, dans sa bonté, Il donne cette nuit bonne demeure au chevalier.

XXIII

LA FRANCHE PUCELLE GUÉRIT ARTHUR DE SES BLESSURES

Ils chevauchèrent ainsi paisiblement, à petit amble, car le roi avait plusieurs blessures. Sortis de la forêt, ils débouchèrent sur une belle prairie où ils aperçurent un château magnifique sur une hauteur tout à fait agréable, située au milieu de la prairie. Ils se dirigèrent vers le château pour y trouver si possible un hébergement, et bientôt ils virent sortir du château quatre demoiselles qui chevauchaient vers eux à vive allure. Lorsqu'elles furent proches, des salutations furent échangées, et les demoiselles transmirent au chevalier de la part de leur dame l'invitation de venir passer la nuit avec ses compagnons au château ; il leur répondit qu'il n'avait aucune crainte, qu'il accepterait volontiers l'hospitalité, car il était grièvement blessé, si bien qu'il chevauchait sans trop savoir où aller. Les demoiselles lui dirent que leur dame était si généreuse qu'elle se laisserait plutôt mettre à mort que de le voir lui-même, ou d'autres auxquels elle aurait offert l'hospitalité, subir honte ou infamie dans sa maison.

— Et qui est votre dame ? demanda le chevalier.

— Seigneur, répondit l'une des demoiselles, notre dame est une très noble comtesse. Elle reste seule de son lignage et elle a bien trois mille marcs d'argent de rente chaque année, sans compter le blé et le vin. Elle est maîtresse d'une contrée qui fait bien trente lieues à la ronde, qui abonde en beaux et forts châteaux. Comme elle est la demoiselle la plus avisée qui ait jamais vécu dans la contrée, et la plus noble, la plus belle et la plus sincère, on la nomme la Franche Pucelle.

« Seigneur, ajouta-t-elle, venez-y en toute confiance ! Sur nos âmes, vous y serez bien traités et bien accueillis. Elle accorde plus volontiers des marques d'honneur aux chevaliers venus de loin que nulle autre dame au monde, et en matière de blessures, elle connaît bien plus de médecines qu'aucun maître de chirurgie que l'on puisse trouver, près ou loin.

Alors le papegau dit à son chevalier :

— Seigneur, je vous conseille, et même je vous supplie, de faire ce que vous demandent les demoiselles.

Le chevalier s'exécuta de bon gré, car il lui était plus nécessaire de se reposer que de chevaucher, à cause du sang qu'il avait perdu. Ils allèrent ainsi dans la direction du château ; les demoiselles contemplaient le chevalier et sa demoiselle, écoutant avec plaisir les propos du papegau. Elles se disaient les unes aux autres :

— Cet oiseau plairait à notre dame !

Puis elles se demandaient :

— Serait-ce donc le Chevalier au Papegau ?

— Non, dit une autre, car un chevalier tel que lui ne serait pas si seul !

Parlant de la sorte, ils chevauchèrent jusqu'au château. Arrivés au palais, ils mirent pied à terre et montèrent vers la salle. Que vous dire de plus ? Jamais homme ne fut mieux accueilli par amie ou parente qu'ils ne le furent par la Franche Pucelle. Quand elle apprit que c'était le Chevalier au Papegau, elle se donna beaucoup de mal pour le soulager et guérir ses blessures, avec le plus grand art dont on ait jamais entendu parler : elle fit si bien qu'au bout de quinze jours, elle le rendit à la santé, aussi capable de porter les armes qu'il l'avait toujours été. Quand il se senti bien rétabli, il prit congé de la dame et lui proposa instamment son service, en lui affirmant qu'il ne se trouverait en aucun lieu qu'il ne quitterait – à condition qu'il pût s'en aller – si elle avait besoin de lui et si elle le lui faisait savoir. La Franche Pucelle le remercia infiniment et le recommanda à Dieu, lui et ses compagnons, pour qu'ils chevauchent dans la joie et l'allégresse et que Fortune les conduise à bon port. Le papegau ne cessait de chanter fort joliment les hauts faits que son chevalier avait accomplis. Ils étaient alors sur le point d'entrer dans la forêt.

Quand ils y furent entrés, ils virent venir sur la gauche un chevalier armé de toutes ses armes, sur un destrier noir, chevauchant avec tant de fougue que la terre résonnait sous les pieds du cheval. Quand il vit le Chevalier au Papegau, il le reconnut bien vite, car il le voyait accompagné de la demoiselle et du papegau, et il s'élança pour l'affronter : il était son ennemi mortel !

XXIV

DÉFAITE DE GÉANT LE REDOUTÉ

Quand le Chevalier au Papegau apercut celui qui venait l'affronter dans une telle intention, il ne chercha pas à s'abriter, mais se tourna vers lui comme doit le faire un chevalier dans cette situation. Ils se donnèrent de tels coups sur les écus, avec une force telle qu'ils rompirent sangles et poitrail ; ils tombèrent à terre, les selles entre leurs cuisses, mais ils se relevèrent bien vite, mirent la main à l'épée et se donnèrent des coups si forts que chacun eut grand peur pour sa vie. Ils se frappaient sur les écus et les heaumes, de sorte qu'ils s'infligèrent de grandes blessures. Le combat dura, cruel et effrayant, de l'heure de prime jusqu'au soleil couchant, et l'on ne pouvait savoir qui avait l'avantage. A ce moment-là le Chevalier au Papegau frappa son ennemi sur le sommet du heaume, de toute sa force, et il le pourfendit, du haut en bas, et enfonça l'épée d'au moins trois doigts, lui portant un coup si fort qu'il fut désarçonné, restant tout hébété et ne sachant plus où il se trouvait.

Le chevalier courut vers lui, l'autre vit qu'il ne pouvait plus se défendre et lui cria merci du mieux qu'il put, le priant de l'épargner. Le chevalier lui demanda qui il était et comment il se nommait :

— Je suis, répondit-il, le frère de celui que vous avez tué dans la forêt, que l'on nommait le Chevalier Géant, et je m'appelle Géant le Redouté de la Roche Segure.

XXV

GÉANT LE REDOUTÉ VENGE LA MORT DE SON FRÈRE

Quand le Chevalier au Papegau apprit qu'il était le frère du Chevalier Géant qui s'était avec tant de confiance confessé à lui, il fut pris de pitié et lui pardonna son acte, à cause de son frère qu'il avait tué. Puis il insista de façon si pressante auprès de Géant le Redouté qu'ils se dirigèrent ensemble vers une demeure qui appartenait à ce dernier et ils prirent du repos jusqu'à la guérison de leurs blessures. Jamais homme ne fut mieux accueilli, fût-il le père ou la mère, que le Chevalier au Papegau en compagnie du Chevalier Géant.

Quand le Chevalier au Papegau l'eut quitté, il monta tout armé sur son destrier, chevauchant tout seul vers Estregales. Arrivé au château, il mit pied à terre devant le palais de la duchesse et monta dans la salle, tout en armes. La duchesse qui avait bien vu le chevalier gravir les marches, s'enferma dans l'une de ses chambres avec trois comtesses qui se trouvaient avec elle. Comme le chevalier ne la trouvait pas dans la salle, il demanda où elle se trouvait, disant qu'il voulait lui parler de la part du Chevalier Géant. La duchesse qui l'avait bien entendu, fit entrouvrir une fenêtre qui se trouvait dans la porte même de la chambre et fit demander par l'une des comtesses qui il était et ce qu'il voulait.

Il répondit :

— Je suis Géant le Redouté de la Roche Segure, frère du Chevalier Géant qui a combattu avec le Chevalier au Papegau. Apprenez qu'il l'a tué et qu'il vous envoie sa main droite, mais il est si mal en point qu'il ne peut venir jusqu'ici. Dites à la duchesse de me faire ouvrir la porte pour recevoir ce que mon frère lui envoie !

Sur l'ordre de sa dame, la comtesse lui dit :

— Seigneur, j'ai conseillé à ma dame d'accepter la preuve qui fait de votre frère le meilleur chevalier du monde. Donnez-moi donc la main !

— Qui êtes-vous, dame ?

— Seigneur, dit-elle, je suis la comtesse Bliandois.

— Dame, dit-il, je serais plus satisfait si je pouvais lui donner moi-même la main du Chevalier au Papegau. Mais si tel est le désir de la duchesse, sortez votre main et prenez-la, car la fenêtre est si petite que je ne pourrais moi-même y glisser la main.

La comtesse qui n'était pas aussi avisée qu'elle le paraissait, fit le geste sans mal y voir, elle tendit sa main et son bras. Alors le chevalier tira son épée et lui trancha le bras avec toute la main, coupant tout ce qui sortait de la fenêtre :

— Ah, méchante créature, dit le Chevalier Géant, que Dieu a créée pour ruiner la bonté et le mérite et pour accroître le mal, jour et nuit : à cause de vous j'ai perdu le meilleur frère qu'un homme puisse jamais avoir, car le Chevalier au Papegau l'a tué, et ma douleur n'aura de cesse !

Quand la comtesse se sentit frappée, se rendant compte qu'elle avait perdu le bras et la main, elle poussa des cris et des gémissements ; elle tomba en pâmoison aux pieds de la duchesse. Quand le chevalier l'entendit crier et vit qu'il ne pouvait en faire davantage à cause de ceux qui accouraient, il alla en grande hâte vers son destrier et s'en retourna dans son pays.

La duchesse fut bien accablée pour la comtesse, et elle crut mourir de chagrin. Elle fit venir tous ceux qui tenaient d'elle une terre, et devant eux fit éclater sa plainte. Ils lui conseillèrent de soulever une grande armée parmi les siens et de se lancer sur le chevalier et sur ses terres, pour se venger du crime. Ce fut le début d'une guerre mortelle : des deux côtés moururent nombre de chevaliers et cette guerre dura longtemps.

XXVI

CHEZ LE CHEVALIER ANDOIS

Mais je ne veux plus maintenant vous parler de cette guerre, et je reviens au Chevalier au Papegau qui chevauchait dans la forêt avec sa demoiselle, son nain et son papegau, fort joyeusement.

Ils chevauchèrent si bien, jour après jour, qu'ils arrivèrent devant un fort beau château qui appartenait à un chevalier de la dame Flor de Mont. Mais il ne lui apportait pas son aide contre le maréchal : comme il était lié à ce dernier, il ne lui faisait pas la guerre. Quand il reconnut que la demoiselle était au service de sa dame, il lui manifesta une grande joie et reçut fort bien le chevalier et ses compagnons, il mit à sa disposition tout ce dont ils avaient besoin, pour eux-mêmes et pour leurs chevaux.

Le soir, après le souper, il les mena en un jardin de beauté, un véritable lieu de délices et de plaisirs. Il fit venir tous ses enfants qui étaient très beaux, il y avait là cinq garçons et une fillette : l'aîné des garçons était chevalier, les quatre autres n'étaient pas encore adoubés. Ils s'efforcèrent d'honorer le chevalier, pour l'amour de leur dame. Alors le Chevalier au Papegau dit à son hôte :

— Je me demande vraiment comment vous avez supporté ce que le maréchal a fait à votre dame !

Son hôte lui répondit :

— Je vais vous en dire la vérité. Son père était un roi riche et puissant, et il arriva qu'il entra en guerre contre le roi du Maroc et le duc de la Cité Forte ; ils ravagèrent sa terre et son royaume et lui prirent quatre châteaux, le mettant en si mauvaise position qu'il ne put se défendre. Quand j'appris que mon seigneur était si mal en point, je rassemblai tous les chevaliers que je pouvais avoir, de sorte que nous fûmes bien trois cents chevaliers, avec de bonnes armes et des destriers rapides, pour nous rendre à son service. Nous fîmes tant que, saisis de peur, ses ennemis se retirèrent de la terre dont il était le maître, et pour chaque château qu'ils lui avaient pris, ils lui donnèrent une journée de terre[1] et ils lui jurèrent sur les reliques que jamais ils ne prendraient parti contre lui. Ils ont bien tenu cet engagement. Quand la guerre fut terminée, le roi mon seigneur distribua de grands dons aux chevaliers venus de loin. Mais à moi, tout comme à ses chevaliers, à nous qui avions mené sa guerre à bonne fin, il ne voulut rien donner, alors qu'il avait fait des dons aux chevaliers venus d'ailleurs, et il disait à ceux qui lui en demandaient la raison, que nous étions ses hommes et que c'était notre devoir. A mon sujet il disait même

1. Ils lui donnèrent une surface de terre égale à celle qu'on pourrait cultiver en une journée.

que si je n'avais pas été un homme riche comme je le suis, je l'aurais mieux servi que je ne l'avais fait !

« Noble seigneur, ajouta l'hôte du Chevalier au Papegau, voici la récompense que j'ai reçue de mon seigneur le roi, pour le service que j'avais accompli pour lui. Et je vous affirme que je n'ai rien de lui qui vaille quoi que ce soit, sauf d'être son homme. J'en suis très affligé. Je ne pouvais accomplir d'acte dont il m'ait su gré, et pourtant je le servais plus loyalement que nul autre chevalier. En vérité, il a confié sa terre et sa fille à son maréchal plutôt qu'à moi, et pourtant celui-ci n'avait pas plus de mérite que moi, ni pour la richesse ni pour le reste, mais mon seigneur me haïssait plus qu'aucun autre à sa cour. Ainsi j'ai subi des choses que je n'aurais pas supportées, même au prix de la mort, s'il ne s'était pas montré si inflexible envers moi ! Et par ailleurs, parce qu'elle est ma dame, même si elle est la fille d'un mauvais père, je ne veux pas servir le maréchal contre ma dame Flor de Mont.

« Noble seigneur, dit le châtelain, vous savez maintenant la vérité, et votre demoiselle sait bien si je dis vrai ou si je mens !

Le Chevalier au Papegau pressa tant son hôte de se mettre au service de la demoiselle qu'il lui promit de l'aider, et par ses biens et par ses proches, dans la mesure de ses moyens. Alors l'hôte fit apporter du vin, et ils burent. Après quoi il fut l'heure d'aller coucher et ils allèrent dormir.

XXVII

L'ÎLE FORTE

Au matin, au lever du jour, le Chevalier au Papegau se leva et s'habilla. Lorsqu'il eut pris son armure et ses armes, il monta sur son destrier. Il reprit son chemin, avec sa demoiselle et son nain. Leur hôte, entouré de ses proches, les accompagna sur un trajet d'au moins deux lieues. Le Chevalier au Papegau lui demanda instamment de ne pas oublier sa dame, si elle avait besoin de lui. Il affirma qu'il le ferait. Alors ils se recommandèrent à Dieu, l'un et l'autre, et se quittèrent.

Le Chevalier au Papegau demanda à sa demoiselle quel était le nom de leur hôte. Il se nommait Andois, lui répondit-elle, c'était l'homme au cœur le plus généreux du royaume et il avait bien dit la vérité au sujet du roi et de lui-même.

Ainsi ils chevauchaient tout en parlant, le Chevalier au Papegau et la demoiselle, et ils pénétrèrent dans une marche qui devait par droit appartenir à la dame Flor de Mont, car elle avait appartenu au roi Belnain son père ; et maintenant c'était un chevalier qui la tenait de son maréchal.

Ils chevauchèrent si bien qu'ils arrivèrent au pied d'une montagne qui empêchait à la fois de sortir de cette marche et de pénétrer sur les terres de la dame Flor de Mont, à moins de passer par un château qui se trouvait au-delà de la montagne, à l'entrée de l'Ile Forte. Le maréchal y plaçait ses meilleurs chevaliers pour en interdire le passage, et en particulier au Chevalier au Papegau, car ils le redoutaient beaucoup à cause de sa renommée qui était parvenue à leurs oreilles.

Quand le Chevalier au Papegau parvint à cette entrée, voulant passer outre, le chevalier qui la gardait se mit à crier :

— Seigneur vassal, faites chemin arrière, car vous ne pouvez passer outre !

Le Chevalier au Papegau en demanda la raison et il lui répondit que son seigneur lui avait ordonné de ne laisser passer personne sans en connaître l'identité.

— Ce n'est pas un obstacle, dit le Chevalier au Papegau, car je vais vous la dire. Apprenez que je viens de Bretagne et qu'on m'appelle le Chevalier au Papegau. Je veux me rendre en l'Ile Forte pour réparer le tort que votre seigneur a fait à ma dame Flor de Mont !

En le voyant, le chevalier fut pris de pitié et crut qu'il parlait ainsi parce qu'il avait perdu la raison :

— Cher ami, reprit-il, rebroussez chemin !

— Cher seigneur, dit le Chevalier au Papegau, je ne suis pas arrivé jusqu'ici pour faire chemin arrière – si je puis avancer en quelque manière que ce soit – jusqu'à ce que j'aie accompli ce pour quoi je suis venu !

L'autre lui répondit que bonté et générosité ne signifient pas grand-chose pour ceux qui ne veulent pas les comprendre :

— Je vous ai parlé comme je ne parle à personne depuis que mon seigneur m'a envoyé ici, mais maintenant je vous affirme que si vous voulez passer en l'Ile Forte, ce sera à la condition de combattre avec moi. Si je puis vous désarçonner ici, sans toucher à votre cheval, vous serez totalement en ma merci. Si vous deviez me désarçonner, vous passerez en toute sécurité : c'est la seule condition pour passer. Faites donc ce que vous voudrez !

Le Chevalier au Papegau répondit :

— Puisque je ne puis passer autrement, je combattrai !

Alors ils se préparèrent pour le combat et, après avoir pris leur élan, se heurtèrent avec une telle fougue qu'ils rompirent leurs lances sur leurs écus sans se faire de mal. Lorsque les lances furent brisées, le chevalier qui gardait le passage en fit apporter nombre d'autres, disant qu'il leur faudrait combattre jusqu'à ce que l'un jette l'autre à terre. Chaque combattant brisa bien quatre grosses et fortes lances avant que l'un pût ébranler l'autre de la selle. La demoiselle ainsi que le nain étaient épouvantés, mais le papegau chantait si bien que son chevalier puisa dans son chant force et audace et frappa le chevalier du passage sur son écu d'un si fort coup de la lance qu'il avait ramassée parmi les autres, qu'il le jeta à terre, avec son cheval tout ensemble, mais il ne le blessa pas. Et l'autre, se voyant à terre, se releva en hâte et se dirigea vers le Chevalier au Papegau, le priant fort courtoisement d'accepter l'hospitalité pour la nuit, avec ceux qui l'accompagnaient, et l'assurant qu'il serait en toute sécurité dans la maison de son père et de sa mère, ce que lui accorda le Chevalier au Papegau, à cause de la grande courtoisie qu'il voyait en lui. Il leur témoigna beaucoup d'égards et les logea très confortablement avec tout ce qu'il leur fallait pour la nuit.

Au matin, vers le lever du jour, le Chevalier au Papegau se leva et se prépara ainsi que ses compagnons, et prit congé du chevalier du passage : ils chevauchèrent, suivant la demoiselle, vers le château bâti sur la hauteur où était assiégée la demoiselle Flor de Mont avec sa mère la reine. Lorsqu'ils furent à une distance d'une lieue, la demoiselle qui accompagnait le Chevalier au Papegau éclata en sanglots. Le chevalier lui demanda la raison de ses larmes :

— Je pleure par pitié pour vous, répondit-elle, car je vois venir un chevalier contre lequel vous devrez combattre, et c'est le meilleur chevalier qu'on connaisse dans le monde entier !

Le chevalier lui demanda où il se trouvait, et elle dit :

— Voyez-le là sur ce tertre, tenant ce gonfanon rouge ! C'est le chevalier le meilleur et le plus orgueilleux de tout ce royaume, et même du monde entier. Et comme je sais bien qu'il est rempli d'orgueil et qu'il n'y a en lui aucune pitié, je pleure. C'est parce qu'il a tant de hardiesse que le maréchal en a fait son maître-gonfanonier.

— Demoiselle, dit le Chevalier au Papegau, s'il est fort, Dieu en revanche est puissant et Il peut bien nous protéger contre lui !

XXVIII

ARTHUR EST VAINQUEUR DU GONFANONIER DU MARÉCHAL

Voici qu'arrivait le chevalier dont ils parlaient, qui les avait bien vus venir du chemin, au pied de la montagne, par là où ils devaient passer. Quand il les vit s'approcher de lui, il s'avança sans mot dire pour affronter le Chevalier au Papegau, car il était poussé par la fureur en le voyant chevaucher avec la demoiselle ; il avait entendu qu'elle était allée chercher un défenseur pour sa dame contre le maréchal. Lorsqu'il le vit venir vers lui, le Chevalier au Papegau ne prit pas la fuite, il s'approcha et se prépara à se défendre avec vigueur, et ils se donnèrent de tels coups qu'ils se désarçonnèrent dès le premier assaut, si bien qu'on ne put savoir qui avait frappé le coup le plus fort. Puis ils se relevèrent bien vite, mirent la main à l'épée et commencèrent un si âpre combat qu'il semblait bien à chacun qu'il n'avait jamais eu d'adversaire si redoutable. Après avoir combattu un bon moment à pied avec l'épée, celui qui luttait contre le Chevalier au Papegau, lui dit :

— Seigneur, faisons bien les choses ! Allons avec nos destriers sur cette montagne devant la porte du château et commençons la joute, afin que la dame pour qui vous combattez puisse vous voir et vous reconnaître. Elle verra celui qui sait le mieux frapper de la lance. Ainsi notre mérite sera plus grand !

— En vérité, dit le Chevalier au Papegau, cela me convient !

Ils remontèrent alors sur leurs destriers, et chacun saisit une lance pour se rendre dans la prairie la plus belle du monde, située devant le château. La mêlée recommença, forte et cruelle. Quand ils eurent rompu les lances, ils se donnèrent de grands coups d'épée, essayant de se comporter avec gloire pour la dame Flor de Mont, qui s'était appuyée aux fenêtres pour voir le combat, et en sa compagnie au moins vingt demoiselles, toutes filles de princes et de seigneurs. A propos du Chevalier au Papegau, elles se demandaient avec grand étonnement qui cela pouvait être. La demoiselle qui était venue avec lui s'approcha si près d'elles avec son cheval qu'elles la reconnurent du haut des fenêtres où elles se tenaient. Elles furent alors certaines que c'était le Chevalier au Papegau et en eurent la plus grande joie qu'elles aient jamais éprouvée, car elles avaient beaucoup entendu vanter sa prouesse.

Elles admiraient et louaient sa façon de combattre, et parlaient toutes de lui à voix si haute qu'il pouvait les entendre. Il accrut alors son effort et frappa son adversaire d'un coup surprenant sur le sommet du heaume, si bien qu'il le lui fendit ; l'épée resta fichée dans la tête, la plaie était si grande qu'il ne fut plus capable de tenir sur sa selle. Il tomba à terre si hébété qu'il ne savait plus distinguer le jour de la nuit.

Le Chevalier au Papegau se dirigea vers lui, il aperçut l'épée qu'il avait laissé tomber près de lui, il la plaça dans son fourreau. Celui qui gisait à terre ouvrit les yeux au bout d'un moment, et voyant venir le Chevalier au Papegau qui était déjà tout près de lui, l'épée toute nue à la main, il eut si grande peur d'être tué qu'il cria grâce.

— Si vous voulez que j'ai pitié de vous, lui dit le Chevalier au Papegau, il faudra vous mettre en la merci de ma dame Flor de Mont.

Le chevalier le lui promit aussitôt. Que pouvait-il faire d'autre ?

XXIX

ARTHUR CHEZ LA REINE

Levant alors les yeux vers la hauteur, ils aperçurent la dame Flor de Mont et ses demoiselles qui étaient déjà descendues pour accueillir le Chevalier au Papegau. Elles lui témoignèrent les plus grandes marques d'honneur et d'allégresse qu'une dame ou une demoiselle ait jamais accordées à un chevalier. Le chevalier du maréchal fut mis totalement en la merci de la demoiselle, elle l'accepta mais ordonna qu'on l'accueille bien, par égard pour le Chevalier au Papegau, mais aussi parce qu'il était de haut lignage et cousin de Flor de Mont.

Ils montèrent vers le palais avec la plus grande joie qu'on ait jamais vue depuis le temps du roi Belnain. Les demoiselles, qui étaient toutes du même âge, le désarmèrent elles-mêmes, et elles ne se souciaient que de rire, de lui montrer leur gaîté et leur amabilité. Lorsque le papegau vit les demoiselles, qui avaient toutes une quinzaine d'années, manifester tant d'allégresse pour son seigneur, il se mit à chanter les prouesses qu'il avait accomplies. Lorsqu'il eut achevé une chanson dont son seigneur était le héros, il entonna cette fois à propos des demoiselles :

— Je passerais plus volontiers deux mois entiers auprès de vous qu'en nul autre lieu du monde !

Ensuite il chanta un lai d'amour si joliment composé, sur des notes si mélodieuses, que toutes les demoiselles lui répondirent en chantant. Il régnait donc la plus grande allégresse du monde, au moment où arriva la reine, la mère de Flor de Mont, avec toutes les apparences d'une dame qui avait perdu son mari et qui avait subi l'injustice de la captivité.

Voyant venir la reine, les demoiselles mirent fin à leur chant et aux manifestations de joie ; le papegau n'en fut pas heureux, car tout ce qu'il souhaitait voir, entendre ou faire, c'était de chanter, de danser et de s'adonner au bonheur ! Cependant il se tut à la vue de la reine, car elle ne lui semblait guère heureuse. Quand il apprit sa venue, le Chevalier au Papegau alla vers elle, la salua avec une extrême courtoisie, et elle le saisit par la main, pleurant de façon bien émouvante :

— Cher seigneur, soyez le bienvenu !, lui dit-elle, puis elle lui demanda son nom et son origine.

— Dame, répondit-il, je viens de Bretagne

Elle lui demanda encore s'il était un proche du roi Arthur, et il répondit :

— Oui, plus que de nul homme au monde !

Alors la reine reprit :

— Votre renommée nous a poussés à vous chercher dans le monde entier, si bien que vous êtes là, par la grâce de Dieu et par votre générosité, pour nous délivrer de la captivité que nous subissons injustement, à cause de la traîtrise de notre maréchal.

— Dame, répondit le chevalier, je suis ici, prêt à faire tout ce que vous voudrez, et rien d'autre, du mieux que je pourrai ! Montrez-moi le chemin par lequel je pourrai facilement trouver le maréchal.

Lorsqu'il eut achevé ces mots, la reine l'entoura de ses bras et lui dit tout en larmes :

— Cher seigneur, ce serait trop de hâte, car vous êtes bien fatigué et épuisé par votre chemin, et c'est l'un des chevaliers les plus redoutables du monde. Je vous en prie, prenez quelque repos ici avec votre destrier, pour une huitaine de jours. Car la demoiselle qui est allée vous chercher et qui vous a ramené, pour notre bien s'il plaît à Dieu, m'a raconté que vous avez accompli de nombreux exploits depuis que vous avez quitté l'Amoureuse Cité.

— Ma dame, dit le Chevalier au Papegau, je ne suis pas venu ici pour prendre du repos, mais pour accroître mon mérite et ma valeur. Apprenez qu'un jeune chevalier ne doit pas tarder à agir, pour autant que cela lui est possible. Je veux tenter l'aventure, si vous le permettez !

La reine fut prise d'une grande pitié en entendant ces mots du chevalier. Elle savait au fond d'elle-même qu'il était hardi et audacieux. Elle reprit courage, car une prédiction lui avait annoncé qu'un Breton viendrait la sauver de leur captivité pour les rendre à la joie et à l'allégresse.

— Cher seigneur, lui dit-elle, si vous acceptez de vous arrêter ici, il viendra demain quelqu'un qui vous mettra sur le bon chemin !

XXX

LE REVENANT ET L'ARBRE MERVEILLEUX

Ainsi se passa la journée. Après le souper, lorsqu'il fut temps d'aller se coucher, quatre demoiselles se présentèrent au Chevalier au Papegau ; elles l'installèrent dans la chambre de la reine, très confortablement. Apprenez que la reine et sa fille ne le quittaient point et lui manifestaient de leur mieux des marques d'estime. Mais au bout de peu de temps, un jeune homme appella la reine, qui quitta la chambre en évitant tout bruit car il lui semblait que le chevalier était sur le point de s'endormir.

Après avoir parlé au jeune homme, elle revint vers la chambre et dit au Chevalier au Papegau :

— Cher seigneur, dormez-vous ? Je le vois bien, ajouta-t-elle, Dieu veut que vous partiez pour la plus dangereuse des aventures qui soit jamais survenue. Le messager qui doit vous conduire est arrivé. Auparavant il ne se présentait qu'une fois tous les trois jours, et il ne s'était plus montré depuis notre captivité. Mais il est venu hier soir et ne devait pas revenir aujourd'hui, si Notre-Seigneur Jésus Christ n'avait fait connaître sa volonté. Il faut donc vous lever et prendre vos armes, je ferai seller votre destrier. Je vous conseille en toute bonne foi de vous confesser à mon chapelain, car vous serez mieux protégé. Vous ne savez en effet où vous devez vous rendre : j'y ai envoyé un bonne quinzaine de chevaliers dont nul n'est revenu, et ils étaient tous plus forts et plus âgés que vous !

Les propos de la reine réjouirent fort le Chevalier au Papegau, à cette seule chose près qu'elle lui avait dit que nul n'en était jamais revenu ! Il se confessa au chapelain comme elle le lui avait dit. Après la confession, lorsque le chapelain lui eut imposé une pénitence, il descendit du palais en compagnie de la reine, de Flor de Mont et de ses demoiselles ; devant la salle il trouva son destrier qu'un jeune homme lui avait amené sur l'ordre de la reine. A l'arçon de la selle, elle avait fait mettre deux barils de vin et, dans une belle serviette, de la nourriture pour trois jours.

— Cher seigneur, lui dit-elle, il faudra chevaucher par des lieux où vous ne trouverez ni à boire ni à manger ! Vous serez seul, sans compagnons !

— Dame, répondit-il, que tout se passe selon la volonté de Dieu !

Il monta alors sur son destrier, armé de toutes ses armes, à l'exception du heaume que Flor de Mont tenait entre ses mains car elle y avait fixé une étoffe de soie belle et somptueuse qu'elle avait elle-même brodée d'or et argent. Lorsqu'elle le vit monté à cheval, elle lui dit :

— Prenez ce heaume, cher et noble ami, et que Dieu vous accorde de revenir sain et sauf !

Elle lui plaça le heaume sur la tête et le laça. Quand ce fut fait, la reine le mena en un lieu dégagé situé près de cette hauteur où ils trouvèrent un fort bel animal, d'une taille qui était au moins celle d'un taureau, avec le cou délié comme un dragon, et une petite tête semblable à celle d'un cerf, qui portait deux cornes plus blanches que neige avec des cercles d'or pur ; son pelage était plus rouge que nulle autre teinture.

A la vue du Chevalier au Papegau, l'animal s'inclina devant lui comme l'aurait fait un homme pourvu de raison et il lui témoigna des marques de respect. Le chevalier était rempli d'étonnement. Lorsque la reine vit que l'animal s'était incliné devant le chevalier et qu'il était venu à ses pieds, elle s'adressa tout en larmes au chevalier :

— Cher seigneur, voici l'animal qui doit vous montrer le chemin ! Que Dieu vous accorde de revenir dans la joie !

L'animal se plaça devant le chevalier, le regardant au visage comme s'il voulait lui parler. Il l'aurait fait bien volontiers, je pense, s'il en avait eu le pouvoir ! Il se mit alors à avancer très paisiblement. Après avoir pris congé de la reine, le chevalier suivit l'animal, se demandant avec stupéfaction quelle était sa nature car il le voyait si rouge qu'il lui semblait fait de flammes. L'éclat que réfléchissaient ses cornes, à la lueur de la lune claire, donnait une clarté aussi grande qu'en plein jour ; grâce à cette clarté, il suivait l'animal. Ils firent route jusqu'à minuit passé et arrivèrent alors dans une très belle prairie, au milieu de laquelle l'animal fit mine de s'endormir sous un arbre. Le chevalier pensa que l'animal voulait qu'il se repose avec son destrier. Il mit donc pied à terre, attacha son cheval à un arbre et coupa autant d'herbe qu'il put pour son cheval. Alors il s'endormit malgré lui jusqu'à l'aube, lorsque les oiseaux se mirent à chanter les matines.

Il se leva alors, aperçut l'animal debout devant lui qui lui faisait signe de se mettre en route. Lorsqu'il eut équipé son destrier, il monta et suivit l'animal, qui le mena dans une contrée fort belle dont l'odeur était si suave qu'elle semblait être le paradis : c'était la vertu des plantes qui abondaient en ce lieu.

Il suivit ainsi l'animal toute la journée jusqu'à l'heure de vêpres, ils trouvèrent alors en un lieu magnifique un château tout en ruines que le maréchal avait fait raser. L'animal s'y rendit tout droit, faisant signe qu'il voulait s'arrêter là et dormir. Le chevalier mit pied à terre sous l'un des plus beaux arbres que nul ait jamais vu, très feuillu, avec une riche floraison de fleurs qui répandaient la plus douce odeur que nul homme ait jamais respirée.

Après avoir mis pied à terre, il vit venir vers lui un très beau chevalier, tout chenu et blanc, vêtu d'une robe toute blanche. Il allait à pied. Le Chevalier au Papegau se demandait avec étonnement qui il pouvait être, il alla vers lui et le salua par le roi du ciel. L'autre répondit à son salut et prit la parole :

— Roi de Bretagne, ne crains rien, car je viens t'aider pour la plus périlleuse aventure dont on ait jamais entendu parler au monde, qui n'a jamais été menée à bien, et qui ne pourrait jamais être menée à bien sauf par un être d'origine royale, qui serait le meilleur chevalier du monde et le plus juste !

— Seigneur, dit le Chevalier au Papegau, qui êtes-vous donc ?

— Je suis, répondit le chevalier chenu, l'animal qui t'a conduit jusqu'ici.

— Et comment cela peut-il se faire, cher seigneur ? demanda le Chevalier au Papegau.

Et il lui répondit :

— Je suis le roi Belnain ! Je fus tué par grande traîtrise en un tournoi par l'un de mes seigneurs que je ne peux nommer, car je ne veux pas nuire à mon âme. Lorsque je fus blessé à mort, Dieu me laissa le temps de faire mon testament, je choisis le maréchal qui me semblait le meilleur de tous et je lui confiai la garde de mon royaume et de ma fille. Il s'en est mal acquitté, comme vous l'avez entendu dire ailleurs. Mais voici qu'approche le moment où il recevra ce qu'il mérite !

Alors le Chevalier au Papegau lui demanda où il demeurait :

— Je suis en un beau lieu, dit-il, et j'y resterai jusqu'à ce que soit accomplie la prophétie de Merlin, et ensuite j'irai dans un autre lieu plus beau encore et plein de délices, jusqu'à ce que Dieu récompense ceux qui lui sont fidèles, qui auront alors tant de gloire que nul ne pourrait le dire !

Et il ajouta :

— Roi de Bretagne, je ne peux demeurer plus longtemps avec toi, mais avant de partir, je te donne le conseil de passer la nuit sous l'arbre où tu te trouves. Prends l'une de ces fleurs, place-la sur ta poitrine : je vais t'en dire la raison.

« Quand la nuit sera tombée, tu verras venir dans cette prairie devant toi une grande assemblée de chevaliers et de seigneurs, armés sur leurs destriers, portant dans leurs mains des enseignes petites et grandes. Tu verras aussi une noble assemblée de dames et de demoiselles, la plus somptueuse qui ait jamais été assemblée par un roi ou un empereur. Quand ils seront tous rassemblés, tu verras le tournoi le plus élégant que tu aies jamais vu de ta vie. Et les chevaliers viendront en joutant dans ta direction et te crieront à très haute voix : « Où est le Chevalier au Papegau ? Pourquoi ne vient-il pas au tournoi avec nous ? » Alors, si tu veux rester en vie, il faudra te retenir de les rejoindre. Car si tu participes à ce tournoi, tu seras frappé d'un coup mortel, par une arme telle qu'il n'est nul médecin au monde qui pourrait te guérir. Si tu veux échapper et accomplir ce que tu as entrepris, reste sous l'arbre où tu te trouves ! Aucun chevalier du tournoi ne pourra t'approcher, car l'ombre et l'odeur de cet arbre te protégeront.

XXXI

LE TOURNOI FANTÔME

Quand il lui eut indiqué tout ce qu'il devait faire, il le recommanda à Dieu et s'en alla, en lui disant qu'il ne le reverrait plus. Le Chevalier au Papegau resta sous l'arbre et tira son destrier tout près de lui. Il cueillit l'une des fleurs qu'il approcha de son nez : elle répandait une si douce odeur qu'il lui semblait se trouver dans un lieu céleste. Et l'odeur le rassasia si bien qu'il n'avait plus envie de boire ni de manger.

Lorsqu'il fut tout à fait nuit, il vit venir des jeunes gens et des serviteurs dans la prairie, qui se mirent à tendre des pavillons, des tentes et des tentures de soie. Il vit venir des dames et des demoiselles à cheval, magnifiquement vêtues, avec de grandes lumières, des torches et des cierges, au son des vielles et de nombreux autres instruments. A la suite des dames, il vit s'avancer des chevaliers et des seigneurs, les mieux équipés qu'il eût jamais vus en nulle cour. Chacun descendit de son cheval devant sa tente.

Après avoir pris un peu de repos, ils commencèrent un tournoi fort beau et plaisant au regard. Au bout d'un bon moment, ils se mirent à crier à voix très haute :

— Où est le Chevalier au Papegau ? Pourquoi n'est-il à ce tournoi ?

Alors les chevaliers qui fuyaient devant les autres qui les poursuivaient se précipitèrent tout près de l'arbre merveilleux sous lequel se tenait le Chevalier au Papegau, en criant très fort :

— Ah, Chevalier au Papegau, noble créature, seigneur, pitié ! Aidez-nous contre nos ennemis, car si nous sommes défaits devant vous, dont nous implorons la pitié et à qui nous demandons si instamment de l'aide, vous en serez blâmé tous les jours du monde, durant toute votre vie !

Ils insistèrent tant que la pitié s'empara de lui. Quand le Chevalier au Papegau eut mis la bride et la selle à son cheval, prêt à se lancer dans la folle entreprise, il entendit un ermite, dont l'ermitage se trouvait près de là, sonner les matines. Au premier son de la cloche, le tournoi s'évanouit de telle sorte que le Chevalier ne put voir ni savoir ce qu'il était devenu. Les tentes et les pavillons avaient également disparu.

XXXII

ARTHUR ET LE DRAGON

Au lever du jour, il monta sur son destrier fort intrigué par ce qu'il avait vu cette nuit-là et chevaucha jusqu'au moment où il arriva à un beau perron où se trouvait une petite croix qui était fort belle. Il regarda avec attention le perron et y découvrit des lettres gravées. Il les déchiffra et voici ce qu'elles disaient :

— Toi qui me lis, apprends de moi qu'il existe trois grands malheurs en ce monde. Le premier consiste à ne connaître nul bien, et à n'en point vouloir apprendre. Le second consiste à connaître le bien, mais à ne point le mettre en œuvre, ni pour soi-même ni pour autrui. Le troisième consiste à connaître le bien et à réprimander autrui, sans se priver soi-même de mal faire.

Et l'inscription du perron ajoutait :

— Si tu veux trouver une autre aventure étonnante, chevauche vers la droite, et ne t'attarde plus ici aujourd'hui.

Alors le Chevalier au Papegau se mit à chevaucher tout droit sur le chemin que lui avait indiqué l'inscription et chevaucha toute la journée sans trouver l'aventure jusqu'à l'heure de vêpre. Il entendit alors une voix qui criait très fort :

— Ah, cher ami ! Que Dieu ait pitié de vous. Je ne puis vous apporter de l'aide !

Il regarda devant lui et aperçut une demoiselle qui descendait à vive allure d'une montagne et manifestait une très grande affliction. Le Chevalier au Papegau lui demanda ce qu'elle avait. Quand elle fut un peu rassurée, elle lui répondit :

— Cher seigneur, j'éprouve une grande douleur, car un dragon a emporté mon ami si sauvagement qu'il est probablement déjà mort !

— Demoiselle, où est ce dragon ?

Elle lui indiqua la direction dans laquelle il s'était envolé. Peu de temps après il aperçut le plus grand, le plus hideux dragon qu'on eût jamais vu, qui tenait dans sa gueule le chevalier armé encore en vie, car son armure l'avait protégé. Le Chevalier au Papegau éperonna son destrier et alla frapper de sa lance le dragon au milieu de la poitrine qu'il transperça jusqu'au cœur, si bien que, se sentant frappé, il laissa tomber le chevalier. Il se débattait dans tous les sens et donnait des coups de son immense queue qui tournoyait. On aurait cru un démon. Il donnait tant de coups de queue, à l'approche de la mort qui le pressait, qu'il toucha par malheur le Chevalier au Papegau, si violemment qu'il le jeta avec son cheval dans l'eau large et profonde. S'il n'était tombé à l'eau, le chevalier aurait perdu la vie sans recours. Pourtant il était fort mal en point et il était infecté par une morsure du dragon : si Dieu ne lui apporte de l'aide, il est en grand danger !

Sorti de l'eau au prix de grands efforts, il chevaucha du côté qui lui parut le meilleur et n'avait pas parcouru une lieue depuis qu'il était sorti de l'eau qu'il perdit connaissance, à cause de la force du venin qui s'emparait de lui. Il tomba à terre. Peu s'en fallut qu'il ne retombe à l'eau ! Il souffrait tant qu'il ne savait plus où il était, il perdit connaissance.

Le chevalier que le dragon avait laissé échapper de sa gueule, voyant qu'il était bien mort, alla vers sa demoiselle et lui demanda ce qu'était devenu le chevalier qui avait tué le dragon. Elle lui raconta comment elle l'avait trouvé et comment il lui avait de si grand cœur porté secours. Et le chevalier déplorait fort ce qui lui était arrivé, car il le croyait mort. Quelle que soit son identité, disaient-ils, il était fort courageux et audacieux ! Ils reprirent leur chemin et arrivèrent à une hauteur où se trouvait leur demeure, qui était fort belle et bien défendue.

Quand ils furent montés dans la salle, ils firent allumer cierges et torches, la nuit était déjà tombée. Prêtant l'oreille, ils entendirent un pêcheur qui, sur le point de rentrer, disait à sa femme :

— Je crois qu'il est encore vivant. Dieu ! comme il possédait de belles armes !

— Dieu ! comme nous avons mal agi de l'avoir laissé ! lui répondit sa femme.

Quand le chevalier entendit le pêcheur, il se pencha à une fenêtre et dit au rustre :

— Qui êtes-vous, vous qui parlez de la sorte ?

— Seigneur, dit le pêcheur, je suis de vos gens.

— Et que disais-tu donc ?

Le pêcheur, qui avait peur de son seigneur, répondit

— Seigneur, rien de particulier !

Le chevalier vit bien qu'il avait peur et pensa qu'il avait commis une mauvaise action. Il ordonna à ses gens de lui amener le rustre et sa femme.

Lorsque ceux qui devaient s'emparer du pêcheur arrivèrent à la rive, ils trouvèrent dans sa barque les plus belles et les plus riches armes qu'ils aient jamais vues.

Le chevalier, qui les avaient bien aperçues également du haut de sa fenêtre, s'adressa au rustre :

— Ah ! méchant homme, je crois que tu as accompli un acte qui m'affligera tous les jours de ma vie ! Dis-moi la vérité au sujet du chevalier à qui ont appartenu ces armes.

— Seigneur, pitié, au nom de Dieu, répondit le pêcheur effrayé, je ne l'ai pas tué. Peu avant la tombée de la nuit, j'ai trouvé sur le bord de cette rivière un chevalier tout raidi de froid, et à côté de lui un destrier mort. Le chevalier était encore en vie, mais il ne pouvait parler.

Alors le chevalier fut certain qu'il s'agissait de celui qui l'avait délivré du dragon. Il descendit vers la rive en compagnie de son amie, ils montèrent dans la barque et se firent mener par le pêcheur à l'endroit où il avait trouvé le chevalier. Ils le trouvèrent inanimé et bien proche de la mort si on ne lui portait secours.

Pourquoi allonger le récit ? On le porta dans le bâteau, on le conduisit jusqu'au château. Il fut étendu sur un lit confortable, bien recouvert, et on lui prodigua tous les soins possibles, tant et si bien qu'avant l'heure de minuit, il ouvrit les yeux et se mit à parler :

— Ah, cher Seigneur Dieu, où suis-je ?

La demoiselle qui se trouvait devant lui lui raconta ce qui s'était passé. La feuille qu'il avait cueillie sur l'arbre merveilleux lui avait été bien utile, car elle l'avait protégé du venin qui n'avait pu le tuer, et en trois jours il fut tiré d'affaire, aussi sain qu'un mois auparavant, et en meilleure santé que jamais.

XXXIII

COMMENT ROMPRE UN ENCHANTEMENT

Alors le chevalier du château lui demanda qui il était et comment il se sentait, et il lui raconta la vérité. Quand il apprit que c'était le Chevalier au Papegau qui allait affronter le maréchal, il fut rempli de joie :

— Cher et noble seigneur, lui dit-il, il vous faudra bien deux petites journées jusqu'au Château Périlleux où réside votre ennemi, qui est le lieu le mieux défendu du monde, et aussi le plus dangereux. Il est situé sur une montagne ronde qui n'est pas haute, mais c'est la plus impressionnante et la mieux défendue du monde ! Elle est entourée d'un bras d'eau profond et large, de sorte que nul n'y peut passer sinon par un pont, un passage extrêmement dangereux, car il est si étroit que personne n'y peut passer à cheval. Au milieu du pont, il y a une roue qui tourne si vite par enchantement, qu'il n'est nul chevalier qui puisse y passer. Quinze chevaliers y ont déjà perdu la vie, qui étaient allés chercher cette aventure comme vous ! Mais parce que vous m'avez sauvé, je vais rendre ce que je vous dois.

« Noble seigneur, vous allez parvenir en un lieu où il ne s'est jamais trouvé de chevalier venu de loin depuis la mort du roi Belnain. Vous trouverez au milieu du pont, ajouta-t-il, d'un côté et de l'autre de la roue, deux piliers de marbre rouge, fort beaux, où se trouvent gravés les mots suivants : “Toi qui veux passer outre, ne poursuis pas dans cette direction, mais passe par ici près de moi, car la voie est pleine de dangers !” Celui qui alors passe par là est instantanément tué par la roue, rien au monde ne peut le sauver. Elle est ainsi faite par enchantement pour garder le passage du maréchal, mais je vous indiquerai ce que vous allez faire.

Quand vous serez sur le pont, et que vous serez proche des lettres gravées, quand vous verrez celles qui vous diront de passer près d'elles, n'éprouvez aucune crainte, mais tournez-vous de l'autre côté et regardez au milieu du pilier, bien au milieu de l'inscription, et vous y trouverez une ouverture : vous y verrez quelque chose bouger à l'intérieur du trou, fichez-y votre épée. L'enchantement sera rompu et la roue ne pourra plus tourner ! Cher seigneur, ainsi vous pourrez passer, c'est la seule possibilité. Puisque vous voulez y aller, je ne puis vous en empêcher.

XXXIV

LA FEMME SAUVAGE

Lorsque le chevalier du château lui eut ainsi indiqué la voie et la façon dont il devait agir, il lui fit amener l'un de ses destriers et rapporter ses armes que le pêcheur lui avait enlevées. Quand il fut armé, il se mit en chemin. Le chevalier du château monta sur l'un de ses palefrois pour l'accompagner, ils parlaient de choses diverses, si bien qu'ils arrivèrent à une montagne. Le chevalier du château s'arrêta, disant au Chevalier au Papegau :

— Noble seigneur, je ne puis aller plus loin, car je manquerais à ma parole. Voici le chemin qui vous mènera tout droit au Château Périlleux.

Ils se recommandèrent l'un l'autre à Dieu, et comme le Chevalier au Papegau voulait savoir comment il se nommait, il lui répondit qu'il portait le nom de Chevalier Amoureux du Château Sauvage.

Ils se séparèrent. L'un retourna chez lui, priant Dieu qu'il apporte son aide au Chevalier au Papegau, et ce dernier descendit de la montagne où il l'avait laissé. Il parvint en suivant son chemin à une grande lande où il chevaucha toute la journée jusqu'à l'heure de prime, si bien qu'il arrive sur une voie qui était très étroite et entourée d'arbres et de buissons, près d'une montagne très haute. Il était très attentif et regardait devant lui. Voici que surgit par-derrière une femme sauvage qu'il n'aperçut qu'au moment où elle l'eut saisi entre ses bras : si son armure ne l'avait protégé, elle l'aurait tué. En vérité il aurait été mis à mort si le destrier ne s'était mis à hennir et à ruer violemment quand il sentit cette méchante créature, si bien qu'elle prit peur et relâcha un peu son étreinte. Le Chevalier au Papegau en profita pour la jeter à terre. Puis il tira son épée pour se débarrasser d'elle et remonta sur son destrier pour continuer son chemin à vive allure. Soyez sûr qu'il n'osera dormir tant qu'il sera dans cette lande, à cause de la peur que lui avait inspirée la femme sauvage ! Il chevaucha si bien que le soleil baissait déjà à l'horizon.

XXXV

LE PONT PÉRILLEUX

A l'heure dont je vous parle, le Chevalier au Papegau était parvenu à la tête du pont du Château Périlleux. Apprenez que c'était le lieu de la grande et de la plus terrible épouvante ! Car l'eau était profonde et large, obscure et noire, plus que nul ne pourrait vous le dire, et la rive du fossé était haute de plus de cent toises. Le pont était si étroit, fait de telle sorte que personne ne pouvait passer pardessus sans qu'il fût si fort ébranlé qu'il semblait s'écrouler. La roue était tout entière de fer, tranchante comme un rasoir, elle ne cessait de tourner d'un mouvement si rapide qu'on ne pouvait même pas la voir ! Et de l'autre côté du pont il y avait une tour haute de plus de trente toises, toute ouvragée de marbre, avec des escaliers de toutes les couleurs, et derrière la tour se dressait un château, le plus impressionnant et le mieux défendu du monde.

Le Chevalier au Papegau se mit à contempler le pont, la tour et le château, en disant :

— Cher Seigneur Dieu, comment pourrai-je passer de l'autre côté ?

Mais il se rappela les indications du Chevalier du Château. Il mit pied à terre, attacha son destrier à un perron qui se trouvait à l'entrée du pont, puis il se mit à avancer, fort attentif, sur le pont : celui-ci branlait si fort qu'il ne pouvait tenir sur ses jambes, il avança donc à quatre pattes, et encore bien prudemment, à cause de la peur qu'il avait de tomber. Il se traîna du mieux qu'il put, de sorte qu'il parvint près de la roue qui le remplit d'épouvante, tant elle tournait fort, soulevant un vent tel que peu s'en fallait qu'il ne le pousse à l'eau. Celle-ci ressemblait à l'enfer. Le Chevalier au Papegau trouva ce que le chevalier lui avait indiqué : arrivé à l'ouverture du pilier, il sortit son épée et l'y planta, coupant tout ce qu'il voyait bouger. C'était un fil de métal qui était à la clé de tout l'enchantement !

Dès que le Chevalier au Papegau eut taillé le fil de métal, la roue s'arrêta, le pont s'immobilisa. Il se dirigea tout droit vers la tour de l'autre côté du pont, y pénétra par la porte qui était grande ouverte, toute d'argent pur. Lorsqu'il fut à l'intérieur, il trouva devant lui deux grands rustres armés de la tête aux pieds, sans chausses de fer, qui lui dirent :

— Ami, voici le moment de mourir, tu as pénétré ici en passant le pont, et voici que tu es en notre pouvoir !

— Ah ! chers seigneurs, fit le Chevalier au Papegau, doivent-ils donc mourir tous ceux qui passent le pont ? Ce serait horrible !

Alors l'un des rustres regarda l'autre et ils se dirent :

— Ce chevalier semble plein de hardiesse et ce serait mal de le tuer. Laissons-le aller affronter le maréchal. Si Dieu veut l'aider, il nous en saura gré ! S'il a le dessous, nous nous enfuirons bien à temps, avant sa mort.

Lorsqu'ils se furent mis d'accord, ils s'adressèrent au Chevalier au Papegau :

— Cher seigneur, vos bonnes manières nous invitent à vous épargner. Allez tenter là-haut votre aventure ! Nous avons tué tant de chevaliers et tant d'autres encore, que nous voulons nous arrêter là ! S'il plaît à Dieu, nous préférons risquer la mort plutôt que d'accomplir encore des actes mauvais !

XXXVI

DÉFAITE DU MARÉCHAL

Le chevalier fut bien heureux de leurs propos, car il redoutait fort d'avoir à les affronter. Il se dirigea vers la salle, la plus belle et la plus grande qu'il ait jamais vue, mais elle était très sombre à cause de la nuit qui était tombée. Le maréchal était déjà au courant de l'aventure ; il savait que les défenseurs avaient laissé passer le chevalier. Ainsi, tandis que le Chevalier au Papegau se trouvait dans la salle, très absorbé, la porte d'une chambre s'ouvrit et il en vit sortir une demoiselle vêtue d'une robe moitié pourpre, moitié écarlate : dans chacune de ses mains elle tenait une torche allumée. Quand elle fut dans la salle, elle monta sur une table surélevée qui faisait le tour de la salle : elle était face au Chevalier au Papegau.

Peu de temps après, il vit en sortir une autre, vêtue de la même façon, qui tenait également deux torches allumées dans les mains ; elle fit tout comme l'autre, mais elle se plaça de l'autre côté. Que vous dire de plus ? Il arriva tant de demoiselles, toutes vêtues d'une même étoffe, qu'elles s'étaient réparties tout autour de la salle. La clarté des torches qu'elles tenaient dans leurs mains était si grande que la salle était éclairée comme au jour le plus clair. Le Chevalier au Papegau était fort stupéfait par l'arrivée de ces demoiselles et par leur silence.

Peu de temps après, par la même porte d'où étaient sorties les demoiselles, vint un chevalier fort bien équipé d'armes toutes vermeilles et neuves. A sa suite une très belle dame qui était son amie. Avec la dame, au moins vingt jeunes filles qui, toutes, jouaient d'instruments divers. C'est avec de telles marques d'honneur que se montra le maréchal. Arrivé dans la salle, après avoir aperçu le Chevalier au Papegau, il ne le salua pas, mais saisit son écu et courut vers lui en disant :

— Misérable, fils de garce, c'est pour ton malheur que tu es venu !

Le Chevalier au Papegau, sans se troubler, saisit son épée avec une grande hardiesse et il accueillit le maréchal comme il le fallait. L'affrontement fut violent et dangereux, et il dura jusque minuit passé, de sorte que l'un ne put avoir l'avantage sur l'autre.

Toutes celles qui regardaient le combat s'étonnaient fort, elles se disaient entre elles :

— Il pourrait bien se faire que notre maréchal ait trouvé plus fort que lui !

Lorsque le maréchal se rendit compte qu'il ne pourrait avoir le dessus, il éprouva une telle rage de voir son adversaire lui résister si longtemps qu'il leva l'épée et frappa le Chevalier au Papegau si fort sur son heaume que la coiffe ne l'empêcha pas de lui faire une plaie profonde sur la tête, si bien que chacune des demoiselles pensa bien que ce coup-là mettait fin à l'affrontement. Mais quand le Chevalier au Papegau sentit le sang qui coulait tout chaud et tout rouge de son front, il fut hors de lui, si bien que, poussé par la rage, il retrouva assez de force et de puissance pour frapper violemment le maréchal. Il le pourfendit jusqu'au menton. Le voilà aux pieds du Chevalier au Papegau ! Dès que son amie vit qu'il était mort, elle courut l'entourer de ses bras et cette étreinte fut si violente qu'elle mourut aussitôt.

Alors toutes les demoiselles qui tenaient les torches descendirent et les placèrent sur les tables, sur des chandeliers d'argent ; elles coururent vers le Chevalier au Papegau, le serrant dans leurs bras, l'embrassant plus de cent fois. Elles disaient, elles chantaient même de joie :

— Que soit comblé de bonheur le meilleur chevalier du monde qui nous a cette nuit délivrées du pire, du plus méchant seigneur qui ait jamais existé !

XXXVII

TOUS PRÊTENT HOMMAGE À ARTHUR

Alors quatre demoiselles montèrent sur la tour de marbre, à l'étage le plus élevé, et firent sonner une petite cloche qui n'avait plus sonné depuis la mort du roi Belnain. Cette cloche apprit à ceux qui l'entendirent qu'ils étaient délivrés de leur méchant seigneur et que le maréchal était mort. Et à cause de la grande allégresse que fit naître l'événement, ils firent sonner toutes les cloches de la contrée pour répondre à la clochette du Château Périlleux, de sorte que, avant l'heure de tierce, mille chevaliers au moins s'assemblèrent, avec leurs épouses et leurs enfants. Ils se présentèrent tous au Chevalier au Papegau, le serrant dans leurs bras et l'embrassant :

— Seigneur, acceptez l'hommage de vos vassaux que vous avez délivrés de la terreur de ce démon qu'était notre seigneur. Car mieux on le servait, moins on était récompensé. Et nous pouvons bien affirmer qu'il y a trois sortes de maux en ce monde. Le premier, le plus grand, est une grave maladie. Le second est une vie mauvaise. Le troisième, c'est un mauvais seigneur ! Et tous ces maux sont des tourments pour les hommes.

« Nous avons été tourmentés par un mauvais seigneur plus que tous les hommes du monde, mais vous nous en avez délivrés ! Que Dieu soit béni et vous aussi ! Ainsi nous sommes venus ici pour vous obéir en tout !

XXXVIII

ACCUEIL AU CHÂTEAU DE LA ROCHE SANS PEUR

Le Chevalier au Papegau, qui éprouvait la plus grande joie du monde, leur dit :

— Je veux que vous et tous les vôtres, tels que vous êtes, veniez avec moi vers la reine et sa fille, qui est votre dame et doit l'être par droit et par raison : je veux que vous lui prêtiez hommage et fidélité, comme vous devez le faire.

Ces paroles leur plurent beaucoup, ils affirmèrent qu'ils s'y plieraient bien volontiers. Chacun se prépara avec munificence. Quand le Chevalier au Papegau fut reposé et remis des blessures qu'il avait reçues durant le combat, tous et toutes se mirent en chemin, avec de grandes manifestations d'allégresse et de joie. Jour après jour, ils finirent par arriver à la Roche sans Peur où demeuraient la reine et sa fille. Ils trouvèrent une grande assemblée de chevaliers que monseigneur Andois y avait amenés pour le service de sa dame, comme il l'avait promis au Chevalier au Papegau, le jour où celui-ci avait reçu l'hospitalité dans sa demeure.

En apprenant que le maréchal était mort et que le Chevalier au Papegau et tous ceux de la contrée venaient vers la reine et vers sa fille Flor de Mont pour rendre leur hommage, ils éprouvèrent la plus grande joie du monde.

La reine ordonna à tous et à toutes de monter à cheval, elle en fit de même avec sa fille Flor de Mont, accompagnées de nombreuses dames et demoiselles ; elles allèrent à la rencontre du Chevalier au Papegau. Le papegau ne voulut oublier de chanter – il avait été bien longtemps emprisonné ! – car il avait eu grand peur pour son seigneur : en effet il ne connaissait pas l'aventure qui lui était arrivée depuis qu'il l'avait quitté et il se fit porter avec la dame. Ils chevauchèrent joyeusement à la rencontre du Chevalier au Papegau et de ses compagnons. La joie que tous témoignèrent au Chevalier au Papegau fut la plus grande qu'on eût jamais vu témoigner à qui que ce soit.

Le papegau chantait sans cesse avec Flor de Mont les hauts faits de son seigneur. Quand il le vit s'approcher, il entonna une mélodie si suave que tous, en ces lieux, durent s'arrêter pour la douceur du chant. Le papegau lui-même fut tellement pénétré de joie qu'il tomba à la renverse dans sa cage quand son chant fut achevé, si bien que chacun s'imagina qu'il était mort d'émotion lorsque son seigneur vint à lui et lui dit :

— Ah, beau papegau, je vous en supplie, si cela est possible, ne m'abandonnez pas si vite !

Dès que le papegau entendit sa voix, il se releva et se remit à chanter très joyeusement. Les voilà repartis et ils chevauchèrent si bien qu'ils arrivèrent à la Roche sans Peur, où ils mirent pied à terre dans l'allégresse.

La fête, grande et solennelle, dura huit jours. La reine accepta les hommages de tous et de toutes. Tous prirent congé de la reine et s'en retournèrent dans leur contrée, disant que tous les jours de leur vie ils seraient au service de la reine et du Chevalier au Papegau, dès qu'il en aurait besoin.

XXXIX

LE NAUFRAGE D'ARTHUR

Quand le Chevalier au Papegau y eut séjourné quinze jours entiers, il prit congé de la reine et de sa fille : leurs prières ne réussirent pas à le persuader de rester plus longtemps, ni à lui faire accepter quoi que ce soit. Il n'exprima qu'une seule demande : qu'elles lui fassent préparer un navire dans un port sur la mer qui se trouvait à trois lieues de la Roche sans Peur, car il voulait effectuer la traversée pour aller en Bretagne. Ce qu'elles firent de bon gré et très rapidement, faisant placer sur le navire tout ce dont il pouvait avoir besoin, lui et vingt chevaliers parmi les meilleurs du pays ; des hommes forts et jeunes qu'elles faisaient partir avec lui pour lui servir de compagnons.

Quand ils furent prêts, ils montèrent à cheval et se rendirent au port, en grande compagnie de chevaliers, de dames et de demoiselles. Celui qui aurait vu le chagrin de la reine et de sa fille ne l'oublierait jamais, au moment où le Chevalier au Papegau entra dans le navire, parce qu'il s'éloignait d'elles. Ils se recommandèrent à Dieu, les marins levèrent l'ancre et hissèrent les voiles ; comme le vent était bon, ils naviguèrent en haute mer. Ils partaient dans la joie et le papegau chantait les plus jolies chansons du monde.

Leur joie cependant se transforma bien vite en détresse. Car l'un des vents les plus violents du monde se leva, frappa les voiles du navire et le porta vers une terre sauvage. La force du vent brisa le mât et déchira les voiles, si bien que le navire aurait pu couler, mais Dieu dans sa gloire entendit la prière du Chevalier au Papegau et les mena au rivage de cette terre, rapidement et sans risques.

Au milieu du péril de la mer, le papegau avait appelé son nain :

— Nain, pour l'amour de Dieu, ouvre ma cage et laisse-moi au moins voler à terre. Si le navire coule – que Dieu le préserve ! – je ferai prier dans le pays pour l'âme de mon seigneur et pour la vôtre, et je porterai les nouvelles de vos aventures à la cour du roi Arthur !

— Certes non ! dit le nain, je ne te laisserai pas partir. Tu resteras ici avec nous, et tu souffriras et tu attendras l'aventure avec nous !

— Ah, nain, je t'en supplie, en récompense des grands honneurs dont tu as bénéficié tant de fois à cause de moi, je te supplie de couvrir ma cage ou de me placer en un endroit où je ne puisse voir les vagues de la mer ! Je suis terrifié !

— Certes non ! dit le nain, car je n'ose pas bouger. Il me semble que si je me mettais à bouger, je tomberais à l'eau tant le navire est agité. Mais je vais te dire ce que tu peux faire de mieux : si tu ne veux pas voir les vagues, ferme les yeux, tu ne les verras plus !

— Ah, méchant nain, lâche et couard, vous moquez-vous de moi ?

— Dieu et le monde se moquent déjà de vous !

Alors le papegau se plaignit au chevalier de son nain et le chevalier lui ordonna d'obéir au papegau :

— Volontiers, seigneur ! lui dit le nain.

Mais au moment où il devait se lever pour couvrir la cage du papegau, le vent souffla si fort qu'il poussa à terre la proue du navire. A cette vue, le papegau commença à chanter pour réconforter son seigneur et les autres qui étaient présents, chantant tant et si bien qu'ils oublièrent vite les souffrances dans lesquelles ils avaient été plongés.

Alors le Chevalier au Papegau descendit du navire avec les autres chevaliers. Il prit la parole en premier :

— Seigneurs, y a-t-il quelqu'un parmi vous qui connaisse cette terre ? y a-t-il quelqu'un qui y ait jamais été ?

Ils répondirent tous que non.

XL

LE NAIN ET LE GÉANT

— Écoutez-moi, seigneurs, dit le Chevalier au Papegau. L'aventure est mienne à part entière jusqu'à mon retour à la cour, et vous êtes venus avec moi pour être mes compagnons et exécuter mes ordres. Je vous dirai donc ce que vous allez faire. Je vais aller explorer le pays, les alentours et bien au-delà, jusqu'à ce que je sache où nous sommes arrivés et quelle est cette terre, dans le but aussi de chercher de la nourriture lorsque nous en manquerons, car nous en avons peu pour reprendre la mer. J'ai ici un cor : lorsque vous l'entendrez sonner, venez me porter secours, car soyez certains que je n'en sonnerai point sans grande nécessité !

Les chevaliers répondirent :

— Seigneur, acceptez que nous venions avec vous pour vous protéger !

Mais il leur ordonna de demeurer dans le navire.

— Puisque telle est votre volonté, nous la suivrons, lui dirent-ils.

Ils firent sortir du navire le destrier du Chevalier au Papegau ; sans même mettre le pied sur l'étrier, il y monta, armé de la tête aux pieds. Puis il les recommanda tous à Dieu, piqua des éperons et chevaucha vivement jusqu'à un tertre.

Il regarda de tous côtés vers le bas et vit se dresser près de l'orée d'un bois une tour très isolée, il n'y avait aucune demeure aux alentours. Cela le réjouit beaucoup et il alla de ce côté, pensant y trouver quelqu'un qui le renseignerait sur la contrée. Quand il arriva près de la tour, il la trouva construite à même la terre, et sans fondements. Elle était carrée et haute d'au moins soixante toises, mais elle était grossièrement bâtie. Il regarda tout autour et ne trouva ni porte ni fenêtre. Il remonta un peu plus haut pour voir s'il y aurait quelque ouverture et aperçut une grand trou sur le toit. Il s'approcha alors un peu de la tour et cria à voix très forte :

— Toi qui te trouves dans la tour, parle-moi, car j'ai besoin que tu m'indiques mon chemin !

Il appela ainsi trois fois, puis regarda vers le bas, du côté de l'ouverture et aperçut un nain, vieux, chenu et bossu qui sortait la tête. Quand il vit le Chevalier au Papegau, stupéfait il fit le signe de la croix. Alors le Chevalier au Papegau lui demanda pourquoi il se signait. Le nain lui répondit :

— En vérité, je fais le signe de la croix parce qu'il y a soixante ans que je demeure ici, et, à part vous, je n'y ai vu passer ni homme ni femme. Mais des morts, j'en ai vu plus que je n'en voulais, et voici comment :

« Je suis né en Northumberland et nous sommes arrivés par voie de mer, moi et ma femme qui était alors enceinte d'un enfant qui vit ici avec moi. Depuis le moment où je suis venu ici, il est devenu si grand et si fort qu'il porte une grande massue faite d'un chêne équarri tel que six hommes comme vous auraient peine à le porter[1]. Il tient cette massue à la main quand il sort, quand il va se distraire dans la forêt ou ailleurs ; tout homme, toute femme qu'il trouve – et ils ne sont pas rares par ici – il les tue et me les apporte pour savoir ce que c'est et si c'est bon à manger ! Il m'apporte souvent des corps d'hommes et de femmes, de chevaliers armés et de pêcheurs, d'autres encore ! Il me les apporte morts, vêtus et armés comme au moment où il les a tués, à leur arrivée sur cette île. Je lui ai fait faire une grande fosse qui se trouve par là, où je lui fais jeter les créatures mortes qui ne se mangent pas ; et celles qui se peuvent manger, je les lui prépare pour son repas.

« Sachez que nous n'avons point de pain, et mon fils mange tant que c'est chose prodigieuse. Sachez, seigneur, que je lui demande et que je lui ordonne constamment de ne tuer ni homme, ni femme, mais de me les apporter vivants – il me le promet toujours et n'en

1. Le géant à la massue poursuit ici la tradition bien connue en littérature de Rainouart au tinel dans la *Geste de Guillaume*.

fait rien ! – car ce serait pour moi un grand soulagement d'avoir de la compagnie. Mais mon fils est trop sot, malgré sa taille : son corps a grandi bien plus que son intelligence, de sorte qu'il oublie toujours ! Pourtant il affirme constamment qu'il me les rapportera tout vivants ! Certaines fois il s'en souvient, mais les choses se passent souvent ainsi : épouvantés de le voir si grand, les gens prennent la fuite, et alors il les poursuit et en courant, les frappe ou les pousse de sa massue, ils meurent aussitôt car il est si fort qu'il ne sait modérer son coup. Il me dit également qu'il y en a qui veulent combattre avec lui, et qui font mine de le frapper de leurs épées, de leurs haches ou de leurs lances : il les tue tout suite ! Même s'il devait y en avoir une centaine, nul ne pourrait lui résister, tant il est fort. Sachez qu'il se lève le matin et ne revient pas avant le coucher du soleil, et il ne revient jamais sans rapporter des proies, beaucoup ou peu, selon les jours. Et quand il revient, il est étonnant de voir comme il est affamé !

— Et par où entre-t-il donc dans la tour ? demanda le chevalier.

— Seigneur, dit le nain, par ces pierres qui dépassent, que vous voyez dehors. Et quand je veux sortir, il me porte et me rapporte très vite à cause de la peur des bêtes féroces, afin qu'elles ne me dévorent pas quand il serait loin de moi. Sachez, seigneur, qu'il me redoute, qu'il m'aime et me craint, si bien qu'il n'est rien qu'il ne fasse dès que je le lui ordonne, tant que je suis près de lui. Mais il arrive souvent, quand je ne suis pas là, qu'il en perde la mémoire !

Alors le chevalier lui demanda pourquoi cette tour était faite sans porte et sans fenêtre, qui l'avait construite, d'où il venait et comment il était arrivé là :

— Seigneur, je vais vous le dire : écoutez bien ! Lorsque nous arrivâmes sur cette île, mon seigneur, le Chevalier des Estranges Iles, dont j'étais le nain et le serviteur, m'avait emmené avec lui, ainsi que ma femme. Mon seigneur devait se rendre à la cour du roi Arthur, car il voulait devenir compagnon de la Table Ronde. Ainsi il arriva avec nous sur cette île ; ma femme qui m'accompagnait était enceinte de ce fils qui vit ici avec moi. Elle était sur le point d'accoucher, et mon seigneur la fit débarquer pour que les choses se déroulent mieux ; elle était fort mal en point, l'accouchement dura cinq jours. Au troisième jour il se leva assez de vent pour que mon seigneur puisse faire voile. Les marins lui firent savoir qu'ils n'attendraient plus, en aucune manière, ils dirent à mon seigneur qu'il fallait se préparer, lis hissèrent les voiles pour le départ.

« Mon seigneur vint me trouver pour me demander si je voulais rester avec ma femme ou monter sur le navire. Je répondis qu'en aucun cas je ne laisserais ma femme en une situation aussi difficile et que je préférais mourir avec elle. En m'entendant, mon seigneur fut pris de compassion et me laissa de la nourriture pour quinze jours. Puis ils s'en allèrent et me laissèrent avec ma femme, sur cette île où je suis encore. Le cinquième jour ma femme accoucha, mais peu de temps après la naissance de l'enfant la mère mourut.

« Elle fut enterrée sur ce tertre à l'endroit où se trouve une grande pierre que mon fils y a placée l'autre jour ; il y a une grande croix de chêne et un siège fait d'un arbre près de la tombe, où nous allons nous asseoir, mon fils et moi ; car nous y allons bien souvent prier pour son âme, afin que Dieu ait pitié d'elle !

« Écoutez-moi bien, cher et noble seigneur, je vous vais vous raconter une grande merveille, la chose étonnante qui m'est arrivée ; car si un autre m'avait annoncé ce qui m'est arrivé, en toute vérité et en toute sincérité, je n'aurais pu le croire, seigneur ! Quand ma femme fut enterrée, je pris mes provisions pour les placer dans mon gilet et j'enveloppai mon enfant nouveau-né du mieux que je pus ; j'allais cherchant partout, ça et là dans le bois, un gros arbre où je pourrais me reposer et m'abriter contre la pluie, pour la durée de la nuit. Je ne savais pas encore qu'il y avait tant de bêtes sauvages sur cette île.

« Je trouvai un arbre creux, le plus grand que j'aie jamais vu, il en existe encore dans ce bois. Il y avait un creux suffisant pour y abriter six chevaliers. Je découvris là de jeunes animaux qui venaient de naître d'un animal sauvage. Chacun des petits avait une petite corne pointue au milieu du front[1]. Quand je les aperçus, j'entrai et les examinai longuement avec stupeur, je m'assis à côté d'eux. Peu de temps après arriva la mère des petits. C'était une bête d'une taille surprenante, aussi grande qu'un grand cheval ; elle portait au milieu du front une corne plus acérée qu'aucun rasoir au monde. Elle avait quatorze grandes mamelles dont la plus petite était aussi grande que la mamelle d'une vache. Quand elle me vit, elle me regarda si férocement que j'eus grand peur et je m'enfuis. Mon enfant me tomba des bras et se mit à hurler. Il était si beau,

1. Il s'agit de licornes, animaux fabuleux que la littérature et l'iconographie médiévales ont fréquemment mis en scène.

si blond et mignon qu'on ne vît jamais si bel enfant ! La bête en prit pitié et pénétra dans le creux de l'arbre, j'étais caché derrière la racine de l'arbre, j'observai ce qu'elle ferait de l'enfant. Elle le saisit de son museau, entra, s'allongea devant lui et fit tant et si bien que l'enfant prit sa mamelle dans la bouche. Quand il sentit la mamelle tendre, l'enfant but le lait, tout comme la nature le veut. Quand il fut rassasié, il s'endormit. Je restai là toute la nuit, je ne pouvais m'endormir et n'osais remuer : je croyais constamment que la bête me tuerait ! Elle resta là pendant la nuit, l'enfant dormait aux côtés de ses petits. Le lendemain matin, quand la bête alla chercher sa pâture, comme j'avais très faim, je mangeai. J'avais très soif, mais je n'osais sortir pour chercher de l'eau. Je pris l'enfant, et pendant que je l'emmaillottais, la bête revint, mais elle me témoigna beaucoup d'attachement et je restai auprès d'elle. Quand mon fils et ses petits furent bien allaités, la bête qui me voyait petit s'imagina que j'étais jeune – vous voyez que je suis nain ! – et elle me poussa la tête vers l'une de ses mamelles qui était encore toute pleine. Comme j'avais soif, je fis ce qu'elle voulait : je bus le lait, qui me sembla le meilleur et le plus doux que j'aie jamais goûté.

« Seigneur, voici quelle fut ma vie, tant que durèrent mes provisions. Mon enfant profitait fort bien de ce lait, comme cela se voit encore maintenant, par la grâce de Dieu ! Quand mes provisions furent terminées, je me sentis faible de ne vivre que de lait. Un jour, par la grâce de Dieu, un grand cerf passa devant notre arbre creux. J'avais très faim, car l'allaitement ne me suffisait pas. « Cher Seigneur Dieu, dis-je, ah ! si j'avais maintenant une cuisse rôtie de ce cerf ! » La licorne qui passait près de nous pour me protéger, moi et ses petits, aperçut le cerf qui était arrêté et me regardait ; elle eut peur pour moi et pour ses petits, et elle se précipita furieuse sur le cerf, avant que celui-ci pût s'en rendre compte. Son mouvement fut si rapide qu'elle le toucha de sa corne avec une violence prodigieuse et, en se retirant, elle le coupa en deux ! Le cerf tomba mort. J'étais fou de joie : je me hissai de l'arbre dont je n'étais pas sorti depuis trois semaines, je regardai devant moi et aperçus un morceau de bois en forme de crosse qui était tombé d'un arbre, je m'en approchai. Pour rien au monde je n'aurais pu le remuer, je le laissai donc à sa place et creusai par-dessous une fosse. Une source en jaillit, je la dirigeai en aval pour nettoyer le morceau de bois courbé, et puis je versai l'eau et je fis du feu avec ma pierre à feu. Je pris aussi du sable de la mer, qui était salé et je l'y mélangeai. La licorne passait partout où j'allais, pour me protéger des autres animaux, tant elle m'aimait. D'ailleurs elle passe encore devant cette tour chaque jour, une fois ou deux.

« Au bout d'un an, quand la bête n'eut plus de lait, mon fils se mit à manger de la viande. Et j'avais si bien apprivoisé et dressé la licorne – car elle m'aimait comme une mère aime son enfant – qu'elle faisait tout ce que je lui indiquais et tuait pour moi cerfs, ours et autres animaux, que nous mangions, mon fils et moi. Voici la vie que j'ai menée sur cette île, depuis au moins vingt ans, et je n'ai pu trouver de lieu par où en sortir, sauf par mer. A vingt ans, mon fils était si grand et fort qu'il était capable d'arracher un gros arbre hors de terre. Comme il y avait beaucoup de pierrres et beaucoup de sable sur cette île, je me dis que je pourrais édifier une tour. Je fis apporter par mon fils des pierres et du sable, et nous avons construit cette tour en quinze jours, haute et sans porte parce que, si la porte était au bas de la tour, lorsque mon fils va se divertir, les bêtes sauvages pourraient s'emparer de moi et me dévorer. Voici donc la raison pour laquelle la tour est si haute.

« Je vous ai raconté, seigneur, toute la vérité en ce qui me concerne.

— Nain, donne-moi un conseil, dit le chevalier. J'aimerais beaucoup voir ton fils et si nous pouvions sortir de cette île, si toi et ton fils vouliez venir avec moi, je te montrerais que ton seigneur, le Chevalier des Estranges Iles, est encore en vie !

Quand le nain entendit ces propos, il fut comblé de bonheur :

— Noble seigneur, demanda-t-il, qui êtes-vous et comment êtes-vous arrivé ici, et où trouverions-nous un navire ? Racontez-moi donc toute votre aventure, puisque je vous ai raconté la mienne

Alors le Chevalier au Papegau lui raconta toute son aventure, de bout en bout, il lui dit qui il était et comment il était arrivé là. Après l'avoir écouté, le nain s'écria :

— Ah, noble roi Arthur, fleur des chevaliers, puisque tu vas me montrer mon seigneur en vie et puisque tu as un navire pour faire voile, je suis certain que Dieu ne m'a pas encore oublié ! Sois confiant jusqu'au retour de mon fils : avec l'aide de Dieu et des marins, il tirera le navire avec la corde le long du rivage, grâce à sa force, si bien que nous atteindrons le fleuve. Nous passerons à la force des rames.

Quand le roi entendit les propos du nain, il éprouva la plus grande joie de sa vie, car il avait de grandes craintes sur la façon dont il pourrait quitter l'île.

Le Chevalier au Papegau et le nain de la tour passèrent ainsi leur temps à parler jusqu'au coucher du soleil. Bientôt alors le fils du nain qui se nommait le Géant sans Nom, parce qu'il n'était pas encore baptisé, arriva à vive allure. Il portait dans l'une de ses mains un ours qu'il avait tué, et de l'autre sa massue. Apercevant le roi sur son destrier si élégant et de belle taille, il crut que les deux n'étaient qu'un seul animal : il prit peur, car il n'en avait jamais vu de tel. Il laissa tomber à terre son ours, prit sa massue à deux mains, trépigna et sauta, levant très haut la massue de sorte que la terrre sous lui tremblait.

Le nain qui l'entendit arriver poussa de grands cris, aussi vite qu'il put :

— Ah ! mon cher fils, Géant sans Nom, reste tranquille, écoute-moi !

Il s'arrêta dès qu'il eut entendu son père. Le roi que regardait le nain était prêt à se défendre si le géant s'était précipité sur lui. Mais le nain lui dit :

— Seigneur, pour Dieu, ne donnez pas l'impression de vous défendre, car il vous tuerait sur-le-champ !

Le nain parla alors à son fils :

— Regarde cet homme, cher enfant, et ne lui fais aucun mal, car c'est ton seigneur et le mien après Dieu, qui est venu nous chercher, et tu ne feras de mal à aucun de ses compagnons. Apporte-le-moi là-haut, car je veux l'embrasser !

Alors le Géant sans Nom alla vers le Chevalier au Papegau et lui dit :

— Seigneur, soyez le bienvenu ! Puisque vous êtes mon seigneur, je ne vous ferai pas de mal. Parlez-moi si vous le pouvez !

— Oui, mon frère, par la grâce de Dieu ! dit le chevalier.

— Qui vous a donné une cotte ainsi faite, et de quoi est-elle faite ? dit le géant.

— Portez-moi là-haut, frère, dit le chevalier, et je répondrai à toutes vos questions.

Le roi craignait le géant qu'il voyait si grand et fort, car il avait bien peu de raison, de bon sens et d'intelligence. Il serait plus volontiers resté auprès du nain, jusqu'à ce qu'il fût plus habitué aux façons d'être du géant.

Celui-ci descendit chercher l'ours qu'il avait laissé tomber et le porta vers la tour, puis il vint vers le chevalier qui avait déjà ôté la bride et la selle à son destrier pour le laisser paître.

Le géant saisit le chevalier aussi facilement qu'un enfant et il l'emporta tout armé dans la tour. Là le nain tomba à ses pieds, manifestant la plus grande joie du monde :

— Seigneur, vous êtes le troisième homme qui soit jamais entré dans cette tour : nul n'y est jamais entré sauf moi, mon fils et vous en cet instant.

Alors le Géant sans Nom mangea au moins la moitié d'un cerf et but de l'eau, et ce n'était guère étonnant pour un homme si grand qui ne mangeait qu'une fois par jour. Il ne mangeait ni pain ni autres mets et ne buvait pas de vin. Le roi ne mangea point, tellement il le contemplait avec stupéfaction ; le nain mangea fort peu, à cause de la grande joie qu'il éprouvait.

Après le repas le nain ordonna à son fils de s'incliner aux pieds du roi Arthur et de lui demander grâce, afin de lui apprendre la crainte. Puis il rendit hommage au roi et lui promit fidélité : désormais il ferait ce qui lui plairait et ce qu'il lui ordonnerait. Enfin ils parlèrent de leur projet, de la façon dont ils le mèneraient à bien, puis ils se couchèrent et se reposèrent jusqu'au matin.

Quand il fut jour, le roi, le géant et le nain se levèrent. Une fois monté à cheval, le roi installa le nain devant lui, le géant allait à pied sa massue à la main, et à son cou il avait attaché toutes ses affaires. Comme ils se rendaient ainsi vers le navire, voici qu'arriva la licorne qui avait allaité le géant et qui venait, comme à son ordinaire, chaque jour vers la tour, car elle voulait voir le géant, son fils. Elle venait volontiers le matin, car au milieu de la journée elle ne l'aurait pas trouvé. Elle suivit le géant, afin de l'aider s'il en avait besoin. Si grand était l'amour qu'elle lui portait !

XLI

LE RETOUR À LA COUR

Ainsi le Chevalier au Papegau s'en retourna vers le navire, portant devant lui le nain, et à sa suite venait le Géant sans Nom avec la licorne. Quand ils furent proches, les chevaliers et les marins éprouvèrent tout ensemble joie et terreur. De la joie parce qu'ils revoyaient leur seigneur, et de la terreur à cause du géant qui était immense, mais aussi à cause de la licorne !

Le Chevalier au Papegau dit aux marins comment ils devaient faire, ils prirent des cordes, les jetèrent hors du navire en les attachant au mât et à la coque. Le géant prit l'un des bouts de la corde, l'attacha autour du poitrail de la licorne, et l'autre bout autour de ses propres épaules ; il tenait toujours sa massue à la main. Le Chevalier au Papegau et le nain montèrent dans le navire.

Et pourquoi allonger le récit ? Le géant et la licorne tirèrent le navire avec l'aide des marins si bien qu'il fut remis à l'eau. Alors le géant entra dans le navire, et la licorne, voyant que le géant, qu'elle aimait tant, y était monté, y entra également. Ils ramèrent tous ensemble pour dépasser le fleuve, sur environ quatre milles : l'eau était si impétueuse et profonde que c'était une chose prodigieuse.

Quand ils eurent effectué la traversée, ils découvrirent une très belle contrée : alors le Chevalier au Papegau reconnut qu'il s'était trouvé là auparavant et qu'il connaissait le pays. Il descendit du navire avec ses compagnons.

Ils chevauchèrent un moment et aperçurent l'Amoureuse Cité où demeurait la Dame aux Cheveux Blonds. Ils allèrent jusqu'au palais principal. La Dame aux Cheveux Blonds les reçut avec des égards extraordinaires. Immédiatement le Chevalier au Papegau envoya un messager au château de Causuel, à Lion sans Merci pour lui dire que le roi Arthur lui faisait savoir de se trouver avec ses chevaliers comme il l'avait promis, s'il tenait à son honneur, le jour de la Pentecôte à Windsor où le roi tiendrait sa cour. Lion sans Merci répondit qu'il le ferait volontiers. Le messager rapporta sa réponse. Alors il fut l'heure de se coucher. Tous allèrent dormir.

XLII

APOTHÉOSE

Cette nuit-là le Chevalier au Papegau dormit aux côtés de la Dame aux Cheveux Blonds, comme il l'avait fait dans le passé, et leur joie fut grande. Au matin, très tôt, le Chevalier au Papegau prit congé avec ses compagnons. Jour après jour ils chevauchèrent tant qu'ils ne trouvèrent plus aucune aventure et arrivèrent en Bretagne au château de Windsor, la veille de la Pentecôte. Le roi Arthur y retrouva le roi Lot qu'il avait laissé à sa place, et tous les chevaliers de la Table Ronde étaient présents.

Le roi Arthur, ainsi que ses compagnons, fut accueilli avec de grandes manifestations de joie, comme jamais roi ne fut accueilli. Tous étaient émerveillés par les étonnantes créatures que le roi Arthur leur seigneur avait ramenées de ses aventures. Pour sa générosité et sa vaillance, il jouissait de leur estime.

Ainsi le roi Arthur revint chez lui, et le souper se déroula dans une allégresse extraordinaire, surprenante à voir et à entendre. Après le repas, tous allèrent dormir. Le jour se leva, qui était le jour de la Pentecôte ; le roi Arthur rassembla la cour la plus joyeuse et la plus somptueuse qu'un roi ait jamais réunie. Et pendant qu'on était à table, le papegau chantait si merveilleusement toutes les aventures qui étaient arrivées au roi Arthur, que ceux qui étaient présents en étaient stupéfiés, au point d'en oublier le boire et le manger. Quand il eut cessé de chanter, Lion sans Merci entra dans la salle avec ses chevaliers superbement vêtus, comme le roi l'avait ordonné. Il raconta devant tous les seigneurs son aventure et se mit en la merci du roi. On leur fit grand honneur et on les installa, pour le repas, d'un côté de la salle.

Quand les tables furent rangées, le roi fit baptiser le Géant sans Nom, il le fit chevalier et de nombreux autres avec lui, pour l'honorer. Il retrouva le nain son père, tous deux étaient remplis de joie.

Au terme des quinze jours, la cour se sépara et le roi distribua de l'or et de l'argent, comblant les désirs de chacun. Tous, petits et grands, s'en félicitèrent. Chacun retourna heureux dans son pays, et le roi fut plus heureux encore.

Ici se termine le *Conte du Papegau*.

LEXIQUE DES TERMES DE CIVILISATION

A

ADOUBER : armer chevalier, faire chevalier. L'adoubement est une cérémonie, un rite initiatique auquel l'Église conféra très tôt un caractère sacré, Le jeune homme reçoit armes et équipement.

ALLEU : bien sur lequel n'existent d'autres droits que ceux de son possesseur direct. En général le mot désigne des terres, domaines et forteresses.

AMBLE : marche du cheval qui avance en même temps les deux pattes du même côté. Allure douce ou rapide selon le gré du cavalier.

ARESTUEL : bas de la lance qu'on saisissait de la main ; il y avait probablement soit une entaille soit un autre dispositif pour empêcher la main de glisser.

AVENTURE : épreuve extraordinaire ou merveilleuse, rencontrée souvent par hasard, qui permet au héros d'affirmer sa valeur. Le chevalier arthurien se doit de partir pour l'aventure, qui est un signe d'élection. Celui qui oublie l'aventure est recréant.

B

BALLADE : poème lyrique en vogue à la fin du Moyen Age, trois couplets de sept à dix vers, même schéma de rimes, souvent un envoi.

BARON : homme de haute naissance. Les barons apparaissent dans les récits comme personnages marquants. Par rapport aux chevaliers, les barons en constituent l'élite, ils sont très proches de leur seigneur. Souvent le terme désigne l'ensemble des chevaliers.

BASSINET DE L'ARMURE : calotte de fer portée sous le casque.

BLIAUT : vêtement qui semble être une sorte de tunique, que portent les dames nobles, ou les chevaliers sous ou sur le haubert. L'étoffe en est mince et fine.

BOUCLE : également dite bosse du bouclier. Il s'agit de la partie en fer qui forme une bosse au centre du bouclier. On peut y loger des reliques.

BOUTEILLIER : échanson, celui qui est chargé du service de la boisson. Lucan, le bouteillier d'Arthur, déborde largement cette fonction.

BRACHET : chien de chasse, braque.

BRAIES : culotte.

C

CAROLE : danse au son des chansons.

CENDAL : étoffe de soie.

CERCLE : entoure le heaume et en maintient l'armature.

CHAUSSES : partie du vêtement masculin, en étoffe ou en mailles de métal, protégeant les pieds et jambes des chevaliers et éventuellement le corps, de la taille aux pieds.

CHEVALERIE : l'ensemble des chevaliers, mais désigne surtout dans nos textes l'ensemble des qualités et le code chevaleresque que met en œuvre le chevalier, principalement la vaillance et, par suite, l'exploit et la gloire qui en résulte.

CHEVALIER : jeune noble adoubé, et tenant la plupart du temps un fief de son seigneur.

CHEVALIER : un noble reçoit ce titre au cours d'une cérémonie rituelle. Ce n'est pas une récompense, bien plutôt le point de départ d'une mise en œuvre des qualités attendues d'un chevalier.

CISEMUS (fourrure de) : peau de petit rongeur.

COIFFE DU HAUBERT : capuchon de mailles qui, sous le heaume, protège la tête.

COLÉE : coup d'épée.

COMPLIES : voir Heures.

CONNÉTABLE : grand personnage de la cour. Sa fonction est militaire.

COTTE : tunique que portent sur la chemise aussi bien les hommes que les femmes.

COULEURS : les récits arthuriens font souvent place à des épisodes où interviennent des personnages dont les armoiries sont monochromes : Chevalier Vermeil, Chevalier Vert, Chevalier au Bouclier Blanc, etc. La couleur préfigure le déroulement des événements, elle fait sens. Le système chromatique médiéval est ici concerné, il évolue d'ailleurs dans le temps. Le noir est souvent pris en mauvaise part : un chevalier noir cherche à cacher son identité. Le rouge peut être péjoratif : il annonce un personnage animé de mauvaises intentions. Un chevalier vert a un comportement fougueux. Le blanc annonce l'amitié, et le bleu progressivement la loyauté et le courage.

COURTINE : tenture masquant une partie d'une pièce, servant éventuellement à délimiter plusieurs compartiments dans une même pièce.

COURTOISIE (courtois, courtoisement) : sa signification première est « ce qui concerne la vie de cour ». Au sens large, la courtoisie est un art de vivre, donc un ensemble de qualités sociales (raffinement, élégance, bonnes manières, disponibilité à aider autrui, etc.). Dans un sens plus spécialisé, important pour nos textes littéraires et concernant les relations entre sexes, la « courtoisie » désigne une représentation de l'amour, un véritable art d'aimer (« amour courtois », « fin'amor », c'est-à-dire amour parfait).

D

DAME : épouse du seigneur, femme de haut rang. Mais une jeune fille de très haut rang peut également être nommée « dame ».

DAMOISEAU : jeune noble qui sert à table dans une cour.

DÉMAILLER : mettre en pièces les mailles d'un haubert.

DEMOISELLE : souvent de naissance noble, alterne avec « pucelle » pour désigner la femme non mariée : « pucelle » désigne plus simplement la jeune fille.

DENIER : petite unité monétaire, valant 1/240 de la livre tournois (ou franc d'or).

DESTRIER : cheval de bataille que monte le chevalier armé. On l'appelle destrier puisque l'écuyer doit le mener de la main droite (destre).

DON (« don contraignant ») : celui à qui il est demandé doit accepter de l'accorder sans en connaître le contenu. Extrêmement fréquent dans les récits arthuriens, aussi bien dans les rapports d'homme à homme que dans les rapports entre homme et femme.

E

EAU (corner l'eau, demander l'eau, apporter l'eau) : on sonne du cor pour appeler au repas. L'eau est alors présentée dans des bassins avec des serviettes pour se rafraîchir.

ÉCARLATE : étoffe fine de drap ou de soie dont la couleur était très variable.

ÉCHANSON : voir Bouteillier.

ÉCU : bouclier généralement oblong, muni sur le centre d'une bosse appelée « boucle ». Fait de matières diverses : bois, métal ou cuir (l'un des récits indique des peaux de poisson). Aussi bien dans la réalité que dans les œuvres d'imagination, l'écu est souvent orné ou peint (armoiries, héraldique).

ENSEIGNE : étendard qui sert à rallier des combattants. Voir Gonfanon.

ESCARBOUCLE : l'une des pierres les plus précieuses, d'un rouge foncé qui brille de façon surprenante. Elle est capable de lutter contre l'obscurité. Elle orne parfois les armes des chevaliers, et parfois le heaume.

ESTERLIN : sterling, nom de monnaies anglaises.

F

FEUTRE : bourrelet de feutre placé sur le devant de la selle, servant de point d'appui à la lance au moment de la charge.

FIEF : à l'origine désigne un salaire. Les services militaires étant souvent payés en terre, le sens va de « service » à « terre ».

FLORIN : monnaie d'or, d'origine italienne.

FRANC (franche) : libre donc noble, aussi bien au niveau de

la naissance que sur le plan psychologique. Désigne souvent la générosité.

G

GAGE : objet (éventuellement un être vivant, comme un oiseau dans l'un de nos récits) remis pour garantir une promesse, celle par exemple de se trouver présent pour un combat.

GAMBISON : vêtement long qui se mettait sous le haubert.

GASTE : dévasté, ravagé, désolé et par suite stérile. Cet adjectif apparaît fréquemment dans la matière arthurienne : Terre Gaste, Gaste Cité, Gaste Forêt, etc.

GONFANON : étendard, enseigne d'étoffe attachée à la lance.

GUISARME : arme à longue hampe composée d'une lame recourbée en forme de faucille et d'une pointe droite.

H

HAUBERT : longue tunique de mailles d'acier tressées.

HEAUME : casque.

HEURES : la journée médiévale est rythmée par les heures canoniales, espacées de trois en trois heures : matines ou minuit, laudes (3 heures du matin), prime (6 heures), tierce (9 heures), sexte ou midi (12 heures), none (15 heures), vêpres (18 heures), complies (21 heures).

HOMMAGE : l'un des éléments essentiels du pacte qui lie au seigneur son vassal. Le vassal devient l'« homme » du seigneur par la cérémonie de l'« hommage ».

L

LAI : poème musical d'origine celtique. A côté du lai musical, il existe au Moyen Age un genre très intéressant pour la légende arthurienne, le lai narratif (qui n'est plus chanté) dont les plus connus sont ceux de Marie de France.

LICES : enceintes faites d'une palissade servant à protéger un château, ou espace compris entre les murs et cette enceinte.

LIEUE GALLOISE : une lieue, environ 4 km.

LIGE : le rapport du vassal au seigneur est noué par l'hommage. Mais il peut arriver qu'un vassal prête hommage à plusieurs seigneurs : dans ce cas, il existe l'« hommage-lige », qui l'emporte en importance sur tous les autres. De même le « seigneur-lige » a priorité sur les autres.

LIGNAGE : ensemble de ceux qui sont liés par le sang. « Être de haut lignage », de noble extraction.

M

MANCHE : la manche précieuse que la dame peut donner à son héros pour un tournoi ou un combat.

MANGONNEAU : machine à lancer des projectiles contre une place assiégée (les perrières lancent des projectiles plus gros).

MANTEL : le mantel est un vêtement élégant, un costume de cérémonie et d'apparat fait d'une belle étoffe. On peut le porter en voyage, mais il s'agit alors d'une occasion importante : message à transmettre, aller au-devant d'un roi, etc. Pour le roi et ses barons, le mantel est obligatoire.

MARC : mesure de poids spéciale utilisée pour les métaux précieux. Le marc des ateliers monétaires royaux pesait environ 245 grammes. On se servait de cette unité comme monnaie de compte.

MARCHE : province frontière et plus spécialement district militaire établi sur une frontière.

MARÉCHAL : serviteur chargé de prendre soin des chevaux, mais en fait il s'agit de l'une des grandes fonctions de cour.

MERCI : « crier merci » signifie implorer la grâce du vainqueur, demander sa pitié. Se mettre « en la merci de » : à la discrétion de.

N-O

NASAL DU HEAUME : pièce de métal fixée au heaume, destinée à protéger le nez et le haut du visage.

NONE : voir Heures.

ORFROI : galon d'or servant à border une banderole au bout de la lance, ou à faire des attaches d'une épée, ou la rêne d'une mule, etc.

P

PALAIS : salle d'apparat et de réception d'un château. Souvent « salle » et « palais » désignent le même lieu.

PALEFROI : cheval de promenade ou de voyage, par opposition à destrier, cheval de bataille.

PANONCEAU : traduit le mot « baniere ».

PARURES : terme héraldique désignant, dans l'équipement du chevalier, toutes les pièces portant les couleurs et armoiries distinctives de leur possesseur.

PÂTURON : partie inférieure de la jambe du cheval, comprise entre le boulet et la couronne, qui correspond à la première phalange.

PAVILLON : tente de forme ronde, alors que « tente » serait de forme allongée.

PENTECÔTE : date rituelle autour de laquelle se réunit la cour du roi Arthur.

PERRON : au bas de la grande salle, grosse pierre carrée qui sert de montoir aux cavaliers.

PETIT-GRIS : voir Vair.

POURPOINT : vêtement d'homme couvrant le corps jusqu'au bas des reins, parfois moins long. En général d'un tissu très riche.

PRIME : voir Heures.

PRUD'HOMME : homme qui se distingue à un degré éminent par la droiture, la loyauté, la sagesse (L. Foulet). En un sens général, désigne les gens de bien.

Q

QUARTIER : unité de mesure, valant le quart de l'aune, soit 30 cm. La toile d'Agamanor, dans le *Méliador* de Froissart, mesure donc environ 1,50 m.

QUINTAINE : poteau ou mannequin contre lequel on joutait.

R

RECREANTISE (recreant) : acte d'abandonner le combat, lâcheté.

ROBE : désigne l'ensemble d'un costume de chevalier : cotte, surcot et mantel.

ROGATIONS : cérémonies qui se déroulent pendant les trois jours avant l'Ascension.

RONCIN : cheval de charge ou monture pour valets et écuyers.

RONDEAU : genre lyrique à forme fixe comprenant un nombre restreint de vers, très en faveur du XIVe à la moitié du XVIe siècle.

S

SAGE (sagesse) : avisé, habile, de grande expérience, de bon jugement.

SAMIT : riche étoffe de soie, d'origine orientale, utilisée pour des robes de femmes, des bliauts (tuniques) et des mantels d'homme, mais aussi des tapis, des couvertures de lit, etc. (samit à orfrois).

SÉNÉCHAL : à l'origine fonction de présentation des plats, puis rapidement fonction très importante : celui qui l'exerçait avait des signes du pouvoir, bâton et chapeau. Voir Keu, sénéchal d'Arthur.

SERGENT : homme d'armes non noble.

SERVANTOIS (sirventes) : à l'origine poème satirique, écrit à la suite d'une circonstance ou d'un événement politique douloureux.

SERVIR : respecter le serment de fidélité à l'égard du seigneur dans les rapports féodovassaliques, à l'égard de la dame dans l'amour dit courtois. Le « service » est l'ensemble des obligations du vassal à l'égard du seigneur (obligations : service d'armes, de conseil, de justice), mais aussi de l'amant à l'égard de sa dame.

SEXTE : voir Heures.

SIGLATON : riche tissu d'origine orientale, souvent de couleur rouge.

SINOPLE (escu de) : héraldique, désigne la couleur verte ou rouge.

SOUDOIER : soldat qui reçoit une solde du seigneur au service de qui il combat ; le terme n'est pas péjoratif en ancien français ; il est parfois l'équivalent de « chevalier » (ex. : le Riche Soudoier).

SURCOT : corsage ou gilet, porté par-dessus la cotte.

T

TAILLOIR : plat en bois ou en métal pour découper la viande.

TENIR : avoir l'usage d'un bien sans en être complètement propriétaire. On « tient » sa terre de son seigneur.

TIERCE : voir Heures.

TOISE : mesure de longueur valant un peu moins de deux mètres.

V-Z

VAIR : fourrure de l'écureuil appelé petit-gris, utilisée pour doubler ou border l'étoffe d'un vêtement.

VALLET : jeune homme noble servant pendant plusieurs années

à la cour d'un grand seigneur pour y faire son éducation, d'armes et de manières.

VASSAL : dans les textes littéraires le vassal est celui qui témoigne des vertus fondamentales du noble féodal, surtout la vaillance. En terme d'adresse, peut comporter une nuance d'insolence.

VAVASSEUR : homme de petite noblesse, il est le vassal d'un vassal. Il appparaît fréquemment dans le rôle d'un hôte accueillant.

VENTAILLE : partie mobile de la coiffe, capuchon de mailles qui recouvre le bas du visage au-dessous du nez, sous le casque.

VÊPRES : voir Heures.

VERMEIL : rouge. Le vermeil est souvent la couleur du bouclier (ex. : l'écu de Gauvain est dit de *vermeil)*.

VILAIN : le paysan, le rustre.

VILENIE : acte ou comportement répréhensible, peu délicat (qu'on attribuerait à celui qui est d'origine paysanne, mais qui peut être le fait d'un noble).

VIRELAI (ou chanson balladée) : poème lyrique comprenant un couplet-refrain, alternant avec deux ou trois strophes sur rimes semblables, décomposables chacune en un quatrain à rimes croisées et une « coda » composée sur les rimes du refrain.

ZIBELINE : souvent la fourrure de zibeline entoure le col d'un mantel.

TABLE DES NOMS PROPRES

A

Alain le Gros : l'un des douze fils de Bron le Roi Pêcheur ; père de Perceval ; cousin de Joséphé et de Galaad ; pour le *Perlesvaus*, voir Julain le Gros. *(Perlesvaus)*

Angleterre (souvent Bretagne) : il s'agit de la Grande Bretagne, royaume d'Arthur. Voir Logres. *(Atre, Gliglois, Papegau)*

Arthur : roi de Bretagne, fils d'Uterpendragon, oncle de Gauvain et de ses frères ; demi-frère de Morgain. *(Atre, Epée, Gliglois, Merlin, Papegau)*

Avalon : lieu mythique, l'Ile d'Avalon est parfois identifiée avec Glastonbury dans le Somerset ; chez Geoffroy de Monmouth, l'*Insula Avallonis*, l'île des Pommes, est la demeure de Morgain et de ses sœurs. Il faut se rappeler qu'une île n'est pas nécessairement une île dans la mer, mais un endroit difficile d'accès. A partir de 1191, date de l'« invention » des tombes d'Arthur et de Guenièvre, les moines de Glastonbury firent de leur abbaye Avalon, Dans les récits, Avalon apparaît souvent comme une île, l'île mystérieuse vers laquelle Arthur, après la bataille finale contre Mordret à Salesbières, est emporté dans un navire par sa sœur Morgain et ses dames, dans le récit *La Mort le roi Artu*. Sur cette île, il y aura une chapelle pour les sépultures d'Arthur, Guenièvre et Lohot. *(Merlin)*

B

Bédoier : connétable d'Arthur. *(Merlin)*

Blaise : confesseur de la mère de Merlin ; clerc vivant en Northumberland, par qui Merlin fait consigner tous les faits prodigieux de la Table Ronde. *(Merlin)*

Bohort roi de Gaunes : père de Bohort et de Lionel ; frère du roi Ban de Benoïc.

Bohort : frère aîné de Lionel, cousin germain de Lancelot et d'Hector, l'un des trois élus de la quête du Graal, les deux autres étant Perceval et Galaad. *(Merlin)*

Bretagne (Grande) : voir Angleterre.

Bron : beau-frère de Joseph d'Arimathie ; père de douze fils dont Alain ; grand-père de Perceval ; appelé le Roi Pêcheur car il pêche le poisson destiné à la table de Joseph. *(Merlin)*

C

Camaalot : résidence d'Arthur, à l'entrée du royaume de Logres. *(Papegau)*

Caradoc : chevalier de la Table Ronde ; cousin de Gauvain ; fils d'Ysave et de l'enchanteur Eliavrés ; mari de Guinier, sœur de Cador ; il est souvent appelé Briebras en souvenir du serpent qui s'était enroulé autour de son bras. *(Atre)*

Cardueil (Cardoel, Carduel) : une des capitales du royaume d'Arthur, probablement sa résidence privilégiée (Carlisle en Cumberland ?). *(Atre, Épée, Gliglois, Merlin)*

Carlion : Caerleon-sur-Wysc dans le pays de Galles, lieu où Arthur tient fréquemment sa cour. *(Atre)*

Chastiefol : nom de l'épée d'Arthur dans le récit le plus tardif de la légende. Voir Excalibur. *(Papegau)*

Chevalier à l'épée : Gauvain dans *Le Chevalier à l'épée*.

Chevalier au Papegau : le roi Arthur lui-même, partant incognito pour l'aventure, accompagné d'un oiseau merveilleux. *(Papegau)*

Cornouaille (s) : presqu'île au sud-ouest de la Grande Bretagne (mais aussi parfois Cornouaille d'Armorique), souvent le royaume du roi Marc ; pays natal de Méraugis. *(Atre)*

D

Dame aux Cheveux Blonds : fée qui détient la sagesse, amante du Chevalier au Papegau. *(Papegau)*

E

Érec : fils du roi Lac, chevalier de la cour d'Arthur, époux d'Énide. *(Atre, Merlin)*

Esplumoir : demeure de Merlin, retraite de l'enchanteur connu pour ses métamorphoses (mues). Le nom provient-il d'une cage où seraient enfermés les oiseaux pendant la mue ? ou le mot viendrait-il d'une traduction mal comprise d'un terme de la *Vita Merlini* : emplumeor, celui qui de la plume écrit des caractères magiques ? *(Merlin)*

Excalibur (Excalibor) : provient d'un nom gallois *Caledbolg* dans les *Mabinogion ;* épée d'Arthur, forgée en Avalon ; après la bataille de Salesbières dans *La Mort Artu*, Excalibur est saisie par une main qui sort de l'eau du lac et la ramène dans les profondeurs. *(Merlin)*

G

Gaheriet : dernier fils du roi Lot d'Orcanie ; neveu d'Arthur ;

frère de Gauvain, Agravain et Guerrehet ; demi-frère de Mordret. *(Merlin)*

Galaad : fils de Lancelot et de la fille du roi Pellés ; nommé le Bon Chevalier ; descendant de Nascien, David et Salomon par son père ; descendant de Bron et du lignage des Rois Pêcheurs par sa mère. Il réussira à emporter le Graal à Sarras, en compagnie de Perceval et de Bohort.

Galles : lieu de naissance de Perceval, où se trouvent les Vaux de Camaalot (hypothèse : est-ce le pays de Galles actuel, ou plus largement, le territoire occupé par les Bretons après la conquête des Angles et des Saxons ?). *(Atre, Gliglois, Merlin)*

Gaunes : royaume de Bohort en Petite Bretagne.

Gauvain : fils aîné du roi Lot d'Orcanie ; neveu d'Arthur ; frère d'Agravain, de Guerrehet et de Gaheriet ; demi-frère de Mordret ; père de Guinglain le Bel Inconnu. *(Atre, Epée, Gliglois)*

Girflet : chevalier de la Table Ronde, fils de Do (voir Jaufré, fils de Doson). *(Gliglois)*

Gliglois : fils d'un châtelain d'Allemagne, héros du récit qui porte son nom. *(Gliglois)*

Graal : plat mystérieux au centre du cortège énigmatique ; le Château du Graal est aussi nommé Eden ou Château des Ames, car l'âme de ceux qui y meurent va au Paradis. *(Merlin)*

Gringalet : cheval de Gauvain. *(Atre, Epée)*

K

Keu : fils d'Antor, frère de lait et sénéchal d'Arthur, chevalier de la Table Ronde. *(Atre, Épée, Merlin)*

L

Lancelot : fils du roi Ban de Benoïc ; demi-frère d'Hector ; cousin de Bohort et de Lionel ; père de Galaad. A sa naissance, son père, le roi Ban, meurt, l'enfant est emporté par la Dame du Lac qui l'élève, d'où son nom Lancelot du Lac ; il sauve le royaume d'Arthur, mais échoue dans la quête du Graal à cause de son amour adultère pour Guenièvre. *(Merlin)*

Lindesores : château en Brocéliande, et qui se trouve dans le pays de Landemore *(Gliglois)*

Lionel : second fils du roi Bohort de Gaunes ; frère de Bohort ; cousin de Lancelot et Hector. *(Merlin)*

Logres : le royaume d'Angleterre. *(Atre, Épée, Merlin)*

Lot : roi d'Orcanie, père de Gauvain, Agravain, Guerrehet et Gaheriet, beau-frère d'Arthur. *(Merlin, Papegau)*

M-N

Merlin : l'enchanteur né de l'union d'un incube et d'une jeune fille. Doué du don de prophétie et de métamorphose. Conseiller d'Uterpendragon et d'Arthur. Au moyen d'un enchantement, il favorise la conception d'Arthur. Il organise

l'avènement d'Arthur et instaure la Table Ronde. *(Merlin, Papegau)*

MORDRET : neveu d'Arthur ; fils du roi Lot d'Orcanie et de la sœur du roi Arthur, parfois nommée Morcadès, femme du roi Lot ; en réalité fils incestueux d'Arthur ; mais dans *Perceval* en prose il est bien le fils légitime du roi Lot, donc le neveu d'Arthur et non son fils incestueux. Il est le traître du monde arthurien. *(Merlin)*

MORGAIN : demi-sœur du roi Arthur ; fille d'Ygerne et du duc de Tintagel, Goloët *(Merlin) ;* est dite fée de Montgibel. *(Papegau)*

NORTHUMBERLAND : région de l'Angleterre située au-dessus de l'estuaire de l'Humber. *(Merlin)*

P

PERCEVAL (Perlesvaus) : généalogie compliquée ; frère d'Agloval et de Lamorat de Galles ; fils d'Alain ou de Pellinor de Listenois, plus généralement ; frère de Dandrane, selon les textes *(Merlin)*

R

ROI MEHAIGNIÉ (Roi Pêcheur) : il est difficile d'évaluer son degré de parenté avec Perceval. Si l'on suit le roman de Chrétien de Troyes, il est de la famille de Perceval, à la fois le Roi Pêcheur et le Roi Mehaignié. Il ne guérira de sa blessure à la cuisse, qu'après avoir reçu la visite de Galaad. *(Merlin)*

S

SAGREMOR : chevalier de la Table Ronde ; petit-fils de l'empereur Adrien de Constantinople souvent appelé le Desreé à cause de sa démesure et de son impétuosité *(Merlin)*

SALESBIÈRES : Salisbury dans le Wiltshire. Dans *La Mort le roi Artu* la dernière bataille, au cours de laquelle Arthur affronte son fils bâtard Mordret, se déroule dans la plaine de Salesbières. C'est en cet endroit aussi qu'a lieu la bataille entre les Saxons et les armées de Pendragon et d'Uter.

SARRAS : cité du Moyen-Orient. Galaad, Perceval et Bohort y emportent le Graal, la Lance et la Table du Graal, et c'est là que meurt Galaad, qui en devient le roi pour un temps, ainsi que Perceval.

T

TABLE RONDE : la table instituée par Merlin durant le règne d'Uterpendragon. Autour d'elle se rassemblent de nombreux chevaliers. Il s'agit de la troisième des trois tables, les deux autres étant la table de la dernière Cène et la table du Graal de Joseph d'Arimathie. Le nombre des chevaliers qui y sont admis est variable. *(Atre, Merlin, Papegau)*

TRISTAN-QUI-NE-RIT : chevalier de la cour d'Arthur. *(Atre)*

U

UTERPENDRAGON : père d'Arthur ; avec l'aide de Merlin il prend les traits de l'époux d'Ygerne,

TABLE DES MATIÈRES

MERLIN ET ARTHUR
Le Graal et le royaume
Attribué à Robert de Boron

Traduit de l'ancien français par Emmanuèle Baumgartner

LE CHEVALIER À L'ÉPÉE
Anonyme

Traduit de l'ancien français par Emmanuèle Baumgartner

L'ÂTRE PÉRILLEUX
Anonyme

Traduit de l'ancien français par Marie-Louise Ollier

GLIGLOIS
Anonyme

Traduit de l'ancien français par Marie-Luce Chênerie

LE CHEVALIER AU PAPEGAU
Anonyme

Traduit du moyen français par Danielle Régnier-Bohler

DANS LA MÊME COLLECTION

HISTOIRE, PHILOSOPHIE & ESSAIS

AMOUROUX, Henri
La Grande Histoire des Français sous l'Occupation
TOME I : Le Peuple du désastre — Quarante millions de pétainistes
TOME II : Les Beaux Jours des collabos — Le Peuple réveillé
TOME III : Les Passions et les Haines — L'Impitoyable Guerre civile
TOME IV : Un printemps de mort et d'espoir — Joies et douleurs du peuple libéré

La Grande Histoire des Français après l'Occupation
Les Règlements de comptes — La page n'est pas encore tournée

ANTHOLOGIE MONDIALE DE LA STRATÉGIE
Des origines au nucléaire
Édition établie par Gérard Chaliand, nouvelle édition mise à jour
Préface de Lucien Poirier
Postface de Pierre M. Gallois

ARON, Raymond
Mémoires (édition intégrale)
Préfaces de Nicolas Baverez et de Tzvetan Todorov

ATTALI, Jacques
Verbatim
TOME I : 1981-1986 — TOME II : 1986-1991

Les Penseurs du monde : Pascal, Marx, Gândhî
Blaise Pascal ou le Génie français — Karl Marx ou l'Esprit du monde — Gândhî ou l'Éveil des humiliés

AUGUSTIN, saint
Sermons sur l'Écriture
Édition établie par Maxence Caron

BAINVILLE, Jacques
La Monarchie des lettres
Histoire, politique et littérature
Édition établie et présentée par Christophe Dickès

BARK, Dennis L. — GRESS, David R.
Histoire de l'Allemagne (1945-1991)
Traduction d'Odile Demange

BENNASSAR, Bartolomé
Histoire des Espagnols (VIe siècle-XXe siècle)

BENOIST-MÉCHIN, Jacques
Soixante jours qui ébranlèrent l'Occident, 10 mai-10 juillet 1940

BOORSTIN, Daniel
Les Créateurs
Traduction de Béatrice Vierne

Les Découvreurs
D'Hérodote à Copernic, de Christophe Colomb à Einstein, l'aventure de ces hommes qui inventèrent le monde
Traduction de Jacques Bacalu, Jérôme Bodin et Béatrice Vierne

Histoire des Américains
L'Aventure coloniale — Naissance d'une nation — L'Expérience démocratique
Traduction de Y. Lemeunier, M. Blanc, H. Christol, J.-C. Crapoulet, M. Gervaud, Y. Guieu et F. Boris

BOYER, Régis
Les Vikings
Histoire, Mythes, Dictionnaire

CHEBEL, Malek
L'Érotisme arabe

CLEMENCEAU, Georges
Correspondance (1858-1929)
Édition établie et annotée par Sylvie Brodziak et Jean-Noël Jeanneney

CONQUEST, Robert
La Grande Terreur, *précédé de* Sanglantes Moissons
Traduction de Marie-Alyx Revellat et de Claude Seban

CORBIN, Alain
Une histoire des sens
Le Miasme et la Jonquille — Le Village des « cannibales » — Le Monde retrouvé de Louis-François Pinagot
Édition établie et présentée par Pascal Ory

CORRESPONDANCES CONJUGALES, 1914-1918
Édition établie et présentée par Clémentine Vidal-Naquet

COURTOIS, Stéphane — WERTH, Nicolas — PANNÉ, Jean-Louis — PACZKOWSKI, Andrzej — BARTOSEK, Karel — MARGOLIN, Jean-Louis
Le Livre noir du communisme
Crimes, terreur, répression
Édition établie sous la direction de Charles Ronsac

DARU, Pierre
Histoire de la république de Venise
Édition établie par Alessandro Fontana et Xavier Tabet

TOME I : Des origines à la bataille de Lépante (1571) — TOME II : Après la bataille de Lépante jusqu'à la chute de la République (1797)

DAUDET, Léon
Souvenirs et polémiques
Nouvelle édition, préface d'Antoine Compagnon

DELUMEAU, Jean
De la peur à l'espérance
La Peur en Occident (XIVe-XVIIIe siècle) — Guetter l'aurore — Parcours, recherches, débats
Édition établie par Pascal Ory

DINO, duchesse de
Souvenirs et Chronique
Édition établie et présentée par Anne et Laurent Theis

DROYSEN, Johann Gustav
Histoire de l'hellénisme
Histoire d'Alexandre le Grand — Les Successeurs d'Alexandre
Traduction sous la direction d'Auguste Bouché-Leclercq

ELLIOTT, John H.
Olivares (1587-1645)
L'Espagne de Philippe IV
Traduction de France-Marie Watkins avec la collaboration de Claire Le Ho-Devianne

L'ENFANT ET LE GÉNOCIDE
Témoignages sur l'enfance pendant la Shoah
Textes choisis et présentés par Catherine Coquio et Aurélia Kalisky

ÉRASME
Éloge de la folie — Adages — Colloques — Réflexions sur l'art, l'éducation, la religion, la guerre, la philosophie — Correspondance, *précédé d'un* Dictionnaire d'Érasme et de l'humanisme
Édition et Dictionnaire d'Érasme *établis par Claude Blum, André Godin, Jean-Claude Margolin et Daniel Ménager*

EUROPES
De l'Antiquité au XXe siècle. Anthologie critique et commentée
Édition établie et présentée par Yves Hersant et Fabienne Durand-Bogaert

FABRE, Jean-Henri
Souvenirs entomologiques. Études sur l'instinct et les mœurs des insectes
Édition établie par Yves Delange
TOME I : Première à cinquième série
TOME II : Sixième à dixième série, *suivi d'un* Répertoire général analytique *par le Dr G.-V. Legros, complété par Yves Delange*

FEBVRE, Lucien
Vivre l'Histoire
Combats pour l'Histoire — Pour une histoire à part entière
Édition établie par Brigitte Mazon
Préface de Bertrand Müller

FRANÇAIS EN RÉSISTANCE

Carnets de guerre, correspondances, journaux personnels

Anthologie établie et présentée par Guillaume Piketty

LES FRANÇAIS VUS PAR EUX-MÊMES

Le Siècle de Louis XIV

Anthologie des mémorialistes du siècle de Louis XIV

Textes choisis et présentés par Alain Niderst

Le XVIIIe Siècle

Anthologie des mémorialistes du XVIIIe siècle

Par Arnaud de Maurepas et Florent Brayard

Préface de Daniel Roche

Le Consulat et l'Empire

Textes choisis et présentés par Alfred Fierro

FRANCE BAROQUE — FRANCE CLASSIQUE, 1589-1715

Par René et Suzanne Pillorget

TOME I : Récit — TOME II : Dictionnaire

FRAZER, James George

Le Rameau d'or

Édition établie par Nicole Belmont et Michel Izard

TOME I : Le Roi magicien dans la société primitive — Tabou ou les Périls de l'âme

TOME II : Le Dieu qui meurt — Adonis — Atys et Osiris

TOME III : Esprits des blés et des bois — Le Bouc émissaire

TOME IV : Balder le Magnifique — *Bibliographie générale*

FUMAROLI, Marc

La Grandeur et la Grâce

Quand l'Europe parlait français — Le Poète et le Roi

Le Livre des métaphores

Essai sur la mémoire de la langue française

FURET, François

Penser le XXe siècle

Un itinéraire intellectuel : l'historien journaliste, de *France-Observateur* au *Nouvel Observateur* (1958-1997) — Interventions : sélection d'articles parus dans *Le Débat* (1981-1997) et *Commentaire* (1985-1997) — Le Passé d'une illusion : Essai sur l'idée communiste au XXe siècle — Fascisme et communisme : Correspondance avec Ernst Nolte (1996-1997)

Préface de Pierre Hassner

GABORY, Émile

Les Guerres de Vendée

La Révolution et la Vendée — Napoléon et la Vendée — Les Bourbons et la Vendée — L'Angleterre et la Vendée

Édition établie par Xavier du Boisrouvray

GALLO, Max

Jules Vallès — Jean Jaurès

Napoléon

Le Chant du départ — Le Soleil d'Austerlitz — L'Empereur des rois — L'Immortel de Sainte-Hélène

GAULLE, Charles de

Lettres, notes et carnets

Présentés par l'amiral Philippe de Gaulle et préfacés par Jean-Luc Barré

Tome I : 1905-1941 — Tome II : 1942-mai 1958 — Tome III : juin 1958-novembre 1970

GIBBON, Edward

Histoire du déclin et de la chute de l'Empire romain

Édition établie par Michel Baridon

Tome I : Rome de 96 à 582 — Tome II : Byzance de 455 à 1500

GOURMONT, Remy de

La Culture des idées

Le Joujou *et trois autres essais* — La Culture des idées — Le Chemin de velours. Nouvelles dissociations d'idées — Physique de l'amour. Essai sur l'instinct sexuel — Épilogues. Réflexions sur la vie, 1895-1898 — Promenades philosophiques : Première série — Deuxième série — Troisième série — La Petite Ville, *suivi de* Paysages — Pendant l'orage — Pendant la guerre. Lettres pour l'Argentine

Préface de Charles Dantzig

GREEN, Peter

D'Alexandre à Actium

Du partage de l'Empire au triomphe de Rome

Présenté par Paul Veyne

Traduction d'Odile Demange

Dictionnaire des personnages par Maurice Larès

Bibliographie adaptée par Bernard Legras

GRIMAL, Pierre

Voyage à Rome

La Rome antique — Vivre dans la Rome antique — L'Âme romaine — Promenades romaines — Guide : Nous partons pour Rome

Rome et l'amour

Des femmes, des jardins, de la sagesse

L'Amour à Rome — Les Amours des dieux — La Femme romaine — Vierges et Matrones — Images de femmes — Les Hommes et les jardins — La Littérature et les paysages — L'Art des jardins — La Sagesse romaine — Sagesse et Pouvoir — Sagesse épicurienne et sagesse stoïcienne — Le Sacré — Histoire d'un sage : Mémoires de T. Pomponius Atticus

GUEVARA, Ernesto

Combats d'un révolutionnaire

Voyage à motocyclette — Second voyage à travers l'Amérique latine — Souvenirs de la guerre révolutionnaire cubaine — Journal du Congo — Jounal de Bolivie — Justice globale

Préface de Jacobo Machover

GUICCIARDINI, Francesco

Histoire d'Italie (1492-1534)

Édition établie par Jean-Louis Fournel et Jean-Claude Zancarini

Tome I — Tome II

GUIZOT, François

Histoire de la révolution d'Angleterre

Édition établie par Laurent Theis

HISTOIRE AUGUSTE

Les Empereurs romains des IIe et IIIe siècles

Vie d'Hadrien — Vie d'Aelius — Vie d'Antonin le Pieux — Vie de Marc Aurèle — Vie de Vérus — Vie d'Avidius Cassius — Vie de Commode — Vie de Pertinax — Vie de Didius Julianus — Vie de Septime Sévère — Vie de Pescennius Niger — Vie de Clodius Albinus — Vie de Caracalla — Vie de Géta — Vie de Macrin — Vie de Diaduménien — Vie d'Élagabal — Vie d'Alexandre Sévère — Vie des deux Maximins — Vie des trois Gordiens — Vie de Maxime et Balbin — Vie des deux Valériens — Vie des deux Galliens — Vie des trente tyrans — Vie de Claude — Vie d'Aurélien — Vie de Tacite — Vie de Probus — Le Quadrige des tyrans — Vie de Carus, Carin et Numérien

Édition bilingue latin-français établie par André Chastagnol

HISTOIRE DU MARIAGE

Sous la direction de Sabine Melchior-Bonnet et Catherine Salles

JERPHAGNON, Lucien

Les Armes et les Mots

Histoire de la Rome antique. Les armes et les mots — Les Divins Césars. Idéologie et pouvoir dans la Rome impériale — Histoire de la pensée. D'Homère à Jeanne d'Arc

Préface de Jean d'Ormesson

KIERKEGAARD, Søren

Œuvres

L'Alternative *(également connu sous le titre* Ou bien… Ou bien…*)* — La Répétition *(également connu sous le titre* La Reprise*)* — Stades sur le chemin de la vie — La Maladie à la mort

Traduction de Paul-Henri Tisseau

Édition établie par Régis Boyer

KNIBIEHLER, Yvonne et SAGAERT, Martine

Les Mots des mères

Du XVIIe siècle à nos jours

LACARRIÈRE, Jacques

Méditerranée

En cheminant avec Hérodote — Promenades dans la Grèce antique — L'Été grec — Le Buveur d'horizon

Édition établie sous la direction de Pascal Charvet

LAMARTINE, Alphonse de

Histoire des Girondins

Édition établie par Anne et Laurent Theis

Préface de Mona Ozouf

TOME I : Livres premier à trente et unième — TOME II : Livres trente-deuxième à soixante et unième

LAVISSE, Ernest

Louis XIV

Histoire d'un grand règne (1643-1715)

Édition établie par René et Suzanne Pillorget

LEA, Henry Charles

Histoire de l'Inquisition au Moyen Âge

Traduction de Salomon Reinach

Préface de Bartolomé Bennassar

LÉVI, Éliphas

Secrets de la magie

Dogme et rituel de la haute magie — Histoire de la magie — La Clef des grands mystères

Édition établie et présentée par Francis Lacassin

LEYS, Simon

Essais sur la Chine

Les Habits neufs du président Mao — Ombres chinoises — Images brisées — La Forêt en feu — L'Humeur, l'honneur, l'horreur

Préface de Jean-François Revel

LE LIVRE DES ÉGYPTES

Sous la direction de Florence Quentin

LUCIEN DE SAMOSATE

Œuvres complètes

Traduction d'Émile Chambry, révisée et annotée par Alain Billault et Émeline Marquis, avec la collaboration de Dominique Goust

MABILLON, dom Jean

Œuvres choisies

Dom Mabillon, *par dom Henri Leclercq* — Traité des études monastiques — La Règle de notre bienheureux père saint Benoît, avec les statuts de messire Étienne de Poncher, évêque de Paris — Lettre d'un bénédictin à Mgr l'évêque de Blois touchant le discernement des anciennes reliques, au sujet d'une dissertation de M. Thiers contre la sainte larme de Vendôme — Dissertation sur le culte des saints inconnus, lettre d'Eusèbe à Théophile — La Mort chrétienne — De la controverse à la définition de l'identité bénédictine — Jean Mabillon et le monachisme, *par Odon Hurel*

Édition établie par Odon Hurel

MACAULAY, Thomas Babington

Histoire d'Angleterre

Depuis l'avènement de Jacques II (1685) jusqu'à la mort de Guillaume III (1702)

Édition établie par Michel Derouard

TOME I : Chapitres I à XII — TOME II : Chapitres XIII à XXV

MACHIAVEL

Premiers Écrits politiques — Le Prince — Discours sur la première décade de Tite-Live — L'Art de la guerre — Vie de Castruccio Castracani — Histoire de Florence — Écrits littéraires — Lettres familières, *précédé d'un* Dictionnaire de Machiavel, *par Christian Bec*

Édition et traduction établies par Christian Bec

McPHERSON, James M.

La Guerre de Sécession (1861-1865)

Traduction de Béatrice Vierne

Préface de Philippe Raynaud

MADELIN, Louis

Histoire du Consulat et de l'Empire

Présentation et index par Johan Ranger

TOME I : La Jeunesse de Bonaparte — L'Ascension de Bonaparte — De Brumaire à Marengo — Le Consulat

TOME II : L'Avènement de l'Empire — Vers l'empire d'Occident (1806-1807) — L'Affaire d'Espagne (1807-1809) — L'Apogée de l'Empire (1809-1810)
TOME III : La Crise de l'Empire (1810-1811) — L'Empire de Napoléon — La Nation sous l'Empereur — La Catastrophe de Russie
TOME IV : L'Écroulement du grand Empire — La Campagne de France — L'Interrègne impérial — Les Cent-Jours. Waterloo

MAGGIORI, Robert et DELACAMPAGNE, Christian
Philosopher
Réflexions philosophiques des grands penseurs contemporains

MAISTRE, Joseph de
Œuvres
Six Paradoxes à Mme la marquise de Nav... — Considérations sur la France — Sur le protestantisme — Essai sur le principe générateur des constitutions politiques — Les Soirées de Saint-Pétersbourg — Éclaircissement sur les sacrifices, *suivi d'un* Dictionnaire *établi par Jean-Louis Darcel, Pierre Glaudes et Jean-Yves Pranchère*
Texte établi, annoté et présenté par Pierre Glaudes

MARIE-ANTOINETTE
Anthologie et Dictionnaire
Textes choisis, présentés et annotés par Catriona Seth

MASSIGNON, Louis
Écrits mémorables
Textes établis, présentés et annotés sous la direction de Christian Jambet par François Angelier, François L'Yvonnet et Souâd Ayada
TOME I — TOME II

MAURIAC, François
Journal — Mémoires politiques
Journal, *annoté et présenté par Jean Touzot* — Le Bâillon dénoué — Mémoires politiques, *annotés et présentés par Laurence Granger*
Édition établie et présentée par Jean-Luc Barré

Correspondance intime
Réunie et présentée par Caroline Mauriac

MICHELET, Jules
Histoire de la Révolution française
Présentation de Claude Mettra
TOME I : Livres I à VII
TOME II : Livres VIII à XXI, *suivis d'un* Dictionnaire des personnages *établi par Alain Ferrari*

Le Moyen Âge : Livres I à XVII de l'Histoire de France
Présentation de Claude Mettra
Chronologie d'Alain Ferrari

Renaissance et Réforme : Histoire de France au XVIe siècle
Préface de Claude Mettra
Chronologie de Véronique Bedin

MOMMSEN, Theodor
Histoire romaine
Édition établie par Claude Nicolet

Tome I : Des commencements de Rome jusqu'aux guerres civiles
Tome II : Fondation de la monarchie militaire — Les Provinces sous l'Empire

LE MONDE ET SON HISTOIRE
Édition dirigée par Maurice Meuleau
Le Monde antique et les débuts du Moyen Âge (vers 3000 av. J.-C.-XIIe siècle apr. J.-C.), *par Maurice Meuleau et Luce Pietri*

Les Révolutions européennes et le partage du monde (XVIIIe siècle-XIXe siècle), *par Louis Bergeron* — Le Monde contemporain (1914-1938), *par Marcel Roncayolo*

Le Monde contemporain de la Seconde Guerre mondiale à nos jours (le second XXe siècle), *par Marcel Roncayolo*

MONTESQUIEU
Pensées — Le Spicilège
Édition établie par Louis Desgraves

LES MORALISTES DU XVIIe SIÈCLE
Sentences, maximes et pensées diverses, *présentées et annotées par J. Lafond* — La Rochefoucauld : Maximes et Réflexions diverses, *et* Mme de Sablé : Maximes, *présentées et annotées par A.-A. Morello* — Abbé d'Ailly : Pensées diverses, *présentées et annotées par J. Lafond* — Étienne de Vernage : Nouvelles Réflexions, *présentées et annotées par J. Lafond* — Pascal : Pensées, *présentées et annotées par Ph. Sellier* — Jean Domat : Pensées, *présentées et annotées par J. Lafond* — Discours sur les passions de l'amour, *présenté et annoté par J. Lafond* — La Bruyère : Les Caractères, *présentés et annotés par P. Soler* — Dufresny : Amusements sérieux et comiques, *présentés et annotés par J. Chupeau*
Édition établie par Jean Lafond

MOUSNIER, Roland
L'Homme rouge
Vie du cardinal de Richelieu

MÜLLER, Max
Mythologie comparée
Édition établie, présentée et annotée par Pierre Brunel

NAPOLÉON À SAINTE-HÉLÈNE
Par les « quatre évangélistes », Las Cases, Gourgaud, Montholon et Bertrand
Textes choisis, préfacés et commentés par Jean Tulard

NIETZSCHE, Friedrich
Œuvres
Édition établie par Jean Lacoste et Jacques Le Rider
Notes de Peter Pütz
Tome I : La Naissance de la tragédie — Considérations inactuelles — Humain, trop humain — Aurore
Postface de Jean Lacoste
Tome II : Le Gai Savoir — Ainsi parlait Zarathoustra — Par-delà le bien et le mal — La Généalogie de la morale — Le Cas Wagner — Le Crépuscule des idoles — L'Antéchrist — Ecce homo — Nietzsche contre Wagner — Dithyrambes de Dionysos
Postface de Georges Liébert
Index des noms et des notions par Jean Lacoste et Jacques Le Rider

NOLTE, Ernst
Fascisme et Totalitarisme
Le Fascisme dans son époque : L'Action française. Le Fascisme italien. Le National-socialisme — Les Mouvements fascistes : l'Europe de 1919 à 1945. Seconde partie : Les Mouvements

fascistes nationaux — « La querelle des historiens » : *sélection d'articles* (1988-1996) *et extrait de* Quand tombe la nuit (2001) — Les Fondements historiques du national-socialisme
Édition établie et présentée par Stéphane Courtois

PLUTARQUE
Vies parallèles
Traductions de Robert Flacelière et Émile Chambry
Présentations de Jean Sirinelli
TOME I : Thésée et Romulus — Lycurgue et Numa — Solon et Publicola — Thémistocle et Camille — Périclès et Fabius Maximus — Alcibiade et Coriolan — Timoléon et Paul-Émile — Pélopidas et Marcellus — Aristide et Caton l'Ancien — Philopœmen et Flamininus — Pyrrhos et Marius — Lysandre et Sylla — Cimon et Lucullus — Nicias et Crassus — Sertorius et Eumène
TOME II : Agésilas et Pompée — Alexandre et César — Phocion et Caton le Jeune — Agis et Cléomène. Les Gracques — Démosthène et Cicéron — Démétrios et Antoine — Dion et Brutus — Artaxerxès et Aratos — Galba et Othon — *Index des noms propres*

PROMENADES AU LOUVRE
En compagnie d'écrivains, d'artistes et de critiques d'art
Édition présentée et établie par Jean Galard

REBATET, Lucien
Le Dossier Rebatet
Les Décombres — L'Inédit de Clairvaux
Édition établie et annotée par Bénédicte Vergez-Chaignon
Préface de Pascal Ory

REEVES, Hubert
Les Secrets de l'Univers
Chronique des atomes et des galaxies — Dernières nouvelles du cosmos — L'Heure de s'enivrer — Patience dans l'azur

REINACH, Joseph
Histoire de l'affaire Dreyfus
Préface de Pierre Vidal-Naquet
Introduction d'Hervé Duchêne
TOME I : Le Procès de 1894 — Esterhazy — La Crise
TOME II : Cavaignac et Félix Faure — Rennes — La Révision

REINACH, Salomon
Cultes, mythes et religions
Édition établie par Hervé Duchêne

RENAN, Ernest
Histoire des origines du christianisme
Édition établie, préfacée et annotée par Laudyce Rétat
TOME I : Vie de Jésus — Les Apôtres — Saint Paul, *précédé d'un* Dictionnaire de Renan, *par Laudyce Rétat*
TOME II : L'Antéchrist — Les Évangiles — L'Église chrétienne — Marc-Aurèle

LE RETOUR DES EXILÉS
La lutte pour la Palestine de 1869 à 1997
Édition établie et présentée par Henry Laurens

REVEL, Jean-François

Histoire de la philosophie occidentale

Pourquoi des philosophes — La Cabale des dévots — Histoire de la philosophie occidentale, de Thalès à Kant

Préface de Philippe Raynaud

RIASANOVSKY, Nicholas V.

Histoire de la Russie des origines à nos jours

Traduction de l'américain par André Berelowitch

Postface de Françoise Thorn

LE ROMAN VRAI DE LA IIIe ET DE LA IVe RÉPUBLIQUE (1870-1958)

Édition établie sous la direction de Gilbert Guilleminault

TOME I : 1870-1918 — TOME II : 1919-1958

SÉNÈQUE

Entretiens — Lettres à Lucilius

Édition établie par Paul Veyne

SERGE, Victor

Mémoires d'un révolutionnaire et autres écrits politiques

Deux Russes : Léon Tolstoï et Egor Sazonov — L'Esprit révolutionnaire russe — La Ville en danger : Petrograd, l'an II de la Révolution — Pendant la guerre civile — Les Anarchistes et l'expérience de la Révolution russe — Lénine 1917 — Les Coulisses d'une Sûreté générale — Vie des révolutionnaires — Destin d'une Révolution. URSS 1917-1937 — Mémoires d'un révolutionnaire 1905-1941 — Puissance et limites du marxisme — Pour un renouvellement du socialisme — Trente ans après la Révolution russe — Lettres à Emmanuel Mounier — Lenin's Heir ? — Entretien avec Victor Alba

Édition établie par Jean Rière et Jil Silberstein

STANISLAS LESZCZYNSKI

Édition établie et présentée par Anne Muratori-Philip

TACITE

Œuvres complètes

Livre sur la vie de Julius Agricola — De la Germanie — Dialogue des orateurs — Les Histoires — Les Annales

Édition établie par Catherine Salles

TAINE, Hippolyte

Les Origines de la France contemporaine

L'Ancien Régime — La Révolution — Le Régime moderne

Nouvelle préface de Jean-Paul Cointet

Édition établie par François Leger

TALLEYRAND, Charles-Maurice, prince de

Mémoires et Correspondances

Édition intégrale établie et présentée par Emmanuel de Waresquiel

LE TEMPS DES HÉROS

Récits épiques de l'humanité

Édition établie et présentée par Gérard Chaliand

THIBAUDET, Albert

Réflexions sur la politique

Les Princes lorrains (1924) — La République des professeurs (1927) — Les Idées politiques de la France (1932) — Choix d'articles parus dans : *La Nouvelle Revue française*, la *Revue de Genève*, *L'Europe nouvelle*, *Les Nouvelles littéraires*, *La Dépêche* (1911-1936) — *Annexes*

Édition établie et présentée par Antoine Compagnon

THOMAS, Hugh

La Conquête du Mexique

Traduction de Guillaume Villeneuve

La Guerre d'Espagne (juillet 1936-mars 1939)

Traduction de Jacques Brousse, Lucien Hess et Christian Bounay

La Traite des Noirs (1440-1870)

Traduction de Guillaume Villeneuve

THUCYDIDE

Histoire de la guerre du Péloponnèse, *précédée de* En campagne avec Thucydide, *par Albert Thibaudet* — Dictionnaire de Thucydide, *sous la direction de Jacqueline de Romilly, de l'Académie française*

Édition et traduction établies par Jacqueline de Romilly

TOCQUEVILLE, Alexis de

De la démocratie en Amérique — Souvenirs — L'Ancien Régime et la Révolution

Édition établie par James T. Schleifer, Jean-Claude Lamberti et Françoise Mélonio

TODOROV, Tzvetan

Le Siècle des totalitarismes

Face à l'extrême — Une tragédie française — L'Homme dépaysé *(extraits)* — Mémoire du mal, tentation du bien

TREVELYAN, George Macaulay

Histoire sociale de l'Angleterre

Six siècles d'histoire de Chaucer à la reine Victoria

Nouvelle traduction par Odile Demange

Édition établie par Jean-Pierre Poussou

VAN GENNEP, Arnold

Le Folklore français

TOME I : Cérémonies familiales : Du berceau à la tombe — Cérémonies périodiques, cycliques et saisonnières : Carnaval-Carême, Pâques

TOME II : Cérémonies périodiques, cycliques et saisonnières *(suite)* : Cycle de mai, Cycle de la Saint-Jean, Cérémonies agricoles de l'été, Cérémonies agricoles de l'automne

TOME III : Cérémonies périodiques, cycliques et saisonnières *(fin)* : Cycle des Douze Jours : Noël, De Noël aux Rois *(rédigé par Bernadette Guichard)* — Textes inédits sur le folklore français contemporain, *présentés et annotés par Nicole Belmont* — Essais divers de folklore

BIBLIOGRAPHIES : Questionnaires — Provinces et pays — Bibliographie méthodique — Index des auteurs cités, Index des provinces — Bibliographie personnelle d'Arnold Van Gennep, *établie par Francis Lacassin*

VENISE ET LA RÉVOLUTION FRANÇAISE

Les 470 dépêches des ambassadeurs de Venise au doge (1786-1795)

Édition et traduction de l'italien établies par Alessandro Fontana, Francesco Furlan et Georges Saro

VIEL CASTEL, Horace de

Mémoires sur le règne de Napoléon III, 1851-1864

Texte présenté et annoté par Éric Anceau

WILSON, Arthur

Diderot

Sa vie et son œuvre

Traduction de Gilles Chahine, Annette Lorenceau et Anne Villelaur

Composition et mise en pages
Nord Compo à Villeneuve-d'Ascq

Achevé d'imprimer en septembre 2025
par Normandie Roto Impression s.a.s.
61250 Lonrai (Orne)
Dépôt légal : octobre 2025
N° d'impression : 2504070

Imprimé en France